国家社科基金
后期资助项目
GUOJIA SHEKE JIJIN HOUQI ZIZHU XIANGMU

王世贞诗文论资料补辑与新论

Supplement and New Discussion on
Wangshizhen's Poetry and Literary Theory

贾 飞 著

社会科学文献出版社
SOCIAL SCIENCES ACADEMIC PRESS (CHINA)

国家社科基金后期资助项目
出版说明

后期资助项目是国家社科基金设立的一类重要项目，旨在鼓励广大社科研究者潜心治学，支持基础研究多出优秀成果。它是经过严格评审，从接近完成的科研成果中遴选立项的。为扩大后期资助项目的影响，更好地推动学术发展，促进成果转化，全国哲学社会科学工作办公室按照"统一设计、统一标识、统一版式、形成系列"的总体要求，组织出版国家社科基金后期资助项目成果。

全国哲学社会科学工作办公室

序

詹福瑞

隆庆四年（1570）李攀龙逝后，王世贞才最高，地望最显，为后七子领袖，独领文坛二十年，"操文章之柄，登坛设墠，近古未有"①。在中国古代，文坛领袖多为高官能文之人；官卑人轻者，文章再好，难为首领。"李杜文章在，光焰万丈长"，李白、杜甫影响固然无可伦比，却非盛唐诗坛宗主。宋代柳永之词应是婉约词的代表，却也难成魁首。王世贞所以成为明代中叶文坛领袖，其原因之一，是自嘉庆二十六年（1547）二十二岁中进士到万历十八年（1590）六十五岁卒，四十余年一直为官，在朝中，官至刑部郎中，外任过多地的按察使、布政使，南京兵部侍郎，累官至南京刑部尚书。王世贞所任皆为要职，手握重权，以中国传统，说话自然有地位，占分量，一时士大夫及山人、词客、衲子、羽流莫不奔走门下，自是常态。但既为文坛领袖，重要的还是以文说话。《四库全书总目提要》说："自世贞之集出，学者遂剿窃世贞。"艾南英《天佣子集》言："后生小子不必读书，不必作文，但架上有前后《四部稿》，每遇应酬，顷刻裁割，便可成篇。"② 王世贞作品影响之大，由此可知。王世贞确立其文坛地位，不仅在其作品，还在其复古以开新的文学思想。一般认为，集中反映其复古文学思想的就是收入《弇州山人四部稿》中的《艺

---

① 钱谦益：《列朝诗集》丁集卷六《王尚书世贞》，许逸民等点校，中华书局，2007，第4454页。

② 永瑢等：《四库全书总目》卷一百七十二《弇州山人四部稿》，中华书局，2003，第1508页。

苑卮言》。

《艺苑卮言》是王世贞不满四十岁时所作，后此二十余年，其文学主张不可能一成不变。而且，一个人的思想不可能完全体现在其一部著作中。贾飞就是出自如此考虑，留意聚合《弇州山人四部稿》《续稿》《续稿附》中序跋、书牍、墓志、碑铭和传记所载的文论材料，再整合《艺苑卮言》等著作，考察王世贞一生文学观念的演变，进而试图建构起其统绪完整而又动态变化的诗文理论体系。

王世贞著述甚丰，文学思想亦复杂多变，仅此一部书稿，是否就可实现贾飞之雄心，另当别论。但读罢《王世贞诗文论资料补辑与新论》，还是为他取得的成绩感到高兴。他是下了大功夫的，从《弇州山人四部稿》《续稿》《续稿附》中收集并整理了近十万言的文论材料，不仅为他研究王世贞的诗文理论打下坚实基础，也为他人研究王世贞做了一件有益工作。有了这项工作，再来考察王世贞的诗文理论，也就多有新的发现与认知。旧论多以为李攀龙和王世贞共同鼓吹"文必秦汉，诗必盛唐"，《明史》《四库全书总目》皆持此论。此书则细加辨析，分辨出王世贞与李攀龙文学主张的异同，指出：王世贞虽然也推举西汉之文，主张天下为文者，"高者，探先秦，撼西京"[1]，但又不拘止于西汉，还要"挟建安，俯大历"[2] 乃至"欧韩之文"。就学诗而论，王世贞一方面主张取则盛唐，另一方面又不废中晚唐，甚至同时代的诗人，"取中晚唐佳者及献吉、于鳞诸公之作，以资材用"[3]。从而可使我们窥见王世贞师古的真实思想是捃拾宜博，师匠宜高。前后七子法古，皆重格调。李梦阳论诗尚格古调逸，李攀龙亦然。贾飞论著在前人研究基础之上，结合新文献，对王世贞的格调论内涵又做了更深入探究，揭示出王世贞以才、思入格调的理路："才生思，思生调，调生格。思即才之用，调即思之境，格即调之界。"[4] 才思是格调的内涵，而格调则是才思有形式规格要求的呈现。由此突出了王世贞格调说既传承二李而又出新之处。尤其是关于王世贞基于

---

① 王世贞：《弇州山人续稿》卷四十《袁鲁望集序》，第 20 页。
② 王世贞：《弇州山人续稿》卷四十《袁鲁望集序》，第 20 页。
③ 王世贞：《弇州山人续稿》卷一百八十二《徐孟孺》，第 16~17 页。
④ 王世贞：《弇州山人四部稿》卷一百四十四《艺苑卮言一》，第 17 页。

格调理论追求"自然"之境的论述，更是对王世贞超越复古的文学主张有很好的发明。贾飞论著不受王世贞复古之说的遮蔽，考察王世贞的诗文追求，发现王世贞诗文始终尚性情、重真我，实为性灵说之先驱。这就揭开了王世贞复古主张的面纱，露出了其真实面目，就是借汉魏、盛唐驱除"诗家魔障"，还诗文以真性情。

2009 年，我厌倦了仕途，颇怀去意。恰逢上海交大发展中文学科，经许建平教授牵针引线，王杰院长操持，我被聘为讲席教授。贾飞就是我在交大招的唯一博士生。在交大，我受到了马德秀书记和张杰校长的礼遇，但终觉工作上不能适应工科院校的考核，生活不习惯南方的习俗，未及数月，终止了合同。贾飞实际上由建平辅导毕业。但贾飞是尊师之人，始终待我为亲老师，每年都要北上看我，我自然也就认了他这个亲学生。如今，他论著即将付梓，我写了以上文字，既是读者的一点感受，亦有老师的期勉之意。

目　录

引　言

王世贞（1526～1590），字元美，号凤洲，又号弇州山人，南直隶苏州府太仓州（今属江苏太仓）人。明嘉靖二十六年（1547）进士，任大理寺评事（正七品），后历任青州兵备使、郧阳巡抚、应天府尹等职，累官至南京刑部尚书（正二品）。王世贞跟随李攀龙，成为"后七子"文学复古运动的实际领袖之一，在李攀龙之后更是独立主盟文坛二十年。天下士子莫不奔走其门，得到王世贞的片言褒赏，声价便会骤起。钱谦益认为王世贞"操文章之柄，登坛设埠，近古未有"①。王世贞一生著述丰富，纪昀认为"考自古文集之富，未有过于世贞者"②。王世贞的主要著作有《弇州山人四部稿》（简称《四部稿》）、《弇州山人续稿》（简称《续稿》）、《弇山堂别集》、《艺苑卮言》、《古今法书苑》、《读书后》及《嘉靖以来首辅传》等书③，其文学思想上承严羽、何景明，影响李攀龙、宗臣、徐中行、袁宏道等人，与中晚明文学的发展息息相关，甚至对晚明文学思想的发展和演变有着直接影响。

王世贞研究涉及史学、文学、艺术学和宗教学等诸多领域，但其被后人铭记于心的则主要在于其文学成就，如一提明朝文学，我们首先想到的

---

① 钱谦益：《列朝诗集》丁集卷六《王尚书世贞》，许逸民等点校，中华书局，2007，第4454页。

② 永瑢等：《四库全书总目》卷一百七十二《弇州山人四部稿》，中华书局，2008，第1508页。

③ 由于本书引用王世贞言语之处颇多，故对涉及王世贞言语的引用之处皆只标明出处，具体版本信息不一一注明，所用版本见参考文献。《弇州山人续稿》除另行说明外，皆引用美国普林斯顿大学东亚图书馆藏明刻本。

很可能是复古文学，细言之就是前后七子流派，游国恩、袁行霈、章培恒、袁世硕等人各自主编的《中国文学史》，均对王世贞的文学思想进行了相关阐述。而文学，其内核是诗文，今拟对王世贞的诗文思想进行全面而深入的研究，学界对此已经取得了丰硕的成果。如 1949 年之前，专门研究王世贞的文章有日本学者桥本循《王世贞的文章观及其文章》、笙文《王元美的论诗——〈艺苑卮言〉立论之一斑》、刚宓《明人文学批评家王元美的诗论》等，这大都属于概论或介绍性质。出版的文学批评史，如方孝岳《中国文学批评》、朱东润《中国文学批评史大纲》等，对王世贞有详略不同的介绍，并对李攀龙和王世贞的关系以及王世贞在"后七子"中的地位有略论。郭绍虞《中国文学批评史》则对王世贞的诗文批评论述更为细致，强调其为"格调说的转变"，认为王世贞的诗论中具有性灵说和神韵说的因素，对后来的公安派有所影响，不过他并没有对此进行展开论述，仍注重对王世贞复古行径的研究。

1949 年至 1999 年，对于王世贞的研究，国内外学界仍主要集中于王世贞的诗文评论，大陆的论文有马茂元《王世贞的〈艺苑卮言〉》、敏泽《明代前后七子的诗论》、赵永纪《王世贞的文学批评》、罗仲鼎《从〈艺苑卮言〉看王世贞的诗论》、郑利华《论王世贞的文学批评》等。台湾地区的论文有施隆民《王世贞的文学评论》、龚显宗《王世贞诗论研究——以〈艺苑卮言〉为主》等，这些研究多系综述或阐释王世贞文学评论的主要观点，且所用资料多以王世贞早年的《艺苑卮言》为主。徐朔方《论王世贞》对王世贞的诗歌创作尤其是《乐府变》做出了恰当的价值评判，但在论及王世贞的文学思想时，也以王世贞的《艺苑卮言》为主。

近些年来，学界对王世贞文学思想的研究日益深入，出现了许多有价值的研究成果。如宏观性专著有罗宗强《明代后期士人心态研究》（南开大学出版社，2006）、廖可斌《复古派与明代文学思潮》（文津出版社，1994）、左东岭《明代文学思想研究》（商务印书馆，2013）和《王学与中晚明士人心态》（人民文学出版社，2000）、饶龙隼《明代隆庆万历间文学思想转变研究》（西南师范大学出版社，2005）、陈书录《明代前后七子研究》（江西人民出版社，1994）和《明代诗文的演变》（江苏教育出版社，1996）、郑利华《前后七子研究》（上海古籍出版社，2015）等，均将王世贞放在文学流派或者时代大背景下进行论述，并对王世贞与中晚明性灵文学、复古文学的发展有所涉及，肯定王世贞性灵文学思想的地位，"剂"的文学思想的独特性，等等。

专题性研究的专著及其主要内容，郑利华《王世贞研究》（学林出版社，2002）在廓清王世贞的生平经历时，初步梳理其文学复古思想，也注意了王世贞文学中的性情主张；孙学堂《崇古理念的淡退：王世贞与十六世纪文学思想》（天津古籍出版社，2004）将王世贞置于历史的背景之下对其文学思想进行研究，注重王世贞晚年思想的转变；孙卫国《王世贞史学研究》（人民文学出版社，2006）全面而翔实地研究了王世贞史学思想的诸多方面，并对其史学影响做出评述；郦波《王世贞文学研究》（中华书局，2011）通过综合王世贞的生平事迹、政治活动来思考其文学创作，并就部分文集的创作时间进行了考证；许建平《王世贞书目类纂》（凤凰出版社，2012）对王世贞的著述书目进行搜集整理，并就其文学、史学地位进行略论；李燕青《〈艺苑卮言〉研究》（中国文史出版社，2013）主要研究《艺苑卮言》的版本及相关的文学理论；王馨鑫《王世贞文学思想与明中后期吴中文坛关系研究》（首都师范大学博士学位论文，2015）从地域文学观探究王世贞文学思想之变与吴中文学发展的相互影响；周颖《王世贞年谱长编》（上海三联书店，2016）深化了对王世贞生平事迹的研究，并注重站在历史大背景之下对王世贞生平进行审视；郭宝平《明朝大书生：王世贞传》（现代出版社，2017）重点在于对王世贞一生的事迹进行小说般的叙述，很多推理和论断均有待商榷；魏宏远《王世贞文学与文献研究》（上海古籍出版社，2017）侧重对王世贞晚年文学做一全面研究，讨论其自悔问题，并对一些文学概念范畴进行深入辨析。

从近些年的学术期刊发表情况来看，王世贞亦是学界关心的热点。有涉及其宗教学思想、史学思想、家族谱系、园林思想等方面的研究，如崔颖《王世贞佛学思想研究》（《宗教学研究》2018 年第 1 期）、魏宏远《王世贞的"即心即佛"思想与"阳明禅"》（《江汉论坛》2010 年第 5 期）、丁玉娜《家族利益与王世贞晚年隐而复仕关系考》（《兰州学刊》2018 年第 2 期）、高刘巍《弇山园"全景"建筑观与"生态"造景意识研究》（《安徽农业科学》2010 年第 17 期）、陈昱珊《从离薋园到弇山园看王世贞造园实践特点的嬗变》（《风景园林》2017 年第 4 期）、孙卫国《王世贞明史研究之成就与特点》（《史学史研究》2004 年第 1 期）、徐彬《论王世贞的史学理论》（《安徽师范大学学报》2004 年第 4 期），等等。但是整体而言，学界还是侧重于对王世贞诗文思想的研究，这方面的成果颇多，如张世宏《王世贞述评〈西厢记〉之价值》（《文献》1999 年第 1 期）、陈书录《俚俗与性灵：王世贞的文学创作在士商契合中的转向》（《江海学刊》2003 年第 6 期）、魏宏远《王世贞晚年文学思想转变"三说"平议》（《浙江社会科学》2008 年第 4 期）、周颖《王世贞创作实践与文学思想的演进历程及分期问题新议》（《上海交通大学学报》2016 年第 2 期）、许建平《王世贞早期著述及其与〈四部稿〉关系考》（《上海交通大学学报》2017 年第 1 期）、何诗海《王世贞与吴中文坛之离合》（《文学评论》2018 年第 4 期）、涂育珍《论王世贞诗乐相合的文体观》（《中南大学学报》2018 年第 5 期）。值得一提的是，《文学遗产》2016 年第 6 期一次性推出三篇有关王世贞研究的系列文章，分别是郑利华的《王世贞与明代七子派诗学的调协与变向》、叶晔的《"五子"诗人群列与王世贞的文学排名观》和王润英的《论王世贞书序文的书写策略》，极大地推动了学界对王世贞的研究。

另外，在国家哲学社会科学基金项目方面，本项目立项之前，以王世贞为关键词的项目只有两项，一为魏宏远主持的青年项目"王世贞晚年文献与文学思想研究"（2010），该项目注重对王世贞晚年文献的爬梳，在新材料的基础之上，对王世贞晚年文学思想进行辨析；一为许建平主持的重大项目"《王世贞全集》整理与研究"（2012），该项目下分七个子课题，分别为"《弇州山人四部稿》的整理""《弇州山人续稿》的整理""《弇山堂别集》等史料的整理""《弇州山人稿补编》整理""《王世贞全集》整理过程中的基础文献研究""王世贞著作数据库""王世贞存疑、编选著作整理"。至今，该项目有序进行，并发表了诸多成果。学术论文方面，如崔颖《王世贞道教思想及其历史文化意义》（《人民论坛·学术前沿》2018 年第 24 期）、周颖《晚明疑案：王世贞率吴越百余宾客畅游黄山事真伪辨》（《上海交通大学学报》2018 年第 2 期）、许建平《〈弇州山人四部稿〉的最早版本与编纂过程》（《文学遗产》2018 年第 2 期）、许建平《"息庵居士"与〈艳异编〉编者考》(《上海交通大学学报》2018 年第 1 期)、薛欣欣《王世贞与唐宋派关系新辨》(《苏州大学学报》2017 年第 5 期)、魏宏远《虚构与非虚构：王世贞〈嘉靖以来首辅传〉论演》(《社会科学》2017 年第 2 期)、吕浩《〈弇山堂别集〉成书与版本考》(《文献》2016 年第 5 期)、朱丽霞《从王世贞与明中后期诗坛之关系看文化的相融与独立》(《兰州学刊》2016 年第 4 期)、魏宏远《王世贞〈弇州山人续稿〉成书、版本考》(《上海大学学报》2014 年第 2 期)，等等。学术专著方面主要有吕浩《弇山堂别集》(上海古籍出版社，2017)，周颖《王世贞年谱长编》(上海三联书店，2016)，郑利华《前后七子研究》(上海古籍出版社，2015)，姚大勇、张玉梅编著《王世贞与明清文化国际学术交流会论文集》(上海三联书店，2016)，等等。从成果的发布情况来看，该项目不仅侧重《王世贞全集》的整理工作，基于文献的搜集和整理，力图使《王世贞全集》更全，方便读者阅读，而且注重王世贞生平事迹、文学思想、交游活动等方面的研究。

关于王世贞晚年文学思想，学界研究近些年来主要集中在两个方面："晚年定论"与晚年"主性情"说。"弇州晚年定论"是一个颇具"公案"性质的话题，明清时王锡爵、李维桢、刘凤、屠隆、胡应麟、陈继儒、焦竑、陈益孙、乔时敏、李衷纯、钱谦益、吴伟业、张汝瑚、姚荣、陈田、四库馆臣等都曾予以关注，其观点可归纳为"自然"说、"自谶"说及"自悔"说三种。其中，钱谦益"自悔"说影响最大，却因引文错误而受钱锺书批判。很多研究者皆以钱谦益之说不可信，他们或以钱锺书观点为定论，或通过文献考证来证明钱谦益之说的不可信。如卓福安的《王世贞"晚年定论"评析》、焦中栋的《"王世贞晚年定论说"考辨》、颜婉云的《王世贞悔作卮言辨》等。郭绍虞据钱谦益之说，提出王世贞"是以格调说为中心，而朦胧地逗出一些类似性灵说与神韵说的见解，所以只是格调说之变"，支持郭先生这一说法的还有裴世俊、孙学堂等人。由于研究者仅凭依《读书后》及明刻本《弇州山人续稿》来考证钱谦益的引文，未找到引文出处，故而多数学者持谨慎态度或予以否认。魏宏远则通过新发现的明钞本《弇州山人续稿》、明刻本《弇州山人续稿附》、明刻本《王弇州先生崇论》等罕见资料，找到王世贞晚年"自悔"之原文，撰写《王世贞晚年文学思想转变"三说"平议》《王世贞晚年"自悔"论》《论王世贞晚年诗歌写作的转变》等文章，对钱谦益"弇州晚年定论"说予以肯定，推动了对该问题的深入探究。

由于历来文学史、文学批评史之编纂，在七子之后便开始公安"性灵"说之阐发，因此一些研究者力图把王世贞晚年之转变与公安派文学思想衔接起来。自郭绍虞先生之说提出后，诸多王世贞研究者试图通过王世贞打通格调说、性灵说、神韵说。刘明今认为"王世贞后期文学批评的观点确有较大改变"，"随着明代中叶市民经济的繁荣，以表达自我为中心的新的文学潮流渐趋形成。王世贞作为复古运动的领袖，并未站在这一时代思潮的对立面，而能在七子派的理论中努力地溶入'师心'、'真我'、'真诗'等概念，最终酿成了他后期在文学批评与创作上的重大变化"①。裴世俊、孙学堂、仆英顺、郭英德均持王世贞晚年由格调转身性灵的观点。魏宏远的看法则与众人有别，他认为："博学广识如王世贞者，若仅仅以'格调'来概括其早年文学思想，颇有一叶障目之嫌。王世贞晚年'自悔'，在思想、生活、性格等方面都发生很大转变，视文学为'鸡肋'、'雕虫之业'而'小之'，甚至誓谢笔砚，在文学思想方面主'调剂'、'辞达'、'自然'，因此，以'格调—性灵—神韵'为主线的明诗文发展思想根本就无法涵盖王世贞。"②

除了从"性情"说角度探讨王世贞晚年文学外，也有人关注王世贞晚年文学思想转变的根源，认为除李攀龙外，在王世贞晚年，昙阳子对其产生了重要影响，Ann Waltern，"Tan-yang-tzu and Wang Shih-chen：Visionary and Bureaucrat in the Late Ming"（*Late Imperial* 8，No. 1）、俄国学者马努辛《卓文君与昙阳子：思想的对抗》（《莫斯科大学学报·东方学》1997年第4期，第43~52页）；徐美洁《昙阳子的"升华"与晚明士大夫的宗教想象》、郑利华《王世贞研究》、廖可斌《明代复古运动研究》、魏宏远《昙阳子及其对王世贞的影响》等也对昙阳子与王世贞的关系进行了积极探讨。

---

① 袁震宇、刘明今著《明代文学批评史》，上海古籍出版社，1991，第271页。
② 魏宏远：《王世贞晚年文学思想研究》，复旦大学博士学位论文，2008，第13~14页。

与此同时，国外学术界对王世贞的研究也取得了一定的成果，如 Hammond, Kenneth James 的 "History and Literati Culture: Towards an Intellectual Biography of Wang Shizhen (1526-1590)"，为哈佛大学博士学位论文。全文共五章，第一章（Introduction），主要介绍明朝在中国历史上的地位及中国士大夫的特点。第二章（Background and Biography）重点论述王世贞的家庭背景及生平。第三章（Wang Shizhen as wenren）谈及王世贞的文人思想与活动，重点论述王世贞的文学思想、对"法"与"意"的理解及其对苏轼的评价。第四章（The Broader Arena）主要论述王世贞在文化艺术上的活动与成就，如对画与书法的赏评、园林的建造等。第五章（Historiography and Statecraft）讨论王世贞的编史活动。末为结论。此论文对王世贞的各个方面都有涉猎，侧重把王世贞作为明代一个典型文人的代表进行研究，试图透过对王世贞的研究，去把握明朝中国士大夫的特征。视角独特，立论新颖。再者 2003 年 6 月 13 日至 14 日，美国新墨西哥州立大学历史系主任 Kenneth J. Hammond 教授在荷兰莱顿大学国际汉学研究院为客座研究员时，组织召开了"文化政治与政治文化：王世贞与十六世纪中国的士大夫"的专题讨论会（Symposium on "Cultural Politics and Political Culture: Wang Shizhen and the Literati World of 16th Century China"），有来自美、荷、英、德、日等国的学者参加了此次讨论会。此次会议对于王世贞以及明史的研究，起了极大的推动作用。由兹可见，学界对王世贞的研究无论是深度还是广度，自 20 世纪 90 年代以来，较之以前都有很大的进步，而且对王世贞的研究已跨出了国门。

综上可知，随着目前学界对王世贞文学理论研究的逐渐深入，不少学者已经认识到王世贞文学思想的多样性和复杂性，如郦波注意到王世贞"性情"说与复古论之间的内在联系，李燕青认识到王世贞格调与时代的关系，魏宏远强调王世贞晚年文学思想的转变及其与儒释道相结合所体现出的复杂性，等等。这些结论固然有利于我们更加全面地了解王世贞的文学思想，可是从这些研究者的引文出处及研究对象来看，他们还是过于依赖《艺苑卮言》，于《艺苑卮言》之外，也只不过是零散地引用王世贞的其他文论资料，并未对王世贞《艺苑卮言》之外的散见于墓志铭、碑文、寿序、寿跋，特别是书牍中王世贞论述文学观点的材料加以系统整理，因而尚未能见到完整的王世贞诗文观，也尚未能建构王世贞论述诗文的思想体系。而《艺苑卮言》为王世贞早期（嘉靖三十七年到万历三年）著作，体现王世贞后期丰富文学思想的大量序跋、书牍、碑铭尚未被纳入，若单以《艺苑卮言》论其文学思想，不能不说是王世贞研究的缺漏，也是明代文学思想研究的缺憾，故而对这些文献的整理研究十分必要。如王世贞在《古今名画苑序》中论及："故自五代而上，其画有赋者，有赋而比者，五代而下其画有赋者，有赋而兴者，拟于诗则皆风、雅、颂之遗也，是故画之用狭于书，而体不让也。"其《二酉园集序》论及："诗近方，文近圆，其为体稍殊，而见之用则一也。有自外境而内触者，有自内境而外宣者，其所繇亦稍殊，其成于意一也。意者，诗与文之枢也，动而发，尽而止，发乎其所当发，止乎其所不得不止，古有是言，要为尽之矣。"这都是《艺苑卮言》中所没有的。再者，对王世贞晚年定论的研究，固然有助于推动王世贞晚年文学思想的研究，但是如此研究过于割裂其早年和中晚年文学思想之间的逻辑联系，甚至是突出晚年价值而否定早期，从而给人见木不见林之感。

对此，本书在翔实资料的基础之上对王世贞的诗文思想进行了全面的研究，主要内容有以下几个方面。

首先，将王世贞分散的诗文论资料进行钩沉和整理。对研究对象的研究是建立在翔实的资料基础之上的，也只有这样，我们才有可能更加接近，甚至是还原研究对象本身，从而得出相对客观的结论。众所周知，《艺苑卮言》是王世贞诗文论的重要代表作，也是明朝诗文论的重要专著，此本是王世贞亲自选定和刊刻的，对于研究王世贞的文学思想而言，具有重要意义。不过《艺苑卮言》较为集中体现的是王世贞早年的文学思想主张，关于晚年的文学思想，他本人并没有单独整理过，到目前为止，也没有后人整理过的单行本面世。如前所述，王世贞中晚年的文学思想散存在书牍、记、墓志铭、序等文章之中，还有部分散佚作品有待发现和辨析。可见，体现王世贞中晚年的文学思想资料非常零散，而且数量庞大。然而面对这些难题，只有迎难而上，逐个解决，力求将分散的资料合聚，并按照《艺苑卮言》的编排体例，对其进行整理，尽可能地符合王世贞编排《艺苑卮言》时的体例观念，从而更好地打通《艺苑卮言》和散存诗文论之间的有机联系。王世贞早年在《艺苑卮言》中曾言："首尾开阖，繁简奇正，各极其度，篇法也。抑扬顿挫，长短节奏，各极其致，句法也。点缀关键，金石绮彩，各极其造，字法也。篇有百尺之锦，句有千钧之弩，字有百炼之金，文之与诗，固异象同则，孔门一唯，曹溪汗下，后信手拈来，无非妙境。"① 又言："七言律，不难中二联，难在发端及结句耳。发端，盛唐人无不佳者；结颇有之，然亦无转入他调及收顿不住之病……句法有直下者，有倒插者，倒插最难，非老杜不能也。字法有虚有实，有沉有响，虚响易工，沉实难至。"② 进而论道："篇法之妙，有不见句法者，句法之妙，有不见字法者，此是法极无迹，人能之至，境与天会，未易求也。有俱属象而妙者，有俱属意而妙者，有俱作高调而妙者，有直下不偶对而妙者，皆兴与境诣，神合气完使之。"③ 这均是《艺苑卮言》中所论。

再看王世贞晚年对篇法、句法、字法的论断，如他曾说道："夫雕虫者，文也，其谁能不叶玉，谓叶玉而不失叶木之意也。篇有眼曰句，句有眼曰字，字有字法，句有句法，篇有篇法，此三者不可一失也。"④ "夫文有格，有调，有骨，有肉，有篇法，有句法，有字法。"⑤ "诗有起，有结，有唤，有应，有过，有接，有虚，有实，有轻重，偶对欲称，压韵欲稳，使事欲切，使字欲当，此数端者一之未至，未可以言诗也。足下文差健而有古意，然篇法则未讲也，句法奇，然句病乘之，字法奇，然字病乘之，而俱不自觉也。"⑥ 可见，王世贞早年诗文论和中晚年的诗文论有相通之处，但并不是一味因袭，而是有所发展演变的。将王世贞分散的诗文论资料进行钩沉和整理，是研究王世贞中晚年诗文论必须做的工作，更是研究王世贞整体诗文论所必须做的基础工作，也是本书展开的第一步。

其次，就钩沉资料中所体现的主要诗文观进行辨析。王世贞诗文论资料涉及诗文理论的诸多方面，小到字法、句法，大到文道、古今，在此不

---

① 王世贞：《弇州山人四部稿》卷一百四十四《艺苑卮言一》，第16页。
② 王世贞：《弇州山人四部稿》卷一百四十四《艺苑卮言一》，第14页。
③ 王世贞：《弇州山人四部稿》卷一百四十四《艺苑卮言一》，第14页。
④ 王世贞：《弇州山人续稿》卷一百八十一《华仲达》，第8页。
⑤ 王世贞：《弇州山人续稿》卷一百八十二《颜廷愉》，第4页。
⑥ 王世贞：《弇州山人续稿》卷一百八十三《于兔先》，第3页。

能一一辨析。本文首先把握王世贞诗文思想的内核，进而辨析主要观念，如"格调""性灵""自然"等，以更加直观地认知其诗文思想全貌。需要言及的是，对钩沉的资料进行辨析，并不是一味地对《艺苑卮言》中的诗文论进行否定，突出其中晚年诗文论的价值，而是在尊重《艺苑卮言》的基础之上，更加注重王世贞早年诗文论向中晚年诗文思想的演变和发展。如王世贞早年提出"才思格调"说，力图在格调之外，补以才思，使四者达到一种和谐的状态，他认为："才生思，思生调，调生格，思即才之用，调即思之境，格即调之界。"① 在中晚年时期，他将这种观念进行了深化，并提出了"剂"的文论概念，强调行文时格调、音韵、理、气、才、意等各种因素的相互影响和合理搭配，从而使各个要素达到一种平衡、和谐的效果，如王世贞说："夫辞不必尽废旧而能致新，格不必步趋古而能无下，因遇见象，因意见法，巧不累体，豪不病韵，乃可言剂也。"② 即各个要素的和谐是"剂"的前提条件，而当这些相关的要素之间发生矛盾时，为了保持各方面的平衡，服务于文章的整体，王世贞认为各种要素之间要相互调和，达到文质彬彬的局面。故而王世贞对张佳胤赞赏有加，认为："虽所探适结构者不一，然大要不欲出物情之表而后快也，境有所未至，则务伸吾意以合境，调有所未安，则宁屈吾才以就调，是故肖甫之才恒有余而意无所不尽，为其剂量吾党之间，能去太甚。"③"剂"概念的提出与阐述，则是王世贞在早年诗文论基础上的进一步发展。再如在《艺苑卮言》中，王世贞强调："西京、建安，似非琢磨可到，要在专习凝领之久，神与境会，忽然而来，浑然而就，无岐级可寻，无色声可指。"④ 他还认为："凡为摩诘体者，必以意兴发端，神情傅合，浑融疏秀，不见穿凿之迹，顿挫抑扬，自出宫商之表可耳。"⑤ 王世贞的这些文论已经在法度之外，注重意、情的结合，讲究"神与境会""神情傅合"，从中我们可以体会到"性灵说"的意味，不过整个《艺苑卮言》

---

① 王世贞：《弇州山人四部稿》卷一百四十四《艺苑卮言一》，第17页。
② 王世贞：《弇州山人四部稿》卷六十八《黄淳父集序》，第14页。
③ 王世贞：《弇州山人四部稿》卷六十八《张肖甫集序》，第4页。
④ 王世贞：《弇州山人四部稿》卷一百四十四《艺苑卮言一》，第13页。
⑤ 王世贞：《弇州山人四部稿》卷一百四十七《艺苑卮言四》，第8页。

并没有将其进一步深化，在此基础之上真正地提出"性灵"这一概念。而王世贞中晚年却屡次提及"性灵"一词，他在《弇州山人四部稿》《弇州史料》《弇州山人续稿》等书中，多次提及"性灵"一说，除去重复的篇章，共有15篇文章明确提及"性灵"，其中《弇州山人续稿》尤著，高达11处。如在《经彭泽有怀陶公》一诗中，王世贞认为陶渊明的创作是"浊醪佐新诗，聊以娱性灵"①。在《湖西草堂诗集序》中，王世贞更是对"性灵"进行了深入的分析，认为创作应该是由兴而发，并融入境和意等因素，各因素在文章中都要相得益彰，服务文章整体，不要为求胜过他人而自损性灵。他论述道："顾其大要在发乎兴，止乎事，触境而生，意尽而止，毋凿空，毋角险，以求胜人而刓损吾性灵。"②

当然，还有部分观念是《艺苑卮言》中所没有的。如王世贞论文常以体例为先，而在"文部"的众多体式中，他尤其推崇"书牍"，认为书牍和其他文体相比，有其优越性。他解释道："人固有隔千里异胡越，大之不能抒丹素，细之不能讯暄凉矣，得尺一之札而若觏，是以笔为面也。有卒然讷于口，不能以辞通矣，归而假尺一之札上之而若契，是以笔为口也。故夫他文之为用方，而书牍之用圆也，意不尽则文尽，则止繁简，因浓淡而摹，而不务强其所未至。故夫它文之为体方，而书牍之体圆也，书牍之所称最他文有以也。"③ 再者，王世贞对于历史上的书牍，有自己的见解。在他心目中的顺序是先秦—东汉—晋朝—齐梁—隋唐，而以先秦、两汉为最优，他认为那时候的书牍创作能够达到文质彬彬的境界，其他朝代的则各有不足之处。如他论述道："先秦两汉质不累藻，华不掩情，盖最称笃古矣。东京宛尔，具体三邦，亦其滥觞，稍涉繁文，微伤诡语。晋氏长于吻而短于笔，间获一二佳者，余多茂先不解之。恨齐梁而下，大好缠绵，或涉俳偶，苟从管斑可窥豹彩，必取全锦，更伤斐然。隋唐以还，滔滔信腕，不知所以裁之，迩岁诸贤，稍有名能复古者，亦未卓然正始。"④ 他对书牍的认知，和他的文章之论又是非常吻合的，即秦汉时期

---

① 王世贞：《弇州山人四部稿》卷十《经彭泽有怀陶公》，第16页。
② 王世贞：《弇州山人续稿》卷四十六《湖西草堂诗集序》，第12页。
③ 王世贞：《弇州山人四部稿》卷六十八《凌玄旻赫蹄书序》，第5页。
④ 王世贞：《弇州山人四部稿》卷六十四《重刻尺牍清裁小序》，第13~14页。

的文章创作为最高古，亦是王世贞所向往和追求的创作境界。这也说明了王世贞中晚年诗文论的丰富性，这种丰富性不是《艺苑卮言》所能囊括的，独具价值。

再者，对王世贞早年和中晚年诗文观念之间的关系进行阐述，并构建完整体系。单独地看待王世贞早年的诗文论或者局限于以所钩沉的资料单独地辨析其中晚年的诗文论，都没法深入地了解王世贞诗文观念的全貌。虽说王世贞早年积极参与复古，并为之摇旗呐喊，但这是在李攀龙的引领之下才走上的复古之路，而其内心世界却与复古途径不尽一样，如王世贞27岁南下途中，他写了《初拜使命抵家作》《杂诗六首》《乱后初入吴，舍弟小酌》《将军行》等作品，而《将军行》更是直接取法白居易新乐府。王世贞这些本自内心的创作，正好是其与李攀龙结交后的第一次长期离别后所作。徐朔方先生就认为："当他暂时离开这位诗友而南下时，他的诗作就出现了另外的调子。"① 也正因为王世贞内心所具备的"真情说"，故而其在诗文观上与李攀龙的分歧越来越大，认为李攀龙的创作不过是"雪之月"，而自己的创作可是"风之行水"②，这两者有着本质的区别。"雪之月"，"雪"和"月"始终是两件事物，不能合一，以表明李攀龙的创作即使混融一体，也始终是模拟痕迹明显，没有自我，而"风之行水"则是活用苏轼的著名论断，"大略如行云流水，初无定质，但常行于所当行，常止于所不可不止，文理自然，姿态横生"③，即创作达到一种收放自如的真性情状态。后来随着王世贞创作的深入，自身文坛地位的提升，再加上李攀龙的逝世，王世贞越来越注重创作时自我真情的流露，甚至认为"有真我而后有真诗"④，"诗以陶写性灵"⑤，在文学复古这一大背景之下，将"真情说"推崇到无以复加的地步。王世贞对"真情说"的注重和矜持，使得其在中晚年所倡导的气、才、性灵、博识、剂、自然等诗文观念中，真性情得以抒发和体现，甚至在倡导法度时

---

① 徐朔方：《晚明曲家年谱·苏州卷》，浙江古籍出版社，1993，第488页。
② 王世贞：《弇州山人四部稿》卷七十七《书与于鳞论诗事》，第20页。
③ 苏轼：《苏轼文集》卷四十九《与谢民师推官书》，孔凡礼点校，中华书局，1986，第1418页。
④ 王世贞：《弇州山人续稿》卷五十一《邹黄州鸒鹩集序》，第2页。
⑤ 王世贞：《弇州山人续稿》卷一百六十八《题刘松年大历十才子图》，第13页。

追求不法而法、有意无意的境地，在注重格调时强调格调和作者情感的和
谐、作者情性的突出，这些都统一在王世贞的整体文论体系之中。而通过
对王世贞主要诗文观念的分析和认知，如气、才、性灵、博识、体式、法
度、格调、剂、自然等，我们不难看出王世贞的文论体系其实是一个以
"真情说"为核心，以作者所禀气、才、自身情性的多寡为基础，以博
识、体式、法度、格调、剂为方法，以剂和自然为创作极致的一个完整体
系，最终在于情与景融、主客体的和谐统一，自身真情实感自然而然的流
露，从而回归到文学创作的自我、真我本性。

通过以上对关于王世贞研究现状的阐述和问题的反思，以及对本书主
要研究内容的简要论述，本书稿的价值和意义也随之产生，这主要体现在
以下几个方面。

其一，使王世贞诗文论资料由残缺逐渐到完整。《艺苑卮言》对于王
世贞诗文论体系研究而言，其重要性和意义是不言而喻的，但不可否定的
是，《艺苑卮言》不是王世贞晚年所作，不代表其一生的诗文论主张，它
只是体现王世贞早年文学理论的专著，故而过于依靠《艺苑卮言》去认
识王世贞整体文学思想是错误的。再者，《艺苑卮言》是王世贞在目的明
确之下所作，即在复古文学运动中充当批判的武器的角色，因此，单独通
过《艺苑卮言》去研究王世贞的文学思想，很有可能得到的是一个一味
追求复古的王世贞。由于王世贞中晚年并没有对其文学理论进行再次编选
和刊刻，以至其中晚年的诗文论资料分散在众多作品之中，如其为他人文
集写的序跋、和友人交流时写的书牍、纪念逝者写的墓志铭，等等。试举
两例，王世贞曾在《金台十八子诗选序》中曾言："夫诗，心之精神发而
声者也，其精神发于协气，而天地之和应焉，其精神发于噫气，而天地之
变悉焉。故诗和于雅颂，变于风也，风至于变而极矣。"① 其在与友人徐
中行的书牍中说道："仆于诗，格气比旧似少减，文小纵出入，然差有真
得以告。足下大江而上，自楚蜀以至中原，山川莽苍，浑浑江左，雅秀郁
郁，咏歌描写，须各极其致。"② 可见，唯有通过对这些零散资料进行集

---

① 王世贞：《弇州山人四部稿》卷六十五《金台十八子诗选序》，第 15 页。
② 王世贞：《弇州山人四部稿》卷一百十八《徐子与》，第 11 页。

中的钩沉、整理，才能更加全面地认知和把握王世贞中晚年的诗文论思想。不过，对王世贞中晚年诗文论资料的钩沉和研究，并不是割裂其与《艺苑卮言》的有机联系，而是将钩沉的资料和《艺苑卮言》合为一体，从而让王世贞的诗文论资料更加完整和丰富，为下一步研究打下坚实的基础。同时，也方便他人对王世贞诗文论资料的查阅和引用。

其二，有利于认识王世贞完整的诗文思想。局限于《艺苑卮言》，不可能对王世贞的诗文论思想进行全面的认知，只有建立在完整资料基础之上的研究，才可能揭示王世贞诗文思想的全貌。不过，王世贞各个时期的诗文思想并不是简单的因袭发展，而是与其多历情变的人生一样，充满着复杂性和多变性，这就要求我们要注重王世贞不同时期诗文思想之间的演变和发展，把握其内在联系。如王世贞在早年参与复古运动时期，谈论法度、格调，其中晚年时期也谈论法度、格调，虽然法度、格调的这几个汉字没有发生变化，但是其内涵及其创作境界和追求随着王世贞阅历的增加而发生了相应的演变。王世贞早年在《艺苑卮言》中常常言及法度、格调之于文章创作的重要性，并强调才、思对法度、格调的补充，突破了李攀龙尺寸古人的刻板的法度、格调观念，具有一定的积极意义。随着立功梦想的破灭，王世贞转而追求立言求不朽，更加倾注于文章创作，且内心性灵种子逐渐发芽成长，其对法度、格调的内涵认知也逐渐丰富起来，以至他把法度、格调之于文章的创作与对自然的追求联系成一体，他曾在与戚继光的交谈中自述："仆自束发来，即知操铅椠之业，于今二十五年矣，近窃窥公之用兵而稍有悟于文。夫文出于法而入于意，其精微之极，不法而法，有意无意，乃为妙耳。"① 其进而认为："尚法则为法用，裁而伤乎气，达意则为意用，纵而舍其津筏，畏于思之难，信心而成之，苟取其近者，嚣嚣然而自足，耻于名之易，钩棘以探之，务剽其异者，沾沾然以为非常。夫其各相轧而卒莫相竞也，彼各有以持其角之负，然而不善所以为胜者，故弗胜也。吾来自意而往之法，意至而法偕至，法就而意融乎其间矣。夫意无方而法有体也，意来甚难而出之若易，法往甚易而窥之若

_____

① 王世贞：《弇州山人四部稿》卷一百二十五《复戚都督书》，第16页。

难，此所谓相为用也。"① 因此达到法度、格调和其他要素的融合，并不是王世贞所追求的最终目标，王世贞在此基础上，更进一步，追求创作中的"妙亦自然""不法而法"，强调作者情感的抒发，法度、格调融于其中，力求达到浑融无迹、走向自然的地步，这才是他的极致。这种追求是王世贞在早年复古主张基础之上的升华，亦体现了王世贞诗文思想的发展演变。只有认知了王世贞诗文思想的整体性，才能更好地还原一个文学上更加真实的王世贞。

其三，基于翔实资料基础之上的新认知。对于王世贞的个案研究，学界虽然取得了丰硕的成果，但是王世贞著述繁复，文学思想多变，建立在新材料基础之上的再研究，必定对学界目前的相关成果进行反思，进而得出新的认知，也更进一步走近王世贞本身。如对王世贞晚年文学思想的认知，学界常常提及王世贞阅读苏轼文集一事，明代刘凤曾在王世贞《弇州山人续稿序》中有言："（世贞）以疾乞归，病遂大作。予往问焉，则见其犹恒手子瞻集。"②《明史·王世贞传》亦云："病亟时，刘凤往视，见其手苏子瞻集，讽玩不置也。"此事遂成为后人讨论的重要话题，如徐复观主张："王世贞本人晚年亦渐造平淡。病亟时，刘凤往视，见其手持《苏子瞻集》讽玩不置。这便与袁宗道以白苏名斋，同其趋归了。"③ 孙学堂在《王世贞与性灵文学思想》一文中强调王世贞对苏轼的喜爱代表了其对性灵文学的转变（《苏州大学学报》2002 年第 4 期）；魏宏远在《钱谦益"弇州晚年定论"发覆》一文中认为王世贞对苏轼不是完全的否定，但也算不上是推崇（《上海交通大学学报》2013 年第 5 期），等等。对于此事的研究，我们固然可以看到王世贞对待宋代文学的态度较早年更加开放，但至于推崇，在王世贞文集中尚且缺乏相关证据。然而在学界注重苏轼一事时，我们却忽视了王世贞文集中经常出现的另一人物——白居易。王世贞虽力倡"诗必盛唐"，但在实际创作中却并非固守一端，而是于盛唐之外另有取法，其中的"雅慕"白居易现象值得特别重视，他经常翻阅《长庆集》，并于闲暇之余，模拟白风进行创作。前人曾据《艺苑

---

① 王世贞：《弇州山人四部稿》卷六十七《五岳山房文稿序》，第 16 页。
② 刘凤：《弇州山人续稿序》，《弇州山人续稿》，第 4 页。
③ 徐复观：《中国艺术精神》，华东师范大学出版社，2001，第 250 页。

卮言》"元轻白俗""白乐天广大教化主"等说法，认为王世贞不喜白居易，此乃表象之见。事实上，由于王世贞有着与白居易相似的官宦经历，且对其佞佛自适心怀羡慕；尤其是他谙熟白氏《长庆集》，并乐于仿拟白诗之浅率中蕴辞达、至雅中含通俗、为诗不失时政等特点，故而"慕白"乃情理之事。王世贞自己所谓"生平雅慕乐天"①，并非信口之言；其后学李维桢所谓"余友邹孚如尝言，王元美先生《艺苑卮言》抑白香山诗太过，余谓此少年未定之论。晚年服膺香山，自云有白家风味，其《续集》入白趣更深"②亦言出有据。新材料、新认知，是本书的创新所在，也是深化王世贞研究的客观要求。

其四，从历史发展的角度审视王世贞对他人的影响。王世贞不仅对其所处时代的文坛发展产生了重要影响，还超越时代的局限性，对后人有着深远影响。王世贞受李攀龙的影响走上复古道路，后组建七子派，主盟文坛，但王世贞并不是盲目地追随李攀龙，对于李攀龙之作，王世贞认为其七律"三首而外，不耐雷同"，拟古乐府"不堪与古乐府并看，看则似临摹帖耳"，他甚至批评复古文学流于剽窃模拟，"诗之大病"。同时，王世贞肯定梁有誉、宗臣"超津筏而上之"，源于情性而法无迹可寻的佳作。从李攀龙到王世贞，后七子派盟主的变化，伴随着文学主张的演变，由之前的尺寸古法到注重才思格调的相互融合，后七子派也逐渐成为复古文学到性灵文学转变的一座桥梁，王世贞至关重要。另外，王世贞有感于大限将至，"不复操觚管矣"，遂将引领文坛发展的希望寄托在李维桢、胡应麟等"末五子"身上。胡应麟抱着"以三余隙日，缀茸芜词，羽翼《卮言》，俟诸身后"的态度，依《艺苑卮言》而演《诗薮》；李维桢肯定王世贞的复古功绩，同时延续王世贞晚年文学思想，加强对复古理论的反思和修正，如主张"诗道性情，不可强同"，从而使复古理论更趋于成熟和兼容，格调和才情得到进一步的融合。在王世贞之后，他们引导复古后学与公安派、竟陵派等相抗衡，延缓了复古派在晚明的颓势和分裂。

综上可知，无论是从王世贞诗文论资料的钩沉方面而言，还是从梳理

---

① 王世贞：《弇州山人续稿》卷一百六十八《宋画香山九老图》，第 10 页。
② 李维桢：《大泌山房文集》，《四库全书存目丛书》集部第 153 册，齐鲁书社，1997，第 623 页。

资料，认知王世贞诗文论的整体性来看，甚至是全面审视王世贞对他人的影响，这些工作都是前人少有涉及的。本书在文论资料钩沉方面，不仅涉及的范围广，尽可能地将资料搜集全，而且抱着严谨、科学的态度，对资料进行鉴别、考证。在观念辨析方面，尊重所钩沉的诗文论材料，减少个人情感因素的介入影响对王世贞诗文论思想的客观辨析，并注重材料间的对比分析研究，尽量发现问题、了解问题、研读问题，最终解决问题。本书的设想和成果凝聚了笔者多年来的研究心得和反思，当然，受限于自身的学识积累，部分问题还有待商榷，恳请学界同仁多多批评指正。

第一章
王世贞诗文著述文本分析

对于王世贞著述文本卷数之多、内容之博，明清文人皆深有感触。如明人王锡爵曾言："明兴二百年，熏酿至嘉、隆中，文章始大阐，荐绅先生结轸而修竹素，乃其著述之富，体制之备，莫如吾友大司寇元美王公。"① 李维桢曾言："文章家所应有者，无一不有。搴华咀腴，臻极妙境，上下三千年，纵横一万里，宁有二乎？呜呼，盛矣！"② 胡应麟则曰："千古之诗，莫盛于有明李（梦阳）、何（景阳）、李（攀龙）、王（世贞）四家，四家之中，捞笼千古，总萃百家，则又莫盛于弇州。"③ 清人纪昀则在翻阅清以前的所有文集后，由衷地感慨道："考自古文集之富，未有过于世贞者……故其盛也，推尊之者遍天下；及其衰也，攻击之者亦遍天下。平心而论，自李梦阳之说出，而学者剽窃班、马、李、杜；自世贞之集出，学者遂剽窃世贞。"④ 魏裔介论道："有明三百年来，才德诸臣，盖亦蔚然可纪，而以豪杰之才抱经济之略者，余尤推弇州王氏……所著四大部稿，如陆海神皋，足供数载游览。"⑤ 古人对王世贞认知的共识，更加证明了王世贞著述的丰富性，

---

① 王锡爵：《弇州山人续稿序》，《弇州山人续稿》，第 1 页。
② 李维桢：《弇州山人续稿序》，《弇州山人续稿》，第 4 页。
③ 钱谦益：《列朝诗集》丁集卷六《胡举人应麟》，许逸民等点校，中华书局，2007，第 4530 页。
④ 永瑢等：《四库全书总目》卷一百七十二《弇州山人四部稿》，中华书局，2008，第 1508 页。
⑤ 魏裔介：《兼济堂文集》卷四《王弇州先生札记序》，魏连科点校，中华书局，2007，第 107 页。

而至于王世贞著述文本到底有多少卷，却历来没有准确数字。目前可见确认，王世贞所著的文本主要有：《弇州山人四部稿》一百八十卷，①《弇州山人续稿》二百七卷，《弇州山人续稿附》十一卷，《弇山堂别集》一百卷，《凤洲笔记》二十四卷，《续集》四卷，《后集》四卷，《嘉靖以来首辅传》八卷，《读书后》八卷，就此已经有五百余卷。今人许建平教授曾带领课题组成员对王世贞著述文本进行了基本的统计，他认为："单刻本和别人选编王世贞著作，尚有八百三十卷左右，将王世贞作品与历代名家的作品合编在一起的书，有四百余卷，王世贞校对、删定、编辑、评点他人著作的书，有七百卷左右……另外是否为王世贞作的可疑作品约三百二十卷左右，我们初定为是他人伪托王世贞之名的伪书约有六百一十多卷。综合起来，王世贞的书竟有三千六百零九卷。"②

王世贞的众多著述文本涉及文学、古文字学、史学等诸多方面，而王世贞被后人所熟悉主要是由于他跟随李攀龙组建"后七子派"从事复古文学运动。其文学复古集中在诗文领域。《弇州山人四部稿》分为赋部、诗部、文部和说部，在180卷的文本中，诗部和文部共计136卷，占比为75.6%；《弇州山人续稿》则分为赋部、诗部、文部，在207卷的文本中，诗部和文部共计206卷，占比高达99.5%。可见，在所有的篇目中，诗部和文部占据了绝大部分。王世贞的诗文理论集中在《凤洲笔记》、《艺苑卮言》和《读书后》等书之中，又以《艺苑卮言》最为著名，成为后人研究王世贞诗文思想所必须阅读的书目。也正是这些诗文理论专著，才更加奠定了王世贞复古文学领袖的地位。不过，王世贞部分诗文理论还散存在其文集的诗、序、跋、墓志铭、像赞、书牍等文章中，虽然通过对《艺苑卮言》的把握，能够对王世贞诗文思想进行了解，但是《艺苑卮

① 《弇州山人四部稿》通用的版本主要有一百七十四卷和一百八十卷之说。据美国哈佛大学燕京图书馆所藏一百七十四卷和一百八十卷本的内容来看，一百八十卷本所多出的六卷分别为卷一七五《燕语（上）》、卷一七六《燕语（中）》、卷一七七《燕语（下）》、卷一七八《野史家乘考误（上）》（63条）、卷一七九《野史家乘考误（中）》（45条）、卷一八〇《野史家乘考误（下）》（74条）。上海图书馆还藏有一百九十卷本，与一百七十四卷本相比，多出：《史乘考误》七卷、《盛事述》三卷、《异典述》五卷、《异事述》一卷。该本多出内容的目录已刻入总目中，纸张、书封等与全书一体，故为整书，版心均有"经世堂"等字，故非《弇州山人四部稿》与《史乘考误》等单行本混杂而成。

② 许建平编著《王世贞书目类纂》，凤凰出版社，2012，第3页。

言》毕竟是王世贞早年之作，不是王世贞对其一生整体诗文思想的总结，因此对于这部分资料的搜集与整理，是认知王世贞整体文学思想所要做的工作。本章拟对这些基本问题进行论述，以求对王世贞诗文著述进行全面的了解，为认识其整体的诗文思想打下坚实基础。

第一节　诗文著述文本概述

王世贞由于盛名已久，是天下士子争相学习的对象，以至其文集被不断刊刻，对明人文集进行较为集中整理与收藏的当数清朝编订的《四库全书》系列。在《四库全书》中，王世贞著述文本被选 17 种，分别是《弇山堂别集》、《嘉靖以来首辅传》、《弇州史料》、《史乘考误》、《画苑》及《画苑补益》、《王氏书苑》及《书苑补益》、《弇州山人题跋》、《异物汇苑》、《汇苑详注》、《觚不觚录》、《世说新语补》、《弇州山人四部稿》及《续稿》、《读书后》、《凤洲笔记》、《弇州稿选》、《尺牍清裁》及《补遗》、《全唐诗说》及《诗评》，基本涵盖了王世贞的主要著述，其中属于史部的有 4 种，属于子部的有 7 种，属于集部的有 6 种，符合王世贞的整体创作分布情况。

在这 17 种书中，明确分类为"诗文评类存目"的只有一种，为《全唐诗说》及《诗评》，《四库全书总目》评价道："旧本题明王世贞撰。世贞有《弇山堂别集》，已著录。是二书载曹溶《学海类编》中。实则割剥世贞《艺苑卮言》，钞为两卷。世贞著作，初无此二名也。"① 意即《全唐诗说》及《诗评》为王世贞所作，但这是后人从《艺苑卮言》中摘录有关部分后刊刻的单行本，文本的名字也是后人根据所摘录的内容而自行加定的，并非王世贞本意。这种"自撰被他编单行本"的现象远不止此一例，如《艺苑卮言说诗》《文评》《全唐诗说》《文章九命》《国朝诗评》《弇州山人词评》《曲藻》《王氏曲藻》等书，都属于此种现象，现分散存于中国国家图书馆、上海图书馆、复旦大学图书馆等。这些谈论王世贞诗论、文论、曲论、词论的单行本大都源自《艺苑卮言》一书，

---

① 　永瑢等：《四库全书总目》卷一百九十七《全唐诗说》，中华书局，2008，第1801 页。

《艺苑卮言》是王世贞为宣扬复古理论主张而作，且抱着以文求不朽，希冀成一家之言的宏大志向。不过王世贞在写作《艺苑卮言》的整个过程中，并没有自编单行本问世，其定稿存在《弇州山人四部稿》之中，全书共十二卷，分为正文八卷，附录四卷，无目录，有两序，全书主要内容为对历代诗作、文作、词作、曲作等进行评论，尤其是诗作和文作，至于该书的相关信息和后人评价，可从《四库全书总目》对《弇州山人四部稿》的相关介绍中获知一二。

　　明王世贞撰。世贞有《弇山堂别集》，已著录。此乃所著别集。其曰"四部"者，《赋部》《诗部》《文部》《说部》也。《正稿·说部》凡七种，曰《札记内篇》，曰《札记外篇》，曰《左逸》，曰《短长》，曰《艺苑卮言》，曰《卮言附录》，曰《宛委余篇》，皆世贞为郧阳巡抚时所自刊。《续稿》但有《赋》《诗》《文》三部，而无《说部》。则世贞致仕之后，手裒晚岁之作以授其少子士骏，至崇祯中其孙始刊之。考自古文集之富，未有过于世贞者。其摹秦仿汉，与七子门径相同。而博综典籍，谙习掌故，则后七子不及，前七子亦不及，无论广续诸子也。惟其早年，自命太高，求名太急，虚憍恃气，持论遂至一偏。又负其渊博，或不暇检点，贻议者口实。故其盛也，推尊之者遍天下；及其衰也，攻击之者亦遍天下。平心而论，自李梦阳之说出，而学者剽窃班、马、李、杜；自世贞之集出，学者遂剽窃世贞。故艾南英《天佣子集》有曰"后生小子不必读书，不必作文，但架上有《前后四部稿》，每遇应酬，顷刻裁割，便可成篇。骤读之，无不浓丽鲜华，绚烂夺目；细案之，一腐套耳"云云。其指陈流弊，可谓切矣。然世贞才学富赡，规模终大。譬诸五都列肆，百货具陈，真伪骈罗，良楛淆杂，而名材瑰宝，亦未尝不错出其中。知末流之失可矣。以末流之失而尽废世贞之集，则非通论也。①

①　永瑢等：《四库全书总目》卷一百七十二《弇州山人四部稿》，中华书局，2008，第1508页。

即《艺苑卮言》和《卮言附录》属于《弇州山人四部稿》中的"说部","惟其早年，自命太高，求名太急，虚憍恃气，持论遂至一偏"一语亦是对《艺苑卮言》的委婉评论。《弇州山人四部稿》及《续稿》在刊印之后，后人对其评论呈现出由褒到贬的发展趋势，其中，《艺苑卮言》的存在占据着一定原因。因为《艺苑卮言》是最能体现王世贞诗文论的著述，且属于王世贞"自撰自编"类书，最具权威。由于《艺苑卮言》版本复杂，且该书对王世贞诗文论研究具有独特性，在此不多叙述，后文将对《艺苑卮言》的相关问题进行集中探究。

另外，在所选录的文本中，与王世贞诗文论有很大关联的是《读书后》和《凤洲笔记》。关于《读书后》一书的具体情况，《四库全书总目》中的介绍甚为详细，为我们认知《读书后》提供了可供参考的资料。

> 明王世贞撰。此书本止四卷，为世贞《四部稿》及《续稿》所未载，遂至散佚。其侄士骐得残本于卖饧者，乃录而刊之，名曰《附集》。后吴江许恭又采《四部稿》中书后之文为一卷，《续稿》中读佛经之文为一卷、读道经之文为二卷，并为八卷，重刻之。而陈继儒为之序，称其如吕氏《读书记》、晁氏《读书志》。案晁公武《读书志》每书皆详其卷数撰人，以及源流本末。世贞此书则九十五篇之中，为跋尾者四十二，为史论者五十三；而四十二篇之中又皆议论之文，无一考证之语，与晁氏书南辕北辙。继儒殆未见《郡斋读书志》，而偶闻其名，妄以意揣度之，谓亦如此书之跋尾耳。《书影》记世贞初不喜苏文，晚乃嗜之，临没之时，床头尚有苏文一部。今观是编，往往与苏轼辨难，而其文反复条畅，亦皆类轼，无复摹秦仿汉之习。又其跋《李东阳乐府》与《归有光集》、《陈献章集》，均心平气和，与其生平持论不同。而《东阳乐府跋》中自称"余作《艺苑卮言》时，年未四十，方与于鳞辈是古非今，此长彼短，未为定论。至于戏学《世说》，比拟形似，既不切当，又伤儇薄。行世已久，不能复秘。姑随事改正，勿令多误后人而已"云云。然则此书为晚年进境，以少许胜多许矣。其第五卷为《四部稿》中题跋二十五篇。其中如《读亢仓子》，不知为王士元所作，则未考《孟浩然集序》；《读三坟》，以为刘炫作，则未

考《隋书·经籍志》;《读元命苞》一篇所言乃卫元嵩之元包,尤为荒谬,则犹早年盛气,不及检校之作。许恭撄续此编,毋乃非世贞意欤。以原刻所有,姑并存之。至是编杂论古书而究为杂著,非目录之比。无类可附,今仍著录《集部》焉。①

《读书后》全书共八卷,不是王世贞专门谈论诗、文、曲等文体的书,内容繁杂,且不由王世贞自己编订而成,就其内容而言,"九十五篇之中,为跋尾者四十二,为史论者五十三;而四十二篇之中又皆议论之文",其中四十二篇议论之文却与王世贞的诗文论有莫大联系,如《读庄子》、《书李白王维杜甫诗后》、《书三苏文后》、《书苏诗后》、《书李西涯古乐府后》和《书归熙甫文集后》等,这些篇目分散在书中,基本都是王世贞晚年之作,甚至是王世贞对年少和青年时期文学思想的回顾,有助于我们进一步了解王世贞的诗文思想。

《读书后》初刻时名为"弇州山人读书后"。《四库全书总目》中的"其侄士骐",实为错误之处,王士骐为王世贞长子,撰有《先府君凤洲王公行状》。该书由王世贞侄王士禄、王世懋孙婿许恭、陈继儒等人在《弇州山人续稿附》卷七、卷八、卷九、卷一○、卷一一基础上,合五卷为四卷,且打乱篇次,重新编排而成,所谓"初止四卷",亦误。② 称"此书本止四卷,为世贞《四部稿》及《续稿》所未载",也有所出入,因为此"四卷"在明刻本《续稿》中无收,但在明钞本《续稿》中却有收入,这就说明四库馆臣当时未见到收此内容的明钞本《续稿》,该钞本《续稿》现藏于上海图书馆,全书三十二卷。

还有,《弇州山人续稿附》卷九有《又苏老文后》一文,该本皆改"苏老"为"老苏",两者词序不同,感情也异。王世贞晚年尊崇苏轼,故原稿应为"苏老";《弇州山人续稿附》卷九《书李西涯乐府后》一

---

① 永瑢等:《四库全书总目》卷一百七十二《读书后》,中华书局,2008,第1508~1509页。
② 《弇州山人续稿附》卷七《书李邺侯传后》《书常衮传后》二文,《读书后》卷三收录;《弇州山人续稿附》卷八,《读书后》全部收录;《弇州山人续稿附》卷九,除《书曹世良手录山海经后》一文外,《读书后》全部收录;《弇州山人续稿附》卷一○《读朋党论》《续楚语论》二文,《读书后》卷一、卷三收录,其中《续楚语论》在《读书后》卷一标题为《读楚语论》;《弇州山人续稿附》卷一一,《读书后》全部收录。

文，基本同明钞本《续稿》（其中"既不甚切而伤儇"句中"儇"字，明钞本为"狷轻"），而《读书后》却删去："当余学《艺苑卮言》时，年未四十，方与于鳞辈是古非今，此长彼短，以故未为定论，至于戏学《世说》，比拟形肖，既不甚切而伤儇轻，第行世已久，不能复秘，姑随事改正，勿令误人而已。"① 此段文字在后出的《读书后》，如清"味菜庐集色本"、顾朝泰刻本及其"天随堂重镌本"、四库本中皆不见。文渊阁四库本《读书后》较之文津阁本卷四多出《书耶律辽史后》《书廉希宪巴延诸传后》，缺《读孟子》；卷五多出《读魏志》《读宋史》《读荀子》。

后世对该书多有误解，如谈迁《枣林杂俎》"圣集"云："王元美所著《读书后》四本，捐馆。后公子吏部士骐于货郎担中重价得，今行世。"查慎行《人海记》（卷下）也有类似说法。其实，王世贞不是撰完《读书后》才辞世，该书只不过是对陈继儒等人的一个选编本罢了，并非王世贞专书。

《凤洲笔记》② 一书的相关情况在《四库全书总目》中的介绍颇少，其曾言："明王世贞撰。世贞有《弇山堂别集》，已著录。是集乃隆庆己巳黄美中所编。前有美中《序》，称世贞著作不能尽见，会从其侄孙少川子得此集，因编刻以公天下，盖当时摘选之本也。然命诗文曰《笔记》，其称名可谓不伦矣。"③ 可见，《凤洲笔记》一书和《读书后》一样，并非王世贞自编后刊刻发行，乃后人黄美中编订，不过《四库全书总目》中所言的"摘选之本"不确，该书其实是王世贞早年诗文之"削稿"，即删减加工版。"削稿"一说源于殷都，其《刻王先生笔记叙》云："笔记如干桼，盖王元美先生削稿也。"④ "削稿"即未定稿，该书为王世贞草

---

① 王世贞：《弇州山人续稿》卷二十一《书李西涯古乐府后》，明钞本，上海图书馆藏，第9页。

② 在许建平先生看来，《凤洲笔记》编者伪，内容真。他认为隆庆己巳，黄美中托王世贞名所编，名诗文为"笔记"，不伦。然，虽黄美中托名王世贞编，但所编内容却是王世贞所撰。故此书内容当为真，而非为伪也。详见于许建平先生著《王世贞与〈金瓶梅〉》，河南人民出版社，2012，第27页。

③ 永瑢等：《四库全书总目》卷一百七十七《凤洲笔记》，中华书局，2008，第1595页。

④ 殷都：《刻王先生笔记叙》，《凤洲笔记》，明刻本，美国普林斯顿大学东亚图书馆藏，第2页。

稿，未经王世贞同意而刊刻。后世对该书也多存误解，如嵇璜《续文献通考》卷一九三云："至后人黄美中编《凤洲笔记》二十四卷，《续集》四卷，《后集》四卷，沈一贯有《弇洲稿选》十六卷，虽意主别裁，而弃取未能皆当。"① 这一说法也是把《凤洲笔记》理解为王世贞著述的选本。

《凤洲笔记》目前主要有三种版本。其一，隆庆三年黄美中序刊本，前有黄美中《凤洲笔记序》，署"隆庆己巳（1569）春王正月十日江夏黄美中子充甫序"；其二，殷都序刊本，首殷都序、次黄美中序、后有范淳隆跋文《谒先生笔记后》；其三，无序跋本。比对三种版本，似"黄美中序刊本"问世最早，黄美中云："以此集编成二十四卷，列于左，以公天下，俾后世之学者共景之，亦何必藏名山而纳石室也！"从"以此集编成二十四卷"来判断，《凤洲笔记》所附《续集》和《后集》者应为后出本。殷都序刊本附有范淳隆《谒先生笔记后》一文，可借此进一步来补证，该跋文云："黄子充梓王元美先生笔记成，淳隆得而读之，两目灿丽，若对山珠海，讶天地间有此奇宝。夫今之作者林起渊聚，传布海内，亡虑数百家，然合古雅者，才十之一二，作者之难，良可太息。先生天马骏雄，凌驾前古，晋唐以下不欲自居，观诸笔记，其言益信。虽然，先生著述几千万言，宝秘石室，尚未示人，笔记之刻，特沧海见余波耳，未足尽见先生也，未足尽见先生也。"该跋文署"隆庆己巳三月上浣昆山范淳隆书"，"上浣"即上旬，此文与黄美中序"隆庆己巳（1569）春王正月十日"时间较近（"春王正月"，为周天子所颁布历法之正月），因此，殷都序刊本与黄美中序刊本应为同一年刊刻，时间仅隔数月。或许是殷都担心"是编梓行之，非先生意也，黄君固笃信，而予惧夫世之求先生者，止于是编也"，即害怕"削稿"的刊出会对王世贞产生负面影响，故强调该著之刊印非王世贞之意。

从以上对王世贞诗文著述文本的概述可知，《读书后》和《凤洲笔记》都不是王世贞自撰自编后刊刻的，而是后人根据自身目的，将王世贞的有关文章进行重新编订后刊刻的，均非出于王世贞的本意，唯有

---

① 嵇璜：《续文献通考》卷一九三，浙江古籍出版社，2000，第4320页。

《艺苑卮言》一书是在王世贞有明确目的、动机下进行的创作,且由王世贞亲自编订和刊刻。正因为此,不少研究者通过《艺苑卮言》去认识王世贞的文学思想,如马茂元《王世贞的〈艺苑卮言〉》(1962)、龚显宗《王世贞诗论研究——以〈艺苑卮言〉为主》(1979)、颜婉云《王世贞〈艺苑卮言〉诗论析论》(1981)、罗仲鼎《从〈艺苑卮言〉看王世贞的诗论》(1989)、俞为民《王世贞〈艺苑卮言〉中的曲论》(2012)、李燕青《〈艺苑卮言〉研究》(2013)等。这在一定程度上推动了《艺苑卮言》和王世贞文学思想的研究。

第二节　《艺苑卮言》探究

如前所言,《全唐诗说》《文评》《文章九命》《曲藻》等有关王世贞诗文论的单行本,并非王世贞所编订,它们基本上都是源于《艺苑卮言》,再加上历来不少研究者以《艺苑卮言》来认知王世贞的文学思想,故而有必要对《艺苑卮言》做一专题探究,以认清《艺苑卮言》与王世贞文学思想的关系。

《艺苑卮言》是王世贞早年在希冀成“一家言者”、补徐祯卿和杨慎文学评论、宣扬复古文学理论等动机之下,有意识、有目的、有条理编写和整理的文学理论专著,是王世贞文学思想的重要体现。王世贞对此书非常重视,他不仅请友人帮忙审阅,还多次亲自修改,这也导致后来《艺苑卮言》的版本系统十分复杂,有六卷本、八卷本、十二卷本、十六卷本、二十五卷本等说。目前,学界对《艺苑卮言》研究所采用的版本主要为“《四部稿》十二卷本”(以下简称“《四部稿》本”)、“累仁堂十二卷本”(以下简称“累仁堂本”)、“武林樵云书舍十六卷本”(以下简称“十六卷本”)、国家图书馆的清刻普本“六卷本”(以下简称“清刻六卷本”)、民国丁福保所编辑的《历代诗话续编》,等等。不过这其中并没有涉及《艺苑卮言》的早期版本,故而无法探究《艺苑卮言》的成书过程,梳理各个版本之间的逻辑关系,构建其版本系统。今在王世贞自己所提及版本信息的基础之上,结合新发现的陕西省图书馆明刻六卷本、美国柏克莱加州大学东亚图书馆八卷本,以及日本大阪大学八卷本的《艺苑卮言》，对《艺苑卮言》的版本问题进行深入研究，并探讨版本之间的演变逻辑，进而认知王世贞创作《艺苑卮言》时的思想流变。《艺苑卮言》是王世贞诗文思想的重要体现，因此只有清楚地知道《艺苑卮言》的成书过程和版本体系，才能更好地深入了解王世贞文学思想体系。

一　历史中的《艺苑卮言》

《艺苑卮言》与王世贞的诗文思想联系十分紧密，但是《艺苑卮言》并不是一次性成书的，而是伴随着王世贞的成长而不断变化。《艺苑卮言》版本著录情况十分复杂，翻阅各种明清历史文献，明确提及《艺苑卮言》版本情况的主要有 15 处，分别为：（明）朱睦㮮《万卷堂书目》卷四中提及《艺苑卮言》八卷；（明）王圻《续文献通考》中提及《艺苑卮言》琅琊王世贞著；（明）焦竑《国史经籍志》卷五中提及王元美《艺苑卮言》八卷，又《艺苑卮言附录》四卷；（明）陈第《世善堂藏书目录》卷上中提及《艺苑卮言》八卷；（明）祁承爜《澹生堂藏书目》中提及《艺苑卮言》八卷，又《卮言附录》四卷，另又再次提及《弇州四部稿》一百七十四卷，《艺苑卮言》十二卷；（明）胡震亨《唐音癸签》卷三十二中提及王元美《艺苑卮言》八卷，又《艺苑卮言》四卷；（清）张岱《石匮书》卷三十七中提及王世贞《艺苑卮言》八卷，《艺苑卮言附录》四卷；（清）黄虞稷《千顷堂书目》卷三十二中提及王世贞《艺苑卮言》八卷，《附录》四卷；（清）朱彝尊《静志居诗话》卷十三中提及王元美论诗文大旨具于《艺苑卮言》七卷；（清）徐乾学《传是楼书目》提及《艺苑卮言》八卷；（清）万斯同《明史》卷一百三十七中提及王世贞《艺苑卮言》八卷，《附录》四卷；（清）张廷玉《明史·艺文志五》中提及王世贞《艺苑卮言》八卷，《附录》四卷；（清）钱大昕《弇州山人年谱》中提及（王世贞）壬申四十七岁，九月与敬美游洞庭两山，冬至日，张助甫过访，是岁复位《艺苑卮言》，益为八卷，又《附录》四卷；（清）范邦甸《天一阁书目》卷三之二子部中提及《艺苑卮言》四卷刊本；（清）张之洞《书目答问》集部中提及《诗文评》第四，《艺苑卮言》一卷，在《四部稿》本内。

后人谈及的《艺苑卮言》虽然有四卷本、八卷本和十二卷本，但通行的则是正编为八卷，附录为四卷的十二卷本。目前尚能见到他人编选的《艺苑卮言》本，还有万历十七年（1589）新安程荣刻的《新刻增补艺苑卮言》十六卷本，以及万历十九年（1591）合肥黄道日撰的《增补弇州山人艺苑卮言》十二卷本，等等。

王世贞自己明确提及《艺苑卮言》的版本则只有六卷本和十二卷本。关于六卷本，王世贞在《艺苑卮言》"戊午六月"序中说道："稍为之次，而录之，合六卷。"① 另外，王世贞在《宛委余编》小序中更是直接提及："余故有《艺苑卮言》六卷，其第六卷于作者之旨亡所扬抑。"② 可见，六卷本的确存在过，并被刊刻成纸本得以流传。至于十二卷本，王世贞虽然没有明确提及之，不过在其亲自编订的《弇州山人四部稿》中，卷一百四十四到卷一百五十一收录了《艺苑卮言》八卷，卷一百五十二到卷一百五十五收录了《艺苑卮言附录》四卷，此合本即为《艺苑卮言》的十二卷定本，也为后来所通行的版本。

翻阅王世贞的文集，我们似乎还能获取更多关于《艺苑卮言》的版本信息。如他在《答汪伯玉书》中谈论道："旧有卮言六卷，自谓艺圃鸡肋，偶有便手聊刻成帙。"③ 在与吴国伦的书信中言及"向在青有谈艺四卷"④。在答复王文禄时曾说道："鄙作凡六十卷，谈艺四卷，记朝事两种，种各廿卷，尔时尽出之，以佐足下舞剑之乐，足下为何如？"⑤ 在与王文禄的另一封信中还说道："谈艺六卷，颇匹之鸡肋，幸教而正之。"⑥ 另外，王世贞在与徐中行的书信中谈及自己的《四部稿》本中"只卮言诸录亦二十余卷"⑦，在与徐中行的另外一封信中还说道："拙集四月未可全就，今先寄艺苑二十五卷。"⑧ 这些信息虽然对我们考证《艺苑卮言》

---

① 王世贞：《弇州山人四部稿》卷一百四十四《艺苑卮言序》，第1页。
② 王世贞：《弇州山人四部稿》卷一百五十六《宛委余编序》，第1页。
③ 王世贞：《弇州山人四部稿》卷一百一十八《答汪伯玉书》，第18页。
④ 王世贞：《弇州山人四部稿》卷一百二十一《吴明卿》，第7页。
⑤ 王世贞：《弇州山人四部稿》卷一百二十七《答王贡士文禄》，第16页。
⑥ 王世贞：《弇州山人四部稿》卷一百二十七《答王贡士文禄》，第17页。
⑦ 王世贞：《弇州山人四部稿》卷一百一十八《徐子与》，第14页。
⑧ 王世贞：《弇州山人续稿》卷一百九十《徐子与方伯》，第3页。

的版本情况有所帮助，但是它们只能作为参考，不能作为确定四卷本或二十五卷本等版本的确凿依据。究其原因有三。

其一，"谈艺""卮言""艺苑"等语并不完全等于"艺苑卮言"，它们也可能是王世贞谈论其他文艺的话语，而不是专指《艺苑卮言》一书。在王世贞没有明确指出的情况下，我们更不能刻意地主观认定，如王世贞曾在《项伯子诗集序》中言及"嘉靖间，余谈艺燕中"①，此处"谈艺"就不能视作《艺苑卮言》一书。

其二，王世贞在整理满是尘土的簏箱时，说道"出之，稍为之次而录之，合六卷"，即王世贞并不是在已有的四卷本之上再次整理，而是直接编纂成六卷本的《艺苑卮言》。我们在没有获取四卷本刊本和更多的确切证据之前，也只能如此推论之。

其三，从王世贞和徐中行交流的两封信件来看，其时间相近。在第一封信中，据王世贞"前月得舍弟书云足下有信至，以弟西出，甚怅怏不自意""今已五十"等语，可推知此信为万历三年所作。在第二封信中，据王世贞"岁暮有宜城张簿者赴闽中一函""闽之于郧楚也"等事迹，可推知此信为万历四年初所作。② 这两封信件皆作于王世贞形成《艺苑卮言》十二卷本定本之前，且其提及的"二十余卷"和"二十五卷"均与《艺苑卮言》的十二卷篇幅出入较大，也由此可知，这两封信件所涉及的版本信息可能并不是专指《艺苑卮言》一书。

根据王世贞所提及的版本情况，我们无法确定《艺苑卮言》所涉版本的具体种类和实际情况，然而从中我们可以获知《艺苑卮言》由最初的随心写作，到六卷本的刊刻，再到十二卷本的定稿，这期间必定经历了一个漫长的增删过程，也是王世贞文学思想经历的矛盾时期。

---

① 王世贞：《弇州山人续稿》卷四十三《项伯子诗集序》，第18页。
② 这两封信件的写作时间考据，以王世贞的生活轨迹为准，具体可参见郑利华《王世贞年谱》一书，复旦大学出版社，1993，第248~257页。

二 新发现版本概述

周兴陆教授于 2005 年在国家图书馆发现了清刻六卷本①，但由于此本刊刻于清朝，肯定不是王世贞所言及的六卷本原本，其价值有限。明刻六卷本是否刊刻流传？这个问题一直困扰着学界。如前所言，王世贞屡次提及六卷本，特别是他在《宛委余编》小序中直接提及："余故有《艺苑卮言》六卷，其第六卷于作者之旨亡所扬抑。"② 可见，六卷本的确存在过，并被刊刻成纸本得以流传。而且王世贞还曾请陆邦教将六卷本《艺苑卮言》带给张佳胤，期待对方阅读后给出一定的建议，而收藏于陕西省图书馆的《艺苑卮言》六卷本则印证了这一切。

翻阅其书，从刻工、用纸、笔墨等方面来看，与之前所查阅的王世贞明刻本书籍无异。该本页 10 行，每行 20 字，③ 框高约 205 毫米，宽约 140 毫米，淡墨，左右双栏，版心白口，单白鱼尾，上方记"艺苑卮言卷之×"。在全卷结尾处，刻有"长洲陆子霄刻"字样。此六卷本的"序"没有单独列出来，而是在卷一第一页，注明"吴郡王世贞元美著"，正文开始时才标有"叙"字，其"叙"与《四部稿》本"戊午六月序"的内容完全一致，结尾稍有出入，该本结尾为"戊午六月记"，《四部稿》中的为"戊午六月叙"。"叙"中所言的"戊午"，即嘉靖三十七年（1558）。该书有印章三枚，其一为"张宗旡京印"，其二为"钱氏书印"，其三为"四明卢氏抱经楼藏书印"。通过对此本的辨析，此本就是王世贞所言的六卷本。主要原因有以下几个方面。

首先，该书结尾处的"长洲陆子霄刻"字样，说明此书不是王世贞亲自刊刻。关于此书的刊刻，王世贞在后来的"壬申夏日"序中有所提

---

① 周兴陆教授对此本《艺苑卮言》有深入的研究，并撰写《试述中国国家图书馆藏六卷本〈艺苑卮言〉——兼论王世贞与李攀龙的诗学关系》一文，发表于《汉语教学研究》，韩国首尔出版社，2008 年第 9 辑，第 49~56 页。周先生认为此本为六卷本清刻《艺苑卮言》，半页 10 行，行 20 字，左右双栏，白口，单白鱼尾，只有"戊午六月"序，及"行有恒堂藏书"印。

② 王世贞：《弇州山人四部稿》卷一百五十六《宛委余编序》，第 1 页。

③ 总体而言，每行都是 20 字，但是有 4 处为 21 字，此为刊刻排版的不同，并不影响行文内容。

及，他说："里中子不善秘，梓而行之。"① 据查，陆子霄生活的长洲地区，在当时是属于苏州府的一个县，王世贞生活的太仓地区，亦属于苏州府。陆子霄和王世贞是同乡，即王世贞口中的"里中子"。至于书的刊刻是王世贞授意还是完全不知情，则有待他论。

其次，从六卷本的文章内容条目编次来看，词曲尚未从诗文中独立出来，卷一、卷二、卷三皆有零散的词曲评论，而王世贞在"壬申夏日"序中曾言："盖又八年而前后所增益又二卷，黜其论词曲者，附它录为别卷，聊以备诸集中。"② 阅读《四部稿》本时，我们可以清晰地看到词曲评论部分已被集中放置于"附录一"。

另外，从六卷本所涉及的内容来看，谈论"文繁而法"时，王世贞说道："吾得其人曰汪玉卿，玉卿今为襄阳守。"③ 但在《四部稿》本中却变为"吾得其人曰汪伯玉"④。汪道昆十七岁时字玉卿，后来才改叫伯玉，其为襄阳守时乃嘉靖三十七年，而后来修改《艺苑卮言》时，汪道昆已经离任襄阳，故后面的内容也随即删除。再如，在六卷本中，王世贞曾言"余于国朝前辈名家亦偶有所评，附记于此"⑤，评论贾谊时先赞赏其有"经国之才"，同时也指出其创作"所不足者古雅耳"⑥，在《四部稿》本中转变为"余于国朝前辈名家，亦偶窥一斑，聊附于此，以当鼓腹"⑦，评论贾谊时，更是直接删除了之前认为的不足之处。通过这些变化，我们不难看出，王世贞由之前的随性直言变为微言谨慎，这符合其在"壬申夏日"序中的自叙。因为六卷本流传后，被多人批评，认为是"语如鼓吹，堪以捧腹"，这也直接影响到王世贞后来对《艺苑卮言》的修改和写作。

以上对六卷本的介绍和辨析，应该足以说明此版本的刊刻时间和创作内容均为王世贞屡次明确提及的《艺苑卮言》六卷本，该本在《艺苑卮

---

① 王世贞：《弇州山人四部稿》卷一百四十四《艺苑卮言一》，第 2 页。
② 王世贞：《弇州山人四部稿》卷一百四十四《艺苑卮言一》，第 2 页。
③ 王世贞：六卷本《艺苑卮言四》，第 9 页。
④ 王世贞：《弇州山人四部稿》卷一百五十《艺苑卮言七》，第 10 页。
⑤ 王世贞：六卷本《艺苑卮言三》，第 5 页。
⑥ 王世贞：六卷本《艺苑卮言二》，第 11 页。
⑦ 王世贞：《弇州山人四部稿》卷一百四十八《艺苑卮言五》，第 13 页。

言》版本体系中是较早的，具有特殊的地位和价值。

与此同时，疑问也随之而来。王世贞虽然提过他单独将词曲部分集中处理，不过他没有言明是在什么版本基础之上做的修改。那么《艺苑卮言》六卷本是直接编改成《四部稿》本的吗？朱睦㮮在《万卷堂书目》、焦竑在《国史经籍志》以及陈第在《世善堂藏书目录》中所提及的八卷本，是否就是除了"附录"四卷之外的正文八卷？还是另有其他？这些疑问仅仅靠推测是无法解惑的，唯有新版本的发现才可能解决。

幸运的是，在美国查阅王世贞的有关资料时，藏于柏克莱加州大学东亚图书馆的《艺苑卮言》（以下简称"加州本"）让笔者有了新发现。该本是笔者在国内没有见到过的。该本原为八卷，目前仅存 3~8 卷，且其中有部分书页破损。由于缺损第一、二卷，故无法知道该书是一个序还是两个序，而在第三、五、七卷的首页均有两枚一样的印章，一为"东明"，一为"天一阁"，可知此书原为范钦所藏，范钦号东明，其东明草堂系天一阁建成之前的藏书处，故按理，"天一阁"印为后来所加，亦可知此书为明刻本。每卷首页皆注明"吴郡王世贞元美著"，页 10 行，每行 20 字①，框高约 200 毫米，宽约 140 毫米，左右双栏，版心白口，单白鱼尾，上方记"艺苑卮言卷之×"，但在卷七上方却标为"艺苑卮言附录卷之七"。

此版本虽为残本，但是根据所残留下来的 6 卷，依然可以判定此版本刊刻时间在六卷本之后，《四部稿》本之前，极有可能为六卷本之后的八卷本，也许就是后人屡次提及的八卷本。其主要理由有以下几点。

其一，此本第六卷和六卷本的第五卷在内容上和条目编次顺序上完全一致，而在第七、八卷中，均存有六卷本的内容，其中完全一致的有 30 条，有增删痕迹的有 7 条，第七、八卷多出来的有 40 条。这也正如王世贞在《宛委余编》小序中所云："余故有《艺苑卮言》六卷，其第六卷于作者之旨亡所扬抑表著。"即王世贞在六卷本中第六卷的基础上做过增删工作，从而使六卷本的篇幅发生了变化。

---

① 总体而言，每行都是 20 字，但是有 2 处为 21 字，1 处为 22 字，此为刊刻排版的不同，并不影响行文内容。

其二，此本只剩六卷，是"6+2"模式的八卷本。王世贞在卷七的正文之前，有一小序，此处原书有所破损，但根据《四部稿》本及《宛委余编》本可以补全。他说道："小有所泛澜，或时绎腹笥之遗，合之别成二卷，曰《艺苑卮言附录》。"（见图1）此小序与《宛委余编》的小序很相近，不过王世贞交代的《艺苑卮言》版本信息更为明确。即王世贞在六卷本第六卷的基础之上补录了两卷，作为"艺苑卮言附录"，全书共八卷，故在第七卷的首页上方标记为"艺苑卮言附录卷之七"，以示不同于前六卷。

其三，虽然此本书页部分破损，不过依然清晰可见的是，王世贞在卷七的小序结尾处，留下了一个极为重要的时间线索："卯冬"（见图2）。根据王世贞所生活的年代，再结合其创作《艺苑卮言》的时间，该线索的完整时间应为"丁卯冬"，即隆庆元年丁卯（1567），王世贞时年42岁。据此线索也可推知该书的创作时间为隆庆元年冬天，刊刻时间则可能为此年冬天或稍后。

其四，古人讲究避讳，明朝隆庆年间也不例外。据县志记载，延庆县在元朝改名为龙庆州，明初改为隆庆，1567年，明穆宗年号为"隆庆"，为避讳，隆庆州便改为延庆州。而王世贞在卷八中有一处涂黑（见图3），此涂黑之处是所存版本之中唯一一处，且通过与其他版本对比，此涂黑处为"隆"字，全文也只有此一处"隆"字，亦可推测此处极有可能是避讳所致，此版本则可能是在隆庆年间创作和刊刻的。

其五，从此本的内容来看，部分条目明显具有六卷本到《四部稿》本的过渡性质。如王世贞评论国朝诗人刘伯温时，不同版本的内容不尽一样，在六卷本中为"刘伯温如河朔少年，作侠妆束，使见大雅，不免低眉"，在八卷本中为"刘伯温如河朔少年，作侠妆束，百艺使习，唯见大雅，不免低眉"，而在《四部稿》本中则为"刘伯温如刘宋好武诸王，事力既称，服艺华整，见王谢衣冠子弟，不免低眉"。

上述对八卷本的介绍和辨析，让我们对《艺苑卮言》版本由六卷本到《四部稿》本的发展和演变有了一个更清晰的认识。八卷本刊刻的时间，以及内容的过渡性质，亦可体现此本在《艺苑卮言》版本体系中起着承前启后的作用。

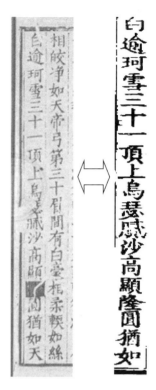

图1　　　　　　　　图2　　　　　　　　图3

　　稍微不足之处为加州本是一个残本，无法窥其全貌，故不能穷尽该书的特点。不过庆幸的是，在日本大阪大学新发现了八卷本的《艺苑卮言》（简称"大阪本"），此本没有排列目录，"序"也没有单独列出来，而是在卷一第一页，注明"吴郡王世贞元美著"，正文开始时才标有"叙"字。其"叙"与《四部稿》本"戊午六月序"的内容大体一致，结尾稍有出入，该本结尾为"戊午六月记"，《四部稿》本中的为"戊午六月叙"。有印章四枚，其一为"大阪大学收藏图书印"，其二为"憺德堂图书记"，其三为"大阪大学图书"，其四为"硕圆记念文库"。该本每页10行，每行20字，框高约200毫米，宽约140毫米，左右双栏，版心白口，单白鱼尾，上方记"艺苑卮言卷之×"，但在卷七上方却标明为"艺苑卮言附录卷之七"。卷三第一页右下角另有一枚印章，为"詹纶"。

在之前版本研究的基础上，对此本进行对比，可知此本与加州本相似度颇高。加州本原为八卷，目前仅存卷三至卷八，且其中有部分书页破损。版本方面的不同之处在于加州本在卷三、卷五、卷七的首页均有两枚一样的印章，一为"天一阁"，一为"东明"，可知此书原为天一阁藏书。在内容方面，加州本的卷三至卷八与大阪本的卷三至卷八均一致，没有任何出入。由此可以推测，大阪本极有可能是加州本的全本，可补加州本之阙，只不过所藏地不同，导致印章不同罢了，大阪本和加州本实为同一版本（为了行文方便，如不是针对大阪本和加州本的对比分析研究，以后统一用"八卷本"代替二者，且以全本八卷本的大阪本为主）。

诚然，对明刻六卷本和八卷本的初步介绍和辨析，有助于我们认识不同版本的独特性，不过要更深入了解新发现的版本和其他学界研究版本之间的逻辑联系、梳理《艺苑卮言》版本系统，则有待进一步的比较和研究。

三　版本系统探究

在对《艺苑卮言》的各种版本进行研究时，有一点需要特别注意，即在《艺苑卮言》版本的演变过程中，《艺苑卮言》始终与后来独立命名为《宛委余编》有着千丝万缕的关系，先试观两小序。

> 余故有《艺苑卮言》六卷，其第六卷于作者之旨亡所扬抑表著，第猎取书史中浮语，稍足考证，甚或杂而亡禅于文字者，念弃之，为其敝帚不忍，而会坐上书浮系招提中，无他书足携，间于二藏遗编，小有所泛澜，或时绎腹笥之遗，合之别成二卷，曰《艺苑卮言附录》……小子何莫学夫诗，而又继之曰多识于鸟兽草木之名。夫学诗而旁取，夫鸟兽草木之名为贵，则夫以鸟兽草木之名而传诗者，十宁无一二益哉。①
>
> 余故有《艺苑卮言》六卷，其第六卷于作者之旨亡所扬抑表著，第猎取书史中浮语，稍足考证，甚或杂而亡禅于文字者，念弃之，为

---

① 王世贞：八卷本《艺苑卮言七》，第1页。

其敝帚不忍，而会坐上书浮系招提中，无他书足携，间于二藏遗编，小有所泛澜，或时绎腹笥之遗，合之别成四卷。晋游以后，复日有所笔，因更益之为十卷，最后里居复得六卷，名之曰《宛委余编》。宛委，黄帝所藏书处也。呜呼！孔子之教门人曰小子何莫学夫诗，而又继之曰多识于鸟兽草木之名。夫学诗而旁取，夫鸟兽草木之名为贵，则夫以鸟兽草木之名而传诗者，十宁无一二益哉。①

这两个序，第一个序为八卷本卷七中的小序，第二个为《四部稿》本中《宛委余编》一书的小序，这两个序非常相似，但是所透露出来的信息却不尽一样，综合之，方能详细地了解《宛委余编》和《艺苑卮言》之间的关系。即王世贞在编订八卷本《艺苑卮言》时，只是将之前六卷本的第六卷进行了修改和再创，作为附录，置于书后，当时尚且没有《宛委余编》这一书目名称。通过比较发现，六卷本的第六卷，全部为后来《宛委余编》的一部分，八卷本的第七、八卷也全部为后来《宛委余编》的一部分。不过王世贞在八卷本的基础之上再次进行了修改，由之前的"附录"两卷，变为四卷，并在隆庆四年，王世贞从山西回来后，将之扩编为十卷本。万历元年，王世贞里居后，"附录"部分有了十六卷的篇幅时，才有了《宛委余编》一名，这些内容也才彻底与《艺苑卮言》相脱离，不再散存在《艺苑卮言》之中，后来王世贞在亲自编订《四部稿》本时，《宛委余编》才有了最终十九卷的篇幅。

对《宛委余编》成书过程的大致梳理，有助于我们更好地对比各种《艺苑卮言》版本的内容，辨析各个版本之间的差异性，从而勾勒出《艺苑卮言》版本系统。

在《艺苑卮言》的诸多版本中，具有重要价值的当为刊刻于明朝的六卷本、八卷本、《四部稿》本、十六卷本、累仁堂本。其中，《四部稿》本与累仁堂本颇为相似，主要区别在于累仁堂本正文前有刊刻者黄道日的序，黄河清的跋，以及"戊申""持卿""窃明室"三枚古人印章，而王世贞的"戊午六月"和"壬申夏日"这两序则置于行文之后。在行文方

① 王世贞：《弇州山人四部稿》卷一百五十六《宛委余编序》，第1页。

面，形式上除了刊刻时排版有所不同之外，内容上均与《四部稿》本一致。因为《四部稿》本为王世贞亲自刊刻，价值远大于累仁堂本，故不再将累仁堂本单独列出来与他本进行内容比较和辨析。

八卷本在六卷本基础上编纂而成，虽然八卷本是一个残本，但从存留内容来看，六卷本到八卷本的演进轨迹还是十分明显的，两个版本的具体内容比较如下。

首先，就条目大致分布而言，六卷本共有 323 条，分别为卷一 30 条，卷二为 94 条，卷三为 57 条，卷四为 59 条，卷五为 40 条，卷六为 43 条；八卷本残存 285 条，分别为卷三 93 条，卷四 25 条，卷五 50 条，卷六 40 条，卷七 49 条，卷八 28 条。由于八卷本缺少卷一和卷二，故八卷本在条目上比六卷本偏少。八卷本卷三第一条为"唐文皇手定中原"，对应六卷本卷二的第 60 条。随后各条目的大概位置一致，唯有两处较为集中的区别，如六卷本卷三的"唐人诗云""宋诗亦有""昔人谓崔"在该卷的第6、7、8 条，而八卷本则将这三条整体放置于卷三的后部分；六卷本卷四的"国朝习杜""五言七律""李少卿报"等 7 条，在该卷卷前部分，八卷本则将这 7 条统一放置于该本卷五后部分。

其次，八卷本在条目上对六卷本进行了增删。增加的部分体现为八卷本的卷三、卷四、卷五，比对应的六卷本增加了 18 条，卷七、卷八更是比六卷本卷六多出了 40 条。删减部分则为六卷本卷六中的"解鸟语者""妇人有谥""说家虽多"等 6 条，这些都是在八卷本中找不到对应的条目，极有可能为王世贞编纂八卷本之时删除了。

最后，八卷本对六卷本的部分条目有所修改。六卷本卷二与八卷本对应条目有出入的为 1 条，卷三为 2 条，卷四为 5 条，卷六为 7 条。如六卷本中的"杨君谦为仪部主事……不复进，晚年恶其子，逐出之"[①]，八卷本中则为"杨君谦为仪部主事……不复进，卒，穷老以死，所著《奚囊杂纂》未成书"[②]；如六卷本中的"天子为臣下作……广孝而已"[③]，八卷本中则

① 王世贞：六卷本《艺苑卮言四》，第 5 页。
② 王世贞：八卷本《艺苑卮言五》，第 6 页。
③ 王世贞：六卷本《艺苑卮言六》，第 7 页。

为"天子为臣下作……广孝，孝宗为张昌公密而已"①；再如六卷本中的"皇甫子安……近体尤佳，余每手之便惜其尽，子安卒"②，八卷本中的则为"皇甫子安……近体为佳，子安卒"③。以上几例，进一步说明这种修改不是简单的内容补充，而是还有对六卷本条目的局部修正和删减。

如前所述，王世贞在六卷本的基础上修改成了八卷本，随着时间的推移，王世贞也更进一步将八卷本编纂成《四部稿》本，并且新编《宛委余编》一书。八卷本与《四部稿》本、《宛委余编》的比较如下，如表1所示。

表1 八卷本与《四部稿》本、《宛委余编》的比较

	与《四部稿》本有出入的条目	八卷本有，《四部稿》本无的条目	被《宛委余编》辑录的条目	与《宛委余编》有出入的条目	八卷本有，《宛委余编》无的条目
卷一	2	0	0	0	0
卷二	6	2	1	1	0
卷三	9	3	2	2	0
卷四	6	12	0	0	0
卷五	5	0	0	0	0
卷六	5	2	6	1	0
卷七	0	0	46	12	3
卷八	0	0	26	3	2
合计	33	19	81	19	5

根据表1，我们可以很清楚地知道，八卷本在发展成《四部稿》本期间，王世贞除了增加条目外，还对八卷本的条目进行了修改，有出入的为33条，被删除的为19条。另外，八卷本中有81条条目被后来的《宛委余编》一书所辑录，其中有出入的为19条，还有5条是王世贞在编辑《宛委余编》时所删除，从中亦可见《艺苑卮言》的修改过程与《宛委余编》的成书过程关系之紧密。还需要注意的是，王世贞在编纂《四部稿》本时，对八卷本卷四部分"汤惠休评"、"张说评李"、"刘次庄评"、"张

---

① 王世贞：八卷本《艺苑卮言七》，第9页。
② 王世贞：六卷本《艺苑卮言四》，第11页。
③ 王世贞：八卷本《艺苑卮言五》，第10页。

芸叟评"、"郑厚评李"和"松雪斋评"这些条目的绝大部分内容进行删除处理，涉及大约1320字的篇幅，《四部稿》本中唯独保留了敖陶孙的评论，其他诸位评者的名字只是一笔带过。如王世贞说道："汤惠休、谢琨、沈约、锺嵘、张说、刘次庄、张芸叟、郑厚、敖陶孙、松雪斋，于诗人俱有评拟，大约因袁昂评书之论而模仿之耳。"因此如果不与其他版本进行对比，我们不知道王世贞对锺嵘、沈约等人的诗文评还有如此引用，会对王世贞突然提及汤惠休、松雪斋等人的名字感到突兀，整体而言，上下文也有断裂之感。

最后需要提及的是十六卷本，该书的名字为《新刻增补艺苑卮言》，在发现六卷本和八卷本之前，关于该本是在何种版本之上的增补，以及该本与王世贞早年《艺苑卮言》之间的关系如何等疑问，学界都没有明确的答案。而将此本与六卷本、八卷本、《四部稿》本进行对比时，笔者有惊奇的发现。

首先，此本卷一前26条，卷二前82条，卷三前93条条目的内容与八卷本的一致，各条目之间的相对位置也完全一致。唯一的不同在于此本卷一、卷二、卷三条目不止26条、82条和93条，而是比八卷本多出了"圣人之文""杨用修录古诗逸句""魏武帝乐府""读子桓客子"等40条，此40条均能在《四部稿》本卷一、卷二、卷三中找到，内容一致。

其次，此本卷四、卷五、卷六和八卷本卷四、卷五、卷六条目数量完全一致，条目内容也没有任何出入，条目之间的相对位置也一样，堪称是对八卷本卷四、卷五、卷六的重复刊刻。至于八卷本的卷七、卷八，则在此本的卷十三、卷十四找到了对应条目，唯一的区别在于八卷本卷七正文前有一小序，而此本中没有，至于条目数量、内容以及条目相对位置则完全一致。

再次，此本在内容上有相互出入、重复之处。出入之处，如此本卷七中的"嵇叔夜诗西游咸阳中，赵李相经过"条目，与此本卷十六中的"阮嗣宗诗西游咸阳中，赵李相经过"条目相出入。而卷七中的条目，与六卷本、八卷本均相一致，其实此条目的"嵇叔夜"为王世贞编纂六卷本和八卷本时的内容错误之处，"西游咸阳中，赵李相经过"[①]一诗当为

---

① 阮籍：《阮籍集校注》卷下《咏怀》其五，陈伯君校注，中华书局，1987，第263页。

阮籍所作《咏怀》组诗中的第五首，不过王世贞也意识到自己的错误，故而在刊刻《四部稿》本时将"嵇叔夜"改为"阮嗣宗"。重复之处，则如卷六中的"平陵方望以书别"条目在卷十六中居然重复出现，没有改一字。通查全书，这种重复情况居然多达 7 处。

此外，此本与六卷本、《四部稿》本出入较大。此本卷一前 25 条与六卷本卷一前 25 条基本一致，唯一的不同在于此本对六卷本有一处挖改（见图 4）。不过接下来六卷本卷一的第 26 条条目对应为此本卷二的第 1 条条目，另增加了 14 条条目，这些条目在六卷本中均无，但全为《四部稿》本卷一的条目，其中 4 条内容有所出入。此本卷二共有 98 条，与六卷本对比，涉及 64 条条目，15 条有出入，其余的在《四部稿》本卷二和卷三中均能找到对应条目，3 条条目稍有出入。

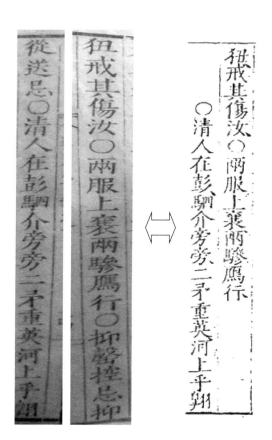

图 4

因而十六卷本的增补性质明显，它不同于六卷本、八卷本，因为它的内容明显比六卷本和八卷本丰富得多，且条目排列顺序不尽一致；它也不同于《四部稿》本，因为它还包括很大部分的《宛委余编》，条目排列也不相同。通过上述的对比分析，此本极有可能是在八卷本基础之上的扩编，其编纂思路也与八卷本有相通之处，如其对八卷本卷四、卷五、卷六的完全继承，再如《宛委余编》部分也没有单独出来，而是散存于书中。

通过对众版本的比较和辨析，王世贞所编订的《艺苑卮言》成书过程大致如表2所示。

表2　《艺苑卮言》成书过程

嘉靖三十六年	嘉靖三十六年至嘉靖四十四年	嘉靖四十四年	嘉靖四十四年至隆庆元年	隆庆元年至隆庆四年	隆庆四年至万历元年	万历元年至万历四年
《艺苑卮言》六卷本初稿	修改《艺苑卮言》，并脱稿	"里中子"刊刻《艺苑卮言》	修改六卷本，形成八卷本，并刊刻，其中《附录》两卷	修改八卷本，词曲、书画内容增加，《附录》部分变成四卷	再次修改《艺苑卮言》，词曲、书画论独立出来，《附录》扩编成十卷，并发展到十六卷，取名《宛委余编》	修改并形成《艺苑卮言》十二卷，其中《附录》四卷，《宛委余编》扩展为十九卷

六卷本、八卷本、《四部稿》本、累仁堂本、十六卷本，这几个版本之间的逻辑关系大致如下。

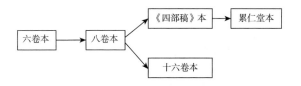

其他版本多为这些版本基础之上的翻刻，或是重新组合再版，故不一一罗列现今所存版本的逻辑关系。

《艺苑卮言》由最初的随心写作，到六卷本的刊刻，再到《四部稿》

本的定稿，这期间经历了一个漫长的增删过程，其中六卷本有 3 条条目均不见于后来的八卷本和《四部稿》本等版本，特录入如下。

> 文通拟古，无所不似，独《古离别李都尉》不能得其仿佛耳，生平自运，多未称是，小赋尖新动人，是伊道中作手。明远才调本优，而创为新体，轻浅儇媚，钟记室所以兴叹也。①

> 妇人有谥，自周景王穆后始也；匹夫有谥，自东汉隐者始也；宦官有谥，自东汉孙程始也。人臣有生而赐谥者，北宫贞子喜、析朱成子锄也。有三字谥者，贞惠文子也，有四字谥者，国朝邵文康荣靖也。②

> 诗自枚李、三曹、陶谢、沈宋、李杜，皆圣也。虽格以代变，要之，枚李，圣之皇也；三曹，圣之帝也；陶谢，圣之王也；沈宋，圣之夷惠也；李杜，圣之周孔也。或曰："语圣僭乎？"曰："圣于训至耳。"《抱朴子》有云："严子卿、马绥明，棋之圣也；卫协、张墨子，书之圣也；张衡、马忠，木之圣也；班秋倕狄，机械之圣也；附扁和缓，治疾之圣也；子韦、甘均，占候之圣也；史苏辛廖，卜筮之圣也；夏育、杜回，筋力之圣也；荆轲、聂政，勇敢之圣也；飞廉、夸父，轻速之圣也；子野、延州，知音之圣也；孙吴、韩白，用兵之圣也。卫协、张墨子、严子卿、马绥明，不见书与棋谱，不知为何代人。"③

其一为王世贞对江淹、鲍照等人的论述，其二为不同谥号的列举，其三为对历朝历代著名诗人的赞赏。王世贞将这些条目一一删除，或为不合《艺苑卮言》诗文体例，或为评论过于尖锐，或为结论招人是非，等等。

四 《艺苑卮言》中的诗文观

《凤洲笔记》一书，其中《明诗评》及部分文章涉及王世贞的诗文

---

① 王世贞：六卷本《艺苑卮言二》，第 10 页。
② 王世贞：六卷本《艺苑卮言六》，第 3 页。
③ 王世贞：六卷本《艺苑卮言六》，第 9 页。

观，不过这些文论资料远没有《艺苑卮言》丰富。况且王世贞的著述虽然繁多，但是真正奠定其在中国文学理论批评史中地位的则为《艺苑卮言》一书。屠隆认为："自有元美广大变化，斯其所以极玄也。读《艺苑卮言》辩博哉，如涉太湖云梦焉。"① 清朝的毛先舒则给予了更高的评价，他认为："论诗则刘勰《文心雕龙》、锺嵘《诗品》、皎然《诗式》、严羽《沧浪诗话》、徐祯卿《谈艺录》、王世贞《艺苑卮言》，此六家多能发微。"② 这就直接将《艺苑卮言》与《文心雕龙》《诗品》等文学理论批评巨著相媲美，足可见《艺苑卮言》之于整个文学理论批评史的价值和意义。

就《艺苑卮言》本身而言，该书辨识宏博，是王世贞宣扬复古文学主张的理论武器，究其内在的诗文观念，主要有以下几点。

首先，追求法度。法度，即法令制度，法则、秩序，行为的规矩、准则，运用到文学创作之中，则指行文的规则、规律及文章之法。既然提倡复古，那就要探究通往复古之门的方法，因此法度是复古派所孜孜以求的。王世贞在《艺苑卮言》中的核心理念就是法度，如他论诗法："七言律，不难中二联，难在发端及结句耳。发端，盛唐人无不佳者；结颇有之，然亦无转入他调及收顿不住之病……句法有直下者，有倒插者，倒插最难，非老杜不能也。字法有虚有实，有沉有响，虚响易工，沉实难至。"③ 再如论文章之法："首尾开阖，繁简奇正，各极其度，篇法也。抑扬顿挫，长短节奏，各极其致，句法也。点缀关键，金石绮彩，各极其造，字法也。篇有百尺之锦，句有千钧之弩，字有百炼之金，文之与诗，固异象同则，孔门一唯，曹溪汗下后，信手拈来，无非妙境。"④ 在此基础上，王世贞还对各体诗文法度进行了细论，甚至是具体到篇法、句法、字法、声律、结构和风格等方面。相对于前七子的宏观论述和取法，王世贞将法度推进到具体可操作的层面，算是一种进步。不过王世贞认识到复

---

① 屠隆：《由拳集校注》卷十四《与王元美先生》，李亮伟、张萍校注，浙江大学出版社，2016，第 442 页。
② 毛先舒：《诗辩坻》卷三，《四库全书存目丛书补编》第 45 册，齐鲁书社，2001，第 209 页。
③ 王世贞：《弇州山人四部稿》卷一百四十四《艺苑卮言一》，第 14 页。
④ 王世贞：《弇州山人四部稿》卷一百四十四《艺苑卮言一》，第 16 页。

古派追求法度，希冀寻求一条适合当下的文学创作之路，这无可厚非，不过过度追求的话，则容易使他人束缚在古人面前而不知创作之法，从而形成剽窃模拟之风。对于此种风气，王世贞直言道，"剽窃模拟，诗之大病"①，并认为陆机的创作之病在于模拟太多，导致"寡自然之致"②，他还嘲笑黄庭坚、陈师道的点窜之作不过是"点金作铁手耳"③。王世贞的这些主张，在复古的大浪潮中，犹如黑夜中的闪电，给剽窃模拟者敲响警钟，力图挽救复古运动带来的流弊。

再如，王世贞注重才思以补格调。对法度的不断追求必然会上升到对作品整体格调、风格的注重，更加强调文章写作的文学性与审美性。针对李梦阳和李攀龙等人一味地从辞句和章法上追摹古人格调以致束缚行文创作的情形，王世贞则在注重格调的基础之上，提出了"才思格调"说，他说道："才生思，思生调，调生格，思即才之用，调即思之境，格即调之界。"④ 虽然王世贞认为格调是才思的最终境界，同时也制约着才思的泛滥，但他肯定了格调产生于才思之中，并希望以才思来补格调，从而达到格调和才思的和谐，这对格调说的发展而言具有重要意义。

另外，需要注意的是，王世贞对《艺苑卮言》的编纂和修改，同时伴随着王世贞诗文思想的发展和演变，主要体现在以下几个方面。

首先，创作由"漶漫散杂"到微言谨慎的转变。对于六卷本，王世贞的总体评价是"其辞旨固不甚谬盭于本，特其漶漫散杂，亡足采者，非以解颐，足鼓掌耳"⑤。即在王世贞看来，书中所言虽然漶漫散杂，但是并没有偏离对象本身。正因为语言漶漫，所以六卷本一经刊刻，便招来非议，李攀龙即认为《艺苑卮言》是英雄欺人，过于鼓吹，二三学子也认为王世贞之言不可取。王世贞在修改《艺苑卮言》时，虽然知道他人的评论，但是自认为始终坚持著"卮言"的态度，如他说道："彼岂遂以董狐之笔过责余，而谓有所阿隐耶？余所名者'卮言'耳，不必白简

①　王世贞：《弇州山人四部稿》卷一百四十七《艺苑卮言四》，第 19 页。
②　王世贞：《弇州山人四部稿》卷一百四十六《艺苑卮言三》，第 10 页。
③　王世贞：《弇州山人四部稿》卷一百四十四《艺苑卮言一》，第 20 页。
④　王世贞：《弇州山人四部稿》卷一百四十四《艺苑卮言一》，第 17 页。
⑤　王世贞：六卷本《艺苑卮言序》，第 1 页。

也。"① 不过王世贞私下却是微言谨慎，一改前风，如前所述，他评价国朝诗人的姿态有所放低，评价贾谊也是不多言语。

其次，更加注重行文内容的考证翔实。王世贞创作六卷本《艺苑卮言》时，较为随意，"有得辄笔之"②，没有过多考证行文内容正确与否。如前所言，王世贞在六卷本和八卷本中一直将阮籍的《咏怀》（其五）记在嵇康名下，直到《四部稿》本中才改正过来。再如，六卷本中"笔有兔毫、羊毫"条，只有46字，简单介绍了笔的款式和成分，到《四部稿》本中却扩编成近300字，详细考证了笔的由来及其演变和发展。桐城后学将考据与义理、辞章并提，亦可见考据之于文章创作的重要性。

最后，词曲论逐渐从诗文论中脱离出来，不与诗文一体。在六卷本和八卷本中，词曲论尚夹杂在诗文论之中，而在《四部稿》本中则独立于诗文，统一放在附录一之中，正所谓"黜其论词曲者，付它录为别卷，聊以备集中"。词，在王世贞看来，是不能和诗文并提的，因为"词者，乐府之变也"③，词只不过是乐府的一种变体，而王世贞在评论李白和杜甫时明确提出："太白之七言律，子美之七言绝，皆变体，间为之可耳，不足多法也。"④ 故而王世贞在《四部稿》本中录入的诗歌多达4500首，词却只有93首。至于曲，王世贞认为："曲者，词之变。"⑤ 曲的地位还不如词，更不该多为之，因此王世贞在附录一中，也是先论及词，再论及曲。王世贞由之前的大诗文观念，逐渐细化到各体有别，如《四部稿》本中诗、文、赋等体分论之，注重不同文体的不同创作之法。王世贞的这种前后变化，对其后来论文以文体为先理念的形成有着直接影响。

另外，书史之语逐渐脱离文论之语，最终别为他书。六卷本第六卷已有部分条目为纯粹的书史之语，不同于前几卷的文论之语。到了八卷本，这种书史之语更是大量增加，扩编为两卷。王世贞对此解释道："余故有《艺苑卮言》六卷，其第六卷于作者之旨亡所扬抑表著，第猎取书史中浮

---

① 王世贞：《弇州山人四部稿》卷一百四十四《艺苑卮言一》，第2页。
② 王世贞：六卷本《艺苑卮言序》，第1页。
③ 王世贞：《弇州山人四部稿》卷一百五十二《艺苑卮言附录一》，第1页。
④ 王世贞：《弇州山人四部稿》卷一百四十七《艺苑卮言四》，第4页。
⑤ 王世贞：《弇州山人四部稿》卷一百五十二《艺苑卮言附录一》，第9页。

语，稍足考证，甚或杂而亡裨于文字者，念弃之，为其敝帚不忍。"① 即王世贞认识到这些书史之语无益于文论之语，但又不忍舍弃，故归置于《艺苑卮言》的尾部。后来随着《艺苑卮言》的增删，文论之语和书史之语各自有别，书史之语更是独立于《艺苑卮言》，合成《宛委余编》一书。王世贞编订《四部稿》本之余，再编订《弇山堂别集》，记载和考证书史之语，与王世贞的这种观念变化有着内在联系。

再者，对赵孟頫、李攀龙等人态度的转变。王世贞在六卷本中尚且引用赵孟頫的话语，还认为赵孟頫与元好问等人为元朝诗人的代表，"元诗人则元右丞好问、赵承旨孟頫……而已"②，然而在《四部稿》本中，王世贞却直言"松雪斋不知为何人，大似不知诗者"③。态度转变之大！再如李攀龙，在六卷本卷一中，王世贞引用了李东阳、李梦阳、谢榛等人话语，却没有引用李攀龙的，在卷三对国朝诗文家的评价中，也没有对李攀龙的直接点评。然而王世贞在《四部稿》本中，卷一就引用了李攀龙的话语，评论国朝诗文家时亦有李攀龙，并在卷七集中出现李攀龙的条目多达9条。与此同时，王世贞对谢榛的态度由之前的赞赏转变为痛斥，如王世贞言及："谢茂秦年来益老悖，尝寄示拟李杜长歌，丑俗稚钝，一字不通。"④

可见，王世贞在评论他人、行文考证、文体有别等文学思想方面有所转变，这些转变不仅与王世贞日益成熟的文学观念相联系，如诗文和词曲的区别，文体观念的提升，倡导复古时重秦汉、盛唐之诗文而贬低元人；亦与王世贞和他人关系的转变有关，如谢榛与李攀龙、王世贞交恶，隆庆三年李攀龙去世。但是王世贞早年投身复古，注重法度、格调之时，兼并"才情""师心"的文学主张没有发生过根本性的转变。周兴陆也曾指出："八卷本《艺苑卮言》的基本理论框架，在六卷本中已经定型。"⑤ 如王世贞在六卷本中就曾言："才生思，思生调，调生格，思即才之用，调即

---

① 王世贞：《弇州山人四部稿》卷一百五十六《宛委余编序》，第1页。
② 王世贞：六卷本《艺苑卮言三》，第7页。
③ 王世贞：《弇州山人四部稿》卷一百四十八《艺苑卮言五》，第12页。
④ 王世贞：《弇州山人四部稿》卷一百五十《艺苑卮言七》，第13页。
⑤ 周兴陆：《试述中国国家图书馆藏六卷本〈艺苑卮言〉——兼论王世贞与李攀龙的诗学关系》，《汉语教学研究》，韩国首尔出版社，2008年第9辑，第52页。

思之境，格即调之界"，"首尾开阖，繁简奇正，各极其度，篇法也，抑扬顿挫，长短节奏，各极其致，句法也"，"剽窃模拟，诗之大病，亦有神与境触，师心独造，遇合古语者"，"乐府之所贵者，事与情而已"①，等等。这些主张在其他诸本中均能找到。这是因为王世贞虽然意识到早期《艺苑卮言》的不足，随后几经修改，但这只是局部修改，他并没有推翻前论进行重写。对于此，王世贞晚年说道：

> 当余学《艺苑卮言》时，年未四十，方与于鳞辈是古非今，此长彼短，以故未为定论。至于戏学《世说》，比拟形肖，既不甚切而伤儇轻，第行世已久，不能复秘，姑随事改正，勿令误人而已。②

言即自己意识到《艺苑卮言》是自己年未四十之作，有很多不成熟的地方，不能当作定论，因而之后不断改正。所以在众多的《艺苑卮言》版本中，部分内容、条目排列、排版版式等可能有所不同，不过王世贞的基本文学主张还是具有内在的一致性的。

因此通过对不同版本的比较分析，明刻六卷本、八卷本和其他版本有所出入，但明刻六卷本和八卷本作为《艺苑卮言》的早期版本，对我们了解《艺苑卮言》的成书过程及版本体系的构建具有重要意义，也方便我们更好地认知王世贞在增删《艺苑卮言》过程中所伴随的文学思想变化。《艺苑卮言》是王世贞早年参与复古运动时的代表作，虽然经过多次修改，诸多版本在内容上也有所不同，不过王世贞对法度、格调的追求，和对"才情""师心"并重的基本文学主张并没有发生过根本性的转变，这种文学主张对王世贞后期创作具有深远影响。

第三节　诗文论资料分布情况

由前文可知，《艺苑卮言》并不是王世贞一生诗文思想的总结，与之

---

① 王世贞：六卷本《艺苑卮言三》，第5页。
② 王世贞：《弇州山人续稿》卷二十一《书李西涯古乐府后》，明钞本，上海图书馆藏，第9页。

相反，这只是他在起步阶段的体现。随着王世贞创作的深入，及其对起步阶段诗文思想的纠正，其中晚年的诗文思想有了更加深远的发展，他自认为："仆于诗，格气比旧似少减；文，小纵出入，然差有真得以告。"① 而在清人汪学金看来："元美中年以后，退居学道，栖心恬憺，诗格亦为之一变。"② 的确如此，王世贞中晚年诗文思想与早年不尽相同，这种变，亦是王世贞早年诗文思想的升华，而这种发展以及王世贞中晚年诗文思想的体现，无法在《艺苑卮言》中找到相关资料，这些珍贵的资料散存在王世贞中晚年所撰写的文章之中，具有重要价值。

如谈法度。王世贞中晚年时，虽然也注重文章创作之法，不过他已不再拘泥于具体而微的篇法、句法和字法，而是注重法与其他创作要素的结合，达到行文的彬彬之态。他评论李舜臣的创作时认为："夫以李先生为文章号称名家数十年，而终不敢以其才而溢先民之法，意至而言，意竭即止，大要不欲使辞胜意。"③ 另外，王世贞在此基础上追求不法而法、有意无意的创作境地，力求意和法都达到极致。他在《章给事诗集序》中说道："余始尽读之，然后知君之诗非君之诗，而陶与韦之诗也。有所取，至于篇则无问句，有所取，至于句则无问韵，意出于有而入于无，景在浓淡之表，而格在离合之际，其所以合于陶与韦者，虽君之苦心，君亦自不得而知也。"④

再如格调。王世贞在其诗文观念尚处于起步阶段时，认识到了才、思之于格、调的重要性，已经发他人所未发了。然而，王世贞在不断修正自己先前的文学理论时，对格调的认识也有了进一步的细化和升华。他谈论诗与禅时，论述道："大指意趣在养，格调在审，二语尽之，而所谓神来者，从容中道，气来者触处而发，情来者悠游而得，则严仪氏未前发也。"⑤ 此时王世贞对格调的认识则比之前所注重的才思更进一步，讲究意、气、情等多重因素的综合，突出作者的主体情性。"格调"随着王世

---

① 王世贞：《弇州山人四部稿》卷一百十八《徐子与》，第 11 页。
② 汪学金：《娄东诗派》卷四《王世贞一百首》，清嘉庆九年诗志斋刻本，上海图书馆藏，第 9 页。
③ 王世贞：《弇州山人四部稿》卷六十五《李愚谷先生集序》，第 1 页。
④ 王世贞：《弇州山人四部稿》卷六十九《章给事诗集序》，第 5 页。
⑤ 王世贞：《弇州山人续稿》卷四十《苍雪先生诗禅序》，第 21 页。

贞诗文思想的变化而不断发展。

在《艺苑卮言》之外，王世贞中晚年没有像撰写《艺苑卮言》那样系统而明确地表述自己的诗文观，其诗文思想散见于《弇州山人四部稿》《弇州山人续稿》《读书后》等书的各类文体之中，如书、传、跋、记、序等。其中《弇州山人四部稿》和《弇州山人续稿》更是风靡一时，影响巨大，如纪昀在《四库全书总目》中有言："艾南英《天佣子集》有曰：'后生小子不必读书，不必作文，但架上有前后《四部稿》，每遇应酬，顷刻裁割，便可成篇。骤读之，无不浓丽鲜华，绚烂夺目。'"① 而这些散见于序、书牍、记等体式中的文论材料非常丰富，是王世贞中晚年文学思想的展现，其所具备的价值不亚于《艺苑卮言》本身。如《艺苑卮言》涉及王世贞的诗文论、曲论、画论、书法论、字论等，共计约10.5万字，其中诗文论占据大半部分，共计约6.7万字；而王世贞中晚年的文论资料大约有18万字，其中诗文论约为10.6万字，分散在650余篇文章之中。主要分布情况如表3所示。

表3　王世贞中晚年诗文论资料主要分布情况

书名	字数	篇数	版本
《弇州山人四部稿》	约40500	291	美国哈佛大学燕京图书馆明刻本
《弇州山人续稿》	约56900	313	美国普林斯顿大学东亚图书馆明刻本
《读书后》	约4700	25	美国哈佛大学燕京图书馆明刻本
《弇州山人续稿附》	约2100	12	浙江图书馆明刻本

《弇州山人四部稿》为180卷，《弇州山人续稿》为207卷，《读书后》为8卷，《弇州山人续稿附》为11卷，合计406卷，按平均一卷约7500字计，共有300多万字，文章篇数上万篇。从中钩沉出的诗文论资料约为10.4万字，涉及的文章641篇。另外，在上海图书馆的明钞本《弇州山人续稿》中，虽然书稿内容大多与《弇州山人续稿》重复，但是也有部分内容为《弇州山人续稿》所无，如王世贞在《周寻壑像赞》中有言："先生少工五七言语，每篇成辄更焚弃之，曰吾偶以适情而已，使

---

① 永瑢等：《四库全书总目》卷一百七十二《弇州山人四部稿》，中华书局，2008，第1508页。

我有身后名，不如且饮一杯酒。"① 这既是王世贞对他人的称赞，同时也是王世贞中晚年诗文观的流露。而在其他的散佚之作中②，同样存在着王世贞的诗文观念，如王世贞曾言："览裕春丈与府公书，使人神悚。久不接徐使君，遂成宿诺。如及泉丈到，必当为精言之，然自了此一言后即杜口矣。近来觉得文者道之累、名者身之累也。诸公篇章日新，歌咏仙真事，甚盛且美，然不敢达之仙真，但与相知一晤赏耳。"③ 再如王世贞在《绿野堂集序》中说道："余向第以循吏目君，今乃始识其文彩风流也。诗词之道，本乎性情，尤关于学养之深邃。"④ 这是研究王世贞中晚年诗文观及创作心态的重要资料。这些资料大约有 0.2 万字，涉及 10 余篇文章，但是寻找起来却十分困难，再加上笔者自身能力不足以及资料难以穷尽等主客观原因，目前无法将涉及王世贞中晚年的诗文批评文献全部陈列，以后还有待进一步的发掘和补充。

---

① 王世贞：《弇州山人续稿》卷七《周寻塈像赞》，明钞本，上海图书馆藏，第 9 页。
② 散佚之作，即《弇州山人四部稿》《弇州山人续稿》等王世贞所撰写的文集中未收录之作。本书所引用的王世贞散佚之作，皆经过严格考证，确为王世贞之作，详情请见本书第六章及书中的相关论述。
③ 王世伟、郑明主编《上海图书馆藏明代尺牍》，上海科学技术文献出版社，2007，第 4 册，第 90~91 页。
④ 郭汝诚修《（咸丰）顺德县志》卷十八，清咸丰六年刻本，上海图书馆藏，第 11 页。

第二章

王世贞诗文复古新认知

明朝前后七子流派讲究复古，既然是复古，那首先要做的就是学习古人创作之法，重视诗文内部的创作规律，强调文章的文学性与审美性，以求契合古人。进而言之，对文章篇法、句法、字法等法度的追求，必定进一步关系文章的体格、格制、风格和声调等问题，而在此基础上形成的格调说更是成为明代诗文理论的核心，代表着当时人们对文学创作的基本看法。后七子主盟文坛，倡导文学复古，注重行文法度、格调，尺寸古人，以致学界谈到后七子的文学思想时，动辄以"文必秦汉，诗必盛唐"来概括，但是后七子之间的文学主张不尽一样，各有其共性与个性，这一结论将后七子本来复杂的文学思想进行了简单的固化，同样，很多学者也如此评论王世贞，而对某一作家高度概括、高度抽象往往会导致作家独特个性的缺失。细读王世贞文集，不仅像"文必秦汉，诗必盛唐"这样的结论难以成立，并且还能发现王世贞的法度观有别于其他复古者，他由具体的文章创作之法，上升到对"不法而法"的追求，这是他"自足""自得"内心世界的外化，其对格调说的独特见解，亦发人深省。更为难能可贵的是王世贞在法度和格调的基础之上，注重真性情的抒发，走向自然，在复古文学阵营中独树一帜。虽然王世贞一生"多历情变"，相较早年，其中晚年的文学思想有所演化，但是这种源于真我的创作观念始终伴随着他。

第一节 王世贞"师法"发覆

"明代学术，皆尊程、朱"①，明朝建立百余年来，仍然深受程朱理学的影响，黄宗羲认识到："有明学术，从前习熟先儒之成说，未尝反身理会，推见至隐，所谓'此亦一述朱，彼亦一述朱'耳。"② 而对程朱理学的推崇，落实在文学创作上，就必定强调文学的社会功用性，文以载道。因此明初宋濂倡导的复古是与道相结合，文章也只不过是体现道德仁义和礼乐刑政的一种工具，如他论述道："文之至者，文外无道，道外无文。粲然载于道德仁义之言者，即道也；秩然见诸礼乐刑政之具者，即文也。"③ 在这种理论主张的束缚下，文学创作沦为道的附庸品，大大减弱了作品的文学性。后来的杨士奇主盟文坛，形成"台阁体"，在文论主张上则是更进一步，认为"诗以理性情而约诸正而推之，可以考王政之得失，治道之盛衰"④，如果创作无益于世道，就没有存在的必要。

李东阳虽然看到了前人的弊端，想有所纠正，提出诗学汉唐、"轶宋窥唐"的复古主张，但是自身却带着浓郁的台阁气息。唐宋派的诗文理论先驱唐顺之，强调"真精神与千古不可磨灭之见"⑤，并诗法唐宋，但受阳明心学的影响，最终进入了"烧却毛颖，碎却端溪"的阶段，弃文求道。相对而言，李梦阳做出了突出的贡献，他针对当时文坛的创作倾向，一方面主张"真诗在民间"⑥，情是主体性要素，是诗歌创作的推动力，诗歌创作中讲究宗唐抑宋，文章上追秦汉；另一方面，他坚持"学不的古，苦心无益"⑦。以李梦阳、何景明为首的前七子对当时的文坛产

① 孟森：《明朝的历史》，新世界出版社，2018，第 257 页。
② 黄宗羲：《明儒学案》卷十《文成王阳明先生守仁》，中华书局，2008，第 178 页。
③ 宋濂：《宋学士文集》卷五十一《徐教授文集序》，《四部丛刊》景明正德本。
④ 杨士奇：《东里文集》，刘伯涵等校，中华书局，1998，第 89 页。
⑤ 唐顺之：《荆川先生文集》卷七《答茅鹿门知县》，《四部丛刊》本。
⑥ 李梦阳：《李空同全集》卷六十六《论学上篇》，文渊阁《四库全书》第 1262 册，上海古籍出版社，1987，第 602 页。
⑦ 李梦阳：《空同集》，文渊阁《四库全书》第 1262 册，上海古籍出版社，1987，第 569 页。

生了巨大影响，以至"操觚谈艺之士翕然宗之。明之诗文，于斯一变"①。
以李攀龙、王世贞为首的后七子则在前七子的复古道路上更进一步，李攀
龙认为"秦、汉以后无文矣"②，"字为句将，句为篇宗"③。王世贞针对
当时的复古风气就描述道："嘉靖间，当是时天下之文盛极矣。自何李诸
公之论定，而诗于古无不汉魏、晋宋者，近体无不盛唐者，文无不西京
者。"④ 作为后七子的领袖人物，王世贞自然也加入了复古的潮流之中，
并对前七子的复古运动大加赞赏，认为他们"一扫叔季之风，遂窥正始
之途，天地再辟，日月为朗"⑤。

　　复古，法式前代，学习前人，是通过对前代历史、文学、思想的情感
认同，以扭转当下世风或时风，其实是有着很强的"今"的关怀。虽然
前后七子的复古主张和创作实践，在一定时期内产生过积极的作用，使文
坛为之一新，知文有秦汉、诗有盛唐可取，但是对台阁体、唐宋派等创作
的过于矫正，必然会带来自身的弊端，甚至会使这种弊端逐渐极端化，以
致后人多以模拟、剽窃、因袭等评价否定前后七子。

　　而由于王世贞身份和地位的特殊性，学界在研究前后七子的文学复古
运动时，将他和李梦阳、李攀龙等人简单地对等，认为王世贞是彻头彻尾
的复古主义倡导者。因此对王世贞文学思想的研究，学界在取得丰富研究
成果的同时，也有了大致的定论。徐朔方先生说道："王世贞和李攀龙共
同鼓吹的文必西汉、诗必盛唐的口号，就古文而论，问题不单单在于笔法
和技巧上的亦步亦趋，还在于他对司马迁的刻舟求剑式的仿效和追求。"⑥
与此遥相呼应，魏连科先生认为王世贞"文则刻意模仿秦汉以前的作品，
讲究无一字无来历，结果是文字佶屈聱牙，令人难以卒读；诗歌则模仿
《诗经》、汉魏六朝乐府、唐人李杜，一步一趋，完全失去创新这一文学
基本特征"⑦。姚斯曾认为："第一个读者的理解将在一代又一代的接受之

---

① 张廷玉等：《明史》卷二百八十五，中华书局，1974，第 7307 页。
② 李攀龙：《沧溟先生集》，包敬第标校，上海古籍出版社，2014，第 766 页。
③ 李攀龙：《沧溟先生集》，包敬第标校，上海古籍出版社，2014，第 710 页。
④ 王世贞：《弇州山人续稿》卷五十二《蒙溪先生集序》，第 13 页。
⑤ 王世贞：《弇州山人四部稿》卷一百四十八《艺苑卮言五》，第 2 页。
⑥ 徐朔方：《晚明曲家年谱·苏州卷》，浙江古籍出版社，1993，第 486~487 页。
⑦ 王世贞：《弇山堂别集》，魏连科点校，中华书局，2006，第 3 页。

链上被充实和丰富，一部作品的历史意义就是在这过程中得以确定，它的审美价值也是在这过程中得以证实。"① 言即如果第一个读者的理解有偏差，这将给后来的读者及研究者带来不可估量的影响。徐朔方先生和魏连科先生的解读，无疑进一步深化了读者对王世贞"文必西汉，诗必盛唐"的接受，不过这种接受并非今人所创，而是有一定的历史渊源，认为王世贞文学思想为"文必西汉，诗必盛唐"的官方认定，最早的恐怕是《明史》，该书中论述道：

> 世贞始与李攀龙狎主文盟，攀龙殁，独操柄二十年。才最高，地望最显，声华意气笼盖海内。一时士大夫及山人、词客、衲子、羽流，莫不奔走门下。片言褒赏，声价骤起。其持论，文必西汉，诗必盛唐，大历以后书勿读，而藻饰太甚。②

而在后来的《四库全书总目》中，撰者论述王世贞时，认为：

> 考自古文集之富，未有过于世贞者。其摹秦仿汉，与七子门径相同。而博综典籍，谙习掌故，则后七子不及，前七子亦不及，无论广续诸子也。③

再者，《（嘉庆）直隶太仓州志》中记载：

> 世贞始与李攀龙狎主文盟，攀龙殁，独操柄二十年，其持论"文必西汉，诗必盛唐"，大历以后书勿读。④

---

① 〔德〕H.R.姚斯、〔美〕R.C.霍拉勃著《接受美学与接受理论》，周宁、金元浦译，辽宁人民出版社，1987，第25页。
② 张廷玉等：《明史》卷二百八十七，中华书局，1974，第7381页。
③ 永瑢等：《四库全书总目》卷一百七十二《弇州山人四部稿》，中华书局，2008，第1508页。
④ 王昶：《（嘉庆）直隶太仓州志》卷二十六《列卷一》，清嘉庆七年刻本，上海图书馆藏，第10页。

另外，需要特别说明的是，如上所述，《明史》《（嘉庆）直隶太仓州志》等书对王世贞文学主张的概括是"文必西汉，诗必盛唐"，而非大家所熟悉的"文必秦汉，诗必盛唐"。"文必秦汉，诗必盛唐"也确实存在过，只不过这是他人对李东阳的评价，并非对王世贞，如《明史》中认为：

> 弘治时，宰相李东阳主文柄，天下翕然宗之，梦阳独讥其萎弱。倡言"文必秦、汉，诗必盛唐"，非是者弗道。①

再如《四库全书总目》认为：

> 李梦阳、何景明崛起宏正之间，倡复古学，于是"文必秦汉，诗必盛唐"，其才学足以笼罩一世，天下亦响然从之。②

而秦汉不等于西汉，他人以取法"西汉"来评论王世贞的文章创作取向，无疑进一步缩小了王世贞的取法范围，认为其取法越走越窄，甚至不如前七子，这带有明显的主观贬义。因此在这些概念上，是不能混淆的，张冠李戴，会差之毫厘，谬以千里。

《明史》《四库全书总目》这些官方性的书籍以及地方志对王世贞的评价是惊人的一致，都认为是"文必秦汉，诗必盛唐"，这种对王世贞文学思想的解读必将影响后来的读者和研究者。然而这种盖棺论定式的评价，却不尽符合王世贞的文学思想内涵，至少不能代表王世贞文学思想的全部。

首先，"文必西汉"这一说，就不完全准确。笔者在翻阅王世贞的《凤洲笔记》《艺苑卮言》《弇州山人四部稿》《弇州山人续稿》等书时，并没有发现王世贞在论述文章创作理论时采用过"西汉"一词，因而"西汉"这种指代文学创作的用法并不是王世贞的常用语。那么，就整体的取法而言，王世贞是否只主张师法"西汉"时期的文，而对其他朝代

---

① 张廷玉等：《明史》卷二百八十七，中华书局，1974，第7348页。
② 永瑢等：《四库全书总目》卷一百七十《怀麓堂集》，中华书局，2008，第1490页。

的都一概否定呢？事实也并非如此。

在王世贞的常用词语中，与"西汉"关系最紧密的是"西京"，我们暂且从其对"西京"的评价中窥探一二。如王世贞确实对西京的文章创作大加赞赏，认为："汉兴治马上，而自柏梁以来，词赋称西京无偶者，贾谊、司马相如、子卿、虞丘寿、王褒、雄，诸大夫东西南北人也。"①并认为"西京而下有靡而六朝，有敛而四家，则文之变也，语不云乎，有物有则，能极其则，正可耳，变亦无不可"②。可见，在王世贞的心目中，西京的文还是高于六朝的文，而且随着时间的推移，文的发展也是一代不如一代，"自西京以还，至于今千余载，体日益广而格则日以卑"③。王世贞在《袁鲁望集序》中就对历来文章创作取法标准的高低做了一个总结，他认为：

> 余窃谓天下以文名家者，未易屈指数，然大要不过二三端。高者，探先秦，撼西京，挟建安，颉大历，次乃沿六季华靡之好，以馆钉组绣相豪倾，其下始托于理，务于简，俭以逃拙。④

王世贞肯定取法先秦、西京为最高，但他也并没有完全否认先秦、西京之外的取法和创作，他甚至鼓励他人要取法广泛，不拘一格，建安、唐宋的佳作，皆可师法。如在与颜廷愉的书信中，王世贞就告诫他："愿足下多读《战国策》《史》《汉》、韩欧诸大家文。"⑤而对于那些取材狭窄，只知先秦、西京的学士，王世贞并没有多大的肯定，甚至是给予嘲讽。如他说道："明兴弘正间，学士先生稍又变之，非先秦、西京弗述，彼见以为溯流而获源，不知其犹堕于蹊也。夫所谓古者，不能据上游以厌群志。"⑥所以，王世贞对文章的创作取法不仅仅局限于先秦、西京之作。

其次，就"诗必盛唐"而言，这种结论也有一定的偏颇。中国是一

---

① 王世贞：《弇州山人四部稿》卷五十七《赠李于鳞视关中学政序》，第9页。
② 王世贞：《弇州山人续稿》卷五十二《蒙溪先生集序》，第13页。
③ 王世贞：《弇州山人续稿》卷四十《刘侍御集序》，第14~15页。
④ 王世贞：《弇州山人续稿》卷四十《袁鲁望集序》，第20页。
⑤ 王世贞：《弇州山人续稿》卷一百八十二《颜廷愉》，第4页。
⑥ 王世贞：《弇州山人四部稿》卷六十八《古四大家摘言序》，第8页。

个诗歌的国度，在古代，诗歌更是居于文体的主要地位。唐朝，尤其是盛唐，更是将诗歌的内容和表现形式发展到一个巅峰，让后人难以望其项背，成为师法的对象，论诗以唐诗为宗。如李东阳认为"宋诗深，却去唐远"①，王廷相感叹道"为李、杜，为盛唐诸名家，大历以后弗论也"②。王世贞也毫不例外，肯定唐朝之于诗歌创作的无可替代性，并深入分析道："夫诗之体莫悉于唐，而唐莫美于初盛。自武德而景龙者初也，自开元而至德者盛也，大历之半割之矣。初则由华而渐敛，以态韵胜，盛则由敛而大舒，以风骨胜。然其所遭之变渐多，而用亦益以渐广……且夫事同者，工拙自露，情一者深浅迥别，时代之升降，才伎之长短，亦可以傍通而曲引，固不必锺记室之品，高廷礼之正而后辨也……夫诗取适情，主淡泊为上乘，足矣。"③ 他在诗论中，也往往提及盛唐，表达出他对盛唐诗歌的向往和追求，他曾自述道："余少年时，称诗盖以盛唐为鹄云，已而不能无疑于五言古，及李于鳞氏之论曰：'唐无古诗而有其古诗'，则洒然悟矣，进而求之。"④ 以至于王世贞后来认为"盛唐之于诗也，其气完，其声铿以平，其色丽以雅，其力沉而雄，其意融而无迹，故曰盛唐其则也"⑤。在他的心目中，盛唐诗歌是最好的，值得众人去效仿和学习，并将盛唐作为诗歌创作的准则，王世贞已经将盛唐诗歌推至无以复加的地位。盛唐诗固然好，然而王世贞并没有仅仅局限于此，而是有着更加宽广的视野，他在指导晚辈徐益孙写作时，认为：

> 今宜但取《三百篇》及汉魏、晋宋、初盛唐名家语，熟玩之，使胸次悠然有融泱处，方始命笔。勿作凡题、僻题，险体、险韵，坌入恶道。俟骨格已定，鉴裁不爽。然后取中晚唐佳者，及献吉、于鳞诸公之作，以资材用，亦不得临时剽拟。至于仆诗，门径尤广，宜采不宜法也。⑥

① 李东阳：《麓堂诗话》，丁福保辑《历代诗话续编》，中华书局，2006，第1371页。
② 王廷相：《王氏家藏集》卷二十二《刘梅国诗集序》，清刻本，上海图书馆藏，第7页。
③ 王世贞：《弇州山人续稿》卷五十三《唐诗类苑序》，第5~6页。
④ 王世贞：《弇州山人续稿》卷五十五《梅季豹居诸集序》，第18页。
⑤ 王世贞：《弇州山人四部稿》卷六十五《徐汝思诗集序》，第6页。
⑥ 王世贞：《弇州山人续稿》卷一百八十二《徐孟孺》，第16~17页。

这是王世贞指导晚辈写作的肺腑之言，他在注重盛唐诗歌的重要性时，仍叮嘱徐益孙学习盛唐诗后，要博取诸家，即使晋宋、中晚唐诸家，也有可取之处。王世贞对于自己学诗的认知也是自认为门径犹广，不局限于盛唐，自己可以成为他人取材的对象，却不是师法的目标。只有诗不必尽盛唐，跳出预先设定的圈子，才能博取众家之所长，才能写出更好的作品。再者，王世贞在撰写《艺苑卮言》为文学复古造势之时，对盛唐的李白和杜甫还是颇有微词的，且其对李白和杜甫的创作点评颇为中肯：

> 李杜光焰千古，人人知之。沧浪并极推尊，而不能致辨。元微之独重子美，宋人以为谈柄。近时杨用修为李左袒，轻俊之士往往傅耳。要其所得，俱影响之间。五言古、《选》体及七言歌行，太白以气为主，以自然为宗，以俊逸高畅为贵；子美以意为主，以独造为宗，以奇拔沉雄为贵。其歌行之妙，咏之使人飘扬欲仙者，太白也；使人慷慨激烈，歔欷欲绝者，子美也。《选》体，太白多露语率语，子美多稚语累语，置之陶谢间，便觉伧父面目，乃欲使之夺曹氏父子位耶！五言律、七言歌行，子美神矣，七言律，圣矣。五七言绝，太白神矣，七言歌行，圣矣，五言次之。太白之七言律，子美之七言绝，皆变体，间为之可耳，不足多法也。
>
> 十首以前，少陵较难入，百首以后，青莲较易厌。扬之则高华，抑之则沉实，有色有声，有气有骨，有味有态，浓淡深浅，奇正开阖，各极其则，吾不能不伏膺少陵。
>
> 青莲拟古乐府，以己意己才发之，尚沿六朝旧习，不如少陵以时事创新题也。少陵自是卓识，惜不尽得本来面目耳。①

即对于李白和杜甫的创作成就，王世贞给予了肯定，认为他们可以光耀后世，成为后人学习取法的对象，但是细论之，二人都有不足之处，李白"多露语率语"，杜甫"多稚语累语"，况且李杜对于诗作所擅长的诗体也不尽一样，"五言律、七言歌行，子美神矣，七言律，圣矣。五七言绝者

---

① 王世贞：《弇州山人四部稿》卷一百四十七《艺苑卮言四》，第4~5页。

太白神矣，七言歌行，圣矣，五言次之"，诗体种类繁多，这客观上也就
要求后人不能拘泥于盛唐，谢朓同样可以成为学习的对象，而谢朓属于六
朝时期，非盛唐。这更加印证了王世贞"捃拾宜博"的学习理念，故而
他在《周叔夜先生集序》中，旗帜鲜明地说道："诗不必尽盛唐，以错得
之，飒飒乎岑李遗响哉。"① 试想，如果只是学习盛唐，何以错得之！这
是王世贞对"诗必盛唐"的强有力回击，可见以"诗必盛唐"来笼统地
概括王世贞诗学思想，是不可取的，也不符合王世贞诗学思想的实际。

第二节　字法、句法、篇法到"不法而法"的升华

对所谓王世贞"文必秦汉，诗必盛唐"的定论性文学思想进行辨析，
并进行否定，是为了破除先验，还原研究对象本身，客观地认识文学复古
运动，并从此出发，力求更加全面地认知王世贞的文学思想。

王世贞走上复古道路受了李攀龙的强烈影响，见李攀龙后，他甚至想
将自己之前的作品"悉烧弃之"②，而在复古潮流中，他更是身先士卒，
为了更好地为复古运动提供理论基础，王世贞书写了《艺苑卮言》一书。
郦波认为："作为前后七子文学复古运动的代表性理论专著，《艺苑卮言》
无疑具备着最鲜明的'复古'特性……正担当了复古运动中'武器的批
判'的角色。"③ 复古，在于学习前人创作之法，可贵的是王世贞没有局
限于此，他有着独特的见解，这主要体现在以下几个方面。

首先，王世贞的法度说是具体而微的文章创作之法。李梦阳和何景明
是前七子的代表人物，他们都提倡复古，但是在复古方法上的意见不相一
致，李梦阳讲究尺寸古法，认为"规矩者，法也。仆之尺尺而寸寸之者，
固法也"④，而何景明却认为恪守古法，独守尺寸是不可取的，即使达到

① 王世贞：《弇州山人续稿》卷五十《周叔夜先生集序》，第 20 页。
② 王世贞：《弇州山人四部稿》卷一百二十三《上御史大夫南充王公》，第 14 页。
③ 郦波：《王世贞文学研究》，中华书局，2011，第 151 页。
④ 李梦阳：《空同集》，文渊阁《四库全书》第 1262 册，上海古籍出版社，1987，第
　　566 页。

了极致，仍然是"如小儿倚物能行，独趋颠仆"①，"无益于道化"，故而要"富于材积，领会神情，临景结构，不仿形迹"②，"法"只不过是一种工具，最终要做到"达岸则舍筏"。李、何之争涉及的是复古之道如何看待法度的问题，处于形而上的层面，王世贞则与之不同，他复古时注重形而下，将复古之法践行到具体的文章创作之中，从而使法度有章可循。如王世贞将法度具体到创作时的篇法、句法和字法，认为：

> 首尾开阖，繁简奇正，各极其度，篇法也。抑扬顿挫，长短节奏，各极其致，句法也。点缀关键，金石绮彩，各极其造，字法也。篇有百尺之锦，句有千钧之弩，字有百炼之金，文之与诗，固异象同则。③

文和诗只不过是表现出来的形式不一样，在创作的过程之中，两者都必须遵循同样的法度，必须讲究篇要有篇法，句要有句法，字要有字法，由于篇法、句法和字法在文章中的地位和作用不同，对这三者的创作要求也不尽一样。关于这三者之间的关系，王世贞论述道："篇有眼曰句，句有眼曰字，字有字法，句有句法，篇有篇法，此三者不可一失也。"④ 只有将篇法、字法、句法统一于行文之中，才能创作出更好的文章，毕竟"夫雕虫者，文也"，文章是在此基础上对法度的进一步追求。

将法度说具体而微到文章创作，就会关系到不同文体对法度的追求。体例先行，再论以法度，是王世贞文论的一个突出特点。就"诗"这一文体而言，王世贞在总体上认为："诗有起，有结，有唤，有应，有过，有接，有虚，有实，有轻重，偶对欲称，压韵欲稳，使事欲切，使字欲当，此数端者一之未至，未可以言诗也。"⑤ 诗又可以细分为五言、七言、

---

① 何景明：《大复集》，文渊阁《四库全书》第 1267 册，上海古籍出版社，1987，第 291 页。
② 何景明：《大复集》，文渊阁《四库全书》第 1267 册，上海古籍出版社，1987，第 290 页。
③ 王世贞：《弇州山人四部稿》卷一百四十四《艺苑卮言一》，第 16 页。
④ 王世贞：《弇州山人续稿》卷一百八十一《华仲达》，第 8 页。
⑤ 王世贞：《弇州山人续稿》卷一百八十三《于鸟先》，第 3 页。

绝句、律诗等，王世贞对此也有相关的总结，他说道："五言律，差易得雄浑，加以二字，便觉费力，虽曼声可听而古色渐稀，七字为句，字皆调美，八句为篇，句皆稳畅，虽复盛唐，代不数人，人不数首。"① 不同的文体在风格和取法上也有所差别，如王世贞强调"五言古苏李其风乎，而法极黄初矣。七言畅于燕歌乎，而法极杜李矣。律畅于唐乎，而法极大历矣"②。

可见，王世贞的这种法是细化到字句的创作之法，又关系到文体、文类的取法标准和最高法度。因此，相对于李、何在宏观上的取法路径，王世贞的法度观更为具体，让他人更容易知道行文创作的法度，这也是王世贞对前七子在法度说上的一种推进，有利于文学复古运动在文坛上焕发出新的生机。

其次，王世贞的取法，遵循着"师匠宜高，捃拾宜博"的原则。对具体而微的创作之法的注重是对取法对象的具体体现，如前所述，于诗，王世贞推崇盛唐；于文，王世贞向往西京。盛唐的诗和西京的文是众人所追求的诗文创作极致。"师匠宜高"，才会使自己的创作有一个衡量的标准，即使自己的文章离盛唐诗和西京文有一段距离，但"取乎上，得其中"，还是会有一定的可观之处。在历史的长河中，名家辈出，盛唐、西京作为诗文创作取法的极致，仅仅是其中最光辉灿烂的一部分，除此之外的诸家之佳作，也值得他人取法和学习。而这种取法，王世贞也有一个转变过程。如在初期，王世贞信奉李梦阳的"勿读唐以后文"，而见到李攀龙之后，更是大彻大悟，他说道："自是诗知大历以前，文知西京而上矣。"③ 随着时间的推移和创作的实践，王世贞并没有局限于此，而是"捃拾宜博"。对于自己的诗文创作，王世贞分析道："仆于诗，大历而后者，阑入十之一，文杂贞元者，二十之一，六朝者百之一。"④ 可见王世贞创作取径之广，即使是他经常诟病的六朝，仍然有可取之处。再者，对于后人的创作指导，王世贞尤为细心，认为只有取法宽广，才能打下坚实

① 王世贞：《弇州山人四部稿》卷一百四十四《艺苑卮言一》，第 13 页。
② 王世贞：《弇州山人四部稿》卷七十一《王氏金虎集序》，第 4~5 页。
③ 王世贞：《弇州山人四部稿》卷一百四十七《艺苑卮言四》，第 16 页。
④ 王世贞：《弇州山人四部稿》卷一百二十八《答吴瑞谷》，第 17 页。

的基础，从而有利于长远的创作，如他说道："仆以为足下且勿轻操觚，其诗须取李杜、高岑、王孟之典显者，熟之有得，而稍进于建安、潘陆、陶谢。文取韩柳两家平正者，熟之有得，而稍进于班马、先秦。"①

创作的取法往往伴随着剽窃、模拟、因袭的弊病。王世贞对此也有清醒的认识，在鼓励后人创作时要"师匠宜高，捃拾宜博"，自己也可以成为取法的对象，但是不鼓励他人因为取法而因袭、剽窃，更不希望他人对自己进行亦步亦趋的模拟，如他对于鬼先说道："仆与于鳞撰著，可备足下游艺资耳，不可徇而步趋也。"② 故而对于模拟之作，王世贞的总体评价不高，吴国伦寄来的拟乐府，王世贞看过后就"觉过模拟，不堪见大巫"③。即使王世贞早期投入复古潮流，取法古人，他对此还是抱以批判的态度，如他认为：

> 今天下人握夜光，途遵上乘，然不免邯郸之步，无复合浦之还，则以深造之力微，自得之趣寡。诗云："有物有则。"又曰："无声无臭。"昔人有步趋华相国者，以为形迹之外学之，去之弥远。又人学书，日临兰亭一帖，有规之者云："此从门而入，必不成书道。"……或名为闰继，实则盗魁，外堪皮相，中乃肤立，以此言家，久必败矣。④

即邯郸学步的模拟，只不过是不断地模拟形迹，最终离对象越来越远，非入门之道。而那些近似盗魁之人，更是"久必败矣"。

另外，王世贞的师法目标，是对"不法而法"的追求。法度是文章创作的基本要素，与此同时，王世贞也注重意、才等要素在创作中的重要性，并试图将它们结合起来，一来克服对法度过于强执所带来的弊病，二来对法度进行深入探索，以使法度能够得到更加灵活的理解和运用。如王世贞在评价宗臣的诗法时，认为"以子相之诗，足无憾于法，乃往往屈

---

① 王世贞：《弇州山人续稿》卷一百八十三《于鬼先》，第 3 页。
② 王世贞：《弇州山人续稿》卷一百八十三《于鬼先》，第 3 页。
③ 王世贞：《弇州山人四部稿》卷一百二十《复肖甫》，第 7 页。
④ 王世贞：《弇州山人四部稿》卷一百四十八《艺苑卮言五》，第 2~3 页。

法而伸其才，其文足尽于才，乃往往屈才而就法"①，即使宗臣去世，这样达到法和才融为一体的佳作仍然"具是不朽矣"。而对于法与意的辩证关系，王世贞有着精辟的见解：

> 尚法则为法用，裁而伤乎气，达意则为意用，纵而舍其津筏，畏于思之难，信心而成之，苟取其近者，嚣嚣然而自足，耻于名之易，钩棘以探之，务剽其异者，沾沾然以为非常。夫其各相轧而卒莫相竟也，彼各有以持其角之负，然而不善所以为胜者，故弗胜也。吾来自意而往之法，意至而法偕至，法就而意融乎其间矣。夫意无方而法有体也，意来甚难而出之若易，法往甚易而窥之若难，此所谓相为用也。左氏法先意者也，司马氏意先法者也，然而未有不相为用者也。夫不睹夫造物者之于兆类乎？走飞天乔各有则而不失真，迨乎风容精彩流动而为生气者不乏也……玉叔文亡论所究，极庶几司马、左氏哉。不屈阏其意以媚法，不骫骳其法以殉意，裁有扩而纵有操，则既亦彬彬君子矣。②

在王世贞眼中，法和意是紧密相连的，将法与意割裂开来，会带来独自"尚法"或"尚意"的不足，只有二者合而为一，"法就而意融乎其间矣"，各自把握其中的度，这才是彬彬君子。故而在李、何之争中，王世贞倾向于何景明的"达岸舍筏"，不尺守法度，法度固然重要，但也只不过是为达到创作目的的一种工具罢了。法和意的融合，无疑超出了法和意的取舍问题。

然而达到法和其他要素的融合，并不是王世贞所追求的最终目标，王世贞在此基础上，更进一步，追求创作中的"妙亦自然""不法而法"，这是法的极致。故而王世贞在《长梧封人传》中肯定"其深思之极，见若为雕刿者，然要归之自然，即率尔而为之，若不经意，然求其不合于古者鲜也"③。再如王世贞在评论王格时认为："公于诗若文，不作贞元而后

---

① 王世贞：《弇州山人四部稿》卷六十五《宗子相集序》，第5页。
② 王世贞：《弇州山人四部稿》卷六十七《五岳山房文稿序》，第16~17页。
③ 王世贞：《弇州山人续稿》卷六十七《长梧封人传》，第4页。

语，然能脱摹拟，洗蹊径，以超然于法之外，不得以一家目之也。"① 并认为："邦相之文气雄而调古，驰骤开阖，不法而法，乃其持论往往出人意表，歌辞亦称是。"② 对于这些，王世贞并不是一开始就对法度有如此高深的追求，而是在深刻感悟后的自得，他自述道："仆自束发来，即知操铅椠之业，于今二十五年矣，近窃窥公之用兵而稍有悟于文。夫文出于法而入于意，其精微之极，不法而法，有意无意，乃为妙耳。"③ 王世贞对法度的这种追求远远超出单纯的复古取法，有别于前后七子对法度的恪守。

王世贞将对法度的追求，上升到"不法而法"的自然观，实则是不想被法度所束缚，力求书写法、才、意等各种因素融于一体的佳作，这是他内心世界的外化。其实王世贞在复古的外衣之下，与追求法度相适应，时刻隐藏着真正的自我，一个追求"自足""自得"的内心世界，也正因为有这样的内心世界，王世贞对法度的追求，才不会永远停留在对具体篇法、句法和字法的追求之上。

第三节　格调说的独特性及价值

"格调"一词，在正式成为文学理论范畴之前，"格"和"调"都有着自身的特定含义。首先，从"格"字入手。

在《说文解字》中，"格"的释义为"格，木长貌"④，徐锴在《说文解字系传》中说道："亦谓树高长枝为格。故庾信《小园赋》曰：'草树混淆，枝格相交。'"⑤ "格"，从木，各声，"木"指树木，"各"则表示物与物的交叉状，两者联系起来则表示为树干与树枝所形成的十字交叉之形。再者，"格"也指一定的衡量、量度，如《文选》中有言："故彼四贤者，名载于篆图，事应乎天人，其可格之贤愚哉。"⑥ 注曰："《仓颉

---

① 王世贞：《弇州山人四部稿》卷六十八《王少泉集序》，第 19 页。
② 王世贞：《弇州山人续稿》卷四十七《喻邦相杭州诸稿小序》，第 10~11 页。
③ 王世贞：《弇州山人四部稿》卷一百二十五《复戚都督书》，第 16 页。
④ 许慎：《说文解字》，中华书局，2013，第 115 页。
⑤ 徐锴：《说文解字系传》卷十一，《四部丛刊》景述古堂景宋钞本。
⑥ 萧统编《文选》卷五十三《运命论》，李善注，上海古籍出版社，2011，第 2296 页。

篇》曰：'格，量度之也。'"后来"格"被引申为法式、标准之意。如《墨子》中谈道："民之格者则劲拔之，不格者则系操而归。"《魏书》中则记载："吉凶之礼，备为格式，令贵贱有别。"自汉代以来，人与人之间的品评风气渐起，"格"的含义有所延伸，可以用来指人物的风度和心胸，如《三国志》对满伟评价道："子伟嗣。伟以格度知名，官至卫尉。"《后汉书》中对李膺的刻画则为"风格秀整，高自标特，欲以天下风教是非为己任"①。

由于"格"的含义与人物品评有着紧密联系，故而它也被运用到文学批评之中，在刘勰的《文心雕龙》中曾多次出现，如"陆机断议，亦有锋颖，而谀辞弗剪，颇累文骨，各亦有美，风格存焉"②，再如"若夫笔句无常，而字有条数，四字密而不促，六字格而非缓，或变之以三五，盖应机之权节也"③。此处的"格"深入具体文章风格和字法的评论之中，进一步加强了"格"和文学批评之间的关系。

唐人王昌龄倾心于诗学，他在《诗中密旨》中说诗有两格，"诗意高谓之格高，意下谓之格下"，将诗歌创作中的诗意与"格"直接联系起来，并举例子论述道："古诗：'耕田而食，凿井而饮'，此高格也。沈休文诗：'平生少年分，白首易前期'，此下格也。"又分诗为九格："一曰重叠用事格。二曰上句立兴，下句是意格。三曰上句立兴，下句是比格。四曰上句体物，下句状成格。五曰上句体时，下句状成格。六曰上句体事，下句意成格。七曰句中比物成意格。八曰句中叠语格。九曰句中轻重错缪格。"④ 另外，王昌龄在《诗格》一书中说"诗有三格：一曰生思，二曰感思，三曰取思"⑤，将诗歌的创作构思方式与格相联系，"格"在诗歌创作中的位置提高到了空前的地位，因此，其在谈及诗有五趣向时，说道："一曰高格，二曰古雅，三曰闲逸，四曰幽深，五曰神仙。""高格"直接排在古雅、闲逸、幽深等传统文学批评术语之前。

---

① 袁宏：《后汉纪》卷二十一《孝桓皇帝纪上》，《四部丛刊》景明嘉靖刻本。
② 刘勰：《文心雕龙义证》，詹锳义证，上海古籍出版社，1989，第 895 页。
③ 刘勰：《文心雕龙义证》，詹锳义证，上海古籍出版社，1989，第 1265 页。
④ 张伯伟：《全唐五代诗格汇考》，江苏古籍出版社，2002，第 139 页。
⑤ 张伯伟：《全唐五代诗格汇考》，江苏古籍出版社，2002，第 120 页。

后来皎然在锺嵘、刘勰等人的基础之上，对诗歌理论进行深入的分析，并将"格"灵活地运用到文学批评之中，如在评价《邺中集》时，认为"刘桢辞气，偏正得其中，不拘对属，偶或有之，语与兴驱，势逐情起，不由作意，气格自高，与《十九首》其流一也"①。另外，皎然在对诗歌进行总体性的评价时，直接将"格"作为诗歌的一个评判标准，如他认为："诗有五格：不用事第一，作用事第二，直用事第三，有事无事第四，有事无事、情格俱下第五。"② 而整个《诗式》就是围绕这一结论展开论述。高步瀛认为中唐以来各标风格的传统，在晚唐得到进一步的发展。③ 如司空图在《与李生论诗书》中言及"格"，他认为："诗贯六义，则讽谕、抑扬、渟蓄、温雅，皆在其间矣，然直致所得，以格自奇……王右丞、韦苏州澄澹精致，格在其中，岂妨于遒举哉。"④ 诗虽有六义，然而诗歌的极致却是自然所得，"以格自奇"。

宋诗在唐诗之外另辟蹊径，崇尚理趣，但在"格"这一文学概念上，则有着继承和发展。如欧阳修认为"唐之晚年诗人，无复李杜豪放之格"⑤，秦观认为杜甫的诗歌"穷高妙之格，极豪逸之气，包冲澹之趣"⑥。再如陈师道在和张表臣谈论诗文理论时，将格与意、字联系在一起，批评他人模拟、因袭杜甫的诗句，他说道："今人爱杜甫诗，一句之内，至窃取数字以仿像之，非善学者。学诗之要，在乎立格、命意、用字而已。"⑦ 陈师道作为江西诗派的代表人物，虽然提倡炼字，追求字工，推崇黄庭坚的"点铁成金"之说，但是他却把"立格"排在"命意""用字"之上，足见陈师道对"格"的重视，而这在一定程度上也有利于补救江西诗派过于重视炼字所带来的弊端。稍后的姜夔，对"格"与"意"两者之间的关系有着精辟见解。他认为"意出于格，先得格也；格

---

① 释皎然：《诗式》卷一《邺中集》，何文焕辑《历代诗话》上，中华书局，2004，第29页。

② 释皎然：《诗式》卷一《邺中集》，何文焕辑《历代诗话》上，中华书局，2004，第29页。

③ 高步瀛：《唐宋诗举要》，上海古籍出版社，1978，第407页。

④ 司空图：《司空表圣文集》卷二《与李生论诗书》，上海古籍出版社，2013，第71页。

⑤ 欧阳修：《六一诗话》，何文焕辑《历代诗话》，中华书局，2004，第267页。

⑥ 秦观：《淮海集》卷二十二《韩愈论》，《四部丛刊》景明嘉靖小字本。

⑦ 张表臣：《珊瑚钩诗话》卷二，何文焕辑《历代诗话》，中华书局，2004，第464页。

出于意，先得意也。吟咏情性，如印印泥，止乎礼义，贵涵养也"①。诗格和诗意没有绝对的区分，二者可以来回转换，既可以通过"格"来探究"意"，也可以由"意"来寻求"格"，最终的目标无非是表现真情实感，做到文质彬彬。严羽在《沧浪诗话》中认为"诗之法有五：曰体制，曰格力，曰气象，曰兴趣，曰音节"②，即将体制、格力、音节作为诗歌创作的重要因素。

宋人对"格"的内涵也有新创之处，汪涌豪曾指出："处在论文以'气'为主向由'韵'为主方向转变的宋代，人们不能不更关注作品超乎形质乃或气禀之上的情蕴韵致之美。如何在尊崇古人体格的同时，实现一己之才情风韵，是当时许多人思考的重点。"③因此，我们可以发现，在作者主体性介入作品的同时，"格"的内涵也就不局限于客观层面的体制或者特定风格，而是出现了与作者主体性相关的概念，如"格致""格韵"等。这些概念范畴在宋代之前未曾出现过，晁迥是较早谈到格致的，他认为"尽工之格致高妙，有能注思落笔传神写照而逼真者，文士之格致高妙，有能注思落笔穷理尽性而臻极者，此二事颇相类也"④。这已经强调了对作者主体性的渗入。稍后的阮阅，在《诗话总龟》中更是将文中一节单独命名为"格致门"，对其进行专门讨论和阐述。

和"格"一样，"调"的含义也有一个曲折变化的发展过程。

"调"的本义为和，许慎在《说文解字》中说："调，和也，从言、周声。"⑤意在物与物之间，或者事物、事情本身达到的一种调和状态。这种调和的对象可以是味，如《墨子》"五味之调，芬香之和"⑥；可以是音，如《管子》"夫五音不同声而能调"⑦，《荀子》"恭敬礼也调和乐也"；可以为阴阳，如《六韬》"调和阴阳，以安万乘之主"，《难经本

①　姜夔：《白石道人诗说》，何文焕辑《历代诗话》，中华书局，2004，第682页。
②　严羽：《沧浪诗话》，何文焕辑《历代诗话》，中华书局，2004，第687页。
③　汪涌豪：《范畴论》，复旦大学出版社，1999，第150页。
④　晁迥：《法藏碎金录》卷一，文渊阁《四库全书》第1052册，上海古籍出版社，1987，第433页。
⑤　许慎：《说文解字》卷三上，中华书局，2013，第53页。
⑥　《墨子校注》，吴毓江校注，中华书局，2006，第249~250页。
⑦　《管子校注》，黎翔凤撰，梁运华整理，中华书局，2011，第211页。

义》"调气之方，必在阴阳者"；可以是上下君臣关系，如《韩非子》
"君操其名，臣效其形，形名参同，上下和调也"；可以是刚柔，如《荀
子》"血气刚强，则柔之以调和"①；可以为身心，如《文子》"心与神
处，形与性调，静而体德，动而理通，循自然之道"②。中国先秦时期，
是文史哲不分、诗乐舞相结合的，在上述的意义中，唯独音与文学之间的
关系稍微大些。

到了两汉，"调"与音有关的义项进一步演化为具体的音调、声调，
如《吕氏春秋》"宫徵商羽角，各处其处，音皆调均"，《汉书》"今汉郊
庙诗歌，未有祖宗之事，八音调均，又不协于钟律"。当然，"调"也逐
渐参与文学创作之中，"调"第一次与文章创作的结合，出现在桓宽的
《盐铁论》中，如"东向伏几，振笔如文调者"③，在此形容写作之快，
文章之好。王充《论衡》则有"非苟调文饰辞，为奇伟之观也""调辞以
巧文"等语。

到了东汉末年和魏晋南北朝时期，对人物的品评蔚然成风，出现了
"智调""才调"等词语，如徐干《中论》中有"其智调足以将之"之
语，《三国志·孟光传》中有"吾今所问，欲知其权略智调"之语。与此
同时，"调"也进入了文学批评的视野，如刘勰在《文心雕龙》中就提及
"调"，有"至于林籁结响，调如竽瑟"④"观其体赡而律调，辞清而志
显"⑤"篇有小大，离章合句，调有缓急"⑥等，这些都与"调"的本义
有关，指与音调、声律有关的声调，而这种声调关系到文章的整体表现，
如"若乃改韵从调，所以节文辞气"⑦。刘勰还关注到作者是文章创作的
主体，创作时应该"务在节宣，清和其心，调畅其气"⑧，此处"调"的
运用也不离本义。而在魏晋南北朝这一"主气"的时代，"调"也与之有

---

① 《荀子集解》，沈啸寰、王星贤点校，中华书局，2011，第25页。
② 《文子疏义》，王利器撰，中华书局，2009，第409页。
③ 桓宽：《盐铁论》卷七，《四部丛刊》景明嘉靖本。
④ 刘勰：《文心雕龙义证》，詹锳义证，上海古籍出版社，1989，第10页。
⑤ 刘勰：《文心雕龙义证》，詹锳义证，上海古籍出版社，1989，第834页。
⑥ 刘勰：《文心雕龙义证》，詹锳义证，上海古籍出版社，1989，第1253页。
⑦ 刘勰：《文心雕龙义证》，詹锳义证，上海古籍出版社，1989，第1276页。
⑧ 刘勰：《文心雕龙义证》，詹锳义证，上海古籍出版社，1989，第1581页。

一定的联系，故有"气调"之说，它可以指人物气概、风度的外化，如徐陵在《东阳双林寺傅大士碑》中写道，"加以风神爽朗，气调清高，流化亲朋，善和纷诤"；它还可以运用到具体的文学批评之中，如锺嵘在评论郭泰机、顾恺之等五人时，认为"观此五子，文虽不多，气调劲拔，吾许其进，则鲍照、江淹，未足逮止"①。"气调"尤指文章的整体风格，有"体格""体调"之意，犹同人身体中的筋骨，也是作者自身气概外化于具体的文学创作之中。在其后的《文选》中，"调"则直接指向具体的言辞，如"义心多苦调，密比金玉声"②，李善注释曰："其六潘岳《从姊诔》曰：'义心清尚，莫之与邻。'调，犹辞也。"

唐人更进一步，在"体调"之余，他们追求"风调""才调"，突出自我的主体性。五代时期的韦谷将自己选编的唐人诗作汇成一个集子，命名为《才调集》；再如《李义山文集》中有"王谢标格，曹刘才调"之语；元稹评价杜甫时，有"词气豪迈而风调清深，属对律切"③之语。即使在评价前人时，亦是如此，如李百药在《北齐书·崔瞻传》中说"偓弟儦学识有才思，风调甚高"，房玄龄在《晋书》中说"王接才调秀出，见赏知音"④。

宋人则试图在唐人诗歌之外别有新创，故而以"调"接近古人，且对前人也以"调"评之，并结合其他文学概念对"调"进行辨析。如姜夔认为"句意欲深欲远，句调欲清欲古欲和"，强调在文学创作中不仅要追求意，还要注重调，意的"深""远"，可以增加文章的内涵、韵味，调的"清""古""和"，则能使文章更接近古人，声调和畅。另外，陈善还说："韩以文为诗，杜以诗为文，世传以为戏，然文中要自有诗，诗中要自有文，亦相生法也。文中有诗则句语精确，诗中有文则词调流畅。"⑤陈善将诗、文与"调"相联系，突出了"调"与诗、文的联系和区别。

---

① 锺嵘：《诗品译注》，周振甫译注，中华书局，2013，第 65 页。
② 萧统编《文选》卷二十一《秋胡》，李善注，上海古籍出版社，2011，第 1003 页。
③ 元稹：《元氏长庆集》卷五十六《唐故工部员外郎杜君墓系铭》，文渊阁《四库全书》第 1079 册，上海古籍出版社，1987，第 624 页。
④ 房玄龄等：《晋书》卷五十一《王接》，中华书局，1974，第 1436 页。
⑤ 陈善：《扪虱新话》，福建人民出版社，2014，第 4 页。

综上所述，"格"和"调"的意义非常纷杂，但在魏晋南北朝时期，两者作为概念都进入了文学批评之中，经过唐宋文人们的创作实践和理论辨析，两者在文学批评中的地位和价值也逐渐凸显。"格"，作为"体格""格制"，强调作品的法式和准则；"调"，作为声调、音调，强调作品的音节和声律。"体格""格制"到"风格""格力"的转变，更加注重对作品整体的把握；声调、音调到"辞调""体调"的转变，更加注重对作品形式的约束。"风格""格力"到"格致""格韵"的升华，是作者主体性对作品的介入，而"辞调""体调"也是因为突出作者个人风华才情，才上升到对"风调""才调"的追求。这两者都关乎作品的客观体式，也是作者主体性情感和才华的体现，"格"和"调"在意义上有着天然的联系，甚至在不同的时期，还有重叠之处。因此翻阅整个文学批评史，我们可以发现很多文士将"格"和"调"放在一起论述。如皎然在《诗式》中认为谢灵运为文"直于情性，尚于作用，不顾词彩，而风流自然……不然，何以得其格高，其气正，其体贞，其貌古，其词深，其才婉，其德宏，其调逸，其声谐哉"①。

目前，据可阅书籍考证，方干是较早地运用"格调"这一特定概念的，他在《赠美人》诗中有"直缘多艺用心劳，心路玲珑格调高"②之语，随后韦谷在《才调集》中录有秦韬玉的《贫女》诗，有"谁爱风流高格调，共怜时世俭梳妆"之语。可见，"格调"与"风格""才调"之义有关，用来对人物进行品鉴，指品格、风度或仪态。张乔在《宿刘温书斋》诗中有"不掩盈窗月，天然格调高"之语，这里的"格调"则指风貌或景象。

在文学批评方面，文人将"格调"作为具体文学作品的风格、体制和法规去评论他人创作的高低，如张炎在《词源》中说姜白石、史邦卿、吴梦窗等人"格调不侔，句法挺异，俱能特立清新之意，删削靡曼之词，自成一家"③，苏轼在《仇池笔记》中说"曾子固编《李太白集》，而有

---

① 释皎然：《诗式》卷一，何文焕辑《历代诗话》，中华书局，2004，第30页。
② 方干：《玄英集》卷六《赠美人》，文渊阁《四库全书》第1084册，上海古籍出版社，1987，第68页。
③ 张炎：《词源》，人民文学出版社，1963，第10页。

《赠僧怀素草书歌》及《笑已乎》数首，皆贯休以下，格调卑陋"①。

以上对于格调说的探究，参照了汪涌豪在《范畴论》中对"格调"的阐述思路。不过在对格调说的发展演变轨迹进行探究时，值得我们注意的是，部分文人有时用"调格"来论诗文。如李昉在《太平广记》中有"卢以例不拘常调格迁叙"之语，沈括在《梦溪笔谈》中说"怀智《琵琶谱》调格与今乐全不同"。至于"格调"和"调格"的杂用，汪涌豪认为："表明时至唐代，作为一个新起的范畴，它尚未有稳定的逻辑形态。"笔者在此不敢苟同，因为按汪涌豪之言，"格调"范畴有一个发展到完善的过程，"调格"的出现是"格调"发展初期或中期的产物。② 那么随着"格调"范畴的逐渐完善，"调格"一词在文论中出现的频率理应减少，甚至是完全被"格调"所取代，然而事实并非如此。如贺复征在《文章辨体汇选》中录有李维桢的《〈渔父辞〉引》一文，有"陆龟蒙江湖散人，词之声音调格相出入矣"之语；钱谷在《吴都文粹续集》中有"余友孔昭谢氏，自少嗜诗，得二君之旨趣，故其为诗不苟，必拟于古人调格似矣"之语；孙慎行在《玄晏斋集》中有"子昂名为复古一振，乃振于调格，非振于义理也"之语；王世贞在评价自己诗歌时有"右十五篇调格稍异，聊存之，以见一体"③ 之语。而"格调"这一文论范畴在明朝已经成熟，并上升到了理论的高度，不存在尚未有稳定的逻辑形态一说。因此从"格调"和"调格"的文论范畴意义来看，两者之间的区别不大，"调格"是部分文人间作之。

早在明初，高启对"格"的论述就值得注意，他在《独庵集序》中说："诗之要，有曰格、曰意、曰趣而已。格以辨其体……体不辨则入于邪陋，而师古之义乖。"④ 他明确强调"格""意""趣"对诗歌创作的重要性，其中"格"更是关系到诗体的选择，影响到复古的成败。另外，在他人复古而不得明确取向之时，高棅则给出了为诗学唐的答案，他在

① 苏轼：《仇池笔记》卷上《论诗》，文渊阁《四库全书》第 863 册，上海古籍出版社，1987，第 5 页。
② 汪涌豪：《范畴论》，复旦大学出版社，1999，第 153 页。
③ 王世贞：《弇州山人四部稿》卷四十四《戏为江左变体》，第 9 页。
④ 高启：《高青丘集》，上海古籍出版社，2013，第 885 页。

《唐诗品汇》中论述道："有唐三百年诗，众体备矣……至于声律气象，文词理致，各有品格高下之不同，略而言之，则有初唐、盛唐、中唐、晚唐之不同。"①

李东阳在前人的基础之上，明确地提出了"格调"说，对这一理论进行分析阐述，并与文学复古运动相结合，这对"格调"概念的发展做出了突出贡献。李东阳在《麓堂诗话》中说道：

> 诗必有具眼，亦必有具耳。眼主格，耳主声。闻琴断，知为第几弦，此具耳也；月下隔窗辨五色线，此具眼也。费侍郎廷言尝问作诗，予曰："试取所未见诗，即能识其时代格调，十不失一，乃为有得。"②

其中"具眼"，指具有识别事物的眼力，如严羽在《沧浪诗话》中说："杜注中'师曰'者，亦'坡曰'之类，但其间半伪半真，尤为淆乱惑人，此深可叹。然具眼者，自默识之耳。"③ 李东阳在此主要强调的是对诗歌风格和体格的辨识，而"具耳"则主要是从音韵和声调的角度去把握作品，并不局限于诗歌的平仄问题。李东阳认为做到"具眼"和"具耳"，即能识别作品的时代格调，"十不失一"。

要通过格调认识古人，进而在创作时上追古人，创作时的格律声调非常重要，尤其是对句法、字法的追求，很多人因此深陷古法而不能自拔。李东阳批评道："泥古诗之成声，平侧短长，句句字字，摹仿而不敢失，非惟格调有限，亦无以发人之情性。若往复讽咏，久而自有所得。"④ 李东阳看到了"格调"对创作的限制之处，但是并没有对此全盘否定，而是主张要不拘泥于古诗之法，追求"自然之妙"，创作时更要注重自身情感的抒发。

"格调"说是在李东阳这里确立的，将其推而广之的是明前后七子，

---

① 高棅：《唐诗品汇》，上海古籍出版社，2012，第 8 页。
② 李东阳：《麓堂诗话》，丁福保辑《历代诗话续编》，中华书局，2006，第 1371 页。
③ 严羽：《沧浪诗话》，何文焕辑《历代诗话》，中华书局，2004，第 704 页。
④ 李东阳：《麓堂诗话》，丁福保辑《历代诗话续编》，中华书局，2006，第 1370 页。

"格调"说也得到进一步的发展，并逐渐占据诗学理论的核心地位，成为诗学复古理论的一面旗帜。作为文学复古运动的领导者，李梦阳和李攀龙对"格调"说的发展起着至关重要的作用。

李梦阳的"格调"说不同于李东阳，他首先突出了"格调"在创作中的地位。李梦阳将"格调"说与文学复古运动相结合，确立了"格调"超乎"气舒""思冲""情以发之"等传统诗文理论范畴的地位，如他在《潜虬山人记》一文中阐述道："夫诗有七难，格古、调逸、气舒、句浑、音圆、思冲、情以发之。七者备而后诗昌矣。"① 此论虽然注重诗歌创作时的多种要素，但是与"格调"有关的范畴却占据了大半。其次，为格调说确立取法对象。在诗歌创作方面，李梦阳的基调是"尊唐抑宋"，如他在《缶音序》中说："诗至唐，古调亡矣，然自有唐调可歌咏，高者犹足被管弦。宋人主理不主调，于是唐调亦亡。"而他于唐，则直取盛唐，他认为"至元、白、韩、孟、皮、陆之徒为诗，始连联斗押，累累数百言不相下，此何异于入市攫金、登场角戏也"？

在李梦阳之后，李攀龙再次高举复古大旗，然而他对格调说的相关主张比李梦阳更为激切。且看李攀龙选编的《古今诗删》一书，这书是其晚年的著作，可以看作是李攀龙一生诗学理论的代表，《古今诗删》也历来被后人认为是能够集中体现前后七子诗学理论的诗歌选集。总体而言，李攀龙选录古诗崇尚格古调逸之作，不选风格靡弱之作，尤其是唐诗部分，虽然盛唐诗歌是复古派所推崇的，但是李攀龙在此表现得更为具体，他于盛唐诗歌的多种风格中，选取的是高华浏亮、峻拔雄浑之作，取法杜诗的雄浑，崇尚杜甫的沉郁顿挫之风。故而《四库全书总目》认为"李梦阳倡不读唐以后书之说，前后七子率以此论相尚。攀龙是选，犹是志也"②。

深受李攀龙影响的王世贞，对李攀龙顶礼膜拜，如王世贞在《艺苑卮言序》中说："东晤于鳞济上，思有所扬抟，成一家言。"③ 进而创作《艺苑卮言》一书。再如王世贞见李攀龙之后，改变了自己先前的文学

① 李梦阳：《空同集》卷四十八《潜虬山人记》，文渊阁《四库全书》第1262册，上海古籍出版社，1987，第446页。
② 永瑢等：《四库全书总目》卷一百八十九《古今诗删》，中华书局，2008，第1717页。
③ 王世贞：《弇州山人四部稿》卷一百四十四《艺苑卮言一》，第1页。

创作之路，甚至是想将自己之前的作品"悉烧弃之"，以从李攀龙。

不过王世贞对自己的"格调"观念有着直接的阐述，他曾说："余尝谓诗之所谓格者，若器之有格也，又止也，言物至此而止也。"① 即格为基本的形式法则，而"调"，则主要指文章创作中所体现的"高下、清浊、长短、徐疾"② 之"声""响""气"。而"格"与"调"之间又有着紧密的联系。如王世贞早年在《艺苑卮言》中标举"格调说"时，认为"才生思，思生调，调生格，思即才之用，调即思之境，格即调之界"。即调产生格，格不能脱离调而存在，除此之外，王世贞还引入才、思观念，进一步充实"格调"说的内涵，这比李东阳和李攀龙等人的"格调"说更加全面。然而王世贞虽然肯定了创作时才、思的重要性，但是才、思并不是王世贞最终追求的目标，这四者的关系是：思→才→调→格，王世贞更加注重的是格调对才思的规范作用，而理想的状态是才思与格调的和谐。如何达到这种境界？王世贞给出了明确答复。他认为："拟以纯灰三斛细涤其肠，日取《六经》、《周礼》、《孟子》、《老》、《庄》、《列》、《荀》、《国语》、《左传》、《战国策》、《韩非子》、《离骚》、《吕氏春秋》、《淮南子》、《史记》、班氏《汉书》，西京以还至六朝及韩柳，便须铨择佳者，熟读涵泳之，令其渐渍汪洋。"③ 这是对前人成果的广泛吸收，可是落实到具体的创作时，王世贞对格调和法度的要求则十分严格，如他在谈论七言律的创作时，曰："七言律不难中二联，难在发端及结句耳。发端盛唐人无不佳者，结颇有之，然亦无转入他调及收顿不住之病，篇法有起有束，有放有敛，有唤有应，大抵一开则一阖，一扬则一抑，一象则一意，无偏用者。"④ 故而此时的王世贞将才思融入"格调"之中，有利于修补过于谈论"格调"所带来的弊病，但是他并没有完全跳出"格调"说对文学创作的约束。通过以下两个事例可以说明。

首先，王世贞注重以"格调"辨体。王世贞文论的最大特点之一便是文体先行，在对具体作品进行辨析时，他往往追根溯源，对文体进行探

---

① 王世贞：《弇州山人续稿》卷四十二《真逸集序》，第 6 页。
② 王世贞：《弇州山人四部稿》卷六十四《李氏拟古乐府序》，第 19 页。
③ 王世贞：《弇州山人四部稿》卷一百四十四《艺苑卮言一》，第 17 页。
④ 王世贞：《弇州山人四部稿》卷一百四十四《艺苑卮言一》，第 14 页。

讨，然后落实到具体的作品之中。如他在辨析徐文通的近体诗时，认为："论其近体曰：于乎诗之变古而近也，则风气使之，虽然《诗》不云乎，有物有则……汝思往与余论诗，固甚恨之。度汝思之所撰著，亡用句攻，而字摘业非盛唐弗述矣……今汝思诗具在，如《登岱》《云门》《泛海》诸篇，飒飒乎有古遗响焉，殆欲超大历而上之。"① 而"格调"的含义在其组合之前或者组合之后，都有"格制""体调"之意，"格调"也成为王世贞辨体的一个重要标准，他用以对具体文章进行体裁和整体风格的分析，而这种分析很大程度上建立在不同文体的法度之上，"格调"要落实到具体文章，则通过法度得以体现，离开文体的特有法度，"格调"犹如无源之水、无本之木，无从谈起。如王世贞认为"夫文有格，有调，有骨，有肉，有篇法，有句法，有字法"②。"格调"与篇法、句法、字法紧密相连，先"格调"后法度。并且在具体的诗歌创作中，不同的文体，其"格调"和法度也不尽一样，如"古体用古韵，近体必用沈韵，下字欲妥，使事欲稳，四声欲调，情实欲称，縠率规矩，定而后取"③。可见王世贞对文体"格调"和法度的要求之严，也正是因为王世贞对"格调"的注重，他才在诗歌创作方面取则于盛唐，从"格调"出发，对盛唐诗歌加以辨析，如他称"盛唐之诗，格极高，调极美，而不能多，有不足以酬物而尽变，故独于少陵氏而有合焉"④。

王世贞不仅对他人作品用"格调"辨析之，对自己的创作也如是。他曾于署中独酌时，有感而发，共创作十首诗歌，虽然认为自己所创作的诗歌带有白家门风因此不足存也，但是他并没有将这十首诗歌真正删除，而是在编订《弇州山人四部稿》时，将这十首诗和三首杂体、两首变体放在一起保留了下来，共计十五篇。且看其中两首：

> 我是经行旧比丘，曾参龙象度春秋。修时早被魔心打，到处还将宿业酬。一刹那间过幻迹，百由旬里遍穷愁。何当收拾无生后，涧底

---

① 王世贞：《弇州山人四部稿》卷六十五《徐汝思诗集序》，第6~7页。
② 王世贞：《弇州山人续稿》卷一百八十二《颜廷愉》，第4页。
③ 王世贞：《弇州山人续稿》卷一百八十二《颜廷愉》，第4页。
④ 王世贞：《读书后》卷四《书苏诗后》，第9页。

桃花水任流。(其五)

　　夜窗无语一灯前，南斗阑干北斗悬。数尽蛾眉何处隐，笑来鸡肋
尽堪捐。酒徒频劝眠千日，禅伯相要坐九年。此事甚难吾不会，且将
双屐了残缘。(其九)①

王世贞将这十五首诗歌列在七言律诗的名目之下，七言律诗是律诗的一种，
起源于南北朝，成熟于唐初。七言律诗非常讲究"格调"，行文格律严密，共
计八句，中间两联必须对仗，且第二、四、六、八句押韵，首句可押可不押，
通常押平声。这两首诗行文语言朴实无华，通俗易懂，充满生活气息，作者
的自我介入增加了文章的叙述性，同时也是王世贞内心情感的自然流露。但
是王世贞却从"格调"的角度对自己的创作进行分析，他认为"右十五篇调
格稍异，聊存之，以见一体"。(对于"格调"和"调格"的辨析，之前已经
做过专门讨论，在此不再多做另外说明) 再如王世贞晚年对自己创作的认识：
"夫仆之病在好尽意而工引事，尽意而工事，则不能无入出于格，以故诗有堕
元白，或晚季近代者，文有堕六朝，或唐宋者，仆亦自晓之。"② 可见王世贞
以"格调"辨体，不仅仅在于对作品整体风格的了解，还在于对具体的
"格"、"调"、法度的把握。王世贞对"格调"的讲究之严，即使是自己的创
作，只要不符合"格调"标准，就视为另类，不足取，亦不可多为。

　　再如，王世贞说："抑宋者，为惜格也。"③ 王世贞以"格调"辨体
有利于更加直观地把握所辨之体的"格制"、法度，而辨体之时，"格调"
作为王世贞衡量文章的重要标准之一，往往上升到对一个朝代文学的认
识，这是王世贞"格调"说的具体表现。如王世贞对于文，取则于西京，
他认为"自西京以还，至于今千余载，体日益广而格则日以卑"④，并认
为善于文者的取法也不过是"探先秦，撷西京，挟建安，颓大历"⑤。于

___

① 王世贞：《弇州山人四部稿》卷四十四《署中独酌，先后共得十首，颇有白家门风，不
足存也》，第7~8页。
② 王世贞：《弇州山人续稿》卷二百《屠长卿》，第2页。
③ 王世贞：《弇州山人续稿》卷四十一《宋诗选序》，第20页。
④ 王世贞：《弇州山人续稿》卷四十《刘侍御集序》，第14~15页。
⑤ 王世贞：《弇州山人续稿》卷四十《袁鲁望集序》，第20页。

诗则取则于盛唐，他称"盛唐之于诗也，其气完，其声铿以平，其色丽以雅，其力沉而雄，其意融而无迹，故曰盛唐其则也"①，盛唐的诗格高调美。故而王世贞对宋朝诗文的看法也是从"格调"出发的。欧阳修和黄庭坚是宋朝诗文流派的代表性人物，在宋朝影响深远，而在王世贞看来，他们的诗文创作"格""理"不足，不值得取法。如王世贞说："宋氏之思，宋氏之若庐陵、洪州也，虽不得畅于格，而得畅于情与事，虽然犹未畅于理也。"② 即使对于苏轼，王世贞从"格"出发，整体上对他还是颇有微词，如他认为："六朝以前所不论，少陵、昌黎而后，苏氏父子亦近之，惜为格所压，不得超也。"③

王世贞对宋朝的诗歌评价不高，这与当时文坛的诗法取向相一致。在文学复古运动中，唐诗之后另辟蹊径的宋诗却不被明人所看好，甚至很多人坚持"宋无诗"的理念，如李梦阳在《潜虬山人记》中从"格""调"等七个方面来强调"宋无诗"，而李攀龙将此推到了极致，他编选的《古今诗删》一书，在选取前人诗作时，宋元诗作一概不选，并称"诗自天宝而下，俱无足观"④。而王世贞虽然对"宋无诗"一说没有表示很大的异议，如他认为"诗必盛唐，大历以后书勿读"，不过他比李梦阳等人更进一步的地方在于，他没有停留在文学主张的层面，而是从"格调"出发，对宋诗做了深入的阐述。如王世贞在《宋诗选序》中论述道：

> 自杨、刘作而有西昆体，永叔、圣俞思以淡易裁之，鲁直出而又有江西派，眉山氏睥睨其间，最号为雄豪而不能无利钝。南渡而后，务观、万里辈，亦遂彬彬矣。去宋而为元，稍以轻俊易之……余所以抑宋者，为惜格也。然而代不能废人，人不能废篇，篇不能废句。盖不止前数公而已，此语于格之外者也。⑤

---

① 王世贞：《弇州山人四部稿》卷六十五《徐汝思诗集序》，第 6 页。
② 王世贞：《弇州山人续稿》卷五十三《姜凤阿先生集序》，第 8 页。
③ 王世贞：《弇州山人续稿》卷一百八十一《答华孟达》，第 4 页。
④ 张廷玉等：《明史》卷二百八十七，中华书局，1974，第 7378 页。
⑤ 王世贞：《弇州山人续稿》卷四十一《宋诗选序》，第 20 页。

由此可知，虽然王世贞以"格调"评文体创作，论朝代成就，在对宋朝主要的诗歌流派做出分析后，从整体上对宋朝的"格"甚为不满；不过他又非常通达，没有局限于此，他认为不能因为"格"而否定整个朝代，更不能因为某个朝代有所不足，而对所有的人进行否定。因此王世贞在指导他人写作时说道："愿足下多读《战国策》《史》《汉》、韩欧诸大家文。"① 宋文也是取材的范围。对于那些善于写作文章的人而言，更是如此，他为此还做了一个形象的比喻，即"夫医师不以参苓而捐溲勃，大官不以八珍而捐胡禄障泥，为能善用之也"②，言即宋诗也有可取之处。"格"是"格调"说理论的重要内容，王世贞对"格"的重视和具体到对作者个人及朝代的辨析，是李梦阳和李攀龙等人所无法媲美的，而王世贞对"格"这一标准的坚持和通达之处，更是对"格调"说理论的有益补充。

不过，王世贞的"格调"说并没有局限于此，他还注重"格调"之外才、情、思、意等诸多要素对创作的作用。在诸子百家争鸣之时，人们就怀有对上古的仰慕之情，如老子崇尚三代之治，孔子尊周，墨子扬夏。而在明代的文学复古运动中，复古派提倡"格调说"，希冀通过探究作品的体格风调和格律声调来把握古人的创作规律，进而达到与古人的契合，这无可厚非，但是复古派一味地讲究"格调"、法度，将"格调说"推向了极致，言必"格调"，则忽视了文学创作的其他主客观因素，必定最终不利于文学创作的长远发展，以致"格调"说到李攀龙时取径越来越窄，成了公安派、竟陵派等攻击的对象。王世贞则不然，他不仅早年在《艺苑卮言》中提倡"格调"和才思的结合，而且在中晚年时期对此有了新的认识，如他在评论沈明臣的文章时认为："夫格者才之御也，调者气之规也，子之向者遇境而必触，蓄意而必达。夫是以格不能御才，而气恒溢于调之外，故其合者追建安，武开元，凌厉乎贞元、长庆诸君而无愧色，即小不合而不免于武库之利钝。"③ 虽然此处突出格调的核心地位，强调其对才和气的约束，但是王世贞对沈明臣创作时自我情感的表达表示肯

① 王世贞：《弇州山人续稿》卷一百八十二《颜廷愉》，第4页。
② 王世贞：《弇州山人续稿》卷四十一《宋诗选序》，第20页。
③ 王世贞：《弇州山人续稿》卷四十《沈嘉则诗选序》，第6页。

定，即使格不能御才，气于调外也是可以容忍的，当然，如果创作时能够达到格调才气的和谐，那是再好不过了。

因此，对于王世贞而言，"格调"并不是文章创作的唯一要素，也不是单独的突出之物，凌驾于其他要素之上，而是与其他要素同等，皆为文章服务，只不过是各自在文章创作中的分工不同。如王世贞在《李氏在笥稿序》一文中说："李公才甚高，其下笔靡所不快，乃不欲穷其骋以愈吾格，治汉魏，旁趋齐梁，以至大历，靡所不究，乃不欲悉于语，以窒吾情，其思之界，可以靡所不诣，乃不欲求超于物表，以使人不可解。大要辞当于境，声调于耳，而色调于目，滞古者不得卑，而媚今者无所用，其骇以为二家之业，当如是已耳。"① 李嵩为王世贞的旧僚，他的创作既注重"格调"，取法在大历之前，又注重自身情思的表达，言语和所处之境相结合。这些要素和谐统一于文章之中，达到文质彬彬，才是王世贞所赞许的佳作。再者，对于诸多要素，哪怕是王世贞所推崇的"格调"，在创作之时，也是绝对不能超出物情之表，使人无法了解所述对象的。从这个层面上而言，"格调"与情、思、境等各要素之间的关系又是平等的。

其实到了中年时期，王世贞对"格调"的强调就已经大不如从前，如他自我分析道："仆于诗，格气比旧似少减，文小纵出入，然差有真得以告。"②"格调"虽然是诗文创作的重要标准，但是王世贞在创作中已经渐渐减少了"格调"的束缚，进而追求源于真情实感之作，即使创作中有小部分悖于"格"，也是在所不惜的。这也促成了王世贞"格调"说质的转变及主体情感的突出，使之具有鲜明的特色。

郑利华认为王世贞的"格调"说是一种诗法美学意义上的艺术情感的异化，作者主体情感占据着主导地位，摆脱了传统儒家的诗情论。③ 的确如此。王世贞认为文学创作时要"外触于境而内发于情，不见题役，不被格窘，意至而舒，意尽而止"④，即文学是本于作者主体自身情性，表达主体的真情实感，不应被外在的题、格所束缚，正所谓"必不斥意

① 王世贞：《弇州山人四部稿》卷六十七《李氏在笥稿序》，第 5 页。
② 王世贞：《弇州山人四部稿》卷一百十八《徐子与》，第 11 页。
③ 郑利华：《论王世贞的文学批评》，《复旦学报》1989 年第 1 期，第 36 页。
④ 王世贞：《弇州山人续稿》卷四十三《白坪高先生诗集序》，第 16 页。

以束法，必不抑才以避格"①，一切要为真情性的表达服务。然而这种真性情的抒发，并不是率意而为，而是达到"格调"和情感的和谐，这种和谐是人在无意识状态下自然而然的境地，是浑融而不露雕琢、人为痕迹的境地，所以创作时要"意尽而止，而我不为之缀止乎，所不得不止者也"②。也正因为此，王世贞对"率意而乏情"③ 之作表示不满，认为率意而为使个人情性过于张扬，有损于行文的彬彬之态，是不值得取法的。就自己而言，王世贞认为自己"于文章鲜所规象，师心自好，良多谬盩"④，"于诗，质本不近，而意甚笃好之，然聊以自愉快而已"⑤。言即文学创作是为我而非他物，要表现作者的真情实感和独特的创作人格。这就瓦解了文学的功利性，使文学创作走上了自我的道路。王世贞的主张同传统道德的理性情感异化有本质上的区别，如传统的儒家诗情论注重文学创作的功利性、社会性，即使允许情感的抒发，也要"止乎礼义"，从而使作者的主体性被束缚和扭曲，造成文学创作失去了独立存在的价值和意义。

可见，在复古派的"格调"风气中，王世贞独树一帜，回归到创作的实际，注重"格调"之外才、情、意等要素的作用，突出作者的真情实感，这不仅仅是对李梦阳、何景明和李攀龙等人"格调"说的一种推进，更是对前人"格调"说所带来的弊端的一种补救，影响深远，如陈子龙认为"惟宜盛其才情，不必废此格调"⑥，而在清代主"格调"论的沈德潜身上，更是能够看到王世贞的影子。

第四节　基于法度和格调的"自然"取向

对于"自然"，前人早有论及，其中影响最大和最深远的恐怕要数老子和庄子。老子称"人法地，地法天，天法道，道法自然""自然无为"

---

① 王世贞：《弇州山人续稿》卷四十《袁鲁望集序》，第 20 页。
② 王世贞：《弇州山人续稿》卷四十五《陶懋中镜心堂草序》，第 18 页。
③ 王世贞：《弇州山人四部稿》卷一百二十八《答陆汝陈》，第 9 页。
④ 王世贞：《弇州山人四部稿》卷一百二十六《答王新甫》，第 8 页。
⑤ 王世贞：《弇州山人四部稿》卷一百二十八《答周俎》，第 19 页。
⑥ 陈子龙：《安雅堂稿》卷三《李舒章仿佛楼诗稿序》，明刻本，上海图书馆藏，第 6 页。

"道常无为而无不为，侯王若能守之，万物将自化"①。庄子将"自然"光大之，他认为"顺物自然而无容私焉""无为而才自然矣""莫之为而常自然"，② 另外，庄子之自然也是针对孔子而发，他不满孔子所言的仁义、忠恕、礼法等外在因素束缚人们的自然天性，在他看来，"天地与我并生，万物与我为一"，从而回归到万物的本性，追求自由的自然。老子和庄子的"自然"都深根于自然万物，进而探究人与自然的关系，追求人之本性如同万物本性一般，归于自然而然，任其发展，与此同时，人借助外界而获得了生命的意义。牟宗三认为："以自足无待为逍遥，化有待为无待，破'他然'为自然，此即是道之境界，无之境界，一之境界。'自然'是系属于主观之境界，不是落在客观之事物上……故庄子之'自然'，是境界，非今之所谓自然或自然主义也。"③ 老子和庄子注重"道"，所谓自然者乃"道"也，生成万物之总源——自然性之理念，天下万物皆为自然性所生，合气阴阳五行处时而成形而得性而成万物，人也万物属，本与自然通于道也，本一体也。非一体是强调某种功利目的性而强加于自然，以人为而异化自然道德。关于文论中的自然，总体而言，至少有五大内涵：其一，表现对象之自然，万物之自然性，人的自然性，包括天生之性情；其二，创作发生之自然；其三，表现之自然，技与情、法识与情合一而非两分；其四，境界之自然，物我情境为一而非二；其五，接受者体验之自然，与物境、情境、道境而一，而非两分。而本文所言王世贞的"自然"不同于老子和庄子的"自然"，也不局限于这些自然内涵的某一个方面，而是王世贞的"自然"，一个综合且复杂的自然世界。老庄的自然属于道教思想的自然，强调主体的客体化，而王世贞的自然是三教合一的自然，是佛教心性论下的自然，从佛教本"心"、虚灵明觉出发，世界一元，物我不分，相融为一。如王世贞在将自己与李攀龙进行对比时说："吾之为歌行也，句权而字衡之，不如子远矣。虽然，子有待也，吾无待也，兹其所以埒欤。子今雪之月也，吾风之行水也。"④ "风之

① 朱谦之：《老子校释》，中华书局，2009，第146页。
② 郭庆藩：《庄子集释》，王孝鱼点校，中华书局，2010，第550~551页。
③ 牟宗三：《才性与玄理》，吉林出版集团有限责任公司，2010，第158页。
④ 王世贞：《弇州山人四部稿》卷七十七《书与于鳞论诗事》，第20页。

行水"是风和水的相合为一，"雪之月"是雪借月而凸显其明亮，前者为"无待"，即王世贞追求的"自然"，后者为"有待"，即李攀龙借助外物所达到的"自然"。但是这两者之间关系紧密，"无待"不是空无，而是建立在主体性发掘的基础之上，如王世贞论述道："有待不即来，无待来何遽？无待有待间，或来仍或去。强作无待观，内深有待趣。聚幻如聚真，真往幻常住。"① 可见，王世贞之"自然"落在主体属性之上，突出主体心性。他的"自然"思想虽然融合了道家的"无待"思想，但王世贞主要是引儒道入释，从佛家"无住""真幻"层面对"自然"进行阐发。

王世贞晚年的"自然"思想强调人的非社会化性，从人的自然属性出发创作有真性情的作品，他提出了"有真我而后有真诗"② 的主张，"真我"是其"自然"形成的基础，有"真我"才能有真言、真情，才能有源于真情性的自我，而不是社会生活中客观存在的、被世俗所扭曲的自我。虽然王世贞倡导文学复古运动，并成为后七子的中坚力量，但是他与李梦阳、何景明、李攀龙等人不一样，他是受李攀龙的影响而走上复古道路的，其"真我"一直扎根于其内心深处。王世贞早年随李攀龙等倡导复古运动，晚年思想发生了转变，已无李梦阳当年以复"古文"来复"古道"的追求，强调内心的恬淡安适，其自然思想与其晚年心境桴鼓相应。

王世贞在认识李攀龙之前就对文学有所认识，早已走上了文学创作的道路，从这个角度而言，李攀龙并不是王世贞文学创作的启蒙恩师。如他自述道："不佞自少时好读古文章家言，窃以为西京而前，谈理者推孟子，工情者推屈氏，策事者推贾生。此岂有意于修辞，而辞何尝不工笃也。"③ 他还说："余十四岁，从大人所得《王文成公集》，读之而昼夜不释卷，至忘寝食，其爱之出于三苏之上。稍长，读秦以下古文辞，遂于王氏无所入，不复顾其书，而王氏实不可废。"④ 王世贞年少时就追求理、

---

① 王世贞：《弇州山人续稿》卷五《奉和诸真有待无待篇》，第17页。
② 王世贞：《弇州山人续稿》卷五十一《邹黄州鹇鹕集序》，第2页。
③ 王世贞：《弇州山人续稿》卷四十二《念初堂集序》，第3页。
④ 王世贞：《读书后》卷四《书王文成集后》，第3页。

情、事之文，而不是刻意于字句工整与否，再者，王世贞早就对王阳明和苏轼等人推崇备至，王阳明是"心学"的代表，注重自我主体性的存在，苏轼的行文创作更是无拘无束，如行云流水，尽情展现内心情感，使"真我"得到自然流露。可见，王世贞年少时的文学创作取向就与他人强调的复古取法不尽相同，"真我"的种子已经萌芽，这也为其后来对"自然"的追求打下了坚实的基础。

虽然王世贞走上复古道路时，想将自己之前的作品"悉烧弃之"，并积极投身于文学复古运动之中，但是当他独自南下之时，正好是其与李攀龙结交后的第一次长期离别，没有了复古者的影响，他便写了《初拜使命抵家作》《杂诗六首》《乱后初入吴，舍弟小酌》《将军行》等作品。关于王世贞这些本自内心的创作，徐朔方先生认为："当他暂时离开这位诗友而南下时，他的诗作就出现了另外的调子。"① 而《将军行》更是直接取法白居易的新乐府，如"归还告将军，将军大欢喜。今年敌却去，好复开茅土。幕府上功簿，两两对金紫……生为众人恨，死为众鬼怜。寄语二心臣，贻臭空万年"②。这些源自内心真性情、贴近生活实际的作品与其复古之作大不一样。所以即使王世贞投身于复古，其"真我"的种子仍在慢慢生长，只不过是受复古的影响，发展缓慢罢了。如王世贞宣扬复古，提倡"师古"，认为："李献吉劝人勿读唐以后文，吾始甚狭之，今乃信其然耳。"③ 而要达到古人的高度，效法古人，则是"自今而后，拟以纯灰三斛，细涤其肠，日取《六经》、《周礼》、《孟子》、《老》、《庄》、《列》、《荀》、《国语》、《左传》、《战国策》、《韩非子》、《离骚》、《吕氏春秋》、《淮南子》、《史记》、班氏《汉书》，西京以还至六朝及韩柳，便须铨择佳者，熟读涵泳之"④，即在学习古人时要将之前的创作之法全部忘却，然后取古人的佳作进行阅读和理解，以吸取其精华。不过王世贞并没有主张在古人面前亦步亦趋，成为古人的影子，他在"师古"的同时，强调"师心"，认为"令其渐渍汪洋，遇有操觚，一师心匠，气

---

① 徐朔方：《晚明曲家年谱·苏州卷》，浙江古籍出版社，1993，第488页。
② 王世贞：《弇州山人四部稿》卷六《将军行》，第18页。
③ 王世贞：《弇州山人四部稿》卷一百四十四《艺苑卮言一》，第17页。
④ 王世贞：《弇州山人四部稿》卷一百四十四《艺苑卮言一》，第17页。

从意畅，神与境合，分途策驭，默受指挥，台阁山林，绝迹大漠，岂不快哉"①。他还自述道："懒倦欲睡时，诵子瞻小文及小词，亦觉神王，剽窃模拟，诗之大病，亦有神与境触，师心独造，偶合古语者。"② 由上可知，王世贞主张"师古"，不过他认为不能局限于古，不能一味地剽窃模拟，"师古"只是一种学习途径，并不是创作本源，"师古"必须上升到"师心"的境界，创作也必须"师心独造"，使自身情感得以自然流露，"真我"得以尽情展现。源于"真我"的文学创作才是王世贞一直追求的，创作中"偶合古语"也应该得到赞赏，因为"偶合古语"并不是直取古语而刻意与古语合，而是在尊重古人的基础之上，进行源于真性情的创作，与古语不谋而合，达到"师古"和"师心"的统一。正如李维桢评点王世贞文章时所言："师古可以从心，师心可以作古，臭腐为神奇，而嬉笑怒骂悉成章矣。"③

因此，随着时间的推移，王世贞与李攀龙的文学主张便逐渐有了裂痕。虽然王世贞在与李攀龙交谈时，对他非常推崇，如王世贞说道："吾于足下，即小进，固雁行也。岂敢以秦齐之赋而匹盟主……加我十年，吾不能长有子境矣。"④ 但是王世贞对李攀龙还是有所抱怨的，如他认为李攀龙"拟古乐府，无一字一句不精美，然不堪与古乐府并看，看则似临摹帖耳"⑤，而在评论孟浩然的"欲寻芳草去，惜与故人违"以及韦应物的"身多疾病思田里，邑有流亡愧俸钱"诗句时，王世贞认为"虽格调非正，而语意亦佳，于鳞乃深恶之，未敢从也"⑥。胡应麟对王世贞和李攀龙之间的关系也有着清楚的认识，如其在《书二王评李于鳞文语》一文中说："庚辰春，过小祇园，长公谭艺次，偶及李于鳞文。长公曰：'余初年亦步骤其作，后周览战国、西京诸家，乃翻然改辙。'于鳞初极不喜。久之，余持论益坚。李遂止，弗复更言。余请初年所作观之。长公曰：'当时意不惬，即弃置其稿，今不复忆何语矣。'……两王公笔札间

---

① 王世贞：《弇州山人四部稿》卷一百四十四《艺苑卮言一》，第 17 页。
② 王世贞：《弇州山人四部稿》卷一百四十七《艺苑卮言四》，第 19 页。
③ 李维桢：《风洲文抄注释》卷三，明刻本，美国哈佛大学燕京图书馆藏，第 5 页。
④ 王世贞：《弇州山人四部稿》卷七十七《书与于鳞论诗事》，第 20 页。
⑤ 王世贞：《弇州山人四部稿》卷一百五十《艺苑卮言七》，第 14 页。
⑥ 王世贞：《弇州山人四部稿》卷一百四十七《艺苑卮言四》，第 8 页。

推谷济南不容口，其面论不同乃尔，盖两公于李交厚。"① 故而王世贞对李攀龙的这种批评和"未敢从也"的态度由来已久，这不仅根源于两人各自的文学主张不相一致，更是王世贞自身"真我"种子萌芽所带来的必然结果。

故而，王世贞所言"真我"是去社会化、去功利化之"我"，是一种自然化之"我"。王世贞晚年为文已无李攀龙等人当年所追求的社会化效应，而是更加强调自我内心的恬淡和自适，其之所以晚年与李攀龙"翻然改辙"，是因为二人的文学思想有了差异，此时王世贞追求的是"用格"而非"用于格"。

"真我"是创作达到"自然"的基础，而文学创作最终通过语言文字得以实现，"真我"、真言、真性情也是通过语言文字才得以展现，因此，仅仅"真我"，并不能与"自然"画上等号，从"真我"出发，创作达到"自然"的境地，还尚有一段距离。且先看王世贞对余曰德文学创作之路的认识。

> 先生之诗一而先，后几三变。始先生入吾社时，喜于鳞甚，其缓步、张拳、竖颏、扼腕，皆精得之。然而其所自致者，不能胜其所从入者，是故片语出而重邯郸之价，然犹未免蹊径之累。归田以后，于它念无所复之，益搜刿心腑，冥通于性灵，神诣独往之句，为于鳞所嘉赏。然于鳞遂不得而有先生，其又稍晚运斤弄丸之势，往往与自然合，或于鳞，或不佞，或大历，或贞元，要不可以一端目之，大要突然而自为德甫，然置之古人中，固居然亡愧色也。②

余德甫即余曰德，与魏裳、汪道昆、张佳允、张九一合称"嘉靖后五子"，并与王世贞私交甚笃。王世贞认为余曰德创作有三变，才达到"自然"的境地。最初，余曰德模拟李攀龙，虽然得其精，获得大家赞赏，不过他失去了"真我"，其作品也就失去了"自然"，成为"他然"之

---

① 胡应麟：《少室山房集》卷一百六《书二王评李于鳞文语》，文渊阁《四库全书》第1290册，上海古籍出版社，1987，第773~774页。

② 王世贞：《弇州山人续稿》卷五十二《余德甫先生诗集序》，第3~4页。

作，颇感"蹊径之累"，故思变。余曰德放弃对他人的简单模仿，开始注重自我内心情感的体现，然而其"搜刳心腑"，有意为文，虽有"神诣独往之句"，却没有更大的突破。在第三次变化时，余曰德创作中更加突出"真我"，因有"真我"而有"真诗"，创作出属于自然之作，"自为德甫"，"与自然合"，而不是成为他人的影子，抑或刻意成文而失去真性情。因此，文学创作要达到"自然"，其中有模拟，有新创，有"真我"的各自转变，人非生而知之者，文学创作更从模拟起步，然后有悟有得，感悟内心"真我"，才能逐渐通往"自然"。

对于模拟，众多复古者强调对古人的亦步亦趋，苦守古法，合乎古人，如李梦阳认为"仆之尺尺而寸寸之者，固法也"，徐祯卿认为"诗贵先合度，而后工拙"①，而王世贞则与之不同，他所认同的模拟不是简单而机械地对他人作品的模拟，而是要达到"达岸舍筏"的地步，要能够从模拟的对象中走出来，有自我的存在、真情的融入。如王世贞称赞华善继时说："余闻之韦苏州在事，而僧灵澈者为韦体数十章，以赞而求合韦，殊不之顾也，已尽得其生平所著诗，而后大喜曰：'子奈何强所学而从我，我且几失子。'然则余之所以许孟达者，其能不为余也哉。"② 他还有更为深入的论述，如他指出：

> 今天下人握夜光，途遵上乘，然不免邯郸之步，无复合浦之还，则以深造之力微，自得之趣寡。诗云："有物有则。"又曰："无声无臭。"昔人有步趋华相国者，以为形迹之外学之，去之弥远。又人学书，日临《兰亭》一帖，有规之者云："此从门而入，必不成书道。"然则情景妙合，风格自上，不为古役，不堕蹊径者，最也。随质成分，随分成诣，门户既立，声实可观者，次也。或名为闰继，实则盗魁，外堪皮相，中乃肤立，以此言家，久必败矣。③

王世贞批判那些模拟别人只是邯郸学步，却没有深造之力和自得之趣者，

---

① 徐祯卿：《谈艺录》，何文焕辑《历代诗话》，中华书局，2004，第769页。
② 王世贞：《弇州山人续稿》卷五十三《华孟达诗选序》，第2页。
③ 王世贞：《弇州山人四部稿》卷一百四十八《艺苑卮言五》，第2~3页。

他们这种不断模拟形迹之举，最终只会导致距离模仿对象越来越远。他认为模拟也是分层次的，其"最也"的标准，则强调即使是模拟，也应该注重在模拟时，做到情景相融，不为文而造情，风格自然属于上乘，最终也不会受古代的影响而"堕蹊径"，这样的作品才有作者的自得，才有"真我"的存在。而对于那些近似盗魁之人，没有真性情的融入，王世贞给予了辛辣的嘲讽，认为他们"久必败矣"。

然而模拟之后的创作，即使有了"真我"的体现，仍或多或少会带有模拟的痕迹，其精微之极也只是属于"人工"这一层面，离"自然"尚有一尘之隔，不过这两者并不是没有沟通的可能。王世贞认为沟通"人工"和"自然"的桥梁是"琢磨"，通过"琢磨"，才能清洗"人工"之作的不足，"情事剂矣，意象合矣"① 是"自然"的外在特征，这是建立在"而探之若益深，博而去其杂，奇而削其险，刿而洗其迹"② 的基础之上的，所以王世贞称赞三谢的文章"固自琢磨而得，然琢磨之极，妙亦自然"③。再如他认为"孟达之所构结，以淡雅为体，以和适为用，其始非必皆自然，淘洗之极，归而若自然者也，而至于才之所不能抑，则间出而为奇警，情之所不能御，则一吐而为藻逸，嗟乎，诗如是，足矣"④。因此通过"琢磨""淘洗"，即使是没有发于"自然"的文章，也是能够"归而若自然"的。

另外，中国传统文论中认为诗歌由兴而起，自然而发，正所谓"气之动物，物之感人，故摇荡性情，形诸舞咏"⑤，如此看来，"苦思"则成了"自然"的对立面，然而王世贞认为"苦思"之作亦能达到"自然"，"苦思"如同"琢磨"和"淘洗"一般，是能够和"自然"相统一的，如他称"昭甫运思必新，出语必俊，偏诣之铎，警拔动人，苦心之致，间成自然"⑥，在《长梧封人传》中称"其深思之极，见若为雕刿

① 王世贞：《弇州山人续稿》卷五十五《文起堂新集序》，第5页。
② 王世贞：《弇州山人续稿》卷五十五《文起堂新集序》，第5页。
③ 王世贞：《弇州山人四部稿》卷一百四十四《艺苑卮言一》，第13页。
④ 王世贞：《弇州山人续稿》卷五十三《华孟达诗选序》第2页。
⑤ 锺嵘：《诗品译注》，周振甫注，中华书局，2013，第15页。
⑥ 王世贞：《弇州山人续稿》卷五十二《张昭甫诗集序》，第9页。

者，然要归之自然"①。王世贞将"苦思"与"自然"合一，是对皎然"苦思"说的灵活运用，皎然曾云："诗不假修饰，任其丑朴。但风韵正，天真全，即名上等。予曰：不然，无盐阙容而有德，曷若文王、太姒有容而有德乎？又云：不要苦思，苦思则丧自然之质。此亦不然。夫不入虎穴，焉得虎子？取境之时，须至难、至险，始见奇句。成篇之后，观其气貌，有似等闲，不思而得，此高手也。有时意静神王，佳句纵横，若不可遏，宛如神助。不然，盖由先积精思，因神王而得乎？"② 皎然强调"苦思"对诗歌创作的重要作用，无损"自然之质"，但没有详细地道出其中意味，而王世贞则是更进一步，详加阐释，突出"苦思"在通往"自然"之旨中的作用，提高了"苦思"在文学创作中的地位。

由模拟到"画工"再到"自然"，"真我"或隐或显，一直伴随着整个创作过程，这是王世贞对文学创作通往"自然"途径所秉持的重要原则，"琢磨""淘洗""苦思"等的介入，是对这一途径的充实和丰富。

"自然"作为文学创作的极致，是每个创作者都梦寐以求的境地，也是他人评价文学创作的重要标准。如曹学佺在《石仓文稿》中有"故伯度之诗为自然"之语，陈谟在《缙云应仲张西溪诗集序》中有"比其能务于有实，而几乎自然也"之语，陈仁锡在《无梦园初集》中有"如风吹光，如刀断水，梵呗咏歌，自然敷奏"之语，再如王廷相在《王氏家藏集》中认为"此后之儒者，既不达，五音成调，多寡自然之情"，李东阳批评李长吉，认为他的诗歌"字字句句欲传世，顾过于刿鉥，无天真自然之趣"③。在对他人之作进行评论时，"自然"也是王世贞的一个重要维度，其对"自然"标准的运用，是其创作理念的延伸。如王世贞认为李白的诗歌"以气为主，以自然为宗"④，赞赏"嫩绿池塘藏睡鸭"诗句有"自然幽雅"之旨，批评陆机的文章创作有模拟的痕迹，导致"寡自然之致"。值得注意的是，王世贞还将"意"与"自然"相联系，而"意"关系到作者的主体情性，即"真我"，也是"诗文之枢"。有意为

---

① 王世贞：《弇州山人续稿》卷六十七《长梧封人传》，第 4 页。
② 皎然：《诗式》卷一，何文焕辑《历代诗话》，中华书局，2004，第 31 页。
③ 李东阳：《麓堂诗话》，丁福保辑《历代诗话续编》，中华书局，2006，第 1381 页。
④ 王世贞：《弇州山人四部稿》卷一百四十七《艺苑卮言四》，第 4 页。

文，其极致为"人工"，而意出于有入于无，直至"有意无意，乃为妙耳"的境地，则直通"自然"，故王世贞认为"公甫少不甚攻诗，伯安少攻诗而未就。故公甫出之若无意者，伯安出之不免有意也，公甫微近自然，伯安时有警策"①。

于"自然"，王世贞最推崇陶渊明，陶渊明之"自然"达到主客体的浑融，是"真我"的体现，被后人所喜爱，如姜夔称："陶渊明天资既高，趣诣又远，故其诗散而庄、澹而腴，断不容作邯郸步也。"② 元好问称："一语天然万古新，豪华落尽见真纯。"③ 安盘在《颐山诗话》中称："陶渊明诗冲澹深粹，出于自然，人皆知之。"沈德潜称："陶诗合于自然，不可及处，在真在厚。"④ 而王世贞从诗歌发展的角度出发，认为诗歌之"自然"始于陶渊明，称"诗自东京《十九首》以还，建安三曹，浑浑有气，潘陆因之渐成雕靡，至潜而始自然出之，大巧若拙，至秾若澹，令人击节有淳古想。"⑤ 评价甚高。试观陶渊明的两首诗作：

> 结庐在人境，而无车马喧。问君何能尔？心远地自偏。采菊东篱下，悠然见南山。山气日夕佳，飞鸟相与还。此还有真意，欲辨已忘言。（《饮酒·其五》）⑥

> 少无适俗韵，性本爱丘山。误落尘网中，一去三十年。羁鸟恋旧林，池鱼思故渊。开荒南野际，守拙归园田。方宅十余亩，草屋八九间。榆柳荫后檐，桃李罗堂前。暧暧远人村，依依墟里烟。狗吠深巷中，鸡鸣桑树颠。户庭无尘杂，虚室有余闲。久在樊笼里，复得返自然。（《归园田居·其一》）⑦

---

① 王世贞：《弇州山人四部稿》卷一百四十九《艺苑卮言六》，第 16 页。
② 姜夔：《白石道人诗说》，何文焕辑《历代诗话》，中华书局，2004，第 681 页。
③ 元好问：《元好问诗编年校注》，狄宝心校注，中华书局，2011，第 48 页。
④ 沈德潜：《说诗晬语》，凤凰出版社，2010，第 96 页。
⑤ 王世贞：《弇州山人续稿》卷七十七《陶氏五隐传》。
⑥ 陶渊明：《陶渊明集》，逯钦立校注，中华书局，2011，第 89 页。
⑦ 陶渊明：《陶渊明集》，逯钦立校注，中华书局，2011，第 40 页。

从《饮酒·其五》中我们能够感受到陶渊明躬耕劳作后，沉醉于自然景色中的悠然自得，王世贞称"问君何为尔，心远地自偏。此还有真意，欲辨已忘言。清悠澹永，有自然之味"。从《归园田居·其一》中我们能够体会到陶渊明误入世俗后，对自然生活的向往，对"真我"的追求，"久在樊笼里，复得返自然"，全文语言质朴，真性情得到自然流露。

然而，陶渊明诗歌所呈现的"自然"状态是经过"琢磨""淘洗"之后方达到的。王世贞认为："渊明托旨冲澹，其造语有极工者，乃大入思来，琢之，使无痕迹耳。"① 细分之，确实如此，如"采菊东篱下，悠然见南山"一句，"悠然"将作者当时的行为意态完整呈现，突出作者的所见所感出于无意，而非有意，"见"紧承"悠然"，是无意中的偶见，从而将南山的美景与采菊时的悠然自得心境相互映衬，形成物我两忘的"无我之境"。该三字高度凝练，言简意赅，若非琢磨之极，恐怕难得。而后世学陶者，很多人没有意识到这一点，在追求陶渊明的"自然"时，往往只得形似，并不是真正的"自然"。王世贞批判道："后人苦一切深沉，取其形似，谓为自然，谬以千里。"② 并认为："陈复甫书能于沓拖中生骨，于龙钟中生态，以柔显刚，以拙藏媚，或老或嫩，不古不今，第不脱散僧本来面目耳。此所书陶诗，尤为合作，然世知之者益鲜矣，知之者谓之自然，虽然比于陶诗自然尚隔尘也。"③ 即指出世人称赞陈复甫的"自然"，与陶渊明的"自然"尚不能等同，发人深省。

文学的创作与作者日常生活及其思想的转变有很大关系。陶渊明生活在东晋末期至南朝宋初期，那时佛、道、儒共同发展。对于陶渊明的"自然"，陈寅恪先生曾鲜明地指出："渊明之思想为承袭魏、晋清谈演变之结果，及依据其家世信仰道教之自然说而创改之新自然说。惟其为主自然说者，故非名教说，并以自然与名教不相同……因其如，此既无旧自然说形骸物质之滞累，自不致与周、孔入世之名教有所触碍。故渊明之为人实外儒内道，舍释迦而宗天师者也。"④ 陶渊明的"自然"说与之前的

---

① 王世贞：《弇州山人四部稿》卷一百四十六《艺苑卮言三》，第 11 页。
② 王世贞：《弇州山人四部稿》卷一百四十六《艺苑卮言三》，第 11 页。
③ 王世贞：《弇州山人续稿》卷一百六十四《陈道复书陶诗》，第 16 页。
④ 北京大学中文系：《古典文学研究资料汇编·陶渊明卷》，中华书局，1962，第 356 页。

"自然"说不同,是"新自然说",源于生命主体之本真、原始,注重真性情的抒发,达到主客体的水乳交融,"是第一位心境与物境冥一的人",并具备"外儒内道,舍释"的特点。而王世贞文学创作上的"自然"是以"真我"为基础,追求"无待"境地,也颇有"外儒内道"的意味。从王世贞一生的人生态度转变来看,其早年奉行儒家的积极用世之道,希冀建功立业,但在遭受家难和官场不如意时,他转向佛道,并最终拜入昙阳子门下,潜心道教,追求内心的恬淡平静,进而在文学创作中则注重自足、自得之趣,以自然为宗。王世贞追求"自然"的主张和陶渊明对"自然"的践行不谋而合。

在明朝文学复古之风盛行的大背景下,王世贞的"自然"说对晚明文学的发展具有重要意义。如与之同一时期的李贽,他提倡"童心"说,认为:"夫童心者,真心也。若以童心为不可,是以真心为不可也。夫童心者,绝假纯真,最初一念之本心也。若失却童心,便失却真心。"①"童心"即最初的本我,不受世俗的污染,文学创作也是非功利性的,只不过是"童心"真情实感的自然抒发,"发乎情性,由乎自然",也只有从"童心"出发,才能创作出真正的作品,"天下之至文,未有不出于童心焉者也"②。袁宏道更是深受李贽的影响,注重文学创作要源自自我内心,表达内心的真性情,主张"独抒性灵,不落格套,非从自己胸臆流出,不肯下笔"③"醉者无心,稚子亦无心,无心故理无所托,而自然之韵出焉"④,这就抛弃所有束缚,追求一种自由自在的心性。虽然从目前掌握的资料来看,王世贞和李贽没有书信往来以探讨文学创作,在王世贞的文集中,也只是在《弇州山人续稿》中有一次提及李贽,且与文学主张无关,但是李贽却对王世贞非常推崇,在《续藏书》中将王世贞列入"文

---

① 李贽:《焚书》卷三《童心说》,张建业等注《李贽全集注》第 1 册,社会科学文献出版社,2010,第 276 页。

② 李贽:《焚书》卷三《童心说》,张建业等注《李贽全集注》第 1 册,社会科学文献出版社,2010,第 276 页。

③ 袁宏道:《袁宏道集笺校》卷四《叙小修诗》,钱伯城笺校,上海古籍出版社,2008,第 187 页。

④ 袁宏道:《袁宏道集笺校》卷五四《寿存斋张公七十序》,钱伯城笺校,上海古籍出版社,1981,第 1541 页。

学名臣"之中,《尚书王公》一文洋洋洒洒,两千余字,详尽地叙述了王世贞一生的重要事迹,并对王世贞的文学创作有所论及和接受,如肯定王世贞的自述,"世贞尝言曰:'吾读书万卷,而未尝从六经入'"①。总体而言,李贽的"童心"说,袁宏道的"性灵"说,都源于人们的内心,进而在文学创作中求取真言、真性情,最终达到"自然"的境界。这些与王世贞所提倡的"自然"有着千丝万缕的联系,同时也突出了王世贞"自然"思想的珍贵之处。

因此王世贞从恬淡自适、"无住"自觉层面对历史上已有的"自然"思想进行了深化,在"自然"思想发展史上有着集大成的意义。其突破了程朱理学主客对立、托物言志的儒家自然思想观,也超越了道家自然思想中"心斋""坐忘"的主体客体化倾向,是从佛禅本"心"自觉、虚灵明觉层面将儒、道引入佛家思想,将社会化之"我"向本体自觉、无善无恶意义之"我"回归。在具体操作层面,王世贞将自己与李攀龙、李梦阳等人的复古思想进行了区隔,强调创作主体摆脱模仿对象、前人典籍,从生活原型获得创作之源,通过自我内心感受以抒写真情。在求"真我"和"真诗"中,王世贞特别强调"真"的价值和意义,不同于儒家思想将"真"融合于"善"、道家思想使"真"摆脱"欲"。王世贞在《邹黄州鹪鹩集序》中提出:"余束发而游于艺园,获窃寓目作者,于今垂四十年矣,大约无盛于隆庆、万历间。南戒而南,稍一具眉目称男子,从事觚管,即仰面而视天,诧以隋珠、和璧之在我;而其雄举者,建牙树帜,张茅劲表表成一家言,苟其力足以矩矱往昔,与近季北地、历下之遗,则皆俨然若有当焉,其不为捧心而为抵掌者多矣。不佞故不之敢许,以为此曹子方寸间,先有它人而后有我,是用于格者也,非能用格者也……盖有真我而后有真诗,其习之者不以为达。夫摩诘则亦钱刘。"②这说明王世贞所强调的"真我""真诗"是要摆脱"捧心而为抵掌"的模拟、"方寸间先有它人,而后有我"的因袭、"用于格者也,非能用格"的程式化写作,达到任性而为、从心而作,无功利化、社会利益化倾向的

---

① 李贽:《续藏书》卷二十六《尚书王公》,张建业等注《李贽全集注》第11册,社会科学文献出版社,2010,第286页。
② 王世贞:《弇州山人续稿》卷五十一《邹黄州鹪鹩集序》,第2页。

创作。所以王世贞主张在"真我"的基础之上进行文学创作，展现真言、真性情，从生命主体出发，做到主客体、心物与外界的完美融合，并通过"琢磨""淘洗"等途径，使之上升到"自然"的境地。这是王世贞对陶渊明"自然"思想的继承与发展，其对"自然"的注重和追求，也使自己成为晚明李贽、袁宏道等人追求"自然"文风的思想源泉。在文学复古运动中，王世贞复古之外的"新调子"，是希冀对复古所带来的弊端进行修补，这也昭示着后七子向晚明主流文论过渡的意识。

概而言之，通过对相关史料的深入考察和重新认知，以"文必秦汉，诗必盛唐"来笼统概括后七子派的文学复古运动是失之偏颇的，以之来总结王世贞的诗文思想，更是切不可行。对王世贞复古行径的再思考，是全面把握王世贞诗文思想的必经途径。王世贞虽然跟随李攀龙从事文学复古运动，甚至主盟文坛，不过王世贞的文学思想本身就和李攀龙存在一定的差异性。王世贞对格调、法度很是注重，这与后七子派的复古文学主张有相通之处，然而王世贞走向的却是以格调、法度为基础的"自然"境地，是对复古文学主张的超越，同时也为复古运动注入了活力。

第三章
王世贞的诗文追求及新论

　　王世贞受李攀龙的影响走上了文学复古道路，虽然在一定时期内力倡复古，甚至还扮演着复古先锋的角色，但是王世贞并没有在李攀龙的后面亦步亦趋，死守古法，而是有所新变。篇法、句法、字法、格调等都是他通往"不法而法"境地的法门，他甚至在此基础之上走向"自然"，故而"文必秦汉，诗必盛唐"的主张不符合王世贞诗文思想的独特性，复古的标签也不能完全概括其诗文思想的深刻内涵。正因如此，王世贞在模拟诗文名家后而求自得，自得之后更加注重创作时自我情感的抒发，追求情至之文，认为有真我后而有真诗。具体而言，王世贞始终坚持"真情说"，注重创作本体之"气"和"才"，并强调"气""才"与法度、格调、博识等创作因素的浑融，在此基础之上，王世贞的诗文追求主要体现为主"剂"理论的提出，并将此作为诗文评判的标准，从而对屈原等人的文章进行新的评论；对"性灵"理论的阐释，并在自我的创作中大量实践，更为可贵的是，这种认知和实践对晚明的"性灵"文学思想产生了一定的影响；在诗文创作对象的选择上，王世贞没有选择盛唐的李白和杜甫，而是转向了白居易，这其中又经历了一个从批判到接受，最终到创作实践的曲折过程。显而易见的是，王世贞的这些诗文追求，与早年提倡复古文学的形象有所出入，不过通过深入研究发现，这些出入并不是王世贞文学主张的彻底悔悟，其诗文思想的内核从少年到中晚年始终没有变化，基于此，本章亦对"弇州晚年定论"进行爬梳和反思，以求为该问题的探究提供新的视角。

第一节　对"气""才"本体范畴的深入追求

对于文学创作中的范畴认知，汪涌豪曾言："由于范畴以感性经验为对象，以对客体的辩证思维为特色，反映那个历史时期人们所能达到的认识程度，从此角度出发研究文学理论批评，可以排除历史的偶然因素的干扰，最大程度地以纯净化的逻辑形式，再现古代作家、批评家的认识发展过程，所以，它成为人们探索传统文学创作及理论批评内在规律和本质特点的一个重要的切入点，有着学理上的必然性。"① 他还认为："范畴是关于客观事物特征特性和关系的基本概念，是作为人类思维对客观事物本质联系的概括反映，它在人认识世界的实践活动中产生，转而指导人的实践活动。文学范畴自然是创作主体在揭示文学本质及与之相关各方面联系过程中得到的理论成果，是文学本质规律的具体展开形态和表现形式。"② 从中我们可以知道，范畴是对客观事物特征性和内在性的本质认知，而主观认知离不开客观属性，甚至是建立在客观属性基础之上的再认知，具体到文学范畴，诸如"道""气""风骨""格调""味""才""妙悟""性灵"等，不仅仅是对不同时代文学风尚和审美标准的直观了解，更是对作者创作本质规律的把握，从而更好地走进作品，走近作者本身。同样，对王世贞文学创作有关范畴的认知，有助于我们把握其创作的本质规律，今拟以王世贞屡屡提及的"气"和"才"这两个范畴试论之。

"气在传统文学理论批评中具有当然的基元地位，是一个重要的元范畴。"③ 王世贞博览群书，从不同的角度提及"气"，对"气"有着全面的认知和把握，如哲学之气，肯定气为万物本原，王世贞认为："夫日月星辰，其垂象亘万古而长新者，元气布也，黄河之流历万里，东注海而不屈者，元气贯也。"④ 生活之气，王世贞认为"其时也，国家鸿昌茂庞之

① 汪涌豪：《范畴论》，复旦大学出版社，1999，第 1 页。
② 汪涌豪：《范畴论》，复旦大学出版社，1999，第 1 页。
③ 汪涌豪：《范畴论》，复旦大学出版社，1999，第 463 页。
④ 王世贞：《弇州山人续稿》卷一百八十一《答华孟》，第 8 页。

气，莫盛于弘治"①。再如，生命之气，王世贞曾讲述自己对周是修先生的推崇，他说道："至一闻先生名而神气忽若王，目若开而明，舌若津而润。"② 而作为明朝后七子时期的文坛领袖，王世贞对气的认知和把握，贯穿于其诗文理论批评之中。气为万物生成之源，文学创作更是作者所禀之气的外在体现，有人之气、文之气、语之气、意之气等，而这些气与文学创作中的情、才、调等要素相联系，便使文章创作呈现出多样性。因此王世贞的"文气"说在注重气之本原时，也强调与其他要素的合一，抑或是对本原之气的修正，有着鲜明的特色。主要体现在以下几个方面。

首先，注重神气之合。神，在《说文解字》中的注释为"神，天神，引出万物者也。从示、申"③，即指宗教中所崇拜的神灵或鬼神。《论语·述而》有云："子不语怪、力、乱、神。"④ 《左传·桓公六年》有云："夫民，神之主也，是以圣王先成名而后致力于神。"而《大戴礼记·曾子天圆》中有言："阳之精气曰神。"《庄子·养生主》中有言："臣以神遇而不以目视，官知止而神欲行。"《荀子·天论》中有言："形具而神生。"这是对"神"之意所做出的探索，此处的"神"主要指向人们所具有的一种精神。暂且不论宗教中"神"的义项，后人在"神"所指向的精神之意的基础上进行了延伸和扩展，于是在文学理论中，逐渐有了诸如"神思""风神""神味""神采""神趣"等新的范畴。然而万变不离其宗，"神"的本义并没有消失，如王昌龄在《诗格》中所言"神会于物，因心而得"，谢榛在《四溟诗话》中所言"惟神会以定取舍，自趋乎大道，不涉于歧路矣"⑤，钟惺在《诗归序》中所言"真诗者，精神所为也"，即强调人之精神在诗歌创作中的重要性，突出主体的存在。

王世贞论诗，更是注重神气之合，如他早年论述道："遇有操觚，一师心匠，气从意畅，神与境合，分途策驭，默受指挥，台阁山林，绝迹大漠，岂不快哉。"⑥ 再如他认为："篇法之妙，有不见句法者，句法之妙，

---

① 王世贞：《弇州山人四部稿》卷六十六《孙清简公集序》，第 18 页。
② 王世贞：《弇州山人续稿》卷五十四《周是修先生集序》，第 1 页。
③ 许慎：《说文解字》，中华书局，2013，第 8 页。
④ 陈晓芳、徐儒泉译注《论语 大学 中庸》，中华书局，2015，第 81 页。
⑤ 谢榛：《四溟诗话》，丁福保辑《历代诗话续编》，中华书局，2006，第 1201 页。
⑥ 王世贞：《弇州山人四部稿》卷一百四十四《艺苑卮言一》，第 17 页。

有不见字法者，此是法极无迹，人能之至，境与天会，未易求也。有俱属象而妙者，有俱属意而妙者，有俱作高调而妙者，有直下不偶对而妙者，皆兴与境诣，神合气完使之。"① 言即诗文创作源于内心的真性情，有感于外在世界，文气得以喷薄而出，最终达到一种"气从意畅，神与境合""神合气完"的境地。这种境地，不仅仅是主体的精神世界和客体的物质世界达到的一种融合，同时也是主体创作情感和诗文达到的一种融合，王世贞敏锐地把握住了文学创作的审美内核。对于这种神气合一的提出，王世贞非常自豪，认为"严仪氏未前发也"②，的确，严羽强调"形似""神似""入神"，却没有明确创作之道和突出作者主体性的存在。另外，人之禀性不同，使得诗文创作有高低、优劣之分，王世贞结合神、气，深入地分析道："夫诗，心之精神发而声者也，其精神发于协气，而天地之和应焉，其精神发于噎气，而天地之变悉焉。故诗和于雅颂，变于风也，风至于变而极矣。"③ 即王世贞认为诗歌源于人们内心的精神，而精神的盈亏关乎气的形成，最终影响诗歌的风格。王世贞对神气的透彻分析，也更加坚定了他对神气之合的追求。

其次，强调南北文气之合。文学创作从本质上而言，源于社会生活，是对社会生活的反映，故而脱离了社会生活，文学创作也就无从谈起，因而在文学的身上我们能够看到社会的烙印。也正因为如此，南方和北方的人们由于生活的环境、方式、习俗等的不同，其文学创作所形成的风格也有所入。如我们从《木兰诗》中可以看到铿锵、豪迈之气，而从《孔雀东南飞》中看到的却是婉约、柔情之气。王世贞从南北文气的发展演变历史着手，对此有着深刻的认知，他论述道：

　　余窃谓自东京而后为永嘉，而大江始画地而南北，其北日侵寻于马上之业，不暇调宫徵，理经纬，而噫喑之所发为悲歌慷慨，其气完而骨劲。南则以其泉石之余地，舟楫之余暑，负隐囊，握斑管而课花鸟，字组而句，句组而篇，然亦不胜其靡靡业，肤立矣。盖余二百年

_____

① 王世贞：《弇州山人四部稿》卷一百四十四《艺苑卮言一》，第14页。
② 王世贞：《弇州山人续稿》卷四十《苍雪先生诗禅序》，第21页。
③ 王世贞：《弇州山人四部稿》卷六十五《金台十八子诗选序》，第15页。

而为隋而始合，其文之调亦如之，而又垂五百年而为宋季，而又分文之调亦如之。虽未几而为元，然地合而调不尽合也。①

王世贞认为从"东京而后"，始有南北，而由于南北方的生活方式不同，南北文人进行文学创作的着重点也不尽相同，从而形成北方之骨劲，南方之柔靡。随着朝代的更替，南北文气仍是不尽合也。姑且不论南北之分是否如王世贞所言"自东京而后"，但是王世贞所言及南北文气的不同以及原因，大致如此。然而王世贞在肯定南北文气的差异时，也认识到南北文气有着各自的优劣，文气过于高扬或文辞过于柔靡，都不是好的作品，因此王世贞追求的是南北文气的相合，从而使文章呈现出一种彬彬之态。于此，王世贞高度赞赏李梦阳、何景明、李攀龙、徐祯卿等人在南北文气相合这一方面所做出的探索，他说："自明献吉、仲默以至于鳞，乃能以其北之完气而修词，而吾吴昌谷亦稍裁其南之藻辞而立骨，庶几彬彬质文君子哉。"② 而对于范守己能够做到"靡不病气，丽不病骨，用其南以程北而鲜不合也"③，更是给予了高度赞赏，认为他是"以上媲二三君子，又奚难哉"！

在南北文气之合这个大概念之下，王世贞还力求江左之气和中原之气的结合。同样，江左之气和中原之气有着各自的高低和长短，各有各的特色。王世贞云："江左之气激而清，是以有累篇少累字，中原之气壮而朴，是以有累字少累篇，要之，不以彼易此也。"④ 因此对于江左之气和中原之气的难以合一，王世贞由衷地感慨道："夫天下不难乎才，难乎才而无以剂之。"⑤ 为此王世贞推崇生于江左，而创作时却能脱柔靡之习、成文章之气的叶雪樵，如他说："夫雪樵子生江左，顾尽能脱其靡靡冶柔之习，而能务完其气。"而对于能够使"中原之音豪厉"和"江左之音柔靡"在创作中达到和谐统一的冯大受，王世贞更是赞不绝口，认为"咸

① 王世贞：《弇州山人续稿》卷四十一《郅垩集序》，第3页。
② 王世贞：《弇州山人续稿》卷四十一《郅垩集序》，第3页。
③ 王世贞：《弇州山人续稿》卷四十一《郅垩集序》，第3页。
④ 王世贞：《弇州山人续稿》卷四十二《杏山续集序》，第19页。
⑤ 王世贞：《弇州山人续稿》卷四十四《叶雪樵诗集序》，第13页。

甫于文辞，非不美璞也，法非不古樽彝圭瓒也，揽之非不泽且有光也，其犹有期月之需而已耶"①。

再次，追求调气之合。"调"的本意为和，在《说文解字》中的释义为："调，和也，从言、周声。"意在讲究物与物之间或者事物、事情本身达到的一种调和状态，可以是五味，可以是音乐，也可以是个人身心，其中，音乐与文学之间的关系尤为紧密，关系到文学创作的音律声调。后来"调"成为文学理论范畴，有"风调""才调""体调"之说，涉及文学创作的风格、文辞等方面，是文学创作中的一个重要元素。王世贞论诗文注重格调，认为"文有格，有调，有骨，有肉，有篇法，有句法，有字法"，并推崇盛唐之诗，认为其"格极高，调极美"②，调，即与具体而微的创作之法有关。而气与创作者的主体性相维系，过于言气则有损于文章其他要素的体现，如法、意、思等，这最终影响到整体风貌的呈现，因此王世贞主张："才骋则御之以格，格定则通之以变，气扬则沉之使实，节促则澹之使和。"③ 即创作之时，要使各种要素都参与进来，各得其位和其度。所以至于文章之调、气，王世贞追求气调之合，在论他人之作时也常常调、气并举，如王世贞赞赏朱多的《国香集》"大要气清而调爽，神完而体舒"，肯定朱正初的文章"气甚畅，其发而为诗语甚秀，调甚逸，风之泠泠有余响焉"④，并认为张孟孺的诗作"气清而调雅"⑤。

王世贞追求气调合一，并对于气、调之间的辩证关系有所论述。如他在谈论沈明臣的创作转变时说：

> 夫格者才之御也，调者气之规也。子之向者遇境而必触，蓄意而必达。夫是以格不能御才，而气恒溢于调之外。故其合者追建安，武开元，凌厉乎贞元、长庆诸君而无愧色，即小不合而不免于武库之利钝。今子能抑才以就格，完气以成调，几于纯矣，而子之犹子，九畴

---

① 王世贞：《弇州山人续稿》卷五十三《冯咸甫竹素园集序》，第 8 页。
② 王世贞：《弇州山人续稿》卷一百八十二《颜廷愉》，第 4 页。
③ 王世贞：《弇州山人续稿》卷二百六《答胡元瑞》，第 13 页。
④ 王世贞：《弇州山人续稿》卷四十四《朱在明诗选序》，第 11 页。
⑤ 王世贞：《弇州山人续稿》卷五十三《张孟孺诗稿序》，第 4 页。

复为群子之玉而府之，夫何虞于武夫之累也耶。①

即王世贞以调规气，注重调对气的约束作用。他批判沈明臣先前的创作过于突出自我之情，以致才情外露而没有收敛，文气常在文调之外而没有合度，而对于沈明臣随着创作实践的深入，达到才格、气调的合一，由之前的偶合能直追古人到后期的"几于纯矣"，王世贞甚喜之！放眼历史岁月，不同时期不同地域的气、调有所不同，本着气调合一的标准，王世贞向往洛阳的气调，他认为："尝闻之燕赵之音，相率为悲歌慷慨，秦音则噭劲扬厉，吴音则柔靡清嘉，意者土风居多，而洛阳独称天地中气最为完，而音最为和平，其建都会自西周以至后唐，千七百年间，冠带之所朝宗，诗书藏于闾阎，而至于今乃有不尽然者。"② 虽然是王世贞生活的时代，王世贞对此也是颇为不满，"有不尽然者"，可见其对气调合一的要求之高。

最后，王世贞主张情气之合。文学创作的主体是人，是人们情感宣泄的工具，王世贞虽然讲究法度、格调，但他也强调创作时，要使作者的真性情得以流露。如王世贞认为："德靖间，而操觚之士负气而先格，自称为正宗，而诸以藻丽而谋夺之者何限！乃先生不求合其藩阃，而直举天则之所自溢为之，先生之所师，师心耳。"③ 即王世贞已经认识到当时的文坛格调之声风靡天下，注重创作之格、法，以藻丽之风粉饰文章，而没有真情实感之作，这是王世贞所厌恶的。而对于钱琦在创作时不以格调、辞藻为先，直取自己内心，源于"师心"的做法，王世贞表示赞赏。王世贞还讽刺道："夫诗道辟于弘正，而至隆万之际，盛且极矣。然其高者，以气格声响相高，而不根于情实，骤而咏之，若中宫商，阅之，若备经纬，已徐而求之，而无有也，乃其卑者则犹之，夫巴人下里而已。"④ 在王世贞看来，一味地追求气格而没有情实之作，不过是"巴人下里而

① 王世贞：《弇州山人续稿》卷四十《沈嘉则诗选序》，第 6 页。
② 王世贞：《弇州山人续稿》卷四十《函野诗集序》，第 8~9 页。
③ 王世贞：《弇州山人续稿》卷四十一《钱东畲先生集序》，第 8~9 页。
④ 王世贞：《弇州山人续稿》卷四十二《陈子吉诗选序》，第 5 页。

已"。可贵的是，王世贞也能够清醒地意识到"工情则婉绰而伤气"①，因为过于追求情感的抒发，则有损于气，最终还是会影响作品的整体效果。王世贞所主张的是情气合一，他认为在文章创作时，不仅要表现创作者的真性情，还要展现行文之气，在与徐中行的书信中，王世贞道：

> 日来不睹足下诗，长江大别，吞吐天地，秀气胸中久矣，何时一发破我磊块……足下大江而上，自楚蜀以至中原，山川莽苍，浑浑江左，雅秀郁郁，咏歌描写，须各极其致。吾辈篇什既富，又须穷态极变，光景长新，序论奏札，亦微异传志，务使旨恒达而气恒贯，时名易袭，身后可念，与足下共勉之。②

徐中行的诗歌创作，能够抒发自己的真性情和胸中之气，将自己的所见所感融入其中，从而使行文"旨恒达而气恒贯"，这是王世贞所佩服的。也正因为王世贞对情气合一的追求，他也肯定霍汝学是"为文有奇气，又多发其所自得"③。

可见，王世贞论诗文创作，不仅重视气之于诗文的重要性，还强调气和其他行文要素的有机结合。确实如此，如果行文只有气，过于豪迈抒发，"其弊使人气溢而多竞"④，反而不利于行文的整体创作，这也反映出了王世贞的高明之处。

气，作为王世贞文学思想的重要组成部分，成为王世贞评判前人和时人之作的一个重要标准。在面对前人的诗文创作时，盛唐之诗，李杜并驱，但是王世贞更加推崇杜甫，于文虽然肯定秦汉文章之盛，作家辈出，是"师法"的对象，但具体到个人时，王世贞则推崇韩愈，如他说道："少陵、昌黎诗文雄耳，生平之精力意气，约略尽于辞藻间。"⑤ 王世贞对此有着详细的阐述。

---

① 王世贞：《弇州山人续稿》卷四十四《陈于韶先生卧雪楼摘稿序》，第 14 页。
② 王世贞：《弇州山人四部稿》卷一百十八《徐子与》，第 11 页。
③ 王世贞：《弇州山人续稿》卷七十《霍先生传》，第 1 页。
④ 王世贞：《弇州山人续稿》卷四十五《冯祐山先生集序》，第 7 页。
⑤ 王世贞：《弇州山人续稿》卷五十一《王给事恒叔近稿序》，第 19 页。

首先，于诗，李白和杜甫是唐朝诗歌创作的两座高峰，为后世所敬重，王世贞在分析二人创作的长短后，表明了自己师法的态度，如他说："十首以前，少陵较难入，百首以后，青莲较易，厌扬之则高华，抑之则沉实，有色、有声、有气、有骨、有味、有态，浓淡深浅，奇正开阖，各极其则，吾不能不伏膺少陵。"① 王世贞最终的创作取向走向了杜甫之作的"有气""有声""有味"。王世贞所创作的《登太白楼》就脱胎于杜甫的《登岳阳楼》，在众多模拟杜甫的《登岳阳楼》之作中，王世贞的实属上乘，尽得杜甫之精髓，王世贞的全文为"昔闻李供奉，长啸独登楼。此地一垂顾，高名百代留。白云海色曙，明月天门秋。欲竟重来者，潺湲济水流"②。沈德潜阅诗无数，对此诗也是大加赞叹，认为："天空海阔，有此眼界、笔力，才许作《登太白楼》诗。"王世贞在"师法"杜甫时，进而向往盛唐，认为盛唐之诗歌"其气完，其声铿以平，其色丽以雅，其力沉而雄，其意融而无迹"③，可以作为诗歌创作的准则，"盛唐其则也"。

另外，于文，王世贞认为："自西京之气漓而为六季，昌黎公出，奋然一变之。"④ 的确，西京之后的东汉，"其文气最为缓弱不流畅"，到了魏晋南北朝，文气更是渐弱，众人追求文辞的华丽，风格的柔靡，讲究偶对工整、辞藻华丽的骈文盛行天下，真是"彼六代者，见以为舍璞而露琢，不知其气益漓而益就衰"⑤。韩愈倡导古文运动，注重气盛言宜，文章创作之风得以转变，行文之气、情、调等要素再次进入人们的创作视野。而对于韩愈创作的特点，王世贞认为："韩公于碑志之类，最为雄奇有气力，亦甚古。"⑥ 也确实如此，茅坤曾说："世之论韩文者，共首称碑志。"韩愈的碑志文章共有 75 篇，占其文集总量的 22% 左右，《试大理评事王君墓志铭》《国子助教河东薛君墓志铭》《集贤院校理石君墓志铭》都是其中的名篇，很好地体现了韩愈"气盛言宜"的文学主张。再者，文学史上谈及唐文，则往往韩柳并举，两人文章创作各有特点，王世贞给

---

① 王世贞：《弇州山人四部稿》卷一百四十七《艺苑卮言四》，第 5 页。
② 王世贞：《弇州山人四部稿》卷二十四《登太白楼》，第 14 页。
③ 王世贞：《弇州山人四部稿》卷六十五《徐汝思诗集序》，第 6 页。
④ 王世贞：《弇州山人续稿》卷四十一《瞿文懿公集序》，第 4 页。
⑤ 王世贞：《弇州山人四部稿》卷六十八《古四大家摘言序》，第 8 页。
⑥ 王世贞：《读书后》卷三《书韩文后》，第 11 页。

出了中肯的评论，他认为："柳子才秀于韩而气不及。"这也非常切合二人的创作实际和文章风格。

对于时人之作，气，也是王世贞评判时的一个参照。如其称赞章美中在吴中地区靡丽之风盛行时，犹能"独尚气"，诗文创作也是"其不沛然而雄于气，苍然而老于骨"①；肯定朱多煃的文章"下走雄飞，语工气壮，磊落千古"②，认为刘玄子"气若祖龙之吞六雄"③。再如王世贞对于亦师亦友的李攀龙，也是直言不讳，认为："于鳞之病在气有窒，而辞有蔓，或借长语而演之，使不可了，或以古语而传新事，使不可识，又或心所不许，而漫应之，不能伏匿，其辞至于寂寥，而不可讽味，此三者，诚有之。"即在李攀龙的创作中，"气有窒"在三个不足当中排第一位。再者，王世贞从文气的角度出发，欣慰七子之后还会有佳作的诞生，文气会一直延续下去，如王世贞看完林近夫的文章后说："他作多称是，文气奇峻，咄咄逼人，吾七子之后，故不乏也。"④ 而对胡应麟的诗作，王世贞更是不吝赞美之词，如他称赞："元瑞诗，才高而气雄，鸿畅郎俊，横绝无前，稍假以年，将与日而化矣。"⑤ "有足下，于鳞不为死也，气色高华，声调爽俊，而纵横跌跌，有挥斥八极，凌厉千古意。"⑥ 这些赞美之词，寄托的更是王世贞对文学发展的殷切希望。

而之于"才"，在王世贞的诗文观念中，它最少包括两层含义。其一，指的是处理问题、办理事情的实际才能、才干、才用，这是对"才"本义的继承。如他认为贾谊有"经国之才"⑦，余曰德则"为天子外台臣，衡八闽吏民，一旦以单辞报罢，固不必尽如屈大夫之才大用而大舍"⑧。

其二，指的是文章创作时的才情、才性，这种才与人最初所禀多少有关，近乎天赋、天分，是构成文学创作发生的原动力之一，这是王世贞

① 王世贞：《弇州山人四部稿》卷六十六《玄峰先生诗集序》，第17页。
② 王世贞：《弇州山人四部稿》卷一百二十二《用晦》，第4页。
③ 王世贞：《弇州山人续稿》卷二百五《刘玄子》，第16页。
④ 王世贞：《弇州山人续稿》卷一百八十三《林近夫》，第1页。
⑤ 王世贞：《弇州山人续稿》卷六十八《胡元瑞传》，第19页。
⑥ 王世贞：《弇州山人续稿》卷二百六《答胡元瑞》，第6页。
⑦ 王世贞：《弇州山人四部稿》卷一百四十六《艺苑卮言三》，第2页。
⑧ 王世贞：《弇州山人四部稿》卷六十六《芙蓉社吟稿叙》，第13页。

"文才论"的重点。如他在探讨李白和杜甫的创作才能时，认为"李、杜才高于六朝诸君子"①，而在对比自己和李攀龙之才时则认为"顾才不能高于鳞"②。而才并不是固有之物，不是想用之时就立马能够千言以浇块垒的，才的抒发和展现具有很大的模糊性和随意性，王世贞认为才有时是"神与才傅，天窍自发，叩之泠然"③，有时是"大要以自当一时之适，不尽程古人"④，甚至有时是"随发而自尽其才，随遇而竞标其致，各骋于康庄之途，而无犯辙"⑤，没有一定的规律性，但是这种非刻意为之之才，才是王世贞所追求的，在这种才的推动下，才更有可能创作出源于内心真情之作。故而王世贞常将才、情并提，主张创作要"能发其情，以与才合"⑥，只有才、情相契合，作者的真性情才能更好地流露出来。因此他以才情评论他人创作，如他在分析祝枝山的杂诗时认为"此诗是才情初发时语"⑦，认为章子敬的诗歌"宛宛有才情"⑧。虽然王世贞强调才之于文学创作的关键作用，但他也意识到才并不是唯一要素。如王世贞论述道："诗之难言也，此何以故。夫工事则俳塞而伤情，工情则婉绰而伤气，气畅则厉直而伤思，思深则沉简而伤态，态胜则冶靡而伤骨。护格者虞藻，护藻者虞格，当心者倍耳，谐耳者恶心，信乎，其难兼矣。虽然非诗之难，所以兼之者难，其所以难，盖难才也。"⑨ 言即"才"要对诸多创作要素进行合理统筹，才能创作出诸要素相和谐的彬彬之作。

王世贞将才置于整个文学创作过程之中来思考，突出才与其他诸多要素的关系，极大丰富了"文才论"的内涵。对于此，王世贞还有更为深入的探索，这主要体现在以下几个方面。

首先，才法并举。法，在《说文解字》中的释义为："法，刑也。平

① 王世贞：《弇州山人四部稿》卷一百二十一《张助甫》，第17页。
② 王世贞：《弇州山人四部稿》卷一百二十八《答吴瑞谷》，第17页。
③ 王世贞：《弇州山人四部稿》卷六十五《宗子相集序》，第4页。
④ 王世贞：《弇州山人续稿》卷四十四《朱在明诗选序》，第11页。
⑤ 王世贞：《弇州山人四部稿》卷六十八《潘润夫家存稿序》，第12~13页。
⑥ 王世贞：《弇州山人续稿》卷五十五《彭户部说剑余草序》，第4页。
⑦ 王世贞：《弇州山人续稿》卷一百六十三《祝京兆真行杂诗赋》，第18页。
⑧ 王世贞：《弇州山人续稿》卷四十六《章子敬诗小引》，第12页。
⑨ 王世贞：《弇州山人续稿》卷四十四《陈于韶先生卧雪楼摘稿序》，第14页。

之如水。从水，廌所以触不直者去之，从去，方乏切。"① 即表示司法、法律的公正、公平。如《周易》中有"利用刑人，以正法也"之语，《盐铁论》中有"法者，刑罚也，所以禁强暴也"之语，《史记·陈涉世家》中有"失期，法当斩"之语。可见，法有其客观性，不是能够随意改变的。法，作为文论范畴进入文学理论后，其客观性并没有因之改变。如诗文有别，诗歌的创作之法和文章的创作之法截然不同，李东阳认为："诗与文不同体，昔人谓杜子美以诗为文，韩退之以文为诗，固未然。然其所得所就，亦各有偏长独到之处。近见名家大手以文章自命者，至其为诗，则毫厘千里，终其身而不悟。然则诗果易言哉？"② 杜甫擅长诗歌创作，韩愈擅长文章写作，而以文为诗或者以诗为文，即使是大家手笔，亦有不到之处。细论之，不同的文体有不同的创作之法，如王世贞认为"《骚》赋虽有韵之言，其于诗文，自是竹之与草木，鱼之与鸟兽，别为一类，不可偏属。《骚》辞所以总杂重复，兴寄不一者，大抵忠臣怨夫恻怛深至，不暇致诠，亦故乱其叙，使同声者自寻，修郤者难摘耳。今若明白条易，便乖厥体"③，并且在具体创作时，"篇有眼曰句，句有眼曰字，字有字法，句有句法，篇有篇法，此三者不可一失也"④。也正因为法的客观性，从而前后七子向往古人之时，倡导法度，希冀通过法度实现与古人的对话。然而，王世贞并没有拘泥于法的客观性，一味地求法，毕竟文学创作更多的是主观性的展现，抒发创作者内心的真性情，王世贞称赞黎民表"其所谓诗，聊以寄吾一时之才，以偶合于所嗜而已，非必其尽权法衡古也"⑤，即在表达真性情之时，不必过多拘泥于文章之法，不用一味地求与古人合。不过王世贞也意识到才情过于泛滥，则有损于基本文法的客观存在，导致诗不为诗，文不为文，王世贞认为："柔曼瑰靡之辞胜则见以为才情，然其弊使人肤立而不振，感慨扬厉之辞胜则见以为风骨，然其弊使人气溢而多竞。"⑥ 这些都有害于才和法的体现。因此，王世贞主张才

① 许慎：《说文解字》卷十上，中华书局，2013，第202页。
② 李东阳：《麓堂诗话》，丁福保辑《历代诗话续编》，中华书局，2006，第1373页。
③ 王世贞：《弇州山人四部稿》卷一百四十四《艺苑卮言一》，第15页。
④ 王世贞：《弇州山人续稿》卷一百八十一《华仲达》，第8页。
⑤ 王世贞：《弇州山人四部稿》卷六十六《瑶石山人诗稿序》，第16页。
⑥ 王世贞：《弇州山人续稿》卷四十五《冯祐山先生集序》，第7页。

法并举，力求在创作中达到才和法的和谐统一。

王世贞以宗臣的创作之路表示了其对才和法合一的追求。如他论述道：

> 夫以于鳞之材，然不敢尽斥矩矱，而创其好，即何论世贞哉！子相独时时不屑也，曰宁瑕无碔，又曰湮良在御，精镠在筐，可以啮决而废千里，余则无以难子相也。诸善子相者，谓子相超津筏而上之，少年间是非子相者，谓子相欲逾津而弃其筏，然雅非子相指也。充吾结撰之思，际吾才之界，以与物境会，境合则吾收其全瑜，不合则吾姑取其瑜而任瑕，字不得累句，句不得累篇……以子相之诗，足无憾于法，乃往往屈法而伸其才，其文足尽于才，乃往往屈才而就法，而又不假年以没。悲夫，悲夫，然具是不朽矣。①

在王世贞看来，连李攀龙都不能无视法的存在，何况是自己呢！宗臣却不然，抱以"宁瑕无碔"的态度，文章创作时注重自身情感的流露，才与境会，使才得到尽情展现，同时也能够约束自己的才情，以符合文章创作之法。这样的创作，是可以成一家不朽之言的，更是王世贞所梦寐以求的。王世贞还对李舜臣表示肯定，认为其创作"终不敢以其才而溢先民之法，意至而言，意竭即止，大要不欲使辞胜意"②，而对于张献翼的诗文创作的转变，王世贞也表示了赞赏，他说："（张献翼）才横肆不可当，读之若入武库，虽五兵烂然，不无利钝。至卅余，乃始稍稍就绳墨，而以清圆流丽为宗，畦径虽绝，而精思微逊，所谓《文起堂集》者也。"③ 评价颇高。

其次，才格并重。格，在《说文解字》中的释义为："格，木长貌。"④"格"字从木、各声，"木"指树木，"各"则表示物与物的交叉状，两者联系起来则表示为树干与树枝所形成的十字交叉之形。再者，格

---

① 王世贞：《弇州山人四部稿》卷六十五《宗子相集序》，第 4~5 页。
② 王世贞：《弇州山人四部稿》卷六十五《李愚谷先生集序》，第 1 页。
③ 王世贞：《弇州山人续稿》卷五十五《文起堂新集序》，第 5 页。
④ 许慎：《说文解字》卷六上，中华书局，2013，第 115 页。

也指一定的衡量、量度，有法式、准则之意，而融入文学理论之中，则为体格、格制，强化了文学创作的法式和准则，其在文学批评中内涵的延伸，出现了风格、气格、格力等新的概念。而随着宋人的自我思考，作者主体性的渗入，格进一步上升为对格致、格韵的追求，关乎文章的整体风格，格，也成为一个重要的文论范畴。明朝前后七子在文坛上掀起的复古之风，其理论主张的核心就是"格调"说，但是随着李东阳的倡导，再到李梦阳和李攀龙等人的细化，如李东阳在主张"诗必有具眼，亦必有具耳。眼主格，耳主声"① 时，还强调平时多多练习，批判他人对古人简单地模拟因袭。李梦阳尊唐抑宋，尺寸古人，文学创作之路也变得越来越窄。王世贞认识到"格调"说之于文学创作的长处和弊端，王世贞在格、调之外，引入才、思，认为"才生思，思生调，调生格，思即才之用，调即思之境，格即调之界"②。王世贞也意识到个人之才的高低与格的高下有着直接的关系，如他分析友人方鸿胪的诗文时说："出之自才，止之自格。" 因而，王世贞主张"才格并重"，认为文学创作不仅仅要展示作者的真性情，还要体现作品的格韵、风格。如王世贞高度赞赏高启，认为他的诗文创作"虽格调小降，其才情足以掩带一代"③，认为朱宗良的诗"进才情，融美格，意朗畅，朱邸中乃复有斯人哉"④。王世贞的"才格并重"，还强调才和格的水乳交融，才不越格，格不伤才，如王世贞肯定袁尊尼"文以纪事则贵详，文以引志则贵达，必不斥意以束法，必不抑才以避格"⑤，认为金銮的创作"才剂于格，纵之可歌，而抑之可讽"⑥，肯定彭润玉"诗皆婉曲工，至能发其情，以与才合，而不伤格"⑦，这就比李梦阳和李攀龙等人更进一步。

对于才与格的辩证关系，王世贞有着深入的阐释。他认为："夫格者，才之御也。"这与其"才思格调"说一脉相承，注重格对才的规范作

① 李东阳：《麓堂诗话》，丁福保辑《历代诗话续编》，中华书局，2006，第 1371 页。
② 王世贞：《弇州山人四部稿》卷一百四十四《艺苑卮言一》，第 17 页。
③ 王世贞：《弇州山人续稿》卷二百七《答穆考功》，第 8 页。
④ 王世贞：《弇州山人续稿》卷一百七十二《答宗良》，第 14 页。
⑤ 王世贞：《弇州山人续稿》卷四十《袁鲁望集序》，第 20 页。
⑥ 王世贞：《弇州山人续稿》卷四十一《徙倚轩稿序》，第 14 页。
⑦ 王世贞：《弇州山人续稿》卷五十五《彭户部说剑余草序》，第 4 页。

用。因此王世贞对沈明臣的诗文创作由之前"格不能御才"到"抑才以就格"①的转变表示称赞。对于晚辈胡应麟更是极力推崇，肯定其在创作有自得之时，能够做到"才骋则御之以格，格定则通之以变"。值得我们注意的是，王世贞虽然"因格抑宋"，对于宋人的诗文创作给予的评价不高，不过王世贞对苏轼的创作确实倾心向往，认为不仅苏轼之文完美地体现了个人才情，而且苏轼精通于文章创作。如他认为："余于宋，独喜此公才情，以为似不曾食宋粟，人而亦有不可晓者。"②在他眼中，"苏公才甚高，蓄甚博，而出之甚达而又甚易，凡三氏之奇尽于集，而苏公之奇不尽于集。故夫天下而有能尽苏公奇者，亿且不得一也"③。王世贞的这种态度也经历了转变的过程，如他自述道："当吾之少壮时，与于鳞习为古文辞，其于四家殊不能相入。晚而稍安之，毋论苏公文，即其诗，最号为雅变杂揉者，虽不能为吾式，而亦足为吾用。其感赴节义，聪明之所溢散，而为风调才技，于予心时有当焉。"④从中，我们亦可见王世贞"才格并重"的通达之处。

另外，才学并行。文学创作根植于个人才情，那些经典之作更是缺少不了作者真情实感的自然流露，不过人非生而知之者，更多的是在学习前人基础之上的再发展。故而早在文气说、文才论形成之初，就已经有人探讨学之于文学创作的重要性。如刘勰虽然肯定才性、才气等学说，注重作者自身所禀之才、气的不同造成文学创作的不同，但是刘勰创作《文心雕龙》的一个最大目的还是希望通过揭示创作的规律，以示范后人，让后人能获取学习之道，从而创作出佳作。因为刘勰强调"才有天资，学慎始习""童子雕琢，必先雅制""摹体以定习，因性以练才"，即注重才和学统一。杜甫的"读书破万卷，下笔如有神"，更是强调要创作好的诗文，须从读书穷理中来。才、学的统一及演变发展，前面已经有所论及，在此不再展开。对于王世贞而言，他不仅注重才学的合一，还探索了二者之间的逻辑关系。如他在评论华善继的诗文创作时有言："毋乃犹有待

---

① 王世贞：《弇州山人续稿》卷四十《沈嘉则诗选序》，第 6 页。
② 王世贞：《弇州山人四部稿》卷一百二十九《书苏长公司马长卿三跋后》，第 19 页。
③ 王世贞：《弇州山人续稿》卷四十二《苏长公外纪序》，第 13 页。
④ 王世贞：《弇州山人续稿》卷四十二《苏长公外纪序》，第 14 页。

者，才也，其才俛及境矣，毋乃犹有待者，学也。夫学者，充才者也，才者，趣识者也，吾姑志之，而孟达姑听之。"① 言即才在创作中虽然有重要的作用，但是学乃"有待者"，学能够使才的内涵更加充实，从而利于文章创作。因此，真正的行文诀窍"大要才周而溢，学积而宏"②，才和学的并行、合一，才是创作的最高境界。故而，王世贞在教导后辈写作时，肯定晚辈的创作才华之余，仍悉心教诲他们要用心学习前人文章，以悟文章创作之道。如王世贞称赞于凫先"年少而才高"，并叮嘱他："足下且勿轻操觚，其诗须取李杜、高岑、王孟之典显者，熟之有得，而稍进于建安、潘陆、陶谢。文取韩柳两家平正者，熟之有得，而稍进于班马、先秦，其气常使畅，才常使饶，意先而法，即继之骎然。"③

对于"才"之于文学创作的重要性，清人徐增在《而庵诗话》中有着详尽而全面的论述，他认为：

> 诗本乎才，而尤贵乎全才。才全者，能总一切法，能运千钧笔故也。夫才有情，有气，有思，有调，有力，有略，有量，有律，有致，有格。情者，才之酝酿，中有所属；气者，才之发越，外不能遏；思者，才之径路，入于缥缈；调者，才之鼓吹，出以悠扬；力者，才之充拓，莫能摇撼；略者，才之机权，运用由己；量者，才之容蓄，泄而不穷；律者，才之约束，守而不肆；致者，才之韵度，久而愈新；格者，才之老成，骤而难至。④

即徐增认为在创作中的诸多要素中，才属于核心地位，统摄思、调、力、律、格等要素。而在王世贞的文论体系中，他虽然没有穷尽才与诸多要素之间的关系，但是我们不能否认王世贞文才论之于文学理论史的重要意义。如王世贞的"才思格调"论有利于修补前后七子过于谈论格调所带来的弊端，其"才格论"，不因格而废一代人，大力推崇苏轼，对李维桢

---

① 王世贞：《弇州山人续稿》卷四十三《华孟达集序》，第 7~8 页。
② 王世贞：《弇州山人续稿》卷一百九《张幼于生志》，第 15 页。
③ 王世贞：《弇州山人续稿》卷一百八十三《于凫先》，第 3 页。
④ 徐增：《而庵诗话》，上海古籍出版社，1995，第 35 页。

的文论有直接影响，李维桢曾说道："自二三大家，王元美、李于鳞、胡元瑞、袁中郎诸君以为有一代之才即有一代之诗，何可废也?"①

通过对王世贞"气"和"才"这两个创作范畴的全面认知，我们对王世贞的复古行径有了更加深刻的了解，如果说王世贞不是一味鼓吹诗文复古，而是在法度和格调等基础之上，追求不法而法的创作方法，最终走向自然的境地，那么王世贞对"气"和"才"的注重与追求，与之相得益彰，这是王世贞创作本质规律的体现。

第二节　主"剂"的创作实践及评论

文学创作不仅关乎法度、格调，还关乎才、情、气等要素，然而这些要素并不是简单的相加，它们之间存在着一定的逻辑关系，统一于文章创作之中。王世贞注意到行文时的格调、音韵、理、气、才、情等各种因素的影响，如王世贞晚年在《魏懋权时义序》一文中非常肯定永嘉王公的言论，他说道："凡为文义而尚辞者，华而远其实，尚理者质而废其采，洁则病藻，短则病气，此四者未有能剂者也。"② 辞、理、藻、气等要素很难达到一致，而只有使各个创作要素达到一种平衡、和谐的状态，这样的作品才能被奉为佳作，才是自然之作。因此王世贞进行了深入的探索，并提出了"剂"这一文学理论概念。

在《说文解字》中，"剂"的释义为"剂，齐也"，其本义就有调节、调和之意。至于"剂"在王世贞文学理论的基本含义，陈书录、孙学堂和郑利华等人皆一致认为"剂"具有调剂、调和的意思，即在创作中，要讲求各种艺术元素的和谐统一。如郑利华认为："'剂'，意为调和、融合，这里指将相对的两个方面平衡协调起来。"③ 然而他们并没有进行深入分析，从而使"剂"更多地停留在概念的层面之上，不利于后人对"剂"的理解和接受。笔者通过探讨发现"剂"的内涵主要包括以下几个方面。

---

① 李维桢：《大泌山房集》卷九，明刻本，上海图书馆藏，第 9 页。
② 王世贞：《弇州山人续稿》卷四十《魏懋权时义序》，第 7 页。
③ 郑利华：《王世贞研究》，学林出版社，2002，第 201 页。

首先，文辞之剂。王世贞是以复古者的身份登上文坛的，并成为文学复古运动的中坚力量，既然是复古，则必然强调法式古人，学习古人的创作之法，以与古人相契。王世贞虽然不像李梦阳和李攀龙那样恪守古法，在古法面前亦步亦趋，其法度观念也有着前后期的变化，直至追求"不法而法"的自然创作，但是王世贞从来没有完全放弃法度而单言文辞，他主张辞法要调剂合一，认为言辞之士出乎物情之表，但法吏之士不能精于物情，导致"为辞者偏，而所为法者拘也"①，这是不可取的。而在学古的文辞方面，就涉及文辞"新""旧"问题，复古派大多将二者对立，并厚古薄今，用古语、古词，王世贞则认为"辞不必尽废旧而能致新"②，强调"新""旧"的调剂，即使是旧词也能出新意，也能与"新"结合，具有今的关怀，这是文学创作"乃可言剂"的必备条件之一。在辞藻方面，王世贞紧承"辞达"观念，认为文辞过于华丽，会使诗文意态过于冶靡，并称"护格者虞藻，护藻者虞格……信乎其难兼矣"③，"兼"具有"剂"的意味，他意识到"文辞"和"格"的调配很难，但他还是希望两者调和达到文质彬彬，因为这并不是诗歌本身使两者难以调和，非客观的不可能，而是源于创作者本身，乃主观创作之难，所以王世贞称"虽然非诗之难，所以兼之者难"④。至于文辞所形成的风格，王世贞追求辞能达意时，注重质朴、本色之风，但他同样没有停留于此，而是深入思考如何使质朴和华丽这两种文风互补、协调。王世贞认为"剂"是最好的方法，"剂"可使行文达到文辞质而不讷、华而不靡的状态。如他在《真逸集序》中对毛豹孙创作时所体现的华实相剂大为赞赏，认为"才敏之士，骛于声情，以捷取胜，转近而转堕于格之外，乃豹孙稍异，于是大约剂华实，约事景，其遇物触兴，不取自于人，而取自于己"⑤。

可见，在文辞方面，王世贞并没有停留在对"辞达"观念的理解上，而是在"剂"这一文论概念的主导下，对文辞的新旧、辞藻、风格等方

① 王世贞：《弇州山人四部稿》卷六十八《张肖甫集序》，第 4 页。
② 王世贞：《弇州山人四部稿》卷六十八《黄淳父集序》，第 14 页。
③ 王世贞：《弇州山人续稿》卷四十四《陈于韶先生卧雪楼摘稿序》，第 14~15 页。
④ 王世贞：《弇州山人续稿》卷四十四《陈于韶先生卧雪楼摘稿序》，第 15 页。
⑤ 王世贞：《弇州山人续稿》卷四十二《真逸集序》，第 6 页。

面有了更为细致的把握。

其次，格调之剂。"格调"说作为文学复古运动中的核心，是沟通复古派和古人的桥梁，但是在古人的格律声调面前"尺尺寸寸"，难免会成为古人的影子，王世贞的格调说与其他人有着不同，其之所以以崭新的面貌出现在人们眼前，在于王世贞对格调说的通达态度，以及"剂"这一文论概念对格调说的影响。就古今格调之剂而言，王世贞认为"格不必步趋古而能无下"①，从而使自我的创作在古人面前得到解放，不拘泥于古人之格，注重古今格调的调剂。在具体的创作中，除了格调之外，必定还关系才、情、气、意等要素。虽然诗文创作的主体是人，而才、情、气、意等要素又是直接关于人之情性的，这些要素对诗文创作影响巨大，然而这些主观性要素如果没有客观要素的制约，则容易使情感过于泛滥、任才使气，最终失去诗文创作的尺度。与之相反，如果过于强调"格调"等外在形式，则会使个人情感受到压抑，创作也可能流于外在形式而缺乏真情实感。因此，只有才、情、意等要素与格调相互调剂、有机搭配，才能创作出佳作。故而王世贞非常赞赏张佳胤的文章，认为他的创作"大要不欲出物情之表而后快也，境有所未至，则务伸吾意以合境，调有所未安，则宁屈吾才以就调，是故肖甫之才恒有余而意无所不尽，为其剂量吾党之间，能去太甚"②。再如王世贞在《徙倚轩稿序》中肯定金銮的创作"意足于象，才剂于格，纵之可歌，而抑之可讽"③。

王世贞在这些要素得到调剂的基础之上，力求精进，进一步追求文章创作的极境，他认为：

> 文故有极哉。极者，则也。扬之则高其响，直上而不能沉；抑之则卑其分，小减而不能企；纵之则傍溢而无所底，敛之则郁塞而不能畅。等之于乐，其轻重弗调弗成奏也；于味，其秾澹弗剂弗成饕也。自吾束发而窥此道者，垂四十年，而其人不二三遘也。自夫有声之文

---

① 王世贞：《弇州山人四部稿》卷六十八《黄淳父集序》，第14页。
② 王世贞：《弇州山人四部稿》卷六十八《张肖甫集序》，第4页。
③ 王世贞：《弇州山人续稿》卷四十一《徙倚轩稿序》，第14页。

与不韵之词，岐径而能兼者，则不一二遘也。夫所遘一二人，而明卿与焉。①

文章创作的极境往往是各种创作要素有机搭配后所形成的一种完美状态，这种状态使作者情感和文章法度水乳交融，使行文可观可诵，既有色彩美也有音乐美，使读者沉醉其中。文章创作达到了极境，就形成了某种特定的范式，成为后人诗文创作的学习规则，如《离骚》之于骚赋，《史记》之于各朝史书。因此王世贞窥此道四十年，所见者寥寥，实在是要求甚高，而达之者甚少。

另外，文体之剂。王世贞对文体非常注重，如在他亲自编订的《弇州山人四部稿》中，赋部有文体两种；诗部有 17 种，如五言律诗、七言绝句、六言排律等，其中杂体一类又细分为 20 种，如五平体、九言、鸟名等；文部更是有 39 种之多，如序、跋、记等。李东阳等人倡导诗文之体有别，要细致区分，如李东阳认为："诗与文不同体，昔人谓杜子美以诗为文，韩退之以文为诗，固未然。然其所得所就，亦各有偏长独到之处。近见名家大手以文章自命者，至其为诗，则毫厘千里，终其身而不悟。然则诗果易言哉？"② 王世贞则与之不同，他强调文体之剂，各种文体之间具有互补性。大体而言，王世贞认为文和诗只不过是表现出来的形式不一样，但在创作的过程中，两者都必须遵循同样的法度，必须讲究篇有篇法，句有句法，字有字法。他早在《艺苑卮言》中就有"文之与诗，固异象同则"③ 之论。小处而言，具体到不同文体之间的作品，它们之间也存在互操作性，如他认为"秦始皇时，李斯所撰《峄山碑》，三句始下一韵，是《采芑》第二章法。《琅邪台铭》，一句一韵，三句一换，是老子'明道若昧'章法"④。

难能可贵的是，王世贞还将这种文体之剂放到历史的视野之中，探寻古人和时人之间的文体之剂。如王世贞认为：

---

① 王世贞：《弇州山人续稿》卷四十七《吴明卿先生集序》，第 1~2 页。
② 李东阳：《麓堂诗话》，丁福保辑《历代诗话续编》，中华书局，2006，第 1373 页。
③ 王世贞：《弇州山人四部稿》卷一百四十四《艺苑卮言一》，第 10 页。
④ 王世贞：《弇州山人四部稿》卷一百四十五《艺苑卮言二》，第 9 页。

别明卿之亡何，而古体如之矣，既而乐府如之矣，结撰序、记、志、传之类，复如之矣，则所谓能岐径而兼者也……前二千年而楚有屈左徒、宋大夫者，其决策辞命妙天下，然佚弗载，所载独骚赋，固足以新一时之目，而垂映乎后世。然其时朴未尽雕，变未尽备，以故不获自见于五七言古近体及诸序、记、志、传之属，而明卿诸结撰称之，独于骚赋未有继也。①

吴国伦能够身兼众体，对不同文体进行融会和吸收，"能岐径而兼者"，是"剂"的表现。跨过时间的限制，他又与屈原在文体上达到了一种调剂，通过这种调剂我们可以了解相关文体的发展演变，而文体的发展本身就有一个前后相继的过程，无所谓孰优孰劣，只不过不同文体出现的时间不尽一样。王世贞的古今文体之剂，进一步拉近了古人和时人之间的距离，是其文体观念的体现。

由上可知，王世贞提出的"剂"这一文论概念，不仅仅是一种手段、方法，更是一种终极的目标、状态。在方法上，"剂"注重文学创作时各个要素之剂的有机搭配，在目标上则直指文章创作的极境，达到一种各个要素融为一体的完美和谐状态。

"剂"注重的是将创作要素互相调合，使行文能够形成一个有机协调的整体。而对于"剂"该如何去把握，也就成了摆在眼前的难题。在孙学堂看来，"剂"并不是独立存在的，而是与自身内在的"折衷"思想联系在一起的，从而在王世贞的文学理论中，形成了"折衷调剂"这一文学理念。② 孙学堂把握了王世贞文学之"剂"的精髓，这也体现在王世贞如何去把握"剂"这一问题上。王世贞对此也有相关阐述，如对于可言"剂"的先决条件，王世贞认为："夫辞不必尽废旧而能致新，格不必步趋古而能无下，因遇见象，因意见法，巧不累体，豪不病韵，乃可言剂也。"③ 即文辞上做到新旧之剂，格调上做到古今之剂，并使法、意、文体、声韵等

① 王世贞：《弇州山人续稿》卷四十七《吴明卿先生集序》，第2页。
② 孙学堂：《崇古理念的淡退——王世贞与十六世纪文学思想》，天津古籍出版社，2004，第203页。
③ 王世贞：《弇州山人四部稿》卷六十八《黄淳父集序》，第14页。

创作要素互相调剂、"折衷"，只有做到了这些，才能谈"剂"。

对于"剂"，王世贞并没有一味地去构建其理论的深度以及独特性，更没有只就理论而谈理论，他将"剂"落实到具体的创作之中，使"剂"作为评论他人作品的一个重要标准，从而使"剂"真实可观。如他在《潘景升诗稿序》一文中对潘之恒诗作的评价是"质文剂矣，情实谐矣，抑扬顿挫足矣，可以雄矣"①，再如他在《文起堂新集序》中称张献翼的新集"情事剂矣，意象合矣，出之若自然，而探之若益深，博而去其杂，奇而削其险，剂而洗其迹，于是乎幼于之诗成矣"②。潘之恒和张献翼在创作时做到了"剂"，故而王世贞对他们的评价甚高，一个"可以雄矣"，一个"诗成矣"，成为他人学习的典范。在文学复古运动的大背景之下，模拟蔚然成风，与古人合更是成为众人的创作目标，王世贞从"剂"这一标准出发，对此进行了批判，他认为"自余与历下生，修北地之业，慕好之者，靡不鸿举，豹蔚金石，其声以自附于古，而才情未裕。景事寡剂，骛于雄奇，莽苍之观，而略于澹荡优柔之致"③。创作毕竟是主体情感的体现，如果过于模拟他人和求古而束缚自身才情，那必然无法做到法、才、情、景等内外创作要素的调剂，这样的作品也是不可取的。

王世贞于文坛四十多年，所阅无数，在他看来，他人创作真正能够做到"剂"的，实乃屈指可数。从"剂"的标准出发，王世贞认为他人创作达到"剂"的层次是不一样的，故而王世贞对他们的推崇程度也不尽相同。

如王世贞称赞叶雪樵，叶雪樵虽然出生于江左，但是他能去除江左风气，创作中没有靡靡之音，实属可贵。王世贞认为他的创作"谐于古调，其气完，是以句工而不累篇，其调谐，是以篇工而不累格，畅得沉而收华，得质而御。夫天下不难乎才，难乎才而无以剂之"④，对于调、气、格、才等要素，可以在创作中对其某些方面尽情抒发，但是难于使这些要素整体上得到有机的调剂，而叶雪樵则擅长于此。试观一首：

① 王世贞：《弇州山人续稿》卷五十一《潘景升诗稿序》，第11页。
② 王世贞：《弇州山人续稿》卷五十五《文起堂新集序》，第5页。
③ 王世贞：《弇州山人续稿》卷五十四《巨胜园集序》，第15页。
④ 王世贞：《弇州山人续稿》卷四十四《叶雪樵诗集序》，第13页。

仙馆碧山头，仙人住幽处。林花过雨发，江水隔云流。酌酒半空暮，鸣琴四座秋。于兹不尽醉，何处觅浮丘。①

这是一首五言律诗，在格调方面，全文共八句，四十字，处、流、秋、丘，这四字使行文押韵，第三、四、五、六句对仗工整，如"林花"对"江水"，"酌酒"对"鸣琴"，并且行文中每句第二、四字的平仄也符合要求，如"花"和"雨"、"兹"和"尽"。而在才气方面，全文如行云流水，作者自身情感得到抒发，叶雪樵对仙人生活的向往和内心的孤寂之情言表于字句之间，如"酌酒半空暮""何处觅浮丘"，但是叶雪樵却没有大写特写这种失落和无奈以博取他人同情，而是到可止之处即止。

即使叶雪樵的诗作能够达到如此地步，王世贞仍因没有"劖切之力"以病叶雪樵，因此对他的评价也只不过是"雪樵子殆知有所剂哉"②。在王世贞的眼中，叶雪樵的创作只不过是处在"剂"的最初层面，知道诗文创作不是任情感的无限喷发，抑或格调的尺尺寸寸，而在于各种创作要素之剂，故而王世贞重在去叶雪樵之"剂"，如他说道："夫王君言足重雪樵子，而又重雪樵子乃尔。余之言廛廛尺寸间，又不足以为雪樵子重雪樵子，胡取也，将亦取其剂而已矣。"③

在叶雪樵之上，王世贞称赞徐祯卿。徐祯卿（1479~1511），字昌谷，是文学复古运动中的前七子之一，声誉仅次于李梦阳、何景明，《明史》对其诗风有着高度的概括，认为其风"熔炼精警"。但是在徐祯卿的身上，我们能够看到多种文风之剂，如他虽然与李梦阳同调，但中原习气未深，江左流风犹存，吴中派的清丽秀逸风格也仍有所保留，然而在创作时他注重情感的抒发，往往情深，并将不同的风格融入其中，达到"剂"的完美效果。这在当时的文坛风气之下，独树一帜，如王世贞说道："士业以操觚无如吾吴者，而其习沿江左靡靡，或以为土风清淑而柔嘉辞，亦因之北地武功，诸君起中原，自厉其格以求合古，而不能尽醳其豪疏之

---

① 葛寅亮：《金陵玄观志》卷一《同沈子高饮冶城山》，南京出版社，2011，第29页。
② 王世贞：《弇州山人续稿》卷四十四《叶雪樵诗集序》，第13页。
③ 王世贞：《弇州山人续稿》卷四十四《叶雪樵诗集序》，第13页。

气。吾吴有徐迪功者，一遇之而交，与之剂，亦既彬彬矣。"① "彬彬矣"
即达到了"剂"的理想状态。另外，王世贞早在写作《艺苑卮言》时就
对徐祯卿的诗作钦佩有加，即使是常常自信满满的王世贞，将自己的创作
和徐祯卿进行比较，也觉得远不如其诗文创作。如他感慨道："昌谷自选
《迪功集》，咸自精美，无复可憾……'文章江左家家玉，烟月扬州树树
花'者是已，余多稚俗之语，不堪覆瓿。"② 试观一首徐祯卿的诗作：

> 壮士乐长征，门前边马鸣。春风三月柳，吹暗大同城。芦沟桥下
> 东流水，故人一樽情未已。胡天飞尽陇头云，唯见居庸暮山紫。美君
> 鞍马速流星，予亦孤帆下洞庭。塞北荆南心万里，佩刀长揖向都亭。③

这首诗虽为送别诗，但是并没有局限于送别的悲凉基调，如全诗一开头就
有"壮士乐长征"之语，使行文轻松了起来。在格调声律上，全文非常
讲究，如在押韵上，隔句一韵，"已"和"紫"，"庭"和"亭"。而纵观
全文的风格，达到了南北文风之剂，不仅有南北风景之剂，如"大同城"
和"洞庭湖"，更有北方的豪迈大气风格与南方的细腻柔和之风相剂，如
"胡天飞尽陇头云""予亦孤帆下洞庭"。

但是像这样的"彬彬"之作并不是常有的，因为徐祯卿于 32 岁就离
世，其创作数量有限，王世贞为之惋惜道："而不幸以蚤殁。"④

文学永葆青春、拥有强大魅力的一个重要原因在于其继承性，徐祯卿
虽已离世，但人们对"彬彬"之作的追求一如既往，在抱着超越古人的
目的时，更是倾注身心。在徐祯卿之后的黄姬水，就把"剂"推到了一
个新的高度。王世贞在《黄淳父集序》中赞道："淳父真能剂矣。"⑤ 黄
姬水成了"剂"的典范。黄姬水（1509~1574），字致甫，又字淳父，著
有《贫士传》《白下集》《高素斋集》等书。试观以下几首：

---

① 王世贞：《弇州山人四部稿》卷六十八《黄淳父集序》，第 15 页。
② 王世贞：《弇州山人四部稿》卷一百四十九《艺苑卮言六》，第 13~14 页。
③ 徐祯卿：《徐祯卿全集编年校注》卷二《送士选侍御》，范志新校注，人民文学出版社，
  2009，第 248 页。
④ 王世贞：《弇州山人四部稿》卷六十八《黄淳父集序》，第 14 页。
⑤ 王世贞：《弇州山人四部稿》卷六十八《黄淳父集序》，第 15 页。

过尔林居僻，云霞一径通。形驱百年内，心赏几人同。日晚花房合，秋深燕垒空。物华闲玩久，不觉夕阳红。(《过史孝廉冰壶馆》)

春烟袅袅雨蒙蒙，梁苑隋堤一梦中。纤叶空怜半江水，残丝犹怯五更风。永丰园里情无限，苏小门前路乍通。寄语飞花好栖泊，莫教飘荡恨西东。(《赋得长干柳》)

天涯滞客当穷纪，绿酒灯前意不欢。中岁流年偏觉易，后时行路转教难。梦惊故国重云远，影伴空山积雪寒。可叹雄心随白发，向人羞作卧龙看。(《丙辰除夕》)①

上载五言、七言律诗，在格调方面，严格按照五言、七言律诗的行文标准，声调、音韵、体格等一一具备。但是黄姬水做到了格调与才情之剂，以上三首诗，我们都能看到黄姬水的内心世界和情感的自然流露，如"形驱百年内，心赏几人同"，这是孤寂之情；"中岁流年偏觉易"，这是叹逝之情。而在风格方面，既有北方的豪放大气，如"云霞一径通""影伴空山积雪寒"；也有南方的婉约细腻，如"永丰园里情无限，苏小门前路乍通""春烟袅袅雨蒙蒙，梁苑隋堤一梦中"。在文辞方面，辞能达意即可，不作矫揉造作之态，如"可叹雄心随白发，向人羞作卧龙看"；也没有追求华丽的辞藻，但行文精深之意却溢于言表，耐人寻味，如"纤叶空怜半江水，残丝犹怯五更风"。

可见黄姬水的诗歌创作不仅做到了格调、才情之剂，还做到了南北文风之剂、文辞之剂，这已经与当时吴中地区的轻俊之风不同，也与中原的豪迈之风不一，而是源于这两者但又高于这两者，最终达到"剂"的状态的文学创作。王世贞认为"今吴下之士与中原交相诋，吴习务轻俊，然不能不推淳父之精深，中原好为豪，亦不能以其粗而病淳父之细者，淳父真能剂矣"②。黄姬水的创作水平如此之高，这也难怪王世贞会发出

---

① 钱谦益：《列朝诗集》丁集卷七《黄秀才姬水》，许逸民等点校，中华书局，2007，第4567~4571页。
② 王世贞：《弇州山人四部稿》卷六十八《黄淳父集序》，第15页。

"淳父真能剂矣"的感叹。

"剂"作为王世贞文论的重要组成部分，他不仅有理论上的阐述，更有对具体作品的理解，从而使"剂"不至于成为理论上的空中楼阁，而是在创作中切实存在的，这就增加了"剂"的可感性、可观性和可知性。

如前所述，"剂"作为文章创作所达到的一种完美状态，是王世贞努力追求的目标，更是其评价他人之作的重要标准，这也直接关系到王世贞对屈原文学创作的接受，以及自身情感的表达。

屈原（约前340~前278），对中国文学的发展有着巨大贡献，其创作的《离骚》，更是与《诗经》中的"国风"一起并称为"风骚"，成为"文学"的代名词。屈原仕途跌宕起伏，怀才不遇，最终选择投入汨罗江来结束自己的生命。其充满悲剧色彩的人生，在后世引发众多评议，有褒有贬。

淮南王刘安是较早对屈原做出评论的人，在文学创作上，他认为屈原的《离骚》是兼具"《国风》好色不淫，《小雅》怨诽不乱"的佳作，"合之则双美，离之则两伤"；进而对屈原本人的评价则为"皭然泥而不滓"，其志更是"可与日月争光"。后来的司马迁不仅对此十分认同，还进一步认为屈原"其文约，其辞微，其志洁，其行廉"，将屈原推到了无以复加的地步。班固对此却不敢苟同，他认为前人对屈原的推崇"过矣"，屈原不过是"露才扬己，竞于群小之中，怨恨怀王……强非其人"[1]。这固然与班固的生命哲学有关，班固将生命看得高于一切，主张"全命避害，不受世患"，故而对屈原投江自杀的行为表示不解和痛斥。但对于屈原的文学创作，班固还是给予了极大的肯定，称其"弘博丽雅，为辞赋宗"，因此班固对屈原的总体性评价为"虽非是明智之士，可谓妙才也"。班固的评论饱受争议，如王逸认为班固之见乃庸俗之见，他为屈原鸣不平，称屈原"膺忠贞之质，体清洁之性，直如石砥，颜如丹青；进不隐其谋，退不顾其命，此诚绝世之行，俊彦之英也"[2]。魏晋南北朝的刘勰则在《文心雕龙》中将《辨骚》与《原道》《征圣》《宗经》《正纬》放在一起，明确肯定骚赋的文学地位，并盛赞屈原"衣被词人，非一代也"[3]。

---

[1] 王逸：《楚辞章句》卷一《离骚经章句》，黄灵庚点校，上海古籍出版社，2017，第39页。
[2] 王逸：《楚辞章句》卷一《离骚经章句》，黄灵庚点校，上海古籍出版社，2017，第39页。
[3] 刘勰：《文心雕龙义证》，詹锳义证，上海古籍出版社，1989，第162页。

对于前人的认知，王世贞有着全面的把握，他认为："班固得屈氏之显者也，而迷于隐，故轻诋中垒，王逸得屈氏之隐者也，而略于显，故轻拟，夫轻拟之与轻诋，其失等也。然则为屈氏宗者，太史公而已矣。"①班固和王逸都是各执一端以解屈原，不够全面，只有司马迁为之中肯，王世贞对屈原的态度和司马迁相仿，也是极力推崇屈原。如他对屈原骚辞的创举大为赞赏，认为"厥后屈左徒氏，遂以骚辞开百世宗，而宋玉、唐勒、景差之徒，相与绍明之"②。对于屈原的怀才不遇，他认为是"贤者之常"，并赞赏屈原即使自己被流放，他所担心的也不是个人荣辱，而是心系国家和人民，表现出了高尚的情操，如王世贞说道："屈氏非诚忧其身不遇，忧楚之日为秦而主不顾返也。"③

孔子删《诗》，然而在十五国风中，有被视为淫辞情声的郑卫之风，却没有楚风，王世贞为之鸣不平，认为即使删诗标准再高再严，楚风还是有可取之处的，比如屈原，他的创作成就得到了众人的肯定，但不被太师所采，王世贞认为是他人没有看到的原因。王世贞在《诗纪序》中论述道："侏俪缺舌，尚有屈宋之徒为之抒发，其文藻而齐鲁之褒衣博带，宾筵雅歌，又岂无一二能赋者，而乃竟寥寥也。毋亦孔子之前故有之，而不为太师之所采，因而有未睹者乎。"④故而王世贞十分自信地认为"孔子而不遇屈氏则已，孔子而遇屈氏则必采而列之楚风"⑤。

王世贞对屈原的这种信服，不仅仅是缘于他对屈原的赞赏，更是因为他对屈原的了解非常深入。王世贞从小就受屈原的影响，他自述道："不佞自少时好读古文章家言，窃以为西京而前，谈理者推孟子，工情者推屈氏，策事者推贾生。"⑥前面已经论及，王世贞虽然大力倡导复古，强调法度、格调，但他还是注重创作时自我情感的体现，达到格调才情之剂。

---

① 王世贞：《弇州山人四部稿》卷六十七《楚辞序》，第15页。
② 王世贞：《弇州山人续稿》卷五十五《王梦泽集序》，第17页。
③ 王世贞：《弇州山人四部稿》卷六十四《拟骚序》，第16页。
④ 王世贞：《弇州山人续稿》卷四十七《诗纪序》，第17页。
⑤ 王世贞：《弇州山人四部稿》卷六十七《楚辞序》，第15页。
⑥ 王世贞：《弇州山人续稿》卷四十二《念初堂集序》，第3页。

"工情者推屈氏"，这确实把握了屈原创作的精髓。屈原独创骚辞，根植于楚风，但有所变化，"兮"字的运用，增加了文章的节奏感；兰花、香草的铺陈，增加了文章的色彩感；天神鬼怪的刻画，增加了文章的神秘感。而这一切所围绕的都是一个"情"字，即屈原的真情实感。如"举世皆浊我独清，众人皆醉我独醒""余将董道而不豫兮，固将重昏而终身""路漫漫其修远兮，吾将上下而求索"。然而屈原通过骚辞所表达的"情"，更多的是属于哀情、怨情，如"长太息以掩涕兮，哀民生之多艰""悲莫悲兮生别离，乐莫乐兮新相知""何灵魂之信直兮，人之心不与吾心同""吾不能变心以从俗兮，故将愁苦而终穷""朕幼清以廉洁兮，身服义而未沫。主此盛德兮，牵于俗而芜秽。湛湛江水兮，上有枫。目极千里兮，伤春心。魂兮归来！哀江南！"。

屈原在创作中所表达的哀情和怨情，能够增加读者对屈原悲剧色彩的理解和同情，然而对文章创作而言，则有损文章的整体之剂，王世贞也因此对屈原的哀情和怨情颇有微词。王世贞认为"楚人之善哀也"①，屈原的骚辞虽然在原来的楚辞上有所变化，但是脱胎于楚风的屈原，没有尽去善哀之习，因此"楚自是称有文矣，乃仅能以其变风变雅之旨，创矩矱而为骚若赋"②，犹如自己揪着自己头发往上跳，要跳出地球一般。再加上楚国民生疾苦，屈原也屡受小人谗言，最终被楚王流放他乡，心中怨气陡升，他将这些哀情和怨情全部融入作品之中，从而使目之所见皆为哀，辞之所出皆为怨，这种怨甚至转变成一种忧愁牢骚，一种气势磅礴的怒气。如王世贞的分析："盖屈左徒为怀王治辞令，被间而退，伤宗国之就削而忠之不见明也，忧愁牢搔而作《离骚》。凡天地之传声而成色，其交于耳目者，一切举而归之于哀，竟以有湛湘之役。"③ 哀情和怨情如果得到及时的发泄，则不至于走向寻死的边缘，但是"屈大夫之未谪而可与语者，仅一女须耳，其既谪而可语者，仅渔父、卜人，然未必真有之，即有之，又歘现而歘亡"④，屈原手握权柄时，尚没有多少可以倾诉的对象，

---

① 王世贞：《弇州山人四部稿》卷六十九《吴氏纪哀序》，第 20 页。
② 王世贞：《弇州山人四部稿》卷七十《湖广乡试录序》，第 4 页。
③ 王世贞：《弇州山人四部稿》卷六十九《吴氏纪哀序》，第 20 页。
④ 王世贞：《弇州山人四部稿》卷六十六《芙蓉社吟稿叙》，第 13 页。

更何况遭流放之后呢。

当然，王世贞的这种评论标准并不是针对屈原一人的，如和屈原有着相似经历的柳宗元，也是才高八斗之士，不受重用而被贬至外地。王世贞在分析柳宗元的诗文作品时，说道："余向者执穷而后工之说，求于古而得柳柳州。夫柳州之辞信工，然其大要不过写其山川风物之险怪硗瘠而已，而其情不之于悲思，则之于怨悔，不能超其境，而诣于所谓达者。"① 王世贞同样对柳宗元在作品中所体现的哀情和怨情持批评态度。

故而李维桢在评点王世贞的《拟骚序》时，发掘王世贞对待骚辞的本意，认为"拟骚之作以处晋泰而不得亨通，无非不平之窍所癸"②。的确如此，屈原的后人更是在作品中将这种哀情和怨气推向了极致，王世贞称"（屈原）门人宋玉、唐勒辈，又相与推明其旨，而伤痛之，托始于《九辩》而放乎，《大招》《招魂》极矣。二千年来，天下固以善哀归楚，而舍人诚善哀"③。

王世贞对于文章创作追求的是哀而不伤、怨而不怒的"彬彬"之作，是一种达到整体之剂的状态。王世贞对自己的要求也是如此，如王世贞家遭大难，父亲蒙受不白之冤，他屡次周旋而未果，对当权者充满了怒气，然而他在与他人书信及编写《幽忧集》时，并没有将内心的怒气全部倾注于创作之中，他在序中说道："王子之生趣尽而犹有生暑，所谓欲哭则不敢，欲泣则近于妇人，以故不得不托之辞，而其辞鄙，甚不能工，人或谓灵均旦夕就湛之息，而能为千古所不能道之语。今若辞抑何鄙也，夫亲禍之，与身禍则径庭哉，徐庶有言，方寸乱矣，且也，吾所以不欲去此名者，欲令后世子孙知吾负大罪天地耳，非以为辞工拙计也。"④ 王世贞没有像屈原那样注重行文文辞的工拙，过于表现内心的怒气，而是陈述哀情，怨而不怒，使后世子孙知道自己的罪过罢了。因此即使是屈原，其哀情和怨情的表达有损于辞达、外境等要素，最终影响文章整体之"剂"的体现，王世贞也批评之。

---

① 王世贞：《弇州山人四部稿》卷六十七《徐太仆南还日纪序》，第 3 页。
② 李维桢：《凤洲文抄注释》卷二，明刻本，美国哈佛大学燕京图书馆藏，第 7 页。
③ 王世贞：《弇州山人四部稿》卷六十九《吴氏纪哀序》，第 20 页。
④ 王世贞：《弇州山人四部稿》卷七十一《幽忧集序》，第 9 页。

"剂"作为王世贞所提出的一种新的文论概念，是王世贞诗文理论及具体创作要求的体现，"剂"与法度、格调紧密相连，并关乎文章创作的各个方面，对于"剂"的把握有助于我们更好地认识王世贞文学思想本身。

第三节　"性灵" 理论的阐释

性灵，作为重要的文论范畴，虽然关乎作者创作之情性，但它并不是自文学诞生的那天起就随之发挥文学批评作用的，而是有一个由"性"和"灵"单独使用到"性灵"一词综合运用的转换过程。

先说"性"，《说文解字》对此的释义为"性，人之阳气，性善者也。从心生，声息正切"①。性由心而发，关乎人之本性、天性。如《易·系辞上》有"一阴一阳之谓道。继之者善也，成之者性也"② 之语；《论语·阳货》有"性相近，习相远也"之语；《孟子·告子》有"告子曰'生之谓性'" 之语，孟子还对心和性进行了阐述，认为"尽其心者，知其性也。知其性，则知天矣。存其心，养其性，所以事天也。夭寿不贰，修身以俟之，所以立命也"；《荀子·正名》有"生之所以然者谓之性"之语，荀子还在《性恶》篇中认为"凡性者，天之就也，不可学、不可事。礼义者，圣人之所生也，人之所学而能，所事而成者也。不可学、不可事而在人者，谓之性；可学而能，可事而成之在人者，谓之伪，是性伪之分也"；《庄子·庚桑楚》有"性者，生之质也"③ 之语。这些都是对人的自然天性的探讨。南朝人也沿此展开，如谢灵运有"原性分之异托，虽殊途而归美"④ 之语，萧统有"想足下神游书帐，性纵琴堂，谈丛发流水之源，笔陈引崩云之势"⑤ 之语，陶弘景有"尔以诚悫为性，恬澹为

---

① 许慎：《说文解字》卷十下，中华书局，2013，第 216 页。
② 阮元校刻《十三经注疏》，中华书局，2011，第 161 页。
③ 郭庆藩：《庄子集释》卷八《庚桑楚》，王孝鱼点校，中华书局，2010，第 810 页。
④ 谢灵运：《谢灵运集校注》文类《撰征赋》，顾绍柏校注，中州古籍出版社，1987，第 366 页。
⑤ 萧统：《昭明太子集》卷三《太簇正月》，文渊阁《四库全书》第 1063 册，上海古籍出版社，1987，第 665 页。

情，质直居本，沉重树志"① 之语，这些和前人一样，也是着重于对人的本性的深发。而到了唐朝，韩愈针对佛教的人性论，也将人性进行细分，在《原性》篇中提出"性之三品"和"情之三品"的学说，认为"性也者，与生俱生也；情也者，接于物而生也。性之品有三，而其所以为性者五"②，这五者为仁、礼、信、义、智。韩愈在对人的本性进行阐述时，肯定了情的存在，情欲和人之本性之间的相互作用，情、性的交融推动了人的发展。虽然韩愈的这些言论是针对佛教倡导无为、灭情见性而发，但是韩愈对人的本性和情欲做出的探究充实了人性的内涵，具有积极意义。到了宋代，司马光认为："性者，人之所以受于天生者。"张载认为："饮食男女皆性也。"王安石认为："喜怒哀乐好恶欲，未发于外而存于心，性也。发于外而见于行，情也。性者情之本，情者性之用，故吾曰性情一也。"③ 这不仅将性和情进一步结合起来，还将其融入日常生活之中，肯定人之本性的情欲。而宋朝主理，程朱理学笼罩着整个文坛，在对人性的认识方面，朱熹称"性即理也，在心唤做性，在事唤做理"④"去其气质之偏，物欲之蔽，以复其性，以尽其伦"⑤。他主张的是性和理的联系，在于明理见性，去除人的情欲，这不利于人的自然天性的展现。王阳明不满程朱理学，他强调内心的追求，探求心性之道，认为"心即性，性即理""心外无理""心外无物""心外无事"，于性、理之外，突出了人心的本位作用，并指出："圣人之道，吾性自足，不假外求。"⑥ 他让性回归到了人心、人性本身，人之自然天性也得以再次进入人们的视野，后来的李贽、袁宏道等人深受其影响。

另外，由于"性"与人性息息相关，它被用指人的性格、脾性，如《国语》有"先王之于民也，懋正其德而厚其性"之语，郑鲜之有"至于

① 陶弘景：《全上古三代秦汉三国六朝文》卷四十六《授陆敬游十赉文》，中华书局，2009，第3213页。
② 韩愈：《韩昌黎文集校注》卷一《原性》，马其昶校注，上海古籍出版社，2014，第22页。
③ 王安石：《王安石全集》，复旦大学出版社，2010，第1218页。
④ 朱熹：《朱子语类》卷五，王星贤点校，中华书局，1994，第82页。
⑤ 朱熹：《朱子语类》卷七，王星贤点校，中华书局，1994，第125页。
⑥ 黄宗羲：《明儒学案》卷十《王阳明先生守仁》，中华书局，2008，第180页。

洙泗之教，洋洋盈耳，所以柔渐性情，日用成器"之语，谢灵运有"抱疾就闲，顺从性情，敢率所乐，而以作赋"① 之语。

我们不难看出，虽然"性"有多重含义，并且在不同的朝代有着不一样的侧重点，但是把"性"释义为人之自然本性是中国古代文学理论的主流。

再说"灵"，《说文解字》对此的释义为"灵，巫以玉事神，从玉，霝声，郎丁切，灵或从巫"②。灵，由于与巫文化联系紧密，其本义指人的魂灵，如《大戴礼·曾子天圆》有"阳之精气曰神，阴之精气曰灵"之语，《楚辞·抽思》有"愁叹苦神，灵遥思兮"之语。灵，"巫以玉事神"，玉在中国古代文化中有着特殊的含义，它不仅仅是"石之美者"，晶莹剔透，还是君子德行和身份的象征，如孔子称"君子比德于玉焉"，达官贵人也常常佩戴玉件，甚至玉不离身。吴兆路认为玉石晶莹有光，因此人们便用这种光亮表示灵魂，故而人们也逐渐将玉的特质和美好寓意引申到"灵"上，以至"灵"可以指人们所具有的灵光、灵性、灵活、灵明等美好品质，"灵"的释义也就上升为对主体生命精神和自然能力的探究。③ 如萧衍有"虽万类之众多，独在人而最灵"之语，朱世卿有"人为生最灵，膺自然之秀气，禀妍媸盈减之质，怀哀乐喜怒之情"之语，谢绰有"窃惟人生最灵，神用不极，上则知来藏往，次乃邻庶入几"之语，陶弘景有"令怀灵抱识之士，知杳冥之有精焉"之语。后人对"灵"的理解也大都没有超出这一范围。

由上可见，"性"和"灵"都有探究人的本性、生命精神的指向，这包含对"自我"、"自然"、"灵魂"、"精神"和"灵性"等方面的追求，为"性"和"灵"组合成词提供了必要的基础，而这些又都是性灵说的基本内涵。

虽然对于"性"和"灵"的探讨在春秋战国之际就已经盛行，然而将这二者组合成"性灵"一词并独立运用则是在南朝时期，目前可考的最早运用"性灵"一词的材料来源于何尚之的作品，他在《列叙元嘉赞

---

① 谢灵运：《谢灵运集》，李运富编注，岳麓书社，1999，第 226 页。
② 许慎：《说文解字》卷一上，中华书局，2013，第 7 页。
③ 吴兆路：《性灵派研究》，甘肃教育出版社，2001，第 5 页。

扬佛教事》中说道:"范泰、谢灵运每云:'六经典文,本在济俗为治耳,必求性灵真奥,岂得不以佛经为指南邪?'……近世道俗较谈便尔。若当备举夷夏,爰逮汉魏,奇才异德,胡可胜言?宁当空失性灵,坐弃天属,沦惑于幻妄之说,自陷于无征之化哉。……慧远法师尝云:'释氏之化,无所不可,适道固自教源,济俗亦为要务。'"① 后来的颜延之也有所论及,他在《庭诰》中说道:"今所载咸其素蓄,本乎性灵,而致之心用。夫选言务一,不尚烦密,而至于备议者,盖以网诸情非……含生之氓,同祖一气,等级相倾,遂成差品,遂使业习移其天识,世服没其性灵。至夫愿欲情嗜,宜无间殊,或役人而养给,然是非大意,不可侮也。"② 这里的几处"性灵",皆是对源于人性心灵本真自然情性的追求。

最早将"性灵"运用于文学理论方面的是刘勰,他多次在《文心雕龙》中提及"性灵"这一概念。如他在《序志》中说道:"岁月飘忽,性灵不居。腾声飞实,制作而已。"③ 此处"性灵"指的是主体心灵精神和人之本性。再如"综述性灵,敷写器象"④"洞性灵之奥区,极文章之骨髓者也"⑤,刘勰将人之自然本性、心灵落实到具体的文章创作之中,使"性灵"上升为对创作主体的认识。与之稍后的钟嵘,则对"性灵"有着进一步的提升,钟嵘在《诗品》中评价阮籍诗时说道:"《咏怀》之作,可以陶性灵,发幽思。言在耳目之内,情寄八荒之表。"⑥ 阮籍的八十二首《咏怀》组诗不仅是其代表作,更是他苦闷内心、真实自我的独白,现实不如意,只能将这种情怀寄寓于诗作。因此,刘勰从文学理论的角度将"性灵"这一问题提出,而钟嵘则将之实践到具体的作品评论之中,第一次在对具体的作品评论时,肯定他人对个性、自然本性以及真性情的追求和抒发,这在中国文学理论史中有着深远影响。刘熙载认为:"钟嵘谓阮步兵可以陶写性灵,此为以性灵论诗者所本。"⑦ 如清代袁枚以

① 严可均辑《全上古三代秦汉三国六朝文》,中华书局,2009,第3144页。
② 沈约:《宋书》卷七十三《颜延之》,中华书局,1974,第1893~1894页。
③ 刘勰:《文心雕龙义证》,詹锳义证,上海古籍出版社,1989,第1903页。
④ 刘勰:《文心雕龙义证》,詹锳义证,上海古籍出版社,1989,第1150页。
⑤ 刘勰:《文心雕龙义证》,詹锳义证,上海古籍出版社,1989,第56页。
⑥ 钟嵘:《诗品译注》,周振甫译注,中华书局,2013,第41页。
⑦ 刘熙载:《艺概》,袁津琥校注,中华书局,2009,第402页。

"性灵"论诗，他在《仿元遗山论诗》中写道，"抄到锺嵘《诗品》日，该他知道性灵时"①。故王英志在肯定张少康"锺嵘实已开后来袁枚性灵说之先河"之说时，还认为袁枚独出新意，打破陈说②。

在刘勰、锺嵘之后，将"性灵"作为文论范畴使用的不在少数。如南北朝时期，颜之推认为"夫文章者……至于陶冶性灵，从容讽谏，入其滋味，亦乐事也"③，庾信在《谢赵王示新诗启》中有"八体六文，足惊毫翰，四始六义，实动性灵"之语。唐朝时期，杜甫在《解闷》中有"陶冶性灵存底物，新诗改罢自长吟"④ 之语，颜真卿在《孙文公集序》中有"古之为文者，所以导达心志，发挥性灵，本乎咏歌，中乎雅颂"之语，张籍在《南归》中有"人言苦夜长，穷者不念明。惧离其寝寐，百优损性灵"之语。而宋代，虽然程朱理学盛行，但亦有不少文人探究"性灵"，如袁枚推崇杨万里的论述："从来天分低拙之人，好谈格调而不解风趣，阿也？格调是空架子，有腔口易描，风趣专写性灵，非天才不办。"⑤ 释契嵩在《镡津集》中有"情性之在物，常然宛然，探之不得，决之不绝，天地有穷，性灵不竭"⑥ 之语。明清两代，是"性灵"发展的鼎盛时期，公安派即以"性灵说"作为其思想内核，如袁宏道认为："独抒性灵，不拘格套，非从自己胸臆流出，不肯下笔，有时情与境会，顷刻千言。"⑦ 而以袁枚为代表的"性灵派"更是将创作时对性灵的追求推向了极致，他认为："凡诗之传者，都是性灵，不关堆垛。"⑧

可见，"性灵"一词在南朝形成之后，为作者内心情感、真性情的抒发，以及自由、自然本性的追求打开了一扇窗户，并且具有强大的生命力，经久不衰。然而文人创作由来已久，在春秋战国之际，人们对"性"

---

① 袁枚：《随园诗话》卷五，人民文学出版社，2006，第 146 页。
② 王英志：《袁枚评传》，南京大学出版社，2002，第 386 页。
③ 颜之推：《颜氏家训译注》，庄辉明、张义和译注，上海古籍出版社，2016，第 158~159 页。
④ 杜甫：《杜诗详注》，仇兆鳌注，中华书局，2009，第 1526 页。
⑤ 袁枚：《随园诗话》卷一，人民文学出版社，2006，第 1 页。
⑥ 释契嵩：《镡津集》卷二，《四部丛刊》景明本。
⑦ 袁宏道：《袁宏道集笺校》卷四《叙小修诗》，钱伯城笺校，上海古籍出版社，2008，第 187 页。
⑧ 袁枚：《随园诗话》卷五，人民文学出版社，2006，第 146 页。

和"灵"的探究就已非常深入,同时也注重创作时自然本性和心灵的体现,但是直到南朝时期,才形成"性灵"一词,这其中的原因是多方面的,以下几点值得注意。

其一,受佛教影响。佛教自两汉之际传入中原,到了南朝时期,由于文帝、孝武帝、梁武帝等历代君王的支持,学佛之风盛行于全国。而佛教归根结底是对生命主体"心性"的探究,如"三界所有,皆心所作""心作万物,诸法皆空",这与"性灵"有相通之处。再者,文学是对社会生活的反映,佛教盛行也必定影响人们创作和评论。如前所述,"性灵"一词最早见于何尚之的《列叙元嘉赞扬佛教事》,但此处的"性灵"不仅与佛心有关,还与佛经辨析相联系。即使是第一次提出"性灵"概念的刘勰,他32岁开始写《文心雕龙》时,是在江苏镇江南定林寺随僧祐研读佛书,其书体系与用语也与佛教关系紧密,如"神理""般若""圆通"等语。

其二,与玄学兴盛有关。南朝时期,不仅佛教盛行,也正是玄学兴盛之时,老庄之学是玄学的重要内容。老子强调万物之"道",而这"道"最终通过人的"心性"得以体现,老子追求的是"婴儿之心",一种直通"道"的最纯真之心,他认为:"众人熙熙,如享太牢,如春登台;我独泊兮其未兆,如婴儿之未孩;儽儽兮,若无所归。众人皆有余,而我独若遗。我愚人之心也哉!"① 这就回归到对人性之源的探究上。庄子对此有所继承和发展,进而追求人之自然天性,他认为"彼民有常性,织而衣,耕而食,是谓同德。一而不党,命曰天放"②,并认为"素朴而民性得矣"。与之相适应,庄子强调情的表现,并求其真,如"任其性命之情而已矣""真者,精诚之至也"③。老庄对人性和真性情的追求,恰恰是"性灵"一词的本旨所在。当时文人士大夫都喜好老庄,如阮籍经常言及自己"尤好庄老"之语,这必定会影响到他们的具体创作和评论,故而吴兆路把庄子视为中国性灵文学思想的源头之一。

其三,"缘情"理论的发展。在文论中,"性灵"关乎情性,而在具

① 朱谦之:《老子校释》,中华书局,2009,第79~82页。
② 郭庆藩:《庄子集释》,王孝鱼点校,中华书局,2010,第334页。
③ 郭庆藩:《庄子集释》,王孝鱼点校,中华书局,2010,第1032页。

体的创作中，作者甚至更多的是通过内心情感的展现，来表达对自然天性、个性的狂热追求。诗文创作的情性理论，正式形成于魏晋南北朝时期，由陆机提出的"诗缘情而绮靡"，经过南朝刘勰、锺嵘等人的深化，则得到进一步完善，并趋向成熟。如刘勰认为"夫文心者，言为文之用心也。昔涓子《琴心》，王孙《巧心》，心哉美矣，故用之焉"①，突出了创作情性发生的动力——心，将文学创作具体到作者本身。刘勰还认为"情以物迁，辞以情发。一叶且或迎意，虫声有足引心"②。萧衍认为："心游五表，不滞近迹，脱落形骸，寄之远理，性情胜致，遇兴弥高，文会酒德，抚际弥远。"锺嵘则更为鲜明和开放，他说道："至乎吟咏情性，亦何贵于用事。"③ 并认为"气之动物，物之感人，故摇荡性情，形诸舞咏"④。这就进一步强调了诗歌是以抒发情性为主要内容，因此锺嵘评论阮籍时认为其诗能"陶性灵，发幽思"。

南朝为"性灵"的形成和发展提供了肥沃的土壤，后来的性灵说也源于此，是在这基础之上的升华。

到了明朝，虽然"性灵"文学思想还在进一步发展，但是明朝文坛以复古为主流，尤其是前后七子一度将这股复古之风吹向巅峰。强调法度和格调是复古运动的重要内容，同时也是复古运动的重要手段。毕竟，复古在于学习古人，进而与之契合，而法度和格调就是沟通二者之间的桥梁，能够实现古今的隔时空对话。

作为后七子文学复古的中坚力量，王世贞早年即积极倡导复古，钟爱法度和格调。于法度，他注重文体和法度的结合，以体论法，以法规体，希冀做到文体和法度的水乳交融。如他认为："七言律，不难中二联，难在发端及结句耳。发端，盛唐人无不佳者，结颇有之，然亦无转入他调及收顿不住之病。篇法有起有束，有放有敛，有唤有应，大抵一开则一阖，一扬则一抑，一象则一意，无偏用者。句法有直下者，有倒插者，倒插最难，非老杜不能也。字法有虚有实，有沉有响，虚响易

---

① 刘勰：《文心雕龙义证》，詹锳义证，上海古籍出版社，1989，第1898~1899页。
② 刘勰：《文心雕龙义证》，詹锳义证，上海古籍出版社，1989，第1732页。
③ 锺嵘：《诗品译注》，周振甫译注，中华书局，2013，第24页。
④ 锺嵘：《诗品译注》，周振甫译注，中华书局，2013，第15页。

工，沉实难至。"① 即从七言律这种文体着手，对其创作之法加以剖析，有全文发端、结尾之法，以及具体而微的篇法、句法和字法，要求甚是严格，对于此，王世贞推崇能够做到二者合一的杜甫。王世贞对行文法度的注重，进而会上升为对格调的追求。于格调，王世贞认为："今四《诗骚》赋之韵，有不出于五方田畯妇之所就乎？而可据以为准乎？古韵时自天渊，沈韵亦多矛盾，至于叶音，真同缺舌。要之为此格，不能舍此韵耳。"② 虽然古韵源于田畯女红，出之自然，沈韵也有其不足，而在创作之时，有了格就不能舍去相应的行文之调，力求行文格调的彬彬之态。

可贵的是，王世贞并没有拘泥于具体的法度和格调，他对此十分通达。对于法度，他说："诗有常体，工自体中，文无定规，巧运规外。"③即认为在遵守基本的文体之法后，要善于变化，要"巧运规外"。对于格调，他指出："才生思，思生调，调生格，思即才之用，调即思之境，格即调之界。"④ 虽然突出行文格调对才思的限制作用，符和复古主张，然而他在格调之外，还是肯定了才思的存在，这有利于个体情感的抒发，补救过于强调格调所带来的弊病。除此之外，王世贞还有很多精辟的见解，如：

西京、建安，似非琢磨可到，要在专习凝领之久，神与境会，忽然而来，浑然而就。无岐级可寻，无色声可指。三谢固自琢磨而得，然琢磨之极，妙亦自然。⑤

王武子读孙子荆诗而云："未知文生于情，情生于文？"此语极有致。文生于情，世所恒晓，情生于文，则未易论，盖有出之者偶然，而览之者实际也。吾平生时遇此境，亦见同调中有此。又庚子嵩作《意赋》成，为文康所难，而云："正在有意无意之间。"此是遁辞，料子嵩文必不能佳。然有意无意之间，却是文章妙用。⑥

① 王世贞：《弇州山人四部稿》卷一百四十四《艺苑卮言一》，第 14 页。
② 王世贞：《弇州山人四部稿》卷一百四十六《艺苑卮言三》，第 10 页。
③ 王世贞：《弇州山人四部稿》卷一百四十四《艺苑卮言一》，第 17 页。
④ 王世贞：《弇州山人四部稿》卷一百四十四《艺苑卮言一》，第 17 页。
⑤ 王世贞：《弇州山人四部稿》卷一百四十四《艺苑卮言一》，第 13 页。
⑥ 王世贞：《弇州山人四部稿》卷一百四十六《艺苑卮言三》，第 7~8 页。

较之以前的认识，王世贞的这些见解更为深刻和全面，融入自身创作体会，这是王世贞对法度和格调的继续深化。以此二者为基础，他的文论有对法极的探索，有对情性的追求，有对自然的向往，表现出了他与文学复古之风不同的一面。郭绍虞先生对王世贞这种"神与境会"的主张大为赞赏，认为"有点类似于性灵说的见解"。的确，"性灵说"所注重的是在创作中自身情感的流露，表现真性情，不受法度和格调等外在因素的影响，形成一种情至之文。而王世贞所强调的"神与境会""妙亦自然""有意无意之间，却是文章妙用"，则直承"性灵说"之要旨。在肯定王世贞复古行径时，我们不能刻意忽视这些带有"性灵"意味的话语。也就是说，王世贞既有强调创作法度和格调的一面，也有注重情意，以抒发自身情感的一面。

王世贞由文学复古到"性灵"的转变，是由内外因素共同作用的结果。就内在因素而言，这是王世贞内心"性灵"种子发育的必然。王世贞年少时的为学取向就和当时文坛上主模拟之风不尽相同，当别人热衷于模拟创作时，他却"从大人所得《王文成公集》，读之而昼夜不释卷，至废寝食。其爱之出于三苏之上"①，并且"自少时好读古文章家言，窃以为西京而前，谈理者推孟子，工情者推屈氏，策事者推贾生"②。自己的喜好和家庭的要求都指向情性之学，与"性灵"有着天然的联系。因此，即使王世贞后来走上了复古道路，他内心的"性灵"火种也并没有泯灭，这从王世贞早年的创作实践中也可得到印证。如王世贞27岁南下途中所写的《初拜使命抵家作》《杂诗六首》《乱后初入吴，舍弟小酌》《将军行》等作品就有所体现。姑且以《初拜使命抵家作》为例。

> 去家未十载，结绶始言还。惝恍梦寤间，历历陌与阡。耆老揖且疑，安识众少年。昔别犹髫龀，今来室家完。酒炙争慰劳，陆博夜喧阗。解带著庭树，改席临后轩。离合诚欲轻，焉睹冀及前。③

① 王世贞：《弇州山人读书后》卷四《书王文成集后》，第3页。
② 王世贞：《弇州山人续稿》卷四十二《念初堂集序》，第3页。
③ 王世贞：《弇州山人四部稿》卷十四《初拜使命抵家作》，第18页。

这是一首五言古体诗，是王世贞抵家后真情实感的自然流露，忆昔之情和感今之情娓娓道来，法度和格调为真性情服务，完全融于其间，没有丝毫违和感。另外，《将军行》直接取法白居易新乐府。王世贞这些本自内心的创作，正是其与李攀龙结交后的第一次长期离别后而作。徐朔方先生认为："当他暂时离开这位诗友而南下时，他的诗作就出现了另外的调子。"① 其实这些调子就是王世贞"性灵"的直接体现，只不过他受李攀龙的影响，走上复古道路，暂时将"性灵"的种子压制住罢了。

就外在因素而言，王世贞早年到中晚年文学思想的变化与其人生的坎坷经历有关，人生和官场的不如意，使王世贞转而追求内心的自得之趣，这也为"性灵"种子发育提供了良好的土壤。王世贞一生"多历情变"，遭遇家难，父亲蒙上不白之冤而死，小儿子夭折，再加上自己在官场上屡遭排斥，不受重用，并被弹劾。王世贞早年肯定曹丕文章"经国之大业，不朽之盛事"之说，怀有"尚庶几铅刀之割，以少吐文士气"② 的梦想，也积极投身于文学复古，但历经现实磨砺后，他便在"京师且十载，所目睹乃大谬不然者"，并"不幸与用事者忤驯，致大变"③，进取锐气在慢慢淡化。王世贞四十九岁改官太仆卿，从三品；同年九月，为右副都御史，正三品；六十四岁时更是官至南京刑部尚书，正二品，王世贞却没有成天忙于政务，更多的是闲居在家，即使听从调令，去各地赴职，他也是不断写乞归书，直言多病，无法胜任官职，希望回家调养。如《为新旧疾病大作不能供事旷职负恩乞赐罢斥归里疏》中"夕不获一寝，啖粥不尽一器，气息愒愒，势不能支缘""臣病不痊，臣职逾旷负恩益深"④ 之语，将其乞归思想展现得淋漓尽致。王世贞晚年退居弇山园，旖旎的自然山水淘洗其心灵，"来日一饭一白粥，从兰若借藏经，案牍之暇，时展一卷以自娱耳"⑤，一副怡然自得之样。他对其文学创作有了新的认识，认

① 徐朔方：《晚明曲家年谱·苏州卷》，浙江古籍出版社，1993，第488页。
② 王世贞：《弇州山人四部稿》卷一百十九《汪伯玉》，第7页。
③ 王世贞：《弇州山人四部稿》卷七十一《王氏金虎集序》，第4页。
④ 王世贞：《弇州山人续稿》卷一百四十四《为新旧疾病大作不能供事旷职负恩乞赐罢斥归里疏》，第10页。
⑤ 王世贞：《弇州山人四部稿》卷一百十八《徐子与》，第4页。

为："于文章鲜所规象，师心自好，良多谬戾。"① 他还指出："于诗质本不近，而意甚笃好之，然聊以自愉快而已。"② 王世贞所强调的自娱和师心，是其"性灵"思想的直接展现。

总体看，王世贞文学思想的变化及其对"性灵"的注重与他的人生轨迹相吻合。翻阅王世贞的文集，除去重复之处，15 篇文章中共发现有16 处提及"性灵"一词。《弇州山人四部稿》中有 3 处，其中《说部·艺苑卮言》中有 1 处，属于引用他人言语；《弇州史料》中有 2 处，其中一处与《弇州山人续稿》中重复，重复处只算作 1 处，计入《弇州史料》；即使除去重复处，而在《弇州山人续稿》中也还有 11 处。而最早的六卷本《艺苑卮言》则没有一处提及"性灵"一词。其中王世贞于嘉靖三十六年（1557）开始写作《艺苑卮言》，那时他三十一岁；《弇州山人四部稿》完成于万历四年（1576），王世贞五十岁；《弇州山人续稿》的主体部分是王世贞创作于"丙子至庚寅"③ 之间的作品，即 1576 年至1590 年，这属于王世贞的晚年时期。所以我们可以发现王世贞的作品创作和其人生轨迹直接影响着"性灵"一词的出现频率，其晚年更是经常提及。如在《贞靖周先生传》中，王世贞说道："然汉郭林宗声垂千古，其年尚减先生五岁，人似不在长年，借令天假余龄，出而用世，亦事功粗迹耳。倘所谓精意流行，性灵常在，亦讵于今日有加损哉。"④ 对于外在的功名，王世贞看得很淡，他更加追求内心的自然本性，认为只要这种本性常在，外在的一切相对于目前而言也就都无所谓了，这也是王世贞晚年的写照，是其"性灵"常在的证明。

"性"乃为"性灵"概念的核心部分，指人的本性、本心、性格，喜怒哀乐惊恐悲之源，"灵"则是在"性"基础之上的深发。对于"性灵"说的内涵，黄卓越做过概括，他认为这个概念的含义大致有以下几种：性灵源于心性本体；性灵为一种心理的灵明或虚明状态；性灵无始无终；性灵具有心理的原真性、个体性、自适性；性灵发为一种本色的

① 王世贞：《弇州山人四部稿》卷一百二十六《答王新甫》，第 8 页。
② 王世贞：《弇州山人四部稿》卷一百二十八《答周组》，第 19 页。
③ 王世贞：《弇州山人续稿附》卷四《刘绍兴介徽》，第 15 页。
④ 王世贞：《弇州史料后集》卷六，第 11 页。

灵趣或意趣等。① 这些概括非常全面，就王世贞而言，其中晚年的创作更加注重主体的生命感受，内心真性情的流露，体现生活中的情趣意味，故而王世贞"性灵"的取向在于追求心灵的自适、真我，并将其融入社会生活之中，使心灵得到"娱悦"和释放，体现一种本色的趣味。这与同时期的李贽有所不同，李贽虽然没有明确提出"性灵"一词，不过其童心说对袁宏道性灵说的形成具有直接影响。李贽认为"天下之至文，未有不出于童心焉者也"，而"童心"就是"真心"，"绝假纯真，最初一念之本心也"②，李贽将"童心"作为文学创作的本源，有真假之分，并突破了文学创作的功利色彩，直指作者内心之真我、真性情，甚至是一种至情，如他说道："凡人作文皆从外边攻进里去，我为文章只就里面攻打出来，就他城池，食他粮草，统率他兵马，直冲横撞，搅得他粉碎，故不费一毫气力而自然有余也。"③ 在这种思想的指引下，文学创作走向了为己，表达自己的真情实感。李贽进一步分析道："夫私者，人之心也，人必有私而后其心乃见，若无私，则无心矣。"④ 此心即人之心，与人之童心相维系。文学创作在于为己、自适，与儒家的仁义礼智信、社会的理性无关。虽然王世贞也受到过王阳明"心学"的影响，如他年少时喜爱王阳明和三苏之作，并且后来与王学后人王畿有所交往，⑤ 于创作也注重真我、真性情的体现，但是他同时注重文章创作基本法则对情性的约束，力求文章彬彬之态，并强调文学创作的社会性，这就使文学创作没有彻底摆脱功利性的色彩。然而，值得肯定的是，王世贞不仅在复古文风之下追求心灵的情性、神明以及真我，他还提出了"性灵"一语，做出了有益的探索和反思，具有自身特色，这对"性灵"说的发展有重要意义，主要体现在以下几个方面。

---

① 黄卓越：《明中后期文学思想研究》，北京大学出版社，2005，第238~239页。
② 李贽：《焚书》卷三《童心说》，张建业等注《李贽全集注》第1册，社会科学文献出版社，2010，第276页。
③ 李贽：《续焚书》卷一《与友人论文》，张建业等注《李贽全集注》第3册，社会科学文献出版社，2010，第21页。
④ 李贽：《藏书》卷二四《德业儒臣后论》，张建业等注《李贽全集注》第7册，社会科学文献出版社，2010，第626页。
⑤ 王世贞在其《弇州山人续稿》卷二百三《答王龙溪》一文中有所交代，如"自辛未夏获一奉，颜色于今，七改岁朔矣"。

首先，王世贞强调自然万物对内心情性的娱乐。从前面对性灵发展和演变做过的溯源中，我们可以知道，性灵发展之初，与人的自然天性和世界万物有关。人虽然更大程度上具有社会性的特征，然而归根结底又与自然万物有着密不可分的联系，庄子逍遥于自然，阮籍逃遁社会，走向自然，人们在自然界中能够获得内心的娱乐，甚至是重新展现本真的自我。对于此，王世贞注重内心世界和自然世界的融合，使内心世界在自然风光中得到娱乐。他认为："山郁然而高深，水悠然而广且清，而不悦吾之性灵哉。"① 他还说道："诸所以灟黐泉石，娱快性灵者，种种来谕，谓发尚纯鬓，健唉雅步。"② 内心世界在自然界中得到娱乐，即内心情性得到满足和释放，王世贞将"性灵"回归到其最初的本义，追求人之本性与社会和自然的合一。

其次，王世贞强调文学创作中性灵的体现。在文学复古之风的影响之下，众人一味通过对法度和格调的把握，以求与古人合，"文必秦汉，诗必盛唐"，从而使文学创作在古人面前亦步亦趋，成为古人的影子，这不利于作者自身情感的抒发，因为文学毕竟是作者内心情感的外在表现形式。而随着王世贞复古热情的退去，他在创作中更加强调真我、真性情的表现，甚至是反对创作时的多思，以求性灵尽情地释放，如"逸宕散真我，多思凿性灵"③，这和庄子的反智思想类似，注重直追对象最自然、最真实的本性、自我。王世贞还在《湖西草堂诗集序》中对"性灵"进行详细阐述：

> 顾其大要在发乎兴，止乎事，触境而生，意尽而止，毋凿空，毋角险，以求胜人而刲损吾性灵。以故翁之诗出，不能暴取名，而其存者，和平爽畅，有君子风，即置之唐长庆、宋元祐间，庶几无愧色矣。翁之不为凿空角险，以求胜人而刲损其性灵，此于摄生家甚要，故老而神明之用不衰。④

---

① 王世贞：《弇州山人四部稿》卷七十一《古今名画苑序》，第21页。
② 王世贞：《弇州山人续稿》卷二百三《胡观察伯安》，第19页。
③ 王世贞：《弇州山人续稿》卷七《古体寿钱澹庵翁八十》，第19页。
④ 王世贞：《弇州山人续稿》卷四十六《湖西草堂诗集序》，第12页。

即王世贞认为文章创作应该由兴而发，源于真情，并融入境、意、格调等因素，各因素在文章中都要相得益彰，服务文章整体，但不能为求胜过他人而自损性灵，不损性灵的创作是衡量文章的重要标准。且看王世贞自己的诗作：

> 遥望白华山，山石郁嶙岣。中有白华吟，吟声何悲辛。之子怀永慝，结庐在丘闉。荆榛初往蹊，松柏自成邻。念彼长夜台，痛此百岁人。挥泪循修垄，高恸逮萧晨。晨猿无停和，垄草不易春。悲风吹北陆，惨日就西斋。重冥稀生构，九陌绝幽轮。音容旷不接，志意邈难伸。朝露夕自霜，暮兰旦为薪。愦结令中耗，安能延子冀。非虞仲举谪，冀全嗣宗真。弧矢庶可扬，竹素将不泯。①

在诗歌的发展历程中，感伤故人之作比比皆是，如杜甫的《梦李白》、孟浩然的《夏日南亭怀辛大》等。然而王世贞并没有为了胜过古人而有损自己心灵之感，也没有为了突出张献翼和自己的情感而大写特写。此诗是王世贞有感而作，发乎兴，止乎事，将张献翼的生平和与自己的交往一一道来，行文和平爽畅，从而使王世贞的真性情也得到自然而然的流露。

从真我、真情出发，表达内心性灵，这样的文章，能与古文相媲美而无愧色。与之相适应，王世贞对于他人在创作中能够抒发性灵表示赞赏，如王世贞认为余曰德早年的文章"片语出而重邯郸之价"，有可取之处，但这不是余曰德内心的真实体现，复古之时，"未免蹊径之累"。然而余曰德晚年的创作却不尽一样，王世贞云："归田以后，于它念无所复之，益搜刿心腑，冥通于性灵，神诣独往之句，为于鳞所嘉赏。然于鳞遂不得而有先生，其又稍晚运斤弄丸之势，往往与自然合，或于鳞，或不佞，或大历，或贞元，要不可以一端目之，大要突然而自为德甫，然置之古人中，固居然亡愧色也。"② 这样源于内心神明、体现真我的佳作更是被王

---

① 王世贞：《弇州山人四部稿》卷十五《张幼于庐墓》，第 19 页。
② 王世贞：《弇州山人续稿》卷五十二《余德甫先生诗集序》，第 3~4 页。

世贞所喜爱。通过上述两例我们可以发现，王世贞在赞赏他人性灵之作时，都将他们放于古人之中，而且都是"无愧色"，需要说明的是，这并不是王世贞文论主张的倒退，而是与时代评判标准有关。因为在文学复古运动之中，众人学法古人，复古派更是将与古人对比而无愧色作为文章创作的最高评判标准。故而王世贞对于自己遭家难前后所创作的远离性灵的作品，表示不满，他认为："中更家罹，兼抱书癖，侵刌肺腑，雕漓性灵。"① 所以王世贞能够对他人的性灵之作给予肯定，在当时的环境下，已经是巨大的进步，也足可见他对性灵的重视。

另外，王世贞强调"诗以陶写性灵"②。对于诗歌的表现功能，"诗言志"一说早已有之，而对于"志"的具体含义，历来说法不一。《左传》《尧典》《论语》中的"诗言志"侧重政治志向和抱负，庄子的"诗以道志"则侧重情感、意愿的抒发和表达。后来的《毛诗序》将志向和情感两者并提，其中说道："诗者，志之所之也，在心为志，发言为诗，情动于中而形于言。"而王世贞在《题刘松年大历十才子图》中主张："诗以陶写性灵，抒纪志事而已。"即认为诗歌的主要功能在于表达作者主体情感，使真我、真性情得以体现。他在《邓太史传》中借邓俨之口，认为："喜为诗，谓其能发性灵，开志意，而不求工于色象雕绘，君子以为知言。"③ 创作时要注重真实地呈现作者的内心世界、情感的抒发，而不需要人为的雕琢、绘色。在这方面，王世贞推崇的是陶渊明，如他的《经彭泽有怀陶公》一诗：

> 陶公辞彭泽，亦复聊其生。磬折岂足劳，而以事躬耕。安能如旅葵，百谷产中庭。鼎鼎百年内，贵在愿与并。浊醪佐新诗，聊以娱性灵。偶然获为人，偶获千载名。名者自随之，获者安所营。窃窥逸民言，令人愧浮荣。④

---

① 王世贞：《弇州山人续稿》卷一百四十四《为新旧疾病大作不能供事旷职负恩乞赐罢斥归里疏》，第 10 页。
② 王世贞：《弇州山人续稿》卷一百六十八《题刘松年大历十才子图》，第 13 页。
③ 王世贞：《弇州山人续稿》卷七十三《邓太史传》，第 19 页。
④ 王世贞：《弇州山人四部稿》卷十《经彭泽有怀陶公》，第 16 页。

在王世贞眼中，陶渊明生活在真我之中，一副悠然自得、无拘无束的景象，"浊醪佐新诗，聊以娱性灵"，其诗歌创作也不过是自身性灵的自然流露而已。陶渊明开创的田园诗风，使内心情感、真性情的表达不受约束，趋于自然，是性灵之旨。他虽然没有直接关于"性灵"的文学理论，可是从他的人生态度和诗歌创作中，我们可以感受到他对性灵的追求，对自然的向往。如"暧暧远人村，依依墟里烟。狗吠深巷中，鸡鸣桑树颠。户庭无尘杂，虚室有余闲。久在樊笼里，复得返自然"。陶渊明不仅为后人开辟了一条隐士之道，更为后人描绘了一方性灵之境。

而对于自身的真我、真性情，王世贞通过诗歌创作，也将其展现得淋漓尽致。试观他的两首诗作：

> 醉乡懒侯治生涯，青山十亩水倍之。弇州堂背一片绮，不减卫府芙蓉池。稍西九曲面山出，恍若螺髻堆琉璃。刺篙中流月破碎，回棹小港花追随。银鳞泼剌跳波响，朱顶嘹唳从风移。主人醉眠客行乐，客眠主醒鸡喔喔。早闻青鸟唤葫芦，除却白衣无剥啄。壶中天地不长情，画里江山难着脚。以兹毋若归去来，虎头为汝开丘壑。①

> 庭前众枯得春发，不病胡为但怱怱。久成清世齿外人，可作时贤眼中物。千言辨讳讳奈何，六州铁铸错更多。今朝中酒昨朝醉，西邻哭死东邻歌。男儿扪腹一太息，安能低眉望颜色。仕宦宁堪生耳车，归来亦岂无瑕石。不烦公家费俸钱，亦不愿使篇章传。支颐抱膝看山色，更有一计销残年。②

在这两首诗作中，我们可以看到一个悠然自得、充满生活情趣的王世贞，这是王世贞真实心灵的写照。

复次，王世贞强调对性灵泛滥的约束。"性灵"在文学创作中多表现为不受约束，尽情表现真我、真性情，这固然有利于作品情感的凸显，可是物极必反，凡事走上了极端，必定会带来更多的弊端，对"性灵"的

---

① 王世贞：《弇州山人四部稿》卷二十二《九友斋十歌·其二》，第13~14页。
② 王世贞：《弇州山人四部稿》卷二十二《思归吟》，第9页。

追求也是如此。陶渊明认为自己"质性自然，非矫厉所得"，不过他非常讲究炼字，能够做到琢磨之极、妙亦自然的境界。如其名句"采菊东篱下，悠然见南山"，"悠然"一词，生动地刻画了陶渊明远离世俗生活后的自我舒适，"见"字传神，更是细化了陶渊明自我舒适的具体内涵，突出其劳作后生活的惬意和自得。故而如果没有陶渊明式的才情，一味地追求性灵，创作时任由自身情感的喷发，往往会使创作适得其反。王世贞则借颜之推之口对性灵做出了反思：

> 颜之推云："文章之体，标举兴会，发引性灵，使人矜伐，故忽于持操，果于进取。"今世文士，此患弥切，一事惬当，一句清巧，神厉九霄，志凌千载，自吟自赏，不觉更有傍人。加以砂砾所伤，惨于矛戟；讽刺之祸，速于风尘；深宜防虑，以保元吉。吾生平无进取念，少年时，神厉志凌之病，亦或有之。今老矣，追思往事，可为扪舌。①

可见，文章创作如果只追求性灵而不顾法度、格调等其他要素的持操，局限于一事一句的超然，往往会孤芳自赏，觉得无人出其右，目中无人，这是创作中的大忌。王世贞后来对此深有反思，其早年编写的《艺苑卮言》，被李攀龙等人称为"英雄欺人"语，他也认为"未为定论"，并"随事改正，勿令误人而已"②。因此王世贞强调在法度和格调等要素具备的基础上，再注重真我、真性情的抒发，从而使情感不至于泛滥，性灵也有章可循。如他告诫晚辈颜廷愉时说道："至于诗，古体用古韵，近体必用沈韵，下字欲妥，使事欲稳，四声欲调，情实欲称，彀率规矩，定而后取，机于性灵，取则于盛唐，取材于献吉、于鳞辈，自不忧落夹矣。"③王世贞的这些反思和主张，对于诗歌创作而言是有益的，文学创作在于表现主体的情感、真性情，诗文作为一种文体，自然有其自身的法则，这也是诗文之所以为诗文而不是他物的客观属性。如创作五言律诗时，不能任

---

① 王世贞：《弇州山人四部稿》卷一百五十一《艺苑卮言八》，第 22~23 页。
② 王世贞：《读书后》卷四《书李西涯古乐府后》，第 7 页。
③ 王世贞：《弇州山人续稿》卷一百八十二《颜廷愉》，第 4 页。

由情感的表达而掺杂七言或者九言诗句。反之，遵守了基本的法则，再注重情感的抒发，使文章妙亦自然，则是源于性灵的佳作。试观王世贞的两首诗作：

> 仲冬好风日，故山嘉树林。信履触幽赏，改席就清阴。青葱冒霜草，喓唶先候禽。人生贵所适，毋为悬别心。①

> 凉色推篷后，潮声进艇中。青山两岸合，银汉一江通。岂谓清凉界，犹残老病翁。羞闻暂养翮，谓可纵秋风。②

这是王世贞的两首五言律诗，符合五言律诗创作的基本规则，如隔句押韵，三、四、五、六句对仗等，但又皆为有感而发，源于内心情性，情景合一，不过王世贞并没有使自己的情性喷薄而出、一泻千里，而是随之娓娓道来。

第四节　雅慕白居易

明人刘凤曾在《弇州山人续稿序》中有言："（世贞）以疾乞归，病遂大作。予往问焉，则见其犹恒手子瞻集。"③ 由此揭开了后人议论王世贞晚年服膺苏轼的序幕，对此，学界研究成果颇多。④ 而王世贞一向视苏轼与白居易同类，并为文坛巨匠。基于新书稿和新资料的钩沉，我们发现王世贞不仅对白居易的诗歌创作有着独特的见解，甚至自我陶醉于白家门风而进行创作。如果说王世贞晚年手持苏轼文集透露了他心折苏轼的信

---

① 王世贞：《弇州山人四部稿》卷二十九《冬日憩舟嘉树林小饮》，第1页。
② 王世贞：《弇州山人四部稿》卷二十九《江行病起即景有感》，第16页。
③ 刘凤：《弇州山人续稿序》，明刻本，美国普林斯顿大学东亚图书馆藏，第4页。
④ 对于刘凤所言及一事，《明史·王世贞传》亦云："病亟时，刘凤往视，见其手子瞻集，讽玩不置也。"此论成为后人讨论的重要话题。如徐复观先生主张"王世贞本人晚年亦渐造平淡。病亟时，刘凤往视，见其手持《苏子瞻集》讽玩不置。这便与袁宗道以白苏名斋，同其趋归了。"（徐复观：《中国艺术精神》，华东师范大学出版社，2001，第250页）孙学堂在《王世贞与性灵文学思想》一文中强调王世贞对苏轼的喜爱代表了其对性灵文学的转变（《苏州大学学报》2002年第4期）；魏宏远在《钱谦益"弇州晚年定论"发覆》一文中认为王世贞对苏轼不是完全的否定，但也算不上是推崇（《上海交通大学学报》2013年第5期）；等等。

息，那么他文集中反复出现的白居易影像更是让人感到他对白居易的雅慕。王世贞雅慕白居易现象既关系到对王世贞诗歌创作的评价，同时也有助于反思白居易诗歌创作之得失，值得深入探讨。

"学而优则仕"，是士大夫为达不朽而做出的选择，白居易和王世贞均未能免于此，都不约而同地在仕途中来回穿梭。如白居易，十五岁知有进士后发奋读书；二十九岁及进士第；三十七岁被授左拾遗，从八品上；四十四岁时由正五品的太子左赞善大夫贬为江州司马，正六品上；后历经起伏，先后为杭州刺史、苏州刺史、刑部侍郎等职，七十一岁以刑部尚书致仕；七十五岁卒于洛阳履道里第时被追赠尚书右仆射，从二品。此等履历，可谓丰富，王世贞亦有相似之处。王世贞二十二岁时就中进士，开始进入仕途；二十三岁时就为刑部主事，正六品；三十一岁任按察司副使，正四品，可谓春风得意；但在随后的十八年，即四十九岁时才改官太仆卿，从三品；六十四岁时以南京刑部尚书之职致仕，正二品。

唐朝和明朝的官员品级不一样，白居易和王世贞均从底层做起，最终都官至刑部尚书，起点和终点均相似，但是过程和心态却不尽一样。从官位升迁的轨迹来看，白居易仕宦生涯跌宕起伏，高峰和低谷都非常明显，而王世贞的升迁进程虽然有时快，有时慢，但总体而言却呈现出稳步上升的态势。不过白居易虽有不如意之时，如被贬江州司马，或是"时天子荒纵不法，执政非其人，制御乖方，河朔复乱。居易累上疏论其事，天子不能用，乃求外任"[1]，他尚能保持独立人格，穷则独善其身，游山玩水，与友朋相互酬唱，此时也是其诗情和才情展现之时，千古名篇《琵琶行》《长恨歌》等均创作于被贬期间。当然，白居易达时则兼济天下，"欲以生平所贮，仰酬恩造"[2]，在好友元稹将贬之际，便上书直言三不可。对于此，王世贞徒有羡鱼情，如他论述道：

> 余少读《归去来辞》，虽已高其志，而窃难其事，以为非中人所能，后得白乐天《池上篇》，览之，颇有合，谓此事不甚难办，此文

---

[1] 刘昫等：《旧唐书》卷一百六十六《白居易传》，中华书局，1975，第4353页。
[2] 刘昫等：《旧唐书》卷一百六十六《白居易传》，中华书局，1975，第4341页。

不甚难构，而千百年少俪者，何也？苏长公云乐天事事可及，唯风流一事不可及。余则云风流亦可及，唯晓进退不可及也。①

白居易之诗歌和风流之事，王世贞认为可及，但是其政治中的"进退"之术则不可及也，对白居易而言，政治其实是根本，诗歌乃是依托根本之上的事情，如其言"仆志在兼济，行在独善，奉而始终之则为道，言而发明之则为诗"②。王世贞赞赏白居易政治上的"晓进退"，并非对白居易的恭维之词，实乃肺腑之言。因为在政治仕途的选择上，王世贞唯有进，没有退的余地。他一生多历情变，子女夭折，官场不顺，但最大的打击莫过于其父被严嵩陷害，其曾言及"王子之生趣尽而犹有生瘠，所谓欲哭则不敢，欲泣则近于妇人"③，父亲去世，整个家族的重担全部转移到王世贞的肩上，再大的苦难他也必须独自力扛，不多时便有"幽忧之疾"④。在目睹一切之后，王世贞才深刻地感受到"所目睹乃大谬不然者"⑤，他想选择远离官场，回归早年的诗书之业，然而他早已经失去了选择权，在这方面，白居易就比他幸运多了。王世贞曾向汪道昆苦言道：

> 公别后亡何，而上书人归书寝弗下宰公者，贻札数百言，责仆以大义，谓当出，相公言则少而辞加峻已，又属乡人郭吏部坐一介吾家谓不出，何以复宰公命。时仆尚未脱布帽、鹿裘枕，《维摩》《楞严》，而卧室人娓娓交谪矣，固强弗应。乃窃闻老母为损匕箸，曰吾何以供而之食客也，又弗应，则又曰而不念而父之事未竟也，而拂造物者。夫造物者造而父，而拂之以自完则可，吾何赖于后不获已，乃姑为若出者。⑥

---

① 王世贞：《弇州山人四部稿》卷一百二十九《题池上篇彭孔嘉钱叔宝书画后》，第 12 页。
② 刘昫等：《旧唐书》卷一百六十六《白居易传》，中华书局，1975，第 4350 页。
③ 王世贞：《弇州山人四部稿》卷七十一《幽忧集序》，第 9 页。
④ 王世贞：《弇州山人四部稿》卷一百二十九《王山人西湖诗后》，第 1 页。
⑤ 王世贞：《弇州山人四部稿》卷七十一《王氏金虎集序》，第 4 页。
⑥ 王世贞：《弇州山人四部稿》卷一百十九《汪伯玉二十四首》，第 2 页。

王世贞已经厌倦官场，在他萌生退意之时，不仅亲朋好友责怪他，甚至连母亲都要求他出仕，一来他肩负着为父亲平反的重担，二来他是整个家族赖以生存发展的希望，至于自我，则只能牺牲之。而在白居易的肩膀上，则没有这么大的压力，其即使被贬，更多的只是对自我仕途的担忧和怀才不遇的感慨，故而他能在被贬之地，尽情地享受生活，还能进行文学的创作，"静读古人书，闲钓清渭滨。优哉复游哉，聊以终吾身"①，这是白居易生活的真实写照。但是矛盾的心理和现实，却时常伴随王世贞左右，以致其屡次上书乞归，渴望悠然的生活，但又屡次被迫出仕。

因此看似相近的仕途轨迹，白居易和王世贞的生命体验却截然不同。王世贞对白居易的羡慕之情，在其欣赏《九老图》之际，更是流露无疑。《九老图》即描绘白居易、刘真、张浑等九人告老还乡后于洛阳聚会之盛况，除卢贞外，均七十有余，长者胡杲甚至达八十九岁高龄。虽然酬唱的生活是白居易的常态，但是如此盛况却世间少有，如白居易所言"洛社耆英会也"。对于此，王世贞自我抒怀道："吾生平雅慕乐天，自纳节来，颇治弇山园，以希十五年后，耆英之盛。"② 这朴实的言语，其实是王世贞内心的呐喊之声。在王世贞的心目中，他一直希冀白居易的酬唱生活，向往《池上篇》中所言的悠然自得，奈何父难及家族的原因，让王世贞往往不自得，也因此在其欣赏和治理弇山园时，可见白居易的影子。

王世贞曾言："愚尚友古昔，请得以白香山而拟埒，彼其迈世轶尘之度，难进易退之节，诗则长庆，取其宏，而岩居，取其洁，固已易世而殊辙矣。"③ 王世贞生平雅慕白居易，甚至将其当作友人相待，这已经为其走进白居易的诗学世界打下了坚实的基础。白居易也曾对自己的诗歌特点进行全面的分析，他认为："自拾遗来，凡所遇所感，关于美刺兴比者；又自武德至元和，因事立题，题为《新乐府》者，共一百五十首，谓之'讽谕诗'。又或退公独处，或移动病闲居，知足保和，吟玩性情者一百首，谓之'闲适诗'。又有事物牵于外，情理动于内，随感遇而形于叹咏

① 白居易：《白居易集笺校》卷六《咏拙》，朱金城笺校，上海古籍出版社，1988，第334页。
② 王世贞：《弇州山人续稿》卷一百六十八《宋画香山九老图》，第10页。
③ 王世贞：《弇州山人四部稿》卷一百四《祭学士华先生文》，第18页。

者一百首，谓之'感伤诗'。又有五言、七言、长句、绝句，自一百韵至两百韵者四百余首，谓之'杂律诗'。"① 其中杂律诗占诗歌总数的一半左右，但是白居易所注重的是"讽谕诗""闲适诗""感伤诗"，而时人所喜的却是"杂律诗"，不过白居易的杂律诗"或诱于一时一物，发于一笑一吟，率然成章，非平生所尚者，但以亲朋合散之际，取其释恨佐欢，今铨次之间，未能删去"②。杂律诗虽然不是白居易诗作的全部，也是白居易自认为不擅长，甚至是可以删除的，奈何其传播之广，以致这些率性之作，造就了白居易诗作浮浅、浅易的特点，也是后人诟病之处。如释惠洪曾言："白乐天每作诗，令一老妪解之。问曰：解否？妪曰解，则录之；不解，则易之。故唐末之诗，近于鄙俚。"③ 祇园南海（1677~1751）在《诗诀》一书中批评白居易"一生之诗以俗总之"④。

　　对此，王世贞也颇有微词，其在早年的《艺苑卮言》中曾言："元轻白俗，郊寒岛瘦，此是定论。"⑤ 在分析钱琦的诗作之时，言及"其合者出入于少陵、左司之间，而下亦不流于元白之浮浅"⑥。当然，王世贞对白居易诗作特点的认知，并没有停留在表面的俗或浮浅之上，白居易之所以能够与李白、杜甫相提，有其可取之处，如王安石认为白居易之诗"看似寻常最奇崛，成如容易却艰辛"⑦，道出了平淡浅易背后的不易，因此王世贞批判后人只是一味地学习白居易诗作中表层的浮浅，如他说道："吾吴中盛文献彬彬，阛阓诗书矣，然好推尊其时显重者耳，传而共为其名，以故一徐庾出而语语月露，一元白贵而人人长庆，沿好成格，沿格成俗，而不可挽也。"⑧"今之操觚者日哓哓焉，窃元和、长庆之余似，而祖述之气则漓矣，意纤然露矣，歌之无声也，目之无色也，按之无力也，彼犹不自悟悔。"⑨ 王世贞徜徉于白居易的诗学世界时，虽然对其浅俗也是

① 白居易：《白居易集笺校》，朱金城笺校，上海古籍出版社，1988，第2794页。
② 刘昫等：《旧唐书》卷一百六十六《白居易传》，中华书局，1975，第4350页。
③ 释惠洪：《冷斋夜话》卷一，上海古籍出版社，2012，第5页。
④ 〔日〕祇园南海：《诗诀》，《日本诗话丛书》第一卷，文会堂书店，1922，第25页。
⑤ 王世贞：《弇州山人四部稿》卷一百四十七《艺苑卮言四》，第12页。
⑥ 王世贞：《弇州山人续稿》卷四十一《钱东畲先生集序》，第9页。
⑦ 王安石：《临川先生文集》卷三十一《题张司业诗》，中华书局，1959，第341页。
⑧ 王世贞：《弇州山人四部稿》卷六十八《潘润夫家存稿序》，第12页。
⑨ 王世贞：《弇州山人四部稿》卷六十五《徐汝思诗集序》，第6页。

以接受为主，但是他并没有停留在表层，而是进入了这背后的世界，富有一家之言，主要体现在以下几个方面。

首先，王世贞肯定白居易之作是至雅寓于俗者。在王世贞看来，白居易之作虽然浮浅、俗者之作颇多，如《中隐》《秋游原上》等，但并不是每一首诗作都是如此，如《卖炭翁》《红线毯》等文章不乏情至之语，以及关注社会现实，同情百姓，发扬古乐府精神，都是值得肯定的。况且白居易之俗，有其自身内涵，王世贞论道：

> 然于大历元和中，韦公之冲雅，白公之宏爽，吾不能第其于李杜若何，固非十才子所可肩并也……史固称左司性高简所至，多焚香燕坐，翛然物虑之表，香山数以直言谪外，晚节与缁黄相还往，通晓其理，知足少欲，不愧名字，余尝一再接龚君，虽不能尽得其人，于其诗见一斑矣。操觚之士，间有左袒左司者，以左司澹而香山俗，第其所谓澹者，寓至浓于澹，所谓俗者，寓至雅于俗，固未可以皮相尽也，当与龚君共味之。①

即白居易之俗，亦可见其宏爽，与李杜相比，尚有所不足，但是却在大历十才子之上，而又与韦应物之作有所出入。韦应物更多的是在"翛然物虑之表"，注重诗歌整体的"冲雅"之风，白居易却是以直言被贬，其诗作风格与其性格一致，晚年受佛道的影响，尤其是道家，讲究"通晓其理"，挖掘日常事务之至理，如《适意》中有云"终日一蔬食，终年一布裘"②，《初除户曹喜而言志》中曾曰"唯有衣与食，此事粗关身。苟免饥寒外，余物尽浮云"③，等等。这类诗作，看似庸俗至极，却"有着深层的思想内涵，也是道家重视个体生命的一种体现"④。元好问曾言"陶渊明，晋之白乐天"⑤，这种理，这种感悟，源于生活的真情实感，是白

---

① 王世贞：《弇州山人续稿》卷四十七《龚子勤诗集序》，第3~4页。
② 白居易：《白居易集笺校》，朱金城笺校，上海古籍出版社，1988，第318页。
③ 白居易：《白居易集笺校》，朱金城笺校，上海古籍出版社，1988，第288页。
④ 文艳蓉：《白居易生平与创作实证研究》，上海古籍出版社，2016，第313页。
⑤ 元好问：《元遗山诗集笺注》，人民文学出版社，1958，第525页。

居易诗作至雅的体现，也能看见陶渊明的影子。因此王世贞认为白居易诗作是"寓至雅于俗"，故而欣赏，"未可以皮相尽也"，须深入玩味之，才能更加接近诗人和诗作本身。

其次，王世贞认为白居易诗作是浅率中存辞达。诗学属于文学，而文学又与人学息息相关，诗学是人们情感的外在展现。王世贞在《章给事诗集序》一文中论述道："自昔人谓言为心之声，而诗又其精者。予窃以诗而得其人，若靖节之言，澹雅而超诣，青莲之言，豪逸而自喜，少陵之言，宏奇而饶境，左司之言，幽冲而偏造，香山之言，浅率而尚达，是无论其张门户，树颐颣，以高下为境，然要自心而声之，即其人，亦不必征之史，而十已得其八九矣。"① 即在王世贞看来，了解他人不必从史书中寻找，翻阅他人之诗，熟读之，其人自现。白居易的诗歌"浅率而尚达"，是王世贞对其诗歌特点的高度概括，也是白居易一生的真实写照。浅率而作，符合白居易创作杂律诗的率性特征，不过这种率性不是放任自流，而是辞能达意即可，如苏轼所言"大略如行云流水，初无定质，但常行于所当行，常止于所不可不止，文理自然，姿态横生"②，这也是王世贞所追求的创作境界，他说道："孔子曰：'辞达而已矣。'又曰：'修辞立其诚。'盖辞无所不修，而意则主于达。"③ 以致王世贞认为曹植的文学创作不如其父兄的古直和本色，因为曹植"材太高，辞太华"④，超出了"辞达"的意表。白居易的创作特色和王世贞的诗学主张不谋而合。

另外，王世贞欣赏白居易诗作之为诗不失时政。白居易和王世贞都不仅仅是一个纯粹的诗人，还有着兼济天下的政治情怀。白居易"谓之讽谕诗，兼济之志也；谓之闲适诗，独善之义也"⑤，其目的性非常明确，因此，白居易在仕途顺利、深受皇上赏识之时，其讽喻诗较多，而在被贬外地，政治不顺时，退而求其次，诗作以闲适诗、杂律诗为主，政治生涯的起伏没有让白居易停止诗歌创作，而是相得益彰，都取得了公认的成

① 王世贞：《弇州山人四部稿》卷六十九《章给事诗集序》，第5页。
② 苏轼：《苏轼文集》卷四九《与谢民师推官书》，孔凡礼点校，中华书局，1986，第4册，第1418页。
③ 王世贞：《弇州山人四部稿》卷一百四十四《艺苑卮言一》，第18页。
④ 王世贞：《弇州山人四部稿》卷一百四十六《艺苑卮言三》，第3~4。
⑤ 刘昫等：《旧唐书》卷一百六十六《白居易传》，中华书局，1975，第4350页。

就，如其杭州筑堤，造福万民，诗歌通俗，独树一帜。对于白居易的为诗不失时政，王世贞是非常赞赏的，其言："唐之诗人，独韦左司、白香山皆连典剧郡，皆为吾苏州刺史，而白公又为杭州，皆有惠利之政，其政不为诗所夺，而至于诗，故翘然于大历、元和中。"①"白乐天、苏子瞻之刺杭州，亦名能工吏事，不废客，于古文辞最为博丽矣。"② 这其实也是王世贞内心世界的外化，他早年就怀着"尚庶几铅刀之割，以少吐文士气"③ 的志向，奈何中遭家难，仕途受阻，郁郁不得志。王世贞一生的诗作颇多，《弇州山人四部稿》中的"诗部"有 52 卷，诗作共计 4524 首；《弇州山人续稿》中的"诗部"则有 24 卷，诗作共计 2137 首；还有部分诗作分散在《弇州山人续稿附》等文集之中，以及部分散佚诗作。粗略估计王世贞的诗作近 7000 首④。然而王世贞在当时既不以政术显，又不以诗作名。故而其在《玄峰先生诗集序》中更是称赞章美中屡治严嵩家奴横行及藩王不法之事，以治绩荐于朝廷，且为诗尚骨、气雄，世人称赞，王世贞最终感叹道："诗与政如是，足死矣。"⑤

当然，就王世贞的整体诗学观而言，他也不是一味地推崇白居易，虽然其明确地提出"诗不必尽盛唐，以错得之，飒飒乎岑李遗响哉"⑥，不过他还是认为"盛唐之于诗也，其气完，其声铿以平，其色丽以雅，其力沉而雄，其意融而无迹，故曰盛唐其则也"⑦，因此他在指导晚辈徐益孙写作时，认为："今宜但取《三百篇》及汉魏、晋宋、初盛唐名家语，熟玩之，使胸次悠然有融浃处，方始命笔……然后取中晚唐佳者，及献吉、于鳞诸公之作，以资材用。"⑧ 即在学习好盛唐的基础之上，方能旁及他作，这已经比李攀龙等人尺寸古法、诗必盛唐的复古主张更为宽泛。王世贞所谓的中晚唐佳者，或是大历而后者，当首推白居易，如其早年复

---

① 王世贞：《弇州山人续稿》卷四十七《龚子勤诗集序》，第 3 页。
② 王世贞：《弇州山人续稿》卷四十七《喻邦相杭州诸稿小序》，第 11 页。
③ 王世贞：《弇州山人四部稿》卷一百十九《汪伯玉二十四首》，第 7 页。
④ 王世贞散佚之作，尚没有辑录完整，目前个人辑录诗作 20 首，文 32 篇，部分已经发表，参考拙文《王世贞诗文拾遗》，《经学文献研究集刊》2016 年第十六辑。
⑤ 王世贞：《弇州山人四部稿》卷六十六《玄峰先生诗集序》，第 17 页。
⑥ 王世贞：《弇州山人续稿》卷五十《周叔夜先生集序》，第 20 页。
⑦ 王世贞：《弇州山人四部稿》卷六十五《徐汝思诗集序》，第 6 页。
⑧ 王世贞：《弇州山人续稿》卷一百八十二《徐孟孺》，第 16~17 页。

古时说道："诗自正宗外，如昔人所称广大教化主者，于长庆得一人曰白乐天，于元丰得一人焉，曰苏子瞻，于南渡后得一人曰陆务观，为其情事景物之悉备也。"① 可惜的是，王世贞对白居易诗学世界的阐释过于零散，分散于序、跋等文章之中，缺少系统而全面的论述，在此借用清人叶燮之论，以应王世贞之论，叶燮论述道：

> 白居易诗，传为"老妪可晓"。余谓此言亦未尽然。今观其集，矢口而出者固多；苏轼谓其"局于浅切，又不能变风操，故读之易厌"。夫白之易厌，更甚于李；然有作意处，寄托深远。如《重赋》《不致仕》《伤友》《伤宅》等篇，言浅而深，意微而显，此风人之能事也。至五言排律，属对精紧，使事严切，章法变化中条理井然，读之使人惟恐其竟，杜甫后不多得者。人每易视白，则失之矣。元稹作意胜于白，不及白春容暇豫。白俚俗处而雅亦在其中，终非庸近可拟。②

更为可贵的是，随着白居易诗学的传播，日本人伊藤仁斋（1627～1705）对白居易之诗也有着相似的看法，如他认为："诗家有'郊寒岛瘦，元轻白俗'之称，予以为其以俗目白，此白氏之所不可及，但少伤冗耳。盖诗以俗为善，所以《三百篇》之所以为经者，亦以其俗也。诗以吟咏性情为本，俗则能尽情……后山谓'书当快意读易尽'，予以为读易尽者，天下之至言也。若《长恨歌》《琵琶行》是已，才诵首二三句，后必读到终篇，句句如新，不觉其终，以其近俗故也。"③ 这不仅对白居易之俗进行了肯定，还将其与《诗经》进行比较，极大地提高了"俗"的历史韵味和内涵。

纪昀在翻阅前人文集时曾有过这样的感叹："考自古文集之富，未有过于世贞者。"④ 王世贞在检讨自己创作的大量诗文时也认为："仆于诗，

---

① 王世贞：《弇州山人四部稿》卷一百四十七《艺苑卮言四》，第 21～22 页。
② 叶燮：《原诗》，凤凰出版社，2010，第 60 页。
③ 〔日〕伊藤仁斋：《题白氏文集后》，《古学先生诗文集》卷三，株式会社出版社，1985，第 70～71 页。
④ 永瑢等：《四库全书总目》卷一百七十二《弇州山人四部稿》，中华书局，2008，第 1508 页。

大历而后者，阑入十之一，文杂贞元者，二十之一，六朝者百之一。"①
并说道："仆之病在好尽意而工引事，尽意而工事，则不能无入出于格，
以故诗有堕元白或晚季近代者，文有堕六朝或唐宋者，仆亦自晓之，偶不
能割爱，因而灾木行，当有所删削也。"② 由此可知，王世贞诗作取法广
泛，注重以意为先，然后工事，以致部分诗作不符合盛唐之格调，落于元
白之间，他也知如此并非为诗之正宗，奈何不忍舍弃而刊刻行之天下。而
这些独立于汉魏、晋宋、初盛唐诸名家之格外的诗作，亦王世贞有意为
之，是其诗学世界的重要组成部分，具有其独特的价值。其"堕元白"
之作主要分为以下几类。

首先，自我之"白家门风"。如前所论，王世贞在历史长河中找到了白
居易这一镜像，并对其诗作有着自我认知，"除却香山叟，谁能共我狂"③，
这是穿越时空对白居易的喊话，是对当下的反思，同时也是自我情性的展
现。这种自我的情性又可分为两个境界，其一乃有意为之，如王世贞说道：

> 风寒济南道中，兀坐肩舆，不能开卷，因即事戏作俳体六言解
> 闷，数之，政得三十首，当唤白家老婢读之耳。
> 有论已乖养性，无书自成绝交。且从李耳视舌，不与陶潜斗腰。
> （其一）

> 爱弟策名京兆，严君奏捷未央。不才也能随例，年年管领长枪。
> （其三）④

王世贞端坐后戏作解闷，似游戏之作，但意图性却很强，诗作语言通
俗，率性自然，白家门风跃然纸上，且多达三十首，即使"白家老婢"
读之，估计也很难辨识是谁所作。

---

① 王世贞：《弇州山人四部稿》卷一百二十八《答吴瑞谷》，第 17 页。
② 王世贞：《弇州山人续稿》卷二百《屠长卿》，第 2 页。
③ 王世贞：《弇州山人续稿》卷十三《小轩新构枕白莲池即碧莲也一丘岿然池上三方皆竹闲居偶成四章》（其二），第 8 页。
④ 王世贞：《弇州山人四部稿》卷四十六《六言绝句一百首》，第 6~7 页。

其二乃无意为之，这是王世贞内心白家门风的最高境界，进入了无我之境，如其言：

> 署中独酌，先后共得十首，颇有白家门风，不足存也。
>
> 醉即高眠醒便歌，世人无计奈吾何。一飧鱼菜欣然饱，双眼莺花到处多。梦里乾坤谁束缚，闲中风月任差科。唯余气习消难尽，强半陈编与耗磨。（其一）
>
> 九十韶光半已孤，揽衣推枕自支吾。诗名不傍新诗长，酒病全须浊酒扶。漫笑吴儿书咄咄，虚劳赵女和乌乌。蒸酥细薤香秔饭，为问先生得也无。（其二）①

此组诗乃王世贞以酒浇心中之块垒后而作，是真性情的不羁释放，所言为日常生活感悟，俗事俗趣，却回归本真。王世贞认为这十首诗作"不足存也"，符合其盛唐为则的诗学主张，不过王世贞还是难以舍弃，姑言"右十五篇，调格稍异，聊存之，以见一体"②，即将这些诗作以单独的文体形式保存，而在王世贞的文学观念中，辨体为先，其《艺苑卮言》的文学评论即从文体体例入手，其《弇州山人四部稿》一书的"四部"更是分为赋部、诗部、文部、说部，在这之前，尚无人如此分类，其中"诗部"诗歌4524首，包含三言古诗、六言绝句、七言排律、杂体等文体18种，杂体又包含八音、集句、离合等20种文体。这类学白之作，从"不足存也"到"聊存之，以见一体"的态度转变，可见王世贞对这组诗的重视和喜爱。

其次，览《长庆集》后而作。对白居易的雅慕，必定通过文集的阅览以探寻古人之精神，进而仿效之，力求与古人相近。王世贞在闲暇之时，屡屡翻阅《长庆集》，并且有感悟之作，如其言"秋日官舍无事，携

---

① 王世贞：《弇州山人四部稿》卷四十四《署中独酌，先后共得十首，颇有白家门风，不足存也》，第6页。

② 王世贞所言"右十五篇"，不仅包括此组组诗十首，另有"信笔为杂体三首"和"戏为江左变体二首"。

元白《长庆集》，阅一遍，题此二绝句，后置之箧中矣"①，"偶览元白《长庆集》有感逝者"②，等等，王世贞览后而作，最为集中的感慨当数《归弇多暇，读白香山〈长庆集〉况然有感》一诗：

> 香山白居士，不贪将相权。晚栖履道里，望者谓神仙。蓄书近万卷，赋诗逾千篇。携酒坐杯竹，绕身攒管弦。风流夙所慕，讵敢便夤缘。二十通朝籍，一纪赋归田。约略踬起迹，与公不相悬。公领留尹篆，余佐留枢铨。及余解印日，是公分司年。刑部两尚书，独不请俸钱。初招陶潜径，泊乘范蠡船。三山高下峰，二水红白莲。禽鱼既怡适，卉木尽澄鲜。回梳云破碎，岸帻月婵娟。突尔出岩壑，宛然自山川。生无红粉好，双僮卧床前。青灯渐寂寂，鼓腹俄便便。以此甘我偏，亦不望公全。偶诵《长庆集》，因展《四部》编。才情焉能拟，俱为俗耳传。公应容我后，我当让公先。颇闻韩忠献，醉白慕公贤。定册拥三朝，杖钺清八埏。自顾身不得，垂死但流涎。公辞海山院，要登兜率天。输公在此事，安分辟支禅。③

　　此诗乃王世贞晚年之作，无华丽之词，却将白居易的一生进行了略述和肯定，还将自我对白居易的爱慕之情全盘托出。王世贞感慨自己的仕途轨迹和白居易相仿，"与公不相悬"，然而白居易能够任性洒脱，辞去官职走进佛道世界，自己却身不由己，被困世俗，"输公在此事，安分辟支禅"。

　　再者，有意效体之作。王世贞在诗歌创作之时，受白居易的影响，有意效仿其诗体，且白家门风韵味十足。主要分为两个方面，其一，效"长庆体"。"长庆体"源于白居易、元稹的文集名字，后用来泛指两人诗歌的体式与风格，语言通俗易懂，直抒胸臆。王世贞擅长此类诗作，信手拈来，如《酒房戏为长庆体示四郎侄》诗中有言："且问吾家小杜康，泼醅浓醵许谁尝。软炊新稻真珠粒，细压寒槽白玉浆。泻出流霞偏让色，滴

来甘露有生香。休论染指涎先下,任遗持螯手自忙。"① 诗作的意象尽是日常事物,贴近生活。其二,效白体,即直接与白居易原作的契合,从其诗意出发,写自我内心之感。王世贞晚年应酬之作颇多,写诗祝寿更是常事,他曾言及"杜清甫丈九十矣,而矍铄如少年,曾忆白香山赠裴淄州云:九十不衰真地仙,因倚起语寿之"②,白居易这一起语,王世贞在为骆广州、金白屿、宗履湖等人的祝寿诗作中均用之。如《再用香山居士起语,寿骆广州先生》诗云:"九十不衰真地仙,五朝清晏即人天。难逢拜老中兴日,忆得悬弧孝庙年。薄宦陆生无粤橐,归心贺监有湖田。乡吟捉鼻从清浊,社酒胶唇且圣贤。大笑武公箴自苦,长夸荣启乐仍偏。如传篮笋来莲社,应许门人任一肩。"③ 且看白居易原作《春夜宴席上戏赠裴淄州》:"九十不衰真地仙,六旬犹健亦天怜。今年相遇莺花月,此夜同欢歌酒筵。四座齐声和丝竹,两家随分斗金钿。留君到晓无他意,图向君前作少年。"④ 白居易原作略带游戏之语,却又是直抒真性情,王世贞虽仿效之,亦得诗作之精髓。

由以上诗作可知,王世贞的内心与白居易有相契之处,他不仅取法白居易,还将之大量运用于具体的创作实践。

第五节 "弇州晚年定论" 新论

对王世贞复古行径的再思考,以及对其文学追求的探究,让我们更加意识到王世贞文学思想的复杂性,他的文学思想既不能以"文必秦汉、诗必盛唐"的笼统复古主张来概括,也不能以一味地追求源于内心真性情抒发的创作来拔高,这也导致了后人对其文学思想认知的多样性。

被王世贞寄予厚望的"末五子"之一李维桢,与王世贞有着深入的交流,他在《读苏侍御诗》一文中曾言:"余友邹孚如尝言,王元美先生《艺苑卮言》抑白香山诗太过。余谓此少年未定之论。晚年服膺香山,自

---

① 王世贞:《弇州山人四部稿》卷四十四《酒房戏为长庆体示四郎侄》,第 12 页。
② 王世贞:《弇州山人续稿》卷二十,第 8 页。
③ 王世贞:《弇州山人续稿》卷二十《再用香山居士起语,寿骆广州先生》,第 8 页。
④ 白居易:《白居易集笺校》,朱金城笺校,上海古籍出版社,1988,第 418 页。

云有白家风味，其《续集》如白趣更深。"① 李维桢在《黄友上诗跋》中也曾论道："今言诗莫盛于吴，吴得一弇州先生名世，天下翕然宗之。余尝疑'杜子美不暗有十王摩诘'语，窃以为轩轾太过，后见先生晚年定论，殊服膺摩诘，又极称香山、眉山，非后人所可轻议。"② 李维桢作为复古后学的领袖，他对王世贞诗学的评论影响甚大，"少年未定之论""晚年定论"的判定，让他人更加注重王世贞文学思想早年和晚年的差异性。与之同时期的焦竑，认为王世贞晚年归依苏轼，一改对待宋文的态度，与早年写作《艺苑卮言》时不同。钱谦益更是在此基础之上，旗帜鲜明地提出"弇州晚年定论"之说。钱谦益认为王世贞中晚年的文论思想和早年不同，有其"自悔"，如他说道："弇州晚岁赞熙甫画像曰：'千载有公，继韩欧阳。余岂异趋，久而自伤。'识者谓先生之文至是始论定，而弇州之迟暮自悔为不可及也。"③ 而王世贞对归有光的评论如下。

> 先生于古文辞虽出之自《史》《汉》，而大较折衷于昌黎、庐陵。当其所得，意沛如也。不事雕饰，而自有风味，超然当名家矣。其晚达而终不得意，尤为识者所惜云。
>
> 赞曰：风行水上，涣为文章。当其风止，与水相忘，剪缀帖括，藻粉铺张。江左以还，极于陈梁。千载有公，继韩欧阳，余岂异趋，久而始伤。④

钱谦益所言为"久而自伤"，而王世贞所言为"久而始伤"，一字之差，语气不同，句意也相差甚远。王世贞所表达的是对归有光才华横溢的赞赏，和对其晚年还不能如意的境遇感到悲伤，表示同情，而"自伤"表达的是对前论的幡然悔悟，两者截然不同。王世贞之前在《读书后》

---

① 李维桢：《大泌山房文集》，《四库全书存目丛书》集部第 153 册，齐鲁书社，1997，第 623 页。
② 李维桢：《大泌山房文集》，《四库全书存目丛书》集部第 153 册，齐鲁书社，1997，第 681 页。
③ 钱谦益：《列朝诗集》丁集十二《震川先生归有光》，许逸民等点校，中华书局，2007，第 5218 页。
④ 王世贞：《弇州山人续稿》卷一百五十《像赞》，第 12 页。

中认为归有光的文章"所不足者,起伏与结构"①。从王世贞的本意出发,他肯定归有光的才华时也不过是在"当其所得"的条件之下,他对归有光的文章创作还是抱有微词的,并没有折服于归有光门下,而是有其惋惜之情。

而围绕王世贞晚年文学是否"自悔"这一问题,历来争论不断,至今尚没有最终的答案。如四库馆臣从王世贞晚年阅读苏轼文集的角度,认为王世贞论文主宋,突破了复古诗学的樊篱;陈田则从王世贞乐府诗创作着手,特别强调王世贞晚年对李东阳乐府诗作态度的转变;今人魏宏远从王世贞晚年文学主张及创作与早年之不同的角度入手,分析其中的变化。这些均肯定"弇州晚年定论"。钱锺书则批评钱谦益将"始伤"误改为"自伤",人为地夸大王世贞晚年对早年文学思想的"悔悟",因此"牧斋谈艺,舞文曲笔,每不足信"②;卓福安认为钱谦益有意树立复古文学和反复古流派之间的对立,并以王世贞作为事例说明复古之劣势;李光摩则从钱谦益的自身利益需求出发,王世贞晚年的"自我救赎",更隐含着对陈子龙及追随者的批评和劝诫③。这些均否定"弇州晚年定论"。

由以上可知,持"弇州晚年定论"者,大多从王世贞晚年手持苏轼文集着手,探究晚年论文主宋和早年主秦汉之间的差异,进而肯定宋文的价值,尤其是肯定苏轼的独特地位。而否定该说者,更多的是从钱谦益出发,探寻其提出该论的目的性,肯定王世贞文学思想的整体性。无论支持还是反对,其持论均有所不足。

其一,肯定者从苏轼入手研究,具有不确定性。持论者所持均为刘凤探病后所言,然而其所见是否真实,其叙述又是否真实,则是一个大的问题。诚如崔瑞德等所言:"在王世贞病重期间,他的爱好被掐头去尾地收入对他也许是虚假的报道中,说他在虔诚地阅读北宋伟大的'文'的倡导者苏轼的著作。"④ 因此不能完全相信他人言语,更不能以此作为重要

---

① 王世贞:《读书后》卷四《书归熙甫文集后》,第 5 页。
② 钱锺书:《谈艺录》,中华书局,1984,第 386 页。
③ 李光摩:《钱谦益"弇州晚年定论"考论》,《文学遗产》2010 年第 2 期,第 110 页。
④ 〔英〕崔瑞德、〔美〕牟复礼编《剑桥中国明代史》,中国社会科学出版社,2006,第758 页。

的论据。况且，王世贞对苏轼的批评之语也不在少数。

其二，否定者从钱谦益入手探究，偏离王世贞的实际。钱谦益固然明确地提出"弇州晚年定论"，不过在他之前，李维桢、焦弘等人早就注意到王世贞晚年文学的独特性，单独从钱谦益提出该论的目的性出发，而不深入地研究王世贞自身文学主张和创作实际，重心离开了研究对象本身，恐有不妥之处。

再者，无论是支持者还是反对者，均注重王世贞早年和晚年，或者早中晚年思想的异同，其中，他们采取的早年时间标准都是王世贞刚从事复古运动之时，这种论述恐失之偏颇。毕竟，王世贞的中晚年思想肯定是在早年思想基础之上的发展演变，过于强调它们之间的异同，很容易分割不同时期文学思想之间的联系，只见树木不见森林。况且，王世贞从事复古运动时已经在中进士后，虽然王世贞年少成名，但是此时已22岁了，其自身已有一定的文学造诣，将此时期定义为早年，也似乎有不妥之处。

基于此，"弇州晚年定论"还有很多有待商榷之处，结合王世贞的复古行径和文学追求，笔者对于"弇州晚年定论"中王世贞晚年文学的"自悔"问题，不敢苟同，拟从以下三个方面进行论述。

第一方面，王世贞对苏轼的情感颇为复杂，在王世贞的文集中，也屡屡看到王世贞对苏轼文章的评论。如王世贞曾言："余于宋，独喜此公才情，以为似不曾食宋粟，人而亦有不可晓者。"[1] 在他眼中，"苏公才甚高，蓄甚博，而出之甚达而又甚易，凡三氏之奇尽于集，而苏公之奇不尽于集。故夫天下而有能尽苏公奇者，亿且不得一也"[2]。这是对苏轼的崇拜之情，其中需要注意的是，王世贞强调苏轼似不曾食宋粟，意即苏轼的文学成就实在一代宋人之上，这就涉及王世贞对宋代文学的评价。王世贞曾在《宋诗选序》中回味宋诗的发展历程后指出："余所以抑宋者，为惜格也。"[3] 不过，全文自始至终，王世贞并没有提及苏轼之诗，在此似乎是有意回避之，而"格"始终是王世贞取法的重要标准，他在指导后学时说道："六朝以前所不论，少陵、昌黎而后，苏氏父子亦近之，惜为格

---

[1] 王世贞：《弇州山人四部稿》卷一百二十九《书苏长公司马长卿三跋后》，第19页。
[2] 王世贞：《弇州山人续稿》卷四十二《苏长公外纪序》，第13页。
[3] 王世贞：《弇州山人续稿》卷四十一《宋诗选序》，第20页。

所压，不得超也。"① 即不论苏轼才情如何，新奇如何，终究为"格"所压，不同于盛唐之"格"高。因此，王世贞自述道："当吾之少壮时，与于鳞习为古文辞，其于四家殊不能相入。晚而稍安之，毋论苏公文，即其诗，最号为雅变杂揉者，虽不能为吾式，而亦足为吾用。其感赴节义，聪明之所溢散，而为风调才技，于予心时有当焉。"② 即苏轼之诗，不能成为王世贞恪守的学习对象，只能当作平常之用。这是王世贞对苏轼诗文评判的集中体现。

王世贞对苏轼的认知，还体现在其对以议论为诗的评判上。严羽在《沧浪诗话》中总结唐宋诗歌的特点时，认为："盛唐诸人，惟在兴趣；羚羊挂角，无迹可求。故其妙处，透彻玲珑，不可凑泊……近代诸公乃作奇特解会，遂以文字为诗，以才学为诗，以议论为诗；夫岂不工，终非古人诗也，盖于一唱三叹之音，有所歉焉。"③ 严羽已对"以议论为诗"的行为有所不满，其后在对此进行阐释时，他进一步指明了"近代诸公"的代表是苏轼和黄庭坚，严羽对苏、黄诗作的特点概括得十分准确，苏轼的以议论为诗的创作之法也常常被后人批判，如张戒论道："自汉魏以来，诗妙于子建，成于李杜，而坏于苏黄……子瞻以议论作诗，鲁直又专以补缀奇字，学者未得其所长，而先得其所短，诗人之意扫地矣。"④ 诗歌主性情，以议论为诗会有损作者情性的表达，使行文缺少神情韵味，而对于以议论为诗，王世贞也有着自己的见解，如他说道：

> 吾向者妄谓乐府发自性情，规沿风雅，大篇贵朴，天然浑成，小语虽巧，勿离本色，以故于李宾之《拟古乐府》，病其太涉论议过尔，抑剪以为十不得一。自今观之，亦何可少。夫其奇旨创造，名语叠出，纵不可被之管弦，自是天地间一种文字。若使字字求谐于房中铙吹之调，取其声语断烂者，而模仿之，以为乐府在是，毋亦西子之颦、邯郸之步而已哉。⑤

---

① 王世贞：《弇州山人续稿》卷一百八十一《答华孟达》，第 4 页。
② 王世贞：《弇州山人续稿》卷四十二《苏长公外纪序》，第 14 页。
③ 严羽：《沧浪诗话》，何文焕辑《历代诗话》，中华书局，2004，第 688 页。
④ 张戒：《岁寒堂诗话》，丁福保辑《历代诗话续编》，2006，第 455 页。
⑤ 王世贞：《读书后》卷四《书李西涯古乐府后》，第 7 页。

言即王世贞刚开始对李东阳创作的咏史、乐府等议论常出之诗，很是不满，后来王世贞的态度有所转变，肯定了李东阳创作诗歌时议论之处的价值，并赞赏这些议论是天地间的一种文字。王世贞在肯定诗歌创作主性情之余，正视议论于诗的独特价值，但是他并没有深入分析，而后人沈德潜则做出了有益探索，他在《说诗晬语》中进一步分析道：

> 人谓诗主性情，不主议论，似也，而亦不尽然。试思二《雅》中，何处无议论？杜老古诗中《奉先咏怀》《北征》《八哀》诸作，近体中《蜀相》《咏怀》《诸葛》诸作，纯乎议论。但议论须带情韵以行，勿近伧父面目耳。戎昱《和蕃》云："社稷依明主，安危托妇人。"亦议论之佳者。①
>
> 王维、李顗、崔曙、张谓、高适、岑参诸人，品格既高，复饶远韵，故为正声。老杜以宏才卓识，盛气大力胜之。读《秋兴八首》《咏怀古迹五首》《诸将五首》，不废议论，不弃藻缋，笼盖宇宙，铿戛韶钧，而横纵出没中，复合酝藉微远之致。目为"大成"，非虚语也。②

沈德潜远追《诗经》、二雅，近看唐朝诗人，指出他们诗歌中或多或少具有议论之处，并以杜甫为代表，深入分析其诗歌的议论特点，如其《秋兴》等诗，都为议论之佳者，且行文时做到了情感、辞藻等因素的彬彬之态，可谓之"大成"。

沈德潜在评论王维、杜甫等人之时，也注意到王世贞对待议论入诗的态度，并对王世贞的态度转变有所称赞，如他说道：

> 李西涯咏史乐府，王凤洲病其太涉议论，既又称为奇旨创造，名语叠出，而以规模古格者，为西子之颦，邯郸之步，是初议之而终许之也。西堂明史乐府虽宗其体格，而音节古奥，别白是非，审断功罪，则又过之，诚天地间别开一种文字也。③

---

① 沈德潜：《说诗晬语》，凤凰出版社，2010，第127页。
② 沈德潜：《说诗晬语》，凤凰出版社，2010，第108页。
③ 沈德潜：《清诗别裁集》，上海古籍出版社，2013，第444页。

沈德潜在认识王世贞态度转变之时，将王世贞作为有力的佐证，意在说明议论之于诗歌创作的重要性。王世贞对以议论为诗的看法，亦符合其对苏轼的认知，非"式"只"用"也。

因此，整体而言，王世贞并没有一味地推崇苏轼，在"格"这个师法的标准之下，苏轼只能屈尊到"用"的地位，如前所述，王世贞曾言："夫医师不以参苓而捐溲勃，大官不以八珍而捐胡禄障泥，为能善用之也。"① 故而即使刘凤真的看到了手握苏轼文集的王世贞，也是在情理之中，但这种情理，不能作为王世贞服膺苏轼的铁证。

第二方面，从王世贞"学白"这一事实出发，立足其本身的文学取向，我们可知以下几点。

首先，王世贞"学白"是其崇尚情性之学的体现。前已论及，《艺苑卮言》虽为复古而作，但是里面已经蕴含着"性灵说"和"神韵说"的影子，这体现在众多方面，其对白居易的认知就是其中之一。在王世贞看来，白居易和苏轼实为一家。被王世贞称为广大化教主的有三位：白居易、苏轼、陆游。他们的最大特点恰恰是"为其情事景物之悉备也"②，其诗，亦情性之诗，对于诗作的功用，王世贞更是直言："诗以陶写性灵，抒纪志事而已。"③ 如其所作《初春偶成自嘲》、《岁暮家居有感》和《漫兴八首》，等等，王世贞曾言"岁暮事稀，偶展白傅《长庆集》，不觉有入，戏作"，该作为"亦知忧造物，衰怯未辞官。薄禄消无计，微名损甚难。书斋陶甓旧，灯火白诗残。依约中人业，青天可见宽"④。看似戏作，却是自身情性的无意喷发和性灵的陶写。且王世贞和白居易之情性有相通之处，如其言：

> 第所谓"女伴莫话高眠，六宫罗绮三千，一笑皆生百媚，宸游教在谁边"，亦有情语，余每诵之，及乐天绝句云：雨露由来一点

① 王世贞：《弇州山人续稿》卷四十一《宋诗选序》，第20页。
② 王世贞：《弇州山人四部稿》卷一百四十七《艺苑卮言四》，第12页。
③ 王世贞：《弇州山人续稿》卷一百六十八《题刘松年大历十才子图》，第13页。
④ 王世贞：《弇州山人四部稿》卷二十六《岁暮事稀，偶展白傅〈长庆集〉，不觉有入，戏作》，第8页。

恩，争能遍却及千门。三千宫女如花面，几个春来无泪痕。辄低回叹
息古之，怨女弃才何限也。①

白居易诗作名为《后宫词》，王世贞也有感于后宫的苦楚，曾大力创
作正德宫词、西城宫词等诗作以抒情怀。王世贞自我分析道："于诗质本
不近，而意甚笃好之，然聊以自愉快而已。"② 以我手写我心，其对情性
之学的推崇贯穿一生，只不过是不同时期所展现的程度有所不同罢了。

其次，王世贞"学白"是一个持续的过程，并不是始于晚年。通过对
王世贞文集中"学白"诗作的相关考证，可知亦如其所言"生平雅慕乐
天"。如"风寒，济南道中"时所作"有论已乖养性"等三十首，即作于
嘉靖三十五年岁末赴青州途中经济南时，③ 王世贞时年三十一岁；"岁暮事
稀，偶展白傅《长庆集》，不觉有人，戏作"篇，根据在文集中的位置和王
世贞诗作的编排顺序，此诗处在《移司顺义有作》（嘉靖三十五年察狱京畿
事）与《将赴青州道别医友王昌年》（嘉靖三十五年岁末赴青州任事）之
间，应作于嘉靖三十五年岁末，王世贞亦时年三十一岁。另外王世贞曾于
秋日官舍无事，携《长庆集》，阅一遍后所创作的"十口官贫不遣随"等两
首诗，作于隆庆三年浙江左参政任上，该诗前有《岘山有朋寿堂盖为大司
空……》，岘山是浙江湖州一山，王世贞隆庆三年同吴峻伯、范伯桢等友人
游玩，后有《塘栖道中得转山西报自嘲》一诗，写王世贞隆庆三年秋升山
西按察使一事，且此卷诗作皆为隆庆三年所作，王世贞时年四十四岁。王
世贞还用香山居士起语，寿骆广州先生的"九十不衰真地仙，五朝清晏即
人天"篇应作于万历九年，依万历九年时骆居敬寿九十之语，王世贞时年
五十六岁。另一个重要的参照是王世贞创作《艺苑卮言》的历程，通行的
版本为万历四年《四部稿》中的十二卷本，即正文八卷，附录四卷，不过
《艺苑卮言》不是一蹴而就的，而是历经多次删减，嘉靖三十六年《艺苑卮
言》六卷本初稿形成，王世贞时年三十二岁；隆庆元年《艺苑卮言》八卷
本初稿形成，王世贞时年四十二岁；④ 然而王世贞创作的《艺苑卮言》是

---

① 王世贞：《弇州山人四部稿》卷一百五十二《艺苑卮言附录一》，第 2 页。
② 王世贞：《弇州山人四部稿》卷一百二十八《答周姐》，第 19 页。
③ 周颖：《王世贞年谱长编》，上海三联书店，2016，第 196 页。
④ 参见拙文《〈艺苑卮言〉成书考释》，《文献》2016 年第 6 期，第 148 页。

"作为前后七子文学复古运动的代表性理论专著,《艺苑卮言》无疑具备着最鲜明的'复古'特性……正担当了复古运动中'武器的批判'的角色"①。通过对比我们可以发现,王世贞"学白",亦与复古路径相吻合,复古并没有泯灭其对情性之学的追求,"学白"之举伴随着他的一生,具有持续性,只不过早晚年的创作有所不同。

另外,王世贞"学白"符合其诗学主张和批评。如前所论,盛唐诗作是王世贞的取法之则,但他同时学习中晚唐之佳者白居易,其在宣扬复古理论之时就主张"捃拾宜博"②,师法各家,至晚年仍未局限于盛唐诗学,很好地处理了"学白"和复古之间的矛盾。也正因为此,王世贞的诗作虽多,其诗格却未能达到盛唐之上,故而作为文坛领袖的他深知自己取法对他人的影响,他告诫道:"至于仆诗,门径尤广,宜采不宜法也。"③ 即自己的诗作只能作为广泛采纳研读的对象,而不是取法之则的代表。王世贞生活的时代是复古之学再次走上高峰之际,然而"学白"者数不胜数。王世贞从"学白"之举对他们的诗作进行相关的评论,为我们把握他人诗作打开了一扇大门。如王世贞认为白坪高"晚节又似白香山,若谈儒理则言近而指远"④;言及沈封时,指出他将自我的郁闷之情寄托于诗作的吟咏,且"近师香山"⑤;在评论沈周之作时,直言他"喜为诗,其源出白香山、苏眉州,兼情事,杂雅俗"⑥,此类评论,符合他们各自的创作实际,如《明史》中评价沈周"文摹左氏,诗拟白居易、苏轼、陆游"⑦。不仅如此,王世贞更是欣慰自己的孩子在阅读自己的书籍之时,能够自主地去研读白居易之诗,不落入他人俗套,如其叙述道:"三儿大小俱能读父书,幸于司马文园、白香山多矣,安能更遂人眉眼风尘自没耶。"⑧

可见,王世贞"学白"是性情之学的体现,且是一生之举,并运用

---

① 郦波:《王世贞文学研究》,中华书局,2011,第151页。
② 王世贞:《弇州山人四部稿》卷一百四十四《艺苑卮言一》,第13页。
③ 王世贞:《弇州山人续稿》卷一百八十二《徐孟孺》,第17页。
④ 王世贞:《弇州山人续稿》卷四十三《白坪高先生诗集序》,第16页。
⑤ 王世贞:《弇州山人续稿》卷一五十三《祭沈封君铁山文》,第10页。
⑥ 王世贞:《弇州山人续稿》卷一百四十七《像赞》,第11页。
⑦ 张廷玉等:《明史》卷二百九十八《沈周传》,中华书局,1974,第7630页。
⑧ 王世贞:《弇州山人续稿》卷一百八十三《林近夫》,第1页。

到具体的诗歌创作之中，但"学白"是王世贞诗学正宗之外的取法，符合他的诗学主张和批评，其复古主张并没有因此而发生根本性的变化。一来，此类诗作集中于王世贞中晚年时期，相对于王世贞一生的创作，从数量和内容上而言，尚不是主体部分，且部分仿效诗作乃为游戏之作，使其价值有所减损。二来，白居易诗作之格不及盛唐李杜等人，格调越低，越容易见其浅俗，而王世贞始终推崇盛唐之格，即使晚年逐渐走向性灵①，但他是在注重篇法、句法和字法的基础之上，才进而追求不法而法的境界。诚如郑利华所论："综观王世贞的文学态度，前后不同时期固然发生过某些变化，反映出不断成熟的趋向，但其基本的立场并没有因此而改变。"② 也如廖可斌所言："王世贞的文学思想虽然发生了一些变化，但最终没有放弃和否定其复古的基本主张。"③

第三方面，许多学者在研究王世贞一生的文学思想时，通常将王世贞的"早年"文学思想定格到其为复古文学运动摇旗呐喊之时，特别是王世贞撰写《艺苑卮言》的时候。如孙学堂指出："对《艺苑卮言》的自我评价显示，王世贞否定了早年关注外在艺术风貌的审美视角。"④ 裴世俊认为："他（王世贞）的一些文学主张在晚年有较大的改变，逐步走出保守的文学意识，兼容并包，冲破复古束缚，符合其一生多变的实际。"⑤ 魏宏远论述道："一般而言，晚年心境与早年相比会有所不同。在经历人生诸多风雨之后，人的锐气会减弱，甚至消失，取而代之的则是一种旷达或心气平和，诗歌创作也会臻于不烦绳削、自然天成的境界……王世贞晚年诗歌写作较之早年有了很大转变。"⑥ 诚然，王世贞复古时期的文学思想是研究其整体文学思想的重要抓手，对其走上文坛，进而引领文坛有着关键性的作用，但细论之，王世贞嘉靖二十七年冬与李攀龙相遇时，已经二十二岁，古人在此年纪早就有了一定的文学积累，甚至已形成了自己的

① 参见拙文《复古派领袖王世贞："性灵派"的先驱》，《求索》2016年第11期，第139页。
② 郑利华：《王世贞研究》，学林出版社，2002，第214页。
③ 廖可斌：《明代文学复古运动研究》，上海古籍出版社，1994，第299页。
④ 孙学堂：《〈读书后〉与弇州晚年定论》，《南开学报》2000年第2期，第36页。
⑤ 裴世俊：《试析钱谦益的"弇州晚年定论"——兼及钱钟书对"定论"的评价》，《山东师范大学学报》2004年第2期，第54页。
⑥ 魏宏远：《论王世贞晚年诗歌写作的转变》，《浙江社会科学》2009年第11期，第98页。

文学主张，如王勃、李贺等诗人二十余岁离世，但是留下不少名篇，并有自我的创作风格。翻阅王世贞文集，我们固然找不到王世贞遇到李攀龙之前有什么系统的文学理论主张，不过通过王世贞自述的少年时期，可以窥探一二。如：

> 余十四岁，从大人所得《王文成公集》，读之而昼夜不释卷，至忘寝食，其爱之出于三苏之上。稍长，读秦以下古文辞，遂于王氏无所入，不复顾其书，而王氏实不可废。①

> 吾生平无进取念，少年时，神厉志凌之病，亦或有之。今老矣，追思往事，可为扪舌。②

> 余少年时，称诗盖以盛唐为鹄云，已而不能无疑于五言古，及李于鳞氏之论曰："唐无古诗而有其古诗。"则洒然悟矣，进而求之。③

> 仆数奇自放，不能为人间完人，而又多少年偏嗜堕绮语障，今过五十，始知悔，然无及矣。④

> 陈公甫先生诗不入法，文不入体，又皆不入题，而其妙处有超乎法与体与题之外者。予少年学为古文辞，殊不能相契，晚节始自会心。偶然读之，或倦而跃然以醒，不饮而陶然以甘，不自知其所以然也。若邵尧夫非不有会心处，而沓拖趿跋，种种可厌，譬之剥荔扶、荐江瑶，以佐蒲萄之酒，而馁鱼败肉、臭羹蛙炙，杂然而前进，将掩鼻，抉喉呕哕之不暇，而暇辨其味乎。然公甫乃推极重庄孔旸，又尧夫下也，而公甫亦自沾沾，则不能尽出无意，以此小让陶先生。⑤

通过对以上材料的阅读，我们可知王世贞热爱文学创作，并且行文多少年意气、雄心壮志，喜欢华丽的辞藻，同时，王世贞对文学的追求有着

---

① 王世贞：《读书后》卷四《书王文成集后一》，第3页。
② 王世贞：《弇州山人四部稿》卷一百五十一《艺苑卮言八》，第23页。
③ 王世贞：《弇州山人续稿》卷五十五《梅季豹居诸集序》，第18页。
④ 王世贞：《弇州山人续稿》卷一百八十三《陆山人》，第4页。
⑤ 王世贞：《读书后》卷四《书陈白沙集后》，第11页。

自己的认知，在结识李攀龙之前，就推崇盛唐诗作，并且喜好王阳明、三苏之文，而王阳明是"心学"的代表，注重自我主体性的存在，苏轼的行文创作无拘无束，如行云流水，尽情地展现内心情感，使"真我"得到自然流露。另外，需要注意的是，王世贞强调少年时期文体与法度的疑惑，到"晚节始会心"，或者认为自己早年追求绮语有所不对，这些都意味着王世贞晚年自成一家主盟文坛之时，仍然注重少年时期的文学之路。

由此可知，王世贞在复古之时所流露出的性灵说和神韵说等文学主张，其实是其少年文学思想的外在体现和发展，是其晚年对少年文学之路的回顾和反思，也更说明了其少年文学思想之于自我整体文学思想的重要性。少年文学思想的突出，也否定了王世贞"早年"文学思想的模糊定义。王世贞从事复古文学运动，如果硬要进行分期的话，复古时期的王世贞应该属于"青年"时期，如前所论，其创作的《艺苑卮言》也不是一蹴而就的，该书屡经修改，初稿到定稿花费近二十年，伴随着王世贞青年的整个过程。

通过对"弇州晚年定论"所涉概念的辨析可知，王世贞对苏轼所持的是中肯态度，"学白"甚至是"雅慕"白居易是既定的事实，以及王世贞对其少年文学思想的反思和注重，让所谓的"弇州晚年定论"之说不足信。毕竟"弇州晚年定论"之说主要在于对王世贞文学思想进行分期探讨，肯定其晚年诗学主张，进而认定其对所谓的早年文学主张有所"悔悟"，如此研究，有不妥之处，亦说明不能简单地分期研究王世贞诗学内涵。王世贞的文学思想经历过少年、青年、中年和晚年这四个时期，存在内在的同一性，其所从事的文学复古运动也并不是其文学思想的开端，更不存在其早年和晚年文学思想的对立。

王世贞主"剂"思想的提出，"性灵说"种子的生根和发芽，以及平生对白居易的"雅慕"，让我们感受到他引领复古文学运动之外的文学追求，这种追求，是王世贞源自内心对真性情的抒发，也体现了其文学思想的多面性和复杂性，所谓的"弇州晚年定论"是他人在明显目的的驱使下对王世贞文学思想的错误认知，对"弇州晚年定论"的反思，更让我们理解了王世贞对复古运动中格调、法度等理论主张的突破，揭示了其基于至情理论文学思想的整体性。

第四章
王世贞的诗文文体观

文贵乎体要，文章风格与文体范式关系紧密，且文章风格的体现建立在一定的文体基础之上，从文学史发展的历程来看，文体范式的演变发展承载着文章内容的表达，四言诗，端庄典雅，神圣肃穆，被广泛地运用于国家祭典和悼念友人等场合，后来与六言相结合，走向骈文化道路，成为奏议、策论等文体的主要书写方式。如此演变，虽然增加了四言的运用范围和文体价值，但是不尽符合文人情感的表达和抒发，以至在骈文化发展的同时，五言诗逐渐取代四言，成为一时文学创作的主体语言范式，锺嵘之《诗品》是那个时期的代表作，其评论也堪称典范，他曾说道："夫四言，文约意广，取效风骚，便可多得。每苦文繁而意少，故世罕习焉。五言居文词之要，是众作之有滋味者也。"① 即四言不符合创作者情感的表达的需求了，五言则能够容纳更多的情感，是有滋味者的新范式。当然，四言发展到五言之后，并没有裹足不前，而是随着人们情感的畅发，六言、七言、九言等文体范式逐渐登上了历史舞台。王世贞作为有明一代大家，主盟文坛，常常以体辨文，进而才以文识人，如其在创作《艺苑卮言》之时，依体分类，注重不同人物所擅长的文体不一，从而更加客观地评定研究对象的创作优劣，因此他认为："五言律、七言歌行，子美神矣；七言律，圣矣。五、七言绝者，太白神矣；七言歌行，圣矣；五言次之。"② 王世贞在编写《弇州山人四部稿》时，更是将所有的文章分为赋

---

① 锺嵘：《诗品译注》，周振甫译注，中华书局，2013，第19页。
② 王世贞：《弇州山人四部稿》卷一百四十七《艺苑卮言四》，第4页。

部、诗部、文部和说部，而不是以传统的经史子集分之。王世贞诗文的文体观是其文学思想的外在体现，所以我们要注意到王世贞文体和体式观念的丰富性，以及对后世的影响，而这些观念同时也是王世贞文论体系的有机组成部分。

王世贞的创作以诗文为主，在其诗歌的创作之中，对古乐府的模拟和新创占有重要地位，是王世贞诗歌创作理论的集中体现，同时也是后七子派复古文学所侧重的诗歌文体。在文部当中，王世贞非常注重书牍和行状的写作，书牍承载着王世贞文章创作的理念，并寄托着王世贞以文求不朽的崇高愿望，而行状不仅体现了王世贞对逝者的哀思，还涉及王世贞自身的有关事迹和内心情感，并且王世贞的行状创作独具特色，具有很高的价值。且鉴于在《弇州山人四部稿》和《弇州山人续稿》中，文部的篇幅远远多于诗部，因此本文在诗部中只选乐府诗体，而在文部中则挑选书牍、行状两种文体，以对王世贞的文体和体式观念进行探究，进而了解王世贞的诗文创作理念。只有深入了解了王世贞的文体观，才能更好地把握其文学思想的深刻内涵。

第一节　所著书籍的编排体例

经过长期的历史积累，文体学发展到明朝日益成熟，体制趋于完备，吴讷的《文章辨体》、徐师曾的《文体明辨》便是明朝文体研究的集大成著作，其中《文章辨体》论及的文章体式有 59 种之多，而《文体明辨》更是多达 120 余种。对于文章体式的注重，一直是前后七子复古文学中的一个重要命题，古人已不在，唯有通过对作品的认知和理解，才能更好地法式古人。王世贞论诗文的一个鲜明特点就是常常以文体为先，《艺苑卮言》虽然整体上是按照时间顺序进行编排的，但是每一章之内，却又以文体来进行分类评论。在他看来，以文体为先的原则基于以下原因。

首先，文体与文体之间有着差别。文体与文体之间的差别，也就是诗之为诗，而不为赋的文体本性。如在《艺苑卮言》卷一，王世贞引用前人之言，表达出自己对赋、诗、文的态度，现各选两例。

语赋，则司马相如曰："合綦组以成文，列锦绣而为质。一经一纬，一宫一商。此赋之迹也。赋家之心，包括宇宙，总览人物，致乃得之于内，不可得而传。"

扬子云曰："诗人之赋典以则，词人之赋丽以淫。"

语诗，则挚虞曰："假象过大，则与类相远。造辞过壮，则与事相违。辨言过理，则与义相失。靡丽过美，则与情相悖。"

……

严羽曰："诗有别才，非关书也；诗有别趣，非关理也。然非多读书，多穷理，则不能极其至。"又曰："盛唐诸公惟在兴趣，羚羊挂角，无迹可求。故其妙处透彻玲珑，不可凑泊，如空中之音，相中之色，水中之月，镜中之象，言有尽而意无穷。"

……

语文，则颜之推曰："文章者，原出'五经'：诏命策檄生于《书》者也；序述论议，生于《易》者也；歌咏赋颂，生于《诗》者也；祭祀哀诔，生于《礼》者也；书奏箴铭，生于《春秋》者也。"

韩愈曰："养其根而俟其实，加其膏而希其光。根之茂者其实遂，膏之沃者其光晔。"又曰："和平之声淡薄，愁思之声要妙，欢愉之辞难工，穷苦之言易好。"①

赋、诗、文创作的侧重点有所不同，故而影响到各自的创作方法。赋气势磅礴，包罗万象；诗在于温柔敦厚，妙在言有尽而意无穷；文则根据不同的功用有着不同的创作规范，并与作者的情感关系紧密。因此，王世贞的文集明确分为赋、诗、文等部分，《艺苑卮言》对赋、诗、文的评论顺序与其文集中文章的安排顺序十分吻合。

其次，不同文体体式的创作方法不尽一样。就诗而言，有四言诗、五言诗、七言诗之分，七言又有绝句、律诗之别，甚至还有排律之体。王世贞认为：

---

① 王世贞：《弇州山人四部稿》卷一百四十四《艺苑卮言一》，第3~10页。

四言诗须本《风》《雅》，间及韦、曹，然勿相杂也。世有白首铅椠，以训故求之，不解作诗坛赤帜。亦有专习潘陆，忘其鼻祖。要之，皆日用不知者。

拟古乐府，如《郊祀》《房中》，须极古雅，发以峭峻。《铙歌》诸曲，勿便可解，勿遂不可解，须斟酌浅深质文之间。汉魏之辞，务寻古色。《相和》《瑟曲》诸小调，系北朝者，勿使胜质；齐梁以后，勿使胜文。近事毋俗，近情毋纤。拙不露态，巧不露痕。宁近无远，宁朴无虚。有分格，有来委，有实境，一涉议论，便是鬼道。

歌行有三难，起调一也，转节二也，收结三也。惟收为尤难。如作平调，舒徐绵丽者，结须为雅词，勿使不足，令有一唱三叹意。奔腾汹涌，驱突而来者，须一截便住，勿留有馀。中作奇语，峻夺人魄者，须令上下脉相顾，一起一伏，一顿一挫，有力无迹，方成篇法。此是秘密大藏印可之妙。①

即四言诗体的创作本乎风、雅之作，学习西晋的潘岳和陆机等人，则会逐渐远离四言诗体的本色；拟古乐府的创作则要古雅加峭峻，虽然不同时代的曲调节奏不一样，但是回归古雅，不涉及议论的创作才符合拟古乐府的本源；歌行则不同于乐府，起承转合皆有其创作的法门，须做到"一起一伏，一顿一挫，有力无迹"的境地，方称佳作。

再者，基于文体认知之上的评论。王世贞认为唯有对文体和体式有了清楚的认知，才能更好地评定作家创作的优劣，从而使认知更加趋于客观，也才能更好地确定自己的法式对象，而不是跟在他人后面亦步亦趋，毫无方向性地学习。如他说道：

五言近体，高岑俱不能佳。七言，岑稍浓厚。

摩诘才胜孟襄阳，由工入微，不犯痕迹，所以为佳。间有失点检者，如五言律中"青门""白社""青菰""白鸟"一首互用；七言律中"暮云空碛时驱马""玉靶角弓珠勒马"，两"马"字覆压；

① 王世贞：《弇州山人四部稿》卷一百四十四《艺苑卮言一》，第 13~14 页。

"独坐悲双鬓"，又云"白发终难变"。他诗往往有之，虽不妨白璧，能无少损连城？观者须略玄黄，取其神检。孟造思极苦，既成，乃得超然之致。皮生撷其佳句，真足配古人。第其句不能出五字外，篇不能出四十字外，此其所短也。

……

谢氏，俳之始也，陈及初唐，俳之盛也，盛唐，俳之极也。六朝不尽俳，乃不自然，盛唐俳殊自然，未可以时代优劣也。

七言绝句，盛唐主气，气完而意不尽工；中晚唐主意，意工而气不甚完。然各有至者，未可以时代优劣也。①

每个人的创作精力有限，秉性不同，不可能擅长所有的体类，如谈五言近体，高适和岑参在唐朝诸诗人中排不上号，而七言尚有佳作。再者即使同一种体式，不同的作家创作也有优劣之分，如此细致地着手分析，才更好地认知王维和孟浩然的长短，而不是一味地推崇。进而言之，王世贞将个别作家或者某一时代的文风放在历史的长河中去考察，得出了"未可以时代优劣也"的著名论断，这是文体和体式发展的必然，因此谢灵运在古诗向律诗发展及诗歌创作的骈化、俳化等方面具有开创之功，然而却不及盛唐发展的成熟时期，不过基于诗歌发展成熟的盛唐，其主"气"被人称颂，但是"意"却不尽工，被复古文学唾弃的中晚唐却与盛唐相反，"意"工之处胜于盛唐，有可取之处。

虽然后七子派的复古文学运动提倡法度、格调，注重各种文体的创作之法，王世贞创作《艺苑卮言》之时，也是他大力提倡文学复古之际，属于青年时期，不过，王世贞对文体和体式的注重，是贯彻其一生的文学创作的，没有发生根本性的转变，如其中晚年亦注重文体和体式之于文学评论和创作的重要性：

夫文有格，有调，有骨，有肉，有篇法，有句法，有字法。今睹足下集，并集中诸君子语，非北地、济南、新都弗述。其格古矣，骨

---

① 王世贞：《弇州山人四部稿》卷一百四十七《艺苑卮言四》，第5~6页。

树矣，句字修矣，所少不备，幸相与勉之而已。文之所以为文者三，生气也，生机也，生趣也。此三者，诸君子不必十全也，无但诸君子，即所称献吉诸公，亦不必十全也。愿足下多读《战国策》、《史》《汉》、韩欧诸大家文，意不必过抻王道思、唐应德、归熙甫，旗鼓在手，即败军之将、偾群之马，皆我役也。至于诗，古体用古韵，近体必用沈韵，下字欲妥，使事欲稳，四声欲调，情实欲称，彀率规矩，定而后取，机于性灵，取则于盛唐，取材于献吉、于鳞辈，自不忧落夹矣。①

这是王世贞的晚年之论，此论放在《艺苑卮言》中亦没有违和感。王世贞一直认为诗文创作有着各自的学习对象和时代风格，这些是建立在具体的法度、格调，以及文章的文体和体式基础之上的，如文学创作所具备的"气""机""趣"，"不必十全也"，毕竟个人的创作和时代的风格都各有其长短。具体而言，在进行文章创作前得多读《战国策》《史记》等书，并取法韩愈、欧阳修等诸大家，而古体诗必须用古韵，近体则须用沈韵，然后再施之以情，如此方能得其佳作。

《艺苑卮言》是王世贞诗文理论的重要著作，通过《艺苑卮言》，我们对王世贞的文体观念有了一个初步的了解，不过《艺苑卮言》正文八卷，即使包括附录在内，也才区区十二卷，且整体存在于《弇州山人四部稿》之中，而《弇州山人四部稿》和《弇州山人续稿》则有三百八十余卷，是王世贞文集的主要代表作，书的编排体例是其文体和体式观的具体体现。现将王世贞著作中涉及的文体和体式与《文章辨体》和《文体明辨》做一番比较②，以更加清楚地认识王世贞诗文文体观念，如下表所示。

---

① 王世贞：《弇州山人续稿》卷一百八十二《颜廷愉》，第4~5页。
② 《文章辨体序说》和《文体明辨序说》所采用的版本为郭绍虞主编，于北山、罗根泽点校的通行本。人民文学出版社，1982。《弇州山人四部稿》和《弇州山人续稿》所采用的版本为美国哈佛大学燕京图书馆和普林斯顿大学东亚图书馆所藏明刻本。

《文章辨体》 吴讷 （1372～1457）	《文体明辨》 徐师曾 （1517～1580）	《弇州山人四部稿》 王世贞 （1526～1590）	《弇州山人续稿》 王世贞 （1526～1590）
		赋、诗、文、说	赋、诗、文
1 古歌谣辞、2 古赋、3 乐府、4 古诗、5 谕告、6 玺书、7 批答、8 诏、9 册、10 制、11 诰、12 制策、13 表、14 露布、15 论谏、16 奏疏、17 议、18 弹文、19 檄、20 书、21 记、22 序、23 论、24 说、25 解、26 辨、27 原、28 戒、29 题跋、30 杂著、31 箴、32 铭、33 颂、34 赞、35 七体、36 问对、37 传、38 行状、39 谥法、40 谥议、41 碑、42 墓碑、43 墓碣、44 墓表、45 墓志、46 墓记、47 埋铭、48 谏辞、49 哀辞、50 祭文、51 连珠、52 判、53 律赋、54 律诗、55 排律、56 绝句、57 联句诗、58 杂体诗、59 近代词曲	1 古歌谣辞、2 四言古诗、3 楚辞、4 赋、5 乐府、6 五言古诗、7 七言古诗、8 杂言古诗、9 近体歌行、10 近体律诗、11 排律诗、12 绝句诗、13 六言诗、14 和韵诗、15 联句诗、16 集句诗、17 命、18 谕告、19 诏、20 敕、21 玺书、22 制、23 诰、24 册、25 批答、26 御札、27 敕文、28 铁券文、29 谕祭文、30 国书、31 誓、32 令、33 教、34 上书、35 章、36 表、37 笺、38 奏疏、39 盟、40 符、41 檄、42 露布、43 公移、44 判、45 书记、46 约、47 策问、48 策、49 论、50 说、51 原、52 议、53 辨、54 解、55 释、56 问对、57 序、58 小序、59 引、60 题跋、61 文、62 杂著、63 七体、64 书、65 连珠、66 义、67 说书、68 箴、69 规、70 戒、71 铭、72 颂、73 赞、74 评、75 碑文、76 碑阴文、77 记、78 志、79 纪事、80 题名、81 字说、82 行状、83 述、84 墓志铭、85 墓碑文、86 墓碣文、87 墓表、88 谥议、89 传、90 哀辞、91 谏、92 祭文、93 吊文、94 祝文、95 嘏辞、96 杂句诗、97 杂言诗、98 杂体诗、99 杂韵诗、100 杂数诗、101 杂名诗、102 离合诗、103 诙谐诗、104 诗余、105 玉牒文、106 符命、107 表本、108 口宣、109 宣答、110 致辞、111 祝辞、112 贴子词、113 上梁文、114 乐语、115 右语、116 道场榜、117 道场疏、118 表、119 青词、120 募缘疏、121 法堂疏	赋部：1 赋、2 骚。诗部：1 风雅类、2 词、3 六言绝句、4 六言古句、5 六言律、6 六言排律、7 拟古乐府古体、8 七言古句、9 七言绝句、10 七言律、11 七言排律、12 七言小律、13 三言古、14 四言古、15 五言古体、16 五言绝句、17 五言律、18 五言排律。文部：1 哀辞、2 碑六首、3 碑刻跋、4 辨、5 表、6 策、7 传、8 读、9 公移、10 行状、11 画跋、12 记、13 纪行、14 祭文、15 诔、16 论、17 铭、18 墨迹跋、19 墨刻跋、20 募缘疏、21 墓碑、22 墓表、23 墓碣铭、24 墓志铭、25 神道碑、26 史论、27 书牍、28 书事、29 述、30 说、31 颂、32 序、33 议、34 杂记、35 杂文跋、36 杂著、37 赞、38 志、39 奏疏	赋部：1 哀辞、2 辞。诗部：1 拟古乐府、2 四言古诗、3 五言古、4 七言古、5 五言律、6 六言律、7 七言律、8 五言排律、9 七言排律、10 五言绝句、11 六言绝句、12 七言绝句。文部：1 序、2 记、3 纪、4 传、5 史传、6 墓志铭、7 幕表、8 神道碑、9 墓碑、10 行状、11 志、12 疏、13 偈、14 颂、15 像赞、16 祭文、17 佛经书后、18 道经书后、19 议、20 说、21 读、22 杂文跋、23 墨迹跋、24 墨刻跋、25 画跋、26 佛经画跋、27 书牍

续表

《文章辨体》 吴讷 （1372~1457）	《文体明辨》 徐师曾 （1517~1580）	《弇州山人四部稿》 王世贞 （1526~1590）	《弇州山人续稿》 王世贞 （1526~1590）
乐府包括：1 郊庙歌辞、2 恺乐歌辞、3 横吹曲辞、4 燕飨歌辞、5 琴曲歌辞、6 相和歌辞、7 清商曲辞。 古诗包括：1 四言、2 五言、3 七言、4 歌行	古歌谣辞包括：1 歌、2 谣、3 讴、4 诵、5 诗、6 辞、7 谚附。 敕包括：敕榜附。 赦文包括：1 德音文附。 表包括：1 笺记附。 奏疏包括：1 奏、2 奏疏、3 奏对、4 奏启、5 奏状、6 奏札、7 封事、8 弹事。 盟包括：1 誓附。 书记包括：1 书、2 奏记、3 启、4 简、5 状、6 疏。 序包括：1 序略附。 题跋包括：1 题、2 跋、3 书、4 读。 字说包括：1 字说、2 字序、3 字解、4 祝辞、5 名说、6 名序、7 女子名字说。 墓表包括：1 墓表、2 阡表、3 殡表、4 灵表。 离合诗包括：1 口字咏、2 藏头诗附。 上梁文包括：1 宝瓶文说、2 上牌文附。 青词包括：密词附	拟古乐府包括： 1 汉郊祀歌、2 汉铙歌、3 补铙歌、4 乐府变。 词包括：1 词余。 杂体包括：1 八音、2 宫殿名、3 回文、4 集句、5 将军名、6 九言、7 离合、8 联句、9 鸟名、10 人名、11 三五七言、12 十二属、13 数名、14 五行十支、15 五平体、16 五杂俎、17 五仄体、18 一至十言、19 杂言、20 州名	序包括：1 送行序、2 寿序、3 诗集序、4 表序、5 集序。 疏包括：1 疏时事类、2 辞辩类、3 乞休类、4 陈请类

　　如上表所述，王世贞的体式观念与吴讷和徐师曾的相比，有其自身的特色。如王世贞并没有按传统的经史子集来分类，而是将所有文章总体上分为赋、诗、文、说四部，然后细分体类。《弇州山人四部稿》共计 180 卷，分为赋、诗、文、说四部，赋部分为赋体和骚体两类，诗部分为三言古、五言古、五言律、七言绝、七言排等 18 种，其中杂体诗类又包括 20 种，文部更是多达 39 种文体。王锡爵曾言："明兴二百年，熏酿至嘉、隆中，文章始大阐，荐绅先生结轸而修竹素，乃其著述之富，体制之备，莫如吾友大司寇元美王公。"① 对王世贞的如此夸奖，实在不为过。如徐

---

① 王锡爵：《弇州山人续稿序》，《弇州山人读稿》，第 1 页。

师曾在《文体明辨》中也是经常引用王世贞的体式理论来论证自己的观念，他在《总论》中说道："大明王世贞曰：'才有工而速者，如淮南王、祢正平、陈思王、王子安、李太白之流是也。'"① 在《诗论》中曾言："大明王世贞曰：'大抵诗以专诣为境，以饶美为材。'"② 在《文论》中曾言："大明王世贞曰：'文至于隋唐而靡极矣，韩、柳振之。'"③ 胡应麟认为王世贞各体皆备，为"古今文章咸总萃"④。从中可知，王世贞的体式理论在当时就得到了大家的认同。

第二节　诗部——以乐府诗体为例

中国是一个诗歌的国度，作为文体而言，诗歌历来是众多文人的首选。王世贞著述繁复，且在"诗以陶写性灵"的主张引领之下，诗歌创作颇多，如经过王世贞亲手删定后出版的《弇州山人四部稿》，从卷三到卷五十四均为诗部，多达 52 卷，诗歌共计 4524 首，具体分布为：风雅类 25 首，三言古 3 首，四言古 18 首，五言古体 496 首，五言绝句 222 首，五言律 890 首，五言排律 165 首，六言绝句 100 首，六言律 5 首，六言排律 1 首，拟古乐府 386 首，七言古体 299 首，七言绝句 825 首，七言律 919 首，七言排律 24 首，七言小律 5 首，杂体 48 首，词 93 首。从其分布来看，王世贞诗类文体涉及的诗歌体裁较为全面，甚至看起来仿佛是有意为之。再者，此处的"词"仍旧依附在诗类之中，王世贞将其列于"诗余"之下，他曾言："词者，乐府之变也。"⑤ 即词是乐府的变体，相对于正体而言，变体更是不可多为之，乐府已处于诗类之下，词则更没有多少地位可言。王世贞的文学主张及其著作的编排体例相契合。

在众多的诗类文体之中，有一类比较特别，即乐府诗体。王世贞和李攀龙力倡复古，其中的一条重要路径就是通过对前人的模拟学习，进而与

---

① 徐师曾：《文体明辨序说》，罗根泽点校，人民文学出版社，1982，第 82 页。
② 徐师曾：《文体明辨序说》，罗根泽点校，人民文学出版社，1982，第 86 页。
③ 徐师曾：《文体明辨序说》，罗根泽点校，人民文学出版社，1982，第 95 页。
④ 胡应麟：《少室山房集》卷八十九《石羊生小传》，文渊阁《四库全书》第 1290 册，上海古籍出版社，1987，第 654 页。
⑤ 王世贞：《弇州山人四部稿》卷一百五十二《艺苑卮言附录一》，第 1 页。

古人同，以达到学习古人的目的。虽然在如何学习古人方面有所不同，但是对古人乐府诗的学习却是共同的重中之重。罗宗强先生曾对后七子的复古内涵进行了整体性概括，他认为由李攀龙和王世贞领导的复古运动，着力点不在文而在诗，① 因此在学习古人乐府诗时，就产生了拟古乐府。今就对诗部中的乐府诗体，特别是拟古乐府，进行深入分析，以认识王世贞的诗部文体观，从而更好地把握其诗学思想。

沈德潜曾在《明诗别裁集·序》中论述道："宋诗近腐，元诗近纤，明诗其复古也。"② 此论不假，复古主义的诗学观念贯穿整个明朝，经过李东阳、李攀龙、胡应麟等人的倡导，更是达到了顶峰。他们高举"诗必盛唐"的大旗，对乐府诗的批评和创作实践则是"复古"内容的重要组成部分，如李东阳仿照西汉乐府诗创作了 101 首拟古乐府诗，李攀龙的拟古乐府诗则有 210 余首，而王世贞则是更进一步，在《弇州山人四部稿》的卷四至卷七，就有多达 386 首拟古乐府诗。由于高举复古旗帜，渐渐地，王世贞就在《明史·文苑传》中被塑造成"文必秦汉，诗必盛唐"的反面典型，被后人贴上了复古主义的标签。其实，王世贞为诗为文各有侧重，他往往厘清某一文体的发展脉络，然后依据"溯源守正"的思想，确立自己的取法对象，具有很强的针对性。对乐府诗，王世贞尤为如此，其能"守正而求其变"，从而展示出其文学思想的多元性。

对于乐府诗的认识，刘勰在《文心雕龙》中曾说"乐府者，'声依永，律和声'也"③，将声律论与乐府创作相联系。到了明朝，在复古主义热潮的推动之下，这种基调依然存在，甚至有扩大之势。李东阳虽然认为乐府长短句的存在增加了创作难度，但正因为乐府是有音律的，故而还有规律可循，如他说道："古律诗各有音节，然皆限于字数，求之不难。惟乐府长短句，初无定数，最难调叠。然亦有自然之声，古所谓声依永者。"④ 而王世贞对乐府声律的认识则更进一步，即"凡有韵之言，可以

---

① 罗宗强：《明代文学思想史》，中华书局，2013，第 522 页。
② 沈德潜：《明诗别裁集》，上海古籍出版社，2013，第 301 页。
③ 刘勰：《文心雕龙义证》，詹锳义证，上海古籍出版社，1989，第 220 页。
④ 李东阳：《麓堂诗话》，丁福保辑《历代诗话续编》，中华书局，2006，第 1370 页。

谐管弦者，皆乐府也"①。在这基础之上，王世贞还对历史上那些与音律有关的文体流变做了一个总的概括，他论述道：

> 《三百篇》亡而后有骚赋，骚赋难入乐，而后有古乐府，古乐府不入俗，而后以唐绝句为乐府，绝句少宛转，而后有词，词不快北耳，而后有北曲，北曲不谐南耳，而后有南曲。②

总体而言，王世贞在分析这些文体的流变时，站在历史的高度来俯瞰，采用时间先后顺序，认为除了《三百篇》，其他的文体都各有其短处，因而随着时代的发展而被取代，这种盛衰之辨有其可取之处，但这也给人一种"《三百篇》—骚赋—古乐府"的直线型演变模式，好像古乐府脱胎于骚赋，祖源于《三百篇》，并与之相隔甚远，然而我们细论的话，则未必如此。恰恰与之不同的是，王世贞认为骚和乐府是《三百篇》之后分流出来的两个不同的分支，乐府并不是从骚赋中演变而来的一种单独文体，而是能够与之并行的，只不过是表现形式不同罢了。如他论述道："王者之迹熄而风斯下矣，然详而骚，略而乐府，靡而建安之五言，犹未尽废其璞。"③

乐府诗的形式自由，便于歌唱和抒情，与七言歌行的关系尤为密切。王世贞就认为七言歌行脱胎于乐府，李白更是将七言歌行的创作推上了艺术的顶峰。如他说道："五言古出建安二谢，下沿齐梁，七言歌行出乐府，时时青莲之致。"④ 并认为李白的古乐府更是"窈冥恍惚，纵横变幻，极才人之致，然自是太白乐府"⑤，独创一类。

王世贞诗文论批评的一个突出特点就是奉行体例先行的原则，把握好了文体的各种特点，才能更好地对与文体有关的内容进行论述。对于乐府诗的特点，王世贞的论述非常零散，可是他借他人之口，还对乐府诗进行了一番集中而详细的论述，他说道：

---

① 王世贞：《弇州山人续稿》卷四十二《梁伯龙古乐府序》，第 12 页。
② 王世贞：《弇州山人四部稿》卷一百五十二《艺苑卮言附录一》，第 8 页。
③ 王世贞：《弇州山人续稿》卷四十四《水竹居诗集序》，第 16 页。
④ 王世贞：《弇州山人四部稿》卷六十六《五岳黄山人集序》，第 16 页。
⑤ 王世贞：《弇州山人四部稿》卷一百四十七《艺苑卮言四》，第 4~5 页。

古乐府，王僧虔云："古曰章，今曰解，解有多少。当是先诗而后声，诗叙事，声成文，必使志尽于诗，音尽于曲。是以作诗有丰约，制解有多少。"又"诸曲调解有辞有声，而大曲又有艳、有趋、有乱。辞者，其歌诗也。声者，若'羊'、'吾'、'韦'、'伊'、'那'、'何'之类也。艳在曲之趋，与乱在曲之后，亦犹《吴声》，前有和，后有送也"。其语乐府体甚详，聊志之。①

王僧虔对乐府体的论述非常详细，其中主要涉及乐府的曲调，如"羊""吾""韦"之类，王世贞对此表示认同，"聊志之"，这也符合王世贞对乐府声律的一贯看法。但是王世贞对乐府的认识并没有局限于曲调，他还具体而微，认为在进行乐府创作时，应该将句法和字法放到同等重要的地位，他分析道："古乐府选体歌行，有可入律者，有不可入律者，句法、字法皆然。惟近体必不可入古耳。"②

如上所述，王世贞虽然强调乐府创作时的音律以及句法和字法，但是他也注意到乐府的社会功用，"古乐府自郊庙、宴会外，不过一事之纪，一情之触，作而备太师之采云尔"③。王世贞的这种思想至老没变，虽然晚年谦虚地认为不敢奢望被太师采集，但他却抱有"庶几以被异时信史一二云尔"④。这就回归到了乐府的本质功能，一为宴会之娱乐，二为记事，三为抒情，而在王世贞看来，"乐府之所贵者，事与情而已"⑤，后两者尤为重要。的确，只有注重来源于客观现实的真性情之作，才能得到众人的共鸣和肯定，从而被太师采集，最终上达君王。杜甫能够即事而命题，基于自身情感，将乐府的创作联系社会现实，因此被王世贞赞赏为"此千古卓识也"。

诗和词的关系密切，李东阳认为"诗太拙则近于文，太巧则近于词"⑥，词也被称为诗余，而乐府则是诗歌体裁中最为重要的一种，从曲调以及字法上的运用来看，词与乐府有着相同之处，而乐府又对五言和七

---

① 王世贞：《弇州山人四部稿》卷一百四十四《艺苑卮言一》，第 13 页。
② 王世贞：《弇州山人四部稿》卷一百四十四《艺苑卮言一》，第 18 页。
③ 王世贞：《弇州山人四部稿》卷六《乐府变》，第 15 页。
④ 王世贞：《弇州山人续稿》卷二《乐府变十章》，第 13 页。
⑤ 王世贞：《弇州山人四部稿》卷一百四十七《艺苑卮言四》，第 16 页。
⑥ 李东阳：《麓堂诗话》，丁福保辑《历代诗话续编》，中华书局，2006，第 1379 页。

言歌行等诗体的发展有着重要影响。在论述词和乐府之间的关系时，王世贞比李东阳更进一步，认为词者，乐府之变也，但词和乐府的风格却是截然不同的，他便借何元朗之口，给出了明确答复，"何元朗云：'乐府以矫径扬厉为工，诗余以婉丽流畅为美'"①。因而就乐府诗的风格特点而言，应该是以矫径扬厉为工，接近于豪放、雄浑一类，这也符合当时文坛对这种文风的追求。

因此，王世贞认为乐府源于《三百篇》，能够直承王者之迹，与骚并行，在诗歌发展的河流中，有着重要地位，故而在创作时不仅要注重其声律和法度，更要注重真性情抒发时与社会现实的结合。王世贞对乐府诗的认识有借鉴前人之处，也有在前人理解基础之上的深入，而这些认识，在王世贞的具体创作实践中，得到了进一步的体现和升华。

如前所述，王世贞强调乐府诗的曲调和法度，但他在模拟和自行求变的实际创作时，并不是亦步亦趋，而是有着自身特色。

首先，王世贞认为模拟是学习古乐府的途径，但不能拘泥于对曲调和法度的简单机械模拟，而是要"新事创名，度以古曲"②，并融入自身情感进行再创作。纵观各种文体，乐府的独特之处便在于它是音和情的统一体，缺一不可。王世贞说道："今夫古乐府之与今词，本末迥然别矣，其音发于籁而辞缘于情，古未有二也。"③

因此模拟古乐府的途径有三种。"或舍调而取本意，或舍意而取本调，甚或舍意调而俱离之"④。王世贞对李先芳意先于调的做法表示肯定，认为"伯承稍稍先意象于调，时一离去之，然而其构合也。夫合而离也者，毋宁离而合也者"⑤。意和调的关系体现着作者的创作观念，其先后的不同，影响着具体的创作。意先于调，更加强调作者真性情的创作，而调先于意，创作中则更多地受曲调束缚，难免会在模拟时亦步亦趋，从而失去自我的真情实感。所以即使李攀龙是王世贞的至交和导师，王世贞评

---

① 王世贞：《弇州山人四部稿》卷一百五十二《艺苑卮言附录一》，第2页。
② 王世贞：《弇州山人四部稿》卷一百二十一《张助甫》，第17页。
③ 王世贞：《弇州山人续稿》卷四十二《梁伯龙古乐府序》，第12页。
④ 王世贞：《弇州山人四部稿》卷六《乐府变》，第15页。
⑤ 王世贞：《弇州山人四部稿》卷六十四《李氏拟古乐府序》，第19页。

论李攀龙的拟古乐府时，也毫不客气地说道："于鳞拟古乐府，无一字一句不精美，然不堪与古乐府并看，看则似临摹帖耳。"① 这种自得微少的作品是不足取的，"优孟之为孙叔敖，不如其自为优孟也"②。钱谦益亦认为："（李攀龙）拟古乐府也，谓当如胡宽之营新丰，鸡犬皆识其家……易云拟议以成其变化，不云拟议以成其臭腐也。易五字而为《翁离》，易数句而为《东门行》《战城南》，盗《思悲翁》之句而云'鸟子五，鸟母六'。"③ 且看其自鸣得意的《拟陌上桑》之作。

> 日出东南隅，照我西北楼。罗敷贵家子，足不逾门枢。性颇喜蚕作，采桑南陌头。上枝结笼系，下枝挂笼钩。堕鬓何缭绕，颜色以敷愉。缃绮为下裙，紫绮为上襦。行者见罗敷，下担故绸缪。少年见罗敷，袒褐出臂韝。来归相怨怒，且复坐斯须。使君自南来，驻我五马车。遣吏前致问，为是谁家姝？罗敷小家女，秦氏有高楼。西邻焦仲卿，兰芝对道隅。罗敷年几何，十五为人妇。嫁复一年余，力桑以作苦。孰与使君俱？使君复为谁？蚕桑所自娱，小吏无所畏……座中数千人，皆言夫婿殊。④

再看汉古乐府中的《陌上桑》原作。

> 日出东南隅，照我秦氏楼。秦氏有好女，自名为罗敷。罗敷善蚕桑，采桑城南隅。青丝为笼系，桂枝为笼钩。头上倭堕髻，耳中明月珠。缃绮为下裙，紫绮为上襦。行者见罗敷，下担捋髭须。少年见罗敷，脱帽着帩头。耕者忘其犁，锄者忘其锄。来归相怨怒，但坐观罗敷。
>
> 使君从南来，五马立踟蹰。使君遣吏往，问是谁家姝？"秦氏有

---

① 王世贞：《弇州山人四部稿》卷一百四十九《艺苑卮言六》，第 14 页。
② 王世贞：《弇州山人四部稿》卷一百二十一《张助甫》，第 17 页。
③ 钱谦益：《列朝诗集》，许逸民等点校，中华书局，2007，第 4406 页。
④ 李攀龙：《沧溟先生集》卷一《陌上桑》，包敬第标校，上海古籍出版社，2014，第 15~16 页。

好女，自名为罗敷。""罗敷年几何？""二十尚不足，十五颇有余。"
使君谢罗敷："宁可共载不？"罗敷前致辞："使君一何愚！使君自有
妇，罗敷自有夫！"

"东方千余骑，夫婿居上头。何用识夫婿？白马从骊驹，青丝系
马尾，黄金络马头；腰中鹿卢剑，可值千万余。十五府小吏，二十朝
大夫，三十侍中郎，四十专城居。为人洁白皙，鬑鬑颇有须。盈盈公
府步，冉冉府中趋。坐中数千人，皆言夫婿殊。"①

《拟陌上桑》脱胎于汉乐府的《陌上桑》，但是李攀龙的模拟痕迹甚
为明显，可以算得上是对古人的抄袭，如此创作古乐府，只是机械地模
拟，了无情思。因此，当自己的好友吴国伦过于模拟古乐府，而没有自己
的情感体现时，王世贞批评吴国伦"觉过模拟，不堪见大巫"②。

那么王世贞自己的拟古乐府诗又是如何呢？且试看王世贞的一首拟古
乐府。

战城南，城南壁，黑云压我城北。伏兵搹我东，游骑抄我西，使
我不得休息。黄埃合匝，日为青，天模糊，钲鼓发，乱欢呼。虏骑
敛，飙迅驱。树若荠，草为枯。啼者何？父收子，妻问夫，戈甲委
积，血淹头颅。家家招魂入，队队自哀呼。告主将，主将若不知。生
为边陲士，野葬复何悲。釜中食，午未炊，惜其仓皇遂长诀，焉得一
饱为？野风骚屑魂依之，曷不睹主将，高牙大纛坐城中。生当封彻
侯，死当庙食无穷。③

这首拟古乐府脱胎于乐府的《战城南》。

战城南，死郭北，野死不葬乌可食。为我谓乌："且为客豪，野

---

① 郭茂倩编《乐府诗集》卷二十八《陌上桑》，中华书局，2009，第503页。
② 王世贞：《弇州山人四部稿》卷一百二十《复肖甫》，第7页。
③ 王世贞：《弇州山人四部稿》卷四《拟古乐府七十五首·汉铙歌十八曲·战城南》，第
7～8页。

死谅不葬，腐肉安能去子逃?"水深激激，蒲苇冥冥。枭骑战斗死，驽马徘徊鸣。梁筑室，何以南? 何以北? 禾黍不获君何食? 愿为忠臣安可得? 思子良臣，良臣诚可思，朝行出攻，暮不夜归。①

两首诗放在一起进行比较，我们可以发现王世贞的《战城南》虽然在句式和曲调上，有模仿汉乐府《战城南》之处，但是源于真情的他，对汉乐府又有所超越，如对战场的描写，"黄埃合匝，日为青，天模糊"，"戈甲委积，血淹头颅"，"生为边陲士，野葬复何悲"。全诗笔法娴熟，感情基调悲凉，刻画了战场的无情和残酷，真是"一将功成万骨枯"啊，让人读之也不禁为之悲叹和辛酸。

这样的拟古乐府之作，完全体现了王世贞的灵活师古理念，故而对于拟古乐府，王世贞认为：

> 拟古乐府，如郊社房中，须极古雅，发以峭峻，铙歌诸曲，勿便可解，勿遂不可解，须斟酌浅深质文之间。汉魏之辞，务寻古色，相和瑟曲诸小调，系北朝者，勿使胜质。齐梁以后，勿使胜文，近事毋俗，近情毋纤，拙不露态，巧不露痕，宁近无远，宁朴无虚，有分格，有来委，有实境，一涉议论，便是鬼道。②

由此可知，王世贞并没有拘泥于对曲调的模仿，而是在模仿中，不拘泥于曲调，注意曲调不损于内容的创作，在创作中注重自身情感的融入，不矫揉造作，从而做到拙不露态、巧不露痕、浑然天成的境地。

其次，王世贞追求曲调和法度服从于真性情的佳作，力图通过乐府变组诗的创作来探寻"明乐府"。王世贞在认识乐府诗时，先从乐府的曲调和法度着手，对其有一个基本的认识。而在对古乐府进行模拟创作时，则更进一步，注重调和意的搭配、自身情感的融入，甚至强调意先于调，追求源于真性情的创作。但是创作"意""调"二者合一的拟古乐府之作并

---

① 郭茂倩编《乐府诗集》卷十六《战城南》，中华书局，2009，第228页。

② 王世贞：《弇州山人四部稿》卷一百四十四《艺苑卮言一》，第12页。

不是王世贞创作的终点。毕竟拟古乐府之作，无论取得多大成就，终究或多或少会有模拟的影子。曲调和法度对于乐府诗的创作固然重要，但是乐府诗本质是贵璞，而非华丽辞藻的堆积，要表达出最原始的真性情，因此王世贞进一步强调要真性情地创作乐府诗，他在《书李西涯古乐府后》中论述道：

> 吾向者妄谓乐府发自性情，规沿大雅，大篇贵朴，天然浑成，小语虽巧，勿离本色，以故于李宾之《拟古乐府》，病其太涉论议过尔，抑剪以为十不得一。自今观之，亦何可少。夫其奇旨创造，名语叠出，纵不可被之管弦，自是天地间一种文字。若使字字求谐于房中铙歌之调，取其声语断烂者，而模仿之，以为乐府在是，毋亦西子之颦、邯郸之步而已。①

在此，王世贞摆脱了体例的约束，不拘泥于乐府诗的曲调，让曲调和法度也服从于真性情的抒发。甚至在表达真性情时，乐府不能被之管弦也是无所谓的，这是对真性情的彻底追求，同时也是他对乐府诗本质的渴望，因为只有源于真性情的乐府诗才是真正的乐府诗。再者，之前王世贞认为拟古乐府不能涉及议论，而此时在对乐府诗本质的追求之下，即使是议论，只要是源于真性情的议论，也是允许的，这就进一步打破了王世贞之前对拟古乐府诗的限制。所以王世贞给予了李东阳古乐府以极高的肯定，认为其"自是天地间一种文字"。而那些亦步亦趋模拟乐府诗，以为自己的创作是真乐府诗的人，只不过是东施效颦、邯郸学步罢了。

要创作出王世贞心目中的乐府诗的确很难。从乐府发展的历史来看，"初唐四杰"和李白都是乐府诗创作的高手，李白能够"拟古乐府以己意己才发之，尚沿六朝旧习"②，有可取之处，但是这样的乐府创作往往局限于旧题，模拟而缺乏创新。杜甫即事而命题的乐府创作方式对传统乐府有所突破，让乐府回归到现实生活之中，但是杜甫擅长炼字，注重推敲字

---

① 王世贞：《读书后》卷四《书李西涯古乐府后》，明钞本，上海图书馆藏，第9页。
② 王世贞：《弇州山人四部稿》卷一百四十七《艺苑卮言四》，第6页。

句，过于雕琢，甚至要达到"语不惊人死不休"的地步，因而王世贞在一定程度上给予了杜甫极大的肯定，认为他的乐府创作是"千古卓识也"，但同时认为他"词取锻炼，旨求尔雅，若有乖于田畯女红之响者"①。田畯女红就是泛指田夫村妇之类的社会普通百姓。故而杜甫追求的尔雅创作，就不能更加客观地反映田畯女红的实际情况，背离了乐府诗创作的本旨，"惜不尽得本来面目耳"②。王世贞在评价三曹时，从乐府诗创作的角度出发，认为"曹公莽莽，古直悲凉，子桓小藻，自是乐府本色。子建天才流丽，虽誉冠千古，而实逊父兄。何以故，材太高，辞太华"③。正因为曹植才高而辞华，远离乐府本色，所以成就不如其父兄。

李白和杜甫等人的创作固佳，然也有不可取之处；明朝的李梦阳、李攀龙等文坛领袖痴迷于对乐府诗的模拟，并进而形成风气，面对这样的局面，王世贞就"束发操觚，见可咏、可讽之事多矣，间者掇拾为大小篇什若干。虽鄙俗多阙漏，要之，庶几一代之音，而可以备采万一者，故不忍弃而藏之"④。可见，王世贞创作乐府变组诗，目的非常明确，意在回归乐府诗来源的田畯女红之地，并且要在乐府诗中书写明朝的可讽、可咏之事，发出当时的感慨，形成明朝的一代之音，备他人采集，以上达君王。而这种模式，就使乐府诗的创作回归到了本身的土壤，并完全摆脱了汉乐府的束缚。王世贞是想通过乐府变的创作，找到适合明朝的乐府诗创作，力求形成具有明朝特色的乐府——"明乐府"。如《钧州变》中的"富贵且莫求，贫贱且莫忧。奉君一卮酒，为君奏《钧州》"；再如《江陵伎》中的"朱门一家哭，万家得安宿，一家亦不哭，太姬方啖粥"。这样的佳句在其乐府变组诗中比比皆是。虽然乐府变组诗前后一共只有22首，但是王世贞将自己的乐府理念付诸实践，进行了伟大的尝试，这种尝试也是其拟古乐府思想的进一步升华。

整体而言，王世贞肯定通过模拟进而学习乐府创作，但是这种模拟是基于曲调和法度之上，融入自身情感，与社会生活相结合的创作，对于那

---

① 王世贞：《弇州山人四部稿》卷六《乐府变》，第15页。
② 王世贞：《弇州山人四部稿》卷一百四十七《艺苑卮言四》，第5页。
③ 王世贞：《弇州山人四部稿》卷一百四十六《艺苑卮言三》，第3~4页。
④ 王世贞：《弇州山人四部稿》卷六《乐府变》，第15页。

些模拟乐府只在于追求形似、逼真的作者，王世贞明确给予否定，他说道："拟乐府自魏而后有逼真者，然不如自运滔滔莽莽。"① 模拟再怎么逼真，终究只是停留在模拟的层面上，远不如源于真性情的自运之作。王世贞则通过乐府变组诗的创作，追求真性情，探寻"明乐府"之路。

王世贞在模拟乐府诗之余，对乐府变组诗苦心经营，是有意识、有目的再创造，这些组诗寄托着他对"明乐府"创作的美好蓝图。虽然在数量上，乐府变组诗远远不及拟古乐府，总共只有22首，但这是他乐府思想最核心的体现，"乐府变"的存在，主要是王世贞赋予了其"变"的独特内涵，后人在"乐府变"创作之时，也一直延续着这种内涵。"乐府变"有着自身的特点，这主要体现在以下几个方面。

首先，乐府变的语言通俗易懂，有白居易遗风。如前所述，乐府贵璞，王世贞对乐府本质的追求，也在于追求没有经过雕琢、源于真性情的至情之语。而通观乐府的发展历史，与这一本质接近的无疑是白居易。白居易的新乐府诗就是提倡创作源于生活，要表现真性情，追求语言通俗。虽然王世贞对白居易的通俗语言表面上有所不满，认为白居易的诗过于浅易，但是王世贞私底下却独自模仿白体，并多达10首，成为一组组诗："署中独酌，先后共得十首，颇有白家门风，不足存也。"② 虽然王世贞自认为不足存，但是自己在编订文集、刊刻《弇州山人四部稿》时仍然将它们放入书中，试看其中的一首：

> 九十韶光半已孤，揽衣推枕自支吾。诗名不傍新诗长，酒病全须浊酒扶。漫笑吴儿书咄咄，虚劳赵女和乌乌。蒸酥细菇香秔饭，为问先生得也无。③

这是这组诗中的第二首，诗中所叙的内容是日常生活的真实写照，信手拈

---

① 王世贞：《弇州山人四部稿》卷一百四十九《艺苑卮言六》，第8页。
② 王世贞：《弇州山人四部稿》卷四十四《署中独酌，先后共得十首，颇有白家门风，不足存也》，第6页。
③ 王世贞：《弇州山人四部稿》卷四十四《署中独酌，先后共得十首，颇有白家门风，不足存也》，第6页。

来，真是深得白门遗风。可见，王世贞对白居易还是颇为赞赏的，只不过表面上不承认罢了。而这种创作思想在乐府变中也得到体现，如王世贞在《治兵使者行当雁门太守》中表彰抗倭有功的将士，写道："士女避敌走，不敢开门。任君令开门，全活千万人。生我父母，存我任君。"① 白家门风跃然纸上。

其次，基于王世贞的生活经历，乐府变新事附古调，乃有为而作。朱承爵曾言："古乐府命题，俱有主意。后知作者，直当因其事用其题始得。往往借名，不求其原，则失之矣……彼知《铙歌》二十二曲中有《朱鹭曲》，由汉有朱鹭之详，因而为诗，作者必因纪祥瑞，始可用《朱鹭》之曲。《相和歌》三十曲内有《东门行》，乃士有贫行，不安其居，拔剑将去，妻子牵衣留之，愿同铺糜，不求富贵。作者必因士负气节未伸者，始可代妇人语，作《东门行》沮之。余不尽述，各以例推之可也。"② 即要熟知所拟对象的原委，然后融入自身情感再创作，从而避免对古乐府亦步亦趋地模拟。如王世贞创作的《将军行》，其诗就来源于乐府，但是王世贞在《将军行》中所描述的事情则是明朝发生的，是王世贞针对仇鸾所作，结尾辛辣地讽刺道："寄语二心臣，贻臭空万年。"这种有为而作，发挥诗的讽谏功能，与白居易之作有异曲同工之妙。白居易的新乐府大多写的是真人真事，鞭挞权贵时，没有多余的悲悯之心。如白居易在《与元九书》中说："闻《秦中吟》，则权豪贵近者相目而变色矣，闻《乐游园》寄足下诗，则执政者扼腕矣。闻《宿紫阁村》诗，则握将军要者切齿矣。"③ 因为前车之鉴，王世贞对于自己所创作的乐府变组诗，也有着清楚的认识，他认为"《三百篇》不废风，风人之语，其悼乱恶谗，不啻若自口出，乃犹以依隐善托称之"④，以致王世贞前期创作的十首乐府变，一直到刊刻《弇州山人续稿》时才被刊刻出来。如《将军行》《越台高》《尚书乐》给予当朝将相和权贵无情的讽刺和批判，《黄河来》《商中丞》则表达对正直同僚的同情和对权贵的憎恨。

---

① 王世贞：《弇州山人四部稿》卷六《治兵使者行当雁门太守》，第15页。
② 朱承爵：《存余堂诗话》，周维德《全明诗话》，齐鲁书社，2005，第1213页。
③ 白居易：《白居易选集》，周勋初选编，人民文学出版社，2002，第349页。
④ 王世贞：《弇州山人续稿》卷二《乐府变十章》，第13页。

　　另外，乐府变继承了乐府诗的叙事传统，但增加了叙事密度，并扩大了诗歌的叙事范围，将叙事视角深入官场权力关系之中。叙事是乐府诗的重要特征，王世贞推崇《孔雀东南飞》，赞赏其"质而不俚，乱而能整，叙事如画，叙情若诉，长篇之圣也"①。相对于拟古乐府以短篇为主，王世贞在乐府变的创作过程中，则有意地运用叙事的手段，扩大篇幅，增加文章所承载的信息量，使叙事和抒情融为一体，以达到创作目的。如《将军行》《尚书乐》等篇，就是大量叙事，从而使主题更加鲜明，而《袁江流钤山冈当庐江小妇行》则足以代表王世贞叙事的能力和水平。《袁江流钤山冈当庐江小妇行》在体制上颇似《孔雀东南飞》，但他并不是对《孔雀东南飞》的逐字模拟，而是匠心独运，尽叙事之能事，将庐江小妇的婚姻悲剧与严嵩的一生经历相联系，痛斥严嵩的卑鄙行径，并将官场错综复杂而又很微妙的权力构架揭露出来，对官场权力关系的描述"是叙事诗中前所未有的成就"②。另外，虽然在王世贞之前，已经有人创作了长篇叙事诗，如李东阳的《花将军歌》和李梦阳的《石将军歌》，但是没有像王世贞这样集中创作长篇叙事诗的文人，长篇叙事诗到了王世贞，则达到了一个顶峰，而难能可贵之处还在于王世贞的长篇叙事诗，是源于真性情的创作，并具有明确的创作目的，不同于他人的模拟之作。

　　纵观乐府诗的发展史，王世贞的乐府变组诗也不同于汉魏乐府、张王乐府和杜甫乐府。汉魏乐府继承了《诗经》传统，"感于哀乐，缘事而发"，并长于叙事，如《孤儿行》云："父母已去，兄嫂令我行贾。南到九江，东到齐与鲁。腊月来归，不敢自言苦。头多虮虱，面目多尘。"③再如《有所思》云："闻君有他心，拉杂摧烧之。摧烧之，当风扬其灰。从今以往，勿复相思，相思与君绝。"④但是全诗没有严格的格律，形式过于自由。另外，元白乐府和张王乐府虽然比汉魏乐府有所进步，但正如《四库全书简明目录》卷十五所说："元、白、张、王并以乐府擅长，白

---

①　王世贞：《弇州山人四部稿》卷一百四十五《艺苑卮言一》，第15页。
②　徐朔方：《晚明曲家年谱·苏州卷》，浙江古籍出版社，1993，第503页。
③　郭茂倩编《乐府诗集》卷三十八《孤儿行》，中华书局，2009，第567页。
④　郭茂倩编《乐府诗集》卷十六《有所思》，中华书局，2009，第230页。

居易多作长调，以曲折尽情；张籍及王建多作短章，以抑扬含意。同工异曲，各擅所长。"这个评价是公允的。元白乐府长于叙事，但是过于直白浅陋，王世贞也只是偶为之。而张王乐府在格律上更加讲究，也长于抒情，如《当窗织》云："叹息复叹息，园中有枣行人食。贫家女为富家织，翁母隔墙不得力。水寒手涩丝脆断，续来续去心肠烂。"① 也有叙事，如《寄衣曲》云："高堂姑老无侍子，不得自到边城里。殷勤为看初着时，征夫身上宜不宜。"② 但是张王乐府篇幅狭小，往往只摆出文章的情和事，没有一字议论，从而无法构成文章情境，故而王世贞认为"张籍善言情，王建善征事，而境皆不佳"③。至于杜甫乐府，如前所述，王世贞病其过于炼字，从而远离乐府贵璞的本质，也有不可取之处。

王世贞新创的乐府变组诗真正体现了乐府诗的水平，是对汉魏乐府、张王乐府和杜甫乐府的有益补充和新的发展，在诗歌发展的历史上有着独特地位。由于时代政治的原因，再加上王世贞乐府变的内容涉及当朝的权贵，故而在当时，乐府变组诗并没有完全传播开来，更多的只是在王世贞的友人中小范围传开。王世贞对此的态度也是非常谨慎，即使将乐府变组诗给张助甫看时，他还再三叮嘱道："中多微词，千万强闭世情双侧目，足下知言哉。"④ 然而这并不影响乐府变本身所具有的价值。

随着时代政治等因素的变化，王世贞创作的乐府变慢慢传播开来，乐府变的创作也获得了他人的肯定。就王世贞文集中"乐府变"与他作进行比较，陆继辂曾言："既读元美《蔺相如论》，遂并全集粗翻一过，诗敷衍无足观，文尤芜杂不入格，然因文以察其人，实气节之士……集中惟乐府变最佳。"⑤ 汤鹏则认为："余于《弇州四部》姑不具论，论其诗部，其乐府变乃空前绝后之作，其余各体一经剔抉，良亦差肩于青田、崆峒。"⑥ 即在陆继辂和汤鹏看来，王世贞创作的诗文颇多，如其《四部

---

① 郭茂倩编《乐府诗集》卷九十四《当窗织》，中华书局，2009，第1317页。

② 郭茂倩编《乐府诗集》卷九十四《寄衣曲》，中华书局，2009，第1318页。

③ 王世贞：《弇州山人四部稿》卷一百四十七《艺苑卮言四》，第16页。

④ 王世贞：《弇州山人四部稿》卷一百二十一《张助甫》，第17页。

⑤ 陆继辂：《合肥学舍札记》卷九，清光绪四年兴国州署刻本，上海图书馆藏，第9页。

⑥ 汤鹏：《海秋诗集》卷十五《弇州山人入梦行》，《续修四库全书》第1529册，上海古籍出版社，2003，第513页。

稿》本中的诗部之作多达 4524 首①，但是"乐府变"才是王世贞文集中的最佳之作，也唯有"乐府变"才能奠定王世贞在中国诗歌发展历史中的地位。他人对王世贞"乐府变"创作内涵的整体评价颇高，如胡应麟赞赏道："乐府自晋失传，寥寥千载，拟者弥多，合者弥寡。至于嘉隆，剽夺斯极，而元美诸作，不袭陈言，独挈心印，皆可超越唐人，追踪两汉。"② 胡应麟对王世贞的评价可谓极高，这纵然有他自身崇拜王世贞的成分，但是对王世贞乐府变的分析颇为中肯。时代稍后的朱彝尊则认识到乐府变的新创之处，与李攀龙所倡导的拟古乐府有着本质的区别，如他说道："乐府变，奇奇正正，易陈为新，远非于鳞生吞活剥者比。"③ 随着时间的推移，乐府变并没有被历史所埋没，即使到了陈田，对王世贞的乐府变也是赞不绝口，他评价道："弇州天才雄放，虽宗李、何成派，自有轶足迅发，不受羁勒之气。古乐府变尤得《变风》《变雅》遗意……惟多历情变，抒我郁陶，以新事附古调，以雅词维精思，纵使有辙可循，绝非无为而作。"④ 陈田结合王世贞的生平，肯定其才华，对王世贞的乐府变有着深入的了解，评价也非常全面，堪称王世贞的知音。

另外，笔者查阅众多古籍书目和文本，根据目前所能见到的古人"乐府变"创作及后人对相关"乐府变"的评论，没有一人出自王世贞之前。王世贞为历代文人"乐府变"创作之肇端，当为确论⑤。在王世贞之后，"乐府变"的创作在明清文人文集中便逐渐多了起来，如刘城《峄桐诗集》中题为"乐府变"的有 9 首，李雯《蓼斋集》中有 4 首，陆弘定《爱始楼诗删》中有 1 首，孙治《孙宇台集》中有 2 首，吴景旭《南山堂自订诗》中有 1 首，等等，另外潘江《木厓集》中题为"乐府变体"有

---

① 王世贞的《弇州山人四部稿》分为四个部分，分别为赋部、诗部、文部、说部，现依美国哈佛大学燕京图书馆所藏明刻本《弇州山人四部稿》（180 卷本）进行统计，其"诗部"诗歌有 4524 首。

② 胡应麟：《诗薮》，中华书局，1958，第 38 页。

③ 朱彝尊：《静志居诗话》卷十三《王世贞》，黄君坦校点，人民文学出版社，2006，第382 页。

④ 陈田：《明诗纪事·己签卷一》，清贵阳陈氏听诗斋刻本，上海图书馆藏，第 15 页。

⑤ 关于此论，叶晔在《"诗史"传统与晚明清初的乐府变运动》（《文史哲》2019 年第 1期）一文中认为以王世贞《乐府变》为肇端，从明嘉靖末年至清康熙初年，在诗坛上兴起了一次与"乐府变"有关的创作潮流。

的 24 首，薛敬孟《击铁集》中题为"乐府变声"的有 11 首。虽然根据目前的材料很难确定他们的"乐府变"创作在多大程度上受了王世贞的影响，但是他们或多或少地受王世贞影响则是确定无疑的，如刘城在创作"乐府变"组诗时，在其小序中曾言：

> 昔王弇州取嘉隆间事作乐府变二十余章，即事命题，比于子美，虽云依隐善托，固不啻大书特书矣。余往于崇祯间有所感叹，皆借古题影略之，读者不觉也。今年乙酉五月中，多不忍言者，乃不能不斥言之，以其人其事稍被古声，辞取显白，亦不肯乖于田畯女红之意。①

即刘城明确言及自己的"乐府变"创作是受王世贞的启发，传"即事命题"之旨，言内心所不能忍之言，且回归"田畯女红"之意，这也是王世贞创作"乐府变"时的部分本意。

故而简单地视王世贞是模拟派的代表，认为其"自《诗经》而下，至汉魏晋南北朝乐府、李杜诗，无不模拟，连篇累牍，令人生厌……他始终不忘模拟，大堆的陈词滥调"②，有不可取之处。因为这样的观点不仅违背了王世贞的文本实际，而且不符合王世贞的个性和他创作乐府的思想。

由上述可知，在复古主义的潮流中，王世贞的乐府诗思想有其独到之处。王世贞不同于李攀龙等人对乐府这种文体亦步亦趋的模拟，他不拘泥于模拟求得的逼真和形似之作，而是注重在把握乐府曲调和法度的基础上，融入自身感情，并将创作与社会实际相结合，新事附古调，甚至是为了回归到乐府诗原创时的"田畯女红之响"，让曲调和法度服从于真性情的表达，以此希望通过乐府变的创作达到新创，从而寻找到一条适合"明乐府"创作的道路。王世贞的乐府诗，尤其是"乐府变"的创作，在中国诗歌发展的历史上实具重要价值与特殊地位。

---

① 刘城：《峄桐诗集》，《四库禁毁书丛刊》集部第 121 册，北京出版社，1997，第 541 页。
② 游国恩：《中国文学史》，人民文学出版社，2002，第 112 页。

第三节　文部（一）——以书牍为例

文部，其篇幅数量不如诗部多，却是王世贞著述文本中所占体量最多的一类，依旧从《弇州山人四部稿》着眼，文部为卷五十五到卷一百三十八，共计84卷，1461篇，涉及的文体众多，有哀辞2篇[1]，碑6篇，碑刻跋30篇，辨5篇，表2篇，策18篇，传33篇，读28篇，公移2篇，行状7篇，画跋88篇，记52篇，纪行2篇，祭文44篇，诔6篇，论4篇，铭9篇，墨迹跋126篇，墨刻跋183篇，募缘疏4篇，墓碑1篇，墓表20篇，墓碣铭1篇，墓志铭60篇，神道碑3篇，史论20篇，书牍328篇，书事5篇，述1篇，说3篇，颂2篇，序207篇，议1篇，杂记4篇，杂文跋41篇，杂著17篇，赞55篇，志7篇，奏疏34篇。从数量而言，书牍最多，王世贞对此种文体也是青睐有加。

书，是古代臣子向皇帝进言所写的公文以及亲朋好友之间往来的私人信件的统称。在实际的运用中，前者一般被称为奏书或者上书，后者被称为书牍、书札、书简。吴讷在《文章辨体》中曾论道："按昔臣僚敷奏，朋旧往复，皆总曰'书'。近世臣僚上言，名为'表奏'，惟朋旧之间，则曰'书'而已。"[2] 故而"书"是古代书信的总名，根据写作材料的不同，其具体名称也有所不同，如写在竹简或木板上的称简、札、牍，写在木简或者绢帛上的称尺牍、尺素、尺翰，又因为传递书信时常常用封套加以包装，又有"函"之称。

对于"尺牍"一名，王世贞进行了考证，如他论述道：

> 王子曰：盖余尝为吴兴凌大夫叙书牍，云居数岁而复为大夫，孙玄旻序所谓赫蹏书者，何以称赫蹏也，按班史《赵后传》"箧有裹药二枚赫蹏"。应劭释曰："薄小纸也。"玄旻之为书大者，数百千言

---

[1] 哀辞类，在《弇州山人四部稿》中位于"文部"，而《弇州山人续稿》中，却在"赋部"。

[2] 吴讷：《文章辨体序说》，人民文学出版社，1982，第41页。

矣，称赫蹄示抑也。①

　　用修初名赤牍，无所据，或以古尺赤通用耳。考唯汉，西岳石阙铭，内高二丈二赤，然亦僻矣，且汉所称尚书下尺一，又天子遗匈奴以尺一牍，匈奴报以尺二牍，皆尺也，故改从尺牍，复缀数语于末，以俟夫谋野之士采焉。②

其中"赫蹄"即指用以书写的小幅绢帛。通过历史考证，王世贞探究了尺牍来源，并委婉地批判了杨用修之"赤牍说"。再如《后汉书·北海靖王兴传》记载道："及寝病，帝驿马令作草书尺牍十首。"③《说文》云："'牍，书版也。'盖长一尺，因取名焉。"④ 这些史料也印证了王世贞的说法。

　　需要说明的是，在王世贞的文集中，尺牍和书牍这两个名称杂用，在其所编订的《弇州山人四部稿》和《弇州山人续稿》中，涉及诸多文体，有书牍一体，却没有尺牍一体；再者，书牍和尺牍二者文体的功能和用途一致，具有可合性。为了方便，行文在进行论述时，主要采用"书牍"一名。

　　在通信设备不发达的古代社会，书牍作为人与人之间交际的工具，其产生是很早的。作为一种独立的文体时，它又与其他的文体一样，具有一个演变和发展的历史过程，在这个过程中，它不断得到完善，逐渐走向成熟。

　　姚鼐曾将书牍的产生追溯到《君奭》篇，他认为："书说类者，昔周公之告召公，有《君奭》篇。"⑤ 可是《君奭》篇乃史官记载的周公对召公的劝勉之辞，如："君！予不惠若兹多诰，予惟用闵于天越民。"⑥ 这还不是严格意义上的书信。褚斌杰先生则认为"我国最早的书牍文，当产生于春秋战国时期"⑦，如《左传》中的《子产与范宣子书》《郑子家与赵子宣书》《巫臣遗子反书》等书牍文章。

---

① 王世贞：《弇州山人四部稿》卷六十八《凌玄旻赫蹄书序》，第5页。
② 王世贞：《弇州山人四部稿》卷六十四《重刻尺牍清裁小序》，第13页。
③ 范晔：《后汉书》卷十四《宗室四王三侯列传第四》，李贤等注，中华书局，1999，第370页。
④ 王筠：《说文解字句读》卷七上，清刻本，上海图书馆藏，第7页。
⑤ 郑福照：《姚惜抱先生年谱》，清同治七年桐城姚浚昌刻本，上海图书馆藏，第12页。
⑥ 孔安国：《尚书》卷十《君奭》，《四部丛刊》景宋本。
⑦ 褚斌杰：《中国古代文体概论》，北京大学出版社，1990，389页。

在随后书牍演变和发展的历史中，各个时代有着不尽一样的特征，王世贞对此进行了详尽阐述，如他论道：

> 所谓春秋之世，寄文行人者，惜其婉美娴雅，亦略载之。夫其取指太巧，措法若规，得非盲史，为之润色邪。先秦两汉质不累藻，华不掩情，盖最称笃古矣，东京宛尔，具体三邦，亦其滥觞，稍涉繁文，微伤诎语。晋氏长于吻而短于笔，间获一二佳者，余多茂先不解之。恨齐梁而下，大好缠绵，或涉俳偶，苟从管斑可窥豹彩，必取全锦，更伤斐然。隋唐以还，滔滔信腕，不知所以裁之，迩岁诸贤，稍有名能复古者，亦未卓然正始。①

在王世贞看来，书牍的发展可以分为五个阶段，即春秋—先秦两汉—晋—齐梁—隋唐以还，而春秋之际的书牍有"婉美娴雅""取指太巧"之弊，东京之时的书牍有"微伤诎语"之弊，魏晋南北朝时期的书牍则过于注重俳偶、辞藻，隋唐以后的书牍更是"滔滔信腕"，不足取，王世贞甚至认为"杨用修采尺牍不及唐明，唐以后无尺牍也"。只有先秦两汉的书牍创作能够达到"质不累藻，华不掩情"，使行文整体达到彬彬之态，是王世贞所最推崇的，"最称笃古矣"。

王世贞于书牍取法先秦两汉，这固然与其倡导复古时期的取法对象不谋而合，如王世贞曾对西京时文章的创作大加赞赏，认为："汉兴治马上，而自柏梁以来，词赋称西京无偶者，贾谊、司马相如、子卿、虞丘寿、王褒、雄，诸大夫东西南北人也。"② 并在评定文章创作高低时阐述道："余窃谓天下以文名家者，未易屈指数，然大要不过二三端。高者，探先秦，撅西京，挟建安，颃大历，次乃沿六季华靡之好，以饾饤组绣相豪倾，其下始托于理，务于简，俭以逃拙。"③ 可见，虽然王世贞的创作取法对象没有局限于秦汉，对大历、六朝之佳作也有所肯定，但是在他心目中，先秦、西京的文章才是"高者"，才是值得取法的。

---

① 王世贞：《弇州山人四部稿》卷六十四《重刻尺牍清裁小序》，第13～14页。
② 王世贞：《弇州山人四部稿》卷五十七《赠李于鳞视关中学政序》，第9页。
③ 王世贞：《弇州山人续稿》卷四十《袁鲁望集序》，第20页。

　　然而，王世贞并不是囿于文章创作的取法对象而将书牍之"最称笃古矣"限定为先秦两汉。首先，书牍属于"文"的一种文体，附属于"文"，而就"文"的发展历程来看，春秋之际是雏形时期，各种文体相互混杂，没有明晰的法则。到了秦汉时期，各种文体得到发展，汉大赋风靡一时。而到了魏晋南北朝，文章创作追求行文的辞藻色彩，骈偶对仗，有利于文章之"文"而有损于文章之"质"。宋元两朝，韩愈、柳宗元等唐宋八大家提倡古文运动，"文以载道"，文章创作被"道"所束缚。明清两代，文网极严，八股取士，文章创作大不如前，处于汇总时期。所以相对于文质并举的秦汉时期，魏晋南北朝、宋元、明清都有所不足，明朝前后七子的文学复古运动更是师法秦汉为文章最高者。

　　其次，就书牍本身的演变和发展而言，也是直取先秦两汉，如战国时期荀卿的《与春申君书》、李斯的《谏逐客书》、司马迁的《报任安书》、马援的《诫兄子严敦书》，都是先秦两汉书牍文的代表作，也意味着书牍文已成为个人情感交流的工具，作者的真性情也得以披露。试看司马迁的《报任安书》：

> 　　太史公牛马走司马迁再拜言。少卿足下：曩者辱赐书，教以慎于接物，推贤进士为务，意气勤勤恳恳，若望仆不相师，而用流俗人之言。仆非敢如此也。虽罢驽，亦尝侧闻长者遗风矣。顾自以为身残处秽，动而见尤，欲益反损，是以抑郁而无谁语……且负下未易居，上流多谤议。仆以口语，遇遭此祸，重为乡党戮笑，以污辱先人，亦何面目复上父母之丘墓乎？虽累百世，垢弥甚耳！是以肠一日而九回，居则忽忽若有所亡，出则不知其所往。每念斯耻，汗未尝不发背沾衣也！身直为闺阁之臣，宁得自引深藏于岩穴邪？故且从俗浮沉，与时俯仰，以通其狂惑。[①]

这是武帝太始四年司马迁写给朋友任安的一封长信，是一篇叙述自己不幸遭遇、刺世疾邪的书牍文。在文中，司马迁将自己因李陵之祸而受腐刑后

----

① 殷正林等：《中国书信经典》，山东大学出版社，2008，第21~23页。

的屈辱、愤懑之情以及发愤著书的理想尽袒而出，甚至喊出了"以污辱先人，亦何面目复上父母之丘墓乎"的哀声。通观《报任安书》全文，行文没有过于华丽的辞藻，没有特意讲究的骈偶对仗，唯有朴实的言语、真挚的情感，庄重之风油然而生，却将作者个人人生和性格特征表现得淋漓尽致，并且紧扣社会政治、生活，体现其当下的意义。

因此，王世贞才肯定先秦两汉的书牍文是"质不累藻，华不掩情，盖最称笃古矣"。

书牍是一种常用的应用文，是我国古代文章中的重要文体，历朝历代的文人士大夫们都非常注重书牍的写作。王世贞认为"文至尺牍，斯称小道，有物有则，才者难之，况其他哉"①。相对于传、赋、序等传统文体，以及其他"表""启""笺"等"书"体，书牍只能被称为"小道"，然而这"小道"却有其自身特色，王世贞则从书牍文的特色出发，称赞书牍"最他文也"，他还进行了专门的论述：

> 夫书牍何？以最他文也。人固有隔千里异胡越，大之不能抒丹素，细之不能讯暄凉矣，得尺一之札而若觌，是以笔为面也。有卒然讷于口，不能以辞通矣，归而假尺一之札上之，而若契，是以笔为口也。故夫他文之为用方，而书牍之用圆也。意不尽则文尽，则止繁简，因浓淡而摹，而不务强其所未至。故夫它文之为体方，而书牍之体圆也，书牍之所称最他文，有以也。②

从中我们可以知道王世贞将书牍视为"最他文也"的理由有以下几个方面。

其一，以笔为面。书牍与其他文体之不同，在于它比一般文体更加带有私人的色彩，古人在创作书牍时，往往具有一定的目的和需要，其写作的对象也是自己所熟知的人物。再者，受时间、地域以及交通方式等多方面限制，"人固有隔千里异胡越"，人与人之间直接面谈的时机有限，而

① 王世贞：《弇州山人四部稿》卷六十四《重刻尺牍清裁小序》，第14页。
② 王世贞：《弇州山人四部稿》卷六十八《凌玄旻赫蹄书序》，第5页。

书牍作为交际工具，无疑代表着人与人之间的间接交谈，故素有"尺牍书疏，千里面目""见信如见人"之说。如鲍照的《登大雷岸与妹书》，是鲍照远赴江州任所时，途中给自己妹妹写的一封家信。鲍照将自己的所见所感告知于妹，并嘱咐妹妹多多保重，自己路途艰辛，但很快可以到达目的地，也让妹妹放心。这是兄妹之间相隔千里不能相见，而托书牍交流，以笔为面。再如胡应麟钦佩王世贞，并悉心请教，王世贞对晚辈胡应麟也是赞不绝口，认为其《诗薮》独步古今，但是二人面对面交流的机会甚少，王世贞与胡应麟的诗文交流也主要是通过书牍。

其二，以笔为口。刘勰曾在《文心雕龙·书记》篇中云："详总书体，本在尽言，言以散郁陶，托风采，故宜条畅以任气，优柔以怿怀；文明从容，亦心声之献酬也。"① 意即书牍在于尽言，作者借用书牍将自己的情感诉诸纸上，甚至有千言万语要诉说而讷于口，"不能以辞通矣，归而假尺一之札上之"，从而把自己的"心声"清楚地传递给对方，使对方知晓，以达到交流的目的。而对于他人借书牍以笔为口，王世贞有着进一步的论述，他认为："夫尺牍，以通彼而达己意者也，意有所不达，则务造其语，语有所不能文，则务裁其意，大要如是足也。"② 即书牍的创作最主要在于"辞达"，辞能达意而已矣。他还论道："孔子曰：'辞达而已矣。'又曰：'修辞立其诚。'盖辞无所不修，而意则主于达。"③ 王世贞意在通过"辞达"来限定他人在书写书牍时情感泛滥而无节制，过于追求辞藻的华丽而有损于文章内容，要"意不尽则文尽，则止繁简，因浓淡而摹，而不务强其所未至"。以笔为口，不是一味地宣泄，主要在于通过书牍来达内心之意，所以王世贞推崇先秦两汉之书牍，认为："书牍自东京而上之，其大者宏设广譬，畅利遒达，往往足以明志，细至于单辞片情，亦靡不宛然丽尔，彬彬称文质也。"④

其三，创作灵活。书牍和其他文体一样，也是"有物有则"，如在写作时要根据不同的对象而注重言辞的得体与否，在古代社会中，高低

---

① 刘勰：《文心雕龙义证》，詹锳义证，上海古籍出版社，1989，第933页。
② 王世贞：《弇州山人四部稿》卷六十五《凤笙阁简抄序》，第10页。
③ 王世贞：《弇州山人四部稿》卷一百四十四《艺苑卮言一》，第18页。
④ 王世贞：《弇州山人四部稿》卷六十五《凤笙阁简抄序》，第9页。

贵贱之分是十分严格的，影响着书牍的写法、款式和语气。但是书牍又有其他文体所不具备的灵活性，如书牍根植于人与人之间的交流，因此在书写的内容上，无论是推举自荐、讨论诗文、评议人物，还是探讨政治、军国大事、个人生活等，都可以进入书牍。另外，在具体的表达方式上，书牍也是最灵活的。书牍可以说理，可以言情，可以叙事，也可以夹叙夹议，或者情理并至；在行文字数上，"数百言不为多，细者仅数十言不为寡，详而切，简而腴，庶几彬彬文质君子哉"①，这样的彬彬文质是其他文体所不能比拟的，"故夫它文之为体方，而书牍之体圆也"。他文之体方，有着严格的创作法则，如曹丕认为"奏议宜雅，书论宜理，铭诔尚实，诗赋欲丽"②，刘勰进一步深化，曾云："章表奏议，则准的乎典雅；赋颂歌诗，则羽仪乎清丽；符檄书移，则楷式于明断；史论序注，则师范于核要；箴铭碑诔，则体制于宏深；连珠七辞，则从事于巧艳。"③而书牍的创作完全看作者的需要而定，较少受文体本身功能和创作体制的制约。

王世贞的书牍观还体现在其他文章之中，他认为书牍相对于其他文体，更具真实性。因为书牍的创作在于交流，希望在思想感情上引起对方的共鸣，再加上其创作的私人性，我们可以从书牍中看到作者更加真实的生活和情感。如王世贞在分析柳宗元的文学创作时，说道："柳子才秀于韩而气不及，金石之文亦峭丽，与韩相争长而大篇瞠则乎后矣。《封建论》之胜《原道》，非文胜也，论事易长，论理易短，故耳。其他驳辨之类，尤更破的。《永州》诸记峭拔紧洁，其小语之冠乎，独所行诸书牍，叙述艰苦，酸鼻之辞，似不胜楚，摇尾之状，似不胜屈，至于他篇，非掊击则夸毗。"④ 王世贞认为柳宗元《永州记》等作品有可取之处，但这不是柳宗元内心世界的真实写照，唯有书牍，才可以使柳宗元的真性情得到尽情宣泄，"叙述艰苦，酸鼻之辞"，这才是真实的柳宗元。鲁迅也曾对书牍文的这一特点进行了阐述，他认为书牍"究竟较近于真实，所以从作家

---

① 王世贞：《弇州山人四部稿》卷六十五《凤笙阁简抄序》，第 10 页。
② 萧统编《文选》卷五十二《典论·论文》，李善注，上海古籍出版社，2011，第 2271 页。
③ 刘勰：《文心雕龙义证》，詹锳义证，上海古籍出版社，1989，第 1125 页。
④ 王世贞：《读书后》卷三《书柳文后》，第 10 页。

的日记或尺牍上，往往能得到比看他的作品更加明晰的意见，也就是他自己的简洁的注释"①，这"自己的简洁的注释"即肯定了书牍的真实性。

王世贞对书牍的注重，也使书牍的创作成为评价他人文学成就的标准之一。如王世贞在评论凌玄旻时说道："当其为古文辞，务出于人所不能道，陵险诡绝以为功，而其于尺牍小语则益精，霏霏若吐玉屑，又若坐晋人，而与之清言也。"② 即肯定凌玄旻于古文辞创作的成就，但是更因为其书牍小语之精而给予他更大的肯定。王世贞还称赞"刘清惠、元瑞与履吉尺牍甚佳"③。

"太上立德，其次立功，其次立言"，古人苦苦寻求立德、立功、立言的渠道，以求能够不朽于历史长河之中。受家族传统的影响，"立功"以求不朽的观念深根于王世贞的脑海之中，王世贞曾详考明朝"三代司马中丞"的家族，颇自豪于唯太仓王氏一家，祖父（王倬）、父亲（王忬）以及自己都当过兵部侍郎一职，他自己也感慨道："王氏世以政求显。"④ 然而残酷的政治博弈，特别是其父亲王忬蒙冤被杀害给他带来的沉痛教训，让王世贞认清了社会现实。王世贞曾自言道："京师且十载，所目睹乃大谬不然者"，并"不幸与用事者忤驯，致大变"⑤，其年轻时尚怀有"庶几铅刀之割，以少吐文士气"⑥ 的梦想，但随着自己对现实的日益清醒而逐渐消退。在立言与立功这二者无法共同实现时，王世贞还是选择了可以自力为之的立言。如在与刘子成的书信中，王世贞就说道："仆则既私喜且幸矣，因于足下窃效微规古人业，鲜两至名成，在专不朽之业，唯此一举，可以自力，其他大半由天、由人。"⑦ 即立功以求不朽，不是光靠自己努力就可以获得的，还在于天意和他人的帮助，只有立言以求不朽是可以凭借自己的能力去达到的。王世贞也越来越认同曹丕提出的

① 鲁迅：《鲁迅全集》卷六《孔另境编〈当代文人尺牍钞〉序》，人民文学出版社，2005，第 428 页。
② 王世贞：《弇州山人续稿》卷九十二《凌玄旻墓志铭》，第 11 页。
③ 王世贞：《弇州山人续稿》卷一百六十三《续名贤遗墨卷》，第 27 页。
④ 王世贞：《弇州山人四部稿》卷七十一《王氏金虎集序》，第 4 页。
⑤ 王世贞：《弇州山人四部稿》卷七十一《王氏金虎集序》，第 4 页。
⑥ 王世贞：《弇州山人四部稿》卷一百十九《汪伯玉》，第 7 页。
⑦ 王世贞：《弇州山人四部稿》卷一百二十五《刘子成》，第 13 页。

文章乃"经国之大业，不朽之盛事"之说，如他论述道："魏文帝雄主也，威无所不加，贵富无所不极，而独慨然于文章之一端，曰经世大业，不朽盛事。丰儒从而笑之，此未可笑也，必恃理而不朽，安能续六经哉。且夫出世之不得，则思所以垂世亦恒也。"① 所以，"出世之不得"，唯有托立言以求不朽也。

再者，在一定程度上而言，文士是有用于天下的，如同立功之将士一般，能够为社会做出应有的贡献。王世贞说道："县官不以一障尺刃畀之，而遂诿曰：'文士无用者。'宁不冤也，吾虽孱弱不自立，然不敢信文士无用于天下，则于汪伯子征焉，伯子束发而修古文辞，精于《坟典》《丘索》，先秦、两京诸子，其操颐颊揽，指腕词组尺蹄，无非雅娴者，拟以不习吏，而伯子初试令，即为良墨绥进郡太守，即为良二千石郎。"②

王世贞的这种文之有用于世的观念，在其书牍观中得到完美的体现。如他所云：

> 夫书者，辞命之流也。昔在春秋，游旃接谷，矢扬刃飞之下，不废酬往，娴婉可餐，故草创润色，既匪一人，谋野谍邦，以为首务，然而出疆断割，因变为规，寄文行人之口，无取载函之笔，离是而还书，郁乎盛矣，用亦大焉。故缴箭聊城，则百雉自摧，奏章秦庭，则千橐尽返，少卿纾郁于毳帐，子长扬泯于蚕宫，良以畅人，我之怀发，今襄之缊，或扬抉沉冥，或掊折疑豫，或诱趋启蔽，或释诅通媾，走仪秦于寸管，组丘倚于尺一，思则川至泉涌，辨乃云蒸电耀，其盛矣哉。然皆春容大雅，汪洋菀翰。③

在此，王世贞肯定的是书牍在战事中国与国之间相互交往的交际功能及个体之间的寄情功能。刘勰也认为"三代政暇，文翰颇疏；春秋聘繁，书介弥盛"，战事中，书牍不废，其功能也得到扩大。春秋战国之际，各个诸侯国为争夺各自利益而导致天下战事不断，有战争就有立功以求不朽的

---

① 王世贞：《弇州山人续稿》卷四十五《张伯起集序》，第 14 页。
② 王世贞：《弇州山人四部稿》卷六十二《少司马公汪伯子五十序》，第 17 页。
③ 王世贞：《弇州山人四部稿》卷六十四《尺牍清裁序》，第 11~12 页。

机会，冲锋陷阵的战士固然值得称赞，但与此同时，文人之书牍创作也参与战事，"矢扬刃飞之下，不废酬往"，其功用在某些方面甚至大过将士们直接地攻城略地，书牍之用大矣，"故缴箭聊城，则百雉自摧，奏章秦庭，则千囊尽返"。而"少卿纾郁于氂帐，子长扬泯于蚕宫"，则是书牍在战乱中寄情功能的体现。李维桢对全篇文章评点道："书之不可废，书之用大兴。夫千里寄情，皆在于书中言。"①

在春秋战国之际，书牍的作用确实是很大，关乎国计民生、治国方针，是"经国之大业"。如李斯的《谏逐客书》云：

> 臣闻地广者粟多，国大者人众，兵强者士勇。是以泰山不让土壤，故能成其大；河海不择细流，故能就其深；王者不却众庶，故能明其德。是以地无四方，民无异国，四时充美，鬼神降福，此五帝、三王之所以无敌也。今乃弃黔首以资敌国，却宾客以业诸侯，使天下之士退而不敢西向，裹足不入秦，此所谓"藉寇兵而赍盗粮"者也。夫物不产于秦，可宝者多；士不产于秦，而愿忠者众。今逐客以资敌国，损民以益雠，内自虚而外树怨于诸侯，求国无危，不可得也。②

国家的强盛与否，归根结底在于人才的多寡，秦王的逐客令无疑将人才赶往他国，不利于自身的发展。李斯写作《谏逐客书》虽然有为自己利益考虑的动机，但是其向秦王陈述的利弊得失，使秦王改变了治国理念，为日后的强大打下了坚实基础，这是千军万马所不能比拟的。

由上述可知，书牍之于其他传统文体，堪称"小道"，但它在创作内容上无所不包，在创作形式上灵活多样，既是他人情感的载体，又是人与人之间交流的工具，深受文人喜爱。王世贞大力从事书牍创作，考证尺牍名字缘由，辨析书牍演变和发展的历史特点，并在理论上对书牍的特点进行详尽阐述。书牍，是王世贞文学创作的重要组成部分，其对书牍的重视与其文学观念一脉相承。书牍是王世贞文学主张的重要载体。

---

① 李维桢：《凤洲文抄注释》卷四，明刻本，美国哈佛大学燕京图书馆藏，第11页。
② 司马迁：《史记》卷八十七《李斯列传》，中华书局，2013，第522页。

第四节 文部（二）——以行状为例

书牍体现了王世贞交游广泛，对待友人也是情真意切，在这之外，以逝者为写作对象的文体亦不在少数，如行状、祭文、墓志铭、墓表等，其中行状不仅寄托了生者对逝者的哀思，更涉及逝者的有关事迹，再加上文章篇幅往往洋洋洒洒数千言，在此类文体中独树一帜，王世贞亦擅长行状的写作，并自有特色，值得深入研究。

王世贞一生多历情变，最重要的一次为其父遭难，使他的仕途和人生感悟发生了重大转折。还有一次也颇为重要，即在得知其弟去世后，悲痛万分，甚至愿意代替比自己小十岁的王世懋赴九泉之下。而这些重要的情变，均在行状这种文体中得到淋漓尽致的体现。对王世贞行状文体的研究，将有助于进一步了解王世贞文部创作的特点，以及其如何通过行状的创作治愈自己内心的悲痛。在此，以《亡弟中顺大夫太常寺少卿敬美行状》为中心进行重点分析。

"行""状"二字古来有之，最初是独立的存在。行，许慎在《说文解字》中认为："行，人之步趋也，从彳从亍，凡行之属皆从行，户庚切。"① 段玉裁在《说文解字注》中说道："人之步趋也。步、行也。趋、走也。二者一徐一疾。皆谓之行。统言之也。尔雅。室中谓之时。堂上谓之行。堂下谓之步。门外谓之趋。中庭谓之走。大路谓之奔。析言之也。引申为巡行、行列、行事、德行。"② 即"行"表示人们走或者跑步，后来逐渐关联到人们日常生活中的行为规范或者品德行为。至于状，《说文解字》对状的解释为："状，犬形也，从犬丬声，盈亮切。"③ 段玉裁注解道："犬形也，引申为形状。如类之引申为同类也。"④ 用表示具体动物的"犬"字形容所要描述对象的形状或形态。

通过对现存古文献的查阅，"行"和"状"由独立走向合一成为"行

---

① 许慎：《说文解字》，中华书局，2011，第 44 页。
② 段玉裁：《说文解字注》，艺文印书馆出版社，2005，第 309 页。
③ 许慎：《说文解字》，中华书局，2011，第 204 页。
④ 段玉裁：《说文解字注》，艺文印书馆出版社，2005，第 511 页。

状"一词，最初出现于东汉蔡邕的文集之中。其在《荐边文礼》一文中说道："更以属缺招延，表贡行状，列于王府，跻之宗伯，纳之机密。"① 此时的"行状"一词具有实用文书的特点，为介绍被举荐人的相关信息，具有荐举辟士的实用功能。随后与之类似的还有，如《东观汉记》卷十七《李善》记载道："钟离意为瑕邱令，上书荐善行状。"②《后汉纪》卷二十四言及"三公每有所选，参议掾属，咨其行状，度其器能"③。而目前所存最早的行状文为《裴瑜行状》，全文如下所示：

> 瑜字雉璜，聪明敏达，观物无滞，清论所加，必为成器，丑议所指，没齿无怨。④

全文共计28字，言简意赅地介绍了裴瑜的名字、才智和德行，裴瑜在桓帝时被举孝廉，后累官至尚书一职，此行状文的功能很好地佐证了蔡邕、刘珍等人所提及的行状之用。

而关于行状文的产生，梁任昉在《文章缘起》中认为："行状，汉丞相仓曹傅胡干作《杨元伯行状》。"后人多从此说，如吴讷曾言："（行状）始自汉丞相仓曹傅胡干作《杨元伯行状》，然徒有其名而亡其辞。"⑤ 徐师曾说道："汉丞相仓曹傅胡干作《杨元伯行状》，后世因之。"⑥ 但此文已佚失，我们无法通过其了解行状文最初的范式和内容。

对行状文功能的研究，学界多以刘邦的求贤诏书作为研究起点，⑦ 如其有言："御史大夫昌下相国，相国酂侯下诸侯王，御史中执法下郡守，其有意称明德者，必身劝，为之驾，遣诣相国府，署行、义、年。有而弗言，

---

① 蔡邕：《蔡中郎文集》卷三《荐边文礼》，国家图书馆出版社，2010，第7页。
② 刘珍等：《东观汉记》，吴树萍校注，中华书局，2016，第849页。
③ 司马光：《资治通鉴》，邬国义校点，上海古籍出版社，2017，第611页。
④ 严可均：《全上古三代秦汉三国六朝文》，中华书局，1958，第1046页。
⑤ 吴讷：《文章辨体序说》，人民文学出版社，1982，第50页。
⑥ 徐师曾：《文体明辨序说》，罗根泽点校，人民文学出版社，1982，第153页。
⑦ 如俞樟华、盖翠杰将对此诏书进行了论述，他们认为刘邦的求贤诏书创作处于行状发展的萌芽时期之内（《浙江师范大学学报》2003年第2期，第1页）；任春燕将对此诏书的论述置于其硕士论文第一章《南朝行状的文体功能和特征》中的"行状的缘起"之内（河北师范大学2012年度硕士学位论文之《南朝行状研究》，第4页），等等。

觉，免。"① 对于此处的"行"，颜师古注引三国魏苏林所言："行状年纪也。"② 陈直《汉书新证》认为，"行"为品德，"义"为仪表，"年"为年龄。③ 在此，笔者从陈直说，即"行"不代表行状文的本义，此处的"行"还处于其单独字意的状态，文中所表达的也只是他人向刘邦举荐人才时所陈述的一部分，因此，此处文献不是对行状功能的探究。

行状的功能随着历史的发展而发生相应变化，据考察，最迟在魏晋南北朝时期，行状已作为一种独立的文体而存在。在《文选》所罗列的 38 种文体中，奏记、诏、墓志等 11 种文体皆只选一篇文章，行状也列入其中，该书选取了《齐竟陵文宣王行状》一文。能在选文甚严的《文选》中有一席之地，说明行状这一文体已经被当时的人们所接受，而此时，行状的写作规范及其功能亦发生了变化。《齐竟陵文宣王行状》一文首先记载人物的世系、爵里、年寿，然后再对人物的事迹进行详细叙述，意在为其求谥而不朽也。关于"行状"的概念，刘勰在《文心雕龙·书记》中有这样的解释："状者，貌也。体貌本原，取其事实，先贤表谥，并有行状，状之大者也。"④ 这里不仅明确了行状的议谥、述德的文体功能，而且还强调了其力求对人物生平进行写实的特点。

至唐，行状的功能逐渐趋于稳定，且官方有着明确规定："考功郎中、员外郎，各一人，掌文武百官功过、善恶之考法及其行状。若死而传于史官、谥于太常，则以其行状质其当不；其欲铭于碑者，则会百官议其宜述者以闻，报其家。"⑤ 即行状是为逝者向朝廷求谥号，或者为他人写传和墓志铭等提供作者的生平材料，如韩愈《董晋行状》、柳宗元《唐故秘书少监陈公行状》、李翱《韩公行状》等。虽然各种行状的出发点不尽一样，有的是议谥，有的是辩诬，有的是为作传、墓志铭等提供材料，但最终目的都是求不朽，让后人能够更好地铭记逝者。

行状定型后在宋元明清的发展，主要体现在以下几个方面：第一，数

---

① 班固：《汉书》，中华书局，1999，第 52 页。
② 班固：《汉书》，中华书局，1999，第 53 页。
③ 陈直：《汉书新证》，天津人民出版社，1959，第 13 页。
④ 刘勰：《文心雕龙义证》，詹锳义证，上海古籍出版社，1989，第 275 页。
⑤ 欧阳修、宋祁：《新唐书》卷四十六，中华书局，1983，第 1190 页。

量上更多，越来越多的文人参与写作，如宋濂《宋文宪公全集》中有行状 5 篇，归有光《震川先生集》中有 6 篇；第二，写作对象日益丰富，不仅官员有行状，普通的百姓，甚至是女性也成为状主，如王世贞《顾母杜孺人行状》，顾炎武《先妣王硕人行状》；第三，文章篇幅更长，如朱熹的《张魏公行状》长达四万三千七百余字，黄宗羲的《子刘子行状》稍微短点，但也有两万三千多字；等等。不过，行状为逝者向朝廷求谥号，或者为他人写传和墓志铭等提供原始材料的主要功能并没有发生变化。

总体而言，在行状功能的发展演变过程中，行状从写作到阅读接受有以下几个方面的显著变化。其一，生者到逝者的转变。最初行状充当察举选士的角色，所记载的主要是推荐对象的生平经历和德行，此时的状主是生者，而后来行状用于为求谥和写墓志铭提供原始材料，状主则转变为逝者，陈述逝者的一生情况。其二，内容侧重点的转变。举荐他人之时，行状写作内容的侧重点在于介绍他人工作能力和德行，以获得上级部门的认可而授予相应的职位，但是后来的侧重点则在于详尽地介绍逝者一生事迹，甚至是褒扬，以流传后世而不朽。其三，行文接受者的转变。刚开始时，行状是供负责察举选士或者高层官员阅览的，以让他们选举人才时有据可依，从而做出判断。后来为求谥号，虽然也给部分官员阅览，不过此时的官员对象和之前的已经不一样，且阅览者的范围扩大到那些为状主写传、墓志铭等内容的文人。

在进行行状创作时，虽然生者对死者非常熟悉，但是死者的离世无疑给生者带来了巨大的伤痛，甚至是悲痛过度而不能创作。如王世贞和其弟王世懋情深似海，在父亲遇难前后，两兄弟一起尝尽世态炎凉，人间辛酸；在王世贞仕途不顺、家中儿子夭折、身体多疾病之时，王世懋常常陪伴于王世贞左右。王世懋小王世贞十岁，却早于王世贞离世，王世贞晚年遭此事故，自然悲痛万分，甚至是觉得生命无趣。王世懋离世时，王世贞因悲伤过度而无法创作，他在与王锡爵的书信中云："四月遗嘱，必欲以志铭奉恳，盖以海内知己无兄似者计，必不忍以例，却弟于兹时方迷乱，不复能具行状，当俟后期。"① 王世懋离世不久，王世贞本应马上为其亡

---

① 王世贞：《弇州山人续稿》卷一百七十八《与元驭阁老赞疏》，第 3 页。

弟创作行状，但是因悲伤过度，竟一时无从下笔。如此失魂悲怆，悲痛之情向谁诉？恐怕只有一个人堪当倾诉对象，那就是亡弟王世懋。于是王世贞尽情将内心的种种悲伤全部宣泄于纸上，以此来与亡弟进行"对话"，"旬日以来，昏昏惘惘，形神不相属，或梦或醒或噱或泣中得绝句诗，数之，凡二十四首，竟不知作何语"。在《弇州山人续稿》中可以找到这组诗，名为《哭敬美弟二十四首》，现录三首如下。

　　　一讣惊传渐已真，但来相慰各沾巾。谁能洗却关情话，只道乾坤无此人。（其三）①

　　　久将情字付庄周，有泪何曾汗漫流。今日泪来禁不得，始知真痛在心头。（其五）②

　　　晨晡一哭泪全枯，泪到枯时气稍苏。无奈陡然冲念发，数声天际雁行孤。（其十七）③

　　从诗中可知，讣告已成真，弟弟离去，王世贞痛在心头，而对弟弟的点点滴滴回忆，只能使自己更加悲伤，欲哭已无泪，因为已经不知道眼泪哭干了几回。"气稍苏"时，自己脑海才有点意识，却意识到弟弟已经逝去，自己也成了孤雁，形单影只，真是悲惨之极啊。

　　王世贞将自己的悲痛之情，诉诸笔端，从而使自己的内心得到稍许宽慰，而这只是短暂的自我治疗，甚至只是治疗的开始，诗歌的创作也只不过是王世贞无法创作行状情况之下的替代品罢了。王世贞为了使当时的权贵为亡弟书写墓志铭或传，还不断地向王锡爵等人推荐亡弟，从各个方面说明亡弟多么优秀，认为"亡弟真是一佳士"④。按常理，行状写作基调如何，将在很大程度上影响他人对亡弟墓志铭或传的具体写作。事实上，

---

① 王世贞：《弇州山人续稿》卷二十五《哭敬美弟二十四首》，第 9 页。
② 王世贞：《弇州山人续稿》卷二十五《哭敬美弟二十四首》，第 9 页。
③ 王世贞：《弇州山人续稿》卷二十五《哭敬美弟二十四首》，第 11 页。
④ 王世贞：《弇州山人续稿》卷一百七十八《与元驭阁老赍疏》，第 4 页。

王世贞也并非不知道行状写作的重要性，但是自己实在是太悲伤了，再加上行状的体制和文学性等因素，使得在行状写作时，必须对亡弟的生平事迹、德行等进行详尽的描述，这对于悲伤中的王世贞而言，几乎不可能。王世贞也向他人道出了其中的苦衷，认为"弟非不知感知悟，勉强裁割，但情发去来，置之实不毕耳，欲草一祭章，而不能下笔，何况行实。须归后，大恸三两番，方有条理"①。的确，在当时的情况下，对于草一祭章尚不能做到的王世贞，哪还能要求他马上写一篇记载亡弟实行的行状。即使要写，也正如王世贞所说，必须大哭几次后，才能有点条理。王世贞正是在大哭之后，通过行状的书写，来治疗自己内心的悲痛的。

王世贞借助追忆哭诉亡弟的主要生平事迹，把所有的悲伤和对亡弟的思念全部寄托在行状之中，行文洋洋洒洒，抒情与叙事相互杂糅，最终写成了一篇将近九千字的《亡弟中顺大夫太常寺少卿敬美行状》；也只有这样的行状写作，才能使得自己内心的痛苦得到消解。

王世贞在写完行状后，随后就寄给王锡爵、汪道昆等人，求他们为亡弟写墓志铭和碑志，如王锡爵在《南京太常寺少卿麟洲王公墓志铭》中说道："以凤洲公状来乞铭。"② 汪道昆说王世贞写的行状"状言敬美居庭孝友"③。王世贞通过诗歌来治疗处于悲伤之中的自我，而通过行状的写作则进一步治疗内心的伤痛，并逐渐走出亡弟逝去的阴影。

到了明朝，各种文体得到全面的发展和成熟，行状的地位得到进一步提升，已经成为明代作家创作常用的体裁之一，在明人文集中，以"行状"为题的作品比比皆是。如在宋濂的《宋文宪公全集》中，行状多达5篇；归有光的《震川先生集》中，则有6篇。王世贞是个写作高手，产量颇丰，"自古文集之富，未有过于世贞者"④。翻阅王世贞的文集，他所创作的行状也不少。在《弇州山人四部稿》中，属于行状文体的就有4

---

① 王世贞：《弇州山人续稿》卷一百七十八《与元驭阁老赏疏》，第6~7页。
② 王锡爵：《王文肃公文集》卷十《南京太常寺少卿麟洲王公墓志铭》，明刻本，南京图书馆藏，第12页。
③ 汪道昆：《太函集》卷六十七《明故中顺大夫南京太常寺少卿琅琊王次公墓碑》，明刻本，南京图书馆藏，第7页。
④ 永瑢等：《四库全书总目》卷一百七十二《弇州山人四部稿》，中华书局，2008，第1508页。

卷，共计 7 篇行状，而在《弇州山人续稿》中有 5 卷，共计 4 篇行状，其取材非常广泛，不仅有当朝权贵、社会名流，更有孺人，如《顾母杜孺人行状》，甚至还包括商人，如《太学生金君三园行状》。而在王世贞所创作的所有行状中，《亡弟中顺大夫太常寺少卿敬美行状》与其他的行状有着许多不同之处，通过这些不同之处，我们也能看出为什么《亡弟中顺大夫太常寺少卿敬美行状》能够治疗王世贞那悲痛的内心，这主要体现在以下几个方面。

首先，情主事辅。相对而言，韩柳的行状着重记述死者的生平大事和公德品行，如韩愈的《赠太傅董公行状》，全文注重董公为政清廉，及其所取得的功绩，而对董公的个人生活和兴趣则一笔带过，故而韩柳的行状多数为"事主情辅"。翻阅王世贞所写的行状，其"事主情辅"的也不少，如《徐文贞公行状》，虽然全文长达两万五千字，但是以国事为主，缺少徐阶的个人存在；再如《杨忠愍公行状》，行文的重点在于为杨继盛的蒙冤鸣不平，并谴责奸党的种种可恶。而反观《亡弟中顺大夫太常寺少卿敬美行状》，虽然其内容也涉及亡弟的主要生平事迹及家室等情况，但是与之不同的是，王世贞在创作行状时，并不是完全以事迹为主，而是通过事迹的书写，表达内在的情，这种情也跃然纸上。整篇文章以情为基调，以事迹为辅助，事迹只不过是感情的具体体现罢了。行文做到了"情主事辅"，从而使王世贞的悲伤之情得到最大限度的宣泄，这种情至少体现在以下两方面。

一方面是王世贞对亡弟逝去的哀悼之情。王世贞和亡弟是手足之情，两人都奋发上进，执政为民，而在遭遇坎坷时，彼此互相为心灵的寄托，共进退，将整个家族的荣辱扛之于肩。当王世懋病重时，"家人来云，弟病益甚，无起色，（王世贞）为之惊堕床"①，可以预想弟弟的逝去会让王世贞如何悲痛，王世贞将无比悲痛的心情言于行状，"呜呼痛哉，弟以嘉靖丙申生，殁于万历之戊子，春秋仅五十三耳。不穀长于弟十年，齿发尽堕，去死无几，乃不死，而令弟死也……造物者之于弟，何其酷也"②。

① 王世贞：《弇州山人续稿》卷一百四十《亡弟中顺大夫太常寺少卿敬美行状》，第 17 页。
② 王世贞：《弇州山人续稿》卷一百四十《亡弟中顺大夫太常寺少卿敬美行状》，第 18 页。

可见对于弟弟的逝去，王世贞是情愿自己能够代替弟弟，而不愿接受弟弟逝去的事实。这种至情，无人能出其右。

另一方面是王世贞对父母逝去的哀思。王世贞父亲蒙冤去世的事情对王世贞的打击非常大，他在接到父亲去世的噩耗时，与其弟"痛极濒死者数矣"，自己"中遭大惨，形神都废"①，这个冤案甚至使王世贞对社会人情有了顿悟之感，无意于世间。"以老母在不即死，戴面皮见人，然亦何意尘世"②，正因为还有母亲健在的牵挂，王世贞只能忍受屈辱而坚强地活下去，故而当母亲去世时，"搏颊哭自数且绝而苏，自是弟与不毂伏苦块如丧大司马公时"③。这一切，在王世贞追溯亡弟事迹时，必定勾起回忆，并让王世贞再次感受到父母离世所带来的悲痛，此时内心的痛苦，也唯有通过此时的行状写作才得以抒发。

其次，饱含情深义重的祭悼气息。王世贞和亡弟不仅具有手足之情，他们在文学上还是亦师亦友的关系。王世贞在行状中写道："弟之始为诗用不毂，故因习知不毂之友，故李于鳞、徐子与、宗子相、余德甫、张肖甫，及今吴明卿、张助甫，而其所心服乃于鳞。"④ 亡弟通过学习王世贞的诗歌创作走进了王世贞的朋友圈，便"肆力于古文章"，"益刻意于诗，诗益工"。对于亡弟的进步及取得的成绩，王世贞非常钦佩，并对其文学成就有一总的概括。

> 所撰著《望崖编》等书，亦皆其中精至语。识者谓不下白香山、晁文元，于诗虽自济南始，其所涵咏，多汉魏晋宋以至盛唐诸大家，然不肯从门入，亦不规规名某氏业，而神诣之境为胜，七言律尤其踔绝者，文出入西京韩欧诸大家间，采刘义庆《世说》，自以为得彼三昧，而于游名山记，尤详婉有力，善持论，往往以识胜。少即工临池，行草萧散，小隶疏行，得晋人遗意，晚而弥好之。⑤

① 王世贞：《弇州山人四部稿》卷一百二十五《董侍郎》，第8页。
② 王世贞：《弇州山人四部稿》卷一百二十六《答李伯华少卿》，第6页。
③ 王世贞：《弇州山人续稿》卷一百四十《亡弟中顺大夫太常寺少卿敬美行状》，第8页。
④ 王世贞：《弇州山人续稿》卷一百四十《亡弟中顺大夫太常寺少卿敬美行状》，第5页。
⑤ 王世贞：《弇州山人续稿》卷一百四十《亡弟中顺大夫太常寺少卿敬美行状》，第20页。

正是这样一位精通诗文、善于笔墨的大家，文学上的知己，其突然逝去，留给生者的唯有无穷无尽的伤感和惋惜，王世贞由衷地感叹道："嗟乎，使弟不死，假以岁月，纵其所诣，其政术必为成弘良臣，学术必约而窥濂洛之藩，吟咏必肩二李，超何薛。"① 评价如此之高，更显示出了王世贞的悲伤和惋惜之情。

再者，寄情于不朽。王世贞在行状结尾处表明了自己创作行状的目的，"呜呼，马曹慨亡于人琴，东亭悼衰于梁栋，不榖虚得名耳，实不如吾弟，令幸未死，尚能执管纪述其行事，而祈不朽于作者"②。而这种"祈不朽"，其实也是王世贞内心所追求的不朽，更是王世贞内心的写照。"太上有立德，其次有立功，其次有立言"，王世贞早年渴望立功，欲效铅刀于一割，成功立业，遭受父难之后，看透现实，立功不成而转向文学立言，"勒成一家言"，并认为"魏文帝雄主也，威无所不加，贵富无所不极，而独慨然于文章之一端，曰经世大业，不朽盛事"③。王世贞为亡弟追求不朽，不仅是其责任所在，同时也是自己的期望所在，是对自己心灵追求的一种解脱。

可以看出，《亡弟中顺大夫太常寺少卿敬美行状》一文注重对人物德行的描写，行文流露出对死者的赞美，如此真挚的感情通过日常生活得到体现，从而更增加了文章情感的真实性，并具有强烈的感情色彩。王世贞创作时屡屡发出"呜呼"的哀叹，这是生者和死者进行的深入交流，从而使王世贞内心的悲痛得到宣泄。这已经不是一篇简单的行状，其写作甚至与"诔文"有着很大的相似之处。"诔者，累也；累其德行，旌之不朽也"④，其寄寓哀感的功能十分明显。因此，这样的行状写作，不仅丰富了行状创作的内容和形式，还使生者的悲伤之情得到更好的抒发。

另外，行状注重对人物进行直叙，讲究客观真实，"但指事说实，直载其词，则善恶功迹，皆据事足以自见矣"⑤，因而多数行状的生者对死

---

① 王世贞：《弇州山人续稿》卷一百四十《亡弟中顺大夫太常寺少卿敬美行状》，第20~21页。
② 王世贞：《弇州山人续稿》卷一百四十《亡弟中顺大夫太常寺少卿敬美行状》，第21页。
③ 王世贞：《弇州山人续稿》卷四十五《张伯起集序》，第14页。
④ 刘勰：《文心雕龙义证》，詹锳义证，上海古籍出版社，1989，第125页。
⑤ 董诰等：《全唐文》，中华书局，1963，第257页。

者的评论不多，寥寥几句。而《亡弟中顺大夫太常寺少卿敬美行状》则对此有所突破，王世贞不仅对亡弟的高尚德行有所赞赏，并对其一生文学思想和风格的发生及变化有一个清楚的论述，对其所取得的成就进行了分析和评论，这对于后人研究王世懋的文学思想有着重要的价值。

诗文是王世贞著述文章的主体部分，涉及的文体种类也非常繁复，对拟古乐府和书牍、行状文体的特征分析，亦是对王世贞文学思想的深入认知，这也让我们进一步了解了王世贞诗文创作的独特性，其虽然力倡复古，但是并不和李攀龙等人一样一味复古而不知变通。

第五章

王世贞诗文观念的影响

王世贞（1526~1590），经历了明代嘉靖、隆庆和万历三个朝代。关于明代文学的分期问题，一般研究者均采用前、中、后的分期法，如南炳文先生从历史发展的角度认为："正统十四年（1449），明朝与瓦剌打了一仗，明朝皇帝英宗在土木堡作了瓦剌的俘虏。这件大事，一般将之看作明代中期的开端。万历九年（1581），张居正在全国推行一条鞭法，进行了中国赋役制度史上的一次大改革。这次改革，一般看作是明代中期的下限。"① 相应的，在文学领域，游国恩的《中国文学史》、袁行霈的《中国文学史》、章培恒的《中国文学史》皆以明前七子作为明代中期文学的开端，即弘治（1488~1505）到隆庆（1567~1572）的近百年文学。晚明文学则都迄于陈子龙（1608~1647）领导的云间派。可见王世贞自身的文学活动起于明代中期的末端，终于明代后期的前端。再者，王世贞追随李攀龙走上复古道路，年轻时就主盟文坛，影响甚大，李攀龙1570年去世后，王世贞更是独自主盟文坛，天下士子莫不奔走其门，得到王世贞的片言褒赏，声价便会骤起，真乃"操文章之柄，登坛设埠，近古未有"②。因此王世贞对明代中期末端的文学就已经产生了广泛的影响，再加上其影响力，即使其去世后，后人仍奉读其书，深受影响，王世贞也就成为晚明众多学者法式或者批判的对象，如纪昀曾引用艾南英之言进行阐述，"艾南英《天佣子集》有曰：'后生小子不必读书，不必作文，但架上有前后

---

① 南炳文、汤纲：《明史》上，上海人民出版社，2003，第205页。
② 钱谦益：《列朝诗集》丁集卷六《王尚书世贞》，许逸民等点校，中华书局，2007，第4454页。

《四部稿》，每遇应酬，顷刻裁割，便可成篇。骤读之，无不浓丽鲜华，绚烂夺目；细案之，一腐套耳'云云"①。确实如此，如袁氏三兄弟从小就熟知《弇州山人四部稿》和《弇州山人续稿》，陈子龙更是推行王世贞的文学主张，想遥拜其为师。

也正因为此，研究王世贞诗文观念的影响，是全面认知王世贞诗文思想的重要组成部分。

第一节　对李攀龙的影响

李攀龙（1514~1570），明代后七子派文学复古运动的领袖之一，《明史·文苑三》对其有相关的介绍，兹录如下。

> 李攀龙，字于鳞，历城人。九岁而孤，家贫，自奋于学。稍长为诸生，与友人许邦才、殷士儋学为诗歌。已，益厌训诂学，日读古书，里人共目为狂生。举嘉靖二十三年进士，授刑部主事。历员外郎、郎中，稍迁顺德知府，有善政。上官交荐，擢陕西提学副使。乡人殷学为巡抚，檄令属文，攀龙怫然曰："文可檄致邪？"拒不应。会其地数震，攀龙心悸，念母思归，遂谢病。故事，外官谢病不再起，吏部重其才，用何景明例，特予告归。予告者，例得再起。
>
> 攀龙既归，构白雪楼，名日益高。宾客造门，率谢不见，大吏至，亦然，以得简傲声。独故交殷、许辈过从靡间。时徐中行亦家居，坐客恒满，二人闻之，交相得也。归田将十年，隆庆改元，荐起浙江副使，改参政，擢河南按察使。攀龙至是擢亢为和，宾客亦稍稍进。无何，奔母丧归，哀毁得疾，疾少间，一日心痛卒。
>
> 攀龙之始官刑曹也，与濮州李先芳、临清谢榛、孝丰吴维岳辈倡诗社。王世贞初释褐，先芳引入社，遂与攀龙定交。明年，先芳出为外吏。又二年，宗臣、梁有誉入，是为五子。未几，徐中行、吴国伦

---

① 永瑢等：《四库全书总目》卷一百七十二《弇州山人四部稿》，中华书局，2008，第1508页。

亦至，乃改称七子。诸人多少年，才高气锐，互相标榜，视当世无人，七才子之名播天下。摈先芳、维岳不与，已而榛亦被摈，攀龙遂为之魁。其持论谓文自西京，诗自天宝而下，俱无足观，于本朝独推李梦阳。诸子翕然和之，非是，则诋为宋学。攀龙才思劲鸷，名最高，独心重世贞，天下亦并称王、李。又与李梦阳、何景明并称何、李、王、李。其为诗，务以声调胜，所拟乐府，或更古数字为己作，文则聱牙戟口，读者至不能终篇。好之者推为一代宗匠，亦多受世抉摘云。自号沧溟。①

通过以上的介绍，我们可知李攀龙复古文学主张的大概，亦知其对王世贞的重视，且在一定程度上而言，正因为有了王世贞和李攀龙的携手，才有了复古文学的浩大声势。探究王世贞与中晚明文坛的关系，李攀龙则是一个不可回避的关键性人物。

王世贞追随李攀龙走上了诗文复古的文学创作道路，这是不争的事实，不过，这并不是说王世贞在遇见李攀龙之前，没有自己的文学主张或文学喜好，如前所论，王世贞少年时便熟读孟子、屈原、贾谊等人的作品，十四岁时，更是喜爱三苏和王阳明的著作，甚至达到废寝忘食的地步。如果没有遇到李攀龙，王世贞的文学道路很可能是另外一番景象。王世贞曾和友人谈道："世贞二十余，遂谬为五七言，声律从西曹，见于鳞大悔，悉烧弃之，因稍劀剟下上，久乃有所得也。其治骚赋歌选，雅负不甚下于鳞，然多病癖，不喜人闻之，又最不喜闻于人，显贵者故出不十之一，而鸡肋之名，几咀碎齿吻间。"② 即王世贞认为自己见到李攀龙后，之前的五、七言之作，实在难登大雅之堂，用全部焚烧的方式让自己忘却过去的创作，学习李攀龙的创作思路，"久乃有所得也"，才是符合当下的新创作。否定过去的自我，追随当下的李攀龙，足见王世贞对李攀龙的仰慕和崇拜之情。

据王世贞文集可知，王世贞与李攀龙结交始于嘉靖二十七年戊申岁，

---

① 张廷玉等：《明史》卷二百八十七，中华书局，1974，第7377~7378页。
② 王世贞：《弇州山人四部稿》卷一百二十三《上御史大夫南充王公》，第14页。

王世贞中进士的第二年，两人结交后，可谓志趣相投，形影不离，经常在一起谈论诗文之道，参加友朋聚会。如嘉靖二十八年，中秋，王世贞与李攀龙、谢榛、李孔阳赏月，因谈诗法。嘉靖二十九年三月，李先芳入觐事毕，再还新喻，王世贞、李攀龙、谢榛等人在天宁寺为李先芳饯别，赋诗为赠，王世贞并为李先芳作送行序。① 嘉靖三十年，初春夜，李攀龙与吴维岳、谢榛等集王世贞宅，分韵赋诗。四月一日，王世贞、李攀龙、徐中行游南溪，邀宗臣共往，宗臣因事所羁，未能前往。此后四人又去京郊骑马，宗臣有诗为记。秋，王世贞病，李攀龙诸友人过访探病，后李攀龙又有诗相问，世贞有答。嘉靖三十一年过年时节，王世贞和李攀龙的相聚愈甚，正月初六，二人与梁有誉访谢榛于华严庵，分韵赋诗。如王世贞作诗《正月六日，雨阻江上，因记昨岁同于鳞诸君访茂秦于华严庵，分韵赋诗，一时之盛，怅焉有怀，爰赋十韵》，诗句"昨岁还兹日，相携出建章。去乘支遁马，来借远公房。所遇皆同志，焉知在异乡。天花沾草木，佛日转冰霜。诗辨三乘体，经翻四大藏。降心皈鹿女，说法礼狮王。有会因能就，言离业转长。弥天今落落，大地各茫茫。雨雪逢南土，风烟阻上方。未须论幻迹，吾道本何常"② 则追忆了此事。初七，王世贞与李攀龙诸子会宗臣宅，分韵赋诗，王世贞有诗《人日同茂秦、于鳞、公实、子与夜集子相考功分韵》。十四日夜，诸子集灵济宫梁有誉馆，李攀龙有诗《十四夜，同王、徐、宗、梁四君子集灵济宫（二首）》，王世贞有诗《正月十四日夜，同茂秦、于鳞、子与、子相集灵济宫公实馆，分韵得灯微二字》，有诗曰："欲暝天全白，将规月渐升。龙衔员峤烛，星灿紫微灯。绮色深三殿，钟声散五陵。醉须携兴住，春事日相仍。"③ 十六日夜，王世贞与李攀龙、徐中行共访魏裳，分韵赋诗。后来春夜，王世贞与李攀龙、宗臣、梁有誉集，分韵赋诗。春，王世贞与李攀龙、徐中行、宗臣游韦园，王世贞有诗《韦园同于鳞、子与、子相各赋》三首，其一为："千

---

① 蒋鹏举：《〈王世贞年谱〉补正》，《文献》2004 年第 4 期，第 193~198 页。
② 王世贞：《弇州山人四部稿》卷三十一《正月六日，雨阻江上，因记昨岁同于鳞诸君访茂秦于华严庵，分韵赋诗，一时之盛，怅焉有怀，爰赋十韵》，第 4 页。
③ 王世贞：《弇州山人四部稿》卷二十三《正月十四日夜，同茂秦、于鳞、子与、子相集灵济宫公实馆，分韵得灯微二字》，第 15 页。

树飞花覆客杯，百年晴日此池台。钩帘蛱蝶携香去，浴渚凫鹥散锦来。醉后看人成偃蹇，归时促骑故徘徊。长安北望黄尘里，击剑高歌未乏才。"① 李攀龙则有诗《韦氏池亭同元美、子与、子相赋》四首，其二为："华发文章愧不工，独怜诸子调相同。西京矫矫多奇气，东海泱泱自大风。三署仙郎携酒后，一时词客此亭中。白云寥廓迷幽蓟，骖衔谈天碣石宫。"② 如此频繁的相聚和诗歌唱和，足见李攀龙和王世贞定交情谊至深。

直至嘉靖三十一年七月，王世贞奉命察狱而南下，必须离开李攀龙时，王世贞依旧依依不舍，这是王世贞和李攀龙相交后的第一次分离，有多不舍，可以从他们的诗作中窥探一二。如王世贞将行江南，李攀龙、徐中行与王世贞夏夜访宗臣，李攀龙有诗《夏日同元美子与集子相宅》，诗曰："佳客堪常见，幽期暑亦过。披襟度风雨，把酒出星河。懒拙元相藉，文章敢自多。夜深忘白羽，玉树倚蹉跎。"③ 王世贞有诗《同于鳞、子与夜过子相》。再如王世贞《别于鳞、子与、子相、明卿十绝》，其一曰："十年为客问吴山，锦缆安流此日还。唯有故人歌一阕，行云不度似阳关。"④ 其十曰："当年季子去归吴，缟带谁遗别思孤。十二国风论欲尽，大帆明月满姑苏。"⑤ 这些诗均描绘了一幅幅依依不舍的离别画面。王世贞在察狱途中，更是与李攀龙书信不断，信中有对二人友情的追怀，有对友人近况的叙说，当然，两人不能相见，亦通过书信探讨文学之道，如王世贞有言："足下所讥弹晋江、毗陵二公及其徒，师称而人播，此盖逐影响，寻名迹，非能心睹其是也。破之者亦非必输攻，而墨守乃甚易易耳。吴下诸生，则人人好褒扬其前辈，燥发所见此等，便足衣食志满矣。"⑥ 即包括对王慎中、唐顺之等人的不满和对世俗的不屑，亦可见王世贞对李攀龙的依赖。

王世贞与李攀龙的交往不仅限于此，如嘉靖三十四年春，王世贞闻梁

---

① 王世贞：《弇州山人四部稿》卷三十三，第 11 页。
② 李伯齐、宋尚斋：《李攀龙诗文选》，济南出版社，2009，第 6 页。
③ 李攀龙：《沧溟集》卷六，文渊阁《四库全书》第 1278 册，上海古籍出版社，1987，第 246 页。
④ 王世贞：《弇州山人四部稿》卷四十七《别于鳞、子与、子相、明卿十绝》，第 18 页。
⑤ 王世贞：《弇州山人四部稿》卷四十七《别于鳞、子与、子相、明卿十绝》，第 19 页。
⑥ 王世贞：《弇州山人四部稿》卷一百十七《李于鳞》，第 2 页。

有誊讣，同宗臣、吴国伦为位而哭，并寄书告知李攀龙。冬时，李攀龙因
考绩入京，得与王世贞等人相会。未入京时，先以诗寄王世贞，王世贞见
其诗，作诗志喜。除夕，李攀龙、吴国伦、徐中行一起欢聚于王世贞宅
中，分韵赋诗。嘉靖三十七年五月，王世贞侧室李氏所产之女疹夭，六
月，妻魏安人所产之子荣寿疹夭，殡城西佛寺中。李攀龙以诗为慰，王世
贞有诗为答。嘉靖三十九年十月，王世贞父亲王忬杀于市，李攀龙有诗挽
悼。王世贞与弟王世懋扶父丧归，过济宁，李攀龙单骑出吊。隆庆二年四
月，王世贞得报起任河南按察副使。五月，王世贞具疏致仕，李攀龙以诗
为劝。六月，李攀龙以贺东宫北行，顺便过访王世贞。隆庆三年正月，王
世贞从大名转任浙江，顺途于济南过访李攀龙，二人欢会。由此可知，自
嘉靖二十七年王世贞和李攀龙定交之后，二人的联系就十分频繁，两人不
仅是复古文学中的好友，同时也是生活中的知音，两人相互帮助和鼓励。
王世贞曾认为李攀龙"即古所著屈宋、苏李、扬马、甫白之俦"①，"故
人知未驯龙性，小弟凭谁与凤毛"②，李攀龙则称王世贞为凤，有诗曰：
"有凤衔灵文，栖栖北海湄。临流理羽毛，五采以自奇。"③

　　不过，王世贞追随李攀龙走上文学复古之路，并不是说王世贞在以后
的文学道路中，一直生活在李攀龙的影子之下，如前所述，王世贞在遇见
李攀龙之前，有自得之主张和自得之作，因此虽然王世贞后来将早年之作
全部焚烧，但是并没有把内心的学识全部剔除，只是暂时遮蔽起来罢了。
故而在嘉靖三十一年，王世贞离开李攀龙之后的创作便与李攀龙相聚时的
创作不尽一样，如《初拜使命抵家作》《杂诗六首》《乱后初入吴，舍弟
小酌》《将军行》等作品，这些作品倒是更加接近王世贞早年阅读三苏、
王阳明等名家著作后发自内心的自得之作，从中便能看出王世贞和李攀龙
的文学主张其实存在一定的差异性。而这种差异性的体现，在之前讨论乐
府变和"自然"等篇章中已经略有讨论，现结合李攀龙的名篇《戏为绝
谢茂秦书》具体讨论之，以进一步认知李攀龙的学古主张。

① 王世贞：《弇州山人四部稿》卷一百十七《李于鳞》，第 11 页。
② 王世贞：《弇州山人四部稿》卷三十七《于鳞有重寄余兄弟作，再答》，第 5 页。
③ 李攀龙：《沧溟集》卷四《送元美》，文渊阁《四库全书》第 1278 册，上海古籍出版
　　社，1987，第 220 页。

昔逮尔在赵王邸中，王惟妇人而笑之，尔犹能涉漳河也。则之长安，在大长公主家，又不负一蒯缑剑。令主家监先巫断席，与尔别坐。家监乃置恶齧马尔邸中，辄怒马使蹸于庭，践溺沃尔冠。亡何，又迁尔于传舍，使与骑奴同食。传舍长三投尔屦于户外，岂其爱士而执袜，叟以游。居期年，传舍长迁尔于僬舍，舍人责尔偿僬也。若使尔在，我之他境，我何知焉？告者曰："有君子眇而躁，视事左右必得志。然吾惮其为人也。"则尔既已谒我门下三日矣。我躬授尔简，坐尔上客，宠灵尔以荐绅先生，出尔否心，荡尔秽疾。元美偓寒，我实属尔。时尔实有豕心，不询于我，非其族类，未同而言，延颈贵人，倾盖为故，自言多显者交，平生足矣。二三兄弟将疏间之，我用恐惧，贻尔卢生，游尔义门，不以所恶废乡，绥静二三兄弟。尔乃克还无害，是我有大造于尔也。不佞官臣以敝邑在尔之宇下，不治执讯。尔为不吊，跋履敝邑，不入见；长者我先匹夫尔，实要我，辱我台人，殄置我不腆之币于涂，张脉偾兴，眦齧俱裂，曰："昔在长安邸中，殊厌贵人，曾尔一守臣也！"尔何乃去赵王邸中？既已释憾于我，我以二三兄弟之故，犹愿不忘旧勋于尔。尔且以敝邑之顽民，行而即长安贵人谋我。天诱其衷，元美弗二，尔是以不克逞志于我。①

罗宗强先生曾对此文的用典进行了分析，他认为："'实有豕心'、'不询于我'、'非其族类'、'不以所恶废乡'、'克还无害'、'张脉偾兴'、'天诱其衷'、'不克逞志于我'，均一字不差出自《左传》。"② 此外，文中的"蒯缑剑"源自《史记·孟尝君列传》："冯先生甚贫，犹有一剑耳，又蒯缑。""不腆之币"出自《国语·鲁语上》："不腆先君之币器，敢告滞积，以纾执事。"用典如此密集，再加上均为汉朝之前，恐怕明朝人读起来都古奥难懂。对于李攀龙的创作行径，王世贞认为是"无一语作汉以后，亦无一字不出汉以前"。李攀龙如此复古，使得复古的

---

① 李攀龙：《沧溟集》卷二十五《戏为绝谢茂秦书》，文渊阁《四库全书》第1278册，上海古籍出版社，1987，第491~492页。

② 罗宗强：《明代文学思想史》，中华书局，2013，第511页。

路径越来越狭窄，罗宗强先生更是直接批评道："这样的学古，实在是食古不化。"① 王世贞的创作虽有的也以晦涩、深奥著称，但是他同时注重古今通变，推崇孔子的辞达之说，所以在创作时既能体现行文之博识，亦能做到文章的畅达、通顺。②

王世贞与李攀龙文学主张的差异性存在有着重要的意义和价值。这主要体现在以下几个方面。

首先，就王世贞个人而言，王世贞将旧作焚毁后，追随李攀龙从事文学复古运动，但是其少年的文学观念并没有完全泯灭，并且随着生活阅历的丰富，以及与李攀龙相处时间的增加，王世贞对文学创作的领悟必定越来越深，以至在从事复古文学运动时，内心性灵的种子不断茁壮成长，就如郭绍虞先生在阅读完《艺苑卮言》后，认为王世贞朦胧地逗出一些类似性灵说与神韵说的见解，③ 而《艺苑卮言》是王世贞为了更好地宣扬复古理论主张而作，从中可见王世贞文学思想的复杂性。而只有经历过了，才更加懂得自己的文学创作取向，对于李攀龙一味的复古之作，以及其奉行"秦、汉以后无文矣"④ 的理念，王世贞说道："吾归不能持于鳞言示人，即示人，而读者不能句，若爱居之骇钟鼓，未有卒其乱者。"⑤ 王世贞对复古的认识越深，就越有助于其真性情文学的回归。需要特别注意的是，这种回归并不是对过去文学创作的完全悔悟，而是真性情文学在不同阶段的不同表现程度罢了，或隐或现，但从未曾断过。因此，我们就能更好地理解王世贞中晚年对性情之作的追求、对白居易的雅慕，甚至对佛道思想的参悟。

其次，就李攀龙个人而言，对于后七子派的文学复古运动，李攀龙实有首倡之功，如王世贞曾言："故嘉靖之季，尚辞者酝风云而成月露，存理者扶感遇而夺咏怀，喜华者敷藻于景龙，畏深者信情于元和，亦自斐然，不妨名世。第感遇无文，月露无质，景龙之境既狭，元和之蹊太广，

---

① 罗宗强：《明代文学思想史》，中华书局，2013，第512页。
② 此处观点在前文已经充分论述，在此不再展开。
③ 郭绍虞：《中国文学批评史》，百花文艺出版社，1999，第174页。
④ 李攀龙：《沧溟集》卷二十八《答冯通府》，文渊阁《四库全书》第1278册，上海古籍出版社，1987，第533页。
⑤ 王世贞：《弇州山人四部稿》卷五十七《赠李于鳞序》，第3页。

浸淫诸派，溷为下流。中兴之功，则济南为大矣。"① 面对需要改变的文风，李攀龙勇扛大旗，天下士子影从，"今天下之不为济南语者盖寡"②。同时吹捧李攀龙的人也不在少数，如汪道昆认为："足下（李攀龙）主盟当代，仆犹外裔，恶敢辱坛坫哉。"③ 徐中行说道："自汉而下千五百余年，擅不朽之业以明当日之盛，孰如于鳞者？所成不既多乎哉！"④ 李攀龙本身具有才情，再加上众人的称赞，难免会飘飘然。王世贞在《书与于鳞论诗事》中记载道："又一日，于鳞因酒踞谓余曰，夫天地偶而物无孤美者，人亦然，孔氏之世，乃不有左丘乎。余瞠目直视之，不答，李遽曰，吾失言，吾失言，向者言老聃耳，其任诞若此。"⑤ 李攀龙都敢自比孔子！再如王世贞在编纂《艺苑卮言》时宣扬了复古理论，但是却对李攀龙的创作提出了鲜明的批评，他认为："于鳞自弃官以前，七言律极高华，然其大意，恐以字累句，以句累篇，守其俊语，不轻变化，故三首而外，不耐雷同。晚节始极旁搜，使事该切，措法操纵，虽思探溟海，而不堕魔境。世之耳观者，乃谓其比前少退，可笑也。歌行方入化而遂没，惜其不多，寥寥绝响。"⑥ 文章雷同、过于注重法度，这都是李攀龙复古所带来的创作弊端，可贵的是，王世贞在当时能言世人所不能言，以致李攀龙对于王世贞创作的《艺苑卮言》颇有微词。不过在一定程度上而言，这使得李攀龙注重自身的不足和对当下的反思。李攀龙也创作了不少令人动情之作，如其《九日登楼》云："白雁黄花处处秋，鲍山风雨独登楼。忽惊返照湖中出，转见孤城水上浮。多病恰堪成卧隐，浊醪正足抵穷愁。先生懒作东篱会，可但交情老自休。"⑦ 这种诗作就与其复古之作有很大的区别。

另外，就复古集团而言，李攀龙和王世贞作为文学复古运动的领袖，二人文学主张存在分歧，不仅意味着笼统地以"文必秦汉、诗必盛唐"

---

① 王世贞：《弇州山人四部稿》卷一百四十八《艺苑卮言五》，第 2 页。
② 王世贞：《弇州山人续稿》卷四十一《徙倚轩稿序》，第 14 页。
③ 汪道昆：《太函集》卷九十七《李于鳞》，明刻本，南京图书馆藏，第 8 页。
④ 徐中行：《天目先生集》卷十三，明刻本，明刻本，美国哈佛大学燕京图书馆藏，第 12 页。
⑤ 王世贞：《弇州山人四部稿》卷七十七《书与于鳞论诗事》，第 20 页。
⑥ 王世贞：《弇州山人四部稿》卷一百五十《艺苑卮言七》，第 12 页。
⑦ 李攀龙：《沧溟集》卷十《九日登楼》，文渊阁《四库全书》第 1278 册，上海古籍出版社，1987，第 292 页。

去概括后七子派的文学复古运动失之偏颇，同时还表明复古集团文学思想的复杂性。对于后七子派人员的名单，历来说法颇多，如顾起纶认为后七子派成员为李攀龙、王世贞、徐中行、宗臣、梁有誉、吴国伦、张佳胤，① 钱谦益则认为是李攀龙、王世贞、吴国伦、宗臣、徐中行、梁有誉、余曰德或张佳胤，② 等等，但是通常的说法均采取《明史·文苑三》之论，即后七子为李攀龙、王世贞、谢榛、宗臣、梁有誉、徐中行、吴国伦。③ 钱大昕从此说，当今流行的文学史教材亦从此说。可见，人们对后七子派的成员构成的认识在总体上还是比较稳定的，最多也就对一二成员存在一定的争议。在此不具体考证后七子派的成员形成过程，就他们各自的文学取向而言，李攀龙取法《尚书》《左传》《史记》《汉书》等；王世贞则取法更广，还注重学习《孟子》、《庄子》、《列子》、韩柳等古代经典书籍和名家；徐中行则以周朝的文章作为最高的学习对象，"周为中天之运，岂不郁郁乎哉"④；宗臣和吴国伦更是没有完全地贬低宋人，甚至对于宋诗和宋文都给予了一定的肯定，宗臣认为苏轼和曾巩的文章畅达，吴国伦推崇苏轼"有足雄一世而倡后来"⑤ 之地位。七子派成员复古文学主张的多样性其实有利于复古文学的长远发展，特别是在核心成员李攀龙尺寸古法的形式之下，因此李攀龙去世后，王世贞独主文坛，复古文学也逐渐发生相应的变化。如王世贞指导后学徐益孙如何阅读、如何写作时，让其取法汉魏、晋宋、初盛唐的众多名家，以及中晚唐佳者，如白居易、杜牧等人，甚至是明朝的李梦阳和李攀龙都是可以作为学习对象的。同时，王世贞所提携的后备诸如胡应麟、李维桢等人，都不是李攀龙式的复古者。王世贞是后七子派最后一位被世人所公认的盟主，亦是复古文学通往晚明性灵文学思潮的一座桥梁。

据王世贞文集可知，隆庆四年八月，李攀龙卒，王世贞闻讣，不及为位。隆庆五年三月，王世贞作文祭奠李攀龙；七月，李攀龙之子李驹走使

① 周维德：《全明诗话》二，齐鲁书社，2005，第 1495 页。
② 钱谦益：《列朝诗集小传》丁集上，中华书局，2007，第 431 页。
③ 张廷玉等：《明史》卷二百八十七，中华书局，1974，第 7377~7378 页。
④ 徐中行：《天目先生集》卷十三，明刻本，美国哈佛大学燕京图书馆藏，第 11 页。
⑤ 吴国伦：《甔甀洞稿》卷四十四《苏公寓黄集序》，明刻本，上海图书馆藏，第 7 页。

来奠王世贞母丧，并以李攀龙全集相授，同时索求碑传。王世贞见李攀龙文集有感而赋诗，手为校雠李氏文集，并为其作传。王世贞与李攀龙的交往对各自文学道路的发展有其影响，而这种交往已经超越了普通文人之间的私下交流，他们对整个复古文学的发展产生了巨大影响。李攀龙和王世贞相继主盟文坛四十年，这也是复古文学运动发展的高潮期，其中又孕育着复古与反复古的因子，推动了晚明文学流派的演化进程。

第二节　对归有光的影响

归有光（1507~1571），唐宋派后期的重要代表人物，《明史》对其介绍如下。

> 归有光，字熙甫，昆山人。九岁能属文，弱冠尽通"五经""三史"诸书，师事同邑魏校。嘉靖十九年举乡试，八上春官不第。徙居嘉定安亭江上，读书谈道。学徒常数百人，称为震川先生。
>
> 四十四年始成进士，授长兴知县。用古教化为治。每听讼，引妇女儿童案前，刺刺作吴语，断讫遣去，不具狱。大吏令不便，辄寝阁不行。有所击断，直行己意。大吏多恶之，调顺德通判，专辖马政。明世，进士为令无迁倅者，名为迁，实重抑之也。隆庆四年，大学士高拱、赵贞吉雅知有光，引为南京太仆丞，留掌内阁制敕房，修《世宗实录》，卒官。
>
> 有光为古文，原本经术，好《太史公书》，得其神理。时王世贞主盟文坛，有光力相触排，目为妄庸巨子。世贞大憾，其后亦心折有光，为之赞曰："千载有公，继韩欧阳。余岂异趋，久而自伤。"其推重如此。
>
> 有光少子子慕，字季思。举万历十九年乡试，再被放，即屏居江村，与无锡高攀龙最善。其殁也，巡按御史祁彪佳请于朝，赠翰林待诏。
>
> 有光制举义，湛深经术，卓然成大家。后德清胡友信与齐名，世并称归、胡。①

---

① 张廷玉等：《明史》卷二百八十七，中华书局，1974，第7382~7383页。

通过《明史》的介绍，我们可知归有光年少成名，但是科举不顺，他9岁便能进行文章创作，嘉靖十九年（1540），归有光33岁通过了乡试，正当自己踌躇满志之时，接下来八上春官，却都不中，甚至因为丁未年（1547）考试中被考官评点"粗"字后，成为天下士子的笑柄。直到嘉靖四十四年（1565），归有光才以58岁的高龄考中了进士。虽然归有光仕途上没有取得辉煌的成就，但是他"为古文，原本经术，好《太史公书》，得其神理"，其文章创作得到了他人的一致肯定，如王锡爵称赞道："秦、汉以来，作者百家。譬诸草木，大小毕华。或春以荣，或秋以葩。时则为之，匪前是夸。先生之文，《六经》为质。非似其貌，神理斯述。微言永叹，皆谐吕律。匪筐匪篚，烝肴有饎。造次之间，周旋必儒。大雅未亡，请观其书。"① 而在回味整个明朝散文的发展历史之后，黄宗羲更是由衷地感慨道："议者以为震川为明文第一，似矣。"② 王鸣盛则在《钝翁类稿序》中说道："明自永、宣以下，尚台阁体；化、治以下，尚伪秦、汉，天下无真文章者百数十年。震川归氏起于吾郡，以妙远不测之旨，发其淡宕不收之音，扫台阁之肤庸，斥伪体之恶浊，而于唐宋七大家及浙东道学体，又不相沿袭，盖文之超绝者也。"③ 今人在效仿唐宋八大家时，遴选明清八大家，其中明代取了三家，分别为刘基、归有光、王世贞。钱仲联认为："归有光为明代'唐宋派'古文家之旗帜，姚鼐早已选入《古文辞类纂》，大家当然是首肯的。"④ 归有光凭借自身的文学创作，"卓然成大家"。

另外，通过《明史》，我们知道了归有光的文学创作特色及其成就，但是里面有一段话，值得我们注意，即对归有光和王世贞关系的描述。王世贞为后七子派文学复古运动的领袖，主盟文坛，在"明清八大家文丛"中亦与归有光一道位列其中，王世贞和归有光的关系自然而然成为当时文坛和后人热议的话题。《明史》所载，注重的是归有光对王世贞文学主张的排斥，以及王世贞晚年对归有光的推崇，如此描述，自然是肯定了归有光的文学地

---

① 王锡爵：《王文肃公文草》卷八《太仆寺丞熙甫归先生墓志铭》，明刻本，美国哈佛大学燕京图书馆藏，第44页。
② 黄宗羲：《明文案》，北京出版社，2005，第1页。
③ 汪琬：《钝翁类稿》，清刻本，中国国家图书馆藏，第2页。
④ 钱仲联：《"明清八大家文选丛书"总序》，《苏州大学学报》2001年第3期，第54页。

位，但是二人关系确实是如《明史》所述吗？在笔者看来，答案是否定的。

认为归有光和王世贞存在文学争论的，其依据主要是"妄庸巨子"一事，不过明确此事的并不是首先来自《明史》，而是钱谦益，如钱谦益在《震川先生小传》中有言：

> 当是时，王弇州踵二李之后，主盟文坛，声华煊赫，奔走四海。熙甫一老举子，独抱遗经于荒江虚市之间，树牙颊相撑柱，不少下。尝为人文序，诋排俗学，以为苟得一二庸妄人为之巨子。弇州闻之，曰："妄诚有之，庸则未敢闻命。"熙甫曰："唯妄故庸，未有妄而不庸者也。"弇州晚岁赞熙甫画像曰："千载有公，继韩欧阳。余岂异趋？久而自伤。"识者谓先生之文，至是始定论，而弇州之迟暮自悔，为之不可及也。①

这段文字涉及王世贞晚年自悔问题，前面已经讨论，在此不多提及，主要就"妄庸巨子"一事而论。从文中来看，作为陈述者的钱谦益对归有光和王世贞的对话似乎一清二楚，但事实并非如此，主要原因有以下几点。

其一，钱谦益并不在归有光和王世贞的对话现场，钱谦益的陈述有作伪之疑。如归有光的生卒年为 1507 年至 1571 年，王世贞为 1526 年至 1590 年，钱谦益为 1582 年至 1664 年，即归有光不可能和钱谦益有任何实际交集，而王世贞虽与钱谦益在生存时间上有重叠，但是王世贞去世时，钱谦益才八岁，且王世贞为太仓人，钱谦益为常熟人，两人不太可能有直接的文学对话，钱谦益更不可能在归有光和王世贞的对话现场。

其二，归有光并没有明确"妄庸巨子"所指就是王世贞。其与"妄庸巨子"有关的言论主要体现在他的《项思尧文集序》中：

> 盖今世之所谓文者难言矣。未始为古人之学，而苟得一二妄庸人为之巨子，争附和之，以诋排前人。韩文公云："李杜文章在，光焰万丈长。不知群儿愚，那用故谤伤。蚍蜉撼大树，可笑不自量。"文

---

① 钱谦益：《列朝诗集小传》，中华书局，2007，第559～560页。

章至于宋、元诸名家，其力足以追数千载之上，而与之颉颃；而世直以蚍蜉撼之，可悲也。无乃一二妄庸人为之巨子以倡道之欤。①

归有光所痛恨的是那些"妄庸巨子"名为学习古人，实为剽窃古人言语之举，且这种风气遍布文坛，争相学习者络绎不绝，以致宋、元诸名家直接被忽视。此外，归有光平时还有一些论断，如他曾说道："今世乃惟追章琢句、模拟剽窃，淫哇浮艳之为工，而不知其所为。"② 再如："以琢句为工，自谓欲追秦汉，然不过剽窃齐梁之余，而海内宗之，翕然成风，可谓悼叹耳。"③ 归有光属于唐宋派的代表人物，其言论所指，自然而然令人想到其针对的是后七子派的复古文学运动，其所谓的"妄庸巨子"也很容易令人想到后七子派的领袖人物，一二所指可能是李攀龙或者王世贞，抑或二人兼有。虽然王世贞因为《艺苑卮言》中的言辞而被李攀龙视为"英雄欺人，所评当代诸家，语如鼓吹，堪以捧腹矣"④，甚至被二三君子"恚而私訾之"⑤，很容易被后人贴上狂妄、妄庸的标签。但是李攀龙有时却比王世贞有过之无不及，如他所编的《古今诗删》和《尺牍清裁》等书，恪守自身的文学主张，宋元时代的人就完全不在其考虑范围，在和王世贞论诗时，李攀龙居然敢自比孔子。因此，归有光尚且没有明确其所言的"妄庸巨子"具体指谁，我们也不应该将此矛头指向王世贞，以突出归有光和王世贞之间的文学矛盾。

其三，在王世贞文集中，并没有"妄庸巨子"的记载。查阅王世贞文集，对于归有光文集提及的"妄庸巨子"，王世贞对此是否有所回应，以及王世贞是否言及"妄则有之，庸则未敢闻命"，自然非常清晰，且看王世贞文集中提及"妄庸"之处：

① 归有光：《震川先生集》卷二《项思尧文集序》，周本淳校，上海古籍出版社，2007，第 21 页。
② 归有光：《震川先生集》卷二《沈次谷先生诗序》，周本淳校，上海古籍出版社，2007，第 30 页。
③ 归有光：《震川先生集》别集卷七《与沈敬甫十八首》，周本淳校，上海古籍出版社，2007，第 869 页。
④ 王世贞：《弇州山人四部稿》卷一百四十四《艺苑卮言一》，第 1 页。
⑤ 王世贞：《弇州山人四部稿》卷一百四十四《艺苑卮言一》，第 1 页。

近有一妄庸僧，口尚乳臭，目不识三昧，而辄作披荆钺以攻贤首，皆法㮚辈为之俑也。故虽精博如李长者，超绝如大慧杲，而不敢以为我师，以其有诤心也，何况法㮚，又何况此妄庸僧一么麽也。①

余于道藏中得一卷曰《黄老黄庭经》，妄庸人标之曰《太上黄庭中景经》，盖欲以配内外景也。②

八仙者，钟离、李、吕、张、蓝、韩、曹、何也，不知其会所繇始，亦不知其画所由始。余所睹仙迹及图史亦详矣，凡元以前无一笔，而我明如冷起敬、吴伟、杜堇稍有名者，亦未尝及之，意或妄庸画工合委巷丛俚之谈，以是八公者，老则张，少则蓝韩，将则钟离，书生则吕，贵则曹，病则李，妇女则何，为各据一端作滑稽观耶。③

昨岁枉季公驾一把容范接绪，言觉种种，自别后，从管东溟所得闻翁起居之详，殊令人倾注。世贞妄庸人耳，踯跎名欲场，无息肩所，颇亦厌之，以故先师易为指引。④

"妄庸"一词，源自《史记·齐悼惠王世家》，其中有言："人谓魏勃勇，妄庸人耳，何能为乎！"⑤ 意在形容他人平庸凡劣，凡庸妄为，不足成事。以上四处是王世贞文集中提及"妄庸"的语句，从文中语境而言，"妄庸僧"和"妄庸人"侧重的是"妄"，即突出他人行为处事的狂妄；"妄庸画工"则意在说明画工的凡庸妄为，擅自绘制八仙图，终"作滑稽观耶"；而"世贞妄庸人耳"在此有自谦之意，侧重"妄"，也突出了王世贞心中的远大抱负，欲在名利场上有所建树。可见，对于"妄庸"一词，王世贞更加侧重"妄"，而不是庸凡，这就很符合钱谦益之言，即王世贞认为自我"妄则有之，庸则未敢闻命"，但是非常肯定的是，这句话不是出自王世贞之口。

且不说钱谦益如此描述归有光和王世贞这些对话的用意，就归有光和

---

① 王世贞：《弇州山人续稿》卷一百五十六《书佛祖统纪后》，第7页。
② 王世贞：《弇州山人续稿》卷一百五十七《黄老黄庭经》，第5页。
③ 王世贞：《弇州山人续稿》卷一百七十一《题八仙像后》，第19页。
④ 王世贞：《弇州山人续稿》卷一百七十五《答耿中丞》，第18页。
⑤ 司马迁：《史记》，中华书局，2013，第237页。

王世贞二人的真实交游情况而言，其实不存在根本性的冲突。

不可否认的是，王世贞对归有光确实有微词，如其在《艺苑卮言》中评论归有光的文学创作"如秋潦在地，有时汪洋，不则一泻而已"①，与陆汝陈书信中更是说道："仆不恨足下称归文，恨足下不见李于鳞文耳。"② 王世贞此时对归有光文章的否定，主要是从后七子派的文学复古主张出发，王世贞撰写《艺苑卮言》的一个主要目的就是成一家之言，为复古文学运动摇旗呐喊，那唐宋派就自然而然地成了被攻击的对象。而青年时期的王世贞，其文学思想中的"性灵"、真情性等文学主张短暂地被复古文学思想所遮蔽。王世贞对归有光的认知轨迹，也如钱谦益所言，晚年的态度有点不一样，如在《书归熙甫文集后》中论道：

> 余成进士时，归熙甫则已大有公车间名，而积数年不第。每罢试则主司相与咤恨，以归生不第，何名为公车。而同年朱捡讨者，俳人也，数问余得归生古文辞否，余谢无有。一日忽以一编掷余面曰：是更不如崔信明水中物耶！且谓何不令归生见我，当作李密视秦王时状。余戏答，子遂能秦王邪。即李密未易才也。退取读之，果熙甫文，凡二十余章，多率略应酬语，盖朱所见者，杜德机耳。而又数年，熙甫之客中表陆明谟，忽贻书责数余，以不能推毂熙甫，不知其说所自。余方盛年悁气，漫尔应之，齿牙之锷，颇及吴下前辈，中谓陆浚明差强人意，熙甫小胜浚明，然亦未满语。又数年，而熙甫始第，又数年而卒。客有梓其集贻余者。卒卒未及展，为人持去。旋徙处昙靖，复得而读之，故是近代名手。若论议书疏之类，滔滔横流不竭，而发源则泓渟朗著。志传碑表，昌黎十四，永叔十六，又最得昌黎割爱脱赚法，唯铭辞小不及耳，昌黎于碑志极有力，是兼东西京，而时出之，永叔虽佳，故一家言耳，而茅坤氏乃颇右永叔而左昌黎，故当不识也。他序记熙甫亦甚快，所不足者，起伏与结构也。起伏须婉而劲，结构须味而裁，要必有千钧之力而后可。至于照应点缀，绝

---

① 王世贞：《弇州山人四部稿》卷一百四十八《艺苑卮言五》，第11页。
② 王世贞：《弇州山人四部稿》卷一百二十八《答陆汝陈》，第9页。

不可少。又贵琢之无痕，此毋但熙甫，当时极推重于鳞，于鳞亦似有可憾者。嗟乎，熙甫与朱生皆不可作矣，恨不使朱见之，复能作秦王态否。熙甫集中有一篇盛推宋人，而目我辈为蜉蝣之撼不容口，当是陆生所见报书，故无言不酬。吾又何憾哉！吾又何憾哉！①

笔者在此摘录全文，主要是因为这篇文章是王世贞阅读完归有光文集后而作，较为集中地体现了王世贞对归有光的文学评价，也较少受其他文体规范的影响。如其创作《归太仆赞有序》时，因为"赞"是会给社会公众和归有光家人阅览的，王世贞对归有光的认知难免会受到一些影响，赞曰："风行水上，涣为文章。当其风止，与水相忘。剪缀帖括，藻粉铺张。江左以还，极于陈梁。千载有公，继韩欧阳。余岂异趋？久而始伤。"② 无一贬语。而在《书归熙甫文集后》中，王世贞行文洋洋洒洒，娓娓道来。一来叙述自己的委屈，王世贞主盟文坛，而归有光一直未能取得相应的功名和成就，以致友人责问自己为何不帮助归有光——"陆明谟忽诒书责数余"；二来非常中肯地评价归有光的文章，是"近代名手"，如归有光的议论书疏之类深得古人之法，值得称赞，但是序记类文章的起伏与结构却有所不足，和当时所盛推的李攀龙一样，都有遗憾之处；三来表明自己对归有光的最终态度，即"吾又何憾哉"，且此语重复，更增加其肯定语气。

王世贞晚年对归有光的态度与青年时期有所不同，这种不同，其实并没有发生根本性的变化，因为王世贞和归有光在文学创作主张上虽有不同，但是两人私下之间的情谊还是非常深厚的。如嘉靖三十九年（1560）十月，王世贞的父亲王忬被杀，中遭家难，这是王世贞命运的转折点，就在他人唯恐避之不及之时，作为后七子派文学对立面的归有光却作《思质王公诔》给王世贞，文中写道："公生神秀，先公爱子。早驰俊誉，克绍休美。羽仪初升，牙角欻起。天马腾翔，不限疆里。峻陟大僚，日缉王旅。公之勤功，先公之施。天之报之，宜厚其祉。命也

---

① 王世贞：《读书后》卷四《书归熙甫文集后》，第5~6页。
② 王世贞：《弇州山人续稿》卷一百五十《像赞》，第12页。

如何，猝见倾圮。呜呼哀哉……苍天茫茫，莫诘所谓。大运斡流，随之
以逝。公之许国，致命则遂。有子缵承，不陨其世。必复其始，其有以
慰。呜呼哀哉！"① 这让王世贞既感到意外，也深受感动。嘉靖四十四年
（1565）归有光高中进士后，被授予长兴知县，而王世贞便在归有光次年
赴任之时，作了一首送别诗：

> 泪尽陵阳璞始开，一时声价动燕台。何人不羡成风手，此日真看
> 制锦才。若下云迎仙舄去，雩中山拥讼庭来。莫言射策金门晚，十载
> 平津已上台。②

归有光苦尽甘来，王世贞的这首送别诗，不仅有对归有光才学的肯定
和赴任的恭贺，还有对归有光远大前景的祝福——"莫言射策金门晚，
十载平津已上台"。归有光被王世贞的送别之情深深感动，如其对俞允文
曾言："前奉别造次，不能达其辞。至京口，曾具文字委悉，遣人送凤洲
行省矣。"③ 相比于王世贞和李攀龙的酬唱诗作，王世贞和归有光来往的
文章偏少，但是翻检同时代人的文集，除了王世贞和王世懋兄弟文集中保
留有送归有光之诗作，并没有其他人跟归有光的唱酬文字。④ 从中亦可见
王世贞和归有光的情谊之深。这也说明了王世贞对归有光的认知并不存在
晚年的转变，而是随着王世贞"性灵"种子的发芽和成长，以及对真性
情之学的回归，其晚年对归有光的认知更加全面和深化了，也更加符合归
有光的历史原貌。

由上述可知，歪曲王世贞的原意，或者是杜撰王世贞没有的言语，是
对历史的误读，不利于对王世贞和归有光关系的深入认知和理解。王世贞
和归有光之虽然在文学主张上存在着一定的分歧，但并没有直接的冲突，
这不影响二人之间的关系以及各自的文学地位。

---

① 归有光：《震川先生集》卷三十《思质王公诔》，周本淳校，上海古籍出版社，2007，
　第683~684页。
② 王世贞：《弇州山人四部稿》卷三十八《送归熙甫之长兴令》，第4页。
③ 归有光：《震川先生集》别集卷七《与俞仲蔚》，周本淳校点，上海古籍出版社，1981，
　第881页。
④ 李雅兰：《归有光与王世贞关系考述》，《沈阳大学学报》2010年第2期，第93页。

第三节　对袁宏道的影响①

袁宏道（1568～1610），作为公安派的主将，以"性灵"文学思想为武器，掀起反对复古文学的浪潮，《明史》亦对其有所介绍，现摘录如下。

> 袁宏道，字中郎，公安人。与兄宗道、弟中道并有才名，时称"三袁"。宗道，字伯修。万历十四年会试第一。授庶吉士，进编修，卒官右庶子。泰昌时，追录光宗讲官，赠礼部右侍郎。
>
> 宏道年十六为诸生，即结社城南，为之长。闲为诗歌古文，有声里中。举万历二十年进士。归家，下帷读书，诗文主妙悟。选吴县知县，听断敏决，公庭鲜事。与士大夫谈说诗文，以风雅自命。已而解官去。起授顺天教授，历国子助教、礼部主事，谢病归。久之，起故官。寻以清望擢吏部验封主事，改文选。寻移考功员外郎，立岁终考察群吏法，言："外官三岁一察，京官六岁，武官五岁，此曹安得独免？"疏上，报可，遂为定制。迁稽勋郎中，后谢病归，数月卒。②

袁枚（1716～1798），作为清朝性灵派的主要代表人物之一，公然提倡性灵说，从而使中晚明以来的性灵文学思想更加系统化和理论化，《清史稿》对其有相关的介绍。现摘录如下。

> 袁枚，字子才，钱塘人。幼有异禀。年十二，补县学生。弱冠，省叔父广西抚幕，巡抚金鉷见而异之，试以《铜鼓赋》，立就，甚瑰丽。会开博学鸿词科，遂疏荐之。时海内举者二百余人，枚年最少，

---

① 王世贞"性灵"文学思想不仅对袁宏道产生了一定的影响，甚至对袁枚也有不同程度的影响，而对"性灵"文学的探究，只局限于袁宏道，则不能更好地体现王世贞"性灵"文学思想的历史价值，故在此将袁宏道和袁枚一起试论之，以促进对王世贞"性灵"文学思想的全面研究。特此说明。

② 张廷玉等：《明史》卷二百八十八，中华书局，1974，第7397～7398页。

试报罢。乾隆四年，成进士，选庶吉士。改知县江南，历溧水、江浦、沭阳、江宁。时尹继善为总督，知枚才，枚亦遇事尽其能。市人至以所判事作歌曲刻行四方。枚不以吏能自喜，既而引疾家居。再起发陕西，丁父忧归，遂躒请养母。卜筑江宁小仓山，号随园，崇饰池馆，自是优游其中者五十年。时出游佳山水，终不复仕。尽其才以为文辞诗歌，名流造请无虚日，诙谐谑荡，人人意满。后生少年一言之美，称之不容口。笃于友谊，编修程晋芳死，举借券五千金焚之，且恤其孤焉。

天才颖异。论诗主抒写性灵，他人意所欲出，不达者悉为达之。士多效其体。著《随园集》，凡三十余种。上自公卿下至市井负贩，皆知其名。海外琉球有来求其书者。然枚喜声色，其所作亦颇以滑易获世讥云。卒，年八十二。①

从史书上可知，袁宏道和袁枚虽不处于同一个时代，但他们的文学思想和处世态度，却有相通之处。在性灵文学思想的发展轨迹中，更是凸显了二人的独特价值和内在联系，袁宏道和袁枚犹如黑夜中一对闪闪发亮的双子星，照耀了自己所处的地方，对各自时代的文学发展产生了重要影响。而在他们的文集之中，我们或多或少能够看到王世贞的影子，王世贞在复古之下隐藏着一颗"性灵"之心，其对"性灵"的论述值得我们注意和反思。而学界对"性灵"的研究基本无视王世贞的存在，较多用力于袁宏道和袁枚，但是从"性灵"的发展演变轨迹来看，我们无法忽视王世贞的存在，王世贞是其中重要的一环，我们甚至能够发现一个可以作为性灵说先驱的王世贞。为了将问题阐释清楚，笔者在此将袁宏道和袁枚作为研究对象进行共同论述。

从时间因素来看，与王世贞同时期的徐渭也提倡真性情创作，注重自我，不过当时徐渭的影响有限，经过袁宏道的宣扬后，他才得以展现在世人眼前。再者，在性灵说发展的轨迹中，有一位思想大师不能忽视，那就是李贽。袁宏道与李贽接触后，深受其启发，多次在文章中称李贽为

---

① 赵尔巽等：《清史稿》卷四百八十五，中华书局，1977，第 13383 页。

"吾师",袁中道也曾说道:"先生(袁宏道)既见龙湖(李贽),始知一向掇拾陈言,株守俗见,死于古人语下……能为心师,不师于心;能转古人,不为古转;发为言语,一一从胸襟流出。"① 不过,王世贞虽然直接倡导过"性灵"说,但在袁宏道的集子中,我们找不到直接的话语来证明王世贞的性灵主张对袁宏道等人"性灵"说的形成有直接影响。需要说明的是,袁宏道于万历二十一年开始结识李贽,万历二十二年两人才有深入的交往。而王世贞早在万历四年所刊刻的《弇州山人四部稿》中就提出了"性灵"范畴,袁宏道在自己的文集中也是屡屡推崇王世贞。

王世贞与袁宏道相差 40 多岁,而且袁宏道于万历二十年(1592)才登进士第,那时王世贞已经离世两年,即使是袁宏道十六岁时为诸生,结社城南,自为社长,那也是万历十四年(1586)的事,而此时王世贞已经 60 岁了。王世贞与袁宏道虽然没有直接交游的事迹,然而通过"不二和尚"这一中间人,我们可以获悉袁宏道不仅熟知王世贞,而且对王世贞的文集也是了如指掌。如袁宏道自述道:"余童年熟不二师,名以为古尊宿也,既而阅元美、伯玉二先生集,往往道之,始知为近代禅伯。然二先生亦以夏腊高严事之,度其时皆壮盛,二先生既悠游以老去,奄忽若干岁白杨可栋,而师白鬖鬖如旧时,逆其生当在宣成间也。"② 由此可知,袁宏道童年之时就已经习读王世贞的文集,甚至可能非常熟悉,因为袁宏道对"不二和尚"钦慕有加,以为他是"古尊宿",但通过对王世贞文集的阅读,才知道"不二和尚"是同时代之人。王世贞与"不二和尚"的交往颇深,主要集中于王世贞治郧期间,王世贞多次游历武当山,拜访"不二和尚",并创作了《由南岩寻北岩谒不二和尚》《赠不二和尚》《自太和下宿南岩记》等诗文。另外,袁宏道对王世贞的创作有所肯定和惋惜。他在《叙姜陆二公同适稿》中说道:"徐、王二公实为之俑,然二公才亦就,学亦博,使昌谷不中道夭,元美不中于鳞之毒,所论当不止此。今之为诗者,才既绵薄,学复孤陋,

---

① 袁中道:《珂雪斋集》卷十八《文吏部验封司郎中中郎先生行状》,钱伯城点校,上海古籍出版社,2011,第 758 页。

② 袁宏道:《袁宏道集笺校》卷三十八《虎耳岩不二和尚碑记》,钱伯城笺校,上海古籍出版社,2008,第 1160 页。

中时之之毒复深于彼，诗安得不愈卑哉。"① 袁宏道的认识非常正确，王世贞早年深受李攀龙复古思想的影响，而走出李攀龙的影子后，他在诗文理论上也有着新的成长。王世贞在《书与于鳞论诗事》提及他和李攀龙文学主张的不同之处，李攀龙更是说道："王君足下行，弃我济上去矣。焉用自苦踟蹰为也？"② 胡应麟则认为："两王公笔札间推毂济南不容口，其面论不同乃尔，盖两公于李交厚。"③ 还有一点值得注意的是，袁宗道在少年时期也非常推崇王世贞的文集，如他说道："余少时喜读沧溟、凤洲二先生集，二集佳处，固不可掩。"④ 其实对于后七子的复古运动，他们兄弟也是有所肯定的，如袁中道曾言："隆及弘嘉之间，有缙绅先生倡言复古，用以救近代固陋繁芜之习，未为不可。"⑤ 由此可推知，袁氏三兄弟年少时都接触了王世贞的文集，并对后七子派的复古运动有着较为全面的认知，他们的文学思想或多或少受到了王世贞的影响。

而后来清朝的袁枚更是对王世贞赞赏有加，如袁枚在分析宋人诗作时，直言自己不喜欢黄庭坚的诗作，在对其缘由进行阐述时，袁枚便引用王世贞的文论作为佐证，他说道："余不喜黄山谷诗，而古人所见有相同者……王弇州曰：'以山谷诗为瘦硬，有类驴夫脚跟，恶僧藜杖。'"⑥袁枚不仅喜欢王世贞的诗论，还喜爱王世贞的诗作，他曾说道：

> 王弇州推尊李于鳞，而弇州之才，实倍于李。予爱其《短歌》数句云："不必名山藏，不必千金悬。归去来一壶，美酒抽一编，读罢一枕床头眠。天公未唤债未满，自吟自写终残年。"《弃官》云："人生求官不可得，我今得官何弃之？六月绣襦黄金垂，行人拍手好

---

① 袁宏道：《袁宏道集笺校》卷十八《叙姜陆二公同适稿》，钱伯城笺校，上海古籍出版社，2008，第 695 页。
② 王世贞：《弇州山人四部稿》卷七十七《书与于鳞论诗事》，第 20 页。
③ 胡应麟：《少室山房集》卷一百六《书二王评李于鳞文语》，文渊阁《四库全书》第 1290 册，上海古籍出版社，1987，第 773 页。
④ 袁宗道：《白苏斋类集》，上海古籍出版社，2007，第 901 页。
⑤ 袁中道：《珂雪斋集》，上海古籍出版社，1989，第 452 页。
⑥ 袁枚：《随园诗话》，人民文学出版社，2006，第 11 页。

威仪。与君说苦君不信，请君自衣当自知。"本传称先生论诗，呵斥宋人；晚年临终，犹手握《苏子瞻集》，此二诗，果似子瞻。①

袁枚认为王世贞之才倍于李攀龙，这一点他人也有所共识，如胡应麟认为"千古之诗，莫盛于有明李（梦阳）、何（景明）、李（攀龙）、王（世贞）四家，四家之中，捞笼千古，总萃百家，则又莫盛于弇州"②；朱彝尊认为"嘉靖七子，王世贞才气十倍李攀龙"。袁枚录入王世贞的诗歌时，与王世贞原作有些许出入，在王世贞诗集中，没有《短歌》一诗，从袁枚所引内容来看，当为王世贞的《九友斋十歌》，这组诗共 10 首，其九为："何必要什袭藏名山？何必要咸阳市上千金悬？归去来，一壶美酒抽一编，读罢一枕床头眠，天公未唤债未满，自吟自写终残年。"③ 而王世贞诗集中"弃官"之诗名，从袁枚所引诗歌内容来看，当为《罢官》，《罢官》也是组诗，共 10 首，是王世贞仿鲍明远体所作，其四为："昔时骑羊总角儿，三三两两诵书诗。颜衰鬓秃不称意，犹挟残编乞有司。人生欲官不可得，问我得官胡弃之？六月绣襦绮袼黄金胄，行人拍手好威仪。与君谈苦君未信，请君自衣还自知。"④ 袁枚所引诗歌内容与王世贞的原文的确有部分字词出入，而从诗歌所表达的意思来看，并无差错。如《短歌》一诗，王世贞言及自己对金钱和名利的不屑，在自由自在的生活中，有美酒、书籍的陪伴，悠然自得。《弃官》一诗，王世贞则直言为官之苦，而当官在他人看来却是非常光鲜和威仪的，自己弃官，则是对为官之苦的最好说明。这两首诗歌都是源于内心的真情之作，直承性灵之旨。另外，王世贞论诗因格抑宋，认为宋人可取者寥寥无几，即使是苏轼，王世贞也认为"六朝以前所不论，少陵、昌黎而后，苏氏父子亦近之，惜为格所压，不得超也"⑤，但是王世贞中晚年却喜爱苏轼，他曾言道："余于宋，独喜此公才情，以为似不曾食宋粟，人而亦

---

① 袁枚：《随园诗话》，人民文学出版社，2006，第 272 页。
② 钱谦益：《列朝诗集》丁集卷六《胡举人应麟》，许逸民等点校，中华书局，2007，第 4530 页。
③ 王世贞：《弇州山人四部稿》卷二十二《九友斋十歌》，第 16 页。
④ 王世贞：《弇州山人四部稿》卷十九《罢官杂言则鲍明远体十章》，第 2 页。
⑤ 王世贞：《弇州山人续稿》卷一百八十一《答华孟达》，第 4 页。

有不可晓者。"① 并肯定苏轼"才甚高，蓄甚博，而出之甚达而又甚易"②。王世贞早年和李攀龙提倡复古，倾心于秦汉之文，晚年发生了改变，视野越来越宽广，苏轼的创作更是成为王世贞师法和取材的源头之一，如王世贞云："当吾之少壮时与于鳞习为古文辞，其于四家殊不能相入。晚而稍安之，毋论苏公文，即其诗最号为雅变杂揉者，虽不能为吾式，而亦足为吾用。"③ 作为见证者，刘凤在《弇州山人续稿序》中有言："（王世贞）病遂大作，予往问焉，则见其犹手子瞻集。"④ 亦可见王世贞晚年对苏轼文集的喜好。

值得注意的是，王世贞的"性灵"与袁宏道的"性灵说"和袁枚的"性灵派"存在不同。如袁宏道认为："独抒性灵，不拘格套，非从自己胸臆流出，不肯下笔，有时情与境会，顷刻千言。"⑤ 袁枚更是将"性灵"推向极致，主张"凡诗之传者，都是性灵，不关堆垛"⑥，并认为人人皆可以创作出性灵之作。他在《随园诗话》中曾云："戊寅二月，过僧寺，见壁上小幅诗云：'花下人归喧女儿，老妻买酒索题诗。为言昨日花才放，又比去年多几枝。夜里香光如更好，晓来风雨可能支？巾车归若先三日，饱看还从欲吐时。'诗尾但书'与内子看牡丹'；不书名姓。或笑其浅率。余曰：'一片性灵，恐是名手。'乃录稿问人，无知者。后二年，王孟亭太守来看牡丹，谈及此诗，方知是国初逸老顾与治所作。"⑦ 顾与治即顾梦游，生于明末，入清后，以遗民终老，平生乐善好施，卒于顺治十七年。观袁枚所录诗作，没有华丽的辞藻，没有晦涩的典故，没有鲜明的唐诗格调，唯有真挚的情感，朴实的生活，将"与内子"观赏牡丹之事言于纸上，"一片性灵"。袁枚在不知何人所作的情况下，将该诗录下，且称赞之，可见袁枚之"性灵"并不是随他人之"性灵"，亦没有人物身

---

① 王世贞：《弇州山人四部稿》卷一百二十九《书苏长公司马长卿三跋后》，第 19 页。
② 王世贞：《弇州山人续稿》卷四十二《苏长公外纪序》，第 13 页。
③ 王世贞：《弇州山人续稿》卷四十二《苏长公外纪序》，第 14 页。
④ 刘凤：《弇州山人续稿》序，第 4 页。
⑤ 袁宏道：《袁宏道集笺校》卷四《叙小修诗》，钱伯城笺校，上海古籍出版社，2008，第 187 页。
⑥ 袁枚：《随园诗话》，人民文学出版社，2006，第 146 页。
⑦ 袁枚：《随园诗话》，人民文学出版社，2006，第 423 页。

份之"性灵",他所奉承的"性灵"是普适的"性灵"。

袁宏道和袁枚将"性灵"的体现放在第一位,最大化地追求主体真性情的流露,忽视格套、学识积累等创作要素,而王世贞虽然强调"性灵"的抒发,真我、真性情的体现,以及对人之自然本性的追求,但反对那种借"性灵"之名而任由情感泛滥的创作,注重法度、格调等要素与"性灵"的结合,从而创作出文质彬彬之作。

这种不同存在的主要原因在于,后七子所倡导的复古弊端逐渐显现,并不是每一个复古者都有像李攀龙和王世贞那样的才华,在创作中能够力挽狂澜,使复古和才情得以结合,故而复古后学大多以剽窃模拟为能事,尺寸古法,便为世人所厌恶,于是以袁宏道为首的公安派便对此进行强有力的抨击,倡导"性灵说",注重创作中真性情的展现。如袁宗道主张学古在于"学其意,不必泥其字句也"①,袁宏道认为"法李唐者,岂谓其机格与词句哉!法其不为汉,不为魏,不为六朝之心而已"②,并认为自己创作"宁今宁俗,不肯拾人字词"③。这些主张与复古之学直接对立。袁氏兄弟所强调的真人、真声、任性而发固然有利于作者情感的抒发,但是凡事走至极端,便产生更多弊端,如袁宏道反省道:"立言亦自有矫枉之过。"④ 袁枚的"性灵说"是对公安派的继承和发展,并伴随着对当时"格调""神韵""肌理"诸说的批评,如他认为"性情遭际,人人有我在焉,不可貌古人而袭之,畏古人而拘之"⑤,可见袁枚喜爱王世贞的"性灵"之论,而不顾其法度、格调之则。

王世贞之"性灵"虽与袁宏道和袁枚有所不同,但不可否认的是,王世贞所提出的"性灵"范畴,及其对"性灵"的阐述和把握,远远早于袁宏道、袁枚。王世贞实为性灵说的先驱、"性灵"的捍卫者。日本汉

---

① 袁宗道:《白苏斋类集》,上海古籍出版社,2007,第 271 页。
② 袁宏道:《袁宏道集笺校》卷十八《叙竹林集》,钱伯城笺注,上海古籍出版社,2008,第 700 页。
③ 袁宏道:《袁宏道集笺校》卷六《冯琢庵师》,钱伯城笺注,上海古籍出版社,2008,第 282 页。
④ 袁宏道:《袁宏道集笺校》卷十一《张幼于》,钱伯城笺注,上海古籍出版社,2008,第 479 页。
⑤ 袁枚:《小仓山房诗文集》卷十七《答沈大宗伯论诗书》,周本淳标校,上海古籍出版社,2009,第 1502 页。

学家松下忠先生也曾说道："通常认为性灵说为袁宏道所倡，其实在王世贞的诗文理论中已经明确地具有了性灵说的萌芽。"①

可见，接前所论，"性灵"一词在南朝形成之后，为作者内心情感、真性情的抒发，以及自由、自然本性的追求打开了一扇窗户，并且具有强大的生命力，经久不衰。王世贞因为倡导文学复古运动而登上文坛，并为大家所熟悉，不过他少年时就有一颗"性灵"之心，在短暂的遮蔽后大放异彩。王世贞的一生"多历情变"，其文学思想除了有早年所追求的"格高调古"等内容外，还有对"性灵"的诉求。王世贞所言"性灵"与复古派末流的字模句拟取法相对立，并在这种对立中逐渐发展，防止创作中"先有他人，然后有我"、不能"用格"而"用于格"的状况，其"性灵"范畴有着鲜明的理论主张和完备的理论体系，发他人之所未发，并对袁宏道的"性灵说"和袁枚的"性灵派"都有一定的影响。

① 〔日〕松下忠：《袁中郎的性灵说》，日本京都大学《中国文学报》第 9 册，1958 年 10 月，第 79 页。

第六章

王世贞诗文论资料补辑

　　翔实的资料是研究开展的基础，也唯有建立在翔实资料基础之上的研究，才能更加客观地接近研究对象本身。本章与书中前面的研究实为一体，在此主要就王世贞《艺苑卮言》之外所钩沉的诗文论资料进行整理，一来印证自己的研究结论所言不虚，二来方便后人在对王世贞诗文进行研究时查阅相关资料，以为学界研究贡献微薄之力。

一　资料来源说明及凡例

　　《艺苑卮言》是王世贞在明确目的指引之下进行的创作，全书体例非常明显，即第一章为总论，后面几章则是按照历史时间顺序逐次展开，每章的条目虽然繁多琐细，但是王世贞也将它们大致地按照时间先后进行排列，从而使《艺苑卮言》有章可循。而与之不同的是，王世贞《艺苑卮言》之外的诗文论资料则散见于《弇州山人四部稿》《弇州山人续稿》《弇州山人续稿附》《读书后》等书的各类文章之中，如诗、书、尺牍、传、记、跋等；更有甚者，这些资料还零散地存在于部分散佚作品之中，故而对这些文论资料进行钩沉不仅工程浩大，而且钩沉后堆积的材料林林总总，千差万别，因此不可能对每一条资料进行确切的时间考证。但是为了使钩沉的资料确凿可信，特对资料来源做一说明，确实为王世贞著作的则列出版本来源，而对散佚作品则做进一步的考证和说明。另外，为了使资料分类清晰明了，在尊重《艺苑卮言》原有的体例和方便读者对资料进行阅读的基础上，尽量保持条目的相对独立性，对钩沉后的文论资料进行整理和分类，并做一说明。

首先，由于王世贞文集丰富，且分布广，如在国家图书馆、上海图书馆、南京图书馆、华东师范大学图书馆等地均有相关书籍，甚至在美国、日本、韩国等国家的图书馆也保留了部分王世贞文集，笔者在广泛搜集资料的基础之上，对诸多版本进行对比，采用最好、最全的版本为底本，以增加资料的真实性。根据王世贞诗文论资料补辑的来源，其所涉及的底本版本主要有以下几种。

1. 王世贞著作。

（1）《弇州山人四部稿》180 卷，明刻本，美国哈佛大学燕京图书馆藏。

（2）《弇州山人续稿》207 卷，明刻本，美国普林斯顿大学东亚图书馆藏。

（3）《弇州山人续稿》32 卷，明钞本，上海图书馆藏。

（4）《弇州山人续稿附》11 卷，明刻本，浙江图书馆藏。

（5）《读书后》8 卷，明刻本，美国哈佛大学燕京图书馆藏。

（6）《古今法书苑》72 卷，明刻本，美国哈佛大学燕京图书馆藏。

（7）《凤洲笔记》32 卷，明刻本，美国普林斯顿大学东亚图书馆藏。

2. 他人选编。

李维桢：《凤洲文抄注释》8 卷，明刻本，美国哈佛大学燕京图书馆藏。

3. 散佚作品。

（1）《仆因野次受风》

仆因野次受风，遂为疟鬼所侮。近始稍稍能起，已弃家受儿曹作一有发头陀矣。览裕春丈与眉公书，使人神悚。久不接徐使君，遂成宿诺。如及泉丈到，必当为精言之，然自了此一言后即杜口矣。近来觉得文者道之累，名者身之累也。诸公篇章日新，歌咏仙真，事甚盛且美。然不敢达之仙真，但与相知一晒赏耳。病起，不一一。①

_____

① 王世伟、郑明主编《上海图书馆藏明代尺牍》第四册，上海科学技术文献出版社，2002，第 90~91 页。

眷生王世贞顿首复

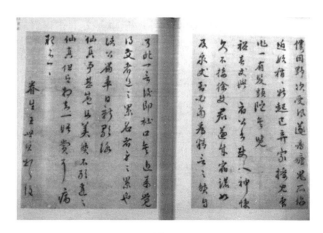

图 1

（2）《南陔草堂记》①

此文出自《万历嘉兴府志》卷二十六，为王世贞所作，在王世贞署名的文集中没有发现此文。《万历嘉兴府志》共计三十二卷，明代刘应钶修，沈尧中纂，万历二十八年（1600）刊，有刘应钶所作之序。

南陔草堂，据《皇明昆山人物传》卷八记载："陈敬纯，字吉甫，德清教谕斌孙，体魁硕，负胆气，敢言事……久之，免归，先是公有屋一区在须浦上，负湟并浦，萧然有林野之趣，凿池种树娱亲其间，所谓南陔草堂者也。至是稍益亭榭杂树花木，与亲宾觞咏其中，无异壮盛时。公既免归，而江陵始知公簿仪封不得志，亟语客：'吾故不能陶铸人也。'"王世贞与陈敬纯是有交游的，在《弇州山人四部稿》卷六十五《彤弓集序》中就提及吉甫。明朝中后期，在南湖附近出现了许多私家园林，如以海棠花著称的颜家园，以桂花闻名的包氏园，杨公辅的水西草堂等，而其中最为著名的是沈尧中的南陔草堂。据文章的内容可知，"大夫名尧中，万历庚辰进士"，此文为沈尧中向王世贞求作有关南陔草堂的"记"。

① 刘应钶修，沈尧中纂《万历嘉兴府志》卷二十六，嘉兴地方志办公室编校，上海古籍出版社，2013，第455~456页。

（3）《绿野堂集序》

此篇序文选自《咸丰梅州·顺德县志》卷十八①《艺文略二》，标明为王世贞所作，在王世贞文集中没有发现此文。《（咸丰）顺德县志》共三十二卷，清人郭汝诚修，清人冯奉初纂，清咸丰三年（1853）刊，有郭汝诚所作之序。

吴誉闻，据《康熙湖广郧阳府志》卷十七记载："吴誉闻，字少修，广东顺德平人，万历年理郧识，訟多平，刑狱无私，奉委清理屯卫，秩联有叙，卒伍欢腾。"吴誉闻在万历年间任郧阳府职，王世贞与之相识，应该在万历元年至四年之间。

其次，就资料整理分类的情况而言，奉行简约且方便他人查询的原则，采取摘录的形式，以尽量缩短文章篇幅，突出王世贞诗文理论，体现资料补辑的重点。不过鉴于涉及的资料较多，现做一《凡例》以规范之，具体原则如下。

其一，对资料中所涉及的朝代和人物大致按历史时间进行分类，分别为先秦、两汉、魏晋南北朝、唐朝、宋朝、元朝、明朝；并增设杂论一类，以处理没有明确朝代和人物归属的文论资料，如"名世之语故不在多，不朽之计亦不贵速""圣人立象以尽意，意不尽则系辞焉，以尽其言"；以及涉及多种文体类别、朝代和人物的综合辨析，如"夫赋，特其一斑耳，而有子建、安仁之遗响焉。五言古则灵运、明远之隽也，七言歌行则青莲之放也，近体则右丞、嘉州之婉丽也，总之元嘉后而大历前，然其所自得，要有出乎其表，而不受绳束者"。

其二，坚持"第一原则"。首先，对各朝的资料进行排序时，以资料中出现的第一个人为参考，如"少陵、昌黎诗文雄耳"，则以杜甫作为该资料的参考时间；其次，一条资料中，同时出现不同朝代的人物，则以资料中出现的第一个人为参考，其归属的朝代也以第一个人为参考，如"白乐天、苏子瞻之刺杭州，亦名能工吏事不废客，于古文辞最为博丽矣"，则以白居易所处朝代和出生时间作为该资料的参考时间。

其三，在每一具体朝代内，对所涉人物，均按照出生时间的先后进行

---

① 上海图书馆藏《中国数字方志库·咸丰梅州·顺德县志》卷十八，第10页。

排序。如"王勃—李白—杜甫—韩愈—杜牧"。

其四，在每一具体朝代内，对不涉及人物的资料，则按照书籍大概的刊刻时间进行排序，如"《弇州山人四部稿》—《弇州山人续稿》—《弇州山人续稿附》"，而同一书本内则按照卷数先后进行排序。如"《弇州山人四部稿》卷六—《弇州山人四部稿》卷七—《弇州山人四部稿》卷八"。

其五，在每一具体朝代内，涉及人物的资料优先排列，不涉及人物的资料则在所有涉及人物的资料之后再排列。如"若杜紫微赋，虽乖本色"，杜牧虽然属于晚唐，但是这则资料排在"夫诗不能不唐"这则材料之前。

其六，底本中明显版刻错误，如"已""己""巳""太""大"等混用，以及异体字，在整理时，据意径改，不出校勘记。

二 论先秦部分

夫《易》，体不恒而其用时不尽，欲以吾有涯之识而当之，将左右应接之不暇。故不合则白首而不得其原，合则使人乐而忘其死，宜也。夫以夫子之圣，而犹不能骤得意于《易》乃尔，彼商瞿、馯臂、子弓、田杨、二何之流，斤斤守其师说，历数十传而不变，彼岂能尽当于心哉。以为吾师授之而吾受之，吾所出口而入耳者，如是足矣。（《弇州山人四部稿》卷六十七《易意参疑二编序》）

理数一发而合者，其《易》乎，探数以求合理者，其《太玄》乎，玄则人，人则不神。故夫《书》也，政道一发而合者也；《诗》也，情性一发而合者也；《鲁论》也，言德一发而合者也；如之何其拟也。（《弇州山人四部稿》卷一百三十九《札记内篇一百三十六条》）

为《春秋》而著者，凡四家。左氏最先出，而其大要在纪事与言时，时有所发于经，而不尽为经役。公羊、穀梁氏乃以其所得于夫子之门人者，而各出其意以释之，盖终其书为经役，而不能尽得经之旨……纂史者，用其凡，摘文者，撷其奥……夫经以志，史以记，此自古两言之。

（《弇州山人续稿》卷五十二《春秋左传注评测义序》）

窃谓春秋之季，其主筚路篮缕以启山林，其民魋结左衽日寻于干戈，岂复暇问觚管之业。而时已有倚相伍举者，出而综《坟典》，娴辞命，厥后屈左徒氏，遂以骚辞开百世宗，而宋玉、唐勒、景差之徒，相与绍明之。（《弇州山人续稿》卷五十五《王梦泽集序》）

大要诗人之累，多高旷少实，好怪奇而不更事，天下所必无而不可信者，彼以为必有而至，其所自得，以为断，然而必可行者，乃不可施之于举步……夫世所尊之若神明，用之若菽帛而不可少者，《三百篇》已尔。《三百篇》，诗之大宗也，盖《豳风》《七月》之章，其著于民事，何切也。今夫变至于日月星辰，化至于昆虫草木，摅取验焉。以厚劝民，而上下之相爱，父子夫妇之相保，祭祀之以时，燕飨之以度食力，助弱之不轧，而众知治之道矣，是故《豳风》，诗也；周公，诗人也。（《弇州山人四部稿》卷五十五《送李伯承之新喻令序》）

思无邪，其《诗》之纲乎；自强不息，其《易》之纲乎；毋不敬，其《礼》之纲乎；允执厥中，其《书》之纲乎：是咸有至力焉。（《弇州山人四部稿》卷一百三十九《札记内篇一百三十六条》）

至于《小戎》《黄鸟》《蒹葭》诸篇，抑何其深文婉致也。齐鲁卫郑，其君子修于辞，相矜尚钜丽矣，乃见黜于仲尼，而录《秦誓》也，说者谓丰镐之间，周之遗教渐焉。秦王吞诛六雄，首采李承相言，焚诗书，尊法吏，天下额然而吏是师，所存者医药、卜筮、种树家言耳，更睹所称制与金石之铭犹郁郁尔，文也，无乃阳弃而阴工之耶……世贞采秦风而得《小戎》诸篇也，删书而取，可以誓者，知其为于鳞功矣。（《弇州山人四部稿》卷五十七《赠李于鳞视关中学政序》）

自《三百篇》出，而诸为诗故者亡虑数十百家，即为诗故者数十百家，而知诗者不与焉，独蔽之于孟氏，曰以意逆志，得之哉，得之哉。夫

所谓意者，虽人人殊，要之，其触于境而之于七情一也。（《弇州山人四部稿》卷六十六《刘诸暨杜律心解序》）

《三百篇》不废风，风人之语，其悼乱恶谗，不啻若自口出，乃犹以依隐善托称之。诗亡，然后《春秋》作，至直借赏罚之柄，而不闻有议。其后者，秦兴而始禁偶语，焚载籍，然不久而汉竟洗之。以国家宽大显信，其必亡虑，于它可推己。（《弇州山人续稿》卷二《乐府变十章》）

《诗三百》，往往出于妇人女子，而莫备于宫掖，将以善则为化始，而恶则为乱枢耶，固也。彼其求而为《关雎》，思而为《卷耳》，恒而为《螽斯》，变而为《柏舟》，以寓劝足矣。副笄六珈，而天而帝，要不过容饰之盛极，而至于有泄有茨，上下禽聚，此其视宋玉、司马所称述何如也。圣人乃采而编之曰风，风者谓其可以风也，又曰诗亡然后《春秋》作，《春秋》者，史也，史能及事，不能遽及情。（《弇州山人续稿》卷四十三《编注王司马宫词序》）

诗《三百篇》，其最盛者，大抵衣被文王之化，而江汉之间号为南国，于所得为最深，然野畯红女，岂其能矻矻攻声实而冲口之所发，天下之至规萃焉。王者之迹熄而风斯下矣，然详而骚，略而乐府，靡而建安之五言，犹未尽废其璞。妖冶既于月露，俪偶严于四杰，而后其璞雕，璞雕而诗之为用益广，而体益不立，间一二治经术、谈理性者，视为弁髦，不则藉词达之说，以文其陋，二者交相击而不相下。（《弇州山人续稿》卷四十四《水竹居诗集序》）

《三百篇》非明堂清庙，而雅颂者往往出于畸人游女之口，太师采文，圣人纪之以为风，而不敢废。《春秋》作，嬴氏失其官，而诗不在下，当敬舆时重足无论矣。以长沙之才，其牢愁感慨，岂仅《赋鹏》《吊屈》二章，而竟寥寥乃尔。（《弇州山人续稿》卷四十六《郭鲲溟先生诗集序》）

夫《三百篇》乎,《二南》而下,多出于贞妇良媛之作,删者盖录其语,而不必尽征其人,谓可以风,可以志而已。(《弇州山人续稿》卷五十五《西陵董媛少玉诗序》)

古者乡饮礼,鼓瑟歌《鹿鸣》毕,笙乃入奏《南陔》,人子思亲之诗。诗亡,有其声,而无其词。(《万历嘉兴府志》卷二十六《南陔草堂记》)

昔者夫子没,微言眇申韩之徒,务于切名实,其所著《孤愤》《说难》诸篇,极人巧夺天致,摩揣幻变百出而不乱,以文发吏术亦甚难哉。工此而吏者缘法近刻,工此而文者缘吏近事而远道,君子病之。(《弇州山人四部稿》卷五十五《送王员外新甫视广西学政序》)

语有之丰玉荒谷,明贵与用之不易兼也,又有之春华秋实,明文与质之不相为用也。天下之言文者则归孔氏,曰辞达而已矣,意若弁髦其法而弃之,乃其叙述坟典、牺易、麟史,抑何彪炳尔雅也。多学而识,不如一贯空空者托而逃焉。然至于陈廷之隼防,风氏之骨,商羊之儛,而龙威丈人之秘文,又若探箧而取对者,何也。古之君子收天地万物之精,而归于吾之聪明,而始有学出吾之聪明,以与天地万物之界会,而始有言博而约而谓之学,造理而备法而谓之言,内极于贵,外极于用,文质称而谓之君子。大者经,小者传,心者谟,迹者史,和而颂,怨而骚,性而雅,情而风,其言即人人殊,要之,未有不通于德与功者也。(《弇州山人四部稿》卷六十六《五岳黄山人集序》)

盖孔子尝称删《诗》《书》云,至笔削《春秋》取独断,其于《诗》也,未尝不退而与游夏商之也。当三代盛时,国中之乐奏而畅,天地之和,歌咏盛德大业,合而名之曰雅颂。野之人人遭其触发而名之,若青蘋之末而动于地,曰风,顾其循性蓄旨,雍如穆如,则亦雅颂类也。三代而降,天下多感慨而鲜称述,故诗在下而不在上,盖风之用广,而雅颂微矣。夫子实伤之，故称删，删者，删其不正以归乎正也，乃说者谓一二逸诗，岂无可当于德音，而郑卫哇丽淫佚，诵而使君子哕之小。夫壬人以其说，津津于其口，惩者一而导者十，乌能无疑删哉。夫岂亦秦火厄，鲁壁讹，毛苌、辕固生之徒，不能亲受游夏之旨，而漫为说也。（《弇州山人四部稿》卷六十七《古今诗删序》）

然中庸之士相率而疑其所谓经者，盖其言曰孔子删诸国风，比于雅颂，柝两曜之精而五之，此何以称哉，是不然也。孔子尝欲放郑声矣，又曰桑间濮上之音，亡国之音也，至删诗而不能尽黜郑卫。今学士大夫童习而颂重不敢废，以为孔子独废楚。夫孔子而废楚，欲斥其僭王则可，然何至脂辙方城之内哉。夫亦以筵簟妖淫之俗，蝉缓其文而侏缺其音，为不足被金石也，藉令屈原及孔子时所谓《离骚》者，纵不敢方响清庙，亦何渠出齐秦二风下哉。孔子不云乎：诗可以兴，可以怨，迩之事父，远之事君，多识乎鸟兽草木之名，以此而等，屈氏何忝也。是故孔子而不遇屈氏则已，孔子而遇屈氏则必采而列之楚风。夫庶几屈氏者，宋玉也。（《弇州山人四部稿》卷六十七《楚辞序》）

盖自古之言文者，莫吾夫子，若而其大要曰"辞达而已矣"，又曰"文明以止"。文于天地间有二，其达者为经世，止者为垂世，而雕虫之技不与焉，可大之谓达，可久之谓止，其用虽二，其原一而已矣。（《弇州山人续稿》卷四十《世经堂集序》）

昔周之衰而文日盛，其盛之极，几于掩质。然非必有淫冶荡性之词，与奇邪颇坚不根之论，老子犹思友之，曰："大丈夫处其实不居其华。"吾夫子亦持之曰："文莫吾犹人也，而逡巡焉。"巽于躬行君子之后，而美其不可逮。夫文者，经世大业而不朽盛事，岂曰以其小而弃髦之。彼小，夫世之所为文而文者，不究其所繇来，而又不底其终之用，以苟就其一切之造而已，则岂唯老子之矫在过其正，以吾夫子将有不能忍于耳目者。（《弇州山人续稿》卷四十四《徐鲁庵先生湖上集序》）

夫子删《诗》，于其怨者犹采之，纯甫之不为怨，将若之何，而况不传哉！（《弇州山人续稿》卷四十六《沈纯甫行成稿序》）

序曰：昔者孔子删诗《三百篇》，诸国之风皆在焉，而乱以雅颂复戒门弟子，何莫学夫诗，而谓其可以兴，可以群，可以怨，远迩之事君父，而至于多识鸟兽草木之名，亦在所不废。迨孟氏而亦叹曰："王者之迹熄，而诗亡。"于是孔子之门弟子遂尊之为经，而不敢以他有韵之言并……而天下后世卒不敢以其诗而望《三百篇》。嗟乎，雅颂固无敢论，而诸国之风，宁尽有出于情而必止于礼义者，夫子故不尽废之。今试取汉魏之合者，而较国风之稍离者，亦宁至大径庭。且夫时代之污隆，风俗之敦衰，与政事之得失，物情之变异，可约略而得之。即孔子生河汾，其所取舍与王氏不可知。要之，未必不为王氏删也。然自《三百篇》之外，遂无一完什。而虞夏之际，其时固太朴不斫，然治而为明，良喜起乱而为五子之歌，世岂无一二兴者，必至殷周而称始。孔子既没，而为七国，其人固日寻于干戈，无暇及篇什，而亦岂无一二可传者，必至于汉而称始，且区区夷偭之楚，侏儷缺舌，尚有屈宋之徒为之抒发，其文藻而齐鲁之褒衣博带，宾筵雅歌，又岂无一二能赋者，而乃竟寥寥也。毋亦孔子之前故有之，而不为太师之所采，因而有未睹者乎……虽然孔子而在，吾尚欲其删者与余者之并存，毋使若古之寥寥而无可述也。（《弇州山人续稿》卷四十七《诗纪序》）

夫以孔子删述之教，昭明如日星，而所从诸弟子不得尽得其精神心术之微，而各以其习识为传训。盖一二转而愈失之，中间烬于秦，蚀于壁，亥豕鲁鱼于传写，则毋论其意义而已，于文有不能尽通者。（《弇州山人续稿》卷五十一《六经稽疑序》）

是不然。孔子删诗，而分别雅颂、国风之属，有赋比兴之异。故其语曰可以兴，可以群，可以怨，而终之以多识鸟兽草木之名。使孔子而废博也，则可，孔子而不废博，何以难卓氏《类苑》为。（《弇州山人续稿》卷五十三《唐诗类苑序》）

虽然谈六艺者，必折衷于孔子，自孔子有辞达之诲，而其所传若《易》之什翼，齐鲁之纪论，抑何黄中通理也。辨莫畅于孟氏，修莫工于檀左，气莫雄于短长，变莫神于太史公，何渠使人不可解，而独奈何阴述盘庚、彝鼎之遗。（《弇州山人续稿》卷五十三《吴瑞谷文集序》）

诗可以兴，可以观，可以群，可以怨，其惟风乎，颂则纯，纯则成，雅兼之矣。（《弇州山人四部稿》卷一百三十九《札记内篇一百三十六条》）

诗之存淫奔也，非小子所敢，知意非其旧也，示戒微而道欲重。（《弇州山人四部稿》卷一百三十九《札记内篇一百三十六条》）

序曰：文之所从来远矣。自孔子为辞达之说，而释之者曰："文者，顺理而成章之谓。"于是钩棘晦僻者，若在所汰斥而不载。然孔子身删诗书，而乔僻峭厉之齐秦，诘曲聱牙之盘庚，皆存之而弗去。至风之别而称骚也，则楚人之所以托风其君者，务为缠绵迂晦之辞，以自藏而少露其指，则辞达之说有所不能尽用。（《弇州山人续稿》卷五十五《喻吴皋先生集选序》）

《诗》删而风未易亡也，屈氏志而恻，枚李情而宛，庶几哉。雅颂则微，或曰唐山郊祀非欤，曰恶远矣。（《弇州山人四部稿》卷一百三十九《札记内篇一百三十六条》）

楚于春秋为大国，而其辞见绝于孔子之采，至十二国之风废，而屈氏始以骚振之，其徒宋玉、唐勒、景差辈，相与推明其盛。（《弇州山人四部稿》卷六十八《王少泉集序》）

自孔孟以及宋氏诸儒，谁不考察古人者。（《弇州山人续稿》卷一百七十八《（与元驭阁老赘疏）又》）

颜子之胜孟子，气质也，孟子有无师之智，有立统之功。（《弇州山人四部稿》卷一百三十九《札记内篇一百三十六条》）

三闾家言忠爱悱恻，怨而不怒，悠然诗之风乎。（《弇州山人四部稿》卷六十四《卢次楩集序》）

不佞盖尝习屈大夫、曹陈王事，因以叹二君子之贤，而犹窃幸其遇也。当大夫之废置，其怵邑佗傺无聊之状，至愿借通于山鬼以求媚。陈王介弟也，希自附于一校偏师之任西属大将军，东属大司马，突刃触锋，骋舟奋骊，冒百死而不辞，彼虽各效其拳拳，忧念宗国之忠，然未尝不笃于爱其才而求试之也。笃于爱其才而求试之，则意扬而不胜迫，求试而不得，则意夺而不胜闵，追数其用之旧则多慨，逆探其弃之新则多怨，故其撰辞托惊见于遗集之所胪列，如《骚经》上下，《赠白马》诸篇，毋论其文辞感激用壮，足以涕泪千古，而天地委和之气，亦索然尽矣……虽然，当屈大夫之未谪而可与语者，仅一女须耳，其既谪而可语者，仅渔父、卜人，然未必真有之，即有之，又欻现而欻亡。逮于陈王所称四节之会，块然独处，左右唯仆隶，所对唯妻子，高谈无所与陈发，义无所与展，则是二贤者之穷，盖不止于废弃其穷之极，而至于沉湘，或墨墨不自得以夭。（《弇州山人四部稿》卷六十六《芙蓉社吟稿叙》）

盖古之怨者，莫过于屈氏，至《远游》数语而微露其体。达莫过于陶氏，至《荆卿》一章而稍见其用。此所谓知，知其妙于体用之不能尽掩。彼所谓知，知其达而怨，知其怨而达，以为是，足以究二家之精微，而不悟其自远也。（《弇州山人四部稿》卷六十七《徐太仆南还日纪序》）

楚人之善哀也，盖屈左徒为怀王治辞令，被间而退，伤宗国之就削而忠之不见明也，忧愁牢搔而作《离骚》。凡天地之传声而成色，其交于耳目者，一切举而归之于哀，竟以有湛湘之役。其门人宋玉、唐勒辈，又相与推明其旨，而伤痛之托始于《九辨》而放乎，《大招》《招魂》极矣。

二千年来，天下固以善哀归楚，而舍人诚善哀。（《弇州山人四部稿》卷六十九《吴氏纪哀序》）

而楚自是称有文矣，乃仅能以其变风变雅之旨，创矩矱而为骚若赋，如屈平、宋玉、唐勒、景差者，至襄阳之杜而变，始极其于称亦甚著。第令天下谓文士足张楚而已，不闻其以孔子之道，衍而为公卿将相之业，何也……诸生第勖之，孔子之业，行而颂声作，天下奉以为穆如清风，若二南者，知其不为牢愁，《离骚》之说明也。（《弇州山人四部稿》卷七十《湖广乡试录序》）

或曰："兰之传自屈子《骚》始也，子何以不《骚》，而靖节之是，援且不虞，彼鞠忌哉。"曰："不然。兰，君子也，贵而大国，贱而幽谷，所为香不改也。屈子才大于兰，而志趣不一，吾故取陶氏焉。"（《弇州山人续稿》卷四十五《国香集序》）

周衰，天子之统散而列国，经统散而诸子家言，各持其疆以相角其民，人日欲于干戚，而为士者日欲于觚舌，然大要以觇柝利害，竞长短于蛮触而已。独庄周、列御寇者出而跳于一切之外，庄生之为辞，洸洋猋忽，权谲万变。列氏时出入而稍加裁，至汉而淮南子，出其言不尽繇一人，其所著载，兼括道术，事情最号总杂，而文最雄，乃左氏，则采缉《鲁史》而自属以己法，以为春秋翼，盖天下之称事辞者宗焉。（《弇州山人四部稿》卷六十八《古四大家摘言序》）

夫内外杂篇，何尝不排孔子也，其排婉而深，不若《盗跖》《渔父》之直而浅也。然而吾于苏氏取焉，所以取者何，以庄子之文得之也。凡庄子之为文，宏放驰逐，纵而不可羁，其辞高妙而有深味。然托名多怪诡而转句或晦棘而难解，其下字或奥僻而不可识。今是四章，独《让王》犹近之，而太疑于正，而是三章者，故甚显畅而肤浅，其法类若《礼经》之所谓《乐记》《儒行》者，意必庄子之徒托而为之者也。（《读书后》卷一《读庄子三》）

庄子，达生者也，而所以为生之理甚精。盖至于天机、嗜欲之深浅，与真人、众人之异息，固渊渊如也。其所别于君臣父子与六经之教，则又皭如灿如矣。夫庄子非不知孔子也，而时时过之，所以过之者，才高而不胜，其无涯之智故也。孔子不云乎"索隐行怪后世有述焉，吾弗为之矣"。孟氏有言"仲尼不为己甚者"，是故孔子非不易过也，然而过之不足以为孔子。今夫《渔父》《盗跖》《胠箧》诸篇，岂必尽于孔子诋而后疑之，其词趣之曼衍肤薄，公孙龙、邹衍之所不道也，而以诬庄子，何也。（《弇州山人续稿》卷五十《邵弁庄子标解序》）

吾始好列子文，谓其与庄子同叙事，而独简劲有力，以为差胜之，于鳞亦以为然。而柳子厚故谓列子辞尤质少厚讹作，最后稍熟庄子，始知列子之不如庄子远甚。凡列子之谈理引喻，皆明浅，仅得其虚泊无为，以幻破于肤膜之间，而庄子则往往深入而探得其髓，其出世、处世之精妙，有超于揣摩意见之表者，至其措句琢字，出鬼入神，固非列子之所敢望也。吾意列子非全文，其文当缺，而后有附会之者。凡庄子之所引，微散漫，而列子之所引，则简劲，疑附会之者，因庄子之文而加劘琢者也。（《读书后》卷一《读列子》）

孟子之于学至矣，程叔子、朱子之学成矣，气质之融液，微有未尽也，王氏之学几矣，心体之淘洗，微有未莹也。（《弇州山人四部稿》卷一百三十九《札记内篇一百三十六条》）

孟子舆已先之曰"尧舜与人同耳"，非直立德之士能言之……孔子称诗可以兴，可以群，可以怨，迩之事父，远之事君。若仅以忠孝二言或粗征其实，以示天下后世，安能使之感动，而得其所谓兴与群与怨也。尧舜与人同，故子舆氏之微指，然非其文之瑰伟雄畅，安能灼然为万世标藉，令深山一田父偶创此语，又孰听而孰传之也。（《弇州山人续稿》卷一百九十《（答邹孚如舍人）又》）

每读孟子称"四十不动心",而又曰"动心忍性",同此心也,而又有动有不动,此公案不可放过。大抵吾人未到圣贤地位,不怨不尤则可,不愧不怍则不可。(《弇州山人续稿》卷二百四《(曾长洲)又》)

孟子,圣之英者也,于辞无所不达意,于辨无所不破的,其钩摘圣人之心神,辨论千古之学术,精深痛切,有吾夫子之所未及。而至于是汤武薄君臣,亦有吾夫子之所不忍言者,不幸而不见用于齐梁,然亦幸而不见用于齐梁也……韩子以杨墨塞路,孟子辞而辟之,为功不在禹下,愚以为尊夫子功也,辟杨墨非功也。凡天下之术有可久者,必其便人情者也。墨氏利天下,摩顶放踵而为之者者,不自便也,杨子拔一毛而利天下而不为贪者,不之便也,此皆非人情。是故不待辟而终自废如便者,虽至今存可也。(明钞本《弇州山人续稿》卷十八《读孟子》)

《礼》称登高能赋,为大夫事。夫《三百篇》,即田畯红女,亦比比能之。(《弇州山人续稿》卷五十一《孙中丞登马鞍山倡和诗小叙》)

不韦固庄生所不道。庄生之识至,欲齐死生,平物我,举一切有为之迹而空之,乃亦孜孜焉,而务欲成一家言,度其于辞不工不止。故夫古之称立言者,未有不为名使者也……不韦之所为千金者再耳,一用之而聋瞽秦王,割其国柄,再用之而聋瞽一世之士,而割其名。虽得之而儳失之,虽失之而终微得之。(《弇州山人续稿》卷四十一《重刻吕氏春秋序》)

夫赋,余不知其所自也,其楚人哉。(《弇州山人四部稿》卷六十四《俞仲蔚集序》)

比发京得手教,斯时坐西河之戚,懵懵不复辨意,独如豁者,稍间卒之。大要秦以上语,无容晋人尺牍地也。(《弇州山人四部稿》卷一百二十四《王宫谕》)

三　论两汉部分

虽然吾至读贾生吊屈氏文，未尝不三复而叹，知有概也。彼所未悉者，屈氏历九州，而相君，当其身衣冠之属，靡不称大汉矣，不则北走胡，南走越，等死，死悖矣。其文盖伤屈氏之可以不死而死也，又伤己之不得为屈氏无死也。夫贾生，谪人耳，文帝固不终弃之而明法以身事，罢田里者弗起，即不以身事罢者，非数荐弗起，即数荐而非有力援者，又弗起，乃黄子又不得为贾生矣。贤者于世，未尝不晦，屯夷而亨晋泰，何则其遭尔也。贤者之常，则屈氏遭也，贤者之变，则贾生与黄子遭也。（《弇州山人四部稿》卷六十四《拟骚序》）

夫贾生之去为长沙太傅，太傅二千石也，特以卑湿远地，故思其所已失之太中大夫，而轻诅其身于死，《吊屈》《赋鹏》之辞，姑为旷达，以文其狭薄而已。（《弇州山人续稿》卷四十六《沈纯甫行戍稿序》）

长卿务以靡丽宏博，旁引广喻，其要归卒泽于雅，子云谓之从神化中来耶。然自东京而下，蔑如也。诸儒先生号名能文章家，奈何取其所论著，而始韵之以为赋，若兹乎哉。（《弇州山人四部稿》卷六十四《卢次楩集序》）

始某读相如《子虚》而怪之，以为夸张少实，且楚虽大，何至乃匹天子之上林。而自稍长，益习见《楚图经地志》，则神州之内五岳者，楚得其一，其视岳而加尊者，楚又得其一。所谓岑崟参差，日月蔽亏，交错纠纷，上干青云之状，不易指数。岷峨导波，自万里来汇，为洞庭黏天浩瀚，扶舆之秀，结而成丹青赭垩，雌雄黄白，瑊功玄厉之属，瑰异奇状，吾故恨赋之未尽也。（《弇州山人四部稿》卷七十《湖广乡试录序》）

苏长公跋相如《大人》《长门》二赋，《喻蜀文》，皆极口大骂不已。余谓相如风流，罪诚有之，然晚年能以微官自立于骄主左右，而不罹祸，此其识诚有过人者。恐长公于兹时，不能免太史公腐也。（《弇州山人四

部稿》卷一百二十九《书苏长公司马长卿三跋后》）

无疑席右频推简，自是相如赋最尊。（《弇州山人四部稿》卷三十五《赠殿卿迁德相》）

至于汉而始有能举其人者，独司马之文君、秦之淑能与其夫子相偶敌，文君之不以礼合，无论，然淑亦寥寥乎，不能数章，何敢望少玉哉！（《弇州山人续稿》卷五十五《西陵董媛少玉诗序》）

而淮南王之材甚高，其笔甚劲，是以能成一家言。盖自先秦以后之文，未有过《淮南子》者也。（《读书后》卷二《读淮南子》）

盖太史公悲屈子之忠，而大其志，以为可与日月争光，至取其好色不淫，怨诽不乱，足以兼《国风》《小雅》，而班固氏乃拟其论之过，而谓原露才扬己，竞乎危国群小之间，以离谗贼，强非其人，忿怼不容，沉江而死。自太史公与班固氏之论狎出，而后世中庸之士垂裾拖绅以谈性命者，意不能尽满于原。而志士仁人发于性而束于事，其感慨不平之衷无所之，则益悲原之值而深乎其味，故其人而楚则楚之，或其人非楚而辞则楚，其辞非楚而旨则楚，如刘氏集而王氏故者比比也。夫以班固之自异于太史公，大要欲求是其见所为屈信龙蛇而已，卒不敢低昂其文，而美之曰弘博丽雅，为词赋宗……盖不佞之言曰：班固得屈氏之显者也，而迷于隐，故轻诋中垒；王逸得屈氏之隐者也，而略于显，故轻拟。夫轻拟之与轻诋，其失等也。然则为屈氏宗者，太史公而已矣。（《弇州山人四部稿》卷六十七《楚辞序》）

读《李将军传》，千载酸鼻，知太史公必不以都尉曲笔，其叙致独详，于长平冠军，宁无意也。（《弇州山人四部稿》卷一百十七《（李于鳞）又》）

某闻之史迁氏云：伯夷、叔齐虽贤德，夫子而名益彰，颜渊虽笃学，附骥尾而名益彰，乃若春秋列国，东西二京，节侠党锢，诸贤士行读之，至今凛凛若生者，岂非左、马、班、袁诸公结撰力耶。然所谓一字之褒重于华衮，则唯夫子乎是归。夫人至此，大不幸也。然亦有死而称幸者，幸其所托以不死在也，即托人之贤而不死，托词之工而不死，然未能兼获俪至者也。（《弇州山人四部稿》卷一百二十三《（上御史大夫南充王公）又》）

司马子长多壮游，游竟奇，其文章执事亦有意耶。（《弇州山人四部稿》卷一百二十四《王宫谕》）

太史公《史记》成于天汉，而重于宣元之间。班固氏欲自伸其业，故互见其瑜瑕。而王充、刘知几因之皆有所指驳，而其错节衍语，异者奥旨，未易通解。以故徐广、韦昭、裴骃、邹诞生、刘伯庄、司马贞、张守节之流，咸为之训，故考索学士大夫乃始彬彬成诵矣。然自东京以前，往往摹核其体裁，而阔略于辞法。至陆机、刘勰辈，乃稍颂称其文，而后世因之第名为之小抵，而实为之祖述者，班固氏也。（《弇州山人续稿》卷四十《史记评林序》）

后之治太史公者，有二家。纪、传、志、表，纲提胪列，籍而成一代言者，此未易治也。摹句摘字，经纬错综，籍而成一家言者，世固不乏也……意者其犹帙重而不逮，远软，费巨而不逮，贫软，编繁而不逮，目软，以栋有忧之。是故叙而略于辞，辞而寡于法者，弗敢纂也；所褒赞而非其精神之涣发者，弗敢纂也；所提指而非其关节眼骨，照应步骤者，弗敢纂也。斯纂也，令衿裾之士稍能习占，毕握铅椠者，获一寓耳目焉，不待觊探而法灿然备矣，机跃然若有入矣。是故《史记》纂行而治太史公者，固不必皆贵。近有力也，或谓以栋，毋乃割裂乎哉。曰不然，是昭明氏之滥觞，而真文忠氏之所合流也。神于金者，液而采其精，以驭凡铁，皆镠也；精于酒者，澄而取其母，以驭明水，皆醪也。此为文之要则，而以栋之，所以惠天下士意也。（《弇州山人续稿》卷四十二《史记纂序》）

今吾方自厌于世，一切多避少徇，与太史公意异……然则天下之所不能忘情于名者，莫太史公。（《弇州山人续稿》卷四十六《任玄甫渌水编序》）

出入朝野，未遑息肩，然所以不敢轻举笔者说有二。其一，尝笔之《卮言》，以为千古而有子长，亦不能成《史记》，何也。西京以还，封建郡邑、官师、宫殿名不雅驯，不称书矣；其诏令、辞命、奏书、赋颂鲜古文，不称书矣。其人有籍、信、荆、聂、原、尝、无忌之流，足模写者乎。诗有《尚书》、《毛诗》、《左氏》、《战国策》、《韩非》、吕不韦之书，足荟蕞者乎，窃恐未能继也。其二，则当有罪我者。《史记》，千古之奇书也，然而非正史也，如游侠、刺客、货殖之类，或借驳事以见机，或发己意以伸好。今欲仿之则累体，削之则非，故且天官、礼乐、刑法之类，后几百倍于昔矣，窃恐未可继也。（《弇州山人续稿》卷二百三《答况吉夫》）

余尝谓邃古之文章，无如汉两司马，而子长甫二十则已上会稽、探禹穴、窥九疑，浮于沅湘，北涉沅泗，讲业齐鲁，过梁楚以归。（《弇州山人续稿》卷五十二《刘□游山诸记序》）

其最称能尊《史记》者，毋若唐宋人，然知或小近而力不足，其甚乃不过邯郸之步，阳为慕之，而阴与悖，又何取也。（《弇州山人续稿》卷四十《史记评林序》）

夫扬雄氏曰绳司马于赋，谓之从神化中来耶，赋成而已，更薄之曰雕虫之艺，壮夫不为也。虽然其矻矻而藏于玄也，毋若矻矻而藏于赋也，何者，即所为玄、赋等也。（《弇州山人四部稿》卷七十一《王氏海岱集序》）

余读扬氏《法言》，其称则先哲畔道者寡矣，顾其文，割裂声曲，暗忽洟涩，剽袭之迹纷如也。甚哉，其有意乎言之也。圣人之于文也，无意焉，以达其所本有，而不容秘耳，故其辞浅言之而愈深也，深言之而不秘也，骤之而日星乎，徐之而大羹玄酒哉，乃其矩矱天就矣。世之病扬氏以道也，余之病扬氏以文也，虽然文则又奚病焉。（《弇州山人四部稿》卷一百十二《读扬子》）

子云意在修辞，故其语漫浪不若圣规之切，然所谓虽驰虽驱，匪逸匪愆者，视骋容与踂万里，不大径庭哉。（《弇州山人四部稿》卷一百二十九《刻扬雄太仆箴跋》）

夫以扬子云词赋之宏丽，而所谓玄者，仅一桓君山能笃好之而已。（《弇州山人续稿》卷四十一《两都纪游小序》）

自东西京而建安六季，仅扬中散子云、颜光禄延之得过七帙而已，然子云逃而息于玄，延之逃而息于酒，彼不悟其智之穷，而气之耗，姑以雕虫之技，壮夫之所不为，而枝人亦晚矣。若文通之才竭，孝贞之思尽，乃又其下者，以先生视之，独不然。（《弇州山人续稿》卷四十二《皇甫百泉庆历诗集序》）

平生辛苦虫鱼，自况出奇间道，终属偏师，子云十六字狱案也。然其为《太玄》《法言》则然，诸赋及《□单于入朝疏》，不尽尔也。（《弇州山人续稿》卷二百《屠长卿》）

穆叔之次立言于品三，而操觚之士若为之小屈，然子桓以雄豪创起鼎革间，顾歉然不自挟其有，而以继世大业不朽盛事，举而属之文章，彼诚有以见之也……思成一家言，以与诸儒生角而割后世名，此犹未也。（《弇州山人续稿》卷四十一《重刻吕氏春秋序》）

嗟夫，魏文帝雄主也，威无所不加，贵富无所不极，而独慨然于文章之一端，曰经世大业，不朽盛事。丰儒从而笑之，此未可笑也，必恃理而

不朽，安能续六经哉。且夫出世之不得，则思所以垂世亦恒也。（《弇州山人续稿》卷四十五《张伯起集序》）

古有曹子桓者，其人豪士也，挽当涂之卓，以沃炎烬啖吴蜀不足饱，而惓惓谓文章为不朽盛事，与北海、公干之流较短长于七寸之管。（《弇州山人续稿》卷五十一《王给事恒叔近稿序》）

曹子桓知文章不朽盛事，而不能令思王、公干辈润色品定之，乃区区致衔结于成侯之珙玉，仆尝快其不伦。（《弇州山人续稿》卷一百八十五《（汪司马）又》）

尝与于鳞言子建才敏于父兄，然不如其父兄质，汉乐府之变自子建始。李杜才高于六朝诸君子，然六朝乐府之变自李杜始。足下行当信之，慎无为俗客言也。（《弇州山人四部稿》卷一百二十一《（张助甫）又》）

虽然，仆窃有以进足下，子建求自试愈切，而子桓父子愈抑之，即令果领大将军印俘权鹹禅，亦不过一邓征西王镇军耳，宁以千载思王易之。（《弇州山人续稿》卷一百七十二《（答南阳子厚王孙）又》）

《洛神赋》纤美有余，或恐吴兴之优孟且无的，然一跋倘减去十五，或可借以小料理也。（《弇州山人续稿》卷一百八十二《（徐孟孺）又》）

汉兴治马上，而自柏梁以来，词赋称西京无偶者，贾谊、司马相如、子卿、虞丘寿、王褒、雄，诸大夫东西南北人也，则岂其秦土风，是竞七叶而后其衰也，甚矣，其不振于文也，则亦岂惟秦于乎。天子非有挟书之禁，固阛阓六经而道路子史矣，未央、馺娑、井干之瓦，犹一二存者，宁无先人语遗也。（《弇州山人四部稿》卷五十七《赠李于鳞视关中学政序》）

余则何敢强比焉，即书牍自东京而上之，其大者宏设广譬，畅利遒达，往往足以明志，细至于单辞片情，亦靡不宛然丽尔，彬彬称文质也。
（《弇州山人四部稿》卷六十五《凤笙阁简抄序》）

五言始西京、建安，而乱于《玉台》《后庭》之咏。（《弇州山人四部稿》卷六十六《比玉集序》）

乐府唯《铙歌》歌吹不易拟，亦不能尽拟，后有四唯名存而辞阙，余因为补之，亦取其近似而已，不能如优孟之抵掌也。（《弇州山人四部稿》卷五《补铙歌四章》）

古乐府自郊庙宴会外，不过一事之纪，一情之触，作而备太师之采云尔。拟者或舍调而取本意，或舍意而取本调，甚或舍意调而俱离之，姑仍旧题而创出。吾见六朝浸淫以至四杰、青莲俱所不免，少陵杜氏乃能即事而命题，此千古卓识也，而词取锻炼，旨求尔雅，若有乖于田畯红女之响者。余束发操觚，见可咏可讽之事多矣，间者掇拾为大小篇什若干。虽鄙俗多阙漏，要之，庶几一代之音，而可以备采万一者，故不忍弃而藏之。（《弇州山人四部稿》卷六《乐府变十九首》）

东汉之季，其文气最为缓弱不流畅，然颇朴而近于理，如干《中论》是也。（《读书后》卷二《读徐干〈中论〉》）

书法至魏晋，极矣，纵复赝者、临摹者，三四刻石，犹足压倒余子。诗一涉建安，文一涉西京，便是无尘世风。（《弇州山人四部稿》卷一百三十三《（淳化阁帖十跋）又》）

汉太山都尉孔宙碑，宙，融父也……其书与文，虽非至者，要之，不失东京本色也。（《弇州山人四部稿》卷一百三十四《汉太山孔宙碑后》）

后汉荡阴令张君碑，君讳迁……文辞翩翩有东京风，独叙事未甚详核耳。（《弇州山人四部稿》卷一百三十四《跋汉隶张荡阴碑》）

赋虽吐一斑足窥全豹，《灵光》《洞箫》将来当不过此。（《弇州山人续稿》卷六）

余以言激之，谓长卿之高华，嘉则之雄浑，信是当家。（《弇州山人续稿》卷二十三）

凡有韵之言，可以谐管弦者，皆乐府也。《风》《雅》熄而《铙歌鼓吹》兴，其听者犹恐卧。（《弇州山人续稿》卷四十二《梁伯龙古乐府序》）

于是汉儒之注疏起，圣人之迹赖以存，而圣人之心亦日以晦。（《弇州山人续稿》卷五十一《六经稽疑序》）

及秦汉而后小有显者，亦不能与东西两京之彦埒，至唐而仅有襄阳、杜氏、孟氏。杜氏之业差为宏博，与屈氏分途而偕不朽，若文史论建可称述者，抑又鲜矣。（《弇州山人续稿》卷五十五《王梦泽集序》）

《十九首》中，多叹荣华之不久，人命之难期。（《弇州山人续稿》卷一百六十二《柯敬仲十九首》）

四 论魏晋南北朝部分

建安以来，诗之为用少，以故得自致其旨，而阮公、陶令之所由兴，迨其季也，用日以博而变日以不可穷。（《弇州山人续稿》卷五十三《华孟达诗选序》）

左太冲诗于曹氏兄弟，犹子昂于大令父子，可谓逼真。第太冲诗末云："振衣千刃冈，濯足万里流。"尚觉子昂手腕间乏此大气象。（《弇州山人四部稿》卷一百三十六《赵子昂杂帖》）

陶、韦之言，潇洒物外，若与世事复相左者，然陶之壮志不能雠，发之于《咏荆轲》，韦之壮迹不能掩，纪之于《逢杨开府》。彼虽仅有以自见，要之皆非其得已者。（《弇州山人四部稿》卷六十九《章给事诗集序》）

浊醪佐新诗，聊以娱性灵。偶然获为人，偶获千载名。（《弇州山人四部稿》卷十《经彭泽有怀陶公》）

"常著文章自娱，颇示己志，忘怀得失，以此自终"，潜之自叙云尔……生平好为诗，诗自东京《十九首》以还，建安三曹，浑浑有气，潘陆因之渐成雕靡，至潜而始自然出之，大巧若拙，至秾若澹，令人击节有淳古想。后潜之百余年而有弘景，弘景字通明，丹阳人也。（《弇州山人续稿》卷七十七《陶氏五隐传》）

余少读《归去来辞》，虽已高其志，而窃难其事，以为非中人所能。后得白乐天《池上》篇，览之，颇有合，谓此事不甚难办，此文不甚难构，而千百年少俪者，何也。苏长公云乐天事事可及，唯风流一事不可及。余则云风流亦可及，唯晓进退不可及也。（《弇州山人四部稿》卷一百二十九《题池上篇彭孔嘉钱叔宝书画后》）

余始读谢灵运诗，初甚不能入，既入而渐爱之，以至于不能释手。其体虽或近俳，而其意有似合掌者，然至秾丽之极而反若平淡，琢磨之极而更似天然，则非余子所可及也。鲍照对颜延之之请骘，而谓谢如初发芙蓉，自然可爱。君若铺锦列绣，亦复雕缋满眼也，自有定论。而王仲淹乃谓灵运小人哉，其文傲，君子则谦，颜延之有君子之心焉，其文约以则，此何说也。灵运之傲不可知，若延之之病正坐于不能约以则也，余谓仲淹非能知诗者，殆以成败论耳。（《读书后》卷三《书谢灵运集后》）

余少时得《世说新语》善本吴中，私心已好之，每读辄患其易，竟又怪，是书仅自后汉终于晋，以为六朝诸君子，即所持论风旨，宁无一二可称者……至于《世说》之所长，或造微于单辞，或征巧于只行，或因美以见风，或因刺以通赞，往往使人短咏而跃然，长思而未罄，何氏盖未之知也……盖《世说》之所去，不过十之二，而何氏之所采，则不过十之三耳。余居恒谓宋时经儒先生，往往讥谪清言致乱，而不知晋宋之于江左一也，驱介胄而经生之乎，则毋乃驱介胄而清言也，其又奚择矣。（《弇州山人四部稿》卷七十一《世说新语补小序》）

五言古志而沉深，潘陆之翘楚欤，知其毋齐梁靡也。（《弇州山人四部稿》卷六十四《俞仲蔚集序》）

沈休文以四声制韵，自谓灵均以来，此秘未睹，陆韩卿难之而不得，斌道人演之而始明。后有珙法师者，复以喉、舌、齿、唇、牙改隶五方，而纤悉尽矣。故诗之有四声也，自休文始也，字之有切也，自神珙始也。然传休文者，谓虽妙有铨辨，而诸赋往往与之乖，自唐人为五七言律，乃独皆祖之，而约韵自是重后世矣……则韵不得不沈，固也……夫句之有韵也，与书之有结构也，平险虽异，裁而谐，诣无迹，其为道同也。诗以韵入，书以结构入，而思皆过半矣。（《弇州山人四部稿》卷七十《校正诗韵小序》）

梁江淹《拟古离别》，至休上人，凡三十首，明亳州薛蕙亦嗣响焉，虽于汉氏未纯，亦彬彬乎优孟抵掌矣。夫物贵缔始，则因述似易，人具体裁，则兼功殆难，难矣，然文通，颇胜于自运易矣。然灵运微短于郄中，诗云："唯其有之，是以似之。"甚哉，似之于有也。不佞既以罢官，陆还挟策，仅文通一编，忽忽无博奕之欢，绅绎穷愁，窃仿厥体。自李都尉而下至休上人，凡二十九，广自苏属国至韦左司，凡四十一，时代既殊，规格从变，虽未足鼓吹诸氏，庶几驱驰江薛云尔，其《古离别》一章，请俟异日为后十九首，故不更拟。（《弇州山人四部稿》卷九《拟古》）

江文通拟古诗，如逸少临《宣示帖》，形势巧密，胜于自运，唯《古离别》《李都尉》二章，差不似耳。（《弇州山人四部稿》卷一百三十二

《王履吉书江文通拟古诗》）

不佞少习王通氏书，疑其用声韵之微，而轻加人，以君子小人之目为过。（《弇州山人四部稿》卷六十六《东白草堂集序》）

晋人于辞事，若不甚属比者，毋乃以质掩其文欤，六朝靡靡沦俳偶矣，是则文掩质也。余尝谓晋人工于舌而拙于笔，六朝秾于笔而浅于志，非虚语也。（《弇州山人四部稿》卷六十五《凤笙阁简抄序》）

汉又衰，浸淫而为六代，彼六代者，见以为舍璞而露琢，不知其气益漓而益就衰。（《弇州山人四部稿》卷六十八《古四大家摘言序》）

齐梁之君臣，既务为组织雕缋，不能运独至之意，而一时风靡者大致有二，应制则巧，迟败于拙速，征事则伸，多胜于屈寡。（《弇州山人四部稿》卷六十八《类隽序》）

愚不佞，妄谓名《世语》不在广，如五七言古，正始之音出微入妙，近体小有散缓，恐一二微瑕，不无连城之累耳。赤牍委致，义庆若在，当令绝倒。（《弇州山人四部稿》卷一百二十七《（俞仲蔚）又》）

至于近体，出入初中，时挟梁栋之气，不耐点检，恐指南之车，切玉之剑，未便可已也。（《弇州山人续稿》卷六）

六朝鹜绮靡，毋论非指向所在，途轨殊矣。（《弇州山人续稿》卷四十《史记评林序》）

余曰庶几藉子以毋负古读之，则有骚赋、五七言、古近体若干篇。余窃谓自东京而后为永嘉，而大江始画地而南北，其北日侵寻于马上之业，不暇调宫徵，理经纬，而噫噎之所发为悲歌慷慨，其气完而骨劲。南则以其泉石之余地，舟楫之余暑，负隐囊，握斑管而课花鸟，字组而句，句组

而篇，然亦不胜其靡靡业，肤立矣。盖余二百年而为隋而始合，其文之调
亦如之。而又垂五百年而为宋季，而又分，文之调亦如之。虽未几而为元，
然地合而调不尽合也。（《弇州山人续稿》卷四十一《郢垩集序》）

而燕魏、齐梁之调，作丝不尽谐，而绝句所由宣，绝句之宛转不能
长，而花间草堂之峭倩，著花间草堂不入耳，而北声劲，北声不驻耳，而
南音出。（《弇州山人续稿》卷四十二《梁伯龙古乐府序》）

五 论唐朝部分

及读所谓唐卢骆、沈宋者诗，其属事非不精，其辞非不彬彬中文质
也。然往往工于用情而薄于约性，其显而被之廊庙，则多侈大其所遭，以
明得意。其气多轻扬而陵物，不幸而挫厄放窜以死，则或追疚其所由得，
而其旨诽，或微挟其所自树，而其旨亢。其下者，有所询乞而其旨诶，高
者，无所顾藉而其旨诞。（《弇州山人四部稿》卷六十六《东白草堂集
序》）

第二十三册……骆宾王歌行颇有致，将来不妨箕裘。（《弇州山人续
稿》卷一百六十四《有明三吴楷法二十四册》）

第二十二册，唐人绝句，娄孟坚得王勃以下七十二首，徐奉礼兆曦，
得朱庆余以下三十二首，沈昌期得贺知章以下四十八首，周茂才子先得杜
甫十六首，缘不相知检，故小有重者，而自王龙标、李供奉外，唐人快语
几尽矣。（《弇州山人续稿》卷一百六十四《有明三吴楷法二十四册》）

后贾生而工为言者，则毋若唐之沈佺期、宋之问、柳宗元。是三君子
皆以谴行者也，其侘傺失志。毋论前有不得死之忧，而后有非分之觊战，
于胸中而不容已，乃姑托之诗若文。其于道路之艰危、气候之羯羠、物情
之险薄，皆巧诣其形容，而至有过实者。乃若山川之奇秀，必毁而归之
恶，风俗之淳朴，必毁而归之陋，皆褊心躁意之所发，君子宁有取也！
（《弇州山人续稿》卷四十六《沈纯甫行成稿序》）

其三，李北海《荆门行》极类《云麾碑》，而差弱，诗大似元白时语而不类，当再考之。（《弇州山人续稿》卷一百六十六《小酉馆选帖》）

盖逾千年而有孟浩然及杜必简，子美之为之祖若孙者，复以诗显。（《弇州山人四部稿》卷六十八《王少泉集序》）

高房山尚书作米家山，如孟襄阳诗，大自简远。（《弇州山人四部稿》卷一百三十七《元高尚书房山卷》）

王右丞诗云："江流天地外，山色有无中。"是诗家极俊语，却入画三昧。（《弇州山人四部稿》卷一百三十七《黄大痴江山胜览图》）

吾尝谓太白之绝句与杜少陵之七言古诗歌，当为古今第一，少陵之五七言律与太白之七言诗歌、五言律次之。当时微觉于摩诘卤莽，徐更取读之，真足三分鼎足，他皆莫及也。天子蒙尘于蜀，少陵叙致，有慷慨恻怛无穷之感，而太白乃作《上皇西巡歌》，得非有胸无心者，"地转锦江成渭水，天回玉垒作长安"，虽或壮丽千古，何异宋人东狩钱塘封事。《永王西巡歌》，彼诚以永王为中兴之贤王也，辞官不受赏，其语谁信。摩诘弱，故不能致死安民，然其意非肯为之用也。生平悟禅理，舍家宅，无妻子，而不之恤，顾不能辞禁。近以殁，岂晚途牢落不能自遣，白香山之所谓老将荣补贴者耶。（《读书后》卷三《书李白王维杜甫诗后》）

（王世贞）于诗，不取苏李别言，以为六朝小生伪作。又谓有崔颢者，曾未及豁达，李老作《黄鹤梅》诗，颇类上士游山水，而世俗云李白盖当与徐凝决杀也。岂不知崔颢为何如人耶，只"晴川历历汉阳树"一浅语，公毕世何曾道得，宜其诗之沓拖恒钉也。（《弇州山人四部稿》卷一百二十九《书苏长公司马长卿三跋后》）

凡李杜长歌所以妙者，有奇语为之骨，有丽语为之姿，若十万众长

驱，而中无奇正器甲，不精丽，何言师也。（《弇州山人四部稿》卷一百三十六《庐山高歌》）

于是乎青莲、少陵之业就，而天下以为正宗大家，是乌可偏废哉。（《弇州山人续稿》卷五十三《华孟达诗选序》）

太白歌诗既奇，其人与事又奇，不敢望司马子卿手作，传得李延寿亦小快。无奈宋景文于喉咽间作嗫嚅语，令人愦闷。幸而有祝希哲书之，差足快也。（《弇州山人续稿》卷一百六十三《祝京兆书李太白传后》）

唐杜氏诗出，学士大夫尊称之，以继《三百篇》，然不谓其协裁中正也，谓其窥于兴赋比之微而已。诸为杜诗故者，亦无虑数十百家，而杜氏诗最宛然而附目，铿然而谐耳者，则五七言近体。诸专为近体者，又亡虑数家，自张氏之故，托于虞而去杜远矣。夫不得其所属事而浅言之则陋，得其所属事而深言之则刻。不究其所以，比则浅，一切究其所以，比则凿。此四者，俱无当于孟氏谓者也……夫杜氏之去《三百篇》固近，至于生贫贱而食肮脏，终始孰祸难，大要雅颂之和平，不胜其变风之骚激。（《弇州山人四部稿》卷六十六《刘诸暨杜律心解序》）

诗而及事，谓之诗史，杜少陵氏是也。然少陵氏蚤疏贱，晚而废弃，寄食于西诸侯，足迹不能抵京师，所纪不过政令之窳邪，与丧乱乖离之变而已。独王司马建生于贞元之后，以宗人分，偶有所稔习于宫掖而纪其事，得辞百首。夫穆敬之济淫毋论己，以元和之成，得志于藩镇而有此，以太和之锐，不得志于宦竖，而亦有此，则大可叹也！（《弇州山人续稿》卷四十三《编注王司马宫词序》）

少陵、昌黎诗文雄耳，生平之精力意气，约略尽于辞藻间，而至薄以为小技，不尊稷契，其任必欲自显，见于救房相、排佛骨之二章，即毋论三君子后先所习与所志，殊要之，二者皆并重不相废也。（《弇州山人续稿》卷五十一《王给事恒叔近稿序》）

即杜甫毕生于诗咏中，尚独谓文章一小技，于道未为尊。又曰："许身一何愚，自比稷与契。"则隐然若有所窥见，然甫之所谓稷与契者安在，而其诗名至与天壤俱敝，则彼之自歉以为小技者也。（《弇州山人续稿》卷一百九十《（答邹孚如舍人）又》）

第二十册，皆杜少陵七言歌行，陆士仁得十四章，文从先得十一章，顾绍辰得十四章，钱允治得十九章。始予以为五言选莫盛于思王，谓能穷雅之变也，七言歌行莫盛于少陵，谓能极风之变也，故乞诸名家合书之，总二册。此册皆近时名笔，端雅有致，陆当擅场，佻侧寡情，顾风斯下矣。（《弇州山人续稿》卷一百六十四《有明三吴楷法二十四册》）

诗无乘，即其徒觉范皎然所不及，自严仪氏论诗，而后有乘也。（《弇州山人续稿》卷四十《苍雪先生诗禅序》）

十才子为钱左司、刘随州、郎员外独孤、常州卢郎中、孙舍人、崔集贤之属，其诗名脍炙人口不已，而流溢丹青致足羡也。虽然，名者造物所忌，诗以陶写性灵，抒纪志事而已，要不必有此名，即无论邺中沦谢，而是十才子，无一登三事者，岂所遭人人绛灌耶。（《弇州山人续稿》卷一百六十八《题刘松年大历十才子图》）

昌黎河东氏之所谓振振六代之衰，欲以追四子而犹未逮也。（《弇州山人四部稿》卷六十八《古四大家摘言序》）

韩公于碑志之类，最为雄奇有气力，亦甚古，而间脱有未蹊径者，在欲求胜古而不能胜之，舍而就己，而未尽舍耳。奏疏爽切动人，然论事不及晁、贾，谈理不及衡、向，与人书最佳，多得子长遗意。而急于有所干请于人，则词漫而气亦屈，记序或浓或淡，在意合与不合之际，终亦不落节也。第所谓原者，仅一《原道》，而所谓辨者，仅一《讳辨》而已，不作可也。盖公于六经之学甚浅，而于佛氏之书更卤莽，以故有所著释，不

能皆迎刃也，而他弹射亦不能多中的，谓之文士则西京而下，故当以牛耳归之。（《读书后》卷三《书韩文后》）

史称昌黎为《进学解》，执政怜而奇之，遂以省郎知制诰。令昌黎今日出此文，三日内不得回首望春明门鸱吻矣。然此文虽跌宕，终不能如东方、子云雅质，而饶古意。（《弇州山人四部稿》卷一百三十二《文太史书进学解后》）

自西京之气漓而为六季，昌黎公出，奋然一变之，然时有所折衷，而稍存其伟丽以见难。（《弇州山人续稿》卷四十一《瞿文懿公集序》）

夫当二疏时，尚不知有歌诗以侑行色，固不能如巨源。巨源之时，天下久已盛言诗，然其传者，自昌黎一序而外，何寥寥也。毋论送巨源诗，即巨源所自为诗，不能超元和、长庆之乘而上之，且其传者，又何寥寥也。（《弇州山人续稿》卷四十七《欧虞部桢伯归岭南诗卷序》）

至博学宏词之科，设于唐而其用益迫矣。故白氏贱之，而其书曰白仆，仆者，役使之也。（《弇州山人四部稿》卷六十八《类隽序》）

白学士歌绵丽详缛，宛然开元宫中韶景。（《弇州山人四部稿》卷一百三十二《王雅宜长恨歌后》）

唐以诗赋程士，士之繇科第进者，往往濡首于诗，而其大究亦多工于诗而拙于政……唐之诗人，独韦左司、白香山皆连典剧郡，皆为吾苏州刺史，而白公又为杭州，皆有惠利之政，其政不为诗所夺，而至于诗，故翘然于大历，元和中。韦公之冲雅，白公之宏爽，吾不能第其于李杜若何，固非十才子所可肩并也……史固称左司性高简，所至多焚香燕坐，翛然物虑之表，香山数以直言谪外，晚节与缁黄相还往，通晓其理，知足少欲，不愧名字。余尝一再接龚君，虽不能尽得其人，于其诗见一斑矣。操觚之士间有左祖左司者，以左司澹而香山俗，第其所谓澹者，寓至浓于澹，所

谓俗者，寓至雅于俗，固未可以皮相尽也，当与龚君共味之。(《弇州山人续稿》卷四十七《龚子勤诗集序》)

白乐天、苏子瞻之刺杭州，亦名能工吏事，不废客，于古文辞最为博丽矣。(《弇州山人续稿》卷四十七《喻邦相杭州诸稿小序》)

香山白居士，不贪将相权。晚栖履道里，望者谓神仙。蓄书近万卷，赋诗逾千篇。携酒坐杯竹，绕身攒管弦。风流夙所慕，讵敢便夤缘。二十通朝籍，一纪赋归田。约略蹶起迹，与公不相悬。公领留尹篆，余佐留枢铨。及余解印日，是公分司年。刑部两尚书，独不请俸钱。初招陶潜径，泊乘范蠡船。三山高下峰，二水红白莲。禽鱼既怡适，卉木尽澄鲜。回桡云破碎，岸帻月婵娟。突尔出岩壑，宛然自山川。生无红粉好，双僮卧床前。青灯渐寂寂，鼓腹俄便便。以此甘我偏，亦不望公全。偶诵《长庆集》，因展《四部》编。才情焉能拟，俱为俗耳传。公应容我后，我当让公先。颇闻韩忠献，醉白慕公贤。定册拥三朝，杖钺清八埏。自顾身不得，垂死但流涎。公辞海山院，要登兜率天。输公在此事，安分辟支禅。(《弇州山人续稿附》卷一《归弇多暇读白香山长庆集况然有感》)

昔子厚为柳刺史，柳隶属广西，子厚又故称贤，能文也，当时不闻所与进者何，所焕然而易观者何，岂刺史兼钱谷狱案牍乏专职欤，抑其以谪斥不自振哉。子厚不闻道，文刻削，好近名，亦申、韩者流，宜其与进，焕然而易观者少也。新甫毋以子厚称，固有不为子厚者，勉之哉。(《弇州山人四部稿》卷五十五《送王员外新甫视广西学政序》)

余向者执穷而后工之说，求于古而得柳柳州。夫柳州之辞信工，然其大要不过写其山川风物之险怪硗瘠而已，而其情不之于悲思，则之于怨悔，不能超其境，而诣于所谓达者，盖至于白少傅之于江州，而其记于厅壁，于匡庐者，而后始有会也。夫江州之视柳州，毋论工拙，其命意舒而气扬，则倍屣之，然至于《寄杨汝士书》《浔阳听琵琶曲》，所以叙骚人

逐客，邻死未死之状，抑何感慨委曲也。（《弇州山人四部稿》卷六十七《徐太仆南还日纪序》）

某昔者读柳子厚《上崔大理启》，其为文盖千余言，然大要不过求遇已耳。某既以高其文，窃复卑其人，以子厚之才，不稍自贵重，薪识于崔公，即才若子厚，崔公不先识之，而使其匍匐自献，某以为罪在崔公也。考《唐史》，卒未见荐子厚，则兹启亦赘疣耳，夫不能爱人之才与不能自爱其才而轻售之人，其失均也。（《弇州山人四部稿》卷一百二十五《上朱大理书》）

柳子才秀于韩而气不及，金石之文亦峭丽，与韩相争长而大篇瞠则乎后矣。《封建论》之胜《原道》，非文胜也，论事易长，论理易短，故耳。其他驳辨之类，尤更破的。《永州》诸记峭拔紧洁，其小语之冠乎。独所行诸书牍，叙述艰苦，酸鼻之辞，似不胜楚，摇尾之状，似不胜屈。至于他篇，非掊击则夸毗，虽复斐然，终乖大雅，似此气质，罗池之死，终堕神趣，有以也。吾尝谓柳之早岁，多弃其日于六季之学。而晚得幽僻远地，足以深造。韩合下便超六季而上之，而晚为富贵功名所分，且多酬应，盖于益损各中半耳。（《读书后》卷三《书柳文后》）

若《杜紫微赋》，虽乖本色，不能如《上林》、子云《长杨》，而纵横磊落，要与南山并并崒嵂。（《弇州山人续稿》卷一百六十九《三辅黄图》）

譬之于天，日月清宁者，恒也；雷电霢雨，晦冥搏击者，其变也。譬之于山，透迤坦陀者，恒也；羊肠鸟道，崭削斗拔者，其变也。要之，其变也，亦恒也。诗之变至于任华、马异极矣；文之变至于樊宗师，极矣：此皆知变而不知变之为恒。（《弇州山人续稿》卷五十五《喻吴皋先生集选序》）

夫近体为律，夫律法也，法家严而寡恩，又于乐，亦为律，律亦乐法也，其翕纯皦绎秩然，而不可乱也，是故推盛唐。盛唐之于诗也，其气完，其声铿以平，其色丽以雅，其力沉而雄，其意融而无迹，故曰盛唐其则也。今之操觚者日哓哓焉，窃元和、长庆之余似，而祖述之气则漓矣，意纤然露矣，歌之无声也，目之无色也，按之无力也，彼犹不自悟悔，而且高举而阔视曰：吾何以盛唐为哉，至少陵氏直土苴耳。（《弇州山人四部稿》卷六十五《徐汝思诗集序》）

夫诗不能不唐。（《弇州山人四部稿》卷七十《校正诗韵小序》）

唐人十绝句，婉丽有情，得蓝田诗中画趣。（《弇州山人四部稿》卷一百三十一《十绝句诗画跋》）

自唐而逮五季，始以五经、子、史之属书而登之木，付之剞劂，而后授墨焉。母①之体一而子之用数百千，同文之化，遂遍于四海。（《弇州山人续稿》卷四十七《诗纪序》）

诗不必尽盛唐，以错得之，飒飒乎岑李遗响哉。（《弇州山人续稿》卷五十《周叔夜先生集序》）

近来称作者，屈指问知音。骨格谁真近，声名尔自寻。中天秀岳色，大海郁龙吟。一出无今古，时才总陆沉。（《弇州山人四部稿》卷二十四《与周叔夜论诗》）

夫诗之体莫悉于唐，而唐莫美于初盛。自武德而景龙者初也，自开元而德至者盛也，大历之半割之矣。初则由华而渐敛，以态韵胜，盛则由敛而大舒，以风骨胜。然其所遭之变渐多，而用亦益以渐广……且夫事同者，工拙自露，情一者深浅迥别。时代之升降，才伎之长短，亦可以傍通而曲引，固不必锺记室之品、高廷礼之正而后辨也……夫诗取适情，主淡

---

① 原文为"毋"，据文意，改用"母"。

泊为上乘，足矣。胡至龌龊，征事如《华林》《北堂》，与白仆等伍也。（《弇州山人续稿》卷五十三《唐诗类苑序》）

六　论宋朝部分

自杨、刘作而有西昆体，永叔、圣俞思以淡易裁之，鲁直出而又有江西派，眉山氏睥睨其间，最号为雄豪而不能无利钝。南渡而后，务观、万里辈，亦遂彬彬矣。去宋而为元，稍以轻俊易之……余所以抑宋者，为惜格也。然而代不能废人，人不能废篇，篇不能废句。盖不止前数公而已，此语于格之外者也。今夫取食色之重者与礼之轻者比之，奚啻食色重。夫医师不以参苓而捐溲勃，大官不以八珍而捐胡禄障泥，为能善用之也。虽然以彼为我则可，以我为彼则不可。子正非求为伸宋者也，将善用宋者也，然则何以不样元，子正将有待耶。抑以其轻俊饶声，泽不能当宋实故耶。乃信阳之评的然矣，曰"宋人似苍老而实疏卤，元人似秀峻而实浅俗"之二语也，其二季之定裁乎。后之览者，将以子正用宋元抑，以信阳不为宋元，入斯可耳。（《弇州山人续稿》卷四十一《宋诗选序》）

欧阳之文，雅浑不及韩，奇峻不及柳，而雅靓亦自胜之。记序之辞纤徐曲折，碑志之辞整暇流动，而间于过折处或少力，结束处或无归，着然如此，十不一二也。独不能工铭诗，易于造语，率于押韵，要不如韩之变化奇崛，他文亦有迂远而不切，太淡而无味者，然要之，宋文竟当与苏氏踞洛屋两头，曾、王而下，置之两庑。（《读书后》卷三《书欧阳文后》）

欧阳公《庐山高》自谓出李杜上，不满识者一笑，然其雄劲豪放，亦是公最合作诗也。（《弇州山人四部稿》卷一百三十六《庐山高歌》）

至庐陵公而色泽为之尽洗，学士大夫毋论有所趣背，往往见以为易简。（《弇州山人续稿》卷四十一《瞿文懿公集序》）

而宋氏之思，宋氏之若庐陵、洪州也。虽不得畅于格，而得畅于情与事，虽然犹未畅于理也。以子云之愈深愈晦，而退之之或离或合也，则又不能不进。而濂洛、紫阳之思，非谓进于格也，谓不以格囿也，濂洛理而简，紫阳理而详，详则已易尽人易知。（《弇州山人续稿》卷五十三《姜凤阿先生集序》）

宋人墨迹未可轻，即欧苏诸公文字，亦未可轻也，其句法不甚古，字面不甚雅奥耳，中间议论识见有出于诘曲聱牙之表者，门下幸留意焉。（《弇州山人续稿附》卷四《（孙太常）又》）

明允、子瞻俱善持论，而明允尤雄劲，气有力，独其好胜而多骋，不甚晓事体，考故实，而轻为可愕、可喜之谈，盖自战国中得之。子瞻殊爽朗，其论策沾溉后人甚多，记叙之类，顺流而易，竟不若欧阳之舒婉。然中多警俊语，骚赋非古而超然玄著，所以收名甚易。吾尝谓子瞻非浅于经术者，其少之所以不典，则明允之余习，晚之所以不纯，则葱岭之绪言，然而得是二益，亦不小也。子由稍近理，故文彩不能如父兄，晚益近理，故益不如，然而不失为佳子弟也。四家之文无论已，其学则子瞻最博，子厚次之，退之又次之，永叔狭矣。（《读书后》卷四《书三苏文后》）

宋则庐陵、临川、南丰、眉山者，稍又变之，彼见以为舍筏而竟津，不知其造益易而益就下……闽人施君某来莅郡，即出其手所纂庄、列、左氏、淮南四家语之尤精者，以属诸生华露而梓之。曰吾敢谓足以蔽先秦、西京乎哉，谓足以例也，敢以是而废宋乎哉，欲习宋者知宋所繇来也。夫习宋者，以易而猎易、思易，而不得于旨，极必厌，名易而无当于实，极必败，未有不自悔者也。夫宋所繇来者，非它也，是四子之遗法也。则又曰：夫习耳者，其以左之诬，庄、列之诞，淮南之驳，讥余哉。余非龊龊为理道设也，其以余之删而谓余割裂哉，余不欲以其瑕受摘也。（《弇州山人四部稿》卷六十八《古四大家摘言序》）

子固有识有学，尤近道理，其辞亦多宏阔遒美，而不免为道理所束，间有暗塞而不畅者，牵缠而不了者，要之，为朱氏之滥觞也，朱氏以其近道理而许之。近代王慎中辈，其材力本胜子固，乃掇拾其所短而舍其长，其暗塞牵缠迨又甚者，此何意也。毋论子固，即明允、子由、介甫，俱不足与四家列而称大，若名家者，庶几矣。（《读书后》卷三《书曾子固文后》）

介甫于文章颇能持论，近道理，而好以己胜。至于语务简而意务多，欲以百余言而中为层叠宛曲，其所长在是，而其所病亦在是也。志传之类，亦刻削有矩度，而好为小巧，于字句间立法，此所短也。吾尝谓介甫于字，说其初不无一二会心者，遂欲字字而为之说，此其所以贻笑，犹与治鄄，非不足以阜财而得民，遂欲行之天下，此其所以流毒。使介甫而实其行，虚其心，崇其智，卑其礼，则君实固瞠乎后矣。（《读书后》卷三《书王介甫文后》）

诗之病起于半山，而成于双井，是二君子，其源非不出自少陵，特取其工与老之似，而加蛇足焉。半山之工，工而穿凿者也，双井之老，老而僻涩者也。又不幸而有吕居仁之辈为之社，而尸之，其毒浃于肌髓，而不可救。（《弇州山人续稿》卷五十二《余德甫先生诗集序》）

至读元少保、卢宾客诸咏而若新，即画力亦仅五百年耳，所托以不朽者，文也，勖之哉。（《弇州山人续稿》卷一百六十八《水亭图》）

盖历千余年而后，二程氏出，若能独发圣人之心而骎骎乎，上接其统，朱氏益加精焉，以至胡蔡、陈皓诸巨儒咸有所训，故圣人之心固寄以不晦，而于辞与事亦有不能尽合者。（《弇州山人续稿》卷五十一《六经稽疑序》）

案头苏诗一编，偶展读之，有云“龙钟三十九，劳生已强半，岁暮日斜时，还为昔人叹”，公倅余杭日作，盖取白乐天语兴感也。此公尚为摇落语，吾辈宁无穷途之恸，因成一章，兼示舍弟。虽然公兄弟名位穹显，晚节各天，而我以早废弃，故相守田亩间，差为优耳，他固不敢较也。

偶诵苏公诗，龙钟三十九。身犹一方佐，名满天下口。伊余射策年，与公颇先后。虽忝大夫列，六载归南亩。人间失意事，所历无不有。多岐梦犹惴，百炼心欲朽。雌黄堕齿颊，雄白空知守。西风傲短褐，居然成野叟。流年蠹书卷，残日渔杯酒。用禅文寂寞，塞兑防秽呕。斋前种白杨，萧瑟鸣虚牖。顾谓吾季方，吾言汝知否。今古伯仲名，无出苏公右。风云壮接翼，天地老分手。踯躅瘴海间，能无叹不偶。万事吾敢如，一得颇无负。蓼莪固永废，棠棣幸终友。去去入吴山，相携共白首。（《弇州山人四部稿》卷十五）

苏长公之诗，在当时天下争趋之，若诸侯王之求封于西楚，一转首而不能无异议，至其后则若垓下之战，正统离而不再属。今虽有好之者，亦不敢公言于人，其厄亦甚矣。余晚而颇不以为然，彼见夫盛唐之诗，格极高，调极美，而不能多有，不足以酬物而尽变，故独于少陵氏而有合焉。所以弗获如少陵者，才有余而不能制其横，气有余而不能汰其浊，角韵则险而不求安，斗事则逞而不避粗，所谓武库中器利钝森然，诚有以切中其弊者。然当其所合作，亦自有斐然而不可掩。无论苏公，即黄鲁直，倾奇峭峻，亦多得之少陵，特单薄无深味，蹊径宛然，故离而益相远耳，鲁直不足观也。庄生曰神奇化而臭腐，苏公时自犯之，臭腐复为神奇，则在善观苏诗者。（《读书后》卷四《书苏诗后》）

余于宋，独喜此公才情，以为似不曾食宋粟，人而亦有不可晓者。（《弇州山人四部稿》卷一百二十九《书苏长公司马长卿三跋后》）

子瞻之词绿，而之仪之词则白，差小不同。（《弇州山人续稿》卷一《红倒挂鸟赋》）

今天下以四姓目文章大家，独苏公之作最为便爽，而其所撰论、策之类，于时为最近，故操觚之士鲜不习苏公文者，而雌黄之颊于公不能无少挫。然使天下而有能尽四氏集者，万不得一也。苏公才甚高，蓄甚博，而出之甚达而又甚易，凡三氏之奇尽于集，而苏公之奇不尽于集。故夫天下而有能尽苏公奇者，亿且不得一也。公之所不尽韵，而词则温韦让，壮舌而谐谑则侯白逊，雅笔而简牍、题署则黄豫章逊，隽游戏而为法书，则颜平原、李北海之难。弟为古木竹石，则文洋州之畏友，逃而之佛，则裴相国、杨学士之禅，那以是律，三君子有一乎，否也。当苏公之生存，虽荒州下邑，儿童妇女莫不欲一识其面，而其言之传，盖北幽朔，而东三韩，西达羌戎，南过鸡林马人之界，而其禁绝之者，乃在于广厦细旃之上。角而与之左者，谈说经术道理之士，亟窜而亟欲杀之者，亦一时材谓贵臣。噫，可怪也。及公殁且久，而广厦细旃之上其恶渐移，而为好学，士大夫至于今慕说之不衰。虽然问其所以能尽公者，则自论策之外无几也，吾所以云亿不得一也。当吾之少壮时，与于鳞习为古文辞，其于四家殊不能相入。晚而稍安之，毋论苏公文，即其诗，最号为雅变杂揉者，虽不能为吾式，而亦足为吾用。其感赴节义，聪明之所溢散，而为风调才技，于予心时有当焉。以故取公年谱及传志略存之，而复蕞公之小言，兴诸家之评骘，纪述琐屑，亦一一附录，约为十卷，名之曰《苏长公外纪》，而置之山房之几，暇日抽一卷佐一觞，其不贤于山腴海错者几希。（《弇州山人续稿》卷四十二《苏长公外纪序》）

善乎，苏子瞻先生之自名其文如万斛之泉，取之不竭，唯行乎其所当行，止乎其所不得止，斯言也，庄生、司马子长故饶之于诗，则李白氏庶几焉。苏先生盖佹得之，而犹未尽者也。凡人之文，内境发而接于外之境者，十恒二三，外境来而接于内之境者，十恒六七。其接也，以天，而我无与焉。行乎所当行者也，意尽而止，而我不为之缀止乎，所不得不止者也。（《弇州山人续稿》卷四十五《陶懋中镜心堂草序》）

后宗元而工于言者，宋则有苏轼氏，而明则有杨慎氏，是二君子虽皆以谴行也，而非其罪。苏氏老矣，其学成矣，故能取适于庄生、陶征士，矢口而发者，亦似之。（《弇州山人续稿》卷四十六《沈纯甫行戍稿序》）

六朝以前所不论，少陵、昌黎而后，苏氏父子亦近之，惜为格所压，不得超也。（《弇州山人续稿》卷一百八十一《答华孟达》）

七言出律入古，有声有色有味，第不当于骊黄之内求之。余几欲为东图和此韵，既而放笔，曰不若且容此老独步。（《弇州山人续稿》卷一百六十一《苏长公三绝句》）

余诗俾录于后，余名位何敢望苏公，不幸讥谗起踬之迹，乃复过之。俯仰今古，可发一慨……而苏公赋语奇胜处，小似过情。（《弇州山人续稿》卷一百六十三《尤叔野赤壁卷》）

右坡老书黄州诸作五言古一首，七言近体六首，词七首，中故有致语，而压韵使事殊，令人不快。书笔翩翩自肆，间出姿态，于矩度中尤可爱也。公压嫌字韵，云雪似故人，人似雪，虽可爱有人，其词翰却不远此语。（《弇州山人续稿》卷一百六十七《坡公杂诗刻》）

旧传苏长公为五祖戒后身，黄豫章为涪州学佛女子后身，及读其诗，觉长公瑰丽而稍沓拖，类吴兴富儿郎。豫章矫劲粗涩，不耐软款，绝无支公顾妇姿态。（《弇州山人续稿》卷一百六十八《苏黄小像》）

凡苏子之持论甚至，而事甚美。虽然吾以为苏子书生也，不识理势，且又不读书，不考其时事……愚以为苏子盖不特书生而已，一妄庸人呓语也。（明钞本《弇州山人续稿》卷二十《书苏子瞻诸葛亮论后》）

苏氏之欲去《让王》《说剑》《盗跖》《渔父》四章，而以《列子》前后之续也，无所据，特以《盗跖》《渔父》之排孔子甚，而欲去之。（《读书后》卷一《读庄子三》）

鲁直诗曰"春来诗思何所似，八节滩头上水船"，此君每出语法，即若上水船，非妄也。书极老健，又云樊口舟中，烛下眼花头眩，更观东坡醉墨，重增睡思，若未首肯坡书者，此不可晓。（《弇州山人四部稿》卷一百三十《山谷杂帖》）

此卷山谷老人诗……歌词力欲求奇，然是公最合作语。（《弇州山人四部稿》卷一百三十《山谷卷后》）

山谷老人自谓得长沙三昧，然余窃怪其巧于取态，而略于求骨，此卷书太白长歌翩翩，几与风人争胜，使悬腕中加拔山力，不啻作长沙矣。（《弇州山人四部稿》卷一百三十《题山谷卷后》）

铜将军铁着板唱大江东去，固也，然其词跌宕感概，有王处仲挝鼓意气，傍若无人。鲁直书莽莽，亦足相发磊块，时阅之，以当阮公数斗酒。（《弇州山人四部稿》卷一百三十六《山谷书东坡大江东去帖》）

山谷老人书七言律题后，结法莽苍遒劲，是晚年得意笔也，考之《太极左仙公》，玄不娶，无子，纵有之生平如幻三昧，岂不能尽之一朴……吾诗与书俱不敢望山谷，觉少悉稚川《事东图》，以为何如。（《弇州山人续稿》卷一百七十一《道经画跋题葛仙翁移居图》）

前为旧拓《江西帅司帖》，元章寿词、乐章，都不成语，而笔气超迈雄逸，若有神助。元晖诸跋亦自劲隽，非若居平之仅成欹倾而已。（《弇州山人续稿》卷一百六十七《南宫父子词笔》）

观重阳此诗，岂淮南、东方而后仙真例，不能作雅语耶。杨生此书酷仿涪翁，仅作迩年沈启南耳。（《弇州山人续稿》卷一百六十七《杨太初书重阳歌》）

《夷坚志》在诸说家中，尤为卑猥庸杂，即刻本览一过便舍之，不足留。何至作此不急事耶。（《弇州山人续稿》卷一百六十三《祝京兆书夷坚志》）

（范成大）归隐石湖时作，即诗，无论竹枝、鹧鸪、家言，已曲尽吴

中农圃故事矣。（《弇州山人四部稿》卷一百三十《范文穆吴中田园杂兴卷》）

（范文穆）句不能甚工，然描写吴中风物人情，可为曲尽。吴兴、凌玄旻复精择之，仅得四十首，托故人黄淳父书，而钱叔宝为作图，叔宝入白石翁三昧，又家吴趋，其描写诗意亦曲尽矣。（《弇州山人续稿》卷一百六十四《黄淳父书田园杂兴钱叔宝图》）

夫以代定格，以格定乘者，严仪氏也。（《弇州山人续稿》卷四十《苍雪先生诗禅序》）

序记如马远山水图类，虽极人工，终乖天则。（《弇州山人四部稿》卷一百二十七《俞仲蔚》）

七　论元朝部分

余尝谓吴兴赵文敏公孟頫，风流才艺，惟吾郡文待诏徵明可以当之，而亦少有差次，其同者，诗文也，书画也，又皆以荐辟起家。赵诗小壮而俗，文稍雅而弱，其浅同也，文皆畅利而乏深沉，其离古同也。书小楷，赵不能去俗，文不能去纤，其精绝同也。行押则赵于三王近，而文不能近，少逊也，署书则文复少逊也，八分古隶则文胜，小篆则赵胜。然而篆不胜隶画，则赵之入唐宋人深而文少浅，其天趣同也，其鉴赏博考复同也。位在赵至一品，而文仅登九命，寿则文逾九龄，而赵仅垂七帙，异也。若出处大节之异，前辈固已纷纷言之，独赵集有述。（《读书后》卷四《书赵松雪集后》）

子昂《续书谱》《文赋》，精工之极，如花月松风，娟娟濯濯，披襟留连，不能自已。（《弇州山人四部稿》卷一百三十六《赵子昂杂帖》）

赵吴兴自谓此十五首不让唐人，中间致语如"北来风俗犹存古，南渡衣冠不及前"，"白鸥自信无机事，玄鸟犹知有岁华"，"平生能着几两屦，负郭何须二顷田”，“白露已零秋草绿，斜阳虽好暮云稠”，“南渡君臣轻社稷，中原父老望旌旗”，“故国金人泣辞汉，当年玉马去朝周”，其用意使事，间出唐人表，所以不及唐人，亦坐此。（《弇州山人续稿》卷一百六十二《赵松雪手书十五诗后》）

赵吴兴诗落句云“梅花心似铁”，此老恐未渠能尔。然其句法之遒健与结笔之劲挺，铁恐不如也。（《弇州山人续稿》卷一百六十二《赵吴兴诗迹》）

赵孟𫖯，字子昂，吴兴人，以荐累官翰林学士，承旨赠江浙行省平章、魏国公，谥文敏。公于八法无所不精诣，而尺牍尤举举，得二王三昧，此书虽造次，亦自有风度，不可及也……虞集，字伯生……此诗乃贻白云闲公者，自称无住庵主计，其时目且青矣，而老笔纷披可念。揭傒斯，字曼硕……史称其文严整简当，诗尤清丽。善正行书，今此《送远上人序》，于书法、文体见一斑，而浮屠语则未也。……李简，字士廉……能文章，尤精于堪舆家言，此诗虽不佳，而小涉禅理，后有和韵名植者，不知何许人也。张天雨，即伯雨也……善诗及书，书尤遒劲有风骨，重虞揭诸公间，此札多言雅事，楚楚可念……杨维祯，字廉夫……博学豪诗歌，自谓不减晋氏风流……郳瓒，即倪瓒，字元镇……君以画名世，而书亦得大令法，此诗颇能去俗。……王蒙，字叔明……叔明以画重胜朝，号四大家，而书亦遒骏，此尺牍家人语，故佳……元自赵文敏倡临池，一时士大夫慕习其学，是二十五人，即不以书名者，书靡不合作，即强半以诗文名，诗文多不成语，真足忾叹。（《弇州山人续稿》卷一百六十二《元名人墨迹》）

此《游高亭岩记》及诗，凡一千六百五十六字，见《铁网珊瑚》中，字兼正行体，大小如宣示，而备有褚、柳笔法，其文亦典瞻可喜。（《弇州山人续稿》卷一百六十二《鲜于伯机游高亭岩诗记》）

黄子久《江山胜览图》，是画家极秀笔，却入诗三昧。（《弇州山人四

部稿》卷一百三十七《黄大痴江山胜览图》）

道园先生书法可甲乙巎、赵，此书笔虽道，而结法小疏，诗语亦不任经意，独结尾使事狎韵，皆狙骏可喜耳。（《弇州山人续稿》卷一百六十二《虞道园诗》）

右奎章阁侍书学士虞集伯生，翰林侍讲学士贯云石海涯墨迹，合一卷。云石西域人，其文不能如伯生，而材器磊落，志行卓诡，亦一代奇品也。伯生诗起语颔联殊，不类生平，唯一结稍疏俊耳，书亦称是。云石《四时宫词》，差温丽可咏，纵书渴笔苍然，而皆不免膻酪气，所谓康昆仑琵琶手也，须段师印证之，乃得一净洗。（《弇州山人续稿》卷一百六十二《虞贯二学士诗迹》）

元周德清者，其裁驳小有致耳，乃遂欲以三声而夺四声，君子讥之。（《弇州山人四部稿》卷七十《校正诗韵小序》）

余故游钱塘桐庐，诸山大都类是，披卷恍如，见故人便欲卜一廛其间，而不可得，故于诗三致意焉。诗韵本铁笛道人杨廉夫，欲以奇胜，故取险诨，而遂无一语合作步之者。王逢姚公绶辈皆名手，亦为韵所牵，塞白而已。余能笑之，而复步之，将使后人复笑后人也。第廉夫名压胜国东南半壁天，书法亦自老劲一时耳。（《弇州山人续稿》卷一百六十八《题黄大痴画》）

此卷为《豳风图》，五帧林子焕作。子焕于书画史俱不载，而画笔颇遒紧，可雁行马和之，小篆系诗，尤淳雅可重，解大绅每章以行草释而后跋之，神采奕奕动人。（《弇州山人续稿》卷一百六十八《豳风图画》）

八　论明朝部分

（张将军）其人当不能为诗，即为诗，而得一二易水语，发立骨飞，以附于燕赵之后止矣。顾其所读书，必西京后而开元前，其于格，务跻于武德、贞观，而稍稍柔之。以齐梁之月露，其语务出于不经人道，宁有瑕璧而无完斌玦，此语之在天地，人人能得之，然亦人人耳相剿若太仓粟，陈陈相因矣。汰而使之精，创而使之新，非有沉深刿刻之思，未易致也。今举其所谓精者、新者，不以归他人，而归之张将军，然乎，否也。嗟夫，士固不可皮相也，吾居恒怪。夫脱胄玙貂者例，不能为文语，即有之，而若沈始兴之授口曹，竟陵之险步，偶然之所发，亦嗡呓幸中耳。前仅一孟德，后仅一处道光彩，琅琅戈戟间，若盘龙之正始，风流不旋踵，而以文败矣。今天下幸承平无事，故张将军不治兵而得以其间治诗，第仅能以一诗人名张将军。而所谓勒悍挽强，顾盼凭陵之态，敛之乎，伊吾嗫嚅之地而已矣。（《弇州山人续稿》卷四十二《伐檀集序》）

而台阁以易夺之，久而至弘、德间，缙绅以古夺之，至嘉靖不尽程古，亦不尽为易者复夺之，盖至于今而不复有能举文宪名矣，何论著作。虽然亦安，可竟废文宪也，文宪于书无所不读，于文体裁无所不晓。顾其概以典实易宏丽，以详明易遒简，发之而欲意之必馨，言之而欲人之必晓。以故不能预执后人之权，而时时见夺。（《读书后》卷四《书宋景濂集后二》）

季迪负神启，骏发自名郡。纵毫动天籁，调篇嘯皇运。遭世无永暑，后身有嘉问。琏琢藉未工，楚氓悲其瑾。（《弇州山人四部稿》卷十四《高太史启》）

先生之学出于宋文宪，不能如文宪之博，而纯则过之。其文则不尽出文宪，所自托在昌黎氏，而不能脱苏氏窠臼，大较飞湍瀑流之势多，而烟波漾泂之意少，持论则甚正，而微涉迂，要非孔孟之书弗读，非濂洛关闽之学弗道。（《读书后》卷四《书方正学文集后》）

天全先生游灵岩作此词，寓《水龙吟慢》，已载郡乘中。此卷为刘以则书者，以则，灵岩之东道主也，其词不尽按格，而雄逸伉爽，时一吐泄居，然有王大将军麈尾击唾壶态，书笔胜法，亦往往称是。卷首沈启南画，足为兹山传神，刘西台、祝参省、钱学士，皆有书名者。独桑民怿以文自豪，而语不甚称，为可怪也。（《弇州山人四部稿》卷一百三十一《灵岩胜游卷》）

天全翁自金齿还吴十余年，多游吴中诸山水，醉后辄作小词，宛然晏元献、辛稼轩家语，风流自赏。词成，辄复为故人书之，书法遒劲纵逸，得素师屋漏痕法。（《弇州山人四部稿》卷一百三十一《徐天全词》）

陈公甫先生诗不入法，文不入体，又皆不入题，而其妙处有超乎法与体与题之外者。予少年学为古文辞，殊不能相契，晚节始自会心。偶然读之，或倦而跃然以醒，不饮而陶然以甘，不自知其所以然也。若邵尧夫非不有会心处，而沓拖跋跋，种种可厌，譬之剥荔扶、荐江瑶，以佐蒲萄之酒，而馁鱼败肉、枭羹蛙炙，杂然而前进，将掩鼻抉喉呕哕之不暇，而暇辨其味乎。然公甫乃推极重庄孔旸，又尧夫下也，而公甫亦自沾沾，则不能尽出无意，以此小让陶先生。（《读书后》卷四《书陈白沙集后》）

桑民怿才名噪一时，几有雕龙绣虎之称，此卷为盛秋官书者，尤多生平得意语，其书似不胜文，文似不胜诗，大要不能去俗耳，盛举高第，后至广宪以廉名。（《弇州山人四部稿》卷一百三十二《桑民怿卷》）

于古今文辞，推王文恪公，于诗推徐迪功，于书推祝京兆、文待诏……伯起才不能尽发，而为乐府新声。天下之爱伯起新声甚于古文辞，伯起夷然不屑也……人或谓伯起材何所不际，能骋其丽，靡则可以蹈籍六季，而鼓吹三都。骋其辨，可以走仪秦、役犀首，骋其吊诡，则可以与庄、列、邹、慎具宾主，高者醉月露，下者亦不失雄帅烟花，而奈何拘拘此绳墨为。伯起应曰："吾不知也。吾发于吾情而止于性，发于意而止于调，反之我而快，质之古而合，以为如是足耳。且夫辞达者，孔父之训也。一经一纬，宛然理矣，而加组焉，弗敢为也。一宫一商，悠然音矣，而加繁焉，弗敢为也。"此伯起说也。（《弇州山人续稿》卷四十五《张伯起集序》）

第三册，（祝京兆）又古近体诗十五首，是行卷上公卿者。稍似经意，多大令风格而近纤长，其诗亦多秀俊语，视晚岁应酬，若出二手。独《拟元日早朝》排律，而押韵用二新字，二人字，二臣字，不可晓也。（《弇州山人四部稿》卷一百三十二《三吴楷法十册》）

希哲词多青闺中瘦语，令人绝倒。（《弇州山人四部稿》卷一百三十二《枝山艳诗》）

京兆此诗是才情初发时语，此书是工力初透时笔，以故于用意不用意间最得妙理，余绝倾赏之。（《弇州山人续稿》卷一百六十三《祝京兆真行杂诗赋》）

祝京兆生平好书晚唐句，独此王右丞、岑嘉州、杜少陵、钱左司、刘随州诸公七章，乃唐人第一才情诗，其所作行草，则吴下第一风骨书。今年盛夏，客有携过山堂者，为读再过。阴飙骤来，急雨助爽，九咽皆快，雨后映南荣。纵览八法，跌宕遒逸，种种幻变与云霞并舒卷，大快事也。客喜谈玄，自诡冲举可立致。余笑谓之，此诗固佳，但多叹老、嗟贫、怨别、伤乱语，异日勿携之道山金庭中，不免群真驳放也。客笑不答，第趣余题之而去。（《弇州山人续稿》卷一百六十三《祝京兆书七诗》）

祝京兆希哲则以古体怀逝者，以近体怀存者，为人十有八，为诗十有九，盖独王履吉得二章，以孔称忘年之契深耳。（《弇州山人续稿》卷一百六十三《祝京兆感知诗墨迹》）

此书初览而甚骇，其牛鬼蛇神，以为不类京兆，稍一再展，而后觉其妙，非京兆不能也。其取势全用元章，而清臣筋平，原骨隐隐自露，诗歌亦称是。虽然，以拟右军之虚和右丞之秀，雅则俱有所不足耳。（《弇州山人续稿》卷一百六十三《祝京兆草书二歌》）

祝京兆拟古以下四章，拟《黄庭》《春游》二章，拟《兰亭》差小若闺怀，则曹娥洛神之流耳，古言一跋拟章草，跋及古调亦然，而微涉仲温，然皆古雅有深趣……

又

书之古无如京兆者，文之古亦无如京兆者，古书似亦得，不似亦得，古文辞似亦不得，不似亦不得。（《弇州山人续稿》卷一百六十三《祝京兆诸体法书跋》）

祝希哲五诗真迹一字外，老笔纷披，始露轶尘之妙，使皮相之眼睹之，未有不以为张翼之乱真也。诗语弱而有佳趣，大似晚唐人，或即希哲老忘不能辨，姑识于是。（《弇州山人续稿》卷一百六十三《题祝氏迹》）

祝京兆此书虽仿眉山，而微堕樗寮，埋然斤斤有古意。其文吃吃期期，极步趣古，而乏古意，可谓两反也。（《弇州山人续稿》卷一百六十三《祝京兆书祖廷贵墓志真迹》）

祝书初看若草草而不乏意，又似沓拖而不没骨，依约虔礼纬乾间，然以拟太白诗尚隔一大尘。（《弇州山人续稿》卷一百六十三《祝京兆书李太白传后》）

其十五，祝希哲《古诗十九首》《和陶诗廿首》，皆翩翩有大令风。（《弇州山人续稿》卷一百六十六《小酉馆选帖》）

凡公之诗，遇所最获意而不加扬，有超旷而无德色。夫是以无侈音，遇所最拂意而不为屈，有感慨而无不平。夫是以无促节，其铿然者，中金石之声，然宫有适而商随之，其灿然者，皆天地之色，然意有造而象发之。夫是以和平与鸿爽，虽相为用而恒为之主。说诗者，谓公五言出入建安，见于《拟李都尉》而下，可味也。七言有唐初四子风，见于《帝京篇》，可咏也。近体五七言，要皆有右丞、嘉州之致，而间入于刘文房。

余谓此仅得公之似而已，公之所繇造与其合，出于机而入于境，虽公亦不得而自知之也。嘉隆之际，公既不尽得于遇，而天下事又间有蒿于目者，不得不托而为风。（《弇州山人四部稿》卷六十九《华阳馆诗集序》）

文先生者，初名璧，字徵明，寻以字行，更字徵仲，其先蜀人也……先生好为诗，传情而发，娟秀妍雅，出入柳柳州、白香山、苏端明诸公。文取达意，时沿欧阳、庐陵。书法无所不规，仿欧阳，率更眉山、豫章、海岳，抵掌睥睨，而小楷尤精绝，在山阴父子间，八分入钟太傅室，韩李而下，所不论也。

王世贞曰："吴中人于诗述徐祯卿，书述祝允明，画则唐寅伯虎，彼自以专技精诣哉，则皆文先生友也，而皆用前死，故不能当文先生，人不可以无年信乎。"（《弇州山人四部稿》卷八十三《文先生传》）

文翁负耿介，至巧亦天性。鬌年却金赙，中岁辞藩聘。既三郑氏绝，仍齿伏生境。遥裔播休华，千秋犹辉映。（《弇州山人四部稿》卷十四《文待诏徵明》）

伯虎此诗如父老谈农桑，事事实际，中间作宛至情语，当由才未尽耳，然过此则胡钉铰矣。（《弇州山人四部稿》卷一百三十八《题唐伯虎诗画卷》）

（文太史）诗虽大历以后语，亦自楚楚，应龙绝宝爱之。（《弇州山人四部稿》卷一百三十八《文太史云山画卷后》）

第五册，为文待诏徵仲小楷甲子杂稿，凡诗四十七首，词四首，文八首，中亦有率意改窜者，楷法极精细，比之暮年，气骨小不足，而韵差胜，诗亦多楚楚情语，如《元日》《梅雨言怀》《无题》《梦中》诸篇，皆晚唐、南宋之佳境也。（《弇州山人四部稿》卷一百三十一《三吴楷法十册》）

右文待诏行书《先友诗》八章，《岁朝次日立春》七章，《对雪》三章，皆五言古体。《过竹堂》一章，《春寒》一章，次蔡九逵、汤子重、王履仁各一章，《履约》二章，皆七言近体，流丽清逸，时时有会心语。（《弇州山人续稿》卷一百六十三《文待诏行书》）

文徵仲先生诗有致，书有格，王履吉先生诗有格，书有致。此册作于嘉靖改元壬午，徵仲年五十二，履吉仅二十八，视晚岁结法稍不为遒紧，而风韵却更蔼然，诗亦楚楚称是。（《弇州山人续稿》卷一百六十三《文王二君诗墨》）

希哲寄声酒，诙谐放情素。翰墨人尽研，巧者由机悟。游龙宛霞浦，芙蕖发朝露。世上亦何有，悲此邯郸步。（《弇州山人四部稿》卷十四《祝京兆允明》）

守仁天资颖敏绝世，少而好古，文辞爽朗多奇，晚取词达，不能工也。既以气节名世，又建不世勋，迨有志圣学一切尽扫去之，而识者不谓尽然，又其慕好之者，亦挟以两相重其御，乌合笼豪，俊待宵人，蹈险出危，俶傥权谲，种种变幻。（《弇州山人续稿》卷八十六《史传》）

嘉靖初，王文成公守仁与其徒日讲良知之学，有风之者即谓其为非圣贤之徒，不足以语圣贤之学，不知舍三者而从吾所好，不佞窃谓公言激也。夫使良知之学明遇遭而发之气节，为功业，为文章，亦何不可，苟岐而二之，而加取舍于其间，吾故曰激也。自文成公殁，其诸弟子各以其资而得其识之所近，毋论能为文成公与否，良知之学亦藉以大明于天下。（《弇州山人续稿》卷一百三十五《明江西按察副使畏斋薛公墓碑》）

自明献吉、仲默以至于鳞，乃能以其北之完气而修词，而吾吴昌谷亦稍裁其南之藻辞而立骨，庶几彬彬质文君子哉。范君为河洛间人，其成进士去诸生之结撰未几，而所为骚若赋，宛然楚蜀之遗轨也。其诗固未论建安，抑徐庾后而子安前也耶，骤而披之，若舒绣撷彩，近于南之靡丽者，

徐味之而不失所谓沉深矣。夫靡不病气，丽不病骨，用其南以程北而鲜不合也。（《弇州山人续稿》卷四十一《郢垩集序》）

崔子钟论人虽过刻，然往往有识见，不随众悲笑。独于文务剪裁而无沛然之气，蹊径斧凿，靡所不有，盖慕子云之《法言》，而工不足者也。吾每读归熙甫时义，厌其不可了，若千尺线，每读崔子文句，句可了，若线断珠落，恨未有并州剪刀剪归生，以端午续命，丝续崔氏也。（《读书后》卷四《书洹词后》）

昌谷之所不足者，大也，非化也。昌谷其夷惠乎，偏至而之化者也。若子与之于古，近体庀材宏矣，养气完矣，意象合矣，声实衡矣，庶所谓充实有光辉者哉。（《弇州山人四部稿》卷六十八《青萝馆诗集序》）

迪功五集，云出足下家梓人。仆向读其诗，谓如六翮抟风，三危吸露，快爽种种，不可名状。此集殊多下乘恶趣，大抵六朝，时沿晚唐，以此标饰。迪功如出狐白之裘而益羊鞟也，昔人得魏收文辄投水曰："吾为魏公藏拙。"此非真爱魏公人也，以为不爱魏公不可。足下果徐氏忠臣，宜急谢剞劂，留迪功前集，名世之语岂在多哉。（《弇州山人四部稿》卷一百二十二《袁鲁望》）

昌谷振奇士，玄览意何卓。芙蓉秀浊水，苍隼击寥廓。调古鲜同驱，名高远时作。讵为坎轲恨，短年亦予乐。（《弇州山人四部稿》卷十四《徐迪功祯卿》）

诗而亡举大历下者，文亡举东京下者，即谁力也。然二君子之徒，不能长缘其师所繇，得毛举论难之语，以好为胜，而他工易者，恶津筏者，往往左祖何子，而齮李子，则又似非何子意也……李源风，何源雅，风故长变以明志耳，且夫睹其沉深莽宕，激邛鼓壮，喑呜慴凄，忽正而奇，正若岳厉，奇若海飔，则李子哉，是固少孙。要之，其缘情即象，触物比类，靡所不遂，璧坐玑驰，文霞沦漪，绪飙摇曳，春华徐发，骤而如浅，复而弥深，疑无能逾何子而上者。何子为文刻，工左史、韩非、刘向家言，大抵于诗雁行云，而关中康氏、乔氏，其乡人樊孟氏则盛。惜何子志业屈于年未，竟世之谈说经纶，抵掌事勋者其敖，何子以不及如耶。令何子不死，而称为名公卿已耳，所以削涤卑琐，振颓习，扶昌运，开中兴者，何物也，于经纶孰多。于是何子之甥袁灿来，谓王生："若为何子叙其遗言。"王生曰："何子彬彬，大家也。《易》言之：'有亲则可久。'李得助而久，何子之功，李子伟矣。夫二子之功天下，则伟矣夫。"（《弇州山人四部稿》卷六十四《何大复集序》）

盖蜀人杨用修尝采尺牍，自春秋时至陈隋而止，合为书，某间稍订益之，而以意序别，其体颇著。兹故不复称第，称所以序凌公者，曰："夫文信哉，代殊乎……"用修采尺牍不及唐明，唐以后无尺牍也。虽然世之佩绅而操瓠者自尊，易其语，不知所以裁之，俚巷之是耳。而章程移牍之是邻，其号能慕说古，厌薄时格，则第尊事苏黄以为无始，骤而语之，而彼未入也，亦何以异于舟秦晋，章甫瓯越哉。余故为小广之，取其法不大悖者，使之阳入其好而阴易其向也。夫尺牍，以通彼而达己意者也，意有所不达，则务造其语，语有所不能文，则务裁其意，大要如是足也。凌公，余未及叩其指，其书今具存大者，数百言不为多，细者仅数十言不为寡，详而切，简而腴，庶几彬彬文质君子哉……余所采不及生者，居时戏俞，若幸健匕箸，得无使吾书寥寥乎。（《弇州山人四部稿》卷六十五《凤笙阁简抄序》）

余少则闻吾吴有五岳黄先生者，多识而娴辞，盖彬彬成一家言云。晚而辱与先生之子姬水游，又辱不鄙而以先生之集来读之，而愧余之未尽于闻也。先生挺人杰之资当舞象日固已，田百氏之薮而渔猎之，一下笔而屈其豪贤长者，即王少傅、乔太宰不敢称前进而交先生。先生意不怪，以书赘于北地李献吉，相与扬扢，自六代西京而下，距嘉靖二千载，如指掌也，乃先生则愈欿然，以为无当于世。日夜考载籍，征耆硕，以究极乎古今兴衰，倚伏之变。国典庙彝礼乐比详，兵车水土平准之策，下至于星历医卜农贾，覆逆支离，人竭五官之职而恨其瞀者，先生饶辨之矣，乃愈以为即当于世亦役我以老，而无当于真我……先生高其德而弗耀，卑其功而弗试，其言之通于德与功者，又秘弗出，仅以其余而应天下，天下亦遂以先生之余而欲尽先生。呜呼，先生岂易尽哉。评者谓先生骚赋似枚杨语，苑似向，诗传似韩，论难似充碑诔，出东京间以六代，五言古出建安、二谢，下沿齐梁，七言歌行出乐府，时时青莲之致，近体出景龙，杂大历以后。尚裁者服其法，务宏者赏其博，偏致者惊其漫，独创者病其拟，而要之，俱非能尽先生者。余所谓尽，盖先生之言，标德而蕴功之言也。（《弇州山人四部稿》卷六十六《五岳黄山人集序》）

远辱寄高文读之至再三，不作一今人语，又不袭一古人语，抑何奇也。某所知者，海内王参政、唐太史二君子，号称巨擘，觉挥霍有余，裁割不足，执事之文如水中之月，空中之相，不落蹊径，不窘边幅。仆间与吴峻伯论之，谓正统在执事也。吾苏作者后先固不乏，何至掇六朝诸公之败缕，结鹑联络而成章。仆私心怪之，以为如阊门市绮帛，得三尺头面耳，不直一环也。（《弇州山人四部稿》卷一百二十五《与陆浚明先生书》）

甲申五月一纸，自谓大醉书，岂所谓真大醉耶，然颠纵而中自有骨，可玩也。跋尾两朱君子价最与履吉善，故四诗皆凄惋动人，而书法尤精谨象玄，盖竭蹶而趋者。（《弇州山人续稿》卷一百六十四《王履吉书杂诗跋》）

履吉此书皆四六雅语，盖青箱白朴之流亚也，懒儒卤莽，睹此真令人汗下。（《弇州山人续稿》卷一百六十四《王履吉小楷四六》）

然茂秦既老贫不能别治生，稍讳言侠，而其自喜为诗愈甚，余他无所论次，论其诗云：古之诗称布衣间者，即无过襄阳孟浩然、郊也。浩然才不足以半摩诘，特善用短耳。其景色恒传情而发，故小胜也，其气先志而索，故大不胜也。然偏师而出者，犹轻当于众志，而脍炙艺林，至于今诵之不衰。夫郊乃其琐琐者，明兴而后可指数也，世所言孙山人之流，其文辞概一二见焉，此岂诚当于作者哉……茂秦诗，长乐卫尉之兵乎，击刁

斗，明斥堠，幕府上事，车旌秩然也而已矣，亦可以无败矣。（《弇州山人四部稿》卷六十四《谢茂秦集序》）

明世则不然，士大夫坐谪者，仅少镌其秩级，而不限以地之远近，为之上者少优以礼而不废其事，为之下者以叙迁之吏，待之而忘其端，其外既有所廪于职，而内又无所大概于念，宜其人之工事而拙言也。夫明之诗，诚不足以拟唐之工，然于臣子之节，亦既修矣，而余乃复交致其不满者，何也。之唐而使风人之义渝也，之明是使天下无风人也。吾郡以诗名天下，至嘉靖间最，嘉靖中诸名能诗者，独皇甫氏最，皇甫氏昆季四人，独子循先生最……先生雅亦已胜唐，而先生亦不以谪故，遂厌薄其吏道，其为吏，亦竟不肯缘饰时好而诎其诗。其诗之工不待言，然要之，志有所微动，则必引分以通其狭，气有所微阻，则必广譬以宏其尚。其山川风日，物候民俗，偶得其境，以接吾意，而不为意于其境。盖先生之诗之工，取工于穷者也，非用其工于穷者也。吾不知其后先于风人，第于所谓兴与群与怨者，盖三复而略得之矣。先生庀材于江左，得格于大历。（《弇州山人四部稿》卷六十五《皇甫百泉三州集序》）

凡先生之征事寄指，虽蜂出不可胜穷，然靡不精切而雅，当诸困先生以题若韵者，虽麋至不可指数，然不能得其一瑕语，所为体五七言，古近不一，而皆不堕于开元大历之后尘……余尝谓古之刻精于言者，当其少也，强吾有涯之精神，以求跻于未易造之地，或借外遭之境而凿吾不受琢之天，以故往往不尽其本寿，幸而得老矣。智穷而无从取思，气耗而不能充吾志，故其才又往往不待寿而尽。（《弇州山人续稿》卷四十二《皇甫百泉庆历诗集序》）

而先生甫逾冠成进士，雅已好为诗，先生之辙迹无所不扬，历其诗亦无所不偕，然大要夺于官，以故能穷其变，不能使其变归而入于自然。而最后谢豫方之左辖归，天下方弹指咄咤，以未能究先生之用为惜，而先生内沾沾自喜，以长有天地之日，而竟其适于诗为幸。先生之所治诗，外触于境而内发于情，不见题役，不被格窘，意至而舒，意尽而止，吾不知于变之穷否，何如其能发而入于自然，固饶也……其秀而人其又秀，而文章若长卿、子云，及近代用修，盖曲尽山水之态，以成吊诡组绂之观，极矣。千八百年中，陈正字以冲淡剂之，次则眉山伯仲，俨若平林之迤逦，烟云之霏靐，与平湖之汪洋淡池，舍险而就夷，去雕饰而存质气，以视相如、子云，吾不知所先后也。今夫以先生而角明之用修，畴不骇者，然宁能以相如、子云而遂废陈苏哉。先生时时能作少陵语，然得之二家为多，晚节又似白香山。若谈儒理则言近而指远，宽然方之，内谈老释则肤立，而味隽悠然。（《弇州山人续稿》卷四十三《白坪高先生诗集序》）

当公为诸生而受经，即以经明显试南宫，遂魁其经，射策金马，即以其策魁天下。天下艳于得公之辞，而公于时亦不能遽无意于工拙，以故其文足宏丽，而皙体裁，及其慨然有志斯道，悉取濂洛闽粤之说，融会于心神而躬验之。既涉其津而舍其筏，以为破支离，则道与器融而无间，破藩篱，则物与我融而无间。其所撰，若讲筵之沃君，讲席之示弟子，皆务摘其精实，而竟吾所诣而已。即天下后世不能尽舍公之华，以为操觚者法，而要之，谈性命而约于公之止，泥伦物而企于公之止者，孰能外也。（《弇州山人续稿》卷四十《世经堂集序》）

退取读之，果熙甫文，凡二十余章，多率略应酬语，盖朱所见者，杜德机耳。而又数年，熙甫之客中表陆明谟，忽贻书责数余，以不能推毂熙甫，不知其说所。自余方盛年忮气，漫尔应之，齿牙之锷，颇及吴下前辈中，谓陆浚明差强人意，熙甫小胜浚明，然亦未满语。又数年，而熙甫始第，又数年而卒，客有梓其集贻余者，卒卒未及展，为人持去，旋徙处昙靖，复得而读之，故是近代名手，若论议书疏之类，滔滔横流不竭，而发源则泓停朗著。志传碑表，昌黎十四，永叔十六，又最得昌黎割爱脱赚法，唯铭辞小不及耳。昌黎于碑志极有力，是兼东西京，而时出之，永叔虽佳，故一家言耳，而茅坤氏乃颇右永叔而左昌黎，故当不识也。他序记熙甫亦甚快，所不足者，起伏与结构也。起伏须婉而劲，结构须味而裁，要必有千钧之力而后可。至于照应点缀，绝不可少。又贵琢之无痕，此毋但熙甫，当时极推重于鳞，于鳞亦似有可憾者。嗟乎，熙甫与朱生皆不可作矣，恨不使朱见之，复能作秦王态否。熙甫集中有一篇盛推宋人，而目我辈为蜉蝣之撼不容口，当是于陆生所见报书，故无言不酬。吾又何憾哉！吾又何憾哉！（《读书后》卷四《书归熙甫文集后》）

先生（归有光）于古文辞虽出之自《史》《汉》，而大较折衷于昌黎、庐陵。当其所得，意沛如也。不事雕饰，而自有风味，超然当名家矣。其晚达而终不得意，尤为识者所惜云。

赞曰：风行水上，涣为文章。当其风止，与水相忘。剪缀帖括，藻粉铺张。江左以还，极于陈梁。千载有公，继韩欧阳。余岂异趋，久而始伤。（《弇州山人续稿》卷一百五十《像赞》）

李先生为文章，号称名家数十年，吾不知所繇，庶几龙城氏之风哉。夫以李先生为文章号称名家数十年，而终不敢以其才而溢先民之法，意至而言，意竭即止，大要不欲使辞胜意。如此诸后生少年，剽略而博，缀缉而华者，将无少李先生乎哉。（《弇州山人四部稿》卷六十五《李愚谷先生集序》）

于诗好建安、李杜，文好司马子长、贾长沙、苏子瞻，封事好陆宣公而尤笃精于经术，阅书一过目即成诵，于百家言无所不窥晓。（《弇州山人四部稿》卷九十八《先考思质府君行状》）

余束发游学士大夫，遇关中王先生允宁，为杜氏近体，抗眉掀鼻，鼓掌击节，若起其人于九京而与之下上，既赏其美，又贺其遇，然至读所谓解，盖精得。夫开阖节辕，照映之一端，正倒插之二法。而余里中老人刘诸暨，间与为杜，甚乃捻鼻酸楚，读不能篇，而时呜咽，赞一语，涕洟岑淫下，或愤厉用壮，挥如意击唾壶，尽缺。既间出其书，读之，往往纵吾偏至之锋，以抉其所繇发之秘，吾意至而彼志来，而不务为刻凿以求工于昔人之名。称杜者，庶几孟氏所谓矣。（《弇州山人四部稿》卷六十六《刘诸暨杜律心解序》）

所为颂雅、骚选、赋诔之属，始务以精丽宏博，自喜中年游白下，稍变而趣，澹辞雅调，然其意不能无为工，晚节益自喜为工语……淳父负耿介，有至性，其他行甚多，余不叙，叙其诗，曰士业以操觚无如吾吴者，而其习沿江左靡靡，或以为土风清淑而柔嘉辞，亦因之北地武功，诸君起中原，自厉其格以求合古，而不能尽醳其豪疏之气。吾吴有徐迪功者，一遇之而交，与之剂，亦既彬彬矣，而不幸以蚤殁，乃淳父能剂矣。夫辞不必尽废旧而能致新，格不必步趋古而能无下，因遇见象，因意见法，巧不累体，豪不病韵，乃可言剂也。今吴下之士与中原交相诋，吴习务轻俊，然不能不推淳父之精深，中原好为豪，亦不能以其粗而病淳父之细者，淳父真能剂矣。（《弇州山人四部稿》卷六十八《黄淳父集序》）

伯承侠者雄，摛词何尔雅。芙蓉秀浊水，清芬自堪把。往知在倾盖，携手即中野。四顾邈无俦，幽怀浩倾写。行行愉江宰，悒悒谁与解。讼庭凉飔生，商歌和弥寡。有志迫未竟，强为时人下。（《弇州山人四部稿》卷十四《濮阳李先芳》）

李子之所为诗，其自为诗而已乎，李子之诗而已也，不足以重李子，李子而深于诗也。（《弇州山人四部稿》卷五十五《送李伯承之新喻令序》）

乐府选体，大是风人典刑，此段悟境，前辈绝少，须数日为足下细评……卢柟落魄不齿，乏乡曲之誉，故是数百年赋手也。（《弇州山人四部稿》卷一百二十《李伯承》）

乐府绵丽，抵掌叔敖，并其风神似之。五言选，亦多造心之语，间可商略者，十得二三，亦非钑铮时人名比也。（《弇州山人四部稿》卷一百二十《李伯承》）

七言古之丽以则也，五言律之思也，长篇之庄也，五七言之悠然而隽

也，文之为赞也、铭也、赤牍也，七子所懮然而辟易也夫。(《弇州山人四部稿》卷六十四《俞仲蔚集序》)

数辱损书，勤笃备至，题扇一章，恍若偶坐，清飔自流。梁生遂致全佚，息靷精兰，稍就披，卒愧于足下，无测高深。(《弇州山人四部稿》卷一百二十七《(俞仲蔚)又》)

先生益刻精于学，所造五言古，进薄建安，退亦不失陶谢，而其于歌行、绝句，俱宏丽，有景龙、开元风，骚赋、诔颂，宛然昭明所遴次，晚节不尽尔也，少工临池，久而益擅之。(《弇州山人续稿》卷九十一《俞仲蔚先生墓志铭》)

仲蔚以五言选澹雅，得诗家声，而时时作绮丽有情语，所谓正平大雅，固当尔耶。第极力仿明远，而中入长吉，思过苦也。其书足河南三昧，而诚悬骨森，然力过大也。仲蔚在当时不甚首肯我，然词翰至此，亦足以豪矣。(《弇州山人续稿》卷一百六十五《俞氏四舞歌》)

俞仲蔚入雪道，阻雨无赖，漫书《世说新语》数十条，余尝谓与仲蔚坐，便似晋人，周旋得仲蔚数行，便似晋人赤牍。今以晋人笔，笔晋人语，其快又何如也。(《弇州山人续稿》卷一百六十五《俞氏书世说新语略》)

陆楚生尝以素册索仲蔚书。隆庆丁卯诸诗中，杂正行体内正书，别有一种风骨，绝遒劲，古意郁浡不可言。又篆及八分，各数行。八分吾尚见之，篆尤不易也。

又……

念仲蔚不复作，而此书殊秀劲有风骨，其诗无七言，遂不堕笑海。(《弇州山人续稿》卷一百六十五《俞仲蔚书》)

仲蔚此书乃《赵飞燕姊弟别传》，于遒媚绰约中寓大雅典刑，殆是赵女班姬合而为一耳，然外传实西京俊语，别传是隋唐人长语，仲蔚宁肯舍周鼎而宝康瓠计，当更有《外传》一纸，今不可复得矣。（《弇州山人续稿》卷一百六十五《俞仲蔚小楷赵皇后昭仪别传后》）

夫余所扬骘俞先生，虽后先殊，其大致谓诗五言古能步趋建安，以下迨齐梁，错而不悖格，七言歌辞翩翩自肆，或深或浅，不名一家，独近体为小赢，而绝句时自会心。文主东京语，间入晋宋，旨不必隽而骨在，纬不必丽而质胜，其于泉石最谐本色，毋亦布衣之赤帜乎哉。自余之语出，而俞先生论稍稍定，独其于隐，虽天下之人慕悦之，而未有能名其格者。（《弇州山人续稿》卷四十四《俞仲蔚先生集序》）

海内称文章家不相下，更觭龁胜己者，此其常云……吾闻之，君子不得志于今，则欲信之后，既不得志于今，庸冀后哉，则又欲征之古。所谓古者，独其言在耳，其人与骨皆已朽矣，奈之何，其恃而胜之……古之为辞者，理苞塞不喻段之辞，今之为辞者，辞不胜跳而匿诸理，六经固理区薮也，已尽不复措语矣。繇秦汉而下二千年，事之变何可穷也，代不乏司马氏，当令人举遗编而跃如，胡至今竟泯泯哉。蔡子无称六经乃已，蔡子而称六经具在，又宁作录中语，喋喋而占占，繁固奚当也。世之文行者，曰碑、志、序、记、论、辩，固皆史变体也。冒其名不曙，所繇苦而要之，理亦冤矣，或更谓如君言。于鳞诚文人，文人者，易事自喜，宜不称为守。今诸生相聚而訾易太史氏者，非《货殖》《游侠》耶，乃其辨方俗、要塞，纤侈其民，人羯羠与物土膏瘠所宜否，介若指掌。然令他书生周行人间，白首奚皙也，而班氏稍能密于文，叙循吏所以状委致，如其自叙亡憾，此岂醒醒工纸上言者。汉时君臣小用之为郡国守相，彼其所因利巧中，肯出吴公、赵、张下哉。天地之精英发之于文章，而粗迹及政事，亡二也。（《弇州山人四部稿》卷五十七《赠李于鳞序》）

历下于鳞妙其事，数要世贞，更和其高下清浊，长短徐疾，靡不宛然，肖协也，而伯承稍稍先意象于调，时一离去之，然而其构合也，夫合而离也者，毋宁离而合也者，此伯承旨也。伯承叙称近代名公，取古人行

事，注议缉韵类成断案所愿舍，是伯承哉，有味吾言也。(《弇州山人四部稿》卷六十四《李氏拟古乐府序》)

夫以于鳞之材，然不敢尽斥矩矱，而创其好，即何论世贞哉。子相独时时不屑也，曰宁瑕无碔，又曰湮良在御，精镠在篚，可以喋决而废千里，余则无以难子相也。诸善子相者，谓子相超津筏而上之，少年间是非子相者，谓子相欲逾津而弃其筏，然雅非子相指也。充吾结撰之思，际吾才之界，以与物境会，境合则吾收其全瑜，不合则吾姑取其瑜而任瑕，字不得累句，句不得累篇。吾时持上驷以次，驰天下之中下者，有一不胜而无再不胜，如是耳。今其篇章具在，即使公干、太冲、必简、龙标小自贬损而附于诸贤之骥，子相甘之哉。子相于文笔尤奇，第其力足以破冗腐，成一家言，夺今之耳观者，而大趣乃在北地李先生。以子相之诗，足无憾于法，乃往往屈法而伸其才，其文足尽于才，乃往往屈才而就法，而又不假年以没。悲夫，悲夫，然具是不朽矣。世之立功名尚通显者，日讥薄文士无毛发之用，子相独不然，为考功郎有声，以不能附会，非久出参闽藩属，有岛寇事衽席，吏民调兵食，规摹为一方冠。(《弇州山人四部稿》卷六十五《宗子相集序》)

乃于鳞之为删则异，是彼其所上下者，虽号称数千年，其所近者仅风而已，其所近而云雅颂者，百固不能一二也，而于鳞之所取则亦以能工于辞，不悖其体而已，非必尽合于古。所谓发乎情，止乎礼义，兴观群怨之用备，而后谓之诗也。是故存诗而曰删，曰删者，删之余也，为若不得已而存也。夫以孔子之于诗，犹不能废游夏，而于鳞取其独见而裁之，而遽命之曰删，彼其见删于于鳞，而不自甘者，宁无反唇也。虽然令于鳞以意而轻退古之作者间有之，于鳞舍格而轻进古之作者则无是也。以于鳞之毋轻进，其得存而成一家言，以模楷后之操觚者，亦庶乎可矣。(《弇州山人四部稿》卷六十七《古今诗删序》)

其人与晋江、毗陵固殊趣，然均之能大骂献吉，云献吉何能为太史公、少陵氏，为渠剽掠，尽一盗侠耳。仆恚甚，乃又笑之，不与辨。呜呼，使少有藻伟之见，可以饰其说，仆安能无辨也。夫献吉盗太史公、少陵氏而不怨也，吴子辈尊二君子，二君子不知也，仆甚怪，公实持吾辈五作遍示，人人那可与语，适自辱矣。古之人文成而欲传之通邑大都，已又欲藏之名山。传之通邑大都以候识，其甚指浅也，藏之名山还造化，非名山弗称也，其喻寓深也，此仅可为于鳞道，难与公实言也。（《弇州山人四部稿》卷一百十七《李于鳞》）

不朽者文，不晦者心，足下二语当置之胸臆，子与处得读新作，可谓无长矣。文须草，非仓卒可就，冗间极成七言长篇绝，亦不便可就，三月为期，终无负也。（《弇州山人四部稿》卷一百十七《李于鳞》）

于鳞之于仆也，即古所著屈宋、苏李、杨马、甫白之俦，或才力小让，或时代鲜接，或肝胆尚乖，或酬和未广。仆固不可就攀于鳞，然恐一时之盛，径绝今古众口，谣诼便成丘山，要在身后，亦复何害。（《弇州山人四部稿》卷一百十七《李于鳞》）

泗来则携登华诸篇，至也，一再读之，觉玉女群峰窈窕在目，莲花芬袭人也，毋论足下诗，即记自应劭汉官，仪叙封禅而上无似者，千古第一记耳。（《弇州山人四部稿》卷一百十七《李于鳞》）

明兴百八十年来，文则已盛矣。北地君，吾所不易，然至济南则当与天下共推之，呜呼，斯言时时在耳。今所藉以尉先君子地下者，非足下其谁哉。（《弇州山人四部稿》卷一百十七《李于鳞》）

仆时谓足下文如韩淮阴，连百万众，多多益善，八门五花变化，奇正莫测，然觉伯玉有"萧萧马鸣，悠悠旆旌"意。（《弇州山人四部稿》卷一百十七《李于鳞》）

每读李于鳞诗，奇数能令遇合变美材，常被功名，愚此际尤觉有味也。（《弇州山人四部稿》卷一百二十《寄陆与绳》）

于鳞为作徐母志铭，真淮阴抟沙手也……四明沈嘉则者，任侠负才气，文多作两汉家言，诗歌横逸不可当，似少足下裁剪耳。渠以足下诗，汪中丞文，戚将军用兵，武夷山水为闽中四绝。足下一见便自能青眼，亦何俟仆筌蹄也。（《弇州山人四部稿》卷一百二十一《吴明卿》）

刻成古乐府，独以元美、于鳞耳，乃又得足下而三。然不佞伤离于鳞，伤合足下，亦不胜其合矣。夫离者，病独览，合者，病双阅，此在连城不无微颣也。于鳞集完刻，呈览足下试绎之，此君虽以文笔尚在人雌黄间，其澜伏起束，各有深意，巨力未易言也。今世贤士大夫能熟太史公、班氏则有之，不能熟《战国策》、《考工记》、韩非、吕览也，以故与于鳞左。其稍有可商者，必欲以古语传，时事不尽合化工之妙耳，然亦未易言也。足下作集序，须及此意，乃足砭世眼膏肓，至望至望。（《弇州山人四部稿》卷一百二十一《吴明卿》）

于鳞一篇足先公不朽矣，此子杜门如昨，非足下时相诣，不遂木石耶……间取平生篇什一二读之，差自吐气不至，作宗子相身后耳。四绝句，骚辨之余音，令南冠人读之，那复堪冬事，定当勉和上泗。促书甚迫，草草不次，亮之。（《弇州山人四部稿》卷一百二十二《许殿卿》）

诗自骚赋、古体以及近代文，则繇序传洎杂著，往往略备，人苦不自知荐丑……今海内之士家握灵蛇与仆金石，要可指数衣冠之雅，于鳞日揭，则吴生入室，宗徐升堂，伯承、峻伯、顺甫二三君子亦当两虎山林之致，足下擅其玄，谢榛修其短，卢楠采其材，王治吹其澜，又闻吴城中有彭年、黄姬水、莫叔明者，可谓盛矣。夫文章之士，如韩非、李斯、班蔡、孔祢、潘陆、两谢，兰摧玉折，岂非造化之精，恶泄人群之举，忌擅今日，仆念诸君，殆不啻念仆也。（《弇州山人四部稿》卷一百二十七《（俞仲蔚）又》）

（李攀龙）文许先秦上，诗卑正始还。五言珠错落，一字玉规圆。思逸龙云表，神超象帝先。殷盘高诘曲，周雅美便嬛。独表齐风大，俱疑汲冢前。（《弇州山人四部稿》卷三十二《哭李于鳞一百二十韵》）

于鳞睨谓余曰："吾起山东农家，独好为文章，自恨不得一当古作者，既幸与足下相下上，当中原并驱时，一扫万古，是宁独人间世哉。奈何不更评榷所至，而令百岁后传耳者，执柔翰而雌黄其语也。"余唯唯，于鳞乃言曰："王君足下行，弃我济上去矣，焉用自苦龊龊为也。其不以吾二人更标帜者，几希请为世人实之。吾于骚赋未及为耳，为当不让足下，足下故卢柟俦也。吾拟古乐府少不合者，足下时一离之，离者，离而合也，实不能胜足下。吾五言古不能多，足下多乃不胜我歌行，其有间乎，吾以句，若以篇耳。诸近体靡不敌者，谓绝句不如我妄，七言律遂过足下一等，足下无神境，吾无凡境耳。"余时心伏者久之，已前谢于鳞曰："吾于足下，即小进固雁行也，岂敢以秦齐之赋而匹盟主。吾之为歌行也，句权而字衡之，不如子远矣。虽然，子有待也，吾无待也，兹其所以埒欤。子兮雪之月也，吾风之行水也，更子而千篇乎。无极我之变，加我十年，吾不能长有子境矣。"于鳞曰："善。"请言文，曰："子匠心而材古者也，其工极矣。予之错于材也，世无通于古者，以故无称子，亦无称我，然而世之疑子也，甚于我，即百千万年而其疑子也，又甚于我，虽然谓子逾胜我者，独子乎，我心耳。"于鳞大悦曰："有是哉，吾二人之穷也，而足相乐矣。"（《弇州山人四部稿》卷七十七《书与于鳞论诗事》）

于鳞既以古文辞创起齐鲁间，意不可一世，学而属居曹无事，悉取诸名家言读之，以为纪述之文厄于东京，班氏姑其狡狡者耳，不以规矩，不能方圆，拟议成变，日新富有。今夫《尚书》、《庄》、左氏、《檀弓》、《考功》、司马，其成言班如也，法则森如也。吾撷其华而裁其衷，琢字成辞，属辞成篇，以求当于古之作者而已。操觚之士不尽见古作者语，谓于鳞师心而务求高，以阴操其胜于人耳目之外而骇之，其骇与尊赏者相半，而至于有韵之文则心服靡间言。盖于鳞以诗歌自西京逮于唐大历，代有降，而体不沿；格有变，而才各至，故于法不必有所增损，而能纵其凤授神解于法之表。句得而为篇，篇得而为句，即所称古作者，其已至之

语，出入于笔端，而不见迹，未发之语，为天地所秘者，创出于胸臆而不
为异亡论。建安而后，诸公有不遍之调，于鳞以全收之，即其偏至而相角
者，不啻敌也。（《弇州山人四部稿》卷八十三《李于鳞先生传》）

昔在西省东署时，于于鳞诗无所不见，而所见文独赠予两序，及颜神
城碑之类，不能十余首。当时心服其能称说古，昔以牛耳归之，众已有葵
丘之讥，而最后集刻行，则叛者群起，然往往以诘屈聱牙攻之，则过矣。
于鳞之病在气有窒，而辞有蔓，或借长语而演之，使不可了，或以古语而
传新事，使不可识，又或心所不许，而漫应之，不能伏匿，其辞至于寂
寥，而不可讽味，此三者，诚有之。若乃志、传之类，其合作处，真周鼎
商彝，尺牍之所输写，奇辞澹言，纵横溢来而莫能御，恐非北地信阳所办
也。徐子言之恶于鳞著之书，吾既不伏，亦不暇辨，为志数语于后。
（《读书后》卷四《书李于鳞集后》）

峻伯为比部郎时，与余同舍，长夏无事，墨和笔精，遂书此一卷诗，
时得清语，但调未去偏耳；书法亦丰妍，但骨未离弱耳。（《弇州山人续
稿》卷一百六十四《吴峻伯诗》）

即在先朝，二三钜公宏儒，发而称经济，超而称心学，以脍炙于世，
而亦时著，其余于诗。第其所谓诗，聊以寄吾一时之才，以偶合于所嗜而
已，非必其尽权法衡古也。盖余晚而得所谓孙黉《五先生集》者，既读，
稍异之，以为其人语不尽中程，亦时时操元音，然丽而有隽致。既又从西
曹得尚书郎梁公实诗，则又异之，以为庶几太康、开元之风，惜不幸蚤
死，而最后得今尚书职方郎黎惟敬诗，则益又异之，其五言古，自建安而
下逮梁陈，靡所不出入和平丽尔，七言歌行，有卢杨、沈宋之韵，近体沨
沨，全盛遗响，诚征其辞而奏之肉叶，以正始铿然而中宫商也，盖十得八
九矣。（《弇州山人四部稿》卷六十六《瑶石山人诗稿序》）

欧生最晚交，其识乃先曙。旁猎六代言，郁为西京路。五十而释褐，
微官历杨豫。一为邑文学，再典州掌故。游宦岂必达，深衷托毫素。掩抑

再三叹，少小为名误。宛宛照影姝，沾沾不虞妒。（《弇州山人四部稿》卷十四《南海欧大任》）

我欧先生于书无所不窥，其大要非西京、建安而下，至开元亡述也，其屡屡遍户阈业，非以六七大夫亡当也……其文章益高，然度以自愉快而已。（《弇州山人四部稿》卷六十六《浮淮集序》）

仆所为《三洞记》，足下试观之，入《选》体，自谓不减康乐。（《弇州山人四部稿》卷一百十八《徐子与》）

日来不睹足下诗，长江大别，吞吐天地，秀气胸中久矣，何时一发破我磊块。家弟亦不寄诗来，乃寄诗足下耶，想近益有致，足下言当不浮。仆于诗，格气比旧似少减，文，小纵出入，然差有真得以告。足下大江而上，自楚蜀以至中原，山川莽苍，浑浑江左，雅秀郁郁，咏歌描写，须各极其致。吾辈篇什既富，又须穷态极变，光景长新，序论奏札，亦微异传志，务使旨恒达而气恒贯，时名易袭，身后可念，与足下共勉之。（《弇州山人四部稿》卷一百十八《徐子与》）

子与至得老先生所和长篇读之，真如奔流从岷峨间泻来，一注万里。日与李顺德、吴给事相击节蹈叹，以为前辈风流，故自远致是。（《弇州山人四部稿》卷一百二十四《大司寇长兴顾公》）

夫先生虽要于重文事，至乃高自矜诩，党同伐异，相持撼而不能相下，如彼所称断断乎之……今其集具在，诸诗咸发情止性，喻象比意，或清而和，或沉而雄，缓态促节，变化种种，然以引于左准右绳，无弗合也。持论之文辨而不激，叙事之文峭而能洁，发意之文畅而归典，不知于西京何如，东京而下，当无复有贤于先生者。且夫灵均不为近体，而先生与于鳞不为骚，则终始不相睹，己何言未也。（《弇州山人续稿》卷四十五《徐天目先生集序》）

沈嘉则、屠长卿相约为古乐府，杂题廿绝句，索和……若情事，或须让老夫一步，两日内便能成。（《弇州山人续稿》卷二十三）

嘉则渡江访予山中，出一编见授曰："吾后先歌诗为篇者七千矣，而今仅四百，吾不欲以武夫累玉也。今夫非诗之难，而知诗之难，非知人诗之难，而自知之难，非自知之难，而割爱之难。吾不能割吾之爱于七千篇者，而以属吾犹子，九畴而删之，知不必尽贤于我，为其无爱也。所谓四百者，不必尽贤于六千六百，而是六千六百者，不必不尽贤于四百，其大较异也，且也。吾前诗成而见子，子读之瞿然赏矣，然穷子以诣，而子不答其故何也，今亦可以答也。"夫予笑而应曰："向者问我而吾不答也，固尔。夫格者才之御也，调者气之规也，子之向者遇境而必触，蓄意而必达，夫是以格不能御才，而气恒溢于调之外。故其合者追建安，武开元，凌厉乎贞元、长庆诸君而无愧色，即小不合而不免于武库之利钝。今子能抑才以就格，完气以成调，几于纯矣，而子之犹子，九畴复为群子之玉而府之，夫何虞于武夫之累也耶……"嘉则名明臣，别号勾章山人，其于文益奇，有秦汉风。（《弇州山人续稿》卷四十《沈嘉则诗选序》）

夫徐子之雄奇于诗，而妙于纪事，世固有识者，至其夷旷自得，内有真际而外无真境，要不可以江州、柳州之上下求之也，故不辞其请而为之序。（《弇州山人四部稿》卷六十七《徐太仆南还日纪序》）

新甫兼习俪，至称能法与儒家言，其道术足发也，其于史术道足裁也。夫新甫者，殆所谓工于吏与文之外者也。（《弇州山人四部稿》卷五十五《送王员外新甫视广西学政序》）

《武夷》一集，烟霞蔚然，灵运、临川之藻，末及子相荟蕞遗文，子期山阳之思，促与家弟宣之，始大偷快，使我神……李献吉序徐迪功集云："大而未化吴子辈。"谓献吉忌昌谷，此非也。昌谷偏工，虽在至境，要不得言具体，何论化乎。吾犹以献吉为浮，未见其忌也。叙子相如是，是足不朽矣。（《弇州山人四部稿》卷一百二十一《吴明卿》）

扇头二作情至语，殆不忍读。诸篇精核沉雄，五言近体，尤是长城，案牍间乃亦有天际真人想耶。（《弇州山人四部稿》卷一百二十一《吴明卿》）

足下又谓仆续尺牍及时人存者，固不及也。吾不欲吾子相寂寂，遂立泄耳，然世眼差，好俗取易，晓其书，所以传也……汪中丞，公卿下士，目所鲜偶，文笔如锯齿，足啖名，乃过自抠损，吾辈所愧也。（《弇州山人四部稿》卷一百二十一《吴明卿》）

其于文，法东西京，诗法开元以前诸大家，即撰著已脱稿，犹令人弹射窜易，务当乃已。（《弇州山人四部稿》卷八十四《朱邦宪传》）

（嘉靖）邦宪之于诗，虽不专为高岑，亦时时入钱刘，然意清而调和，远于拘苦粗豪之二端。至其为文亡，但东京骎骎乎……其所为诗酒语慨慷，多于舞衣歌扇，得之，大概若是者。气有充而辞或不能无累，又何能清其意，而和其调至此也……计邦宪之事与酒十九矣，又何能刿琢工诣至此也。古之于诗文类，不能相通，而其所谓工者，务逃之于穷谷荒野，杜门腐毫而后得之。天之赋邦宪，抑何异哉。（《弇州山人续稿》卷四十一《朱邦宪集序》）

（先生）则自五七言、古近体，无所不有，而近体尤富，独得十之八。其辞旨咸调畅清丽，句稳而字妥，不露蹊径，而近体尤泛泛可咏，以编少陵诗例考之，则穷而诗，达而诗，游息而诗，感触而诗，适而诗，拂郁而诗，为赋、为兴、为比不一，而酬和赠祝饯送之篇，十不能二。凡皆以自抒吐愉快其情意而已，然后知世之不能名先生诗，以少所见，故见之未有不能名者也。嗟夫，先生古遗直也，遇不可必达其志，故在事之言，可以致人忤，而不顾其志不在名。故有韵之言，虽足以致人许而不行出，籍令果厌薄之，则先生于居，平时当焚笔砚，徇锥不，胡以若是其夥也。（《弇州山人续稿》卷四十六《郭鲲溟先生诗集序》）

久不得问，昨遂成二诗及草一启，奉候迟回，去人未发，把扇欲挥旧隶，即至二札中语，怆然心折，稍读诸篇，格律清峻，意味隽永，诚是当家，海内神交若此，奇矣。元白慈恩院游相寄，大是一段佳事，我辈乃足当之。来教谓茂秦云云。（《弇州山人四部稿》卷一百十九《宗子相》）

夫文章之与吏道，其究若霄壤然，然其精，内通而无所不合者物情也。故辞士之为辞，以所见无非辞者，必欲求高吾思，远出于物情之表而后快。法吏之为法，以所见无非法者，颠倒束缚于三尺之末，而不能求精于物情之变而后安。彼无论其不相通而已，其所以为辞者偏，而所为法者拘也……度肖甫宦迹满天下，所至赫赫声，流吏民间，然其大指不为法困，以物情有当足矣。其游迹满天下，山川土风，眺览酬应，日接于吾前而日应之，语法而文，声法而诗，舂容而大，寂寥而小。虽所探适结构者不一，然大要不欲出物情之表而后快也，境有所未至，则务伸吾意以合境，调有所未安，则宁屈吾才以就调，是故肖甫之才恒有余而意无所不尽，为其剂量吾党之间，能去太甚，而独称通明士者，固不特文章已也。肖甫家铜梁，为蜀人，蜀挟岷峨之秀，汇为大江，以故多文章知名，若司马长卿、扬雄、王褒其人，然于政术寥寥焉，彼岂亦求高其思于物情之表者耶。今搢绅大夫称公卿之业，则无如西京，而其于文章亦不能无推西京，肖甫甫盛未艾，所以益究二端之际，以不朽后世者。（《弇州山人四部稿》卷六十八《张肖甫集序》）

得足下书知按部近况，许以旬间过我小祇园也。泉石卉木至鸥夷赫蹄，种种色动思御矣，新诗雄丽宏放，几欲槌碎，黄鹤华发，渐看天地老语……明卿寄来乐府，觉过模拟，不堪见大巫，唯于鳞亦中之，然时时作精诣，有摩天自运之势，承示真所谓有识，不异人意也。（《弇州山人四部稿》卷一百二十《复肖甫》）

张肖甫司马实有胆局，树南北勋颇伟，但于情字不能裁洗，阔略小节耳，若以簠簋之微饰，而苟夺其易名之典，则杨文襄、王襄敏、王恭襄又

何如也。（《弇州山人续稿》卷一百七十八《与元驭阁老赍疏》）

今世所称说为文，如某某而贵，如某某而传者，此其效甚著，胡于足下无当也。足下鼎岁入政府，衣袖襟带，足以旁映远近，今足下舍此而就彼，甚易且贵传也……二三友生彬彬一时，宗卿神韵遒上，微少检质，徐子寡所自造，然缔构合作，必使轻重宫商，出入象意，语无偏重，机不骤发，觉明卿小优耳。（《弇州山人四部稿》卷一百二十一《张助甫》）

《史记》固一二渔猎焉，然鄙不能日颊首而效丹铅之力，须后命。足下语不及左氏者岂少之耶，其叙事若真宰之琢万形，亡不极意穷巧，字字珠玉也。世人掇拾其余沥，可厌耳，不佞昔称使者治狱燕赵间，而燕中要人修睚眦迫急，谓旦夕不死且窜也。以故检西曹，时赋乐府、四五言、古选近体，诸大小杂文，总得三十四卷，比于呜呜之歌。即不以施名山，而覆瓿甘之，大要用自愉耳，岂敢以辱长者亡已。有所拟古乐府，然独江南诸调颇足抗衡，间□魏晋，十合二三，于汉往往离去不似也。于鳞节奏上下，瞽师之按乐，亡弗谐者，其自得微少，优孟之为孙叔敖，不如其自为优孟也。某近稍稍因新事创名，度以古曲，于鳞见之，更喜心夺耳。今辄往旧著拟乐府及僭批古乐府，足下试观之，青州以后者当再上也……十二篇，篇各有致，又陡健。举不佞八章，仅中下驷耳，中多微词，千万强罔世情双侧目，足下知言哉。（《弇州山人四部稿》卷一百二十一《张助甫》）

居恒怪足下书不易得，得则肝胆殆尽矣，中间怜及家难，令人神伤不复能读叙迁状，便如贾长沙、元通州在眼，黯然短气。复寻有阳侯之难，河伯差长者不至，助世人为虐耳。八章哭奏先几宰木，如和白日昼，匿清霜春零，令屈宋屈体为之亦未过，是何足下之善于楚也。新篇字字超越大离魔境，见父真难，弟所不足于兄者，深稳耳。（《弇州山人四部稿》卷一百二十一《张助甫》）

新诗四律，是勃律河中羊脂玉，精采刺眼，更得昆吾琢之，便足偿十五城。弟报二章，乃是水苍佩纵，尔精绝价，故不足论也。间与赵中丞语，至足下辄啧啧，以为毋论。足下文雄举一代……今天下能急才者，独汪司马伯玉，次即中丞，而子真、肖甫为四耳。（《弇州山人四部稿》卷一百二十一《张助甫》）

诸儒先生号名能文章家，奈何取其所论著，而始韵之以为赋，若兹乎哉。即卢氏所就《幽鞠》《放招》，凡二十篇，其概不得离津筏而上之，然而大指可讽也，穷天地之纪，采人物之变，与禾乔走飞之态，经纬胪列。假二三能言之士，如宋玉、景差者，蝉缓于左徒之门，岂其先柿而室哉。夫文人业，自好负气，殆其常耳。（《弇州山人四部稿》卷六十四《卢次楩集序》）

既吏牍稀简，民俗淳朴，粗可跌宕文史，从容翰墨，以顺应之，何必憧憧丘壑，承所评骘。吾诗文二端之业，大都士龙之好兄，而词藻艳发，要非清河所可几及，中间持论往往破的，如所谓离观则邈若无闻，辏泊则天然一色，字险者韵必妥，韵奇者声必调，天壤之间，若为预设。又所谓大能使之小，小能使之大，虚能使之实，实能使之虚，远能使之近，近能使之远，断能使之续，续能使之断，虽言大非，吾所敢当要之。自结撰以来，未有造微极深至此者。（《弇州山人续稿》卷一百八十八《（寄敬美弟）又》）

先生工属文，尤好吟咏，其习先生诗若文者，见以为才士，及诵南曹疏者，见以为直臣，及临江盱眙政者，见以为循吏，及与称乡后进者，见以为善人君子，然竟莫能以一端名先生，而先生亦隤然不欲以一端见名……夫以德靖间，而操觚之士负气而先格，自称为正宗，而诸以藻丽而谋夺之者何限！乃先生不求合其藩阃，而直举天则之所自溢为之，先生之所师，师心耳。彼两家者，不得而有也，顾其从容舒徐之调，不至弦促而柱迫，不作窘幅而舛纬，其合者出入于少陵、左司之间，而下亦不流于元白之浮浅，乃至他文章之为序、记、传、说者，毋论东西京，要亦庐陵、临川之遗轨哉。（《弇州山人续稿》卷四十一《钱东畲先生集序》）

启械读之，累数千言，舌为燥而不忍乙，且畏其尽也。雕龙绘辞，碧鸡宏辨，鞭霆掣雷，拟金拊石，一扫千里，前无留行，即使庄生谈天，季子论人，尤且捧盟盘而让牛耳，况其他哉……然不敢以不佞故而掩足下之鉴也。文章大观，奇正离合，瑰丽尔雅，险壮温夷，何所不有，此数言者，执事所独造精理之言也……于鳞居恒谓富有之谓大业，日新之谓盛德，拟议以成其变化，为文章之极则，余则以日新之与变化，皆所以融其富有拟议者也，间欲与于鳞及之。至吻瑟缩而止，不意得绝响于足下也，至足下稍有疑于仆，夫足下岂惟仆疑也，将仆子箴也。夫仆之病在好尽意而工引事，尽意而工事，则不能无入出于格，以故诗有堕元白，或晚季近代者，文有堕六朝，或唐宋者，仆亦自晓之。偶不能割爱，因而灾木行，当有所删削也……佳集诗语秀逸，有天造之致，的然大历以前，人文尤瑰奇横逸，诸子两都而持论破觳胜之。

又

公五言绝复佳甚，仆似小优于七言，然亦不免为事缚耳。

又

《由拳集》读之，真如太阿出匣，霜风飒然，又似甓社湖头睹明月，珠目眩睛。（《弇州山人续稿》卷二百《屠长卿》）

得足下书累千言，大要以仆与于鳞、伯玉鼎立而三，乃江东赢其二，又子与、明卿辈为之左提右挈，以睨中原，而中原独于鳞为不竞，唯是一二词家之论，亦有之，仆殊愧汗，不敢当也。始仆为有韵之言，顾才不能高于鳞而辱，于鳞收之雁行，已与伯玉互见，其文章伯玉精，司马、班、左氏，仆不能如其洁，而伯玉又辱收而颉颃之。大约仆于诗，大历而后者，阑入十之一，文杂贞元者，二十之一，六朝者百之一，顾所以不敢遽大逊两君子者，窃自谓于意无所不达，于境无所不究，不至作蹜嚅喉咽间，次且半途耳。虽然中原得于鳞自足以豪，何能多寡也。足下所致刻集，仆骤读之，以为古人耶。古人仆鲜所不见，以为今人，今人不宜有也，足下尽削去铅泽藻饰，而出其骨体，天质以角世之浮靡者，即不能得一二。（《弇州山人四部稿》卷一百二十八《答吴瑞谷》）

曩余为胡元瑞序《绿萝轩稿》，仅寓燕还越数编耳，序既成，而元瑞以新刻全集，凡十种，至则众体毕备，彬彬日新，富有矣。五言古上下建安、十九首、乐府等篇，遂直闯西京堂奥。（《弇州山人续稿》卷十二）

元瑞于余仲者半岁所，而元瑞进其诗，余睹之，未尝不三击节叹也。天不靳人以材，而人顾取其凡者，气之流行亡所择，而取其浊者与弱偎者，古人不秘格于后人，而取其下中者，天又不秘其声色以供吾诗，而声取其鼍哇者，色取其黝霾者，象日吾接吾汰其精而英者，情自吾发，吾不衷其肺腑者，以是而治诗，以是而号于人，曰吾善诗，吾善诗者，何也。元瑞材高而气充，象必意副，情必法畅，歌之而声中宫商，而彻金石，揽之而色薄星汉，而撼云霞，以比于开元、大历之格，亡弗合也。余尝语余仲，诸前我而作者，涵洪并纤，与亭毒并，吾故推献吉，然不能讳其滓，绝尘行空卿云烂兮。吾故推昌谷，然不能讳其轻，鸣鸾佩琼，万象咳唾。吾故推仲默，然不能讳其孱，刻羽雕叶，舍陈而新。吾故推子业，然不能讳其促，鞭风驭霆，以险为绝。吾故推子相，然不能讳其疏融而超之。于鳞庶几哉，然犹时时见孤诣焉，后我而作者其在此子矣，夫其在此子矣。夫以今证之，抑何左契不爽也，亡己而有子规者，在昔鞫傅之称，田光曰："智深而勇沉，不深不玄，不沉不坚，入之沉深，出之自然，完之粹然，如大钧雕物而不见工，如良玉夜辉而泯其痕。"斯《三百篇》，西京、建安之懿乎，是集也，其始基之矣，而犹未也。（《弇州山人续稿》卷四十四《胡元瑞绿萝馆诗集序》）

元瑞于它文亡所不工，绩学称是，乃不以自多，而所沾沾独诗，彼固有所深造也。元瑞诗，才高而气雄，鸿畅郎俊，横绝无前，稍假以年，将与日而化矣。至勒成一家之言，若所谓《诗薮》者，则不啻迁史之上下千古，而周密无漏胜之，其刻精则董狐氏、韩非子也。（《弇州山人续稿》卷六十八《胡元瑞传》）

自于鳞外，鲜所畏，顾独畏足下与李本宁耳。本宁文笔峭峻而指奇新，能出人表；足下宏放奔逸，若飞黄蹑景，顷刻千里，而步骤操纵有度，不至负啮决之累。诗格调高秀，声响宏朗，而入字入事皆古雅。家弟畏之固当，即令仆整帜而遇前茅，不亦三舍哉……足下谓诗文骚赋，虽用本相通，而体裁区别，独造有之，兼诣则鲜。又谓精思者，狭而简于辞；博识者，滥而滞于笔，笃古则废今，趣今则远古。斯语也，诚学士之鸿裁，而艺林之匠斧也……以足下才，虽过于称仆，而暂于论学乃尔，仆尚何所道勉旃，深造自得而已。才骋则御之以格，格定则通之以变，气扬则沉之使实，节促则澹之使和，非谓足下所少而进之，进仆所偶得者而已。

又

自李献吉戒人读书当令此道，弥厄海内，故不乏隽流才。一篇一什有味，便厌薄六代以还，即晋唐诸史高阁束之，矧其余者，自分此生已矣。

又

足下诗大抵格调高古，音节鸿邕，目中所见，自屠青浦外鲜偶者，即老将非，十万卒凭坚城，当之未易支也。唯歌行汹汹，不无才多之虑，小加裁损，乃惬中耳。

又

仆于交游少所推，仅于鳞耳，有足下，于鳞不为死也，气色高华，声调爽俊，而纵横趷跋，有挥斥①八极，凌厉千古意。

又

辱损致全集，瑰奇雄丽，变幻纵横，真足推倒一世。仆向为足下作序，仅睹计偕岩栖二种中，诸体尚未备，故末以西京、建安相勖。今读《卧游》诸作，古诗、乐府已深入汉人壶，奥平处尚可驰骛，公干、仲宣不知曹氏兄弟为何如耳，歌行如《赠汪司马》等篇，才思滚滚，不减信阳，而《送沈纯父》七百言，气骨铮铮，并驰北地，尤为当行。近体自是当世所推于鳞外，首称独步可也。

又

以仆而观足下，诗必大家，文必名家，第体气清羸，宜稍节泛酬驰骛之作。

---

① 原文为"斤"笔者按文章改为"斥"。

又

张幼于来致足下哭家弟七言律十六章，及寄仆五言律十六章，高华雄邑，整栗沉深，而用事用意变幻百出，描写如生，可谓当代绝倡，岂直今人不能为，即古人未易也。仆尝谓元瑞诗纪律森严，则岳武穆，多多益善，则韩淮阴。

又

仆故有《艺苑卮言》，是四十前未定之书，于鳞尝谓中多俊语，英雄欺人，意似不满，仆亦服之。第渠所弃取，却未尽快人意。得足下《诗薮》，则古今谈艺家尽废矣，方对客草草不一。

又

仆于文章本不能入玄解，而谬为诸贤所诱，轻于操管，生与人齿吻，偕晚途学道，又不能守绮语戒，轻于操管，乃至上累师真，下累良友，老衰无味，姓名复螫人齿吻，方欲搏颡喑指以自惩创，而足下更诱之不已，岂必欲盐车我耶。足下所与论骘千载，前后诚隽语，仆尚称病，未能四诗歌之，喜气浸淫，满大宅尺牍、乐府、拟古，霍然而起，屡及于室皇矣，急取维摩不二法门，作小转首，乃得解，始知闵婆奏乐，迦叶定中起舞，非虚事也。《十九首》最难言，离之则虞落节前辈，俱所不免，合之则虞捧心于鳞，亦微用为累。足下加之矣，唯在更刓锋，巧露其质木而已。

又

足下于诗缘世定格，缘格定品，以故秩然经纬，而至于本性之情，穷极窈眇，因常究变曲尽列剔。昔人所谓上下三千年，纵横一万里，前无古人，后无继者，殆非虚也。足下意以此序，非仆不可，仆生平不自爱其文，即三家之社，如君家钉铰者，亦且应之，而今得遂以卮语为《诗薮》前驱，岂非至幸极快……足下自爱公车之事，当与儿辈共之，不朽大业，则唯足下是寄。仆旦暮人耳，无能为矣，尊公万福，闻老蚌生珠，甚为慰心事。（《弇州山人续稿》卷二百六《答胡元瑞》）

张左虞都尉，故与余善……孟秋之朔，偶摊书出晒于散帙中，探得他诗读之，不甚快。最后一卷，极清新丽雅之致，句字有力，格韵不凡，而

忘其谁作，以集考之，则左虞制也，不觉失声而泣，吾愧钟子期多矣。（《弇州山人续稿》卷十八）

山人姓莫氏，名叔明，字公远，一名更生，字延年，吴之长洲人。少孤贫，初从师，受章句不能其业，而其于书，亦涉猎大义而已，顾独喜为诗，诗务清远专诣，其自许以岑参、常建之流，长庆而后弗论也。（《弇州山人四部稿》卷一百二《莫山人像赞》）

当德甫为天子外台臣，衡八闽吏民，一旦以单辞报罢，固不必尽如屈大夫之材大用而大舍。用晦，故高皇帝七叶孙，少奉外藩，縻数百石禄，又数以宗政条困之，亦不必尽如曹陈王之为介弟，骤亲而骤疏。其辞藻之美，要自太康后而大历前，亦不必章程于二贤者。独其所托惝，要在于采天地之和美，以交写其快，而不必于抉天地之商憯，以自泄其不平。其文之专精，即以当吾之用于世，于千古而无所睹。盖屈大夫、曹陈王之为用，在身不得已而后寄之于文章，乃德甫、用晦无是也。（《弇州山人四部稿》卷六十六《芙蓉社吟稿叙》）

顺甫所习，自经典子史，诸天官、卜筮、龟策、地理、家言，靡不精究，其诗最善近体，沉郁劲壮，有河朔风；于文，尤精刻削，法森森立，不以藻竞。夫冶饰澹辞，侈靡为市门妆者，见顺甫可愧死已。（《弇州山人四部稿》卷八十二《魏顺甫传》）

（包庸之）于诗若文，至盈卷轴，呜呼盛哉。庸之夙临池，步武逸少，画笔不减少文，诗亦清丽，有开元、大历风。（《弇州山人四部稿》卷一百二十九《题包参军东游稿后》）

王子后遂举进士，王子举进士，则具衣冠谒谢守，守顾不怪曰："所期若而此者，有如日，则又曰是未足病也，太上有立德，其次有立功，次有立言，子貌盛而气决，从此以往，所不知者龄，盍勉旃哉！"亡何守罢，解州去。赵君之为守，老矣。日夜风诵书不休，书多先秦古文家言，而又好吟诗，其教吏民，亦时时步古法，吏民提衡，久而便习好之，然以简伉，故不熟，为下官罢。赵君罢家居，更以风诵书先秦古文家言，好吟诗，其游从众，不落落也。（《弇州山人四部稿》卷六十四《赵霸州集序》）

余稍取读之，其持论根极理道，通政术，凿凿见事；其取意顾多搐抑，而未竟于材，甚饶而办，然不欲以工伤气，其气恒充然而有馀，于法时有所纵舍，然不至为法外语。于学无所不窥，然不靳规规前辈，成一家言。（《弇州山人四部稿》卷六十六《申考功集序》）

王子曰：盖余尝为吴兴凌大夫叙书牍，云居数岁而复为大夫，孙玄旻序所谓赫蹄书者，何以称赫蹄也。按班史《赵后传》"箧有裹药二枚赫蹄"。应劭释曰："薄小纸也。"玄旻之为书大者，数百千言矣，称赫蹄示抑也。夫何以再为凌氏叙书牍也，凌之先至玄旻业，文章无虑数辈，而独玄旻与大夫最著，度玄旻与大夫，他文无虑十馀种，而独书牍最著。夫书牍，何以最他文也。人固有隔千里异胡越，大之不能抒丹素，细之不能讯暄凉矣，得尺一之札而若觌，是以笔为面也。有卒然讷于口，不能以辞通矣，归而假尺一之札上之而若契，是以笔为口也。故夫他文之为用方，而书牍之用圆也，意不尽则文尽，则止繁简，因浓淡而摹，而不务强其所未至。故夫它文之为体方，而书牍之体圆也，书牍之所称最他文有以也。盖玄旻之于他文工矣，意独爱其所撰书牍，既抑而名之赫蹄。（《弇州山人四部稿》卷六十八《凌玄旻赫蹄书序》）

而余始尽读之，然后知君之诗非君之诗，而陶与韦之诗也。有所取，至于篇则无问句，有所取，至于句则无问韵，意出于有而入于无，景在浓淡之表，而格在离合之际，其所以合于陶与韦者，虽君之苦心，君亦自不得而知也……而君之壮，独能用之于立太子疏，天下不以空言少君，则尤可重也。余故备著之，欲使后世知有能以心之声而为诗者，章君其人哉，章君其人哉。（《弇州山人四部稿》卷六十九《章给事诗集序》）

嗟夫，读君之书，而可以无事游矣。得其所谓穹如者，奥如者，渊如者，以与心谋而可以无事书矣。山河大地，一切而空之，则所谓穹如、奥如、渊如者，亦陈迹，而君之书亦可以无事，吾赘矣。（《弇州山人四部稿》卷六十九《游名山记序》）

王子不好过千石，又不薪于吏，赫赫声所好，独为诗若文，不好人言之也。历下生多沉淫之思，王子故与下上，内难之大，要以自奉其志，发于机不悖古则而止耳。（《弇州山人四部稿》卷七十一《王氏海岱集序》）

最后得何氏《语林》，大抵规摹《世说》，而稍衍之至元末，然其事词错出不雅驯，要以影响而已。（《弇州山人四部稿》卷七十一《世说新语补小序》）

仆偶有寐语，附贡左右，壬戌以前，士大夫不居间，壬戌以后，士大夫不讲学，乃真士也，得禅理者不讳禅名，冠儒名者务实儒行，乃真学也。（《弇州山人四部稿》卷一百十八《答汪伯玉》）

《于鳞集》已完，凡三十卷，今附上，鄙意欲得公序者。公于世，文章独执牛耳，不腆敝赋，实奉盘血以从。而世眼龊龊，谓此子文多诘曲聱牙语，即一二稍习太史氏者，我太史氏无是也，不知于鳞法多自左丘、短长、韩非、《吕览》，渠固未尽习也。（《弇州山人四部稿》卷一百十九《汪伯玉》）

归理书室，得足下手教满纸，及拜雅觌新诗，已入无漏境界，令人且读且赏。岁杪与于鳞谈足下诗，视燕中时隔一大劫，知姜菲之辈，助足下不少矣。（《弇州山人四部稿》卷一百二十《余德甫》）

虽仅西南一方，而上下千古私心，虑之不肖。少时闻颜亳州作《随志》以为佳，后得而读之，殊不满人意，且编年非体也。（《弇州山人四

部稿》卷一百二十《余德甫（兼寄顺甫）》）

至后得足下六月书，附承起居为慰，知数过于鳞，甚昵往者，乃壶公试长房耳。四律气色，奕奕射眼，梁甫、鲍山联小似杯棬杞柳，然不伤句，愈见苦心。年来白眼倦看人，有味乎言之也。仆不即死，猥复浮沉里社中，真难着眼，鸡肋此生。时自览镜，私恨七尺为千古惭人开端，独诗笔纵横，靡所不破，以此小小快心，如阿鼻中甘露洒耳。览足下新诗，令人想见司马宣王拒诸侯渭北时状。岁月其驰，勉旃，勿轻失于鳞也。（《弇州山人四部稿》卷一百二十《魏顺甫》）

世贞二十余，遂谬为五七言，声律从西曹，见于鳞大悔，悉烧弃之，因稍劘刬下上，久乃有所得也。其治骚赋歌选，雅负不甚下于鳞，然多病癖，不喜人闻之，又最不喜闻于人，显贵者故出不十之一，而鸡肋之名，几咀碎齿吻间。（《弇州山人四部稿》卷一百二十三《上御史大夫南充王公》）

某小岁粗晓窥弄笔墨，便得解去，既释褐，从诸荐绅先生后，多所睹记，事事触感，消沮用世之志，加以行能□劣，习懒成癖，不敢与今侪辈竞晋显。退而思欲效尺寸于古人，伥伥焉，若师瞽无相跬武，枳棘而不得举，乃幸以职守隶门下执事者，不以他属吏，视使荐敝帚，且为游扬之悚愧，何以得此于执事。某之文不能望子厚万一，执事之贤，崔公不能望万一，彼所有者某则无之，然而彼所无者，某则不意其有也……执事不以督过而惠教之，诗云："采葑采菲，无以下体。"君子下体之爱至矣，某直不敢当耳。抑某闻于穆叔，其次立言，去德功为品三也，假某能为子厚，亦子厚耳。有子厚之文，执事之爱，必更至使子厚求遇其文，执事未必取也。顾距今窃禄之载衡晷，未涯万一，少进磨策驽钝，或有所见，以无负执事，亦愿执事推爱某之心，爱天下之胜某者而已。（《弇州山人四部稿》卷一百二十五《上朱大理书》）

仆自束发来，即知操铅椠之业，于今二十五年矣，近窃窥公之用兵而稍有悟于文。夫文出于法而入于意，其精微之极，不法而法，有意无意，乃为妙耳，以此印证于公，公其许我否。漳潮兼闽近格，所希公不得不于格外，仰报此贼如复，平鲸波尽，偃南天若濯侯印焉。（《弇州山人四部稿》卷一百二十五《复戚都督书》）

仆于文章鲜所规象，师心自好，良多谬盩，然亦以其夺之，故不复能治申韩家言，胡以得此称吴君也。（《弇州山人四部稿》卷一百二十六《（答王新甫）又》）

仆自束发时，操觚为辞章，雅已好先秦西京言，然非能有所得也。中更苦戎马案牍间之内外奔走，卒卒无须臾暇。罢官后，天假逸暑差，可从事笔墨，会有大创胸臆间，卢扁所不能攻，念此生无痊理，不过付浊醪支吾旦暮耳，以故即有言不重为海内豪杰所齿，然亦不愿其齿之也。公独何见而谬许仆，岂公有西伯屈令之嗜，然至谓仆胜济南李生，则非所敢任也。李于文无一字不出经典，极得古人联属裁剪法，诗五七言近体，神俊高爽，合处不减青莲意，公未尽见之，见当褰袖濡首矣。刘子时时言公雅度高操，即不佞亦于书辞窥一班两班，公岂遂困场屋者哉。（《弇州山人四部稿》卷一百二十八《与海盐杨子书》）

仆虽以迁归乞休，沐假浮沉里社酒人中，心甚苦之，忽得足下手书及二律六绝句，令人洒然自远。诗篇托寄清逸，时时感慨，书语宏放瑰拔，悲愤用壮，读之再三，愈增国士之重。叶公好龙畏其真者，世眼眢眢并以废之。足下之不遇知，固其所也，然至猎宾荐，歌鹿鸣，射策金马，翱翔紫庭，得少刀圭药，便足翰生，无俟八公辈道引也。（《弇州山人四部稿》卷一百二十八《与魏允中》）

仆已为于鳞成全集，世荐绅大夫犹不能无疑其文，则荐绅大夫未尽读古书过也。于鳞每称属文言属者，取古辞比今事，而联属之耳，谓其臆创诘曲不解之语，则非也……世有不得于实者，必借而攻其名，吾所以预为之地也。以意而轻退古之作者则有之，以意而轻进古之作者则无是，代益之可也。虽然，亦实语也，足下识之，自是天下不甚攻《诗删》矣。
（《弇州山人四部稿》卷一百二十八《答汪惟一》）

仆于诗，质本不近，而意甚笃好之，然聊以自愉快而已。不谓海内之士强取而配于鳞，乃至于取仆与于鳞而配弘正间之作者，又能取仆之所不合者而见诲，使之稍降而改趋，如足下，诚仆益友也。敢忘十朋之赐，虽然蓝田之璧一琢而成宝，不足以见工技也。它余璞饶表而鲜，里纠错劲确，多出其锋以难琢者，乃足以见工技也。仆诗固不敢当璞，其纠错劲确颇似之，乃有请于琢者也。始仆尝病前辈之称名家者，命意措语往往不甚悬殊，大较巧于用寡，而拙于用众，故稍反之，使庞材博旨曲，尽变风、变雅之致，如是而已。至于山川土俗，出不必异，而成不必同，务当于有物有则之一语。而会昨者，莅魏行戍燕赵，其地莽苍磊块，故于辞慷慨多节而凌厉。寻转治武林、吴兴间，其所遇清嘉而丽柔，故其辞婉而务当于致。足下见仆魏诗而怪之，或见仆吴篇而合也。虽然，仆所不自得者，或求工于字，而少下其句，或求工其句，而少下其篇，未能尽程古如于鳞耳。至于僻语奥意如足下所云，幸摘而示我，当一一明之。仆固不敢创见而为字，创法而为句也。仆所以纷纭其辞者，非敢自贤而希胜足下，将欲毕足下之旨而见技于我也。（《弇州山人四部稿》卷一百二十八《答周姐》）

世贞序其赋略曰："余迹卢柟所遭逢及状貌，殆中庸人耳，既稍得其古诗歌行，读而小异之，至读诸赋则未尝不爽，然自失也……即卢生所就《幽鞫》《放招》凡三十余篇，其概不得离津筏而上之，然而大指可讽也，穷天地之纪，采人物之变，与夭乔走飞之态，经纬胪列，假二三能言之士，如宋玉、景差者，蝉缓于左徒之门，岂其先柟而室哉。"（《弇州山人四部稿》卷八十三《卢柟传》）

王子少好学，从师指授经义，分夜不倦，所为文，卓荦有气，然不帖帖于师说，以故褎然负俊声诸生间，亦卒以是数困。诗好开元、大历语，书法健利有致，晚得钟太傅受禅碑，习之，至忘寝食，以故于八分尤精。（《弇州山人四部稿》卷八十四《王樗全传》）

　　吾向者妄谓乐府发自性情，规沿大雅，大篇贵朴，天然浑成，小语虽巧，勿离本色，以故于李宾之《拟古乐府》，病其太涉论议过尔，抑剪以为十不得一。自今观之，亦何可少。夫其奇旨创造，名语叠出，纵不可被之管弦，自是天地间一种文字。若使字字求谐于房中铙歌之调，取其声语断烂者，而模仿之，以为乐府在是，毋亦西子之颦、邯郸之步而已。

　　当余学《艺苑卮言》时，年未四十，方与于鳞辈是古非今，此长彼短，以故未为定论。至于戏学《世说》，比拟形肖，既不甚切，而伤狷轻第，行世已久，不能复秘，姑随事改正，勿令误人而已。（《读书后》卷四《书李西涯古乐府后》，注：四库本无"邯郸之步而已哉"以下诸句。据明钞本《弇州山人续稿》改。）

　　余十四岁，从大人所得《王文成公集》，读之而昼夜不释卷，至忘寝食，其爱之出于三苏之上。稍长，读秦以下古文辞，遂于王氏无所入，不复顾其书，而王氏实不可废。盖当王氏之为诗，少年时亦求所谓工者，而为才所使，不能深造，而衷于法。晚节尽举而归之道，而尚为少年意所累，不能浑融而出于自然。其文则少不必道，而往往有精思，晚不必法，而匆匆无深味。其自负若两得，而几所谓两堕者也。以世眼观之，公甫固不如；以法眼观之，伯安瞠乎后矣。若伯安所上封奏陈事，理叙功略，捭阖宏畅，使人目醒，当不在苏氏下。余少尝见魏子才先生曰伯安疏绝，不如胡永清。此以事理言也，非以文也。（《读书后》卷四《书王文成集后一》）

　　余读之，前辈风流，故宛然照人也，余遂拈其事为词林一段致语。公有时名，其诗若书，吴中人雅已能言之。（《弇州山人四部稿》卷一百二十九《文待诏诗帖》）

　　余诗为恶韵所窘，不免堕竖儒口业，令嗜古者见之，其不骂为杀风景者几希，书毕一笑。（《弇州山人四部稿》卷一百三十七《赵吴兴画陶彭泽归去来图题和诗后》）

叙曰：不佞于嘉靖末，盖多浮沉闾里云，而以尝备皂衣西省，故时时闻北来事，意不能自已，偶有所纪，被之古声，以附于寺人、漆妇之末。其前集取亡害者，半留之，几欲削去其余，既复自念……余老矣，夫又安能刺刺颊舌之恤，乃复收而录诸箧笥，不敢希太师之采，庶几以备异时信史一二云尔。（《弇州山人续稿》卷二《乐府变十章》）

余所善松陵王承甫者……然不好避俗，于书鲜所不窥，而不恒读书，为文隽朗多奇思，尤长歌诗，大抵类青莲居士，而以不胜才情，故间离之。（《弇州山人续稿》卷四十《荔子编序》）

余治魏郡兵，识魏子允中于诸生中。魏子年尚少，所为文义奇甚，然不能顿就格。而又善诗，先后奏余诗数章，往往有少陵氏风，余异之，赠以五言长韵，致代兴意……至果如公所属，余怪问之，王公曰："凡为文义而尚辞者，华而远其实，尚理者质而废其采，洁则病藻，短则病气，此四者未有能剂者也。"今骤而求魏子长，则备之苟，而求魏子短无是也。凡为时义者，则未有能超魏子乘者也……夫固一时之操瓠者少，而人自披靡，然亦以试者有定诣，而试之者有定识也，盖近百年而寥寥无所闻。今得王公与魏子相为知己乃尔，庶几有定诣、定识哉。（《弇州山人续稿》卷四十《魏懋权时义序》）

夫余然后乃始尽，公尝闻之燕赵之音，相率为悲歌慷慨，秦音则矫劲扬厉，吴音则柔靡清嘉，意者土风居多，而洛阳独称天地中气最为完，而音最为和平。其建都会自西周以至后唐，千七百年间，冠带之所朝宗，诗书藏于阛阓，而至于今乃有不尽然者。独公起而振之，大约风得之土，学得之家，而其所专诣径悟则不必尽尔也。释褐自行人授御史，以至中丞，轺轩之迹半天下，而独于燕、赵、秦、吴尤深且久，其意象之所融适，则冶而为吴，志气之所感触，则壮而为秦。若燕赵，盖非有意于章甫，逢掖之合而要，亦有以相发者，然至欲测公之端倪，而遽定公之裁格，固不易也。（《弇州山人续稿》卷四十《函野诗集序》）

余窃谓天下以文名家者，未易屈指数，然大要不过二三端。高者，探先秦，摭西京，挟建安，颉大历，次乃沿六季华靡之好，以饾饤组绣相豪倾，其下始托于理，务于简，俭以逃拙。而鲁望稍不然，谓文以纪事则贵详，文以引志则贵达，必不斥意以束法，必不抑才以避格。其体势，虽若汪洋淡泊而不可穷，其指固谆谆焉，若耳提面命之也。余数从鲁望酒间论文，远尊昌黎，而近实规宋金华氏，诗贵钱刘而不欲舍吾吴弘正之步。今试取而读之，于是数家者，摹象斟酌为何如也。今天下之文莫盛于吾吴，而汝南之袁为吴最。（《弇州山人续稿》卷四十《袁鲁望集序》）

余尝读黄淳父集《报开子书》，谓其五文序解似庄索，又似《禹贡图》，书似左，序传似司马子长。且以弘德间，学士大夫洗百年之懦习，而今未有，主盟者将以属开子，淳父自矜贵，不轻为，然诺而开子之见推赏若此。今开子之与淳父书尚存，而所谓五文者，固不在读之，而求所谓似者，亦未得也。第其于辞气，雄劲骏发，虽未尽洗其师门语，要之有自得者，庶几文豹之一斑耳。呜呼，士生而不遇时，又不享年至，并所恃以不朽者，又散佚失之，斯真穷矣哉。（《弇州山人续稿》卷四十一《沈开子文稿小序》）

稍读之，则泠然有新声，而不至悖于古则，即其辞可以知其所遭之穷，然往往能致其穷之变，于语使人恻然而思悯，宛然而有余味……自不佞之为诗，触于兴，述于赋，寄于比，乃充然若有得，而吾之性与情又若相为用矣。今夫咀藜、藿菽、麻枲而不为厌者，其所耽有在也，厄穷至于死，死而不畏者，以所托于名未亡也。（《弇州山人续稿》卷四十一《游宗谦诗稿序》）

盖予少时则闻先生用乐府名，德靖间一时喧然，以致远、实甫复出也。而先生尝一过余里居，余姑与先生谈乐府，则谈乐府与稍及人间事，则亦及人间事不色忤，而久之乃得先生一二篇，甚以为快……当德靖间，承北地、信阳之创而秉觚者，于近体畴不开元与少陵之是趣，而其最后稍稍厌于剽拟之习，靡而初唐，又靡而梁陈、月露，其拙者，又跳而理性，于鳞起济南一振之，即不佞亦获与盟焉。公首尾与之偕六十余年，不少染指于变迁之调，而时守其所诣，务使意足于象，才剂于格，纵之可歌，而抑之可讽，即遇之而豪者失其所为气，华者失其所为泽，而先生之诗固自如也。（《弇州山人续稿》卷四十一《徙倚轩稿序》）

余尝谓诗之所谓格者，若器之有格也，又止也，言物至此而止也。今天下名能为诗无若吾吴，而吴诗大约有三，下者取捷饾饤，因堕成易，毋论不及，而止上者，探月胁穿天心，务于人所不经，道将超格而上之，而不知其所归。至才敏之士，骛于声情，以捷取胜，转近而转堕于格之外，乃豹孙稍异，于是大约剂华实，约事景，其遇物触兴，不取自于人，而取自于己，是以有恒调而无越格，至五言古近体则尤彬彬隽永矣。（《弇州山人续稿》卷四十二《真逸集序》）

不佞窃谓志志者详于地而略于人，志史者详于人而略于地，乃今所志分野灾祥、山川、土田、官师、人物彬彬乎，三才之理备矣。（《弇州山人续稿》卷四十二《金华府志序》）

余则谓古之通于诗者，宁独易也，唯书辞亦然……其化导深于经典，而况《易》以道阴阳，阴阳之用，通于五音十二律，而圣人之系言，有不可讽可咏者耶。（《弇州山人续稿》卷四十三《周易韵考序》）

余益异之，乃为竟其诗若文，诗体出入中古，躐长庆而揽永嘉，清楚冲夷，有悠然自赏之味。文笔尤峻洁，裁之则骈邑之小言也，畅之则昌黎、河东之盛轨也，乃尺牍萧萧乎，人意表矣。夫此孟达境也，孟达之为识，逾是境而三舍矣。毋乃犹有待者，才也，其才俭于境矣。毋乃犹有待者，学也，夫学者，充才者也，才者，趣识者也，吾姑志之，而孟达姑听之。虽然孟达以吾言而信，可也，是亦且梓而行矣，其所以行者何也，将授人以弹射也。（《弇州山人续稿》卷四十三《华孟达集序》）

余读之，盖彬彬乎具体矣。小赋自梁苑邺中来，润以月露，亦自成家。乐府尤长情事，仿拟之什，翩翩抵掌，小语冷辞，足沁肺腑。古选既不落节，时时独诣，歌行尤自奇逸，的然青莲隆准。七言律绝潇洒超箸，将无五字小颣长城，然当其得意，亦钱刘之造也。盖莫廷韩、张仲立之评，略备矣。明兴弘正嘉隆之际，作者林出，而自北地、济南据正始外，蛇珠昆玉莫盛于吴中，而人自为家语，自为格正变云，扰识者病之。（《弇州山人续稿》卷四十三《王世周诗集序》）

读之，卞之璧、隋之珠，庶几其泽也。沅之芷、澧之兰，庶几其芬且洁也。九疑之岭，三湘之浸，庶几其磊落森汗也……毋论操觚者生能谈汉唐台阁之隽，颊而趣二李、何徐矣。布衣之豪举，能薄太初、茂秦不为矣。虽然诸狭中谀闻少年，骤得一致语则快，而自骋长其目，无古人不知合者，古人所恒道，而不合者，古人所不屑道也。识不足以究二始，乃骤而以格卑作者，学不足以穷三馀，乃骤而以事疑作者，思不足以入九渊，乃骤而以蹊径窥作者。（《弇州山人续稿》卷四十三《何仁仲诗序》）

余不敏，伏读先生所为诗，若五七言古体，虽不为繁富，亦不孜孜求工于效颦，抵掌之似，大较气完而辞畅，出之自才，止之自格，人不得以大历而后名之。至于近体，铿然其响，苍然其色，不扬而高，不抑而沉，固中原之所钟灵，而盛世之响也……去先生邑而近者，大梁李献吉、高子业，信阳何仲默铮铮矣。先生毋但已也，毋论它结撰，诗于古必融而趣建安，于近必汰而衷王杜，繇是而上之，舍筏而问风雅之津，何难哉。（《弇州山人续稿》卷四十五《方鸿胪息机堂诗集序》）

吾始读其纪行之三篇而怃焉，古无是也。欧阳氏之滥觞，而范氏、周氏、陆氏之横流，然其辞蔓而枝。今者若镂矣，若绘事矣，其至者若化工之肖物矣。凿凿乎古路史选也，纪行之诗而酬赠附焉，出于机入于渊，五言其尤长城哉。若八珍之为味，至舌而甘，愈咀而愈不忍已矣。悠乎古诗选也，彼夫记序之典而裁也，志传之法而纵也，表启之丽而则也，竿牍之旨而俊也……吾以为冯子之才近柳子，柳子之去礼部而游于岭也，冯子亦似之，然而无忧谗作劳，恋故而慕新之念，以为之梗，是故冯子之天全，而柳子之天琢……今造物者惠我以日，而不胶扰我，我将无为而无不为，而岂直一雕虫而已哉。（《弇州山人续稿》卷四十七《冯子西征集序》）

余不能识公诗，亦不知公诗格，所自第躐一班，而窃窥明之所以兴，与公之所以大显于明者，盖有在也。今夫士一操觚翰而业诗，即知有五七言近体，业五七言近体即知有唐，而不知唐之盛而衰孽之，盖至于懿昭之际而极矣。温、韦、韩、罗诸君子，不能有所救，改而廑廑焉。用其小给之才，偏悟之识，泛猎之学，苟就之，思以簧鼓聋虫之耳。粗者快于事，精者巧于情，其萎薾飒沓之气，不待词毕而小。夫为鼓掌大雅之士，有掩耳而叹息矣。以故黄齐白马之祸，浅者不见用，用者不见免，而唐遂瓜剖而为六七，历数世而弗能一，宁非其征也。今骤而诵公之诗，若无以易诸君子者，顾其于辞，尔雅而不诡，宽大而不迫，窭处不寒俭，历乱无倾危，委蛇雍纡，俨然盛世大人之象，有余地焉。（《弇州山人续稿》卷五十《宋太史诗集序》）

不佞不解称诗如吾季子，乃孙公俨然临之，亡竢西北，其辙生而得窥唐风之遗。（《弇州山人续稿》卷五十一《孙中丞登马鞍山倡和诗小叙》）

叙曰：余束发而谈诗，自风雅而下，至于近代，亡虑数千年，于条格升降，无虑数十，而所考镜，若黄初、建安六年，以至三唐、两宋，胜国其人无虑数百千，而体亦因之。至明兴中叶，而北地、信阳、历下之辈出，乃能以一人之宏识而尽撷群有之高举，囊括包并，若力政之于六雄，可谓体具而功不易。至承父独不然，以为事与景者，天地所自有之物，偶遇而收之，情与意者，吾所本有之物，偶触而发之耳，彼吾役也，吾不彼役也。然独承父之材甚高，工力甚至，以故其句就而色自传，声自律，篇就而用，恒有余。当其忽然而至，沛然而出，风驰电击，纵衡踑跛，于广莫之外，使人心悸魄夺而不可禁，而悠悠旆旌，徒御不惊之气象，自如也。及乎列心为字，琢字为句，或陡削峭拔，或宛曲绵丽，骤读之，而恍然若新，既讽之而又恍然若故，则人工之极叶玉，而与真玉同求，其雕镂之迹不可得也。承父于诸体无所不精，歌行尤其至者，五七言绝、五言律小次之，七言又次之。（《弇州山人续稿》卷五十二《王承父后吴越游编序》）

余得而尽读之，大要气清而调爽，神完而体舒，其用事切而雅，入字峻而稳，运思深而不刻，结法遒而有余味，即不能尽舍历下、信阳之筏而登彼岸，要之，其发于机而止于成器者，自不可诬也。（《弇州山人续稿》卷五十二《朱宗良国香集序》）

自余与历下生，修北地之业，慕好之者，靡不鸿举，豹蔚金石，其声以自附于古，而才情未裕。景事寡剂，骛于雄奇，莽苍之观，而略于澹荡优柔之致，识者叹焉。孔炎，长淮以北人也，其调甚和，而致甚清。使事必惬，拈韵必稳，高处可步武摩诘、达夫，下亦不失钱刘。亡论余家东吴不能尽废其嗜，即于鳞而在，亦把臂入林矣……夫古有以一五言为长城者，有以一绝为宫辞者，偏至之圣，何必减于具体之微哉。（《弇州山人续稿》卷五十四《巨胜园集序》）

得合读之，然后知先生所诣之深而且博也。其诗皆婉曲工，至能发其情，以与才合，而不伤格。至于七言律，尤有斫轮中鹄之巧。若序记书传之类，古色与生气相射于西京、大历，吾不知何如，即非近代所易辩也。吾尝屈指明兴以至于今，能为古文辞者，亡虑数百千家，其卓然名世者，亦可数十百家，要皆庙廊山林之杰，乃欲举博士广文而称之，则不过临川聂大年，吾郡黄应龙、戴章甫、陆象孙三四君子而已。大年、象孙以诗胜，应龙、章甫以文胜，然皆廑廑肤立而至用。其子有名位优游素封者，锺记室之品不能名一人，此何以故。凡为博士广文者，势必久困诸生，诸生之业不过剽窃儒先之绪而微，饾饤组织之欲，分功于古文辞，则其业疏，以古文辞间之则其业杂。加之以岁月磨而耗之，甫得一官有余暑，始欲呻吟以从事古之作者，而不知其精已销亡矣。故夫山林之杰，必其不为诸生者，与为诸生而不终者也……先生之笃嗜在古文辞，其始不以诸生之业夺其后，又不以封君之飨夺宜，其所著述富有而日新，若此也，语有之，用志不分，乃凝于神，其然哉……夫庄周隐士耳，其著《说剑》，能使人攘袂而思奋，陶潜之诗，何其冲然澹宕也，《咏荆轲》一篇，慷慨感激，于剑术之疏深致意焉，然则先生之壮心，宁独栖栖于一文苑而已也。（《弇州山人续稿》卷五十五《彭户部说剑余草序》）

今读公诗，则皆和平郎爽，有朱弦疏越之音，而五言古近体，尤自长城。至于文，典雅简劲，大羹不和之味流羡于齿舌间，彼横溢而自谓才，钩棘而自谓调者，故退然而下风矣。（《弇州山人续稿》卷五十五《大司马赵公燕石集序》）

弇州生曰："胡观察、曾中丞之称公古文辞也，谓世之师述迁史汉者，刻意刿心雕镂，模拟其极。至于盗哭为悲，借笑为欢，公每叹以为中古影子，一切扫去之，咏歌必性情，论议自道法，因其固然，本其诚然。嗟乎，文不在兹乎哉！"（《弇州山人续稿》卷六十七《大理卿宋公传》）

而余诗既莽莽，不能造小致语，博蟠虬屈铁之胜，而书复沓拖可厌，所谓一解不如一解，其置之，勿令人作狗尾诮也。（《弇州山人续稿》卷一百六十九《赵子惠藏石田画虞山三桧》）

余始从吴兴凌玄旻所，获睹李贞伯先生所书大石山，与吴文定、张子静、史明古三君子联句，其结法精劲遒密，为生平冠，而诗亦险刻，有昌黎城南斗鸡遗调。（《弇州山人续稿》卷一百六十九《跋沈启南太石山联句图》）

余尝有唐伯虎《桃花庵歌》八首，语肤而意隽，似怨似适，真令人情醉，而书笔亦自流畅可喜。（《弇州山人续稿》卷一百六十九《唐伯虎画》）

吾尝以七月望登赤壁，酒酣耳热，歌坡老所作二赋，飘然欲仙者久之。然坡后赋所纪，及伯虎此图俱与景不甚似，当相赏有象外意耳。伯虎

才气仿佛此老，而穷达绝不埒。（《弇州山人续稿》卷一百六十九《唐伯虎赤壁图》）

今得览执事书，抑何钜丽辨爽，激诡之若此也，其解说文字之所由来，备体用，极正变，神情之传，会与天识之超解，使人骤读之而魄悸，徐味之而心醉者。及所叙尊公事，又复淹雅，遒劲度，他文当亦如是。仆所为快，岂唯跫然空谷之音而已耶，至于饰奖过情，却不敢当，仆年来笔研之习，不能尽谢如前所云云。然罄控纵送，稍自便习，虽涉方寸，无甚刿刻，但不忍拂仁人孝子之用心，不免骫骳逐好，时时伤多，以此愧古人耳。盖古人制文之权长在我，而仆制文之权多在人，故也。（《弇州山人续稿》卷二百一《甘金宪》）

归里以来，不能尽谢笔研于文，稍更鸡肋。诗自七言律外，皆成鼠璞，大抵少陵之《漫兴》，未必真，而文通之才尽不能掩也。执事诗新丽之极，时出人意表，古选则风人之托胜，而歌行则骚雅之藻极，欲征八斗。要于歌行见之，记序皆出西京，叙致详婉，忽更遒绝，乃记尤琅琅矣。（《弇州山人续稿》卷二百二《答王给事》）

仆近方晓不耐烦，颇不受俗缘约束，雕虫小障，渐能驱之……屠长卿作达狼狈至此甚矣，才之为人害也，即尽明州东湖水，何能洗"文人无行"四字，为之怅然。（《弇州山人续稿》卷二百三《魏司勋懋权》）

余向第以循吏目君，今乃始识其文彩风流也。诗词之道，本乎性情，尤关于学养之深邃。其发高华，顾海内寥寥不可数。觏今得吴君，曷怪神交心折耶。（《咸丰梅州·顺德县志》卷十八《绿野堂集序》）

德甫负耿介，往往排群好。楚咻非所顾，齐风乃同调。续缙媚沈川，夜光为之耀。累柯刘宿楚，山骨露幽峭。有向必当心，寻源乃深造。是时西曹彦，苦李在周道。所以获自全，闽天舒清啸。（《弇州山人四部稿》卷十四《南昌余曰德》）

卢生富结撰，扬马有遗则。及乎为诗歌，雅好在李白。春风扬波澜，浩渺靡所极。仰见朝霞媚，俯见水五色。蛾眉一成妒，雄飞铩其翮。（《弇州山人四部稿》卷十四《魏郡卢柟》）

伯玉人间人，忽往在千古。矫矫先秦则，耻为东京伍。匠郢斤成风，所至自规矩。一汰尘调非，耳观众稍沮。（《弇州山人四部稿》卷十四《歙郡汪道昆》）

余事乃及诗，亦方开元轨。（《弇州山人四部稿》卷十四《阳曲王道行》）

大理世其官，能文法无害。执宪昌言朝，如何与谴会。音容自矩律，策算几耆蔡。积俭乃起家，栾伯惭其汰。（《弇州山人四部稿》卷十四《周寺丞凤鸣》）

孙仲可者……诗自汉魏古选，以至少陵歌行、近体，靡所不合，文奕奕有二京风。（《弇州山人四部稿》卷二十二《挽洞庭渔人孙仲可》）

历下多奇士，夫君无忝之。身应李白后，书是伏生遗。古调名堪小，穷探已亦疑。书来重嘘借，吾更爱吾诗。（《弇州山人四部稿》卷二十三《答赠于鳞》）

近来称作者，屈指问知音。骨格谁真近，声名尔自寻。中天秀岳色，大海郁龙吟。一出无今古，时才总陆沉。（《弇州山人四部稿》卷二十四《与周叔夜论诗》）

余不喜咏物诗，至于七言近体，尤绝不为之，惧伤体裁故。（《弇州山人四部稿》卷四十三《咏物体》）

古人已往俱吞声，眼底辞人纵复横。何处衣冠无大历，即论台阁胜西京。（《弇州山人四部稿》卷四十九《漫兴八首》（其三））

夫文人之辞，易饰而诬，近之以为不若野也。贵人之辞，多可而誉，近之以为不若贱也。夫所以谋野而征贱者，其仲直哉。然以受之解州，公指也……且文者，宜其有取于不佞也。（《弇州山人四部稿》卷六十三《封吏部郎解州孙公暨配侯安人寿序》）

修其辞，故多愤激慷慨，幽忧之旨，然不数数也。（《弇州山人四部稿》卷六十四《陆吉孺集序》）

虽然洞庭之为涛怒于江上倍也，而吾陵之所睹一二舟必渔也，今吾所渔于子，何也。余益异之，为呼酒语，竟夕所谈艺文，自先秦、西京、建安、开元升降之格，诸子百家之趣，以至二氏虚寂之异，同因果，权摄经，伸药物之粗，山川之奇瑰，风俗之羯羠，神鬼幻变之状，侠客博徒之好，稗官巷俚之所纪，蜂起响应而不可穷……一日，余搜其橐，而得所纂诸先生格言，读之，则山甫语独多，而其大指乃在实学、实行，以究乎伦常之极，即世所慕说千古不传之秘，君必自为体证，果有合而录之书，余不尽尔也。余用是心服君，而君亦不尽酬，顾出其所谓诗文而属余。君材甚高，气甚完，虽不帖帖于古，然外足于象，而内足于意，文不灭质，声不浮律，以古程之，亦少所不合者。（《弇州山人四部稿》卷六十四《於大夫集序》）

先生言明佐独不好翰林，先生言于诗慕称风雅、苏李、建安曹公父子，搜陶谢，包齐梁，旁及开元近体，骚楚赋蜀，文多习左氏、庄列、申韩、迁史、檀弓、汲冢、越绝。（《弇州山人四部稿》卷六十五《王明佐泰岱集序》）

汝思多五七言近体，予故不别论，论其近体曰：于乎诗之变古而近也，则风气使之，虽然诗不云乎，有物有则……汝思往与余论诗，固甚恨之。度汝思之所撰著，亡用句攻，而字摘业非盛唐弗述矣……今汝思诗具在，如《登岱》《云门》《泛海》诸篇，飒飒乎有古遗响焉，殆欲超大历而上之。嘻，固无论汝思秦也，谓汝思而非之秦之道也耶。（《弇州山人四部稿》卷六十五《徐汝思诗集序》）

仲山甫之诗曰："吉甫作颂，穆如清风。"（《弇州山人四部稿》卷六十五《彤弓集序》）

君始以诗投余，盖益数而后知君之深于诗也。吴中诸能诗者，雅好靡丽争傅色，而君独尚气，肤立，而君独尚骨，务谐好，而君独尚裁。吴中诗，即高者剽齐梁，而下者不免长庆以后，而君独称开元、大历，诸能诗者不下数十百家，大要交相誉，以求树驰赞四方之贤豪，以鼓其价，而君独杜门……当君之精专为诗业，称工于众，退而无当于志，不但已也，当于志矣，程之古而稍不协不但已也。君之精专于诗，意直欲取其独见，而上媚千古，稍取千古之所谓工者而自快。盖至其相与酬倡，四五君子聊用以印证吾是而已，以故君之名不能遍于不知者之耳，而入于真知者之心。试读之，其不沛然而雄于气，苍然而老于骨，卓然而高深于裁者几希。君所至，以廉直惠爱称，而特耿介少所通徇，其治官与治诗，埒以当于志且程古耳，然往往课高第，其既归而人荐之不衰。呜呼，诗与政如是，足死矣。（《弇州山人四部稿》卷六十六《玄峰先生诗集序》）

七言歌行，规仿杨骆，时沿长吉近体，虽少总杂，大抵宏于庀材，而刻于树法，险于钩旨，而巧于取字，谐宫中商，经往纬随，彬彬乎一时之盛哉。（《弇州山人四部稿》卷六十六《比玉集序》）

文至意而独长沙李太师、石淙杨太保为之冠。太原乔庄简公，故尝受经二先生门，称高弟子，退而与北地李献吉、越人王伯安相琢磨，为古文辞甚著。（《弇州山人四部稿》卷六十七《少傅乔庄简公遗集序》）

李公才甚高，其下笔靡所不快，乃不欲穷其骋以愈吾格，治汉魏，旁趋齐梁，以至大历，靡所不究，乃不欲悉于语，以窒吾情，其思之界，可以靡所不诣，乃不欲求超于物表，以使人不可解。大要辞当于境，声调于耳，而色调于目，滞古者不得卑，而媚今者无所用，其骇以为二家之业，当如是已耳。（《弇州山人四部稿》卷六十七《李氏在笥稿序》）

沈翁当其操觚时，出其才，即足以凌厉一世，而其自视恒欿，然若不及……其所为诗若文，或雄轶奔放，以究其力，或瑰伟奇怪，以尽其变。要之，不之于情则止于性，达适其趣，而和平其调，纵心之所向，以与境际，而尤蘖之累不作，天下后世有以嘉隆之际称盛明家言者，沈翁故其一哉。（《弇州山人四部稿》卷六十七《环溪草堂集序》）

希仲诗五七言近体，长安中诸什多宏整而丽，七言翩翩自雄，独于五言古，寄兴建安阮公间，至其为谢监视初日芙蓉，不知所上下，七言绝李供奉、王江陵遇之，当把臂入林矣……夫中垒属在内而忧及外，希仲职在外而忧及内，俱不可不谓之忠，然使二君子才敛而托之空言，而谓之文若诗，天下亦遂群然，而目之曰文人，曰诗人，此其时尤可念也。（《弇州山人四部稿》卷六十七《青藜阁初稿序》）

读公文与遗事，惋然而心痛，奕奕韡韡，精神流行于三楚而有不死者，天亦未可不谓定也。公为诗文，咸明婉有致，其于奏疏公檄，剀切中事机。（《弇州山人四部稿》卷六十八《检斋遗稿序》）

吾子好为一家言，以吾之不得当也。虽然其谓我何，余谢不敏，则曰子书成而懈。夫豪杰之士，以无事殚力于学则不可。然使途之人，亦或尽染指焉，以立取而立应，而无腐相如之毫也，则亦唯子之功。谓康王诚贤王矣，刘孝标作《类苑》，而梁武以人主之重，不能见推挹，顾集诸学士为华林，要略以高之，康王不爱赵訾与书，以共山人笔札，而成山人名，康王诚贤王也。（《弇州山人四部稿》卷六十八《类隽序》）

又几千年而为明德靖之际，王稚钦氏出，而张廖诸公继之。自张公以气雄，而廖公以辞逞，稚钦最号为高华，然不能毋见才役，而少泉王公稍后出，独能折其衷。公于意非不能深，不欲使其淫于思之外，于象非不能极，不欲使其游于见之表，才不可尽则引矩以囿之，辞不胜靡则为质以御之。盖公之诗若文，出而好驰骛者俱恍然而自失也……公于诗若文，不作贞元而后语，然能脱摹拟，洗蹊径，以超然于法之外，不得以一家目之也。公与稚钦皆繇高第，读中秘书非久，皆去为他官，故无所染于习，自致其境于古，而公尤工……夫不佞乌足以得公所至，第览之渊然色，而诵之铿然声，婉而章，宏而典，奇而弗棘，庶几风人古典之遗乎。夫张廖姑所弗论，公盖达类，玉勒必简，然不为丽词淫声以祈主悦，沦落不偶似正则子美然无怨咨，感慨不平之气以见时左，而天子亦竟遂能知公，使千载之后不为公废卷而叹息也。（《弇州山人四部稿》卷六十八《王少泉集序》）

若伯鱼者，礼为之裁而情为之屈者也。夫何子不以情夺礼，卒亦不以礼屈情，而心终之，殆犹贤乎哉。（《弇州山人四部稿》卷六十九《永慕堂诗叙》）

于诗，近体宏爽开壮，有开元大历风。书仿祝京兆，得大令遗笔，然自谓日力寡，众体未备。（《弇州山人四部稿》卷八十一《四川按察副使章公传》）

（公）好为诗，诗得香山、随州意，然至成一篇辄弃去，不成稿。（《弇州山人四部稿》卷八十一《广东布政司右参议益斋赵公传》）

（陆）乃益读左史诸书，又好为诗，诗甚奇，而工于书。（《弇州山人四部稿》卷八十四《陆秀才传》）

公所为吟咏于社中，每一篇出，人辄为传写，评者谓其诗似白少傅，书札似赵吴兴，乃公夷然不屑也。（《弇州山人四部稿》卷八十六《明故资政大夫南京刑部尚书赠太子少保箬溪顾公墓志铭》）

君于诗，好建安及李白、杜甫，于文好司马迁、北地李梦阳，然自以其才气胜之，不屑有取似也。其横放雄厉，莫可得而羁絷，高者凌太虚，秀者夺万色，务出意气之表以自愉快，宁瑕而璧，宁蹶而千里，至于论说千古成败，慷慨击节，宁为籍毋宁为季。（《弇州山人四部稿》卷八十六《明中宪大夫福建提刑按察司提学副使方城宗君墓志铭》）

虽专门名家，无以难之，而其为诗自建安以下至大历，鲜有不窥，薄神情妙传，独在江左与贞徽之际而已。文主尔雅，不离象质。赋颂碑志，取财东京。然至于论说兴革利害，物情时趣，有味乎言之也。（《弇州山人四部稿》卷八十九《文林郎知奉化县事贞宪徐先生墓志铭》）

彭先生为文章工详腆，下笔不数千百言不止，尤长记传赞咏，诗大氐宗初盛唐，唐二杜旁及香山、郿州，精法书，宗右军《黄庭》、鲁公《家庙》，率更九成，行体翩翩眉山矣，吴中好事家，以不得彭先生书及诗若文为愧。（《弇州山人四部稿》卷九十一《明故征士彭先生及配朱硕人合葬墓志铭》）

其为诗歌，多忿激用壮，杂以诙谐玩世，或旁托广譬，以发其所不平，诸贤士大夫不能尽君才，然亦不敢狎视君。（《弇州山人四部稿》卷九十一《周一之墓志铭》）

于书鲜所不窥，而所尤习左氏、庄子、《离骚》、司马、班氏史。诗好称曹谢、岑李、王孟诸家，顾其所撰诗若文，则别为杼柚，曰吾得于机而发于机，虽吾亦不知其所繇来者，安能龊龊优孟抵掌为吴中名能文章家。（《弇州山人四部稿》卷九十四《中南黄先生墓表》）

至济上而贻百韵诗，攀龙辈为别，百韵即古，自杜甫氏而外，不恒见也，而文甚工。（《弇州山人四部稿》卷九十四《明承直郎刑部山西司主事梁公实墓表》）

公之为古文似韩也，乃又似苏诗歌，爽朗清逸。(《弇州山人四部稿》卷九十五《封中宪大夫都察院右佥都御史南溁张公墓表》)

于书鲜所不窥，为诗文雅健精密，成一家言。(《弇州山人四部稿》卷九十六《明通议大夫吏部右侍郎赠工部尚书谥恭简欧阳公神道碑》)

太中蔚畅于文辞，尤工五七言近体。(《弇州山人四部稿》卷一百二《刘太中公像赞》)

公于古文辞，得欧阳氏家法，且顺风扬声，不胫而驰。(《弇州山人四部稿》卷一百四《祭瞿宗伯文》)

公自文章家韩白，戚亦兵事中班扬，仆所偕慕幸不已诺耳。(《弇州山人四部稿》卷一百十八《答汪伯玉》)

则君侯之书币与所致三诗，在长跽诵之清风穆如，乃昔人所谓千里神交，应未欺我。字字挟风霜，君侯家故事，不佞何敢奸之，下走雄飞，语工气壮，磊落千古，至所谓依然一水，未尝不色沮自失也……乃子桓所称文章不朽，盛事经国，夫业则不知季之所得孰与仲多，区区富贵若飘风惊电，君侯与不佞共勉之耳。(《弇州山人四部稿》卷一百二十二《用晦》)

德甫向足下酬往，差不落寞，新诗爽朗矫健。(《弇州山人四部稿》卷一百二十二《用晦》)

得足下所损书及诗，读之，令人感结胸臆，涕泫泫下也……鄙人乃有云：七言近体不易撰，然近则近之，五言古易藏拙，然愈近愈远。(《弇州山人四部稿》卷一百二十二《用晦》)

牧寺之迁骎骎，故物不足为贺，但祝兄精神益强，酒杯词笔，飞扬汗漫，令青莲仙人岁星金马足矣。（《弇州山人四部稿》卷一百二十二《张有功》）

书词披写恳至，两篆画极精，诸诗翩翩有致，笔亦称之，郑广文三绝也。（《弇州山人四部稿》卷一百二十二《梁思伯》）

足下勉仆以少陵、孟坚，甚荷援引，仆自授管，窃有志焉。然微为近之，渐觉不类此，可与知者道也。至谓仆书可习苏黄，乃误矣。（《弇州山人四部稿》卷一百二十二《周叔夜》）

从邮中得报书，读之移刻，乃尽足下尺牍，无孙孔璋，至于叙致时态，评骘文体，宛然如觌。（《弇州山人四部稿》卷一百二十二《（袁履善）又》）

士大夫最受病在求与诸生异，与诸生异，不得不作盗跖吾州前辈，固无如足下也。（《弇州山人四部稿》卷一百二十六《答徐汝厚》）

书到后，公除甫毕为乡里项领所苦，已稍间悉，发之益自愉快，不谓足下知有仆，谓仆知有足下也。艺草雄丽奔逸，古歌行其在建安下、大历上乎。文出入庄、荀、淮南诸家，其犹频视唐宋乎……国初诸公，承元习一变也，其才雄、其学博、其失冗而易；东里再变之，稍有则矣，旨则浅，质则薄。献吉三变之，复古矣，其流弊蹈而使人厌勉之。诸公四变，而六朝其情辞丽矣，其失靡而浮。晋江诸公又变之为欧曾，近实矣，其失衍而卑。故国初之业，潜溪为冠，乌伤称辅，台阁之体，东里辟源，长沙导流，先秦之则，北地反正，历下造玄，理学之逃，新建造基，晋江、毗陵藻悦，六朝之华，昌谷示委，勉之泛澜，如是而已。於乎，假足下即不薄此言而姑留之，闻者得无掩耳而走乎。（《弇州山人四部稿》卷一百二十七《答王贡士文禄》）

足下不察，以为仆见归文不多，辄便诬诋，使仆衔后生轻薄之愧。吴中阛阓诗书，人人大将，岂令阿蒙得置一喙，然于私心少所降服。足下既以启之，不宜默矣。震泽以前存而弗论，足下远不见杨仪部、祝京兆、徐迪功，近不见黄勉之、王履吉、袁永之、皇甫伯仲耶，不亦咸彬彬有声哉。然或曼衍而绵力，或迫诘而艰思，或清微而类促，或铺缀而无经，或蹈袭而鲜致，或率意而乏情，或闲丽而近弱，所见唯有陆浚明，差强人耳。陆之叙事颇亦典则，往往未极而尽，当是才短。归生笔力小竟胜之，而规格旁离，操纵唯意，单辞甚工，边幅不足，每得其文读之，未竟辄解，随解辄竭，若欲含至法于辞中，吐余劲于言外，虽复累车，殆难其选，仆不恨足下称归文，恨足下不见李于鳞文耳。于鳞生平胸中无唐以后书，停滀古始，无往不造，至于叙致宛转，穷极苦心。然仆犹以为顾、陆、张、王之肖物，神色态度，了无小憾，比之化工，尚隔一尘。（《弇州山人四部稿》卷一百二十八《答陆汝陈》）

友人彭孔嘉尝为余书，此篇遒劲丰美，备得颜柳骨态。（《弇州山人四部稿》卷一百二十九《题池上篇彭孔嘉钱叔宝书画后》）

寒泉山人自喜为诗，诗清绝，而不得志于诸少年。（《弇州山人四部稿》卷一百二十九《题所书赠莫山人卷后》）

希逸此赋，真江左琳琅，一时脍炙人口，然不无稚语。（《弇州山人四部稿》卷一百三十二《希哲草书月赋》）

此卷《白雀寺》诸诗，尤备风骨，有美女舞竿、良骥走坂之势。（《弇州山人四部稿》卷一百三十二《王雅宜书杂咏卷》）

履吉之于虞永兴，亦似文通拟古书法，姿态既备，结构复不疏，盖晚年得意笔也。（《弇州山人四部稿》卷一百三十二《王履吉书江文通拟古诗》）

此卷所书绝句中如"夜深池上弄琵琶，万里星河月在沙。莫怪樽前弹出塞，只今边将未还家"，却自有唐调，可喜也。（《弇州山人四部稿》卷一百三十二《陈鸣野诗》）

壬子冬，余以使事道维扬朱子价为书二卷，其一为近体，旋失之，此卷多齐梁乐府语，虽不无小出入，而宛倩秾至，不失箕裘。（《弇州山人四部稿》卷一百三十二《朱射陂卷》）

永乐中人主移跸大都，而一时馆阁诸先生扈从者，光佟其事，分胜标咏，大抵损益胜国之遗，如所传金台八景，然往往多七言近体，汤王孙所以见屈于刘尚医者，此也。自李何后，护格绝不作诹长语，而丹青之托，则杜堇古狂外，亦不复再见，文德承薄游燕市久，取王蓝田画中诗法。（《弇州山人四部稿》卷一百三十八《文伯仁燕台八景》）

林大迪者，故同年尚书对山子也。闰秋之月，忽访我海上，以其所著《丛桂堂草》来读之，大较鸿巆典丽，不操闽音，而七言古近体尤自烺烺。（《弇州山人续稿》卷十五）

先生于文好言两司马，于诗好言李杜，然至所结撰，必匠心缔而发性灵，曰某虽不才，何至于词林中作椎埋耶。（《弇州山人续稿》卷三十五《封侍御若虚甘先生六十序》）

佛无禅，自达摩氏西来其教行，而后有禅也。三乘之上者曰大乘，自禅之说精，而后有最上乘也。最上乘者，非超大乘而自为上也……诗禅无诗，自苍雪翁而后有诗也……诗自为格，格自为乘者，苍雪翁也。苍雪翁之于诗，采不能六代，体不能五七言古，姑即唐之律绝，以近易晓学人，而其所谓二三乘，亦取其一间之未达者，非若独觉初地之邈隔也。大指意趣在养，格调在审，二语尽之。而所谓神来者，从容中道，气来者触处而发，情来者悠游而得，则严仪氏未前发也。当苍雪翁之论诗在仁宣间，学士大夫尚浸淫于胜国之习而不自觉，乃欲以数语抉造化之秘而振起之，不亦伟杰丈夫哉。令是书行而世宁无兴者，又何必寥寥至数代而始有北地生也。今天下之不为诗禅者，鲜矣。而不能无二境，入悟境则坐成莲花，入魔境则立变荆棘，然而不入魔者，亦鲜矣。（《弇州山人续稿》卷四十《苍雪先生诗禅序》）

小间读之，毋论其格所繇起，其才情则烨如也。（《弇州山人续稿》卷四十一《卓光禄诗选序》）

而读定父之诗大不尔，其乐府、五七言古，则务完其气，而逆探古作者之所自来。近体或澹或壮，要多自胸臆出之，而不染于色泽。（《弇州山人续稿》卷四十一《黄定父诗集序》）

范生殊精劲饶典则，而于生则能自致其语于人意表，毋论其诣不尽合，要皆不失其所繇来，而又不悖于经传。二生退而客有谓余，立言者以不朽计，此岂其能不朽哉。夫训故之学，雅已非圣人旨，而况乎时义割裂而饰藻之，子以为不然。夫时义者，上之而不能得圣人旨，下之而异岐于古文辞，以希有司一荐者，此其义。故时也，乃圣人之精神含寓若引而未发者，吾忽然而发之，先秦二京之筋脉步骤，能出入于吾手，而不使人觉……故夫善为时义者，未有不译经而驱古者也……凡唐之名士大夫，若昌黎、香山辈，诸所谓行卷者，盖昔之诗若文，而今之时义也。甚哉，士之迫于人知已也。（《弇州山人续稿》卷四十一《云间二生文义小叙》）

莫山人公远好为诗，其诗或忽焉而创意，或突然而起调，务于人所不经道语。与山人善者，谓其源出岑嘉州、常县尉，惟山人亦自谓近之。（《弇州山人续稿》卷四十一《两都纪游小序》）

此为永嘉王公阳德之诗，若文也……而至推量文章诗歌，昔人以为不朽之业……乃知公非不善文也，又非于推量不能尽也，大指又不欲以雕虫一技名其官。夫读公诗而必欲程之，以六季、初盛唐之格乎哉。顾类多调畅和，适与吾之性情会，间有籁发而精诣者，其不以为嘉、随二州之语鲜也。公文尤不规规于古，然本之蓄而裁之识，剀切详到，悠然出于天则者，固非镂肝效颦之所敢望也。（《弇州山人续稿》卷四十一《王参政集序》）

嘉靖中司外制者，务以骈偶割裂绸缪，其文辞嫌于人主而下谀执政，乃推公与二三学士讨论之，而公所草最为简要淳古，推本经术，彬彬然有两汉风。当是时，馆阁之士争以诗酒饰太平，而公独不然，务觊拆国家典故，以至边防财赋诸大计，历历如指掌，以故其见之文皆明切破窾，隽厚有余味……公既不屑为花鸟月露役，而一时雕虫叶玉之技，愧避若异趣，然有所发于性而止于文明者，故内足于实而外足于藻也。不佞自少时好读古文章家言，窃以为西京而前，谈理者推孟子，工情者推屈氏，策事者推贾生，此岂有意于修辞，而辞何尝不工笃也。一气孔神，于中夜存，恍若抉玄珠于夜气平旦之前，而先几齐物之妙，所发于《吊屈》《喻鹏》二章者，亦略可推矣。（《弇州山人续稿》卷四十二《念初堂集序》）

夫诗道辟于弘正，而至隆万之际，盛且极矣。然其高者，以气格声响相高，而不根于情实，骤而咏之，若中宫商，阅之，若备经纬，已徐而求之，而无有也，乃其卑者则犹之，夫巴人下里而已。子吉乃独能斟酌其间，使格恒足以规情，质恒足以御华，所谓求之而有者，往往出于声色之外，其于五言古近体尤号长城。然束脩见余，过自损挹，以少年自喜为骚赋、乐府，而经术夺之。已又夺于应制，俪偶语不获大肆力，于学是愧。夫操觚之士，甫脱青衿，即诡以词达，幅巾宽裾则冒山人之号，而纵谈汉唐语，彼岂能真有之，聊以自娱快而已。（《弇州山人续稿》卷四十二《陈子吉诗选序》）

自伯龙之为南音，苟不至于不毛，其傫竖游女皆能习而咏之，而伯龙意不怿曰："是焉，足以名我。"今夫古乐府之与今词，本末迥然别矣，其音发于籁而辞缘于情，古未有二也。于是稍取建安、六代之作而拟之，得若干首，伯龙之才恒有余，故不能尽返其本。始其质不能御文，故时时出入今古，然或正言以明志，或婉语以引情，一切归之和平尔雅，庶几洋洋乎盈耳矣。说者犹谓文园令之赋班兰台，尚以其曲终而奏雅，况伯龙哉。愚不敢以为然，不取其终之雅，而罪其始之曲，是法家刻深语也。夫伯龙犹知有返古也，柳屯田、张秘监之才，彼岂遽出伯龙下，安于其偏至之好，而不知节。故狺狺之辈，目之以三中，讥之以三变，彼盖欲自解而不能也。黄豫章者，贤于二子矣，乃至托于佛而为谶以解，夫豫章诚悔之则，胡不如伯龙之以古乐府谶也，吾故曰伯龙犹知有返古也。（《弇州山人续稿》卷四十二《梁伯龙古乐府序》）

其《杏山集》者而读之，五言古最造上，居然有建安、康乐风，七言歌行出入少陵、太白，近体所谓武库兵甲，森森刺眼。然其气恒完，而用事恒有余，间发一独至语，往往出意表……而先生为歌诗，凡数章，语益奇，居久之，余解郧节，甫下均州，而先生则已候于江岸矣……顾其属辞益工，使事益博，骎然若庖丁之奏声，又若骏马驰于康庄之野，而亡蹶蹄也。夫以余之亡，当于世晚而益肮脏，顾先生有深合者而托之以不朽之事。夫先生虽微，余乌能不朽之，若先生之集行，而少有异同者，其吾江左哉。江左之气激而清，是以有累篇少累字，中原之气壮而朴，是以有累字少累篇。要之，不以彼易此也。（《弇州山人续稿》卷四十二《杏山续集序》）

度不得已而有所应，则必内尽于理，而外尽于事，文成而无所益于世，弗撰也，其稍弗程于古，亦弗撰也。（《弇州山人续稿》卷四十三《少保张文毅公集序》）

元之貌益丹，谈说今古益熟，然颇不及诗，而间从一二友人所得元之篇章，读之，未尝不爽朗有致也。（《弇州山人续稿》卷四十三《山泽吟啸集序》）

禹乂竟厌其业而为诗，度其馀装几何趣，买先秦、东西京、建安、六代、开元、大历诸名家言读之，即寝兴食息，枕漱亡适，而非诸名家者，若与之师友相下上也。其所为诗，一切忧喜悲乐，可怪可愕，有所感慨于中辄发之……禹乂之于诗，既能程则古昔不倍格，而厐材取宏，征事取核，其色声耦矣，意象协矣……夫隆万之际，王者之迹著而诗昌，子之郡而有能言者，则天下无不言诗者矣。然天下之言诗者以位重，而子之乡言诗者以家重。今子弃家而为诗，家日益轻，诗日益重。（《弇州山人续稿》卷四十三《汪禹乂诗集序》）

夫建其词格，吾所不能辨，然于赋兴差具二焉，其语于宪文之间详矣，使夫子降格而采之，其可以嗣国风者，岂鲜也。（《弇州山人续稿》卷四十三《编注王司马宫词序》）

当伯子之为诗，二李之道未接，以故亡泥格，而独能以其材之所近，就境而发之，大抵山林之辞澹，廊岩之辞丰，缘情之辞婉，征事之辞核。吾不知于古何如，去大历、长庆之间不远矣……余因题曰《项伯子诗集》，而叙以答其意，某亦好为诗，功力不能如其父风气。（《弇州山人续稿》卷四十三《项伯子诗集序》）

在明材甚高，气甚畅，其发而为诗语甚秀，调甚逸，风之泠泠有馀响焉。大要以自当一时之适，不尽程古人，然试以协诸古亡弗协也……今天下才士大夫结轨而谈艺者必趋唐，而唐之篇什最富者，独少陵、香山氏，其次则李供奉、元武昌而已。（《弇州山人续稿》卷四十四《朱在明诗选序》）

虽然，即今如王君言，青莲、少陵何以加也，已谓余子虽欲强我一言俟而无朽矣。夫雪樵子生江左，顾尽能脱其靡靡冶柔之习，而能务完其气。无锡故不乐为吟咏，雪樵子亡师友劘切之力，而能务谐于古调，其气完，是以句工而不累篇，其调谐，是以篇工而不累格。畅得沉而收华，得质而御。夫天下不难乎才，难乎才而无以剂之，雪樵子殆知有所剂哉。（《弇州山人续稿》卷四十四《叶雪樵诗集序》）

今夫周先生，深于治经术、谈性理者也。时有所吟咏，以寄其所不得已者耳，固不假腐毫刻叶之为功，与左准右绳之为范。然而天才之溢出，则居然大国之赋，冥思之独造，则突然偏师之劲。忽骤而鞭风驭霆，已敛而庆云祥飚，不专门，不涉蹊，古所谓质有其文，彬彬君子者，非耶。（《弇州山人续稿》卷四十四《水竹居诗集序》）

诗真无益于世哉。上之不能奏清庙、备疏越，如唐山夫人、邹子乐以数语当一代之盛；下之公车不以程士，不能如钱起、李肱褒然诸生间。一入仕籍，则绛灌耽耽焉……子姑为我见元瑞，使彼不惜格降而博求其变，子程格而务深沉其思，又何古人之不可作。（《弇州山人续稿》卷四十五《冯咸甫诗序》）

会稽陶懋中，苏先生之流亚也，当其年十五六而侍先文僖公，时所为制科义，业已尽倾其侪伍，而懋中心厌敦之。于六经外，益读诸子、左国、先秦、二京之言，以下至大历、开元之为韵语者，若糗教之酝于腹，既熟而出之，放溢横溃而不可御，芬旨袭于人口鼻而争侈其盛……懋中之于诗，自乐府铙歌、《十九首》而下，亡所不比拟，然离合操纵，往往见其指于骊黄牝牡之外。近体及它文尤朗畅有气，夫万斛之泉稍一澄其源，而不令为浊泾所侵溷，其为苏先生何啻哉，又岂唯俛得之而已也。（《弇州山人续稿》卷四十五《陶懋中镜心堂草序》）

又出其诗则又操吴韵，而甚清雅。（《弇州山人续稿》卷四十六《任玄甫渌水编序》）

其于五七言古，有康乐、长吉之致，绝句仿佛青莲，或思往而艰，或神来而易，或比于事，或兴于情，或并比兴而忘之，大概不可为典要所构，时险时坦，忽沉忽扬。譬之柏宗之攻璧，虽复瑕瑜互见，其瑜者竟自连城，沙苑之骏有蹄啮，而不害千里也……余戏仲达子不朽其身矣，何至乃欲不朽其名也。（《弇州山人续稿》卷四十六《华仲达诗选序》）

曰：奈何复求益役吾无涯以供有涯，于是始治诗，晚而愈好之，顾其大要在发乎兴，止乎事，触境而生，意尽而止，毋凿空，毋角险，以求胜人而刿损吾性灵。以故翁之诗出，不能暴取名，而其存者，和平爽畅，有君子风，即置之唐长庆、宋元祐间，庶几无愧色矣。翁之不为凿空角险，以求胜人而刿损其性灵，此于摄生家甚要，故老而神明之用不衰。（《弇州山人续稿》卷四十六《湖西草堂诗集序》）

章子敬诗，宛宛有才情，乐府拟选能于古调中作新语，歌行放浪自赏，近体尤更滔滔，遇所合作，真足神畅。（《弇州山人续稿》卷四十六《章子敬诗小引》）

至明而程士必经谊，而课吏必政术，盖弘德以前，一受符试，郡县则日夜碌碌奉刀笔，未有能及吟咏之事者。二三豪隽，虽稍不为考功，令所束然，其大究尚工于政而拙于诗。（《弇州山人续稿》卷四十七《龚子勤诗集序》）

已而读其诗，曰："子之自诡澹，则子之诗何以秾至有味也，得无有名者在乎。"不疑曰："否否，诗出吾臆，而吾亦无所与也。"（《弇州山人续稿》卷四十七《澹游编序》）

邦相之文气雄而调古，驰骤开阖，不法而法，乃其持论往往出人意表，歌辞亦称是。（《弇州山人续稿》卷四十七《喻邦相杭州诸稿小序》）

程先生之于文，宏肆辨博，诗亦埒之，然不肯为精思，以求超乎一代之格。当时和之者，不知其乡几何，人亦不复有与程先生并称者。岁一甲子而为嘉隆之际，汪司马伯玉氏始一大倡之，其格非西京而上毋程，其语非先秦而上毋述，左櫜鞬，右鞭弲，以长驱乎中原，于是徽之俗尽绌。其锥刀以从事楮墨，彬彬洋洋，几与昔之稷下西湖并雅。盖自有汪司马氏，而程先生之名几晦……度郑公之才不能如程先生高，而根抵理道有矩蠖，

善持论，亦有足相当者。（《弇州山人续稿》卷四十七《郑狷庵先生集序》）

明兴，一代之诗无盛于今日，靡不称大历而祖黄初，亦靡不知有桢伯者。（《弇州山人续稿》卷四十七《欧虞部桢伯归岭南诗卷序》）

嗟乎，自先生之壮时，天下之言诗者，已争趣北地、信阳，而最后济南，继之非黄初而下开元，而上无述也。殆不知有待诏氏，何论先生。虽然声响而不调，则不和格，尊而亡情，实则不称，就天下之所争趋者亟读之。若可言，徐而核之，未尽是也。先生与文待诏氏之调和矣，其情实谐矣，又安可以浮响虚格，轻为之加，而遂废之，抑不特诗。（《弇州山人续稿》卷四十七《汤迪功诗草序》）

盖先秦而后、大历前，于书无所不窥，亦无所不仿拟，而不薪尽合，曰非吾心之是衷，而谁与衷……余读昇甫书，窃悲其气之拂郁，而壮其志之果也。已尽习其言而又微窥其诣也……昇甫之为古乐府光发矣，工十而得五，近体之工十而得八，志、传、记、序之工十而得六，其琢劘易矣，繇是而不已焉。（《弇州山人续稿》卷五十《大隐园集序》）

今谦之所治潮亡以异于古，而其风物号为淳美，商贾之所辐辏地，若缩而近者，遂一雄望名而谦之，后先所为诗，和平丽雅，高亮朗郁，蔼然治世之音，而通人之大观也。（《弇州山人续稿》卷五十《丘谦之粤中稿序》）

凡诗四卷，文四卷，其文吾不知所衷，大较有三变焉。家食以还，出入眉山父子，气溢而材横，飙驰电击，使人不能正视，东秦清源，忽敛而抚左史，叶玉缕虫，与造物争巧楚。及归田，舒而孟坚，又舒而昌黎。固不必尽孟坚、昌黎，然悠乎其味也，森乎其蒦也。（《弇州山人续稿》卷五十《周叔夜先生集序》）

其踪迹半天下，所至必游名山大川，以广其思，游必有诗，诗必协情，实调声气，盖庶几高蜀州、钱左司之遗。晚而稍务为严重称贵体，至于才情之所发，亦不能尽掩也，其文尤善缘本经术，中章程，往往尼材班范，而步武于庐陵、南丰间……峻伯每言令我以七寸管猎声誉、市贵要，外托以风雅，而中躁狭即其言，若沈宋，若柳州，终不以雕虫之技而升中正品，固能践之哉。峻伯集若干卷，其所缺者，骚赋古乐府，所不多见者，碑志。（《弇州山人续稿》卷五十一《吴峻伯先生集序》）

先生之为诗，以徜徉媚己而已，顾无制科义及酒，足夺故所著，视九嶷先生加多云。余观九嶷先生流易自放，天真烂如，华不至靡，劲不示骨，其启兀然，先生毋亦少陵氏之必简乎哉。至于颂谀则潘左伦也，若兀然，先生诗出之悠然，扣之铿然，味之冲然，庶几乎。（《弇州山人续稿》卷五十一《二顾先生集序》）

子之诗质文剂矣，情实谐矣，抑扬顿挫足矣，可以雄矣。子年今何许，曰三十矣，然则子之所未备者体，所小不竟者变，而子之所不乏者年，而又何不佞之问……子发于机而中于则，充实而光辉，大而化之，是在子而已矣。（《弇州山人续稿》卷五十一《潘景升诗稿序》）

吾向读恒叔所上封事，为之咋指称叹，以为文莫有大于此者。且夫大丈夫不胜感慨一念，用其壮于半夕之思，晨奉皂囊，叩神虎门，行则天下蒙福，不行则万世归名，岂不亦简易宏博哉……恒叔于诗无所不精丽，而歌行、古风尤自出人意表，其索之也，若深而甚玄，既成而读之，则天然无蹊径痕迹矣。文尤能近西京，出入史左，叙事委致，而以险绝为功，至于谈名理、探禅那，往往有心解神悟者。（《弇州山人续稿》卷五十一《王给事恒叔近稿序》）

则其诗辞旨清丽，神采流畅，发端必工，尾结必遒，有色有声，必露蹊径，吾不知于大历、贞元，何如置之。隆万之际，灼然巨擘也，文之取材尤更古雅。（《弇州山人续稿》卷五十一《吴曰南集序》）

先生之诗一而先，后几三变。始先生入吾社时，喜于鳞甚，其缓步、张拳、竖颏、扼肾，皆精得之。然而其所自致者，不能胜其所从入者，是故片语出而重邯郸之价，然犹未免蹊径之累。归田以后，于它念无所复之，益搜剥心腑，冥通于性灵神诣，独往之句，为于鳞所嘉赏，然于鳞遂不得而有先生。其又稍晚运斤弄丸之势，往往与自然合，或于鳞，或不佞，或大历，或贞元，要不可以一端目之，大要突然而自为德甫。然置之古人中，固居然亡愧色也。江右之名岳，大江扬澜，左蠡以奇丽甲天下，名相宏儒之业，有非它藩所敢望者，独于诗未有以称也……先生于诗，古近体亡所不致佳，近体独超，近体五七言，亡所不超，七言律尤妙。（《弇州山人续稿》卷五十二《余德甫先生诗集序》）

王司业绳武先生之诗删于仲子逢年之手者，余业已叙之。大要谓先生能采建安、六季之材，而归开元、大历之格，其颉颃吴中前辈，表表可指数，而未有能名之者，盖又大其材而惜其不终遇也……明兴，高皇帝以马上得天下，业有文矣，而是时金华乌伤以瞻博显，杂以宋氏之撰，成一家言，易世而庐陵出，始颛为欧阳氏体，虽不能尽得其步骤，而以典雅闻，台阁之业几成，而不可变。德靖之际，北地、信阳稍出而倡西京，然不能以其实胜，于是两相持而不相下。嘉靖之季，则华州、内江诸先生始改玉矣，而其端则自先生发之。（《弇州山人续稿》卷五十二《王司业先生文集序》）

昭甫运思必新，出语必俊，偏诣之铎，警拔动人，苦心之致，间成自然。或边幅小不足，四声小未和耳，此二端者，子业百一有之，北地、信阳不尔也。夫攻诗者，犹之乎攻璧者也，昭甫之璧辞璞矣，其器完而理就，小加以润泽，则连城矣。（《弇州山人续稿》卷五十二《张昭甫诗集序》）

先生所遘内外境以百千计，其言之就以数十百万计，其接逾繁，其应逾不穷，盖深得……人咸谓先生古诗出建安，近体过钱刘，文或左史，或昌黎、庐阳，不可以蹊径见轨辙。虽然所以为玉叔先生者，故自如也。伯玉宏丽工微辞，当与先生赓传而成不朽，若不佞则何所效哉。（《弇州山人续稿》卷五十二《二酉园集序》）

仲子于诗，无所不工，五七言律，尤其至者，大较情真而语遒，意高而调协，即其才何所不有，而实不欲以江左之浮藻，掩河朔之风骨，盖得少陵氏之髓而略其肤者也。文尤典雅简劲，直写胸臆，譬之赤骥盗骊，以千里追风之势，而就御勒。毛嫱、丽姬，汰人间之粉泽，而以其质显，惜也。酬应之请，夺之不获，悉发其蕴，抱以追俪千古，成不朽言，而今所见者，仅一班耳。（《弇州山人续稿》卷五十二《魏仲子集序》）

自是孟达数买舟过余，则必以诗谒，其诗亦必进，如是者数年矣，而得百八十馀篇，为体凡三，大较五言古似韦苏州，而时时上之，七言古似高达，夫五言律似常建郎士元，七言律似李颀，绝句在大历长庆中，未易才也。孟达之所构结，以淡雅为体，以和适为用，其始非必皆自然，淘洗之极，归而若自然者也。而至于才之所不能抑，则间出而为奇警，情之所不能御，则一吐而为藻逸。嗟乎，诗如是，足矣……当北地、信阳时，不废徐昌谷、高子业，今者有济南，当亦不废孟达也。孟达以余同调，必欲使之衷而信于世，则所不敢。虽然余闻之韦苏州在事，而僧灵澈者为韦体数十章，以赘而求合韦，殊不之顾也，已尽得其生平所著诗，而后大喜曰："子奈何强所学而从我，我且几失子。"然则余之所以许孟达者，其能不为余也哉。（《弇州山人续稿》卷五十三《华孟达诗选序》）

今者孟孺且当代为将，其诗虽不能如左虞钜丽，然气清而调雅，异时当有偏至之目，或曰诗之不利人久矣，即搢绅子不能以此博一，得意除目，乃而偻行苦吟于白刃之林，能从中取万户侯乎哉……世不乏良将，然少能以将为诗者，若子之父良于诗矣，似不能以诗为将也，子如衷之则两显矣。（《弇州山人续稿》卷五十三《张孟孺诗稿序》）

今中原之音豪厉，而江左之音柔靡，咸甫则既能调之矣。唐初之造，弘丽而不及法，末季之诟，雕镂而不及气，乃咸甫于二者复有所汰取矣……咸甫于文辞，非不美璞也，法非不古樽彝圭瓒也，揽之非不怿且有光也，其犹有期月之需而已耶。（《弇州山人续稿》卷五十三《冯咸甫竹素园集序》）

弘正而后，士大夫高骀远骋，祢檀左而骉，先秦史迁以降无述矣，彬彬者可指数也，乃其弊流而为似龙出之无所自，而施之无所当，六季之习则茅靡矣，肤立矣。巧者猴棘端，侈者绣土木，不佞于其间粗亦晓所趣舍，以才薄未尽合也。求之天下，而又鲜所真合也，则不能不抑……吾夫子之训曰系辞焉，以尽其言，而所谓辞者达而已矣，又曰易知则有亲旨哉。盖余晚而始得，其庶几者一人，曰姜司寇先生，先生少为诸生，即慨然有志圣贤之学……今其书具存，其舒雅似庐陵，浓缛似洪州，而说理之详，往往有超于紫阳之乘者，惟步骤开阖，精神筋络，不无出入毗陵尔。眉山有云，欧阳子之文非韩愈之文，而欧阳子之文也。余亦曰先生之文非毗陵之文，而先生之文也。（《弇州山人续稿》卷五十三《姜凤阿先生集序》）

刘子威顾独推称于鳞，以为振古之杰，即吾兄弟亦不敢后二君子，然尚谓于鳞之时歌似犹在文上。而瑞谷直以为文胜诗，犯世之所疑，及姗侮而不避。今者尽得瑞谷文而读之，则其于于鳞，盖有袭魄当心而不可解者，岂直优孟抵掌之似而已也。然于鳞之所治，不傍及庄列、骚赋与东京之金石，而瑞谷时时见一斑，必且曰吾虽贵于鳞，不必皆于鳞。祢吾闭门而造车，出门合辙，则余未之敢许也。藉令瑞谷以昆吾之割而润泽之，了不见痕，抑控纵送，唯吾意之所使，蹊径尽绝，生机流衍，即古人奚让焉，而宁独一于鳞。第瑞谷既精深于古文辞……瑞谷业以于鳞文胜诗，诗当有叙之者，故不赘。（《弇州山人续稿》卷五十三《吴瑞谷文集序》）

先生束发读书，即能为古文辞，亡论西京、建安以至六季，大抵采其材而缓其格。若开元、大历之英，则缀而为韵，昌黎、庐陵之隽，则组而成章，其于作者之旨合矣……即其诗之存者，往往朗秀玄著，春容尔雅，置之开元、大历间，不甚易轩轾。其于后进映带，故有馀矣。（《弇州山人续稿》卷五十三《王太史诗选序》）

夫先生诗，所谓清隽温厚者，与文贞皆得虞扬之逸响，固无论。即一时诸公，或雄而博，或畅而裁，要皆雍雍治世之音，不大诡于格，骤举而读之，未敢有甲乙者。至一闻先生名而神气忽若王，目若开而明，舌若津而润。诸贤之什非不工，固有黯然沮，索然离者，要不知其所自也。夫子不云乎，诗可以兴，迩之事父，远之事君，又曰兴于诗，夫岂直以其辞将亦其人哉。（《弇州山人续稿》卷五十四《周是修先生集序》）

其文亦以时法参夺之，不能遽脱其习以追角乎。弘嘉之盛，然少而为诗，晚益笃好之，今其合者，置之钱刘之侧，不至矍圃之见汰，降而就景传事，香山之叟，吾故知其把臂入林也。今操觚之士，扼揽而谈建安、开元，骤见余之序孟起诗，必大骇，以多可少否，藉令苟徇少年之好，而唯影响之趣，余宁与此不与彼也。（《弇州山人续稿》卷五十四《王孟起诗序》）

景升与二三君子穷舟车杖履之胜，发而歌诗，往往清远蕴藉，如《金阊》《銮江》诸曲，能以宋齐乐府之调，而出入建安之门，近体要亦不下大历。虽山水之胜有以启景升，而景升之深会独诣其灵承者，自不浅浅也。（《弇州山人续稿》卷五十四《潘景升东游诗小序》）

先生故好为古文辞，不以经术废，以故得晚达，而古文辞有俊声……先生之诗得之文氏诸君子为多，故不欲刿刻饷索，以崇其格，而极其变。然大要和平有蕴藉，语必实际，蔼然盛世之遗响也……先生之好客，不问产与之近，而不为名高过之。至于洒落消摇，不佛而禅，庶几白香山诗亦称是。（《弇州山人续稿》卷五十四《华补庵先生诗集序》）

元孚才高而气雄，间不胜其用，壮而少玉，则清润婉秀，往往发于情而止于义，有不尽为闺阃所束者。当其得意时，即元孚恍然不觉其左次……少玉调虽止于唐，然不落宋元矣，使天假以年，有自唐而上者，咄咄逼元孚，世且以元孚诗或出少玉手，元孚甘之乎。（《弇州山人续稿》卷五十五《西陵董媛少玉诗序》）

乃喻公独不然，其险也，必无蹞其深也，必无弗达要以说诸心，而畅诸理泽如也。然则识公而未尽者骇其奇，能尽公者，谓公之实毋愧于达也，必以柔曼靡丽望公若不足。夫靡柔曼靡丽，江左之音辞，而中原之所不屑也。嗟乎，使立而肤也，毋宁立而骨哉。少极第行之，有刘子威、袁履善者，可就质焉。（《弇州山人续稿》卷五十五《喻吴皋先生集选序》）

当是时，其才横肆不可当，读之若入武库，虽五兵烂然，不无利钝。至卅馀，乃始稍稍就绳墨，而以清圆流丽为宗，畦径虽绝，而精思微逊，所谓《文起堂集》者也。余读新集，则情事剂矣，意象合矣，出之若自然，而探之若益深，博而去其杂，奇而削其险，刿而洗其迹，于是乎幼于之诗成矣。（《弇州山人续稿》卷五十五《文起堂新集序》）

读之，见而刿，而不刻，肆而不骜，驯而不凡，步骤有节，咀讽有味，庶几乎求之心者哉。（《弇州山人续稿》卷五十五《集虚斋书义序》）

明兴百五十年，而始有先生，先生甫弱冠，天才横溢，飞声艺林，超宋乘而上之，步武开元、大历，以与六代接。文则自西京而下之，亦不失六代，其尤雅隽者，书牍大小数十言，言子长、少卿也。诗无所不工丽，而五言更长城矣。（《弇州山人续稿》卷五十五《王梦泽集序》）

戊子冬，为有举宣城梅季豹者，曰是夫也，能不为近体人也。已而季豹来谒，今年冬则出一编，所谓《居诸集》者见示，则皆骚赋、四五言古诗，余乃以暇卒业焉，大叹诧曰世故有人哉。若季豹之为骚赋，于左徒、文园时时取财，而别具悲慨婉冶之态。五言于汉魏，时离时合，而其合者，并其气度色泽得之，惟四言不能窥风雅藩。要之，梁陈而后绝影矣。使季豹袭古衣冠而不为金陵市客，而访我于弇中，吾且以为千载人焉。（《弇州山人续稿》卷五十五《梅季豹居诸集序》）

君故好为诗，以不获意于名场，则益工诗，诸所经变态憔悴、愉适之境，与游览酬酢，缱绻乖暌之际，一于诗乎发之。居谓愁欲以当饮，饥欲以当食，倦欲以当偃息天下之快，多矣，度非诗不足当也。其深思之极，见若为雕刻者，然要归之自然，即率尔而为之，若不经意，然求其不合于古者鲜也。（《弇州山人续稿》卷六十七《长梧封人传》）

霍先生讳羡资，字汝学，真定之井陉人也……为文有奇气，又多发其所自得。（《弇州山人续稿》卷七十《霍先生传》）

高先生者，名举，字伯鹏，别号淞阳……其为文章汪洋宏放，于诗亦能达其所欲言。（《弇州山人续稿》卷七十《博士高先生传》）

布政公姓陈氏，讳鎏，字子兼……公又自言诗不入格而无俗韵，文不成家而能达意，然以置之长庆、庆历间，无愧色。工小楷，出入钟、欧，自行草，擘窠以迨榜署，书尤丰媚遒逸，有天然趣。（《弇州山人续稿》卷七十二《陈布政公传》）

已遂业五七言古诗，有清韵，而其为他文亦工。（《弇州山人续稿》卷七十二《童子鸣传》）

喜为诗，谓其能发性灵，开志意，而不求工于色象雕绘，君子以为知言。（《弇州山人续稿》卷七十三《邓太史传》）

论诗，圣陶谢而贤元白，前后吟咏，可得千余首，于元白庶几似之。好临摹古书帖，喜草圣，得意处，翩翩不减王履吉，尤工治纸，自谓合

古。(《弇州山人续稿》卷七十五《沈理先生传》)

太公不喜属文,以其去情性远,而嗜诗,老而吟咏不衰。邦相私评之,以高处雁行岑嘉州,下亦不减元白,其为五季乐府,慷慨激昂,则辛幼安、刘改之也。人以为知言……所为诗发乎情止乎性,用自愉适而已,若终始不离素者,邦相目以如岑、如元白、如卒,庶几暗然,而章不能竟掩之矣。(《弇州山人续稿》卷七十六《喻太公传》)

少能诗,晚而渐入唐格,能文,文闯东西京,能书,书法遒劲,剂永兴、渤海间,尤精二氏学,旁晓星历服饵之技。(《弇州山人续稿》卷七十六《余征君传》)

毋论伯玉谓山人于九歌、二雅、六义、五音,无所不窥。于屈宋、苏李、韦枚、曹刘、王谢、盛唐诸家,无所不入。于音节景向、意象风神、倡和转移、捭阖飞动,无所不得。于乐府、古风、长句、近体,无所不工。沨沨矣,泱泱矣。然而不守一隅,不由一径,或得之心,或寓之目,或动之情,调调刁刁,众窍毕作,犹之大块噫气,吹万不同,瑞谷之称稍约,谓山人五言得之王孟,芳姿在掬,七言春和婉畅,春色依树,多以趣胜。(《弇州山人续稿》卷七十九《汪山人传》)

若爱我,奈何不使我有身后名,于是益读书,多所纂辑,谓明兴风雅于唐,盛矣。作《明诗选》,文体垂三变,而鲜折衷焉。作明文则学士大夫于诗尊唐,而斥宋,宋且废,是恶可尽废乎。作《宋诗选》,进而谏争,款款有余诚矣。作《忠恳录》,退而徐观乎俗,断断有余感矣。作作《警世编》,慎之先邈而其裔则益滋我,将为整齐焉。作《家乘录》,读何氏记游山而韪之,谓胡以仅纪游也,作名山记,其他若所谓《陈将军集》《斋山志》,王荆公摘粹南台奏稿者,往往甫脱草而人传之,君乃喟然曰:"述而不作,信而好古。孔子何人也,而称窃比不佞乃获老死,是间足矣。"(《弇州山人续稿》卷九十《文林郎南京道监察御史山泉慎君墓志铭》)

当其为古文辞，务出于人所不能道，陵险诣绝以为功，而其于尺牍小语则益精，霏霏若吐玉屑，又若坐晋人，而与之清言也。（《弇州山人续稿》卷九十二《凌玄旻墓志铭》）

夫于文喜韩退之，而所自构撰文。若诗则间有类东方曼倩、李太白者。（《弇州山人续稿》卷九十五《中宪大夫陕西按察司副使致仕进阶嘉议大夫万崖黄公墓志铭》）

属文矫劲有气力，居恒谓文不根理胡以文，学不能治心胡以学。（《弇州山人续稿》卷一百三《文林郎宁陵知县秦君墓志铭》）

君于书无所不读，至为史，则指掌千古，贤于倚相矣。书学则三仓矣，文则匠西京矣，诗则滥觞六季，归间于开元矣。大小今隶山阴父子矣，行草分篆则次仲子玉，以逮虞永矣。（《弇州山人续稿》卷一百五《云南路南州知州进阶奉政大夫六柱曾君墓志铭》）

所著诗文最夥，不名一家言，其诣亦以先后为至未，大要才周而溢，学积而宏。今不必离，古不必合，匠心成法，遇境辄会，斯所以为艺苑之雄乎哉，古者亲在不称老。（《弇州山人续稿》卷一百九《张幼于生志》）

幼于殆得其遗意，唯不能忘情于文，间出巧语，不能忘情于世间，出感慨语耳，虽然亦可观矣。（《弇州山人续稿》卷一百六十《张幼于四跋》）

诗成，孟孺读之，意不怿，曰："束发弄声律来，今种种矣。公奈何不有以诲我，且公不善书，何以独后先论书。"余笑曰："管公明云善易者不论易，吾不善书是以论书也。吾倦吟矣，懒融所谓牛头二十年，所得都忘，何以语。子虽然无法可语，即语也。子于胎骨森然，独少脱换耳，必下真种子，使如羚羊挂角，无迹可寻，乃为诗也。"孟孺复请曰："公

已具真种子乎与我哉。"余笑不能应。(《弇州山人续稿》卷一百六十《题与程应魁诗后》)

盖天全、西涯二公名位相敌，而范庵以风节翱翔其间，不肯下，一当合也。天全书固自有飞动势，二公尚法而此特纵，遂皆为生平极意笔，二当合也。为诗三，为词一，而首皆缺有二字者，有二韵者，有小半阕者，三当合也。(《弇州山人续稿》卷一百六十二《损本三君法书》)

禄之自是草草，吴兴如一束枯柴而已，孔嘉《虎丘诗》，既不俗而书笔流利，不作眉山体，骤看之，未有不以为文氏者。(《弇州山人续稿》卷一百六十二《三吴诸名士笔札》)

李贞伯先生记游滁阳诸山水，数千言，其文词宛悉秾至，有周益公、范大资、陆秘监风。(《弇州山人续稿》卷一百六十二《李贞伯游滁阳山水记》)

适园诗着意笔也，殊令人眼明，王文定廷献赠王父司马公一章仿汝弼，而稍粗劲，刘清惠、元瑞与履吉尺牍甚佳，盖敌手相值耳。(《弇州山人续稿》卷一百六十三《续名贤遗墨卷》)

陈复甫书能于沓拖中生骨，于龙钟中生态，以柔显刚，以拙藏媚，或老或嫩，不古不今，第不脱散僧本来面目耳。此所书陶诗，尤为合作，然世知之者益鲜矣，知之者谓之自然，虽然比于陶诗自然尚隔尘也。(《弇州山人续稿》卷一百六十四《陈道复书陶诗》)

丰存礼傲睨一世，而倾倒嘉则，乃尔信乎为才服也。计其书，时当已病痹痱，无一笔不颤。而犹有山阴典刑，诗虽不能整栗，而命旨绸缪，宛然建安遗韵也。(《弇州山人续稿》卷一百六十四《题丰存礼诗后》)

俭岁鲜食，人有以丰道生手书杂说鬻者，竟月无所遇，余乃以五斗米得之。其所论文，骂宋儒前阙数行，亦不甚成语。所论诗，自喜其“江天楼独倚，风雨酒初醒”，亦恒语耳。金潞太史以为胜少陵勋业行藏之句，则亟称之。有胡瑛者以拟赵蝦，则极骂之。其论书稍推文太史、祝京兆，次则陆詹事，而于马一龙、沈恺、王逢元、陈鹤、杨珂、沈仕皆痛诋丑拟，不遗余力。

又

丰考功病马行中，虽杂用唐人语法，亦不能无少瑕，而感慨悲壮，寄托恳至。

又

孟孺所藏此卷，乃与其乡人包明府者，前二诗句与笔皆有精采，后则皆尺牍老手纷披，殆若东城父老谈开元斗鸡事，虽复缅缅举举，不免沓拖，人翁生平不齿王履吉，以其结构疏，故履吉当亦不齿人翁。孟孺精八法者，其为我衷之。（《弇州山人续稿》卷一百六十四《丰存礼手札》）

新都汪仲淹出僧大林遗稿一册见示，大约词翰皆清瘦有法，而伤单薄，少余致，虽不尽洗馂餡本色，亦不至作毡根吃藤条语。（《弇州山人续稿》卷一百六十五《僧大林词翰》）

天下以才子归稚钦先生，谓若大绅，子启之倾写不倦，则误矣，构结鍜琢，极有工夫，一句一字，亦皆有色泽意态。若项西楚、关汉寿，不能得其九战绝通道，掩七军之妙。而仅以叱娄烦、馘颜良、暗乌跳荡之粗，目之为万人敌也。此卷皆五言律，尤自长城，书法故不必成就，而翩翩自赏，宛有征仲中年以前笔，先生信奇人哉。（《弇州山人续稿》卷一百六十五《王稚钦书五言律诗》）

王先生登武林晴晖楼歌，起颔两韵，全是青莲家法，中颇出入唐人，然雄逸爽劲，诵之如食哀家梨，快不可言。（《弇州山人续稿》卷一百六十七《王子裕先生墨刻五跋》）

此少传乔庄简公所作长歌也，图为钱塘戴文进所书《江山胜览》，颇

斐亹有致，公歌辞亦瑰伟，第有感于旧游。（《弇州山人续稿》卷一百六十九《戴文进江山胜览图》）

惜题诗者，馆阁二三君子，如王宾客汝玉辈，词翰虽若楚楚，觉寂寥不称。李文正公宾之，乃为杨文襄公应宁赋一长歌于后。辞既瑰伟，而行草亦自跌荡快意，非真于画趣追望羊，当縣诗底无全牛耳。（《弇州山人续稿》卷一百六十九《王孟端竹》）

昔人有诗云"长江如白龙，金焦双角短"，自诡以为善名状。盖两山之对雄久矣，而未有图之者。（《弇州山人续稿》卷一百六十九《沈启南金焦二山图跋》）

诗中用驿使语为雅事，第不知仙骨寒香一辞条后，所存几何，故不若邮筒中尺素之堪远也。（《弇州山人续稿》卷一百六十九《唐伯虎画梅谷卷》）

《题柳》"窥青眼"，相传国初人作，可谓曲尽张绪风流。至马致远百岁光阴，有感激超旷之致，而音响节奏又自工绝，元人推以为词中第一，殆非虚也。其词既别南北，而复分其早春暮秋景地，乃谒钱叔宝作图，而周公瑕复以正行二体书之，风日清美于文漪堂，呼三雅，佐展卷，亦不辱矣，惜未有雪儿以红牙句拍唱耳。（《弇州山人续稿》卷一百七十《画南北二词后》）

陈复甫作墨本牡丹，甚得徐熙野逸之趣。记宋有去非先生者，作墨梅绝句，至今艺林以为与梅传神。复甫岂其苗裔耶，何无声之诗与无色之画，两相契也。（《弇州山人续稿》卷一百七十《陈道复牡丹》）

今览其盘礴斋笔信，有出蓝之美，所恨不能舍蹊径而上之。昔人论诗，羚羊挂角，无迹可寻。噫嘻，岂惟诗而已哉，殳生其勉之。（《弇州山人续稿》卷一百七十《题殳生画》）

每读足下一番诗，辄一番奇，进炼字琢句，皆从苦心得之，纵入醋瓮中，不受淹浸，要当表仪昭代，岂直白眉朱邸而已。

又

每得公一番诗，辄复一番奇，进才情，融美格，意朗畅，朱邸中乃复有斯人哉。豫章诸秀，翩翩藻逸，公与用晦为之冠冕，子良、子云辈不得专美于前矣。

又

谭道人来再得手教及石兰馆诗，读之令人齿颊皆芬，中间虽不无一二可商者，然自是良璧，无损连城。（《弇州山人续稿》卷一百七十二《答宗良》）

冯海粟诗颇豪，其误字潦草，拙手本色，不足疑也。马河中画清绝可爱，乘兴作一短歌，并题数行，破我绮语戒矣。（《弇州山人续稿》卷一百七十二《答南阳孔炎王孙》）

又

仆本不足言，跌宕文史，聊以自宽，不意为世所知，又不意为世所恨。

又

得所寄三七言律，寄儿子二五言律，他诗五章，皆宏丽精切，字字不苟，虽未脱蹊径，要之武步间耳。（《弇州山人续稿》卷一百七十二《答南阳子厚王孙》）

又

诸诗五言极古雅，有建安风，歌行警丽奇陗，近体亦自铮铮，中间用字、落字，触眼不凡，何幸朱邸中见白眉如二三君子也。

又

足下文采风流，照映江右，能使朱弦振响，丛桂增色。（《弇州山人续稿》卷一百七十二《答朱贞吉》）

　　长君来拜，领盈筐大贶，捧读教札累数百言。至扇端见赠长篇，并枉访返棹一律，题山园二律，格调高爽，辞旨雄丽，无论远逼开元，而饰奖逾情，使苏壤弃余均荐兰蕙。（《弇州山人续稿》卷一百七十四《董宗伯》）

　　得蔡子古文数十篇，遒劲峻洁，仆之畏友也。（《弇州山人续稿》卷一百八十《傅金吾养心》）

　　仓皇读之，觉其神采趣味俱朗隽，唯追琢之功少逊耳。律诗押韵，尤不宜脱隐侯腔。律者，三尺律也。（《弇州山人续稿》卷一百八十《李允达》）

　　（公）大都多和平尔雅之旨，第集名骋游未甚合，至乐府、诗余而后，知靖节之赋闲情，不虚也。（《弇州山人续稿》卷一百八十一《答华西湖》）

　　足下诗在浓淡间，时具悠然之趣，而调复朗朗，文简劲有法，尺牍尤隽永。苦乏踵门者，不能尽足下才耳。
　　又
　　北地济南格超矣，其诗不受役，文不能不受役也。
　　又
　　仲达才本高，俊语时出，以法故让耳……而今乃信诸所以得名者，非吾所得意者也，大丈夫贵心赏耳。虽然，亦愿有以效三君子。夫日月星辰，其垂象亘万古而长新者，元气布也。黄河之流历万里，东注海而不屈者，元气贯也。不有孟子、庄周、战国策、司马子长足广乎？玉虽贵，仆愿三君子化工之叶木也，不愿三君子玉工之叶玉也。仲达书中往往有好仙语，意欣然若有会，但不宜误读《抱朴子》《悟真篇》，落汉武黄金灶、温柔乡穿耳。
　　又
　　足下诗，譬之宋卫，已自成国，采而为风可删者。少贤仲氏则大邦赋也，然尚未受命于东都，虽磬控纵送，洵美且都，而少一段如组如舞。

又

仲子天才，大有神至语，亦有从苦思入者。第下韵入字，往往未稳协。以故句饶专力，而篇少全功，譬之未攻之璞，骤令拙工见之，不免相累老卞耳。（《弇州山人续稿》卷一百八十一《答华孟达》）

虽然足下之念我殷矣，其文工矣，仆又且闭关果迻，遂失足下矣。夫向者，与足下伯氏书谓三君子为造化之叶木也，毋为宋人之叶玉也。夫雕虫者，文也。其谁能不叶玉，谓叶玉而不失叶木之意也。篇有眼曰句，句有眼曰字，字有字法，句有句法，篇有篇法，此三者不可一失也。

又

得足下书读之，其书仙也。再得足下诗咏之，其诗仙也。已而窃窥足下之心腑、颅骨，仙也。然而微有疑于足下仙者，非谓足下不仙其志与气也，非谓足下有大父及嫂与诸孺子之累也，以能一习未洗耳。

又

旬前读公诗且大半，大抵神来之语，迥自意外天成之句，高出物表，特以体裁未定，瑕瑜时出。（《弇州山人续稿》卷一百八十一《华仲达》）

又

吴翁晋寄诗，诗甚雄爽，排律如入武库，甲仗森严，计已返雪，不能作答书。（《弇州山人续稿》卷一百八十一《汪仲淹》）

扇头二诗，壮丽精切，怨而不怒，古印新刻，所谓五湖长，不敢不拜。（《弇州山人续稿》卷一百八十一《汪惟一》）

所示诗篇宏丽有致，唯排律句似盛唐，而篇似六季，于见投之作尤甚，幸少调之。赠贺长昌一序，足征高尚，时义奇俊，汗血千里，亦须小酌羁靮耳。（《弇州山人续稿》卷一百八十二《刘生》）

第足下之情最切，文最丽。（《弇州山人续稿》卷一百八十二《吴函虚》）

向者得足下书，笔甚古，思甚奇，学甚宏博。今者复得足下书，则笔益古，思益奇，学益宏博，而前后所示通家之谊蔼然。（《弇州山人续稿》卷一百八十二《张茂才》）

启械读之，宛然若面，莫州见寄之什，宏丽悲壮，一倡三叹，他作多称是。文气奇峻，咄咄逼人，吾七子之后，故不乏也。（《弇州山人续稿》卷一百八十三《林近夫》）

今天下争靡于简易之门，高者入于禅，广者流于墨，而不自知其于切问近思、实践之学远矣。迩来识者颇亦忧之，大有所抨击。然不免负竞胜之心，既不能窥见其底里，无以破其锐而坚吾城，不过南床一白简耳。执事之论，探本务实之论也，贤于欧阳永叔矣。仆数奇自放，不能为人间完人，而又多少年偏嗜堕绮语障，今过五十，始知悔，然无及矣。（《弇州山人续稿》卷一百八十三《陆山人》）

而足下盛为书饰奖之，二诗见贻，铿然之音，斐然之藻有余荣矣。（《弇州山人续稿》卷一百八十三《彭钦之》）

足下诗，声调气色，高朗华秀，微有一二可商者，少磨砻力耳，不为瑕也。（《弇州山人续稿》卷一百八十三《何仁仲》）

所谓《嘉禾颂》者，则彬彬东京、建安风矣……足下之文美，美则必传，传则当为有识者所窥也。（《弇州山人续稿》卷一百八十三《答晋生》）

得足下书见念拳拳，至读三诗，则洒然如觌矣。二律爽朗不凡，然尚

小有查滓。古选既极，宛缛更自遒劲，第饰奖过涯，非仆所敢当耳。（《弇州山人续稿》卷一百八十三《答章子敬》）

年过桑榆，百念俱冷，不唯毁者，不螫舌誉者，亦一切无味。出处之趣，要亦同之。张萱到否，此子材似胜文。光翁晋诗故精深，然未遇之人，不宜遽工，工则造物见忌，恐以自没得次。（《弇州山人续稿》卷一百八十五《汪司马》）

故余宪副德甫者，令先公之同年，而仆与于鳞之石友也，束脩自励羔羊之节，白首无异，所为诗，实能矫厉江右之派，以开正始。（《弇州山人续稿》卷一百八十九《陈玉叔》）

新诗托寄幽玄，措语温雅，少加琢劂，自可上薄唐人，希踪六代，而关键处间有可商。至于韵狎尤似草率，不无微损连城，辱见委辄尔。信笔点窜，知公大雅，必不至作牛奇章憾也。时义之美，使人一唱三叹，吴子辈虚自标榜，即研石成臼，不敢望见。

又

虽然不佞不敢隐其拙，而阁孝子之情倘以灾石乎，即不佞重有愧矣。读赠亡弟，长律瑰丽宏整，蝉缓周详，自是当家。（《弇州山人续稿》卷一百九十《答邹孚如舍人》）

灵芝一赋颂而有风，若对楚人五七言、古近体，一倡三叹，余音袅袅，令人心醉。所喻竹素之好，托寄千载，是仆鄙尚之偶同。（《弇州山人续稿》卷一百九十一《邹彦吉》）

秦中诸文种种有意有色，而凌云之材，扛鼎之力，又能称之，必传无疑。唯杂咏一卷，虽佳境层出，而小涉议论，时露蹊径，远则唐人之清诣，近则陈王之自然，要须于此处，小加留神耳。仆不才，然辱公之知若此。（《弇州山人续稿》卷一百九十六《许孟仲京兆》）

天下大矣，念能操千古觚翰黜陟者，独公与伯玉、明卿三四君子，而亡弟皆得奉下风。（《弇州山人续稿》卷一百九十六《李本宁》）

又

所心仪虽于鳞，然与之同调而异裁，若用事写致似小胜之，盖七言近体为最矣，古文辞尤长于记，记尤长于游，诔赞则彬彬焉。（《弇州山人续稿》卷一百九十八《答吴明卿》）

寄来新诗，宛宛有情致，俊而且丽，自足名家。公所示北人难雅语而寡叶声，自诡差长大都已得之。诚不愿公为敖辟乔志之齐风也，唯寓思稍加研深耳。大小文尤更古雅，冷语散辞，出入东西京，间采世说，读之，令人心折……胡元瑞《诗薮》亦见否，其采可谓博，而持论可谓精，尚不免有偏枯处，公宜一览之亡弟已矣。（《弇州山人续稿》卷一百九十八《答邢知吾》）

第觉其精光射人，古法森森。至于云梦志，格新而调古，语劲而意高，是诸志之冠，仆所不能也。集名临云楼，亦自鲜雅，序辞不妨品骘，若所以名楼之旨，故当有记阐之，兹不必也。（《弇州山人续稿》卷一百九十八《答邹孚如》）

至于新诗数体二十余章，往往直逼开元。而河朔风骨，故在徘徊吟咀，恍若与懋权相对，自是五湖之鳞，无溯江而上者，仅有加额西向而已。（《弇州山人续稿》卷二百三《魏考功懋忠》）

执事古文辞，鲜所不宏丽，而拟古其巨擘也。乃见赠之篇，精博老苍，惜令不肖当之辱耳……则妄进一言，大抵有韵与无韵语，其轴一也。庀材宜博，师匠宜古，入思宜深，篇主脉，句主眼，勿庸勿晦，勿促勿碎。凡数者，执事之所饶辨也。（《弇州山人续稿》卷二百三《答帅膳部》）

新诗多爽朗有致，八咏之章，所谓不虚美，贤于《上韦左丞》《哥舒开府》多矣。（《弇州山人续稿》卷二百四《唐滁州》）

新诗有学，有才情，有字，有句，必名家，必传后，无疑也，唯在乎熟之而已。（《弇州山人续稿》卷二百四《徐推官桂》）

故有情生于文，文生于情。语求之古人，古人有足下文，不能通足下情；求之今人，今人能悉足下情，不能诣足下文，于目中所见信无两也。（《弇州山人续稿》卷二百四《丁休宁元甫》）

两月复从沈所得足下书……调高格苍，警语时出，令九原可作迪功，必为叹赏。（《弇州山人续稿》卷二百五《顾山甫》）

足下才高而学博，其气若祖龙之吞六雄，其庀材用事，又若征六雄之宫材而聚之咸阳。先谏议藻语逸情，虽未易及，此二端者，当归小许公耳。诸体无所不妙，长律、排比、填押，不无武库利钝，小加磨淬，便成于莫。（《弇州山人续稿》卷二百五《刘玄子》）

信使千里而来手书，勤拳写致肺腑古体见赠，宛尔栖泊，令人心折，特奖饰过情，非所堪承耳。他作种种有独诣之致，尤可喜者，不蹈他人影子，惟淘洗未尽，小存蹊迹耳。
又
辱手教满纸及册中诗歌，字字从肺腑流出，不蹈袭一语，令人爽然。足下之穷甚矣。（《弇州山人续稿》卷二百五《刘将军》）

公别后，稍取新集读之，甚清丽，而乐府、七言古、五言绝，尤宛宛有情致饶俊语。大抵苾刍诗脱馋韬气，将军诗脱兜鍪气，乃不受少年雌黄耳，公诗得之矣。（《弇州山人续稿》卷二百五《何将军》）

五七言近体皆佳，而七言尤自铮铮，态度都雅，音徽清美，时造真境。七言古绝似高岑，而间有费力处押仄韵，少操吴音，诸铭玄思古调，得周家三昧。杂文齐梁而上，能以东京之质御之，不作近代歌头曲尾。祭文甚藻奇，而押韵亦不免操吴音。此或白璧之小瑕也，更似宜撰五言古一二章压卷端，何如。见传戴仲德雄经，且骇且惜，得无为厕鬼所引耶。不然，非有魏齐之迫，岂以一公子难见，而遽授首也。（《弇州山人续稿》卷二百六《张幼于》）

足下文追琢太始，于联缀摹写，当推独步。大约古句十四，古字十六，篇法虽小逊，时时参伍。少须，于元精真机中，更一番陶冶蹊径，应自绝矣。（《弇州山人续稿》卷二百七《答王少卿》）

公诗律雄浑奇崛，所当无前，唯小洗伧气，足使唐人退舍，目前无足难也。蒲坂余烈尚能鞭棰少年，作被羽先登，今似小屈矣。

又

弟所草记序小有致，若二古诗，激亢用壮，殊愧大雅，吾丈何缘尽登之石，陈生笔意可爱，但不当下赘某体，某体作蛇足耳，镵去之可也。刻手与拓工俱佳，河北乃有此三绝……每读少陵句，世人皆欲杀，怪其过甚，今得无类是耶。

又

刘长洲致所梓明七言律，选觉虹色缭绕，盖图穷而匕首见矣，何雄丽精切若此。此书成，于近体可作大指南。足下金篦之力非浅，弟仆乃亦滥竽与三君子方驾，恐不得志少年以偏嗜訾足下耳。国初，诸贤淘汰觉太严，如高季迪，虽格调小降，其才情足以掩带一代，或可加益否。八句有歌行数章，又落韵有傍出者。夫律者，律也，抑或可少删否。伯子书法每一见，辄一大奇，进足下诗既凌驾开元，伯子书复仿佛永和河朔二伧父，纵横若此。（《弇州山人续稿》卷二百七《答穆考功》）

大篇有响、有象、有色、有格、有情、有调，稍加沉稳，即开元、大历诸家不足畏也。（《弇州山人续稿》卷二百七《王光州仲叔》）

七言犹自超，音象鸿爽，才情调畅，要当于岑李、钱刘间求之。别致时义，典雅精洁，殊堪程式……夫材不难专诣，而难兼工。（《弇州山人续稿》卷二百七《冯咸甫先辈》）

俞子公临赠余五言律，百五十韵，凡千百五字，尚有余劲可饮，石梁老夫见之，不觉绝倒走笔。（《弇州山人续稿附》卷一《七言古（小序）》）

老人今亦六十五，偷得余生何足数。不恨古人今不睹，但恨今人不复古。（《弇州山人续稿附》卷一《二王欢伤无锡王翁昆山吾宗老子敬也》）

若刘玄子、袁坤仪、舒孺立辈，或强弩之末，或新发之硎，皆能以奇应之，而其最奇者临川周籀六。是时公车之士待诏金马门，当应中秘选者，亡虑三百人，皆弭耳以俟。籀六先而会，小不当格罢不收，仍出令太康，乃太康令则又称循良吏，褒然冠京氏考功矣。余以衰病蒙恩赐归弇中，籀六一日尽衷其所著书古文辞，若青葡草，亦波篇以示，至公车之业与奏牍之语以间附焉，具书裹粮以授余。里人徐簿之子，其书汪洋浩荡抵掌，而睥睨千古，莫可摩揣，徐风其乱，故谬谓余以弘奖风流，许与气类尺蹄余沈，足附不朽。夫余岂其人哉，即获稍稍卒业，其四骚辩之嗣响也，藻而裁曲而有直体，其五言古宏博辩丽，其才溢而不自禁，凌庾跞颜以自命家，虽雅颂小逊，要亦齐秦风人之极致也。五七言近体鸿畅环雄，声格气力超长庆而主之，所不纯，大历者，无意有意之间耳。它论辨序记之伦，皆能以其才极其诣，思必物表，辞必境外，其格不必尽程西京，而庄吕淮南之旨，飒飒遗响焉。于葱岭微言，更自针芥于乎太原之门，故多奇，其奇有能逾籀六者哉。余老矣，度不能尽天下士，有所当心则欣然而述之，览者毋舍试而疑吾誉可也。（《弇州山人续稿附》卷二《周籀六新集序》）

以玉叔之博收而泛应，文固不暇生于情，顾其材富而精力强敏乃尔，

当繇情生于文耳。（《弇州山人续稿附》卷二《钟山诗序》）

承见示以晋唐名迹及古碑刻之类，若可以当披阅者，仆自郧中归，亦尚有所购置，至戊寅冬，数梦出□而书室不戒于火，怦营如失，又梦至一友人案头神赵吴兴数纸归。醒而恶之，悔之，遂不绝复购。更二载，受仙真戒，付家儿子辈有书三万卷，并书画，俱分授三子，间携恒所读书不下三四百卷。十年间都不复问之，昨始知都为人典库中物矣。盖壬午以至庚寅，水旱之灾，催征责追伎力俱殚，故不能守，今岁如复俭则当长不归矣，言之可为一笑。（《弇州山人续稿附》卷四《孙太常》，注：□为原为墨迹处，字不能辨。）

以为诗自弘正以还，若北地、历下、信阳诸君，虽创戞小殊而各极其□天之势，要自俱抵玉京。独于文则北地、历下如迓日新都，虽标格有余，而持论似小不足毗陵、晋江，用其才力为之，终不能超乘而上。足下之文卓识精思，其谈理征事皆极典畅，然未有一字一语不出自西京者。诗则寄托深矣，取裁古矣，而尚不能无蹊径。倘不鄙以仆为他山之石，取其所雌黄者而留意焉，断不使故人独称古，而今人犹今也。拙序亦非敢曲笔，聊为述所见耳。世眼浅狭多忌，且以仆为报恩之役罪我，不辞足下书来，若以仆之得归为快，而以世之不能容仆为惜。（《弇州山人续稿附》卷五《邹孚如》，注：□为原为墨迹处，字不能辨。）

昨诵兄诗，种种妙境出入意表，令我膈间沛然若决，乃知陈琳小子一檄何足愈魏公头风也。仆老矣，不谓复睹正始之音，愿足下勖之，足下方与叔夜、巨源把臂入林，何暇从淮阴市中刺促耶。珍重，珍重。（《弇州山人续稿附》卷五《陆少白》）

纵以颖资，组为文章，韵则声诗，竭蹶隆始，尽汰时私，贾其余工以逮临池，少而学成，晚乃名归，其名之归集，若麇追其言之行，不胫自驰，穆穆先生澹焉。（明钞本《弇州山人续稿》卷七《俞仲蔚先生像赞》）

此周寻壑先生像也，先生散朗为质，豁落不拘，幼业轩岐，尤精脉理，决断生死，悬合岁月……世贞恒谓孟尝挟齐相，文举资北海，藉令先生处，此客何至剑歌酒，何忧于鼃耻哉。先生少工五七言语，每篇成辄更焚弃之，曰吾偶以适情而已，使我有身后名，不如且饮一杯酒。（明钞本《弇州山人续稿》卷七《周寻壑像赞》）

览裕春丈与府公书，使人神悚。久不接徐使君，遂成宿诺。如及泉丈到，必当为精言之，然自了此一言后即杜口矣。近来觉得文者道之累，名者身之累也。诸公篇章日新，歌咏仙真事，甚盛且美，然不敢达之仙真，但与相知一晤赏耳。（《上海图书馆藏明代尺牍》第四册，第90～91页）

第今天下名为古文，然不得越经生术而遽显古文辞士，古文辞士故渐多显者，然亦不得越经生术而自显。（《弇州山人四部稿》卷五十六《别汪仲淹序》）

而县官不以一障尺刃畀之，而遂诿曰："文士无用者。"宁不冤也。吾虽孱弱不自立，然不敢信文士无用于天下，则于汪伯子征焉。伯子束发而修古文辞，精于《坟典》《丘索》，先秦、两京诸子，其操颐颏揽，指腕片语尺蹄，无非雅娴者，拟以不习吏，而伯子初试令，即为良墨绶进郡太守，即为良二千石郎。（《弇州山人四部稿》卷六十二《少司马公汪伯子五十序》）

其时也，国家鸿昌茂庞之气，莫盛于弘治，而一时诸巨公，如三原、洛阳、钧阳、华容辈，皆能以博大默成之，其为政务于存国家之体，而不必伸其操，其所论著务益于国家之实，而不必华其名。盖至于正德而所谓气者，日益开露而无馀，其所称一时，学士大夫不胜其少者之断，则果于掊击以见操，不胜其壮者之思，则精于刻列以见名。乃若所谓诗，必极其变以尽风，其所谓文，必穷其法以诣古，天下固翕然而好称说之，以为成一家言，而识者固已忧其时之动于机而不易挽矣……故当称弘治人也，其

诗文冲然而不为藻第，其居于质多也，澹然而若无深思，其所蓄育而未竟者在也。（《弇州山人四部稿》卷六十六《孙清简公集序》）

明兴，世世右垂绅委蛇之业，士大夫作为歌诗，以绍明正始之音雍如矣。至于文而各持其门户以相轧，卒胜卒负，而莫有竟者，其故何也。尚法则为法用，裁而伤乎气，达意则为意用，纵而舍其津筏，畏于思之难，信心而成之。苟取其近者，嚣嚣然而自足，耻于名之易，钩棘以探之，务剽其异者，沾沾然以为非常。夫其各相轧而卒莫相竟也，彼各有以持其角之负，然而不善所以为胜者，故弗胜也。吾来自意而往之法，意至而法偕至，法就而意融乎其间矣。夫意无方而法有体也，意来甚难而出之若易，法往甚易而窥之若难，此所谓相为用也。左氏法先意者也，司马氏意先法者也，然而未有不相为用者。夫不睹夫造物者之于兆类乎？走飞夭乔各有则而不失真，迨乎风容精彩流动而为生气者不乏也。彼见夫剽拟而少获其似以为真，曰吾司马、左氏矣，所谓生气者安在哉。任于才之近，一发而自以为生色，曰何所用司马、左氏，为不知其于走飞夭乔之则，何如也。玉叔文亡论所究极，庶几司马、左氏哉。不屈阅其意以媚法，不欷歔其法以殉意，裁有扩而纵有操，则既亦彬彬君子矣。（《弇州山人四部稿》卷六十七《五岳山房文稿序》）

明兴弘正间，学士先生稍又变之，非先秦、西京弗述，彼见以为溯流而获源，不知其犹堕于蹊也。夫所谓古者，不能据上游以厌群志，而一时轻敏之士，乐于宋之易构而名易猎，群然而趣之，其在嘉靖间，而晋陵为尤甚。（《弇州山人四部稿》卷六十八《古四大家摘言序》）

吾吴中盛文献彬彬，阛阓诗书矣，然好推尊其时显重者耳，传而共为其名，以故一徐庾出而语语月露，一元白贵而人人长庆，沿好成格，沿格成俗，而不可挽也。乃润夫称为于鳞日相倡和，然往往随发而自尽其才，随遇而竞标其致，各骋于康庄之途，而无犯辙。以故读润夫诗者，知为润夫诗，已为润夫行诗者，行润夫诗已自是，而济南之诗无阿格也，不亦善哉。（《弇州山人四部稿》卷六十八《潘润夫家存稿序》）

明兴，高文二帝，鼎卜二都，双垂若日月，开辟元秘，百七八十年来，彬彬之治，亡论迈汉唐矣。即吴蜀偏季，尚有太冲、孟阳诸君子赋之，兹何寥寥也。吾州故桑君名悦者，庸妄人，好自标者耳，为二都赋类，不过闾阎中货郎肩装，而乡里小生，时时或称之。夫使堂堂大明两都，即无以赋者尚可，而奈何使桑君擅而污其重，又令后世窥见明也。（《弇州山人四部稿》卷一百二十四《王官谕》）

明兴，皇猷之焕发，与元精之郁浡，倍屣往古，而其能为太史公者，迩不出英宪而上不登台阁，学士大夫不无三致憾焉，北地而后，乃始彬彬。盖至于今而阛阓其书，操觚之士腹笥吻笔亡适而非太史公，噫嘻，亦盛矣哉。第训诂之家所传闻异辞，苦于不能遍，而习者不得于事，则姑傅会以文之，不得于旨，则姑穿凿以逆之。眯法于篇则姑掩其句，眯法于句则姑剽其字。肤立者持门户，皮相者务影响，翂翂然自谓入龙门之室，而不知其辙望砥柱之杪而背驰矣。（《弇州山人续稿》卷四十《史记评林序》）

明兴，而庐陵之乡作者杨文贞公为之冠。当文贞公在翰林，尝事仁宗皇帝于青宫。帝手一编而授公曰："此欧阳氏书也。其命有司梓之，以式操觚者。"文贞公固于天性近欧阳氏，且其乡前辈，喜慕说之，得帝语而益自信，以故为庐陵学而比杨公于欧阳者不衰。当宪宗朝，吾吴郡以文献称，顾其质渐移于藻，而吴文定、王文恪以制科业连得大魁。苟其于文小加饰，天下当为之景附。而二公能笃守之，以文定之详和，文恪之精整，虽不无小有损益，然其不悖于则均也，去二公之甲子而为其乡作者，曰瞿文懿公。当文懿公时，吾吴之藻极矣，而公复以制科业连得大魁，天下之所愿为景附者，宁下于文定、文恪二公。而公复能笃守其说，居安之所得，宛若有左右逢原者，于一时之藻，固未必其尽祛，而简易所御之功不浅矣。毋论名为藻者，即自负以西京而踞昌黎、庐陵之上，代不数人，然往往不胜其刿镂。而耳观之论，隐然以为治世忧。试取公之文而騭之，其气舒徐而不迫，辞洞达而无晦，于造化之巧，时有所含蓄而不尽露人情物

理，间引其常而不尽究其变，其不以为治世之音者几希。（《弇州山人续稿》卷四十一《瞿文懿公集序》）

明兴而诸先大夫之作，不能无兼采二季之业，而自北地、信阳显弘正间，古体乐府非东京而下至三谢，近体非显庆而下至大历，俱亡论也，二季繇是屈矣。（《弇州山人续稿》卷四十一《宋诗选序》）

明兴，谈艺者毋论数十百家，往往传时为格，而独盛于嘉靖之季……今天下之扼揽而谈艺者，靡不以开元、大历之后，其要不能逾胜明。明自弘正而还，不能逾胜嘉靖之季，即嘉靖之季数十百家盛矣，然而的然名狎主者，不指数也。甚矣，诗之难言也，此何以故。夫工事则徘塞而伤情，工情则婉绰而伤气，气畅则厉直而伤思，思深则沉简而伤态，态胜则冶靡而伤骨。护格者虞藻，护藻者虞格，当心者倍耳，谐耳者恶心，信乎，其难兼矣。虽然非诗之难，所以兼之者难，其所以难，盖难才也。以于韶之为诗，自古乐府至近体，不下十余，无所不极，则生平游历感慨一寓之吟讽，无所不达。至其于前所云数端者，亡所不兼，美天实纵之才，益以岷峨川巴之秀，少啬其遇而丰以日，此岂可以浅鲜窥哉。诸叙致于韶者，往往取其家，伯玉为拟，其节识经纬，差若略相当，然不过以闾党宗姓之故而比之。伯玉居其清，于韶居其雄，伯玉善用小，于韶善用大，类乎，非偶已。（《弇州山人续稿》卷四十四《陈于韶先生卧雪楼摘稿序》）

今天下号为治平无事，不衰周。若其民废干戈之业而称诗书，委蛇揖让于尊俎衿裾间逾二百年，而文亦因之。其文之盛稍舒，而为色泽则必探六雄，援先秦，据东西京，而衷其要领，徐而调五音，则又祖命骚祢扬马，友于建安、黄初之俊，庶息颜谢，又束而加，偶然必放而归乎。开元、大历之数，其又佚而出之，牵联沦胥，月露之为响，而任沈温邢之为组然，且嚣嚣曰："吾宁有蚀三寸毫而不就墨，吾不为宋氏也。"计天下之所为盛者，毋如嘉隆间，嘉隆之所为盛，毋如江左，江左毋如吾吴郡，而郡之岩邑曰吴江，吴江之俊曰徐鲁庵公。（《弇州山人续稿》卷四十四《徐鲁庵先生湖上集序》）

今操觚之士，亦往往能举之，大较有二端。柔曼瑰靡之辞胜则见以为才情，然其弊使人肤立而不振，感慨扬厉之辞胜则见以为风骨，然其弊使人气溢而多竞。此二者，骤而略读之，以为非治世音不可。然所以为治世者，不在也。公之所撰著文若诗，于格固亡论，余得窃窥一二。若触邪之简，峭直深核，何异刘子政、蔡中郎，筹事诸札，晰几中綮，庶几陆敬舆、苏眉山。叙记志传，蕴藉疏畅，得之庐陵为多，诗古近体，温厚尔雅，泖泖钱左司、刘随州遗响。要而归之，尼父之一言曰，辞达而已矣。（《弇州山人续稿》卷四十五《冯祐山先生集序》）

明兴，文皇帝大集馆阁臣修五经四子业，而一时浅儒因循乎旧，不能有所折衷。虽百馀年来，学士大夫资以进取，而高明之俊，直揭帜建牙以相胜，博雅之伦，间指摘一二异同以示别，盖迨于今，尚纷纷焉。自灌甫之尽，治之诸传疏训故，无虑数十百家，胪列于吾目而唯吾之汰。苟其是，则不以世之所忽遗者而废吾是，苟其非，则不以世之所趋沿者而废吾非。其所治经文，讹者正之，衍者去之，错者理之。若礼经，而非出于圣人之笔则纠之，必不牵合傅会，以觊人之知而无我罪。今所行六卷彬彬焉，虽不悉繇灌甫臆，其于道亦足称尔雅矣。（《弇州山人续稿》卷五十一《六经稽疑序》）

嘉靖间，当是时天下之文盛极矣。自何李诸公之论定，而诗于古无不汉魏、晋宋者，近体无不盛唐者，文无不西京者。汉魏晋宋之下乃有降，而梁陈、盛唐之上有晋，而初唐亦有降，而晚唐诗之变也。西京而下有靡而六朝，有敛而四家，则文之变也，语不云乎，有物有则，能极其则，正可耳，变亦无不可。张公于古靡所取财于诸公间，亦靡所傅丽，而能用其所自发之机于偶触之境，当于无意有意之间而得，其或离或合之矩，诗之出若自钱刘者，文若自庐陵者，然欲执钱刘、庐陵以一端拟公，固有所不尽也。大抵温厚和平，不失治世之音，典则雅致，无累君子之度。（《弇州山人续稿》卷五十二《蒙溪先生集序》）

右有明名贤遗墨第一卷，二十人。故翰林学士承旨太子赞善大夫金华宋文宪公濂，以文学佐内，秉为一世宗匠，而所与徐大章书，修谨甚，笔法尤遒密可爱。杨铁笛先生维桢，七言律一章，句句使事，虽劲丽而不稳妥，书笔却遒逸，足称散僧入圣……张羽，浔阳人……所作《雪樵传》，事与文皆清逸，而隶法则韩择木派也……解公缙，一名缙绅，吉水人……此六绝句怀南安旧游作也，时时见才情，笔势尤遒俊，然墨气胜，而结构小疏……杨文贞公士奇，赠东管丞一律一绝句，劲笔纷披，与语俱老……金文靖公幼孜……而同为胡文穆题渔父图，其一为古骚，二为五言选，调同，书法小行楷亦同。曾公棨、梁公潜亦题此图，则皆歌行，而语皆胜曾，书法尤自精雅可爱。

第二卷……李公应祯，初名甡，生平负气，有大节。放舟一律，亦得小致语……白沙陈先生献章，大儒也……而词旨纵放，又多潦倒，笔半不成，字且误称……谢公铎为人作一诗，不知何题，而颇清雅，其名位品裁卷首。

第三卷……张沧洲先生泰哭子五绝句，皆销魂语也……桑悦，常熟人，负才而躁，为柳州通判，侘傺失意……柳州虽弘旷不足，而旨趣亦悲切矣，书尤纵诞可恼……吴文定公宽，《莲溪挽章》作苏体，极古雅，呲呲逼真，谢文正公迁卷册语耳。

第四卷……毛文简公澄……其与王父书谈公私情事，皆实境，而笔尤拙……华亭顾文僖公清，为陆太宰赋，《也适园诗》甚有致语，与罗公笔俱清劲。新建伯南京兵部尚书都察院左都御史赠新建侯王文成公守仁一绝句，毋论公理学勋猷巨公已，诗秀拔有致，结法亦楚楚……江西提学副使北地李空同先生梦阳、陕西提学副使信阳何大复先生景明，文章家麟凤也，吾尝见李先生写七尺碑，大有颜平原笔，而此札拙略乃尔。何先生仿李长沙，而指小滞，三诗出语便自不凡……吴县东桥顾公璘，才名与刘公伯仲，而诗语尤俊，此则小竿尺耳，亦见一斑，公官至南京刑部尚书前。翰林侍读学士赠学士鄞县丰公熙三诗，戍闽时作也，辞笔俱清密有致。

第五卷……武进周襄敏公金，亦嘉靖中能臣也，词翰亦自楚楚……黄文裕公佐所为《拟天宝宫词》六首，实嘉靖宫词也，词笔俱婉丽有旨……陈太学道复，长洲人，一律四绝，语平平耳，而散草极古澹，在怀素林藻间，是得意笔也……吴邑彭先生年游虎丘，得五言律四首，马君狂草，不堪与颠史作奴。彭先生稿，行眉山矍步，而此皆能脱生平窠臼，可重也……中间于鳞名最高，其文辞最古，而书最拙，几不成字。（《弇州山人续稿》卷一百六十三《国朝名贤遗墨五卷》）

右三吴墨妙卷上，为华亭沈学士度养心亭记作，隶古体，虽不甚去俗，然已出宋人上……太宰钱文通公溥《奇花歌》，事与书法皆新异，而语平平，不甚称宗伯……吾长洲沈石田周仿双井，仅得其竦肩寒俭耳，不得势也，此三诗尤圉圉……祝京兆允明二柬所论，皆琐屑事，而超逸乃尔，顿令人神醒。翰林孔目蔡林屋先生羽，一诗语亦多警俊，惟程字韵押不过，其书骤见之，未有不以为徵仲少年笔者……文待诏徵明石湖三诗，清语老笔，殊觉近人。（《弇州山人续稿》卷一百六十三《三吴墨妙卷上》）

右三吴墨妙下卷……陆文裕深五十，自寿二章，亦典雅，书法最遒丽，风骨苍然，唯结构一二笔小涉疏耳……徐博士祯卿以诗甲海内，而书极少，不多见，二绝句非其至者，然亦有江左王谢门风，行笔遒雅，一时在文蔡间……陈太仆沂二绝尤楚楚，其仿眉山，当在文待诏下、吴文定上。顾横泾璘，即所谓英玉者也，以宪副罢贫死，生平节目磊砢，人谓风概逾伯，此诗与笔则小国之赋耳，殊不堪鲁卫也……国子王司业同，杜徵仲甥也，词翰爽朗，酷似其舅。奉化令徐长谷献忠诗，颔联有味，而次联遂失严，岂所谓倒绷孩儿耶。袁提学袠寄王履约诗，是初年作者，以故尚矜局，结法亦密，而不能宽，然自如……朱九江藩为余书数十诗，成一卷，今割得二首，词旨婉而疏，书却疏隽婉雅，得唐人散僧入圣意。（《弇州山人续稿》卷一百六十三《三吴墨妙卷下》）

第一册……高槎轩季迪所作《眠云轩诗》，虽非大得意语，而翩翩度骅骝前……吾吴诗盛于昌谷，而启之则季迪，书盛于希哲、徵仲。

第三册……吾吴周鼎伯器结法亦萧洒，伯器工属文，顷刻千言。

第五册，祝京兆古近体诗十五首，是行卷上公卿者，中多曹娥、洛神，风格清气，朗朗射眉睫。其辞亦秀俊，不作晚岁应酬。而所拟元日早朝，排律重押，新人臣字，不可晓也。又杂诗二首，别构一体，久看乃能识其用意。处右皆早年笔，《演连珠并序》十三首，《卿峦风木行》一首，尺牍四首，皆中年以后笔，骎骎逼欧、褚。

第七册，（祝京兆）《成趣园记》，文虽涉繁，然明婉有味，当是润笔不乏耳。

第八册，文待诏徵仲……其二古诗十九首，极有小法，其妙处几与枚叔语争衡，是八十八时笔也。又一条"三行射礼有鹿中"云云，尤精甚，而考据典核，偶于散帙得之，附于后。其三书《锦堂记》，差大于古诗，结力遒劲，是六十七时笔也。其四《拙政园记》及古近体诗三十一首，为王敬止侍御作。侍御费三十，鸡鸣候门而始得之，然是待诏最合作语，亦最得意书，考其年癸巳，是六十四时笔也。

第九册，文待诏《甲子稿》，诗凡五十二首，文八首，极精谨可爱，而不甚脱学究气，是时年仅三十有五。闻公每岁辄手书其诗文，前后凡六十余册，皆为徽贾从其家购之，此特吉光之零羽耳。徐博士昌谷落花七言律十章，是未见献吉以前语，生于沈启南、文徵仲，而趣胜之……待诏又有致仕三疏，中不无涂窜，而结法亦佳。

第十册……张南安汝弼二五言律皆倒韵，而语亦平平，后有数行极推伏。陆务观以为李、杜之后，便到此翁，小巫气索宜其尔也。

第十三册……《陆尚宝子传》，《金剪行》《张烈妇》二章，全得《麻姑坛》法，而以色泽傅之，遂为一时书家冠。诗调亦典丽，生平所希若杂文二章，则中多窜改，而笔法亦自清劲。

第十四册，文休承学正为余书沈、宋、苏、杜诸君七言律，二十二首，是七十九岁笔，而精谨雅丽，逾于少年时。又书嵇叔夜《养生论》及苏子瞻《续养生论》，清俊之极，而微觉佻卞。彭孔，嘉山人，书余《广五子诗》及近体数首，是古高丽茧，能于率更内斟酌，温劲精泽，光彩动人，盖中年最合作笔也，若晚途则一束枯草耳。

第十五册，俞仲蔚为余书少陵七言律四十六首，皆隋珠卞玉，第何缘用起语四字作题，却大可笑。

第十七册……袁提学鲁望书七言近体十五首，其辞与笔皆流利典详，而乏古意。王逢年舜华诗十三首，政如吴中子弟，轻俊而不受绳墨，书亦如之，至所谓七十二号可怪、可喜、可笑，皆有之，留以供醒睡，可也。张伯起书李供奉绝句五十二首，又李、杜、高岑律体十一首。此君生平临二王最多，退笔成冢，虽天趣小渴，而规度森然矣。毛豹孙书王江陵绝句二十六首，亦自楚楚。

第十九册……康乐才一斗，继陈王八斗，后余一斗，似属少陵，少陵歌行为文茂才肇祖。

第二十三册……金用元宾妇书《履吉白雀诗》，凡三十二首。元宾为履吉上，足故书法，亦因之绵丽多态，而闺阃之气未除，昔贤纪六朝唐诗，俱以僧及妇子殿尾，吾故仍之，盖采枯树屏脚故事耳。

第二十四册，皆石刻，宋仲温书《七姬瘗志》，烺烺人目，以为奇事、奇文、奇书，按所谓潘左丞者，张王贵婿也。后归明老牖下以死，既负妇翁，又负此七姬。高季迪词与杨用修跋得其情矣。（《弇州山人续稿》卷一百六十四《有明三吴楷法二十四册》）

九 其他诗文论

岂所谓礼乐者，精神心术之运，必本于天德，而所谓教化者，鼓舞匡直之妙，不在于文具耶。（《弇州山人四部稿》卷五十九《赠兵备副使广平蔡公迁督山西学政序》）

往往托之篇章，以写其不平……而含态发为诗，诗多温厚尔雅，亡几微见于象色之表，间有一二比物缘兴，以寓吾不得已于君亲之思而已，彼其怼恚悱恻，不自引分者，虽宄肆陁削委致，模拟工夺天地之变，恶在其易是哉，汉时荐绅先生，固不堪长沙矣。（《弇州山人四部稿》卷六十四《南中集序》）

夫书者，辞命之流也。昔在春秋，游旌接谷，矢扬刃飞之下，不废酬往，娴婉可餐，故草创润色，既匪一人，谋野褆邦，以为首务。然而出疆断割，因变为规，寄文行人之口，无取载函之笔，离是而还书，郁乎盛矣，用亦大焉。故缴箭聊城，则百雉自摧，奏章秦庭，则千囊尽返，少卿纡郁于毳帐，子长扬泯于蚕宫，良以畅人，我之怀发，今曩之缊，或扬扢沉冥，或掊折疑豫，或诱趋启蔽，或释诅通媾，走仪秦于寸管，组丘倚于尺一，思则川至泉涌，辨乃云蒸电燿，其盛矣哉。然皆春容大章，汪洋菀翰。（《弇州山人四部稿》卷六十四《尺牍清裁序》）

所谓春秋之世，寄文行人者，惜其婉美娴雅，亦略载之。夫其取指太巧，措法若规，得非盲史，为之润色邪。先秦两汉质不累藻，华不掩情，盖最称笃古矣。东京宛尔，具体三邦，亦其滥觞，稍涉繁文，微伤诤语。晋氏长于吻而短于笔，间获一二佳者，余多茂先不解之。恨齐梁而下，大好缠绵，或涉俳偶，苟从管斑可窥豹彩，必取全锦，更伤斐然。隋唐以还，滔滔信腕，不知所以裁之，迩岁诸贤，稍有名能复古者，亦未卓然正始。夫文至尺牍，斯称小道，有物有则，才者难之，况其他哉。用修初名赤牍，无所据，或以古尺赤通用耳。考唯汉，西岳石阙铭，内高二丈二赤，然亦僻矣，且汉所称尚书下尺一，又天子遗匈奴以尺一牍，匈奴报以尺二牍，皆尺也，故改从尺牍，复缀数语于末，以俟夫谋野之士采焉。（《弇州山人四部稿》卷六十四《重刻尺牍清裁小序》）

又云鼓吹铙歌，聱牙刺龊，不足读。则世贞向者，固疑之以错简耳，或谓妃豨节铙鼓之声混存焉。虽然"巫山高"，非三言之精乎。"蒲苇冥冥"，非四言之变乎。"驽马徘徊鸣"，"临高台以轩"，"桂树"、"青丝"，"双珠玳瑁"，非五言之幼眇乎。"驾六飞龙四时和"，"江有香草目以兰，黄鹄高飞离哉翻"，非七言之雄飞乎。而奈何厌其筌，以聱牙刺龊病为也，至訾昭明所遗舍善矣，独不举《庐江小妇相逢》《艳歌》，而举《木兰》，《木兰》瘦语耳，非不佞所素习也，姑以报伯承，其更进我乎哉。（《弇州山人四部稿》卷六十四《李氏拟古乐府序》）

昔在建安，二曹、龙奋、公干角立，爰至潘陆衍藻，太冲修质，沈宋丽尔，必简岳岳，李杜并驱，龙标脱衔，古之豪杰于辞者，往往志有所相合而不相下，气有所不相入而相为用，则岂尽人力哉，盖亦有造物微旨矣……然当其所极意而尤不已，则理不必天地有，而语不必千古，道者亦

间离得之。(《弇州山人四部稿》卷六十五《宗子相集序》)

夫诗,心之精神发而声者也,其精神发于协气,而天地之和应焉,其精神发于噎气,而天地之变悉焉。故诗和于雅颂,变于风也,风至于变而极矣。(《弇州山人四部稿》卷六十五《金台十八子诗选序》)

在昔唐宋时朝,士大夫称得罪去者,往往屈为荒远郡,佐员外署,置其禄,虽有之,仅自给妻子耳。为之上者,不以责其吏能,为之下者,亦不谓其能吏我。以故鲜钱谷法,比簿书期会之烦,其余日足以为之地,而竭其工于诗,虽其诗之工,然不过以之发其羁孤无聊,磊落不平之思而已。其山川之奇丽,则辱之而为险恶,风日之骀荡,则辱之而为懵悽,以至物候之稍偏,而民俗之稍异,则辱之而为瘴、为疠、为魑魅魍魉,若不可一朝居者。如沈宋、元白、刘柳,诸君子之言,固具在,其探幽造微,穷变尽态,固不可以余说而废其工。然要之,有出于叹老嗟穷,忧谗畏讥之外者乎,有能如风人之所谓可以兴,可以群,且怨者乎……夫明之诗,诚不足以拟唐之工,然于臣子之节,亦既修矣,而余乃复交致其不满者,何也。之唐而使风人之义渝也,之明是使天下无风人也。(《弇州山人四部稿》卷六十五《皇甫百泉三州集序》)

夫调合则尚友,千古知希则垂俟百世。古之君子不获志于其时,至欲取千百世之后先而足。(《弇州山人四部稿》卷六十六《比玉集序》)

窃尝谓古之时,其名山大川何限,然文不能胜质,不获标而出之,自大禹之所略而为贡,又为象之鼎而成。周之《山海经》出焉,而灵均、长卿稍为之铺饰而侈大之,然往往漫滥不切,核其有真能为之咏泆者,盖诗丽于灵运,文精于子厚,以至右丞、少陵诸君子而极矣。(《弇州山人四部稿》卷六十六《惠山续集序》)

其号卓荦雄艺苑者,则自唐大历而后,距嘉隆间,可屈指数也。夫所谓卓荦雄艺苑者,此其人于才恒有余,而志或有所不足,才有余故其言宏丽而多致，卒能自名其家，志有所不足，故不能无感慨跌宕，有偏至而鲜中节，以不足之志而遇有余之才，故其去名稍益近，而去兹道实益远。（《弇州山人四部稿》卷六十七《环溪草堂集序》）

自昔人谓言为心之声，而诗又其精者，予窃以诗而得其人。若靖节之言，澹雅而超诣，青莲之言，豪逸而自喜，少陵之言，宏奇而饶境，左司之言，幽冲而偏造，香山之言，浅率而尚达。是无论其张门户，树颐颔，以高下为境，然要自心而声之，即其人亦不必征之史，而十已得其八九矣。后之人好剽窃余似，以苟猎一时之好，思躇而格杂，无取于性情之真，得其言而不得其人，与得其集而不得其时者，相比比也。（《弇州山人四部稿》卷六十九《章给事诗集序》）

今诸书生习经术者，不复问词赋以为何物，而稍名能词赋者，一切弁髦时义，而麾弃之，以为无当也，是皆不然。自隋试进士，以明经与词赋并，至宋熙宁世始绌词赋不用，而所谓明经者，第若射覆取答而已，其不能彬彬兼质文，固也。明兴而始三试，士各以其日为经书义以观理，为论以观识，为表以观词，为策以观蓄，然其大要重于初日。以观理者，政本也，至于标题命言，则或全举而窥其断，或摘引而穷其藻，上之所以待下者愈变而其辞愈益工，盖至于嘉隆之际，灿如矣。是故谓唐以诗试士而诗工，则省试诗，自钱起、李肱而外，胡其拙也。谓明以时义，试士而不能古，则济之应德，其于古文无几微间也。凡论而表而策，最近古，而易撰，其于经书义，稍远古而难工。天下之为力于论、表、策者，十之三，而为力于经书义者，十恒七而犹不足。吾填邮，所辖且六郡，而诸书生推其取科第，不能当吾吴之半。夫时义之为经五，而为书四，五经人各治其一，而四书则共治之。吾故择其精者以梓而示诸书生，夫非欲诸书生剽其语也，将欲因法而悟其指之所在也。（《弇州山人四部稿》卷七十《四书文选序》）

夫君子得志则精焕而为功，不得志则精敛而为言，此屈信之大变通于微权者也。诗书吾窃有志焉，而未之逮也。诗变而屈氏之骚出，靡丽乎，长卿圣矣，乐府三诗之余也。五言古故李其风乎，而法极黄初矣。七言畅于燕歌乎，而法极杜李矣。律畅于唐乎，而法极大历矣。书变而左氏《战国》乎，而法极司马史矣。生亦有意乎哉，于是吾二人者，益日切劘为古文辞，众大欢呶詈之，虽濮阳亦稍稍自疑，引辟去而徐中行、梁有誉来，已宗臣来，已吴国伦来，其人咸慷慨，自信于海内亡所许，可独称吾二人者，千古耳。故语于文章之际，能使亲疏，而疏亲语于其效，复能使远迩，而迩远俱非已也。（《弇州山人四部稿》卷七十一《王氏金虎集序》）

故自五代而上，其画有赋者，有赋而比者，五代而下其画有赋者，有赋而兴者，拟于诗则皆风、雅、颂之遗也，是故画之用狭于书，而体不让也。（《弇州山人四部稿》卷七十一《古今名画苑序》）

自六经而下，于文则知有左氏、司马迁，于骚则知有屈、宋，赋则知有司马相如、扬雄、张衡，于诗古则知有枚乘、苏李、曹公父子，旁及陶、谢，乐府则知有汉魏、鼓吹相和，及六朝清商琴舞杂曲佳者，近体则知有沈宋、李杜、王江宁四五家。盖日夜置心焉，铅椠之士侧目谁何，独于鳞不以为怪，时有酬唱，期于神赏已耳。（《弇州山人四部稿》卷一百二十一《张助甫》）

思无邪，其《诗》之纲乎，自强不息，其《易》之纲乎，毋不敬，其《礼》之纲乎，允执厥中，其《书》之纲乎，是咸有至力焉。（《弇州山人四部稿》卷一百三十九《札记外篇一百三十六条》）

天下有疑行而后有易，有窒情而后有诗，有迹治而后有书，故曰其于中古乎，于乎，是岂惟春秋哉。（《弇州山人四部稿》卷一百三十九《札记外篇一百三十六条》）

理数一发而合者，其《易》乎，探数以求合理者，其《太玄》乎，玄则人，人则不神，故夫《书》也，政道一发而合者也，《诗》也，情性一发而合者也，《鲁论》也，言德一发而合者也，如之何其拟也。（《弇州

山人四部稿》卷一百三十九《札记外篇一百三十六条》）

诗书之不复古也，畴取删焉，礼乐作而后有述，嘻，谁能续之。
（《弇州山人四部稿》卷一百三十九《札记外篇一百三十六条》）

诗可以兴，可以观，可以群，可以怨，其惟风乎，颂则纯，纯则成，
雅兼之矣。（《弇州山人四部稿》卷一百三十九《札记外篇一百三十六
条》）

凡诗刺谏直而厉矣，圣人之戒深故存之。（《弇州山人四部稿》卷一
百三十九《札记外篇一百三十六条》）

诗删而风未易亡也，屈氏志而恻，枚李情而宛，庶几哉，雅颂则微，
或曰唐山郊祀非欤，曰恶远矣。（《弇州山人四部稿》卷一百三十九《札
记外篇一百三十六条》）

有君德而好文多艺者，唐文皇、魏孝文也，有君才而好文多艺者，
汉、魏、梁三武也，无君德而好文多艺者，汉灵、隋炀、宋徽也，无君才
而好文多艺者，李煜也，文艺为累不为益。（《弇州山人四部稿》卷一百
四十《札记外篇一百三十四条》）

余尝为吴江孙汝化序其所著《易》说，而窃有慨，以为《易》之冠
六经久矣。秦存之以筮家而小，汉衍之以训故而支，晋出之以意解而遥，
明束之以时制而浅，盖至于今愈盛而愈去其真矣。（《弇州山人续稿》卷
四十《周易辩疑序》）

吾闻之周公之造周，而雅颂之盛音，鲁尽得而阐阓之，又加以夫子之
所删正，固亡论已。齐音之敖辟乔志，虽小见屈于夫子，而札也为之叹
曰，美哉……而一时谈经之士独盛于诗，而业诗者，鲁则申培公，齐则辕
固生，其人皆有寿考显名。而传至于瑕丘、免中之属累累不废，王式以诗

谏，韦孟以诗风，而孟之孙若贤及玄成，赏贵极于取将相。天下以经术归齐鲁，而诗尤为之冠。第其所著，《房中》《铙歌》之章，则以属之唐山夫人、邹子乐辈，而司马相如、邹、枚、雄、褒诸才士，其赋颂卓然脍炙于西京者，往往出遐僻而齐鲁不与焉。岂其所谓诗崖崖训故守师说，而不能通之于结撰耶？明有天下百四十年，以迨弘德，当重熙右文之世所鼓舞渐渍，亡异于周汉之盛时，而齐鲁之荐绅逢掖，未有能舍训故而为诗者，有之自边司徒廷实始。司徒之于诗，当李何之力复古，而司徒悉庀赋以从，庶几鼎足哉。又五十年而有李观察于鳞，观察之于诗，志在超乘，其游吾侪间，矫矫牛耳矣。而诸与二君子游，而稍后先者若殷近夫、苏允吉、靳子愚、李伯承、杨伯谦、冯汝行兄弟，或矫劲其骨，或澹雅其旨，彬彬然《三百篇》之绪，而益齐鲁重者，固不乏哉。（《弇州山人续稿》卷四十《海岳灵秀集序》）

夫言人心之声而诗文，乃其精者，韵而诗，匪韵而文，其用本不相远，而其究乃不能相通，以故攻之者不能兼造其奥而发其枢。自西京以还，至于今千余载，体日益广而格则日以卑，前者毋以尽其变，而后者毋以返其始。呜呼，古之不得尽变，宁古罪哉，今之不能返始，其又何辞也。已明兴操瓠而树门户者，非一家，而称能返古者，北地之后毋如历下生。历下之变，小有所未尽，而北地之所谓尽，则大有所未满者，独吾吴刘侍御子威……然子威幸而不甚为人知，其文亦不受人役，得自致其拟议，外足于象，而内足于意，兴而言，尽而止，其贤于余远矣。（《弇州山人续稿》卷四十《刘侍御集序》）

是故古史之失在略，而今志之得在详也。然史之大纲在不虚美、不隐恶，以故世子之隆，崇卿相之威灵，而执简者侃然而拟其后……是故古史之得在直，而今志之失在史也。沈子之为《通志》，毋论其晰体裁，挈纲目，博采精辨，文辞瑰丽而已，乃至官邪风悪凛乎霜钺之加，有余畏焉。夫何下太史公传酷吏、佞幸哉，是志也，岂惟在通，以俟他郡国有余裁也，以俟一代有余采也。（《弇州山人续稿》卷四十《通州志序》）

史例有二，纪、传、志、表详，而编略，凡志则纪、传、志、表例也。巢父之称休阳史也，则编年例也。编年例有二，左氏之于编年也，纪事者也，《春秋》之于编年也，明法者也。（《弇州山人续稿》卷四十一《休阳史序》）

说者乃以为晋历仅百年，不能当汉东京之半，而文倍之，诸载记僭王雄武、凶悖妖祥之变，往往过实，而《世说》《语林》《幽明录》《搜神记》，亦所不废。循正者卑之以稗官，责核者外之以诬史，而是书稍屈矣。自正统之说行，而晋与秦、隋皆抑而为闰，青衿而应制科者，至不得举其凡，而学士大夫名为好古、博浃之伦，内畏其繁而外摘其瑕，以不足诵读。即自左史、班氏而下，笔范晔、陈寿之撰而有所不能对，何论《晋书》，乃至李延寿《南北史》哉……今而后熟有晋，而又知晋之有书，则自二子始矣，如其有余力以及延寿《南北史》，可也，是故不辞其请而为之序。（《弇州山人续稿》卷四十一《重刻晋书序》）

余得而尽读之，乃叹曰，文故有极哉。极者，则也。扬之则高其响，直上而不能沉；抑之则卑其分，小减而不能企；纵之则傍溢而无所底，敛之则郁塞而不能畅。等之于乐，其轻重弗调弗成奏也，于味，其秾澹弗剂弗成饗也。自吾束发而窥此道者，垂四十年，而其人不二三遘也。自夫有声之文与不韵之词，岐径而能兼者，则不一二遘也，夫所遘一二人，而明卿与焉。当其始之为五七言近体也，不扬而企，不抑而沉，纵不至溢，敛不郁塞，见以为无大逾人，值之而无不瞠乎后者，则明卿之所诣则也。别明卿之亡何，而古体如之矣，既而乐府如之矣，结撰序、记、志、传之类，复如之矣，则所谓能岐径而兼者也……前二千年而楚有屈左徒、宋大夫者，其决策辞命妙天下，然佚弗载，所载独骚赋，固足以新一时之目，而垂映乎后世。然其时朴未尽雕，变未尽备，以故不获自见于五七言古近体及诸序、记、志、传之属，而明卿诸结撰称之，独于骚赋未有继也。（《弇州山人续稿》卷四十七《吴明卿先生集序》）

大抵史之体有二，左氏则编年，而司马氏乃纪传、世家。编年者，贵在事，而纪传、世家贵在人。贵在事则人或略而尚可征，贵在人则事易详，而于天下之大计，不可以次第得。然自司马氏之纪传行，而后世之为史者亡所不沿袭。当左氏时，所谓晋之乘，楚之梼杌，以至魏之汲冢，其简者若仿经，而详者则为左，其后夺于司马氏。虽有荀悦、袁宏之类，然不甚为世称说，而能法左氏之编年者，司马氏之后人光也。光所著史曰《资治通鉴》，其文虽不敢望左氏之精凿，要亦有以继之，而上下千余年，其事为年隔而不能整栗，建安袁枢取而类分之，名之曰纪事本末，而左氏其祖祢也。（《弇州山人续稿》卷五十《左传属事序》）

圣人立象以尽意，意不尽则系辞焉，以尽其言。夫大者以道立言，次者以言明道，以道立言曰经，以言明道曰传。（《弇州山人续稿》卷五十《胡子衡齐序》）

以为此曹子方寸间，先有它人而后有我，是用于格者也，非能用格者也。彦吉之所为诗，诸体不易指屈，然大要皆和平粹夷、悠深隽远，铿然之音与渊然之色，不可求之耳目之蹊，而至味出于齿舌流羡之外。盖有真我而后有真诗，其习之者不以为达。夫摩诘则亦钱刘，然执是而欲以一家言目彦吉，不可得也。夫古之善治诗者，莫若锺嵘、严仪，谓某诗某格某代某人诗出某人法。今乃而悟其不尽然，以为治诗者，毋如《乐记》，云"治世之音安以乐，乱世之音怨以怒，亡国之音哀以思"，如是三者，以观世足矣。亡已，而又有文中子者，出于魏晋六季之撰，辨其深而典者，君子激而冶者，小人碎者，纤诞者，夸淫者，鄙繁者，贪捷者，残虚者，诡急以怨者，狷怪以怒者，狂若饮上池而后脉之，十不失一焉。（《弇州山人续稿》卷五十一《邹黄州鹪鹩集序》）

夫天地之精英独界之人，而人之精英渐溢而著之言为诗若文，是皆因天地之自然而节奏之，还以黼黻乎天地者，唯此二端而已。诗近方，文近圆，其为体稍殊，而见之用则一也。有自外境而内触者，有自内境而外宣者，其所繇亦稍殊，其成于意一也。意者诗与文之枢也，动而发，尽而止，发乎其所当发，止乎其所不得不止，古有是言要为尽之矣……夫发与止之枢而执之者，是故简而裁，直而纡，淡而不厌，悠然有治世之音焉。
（《弇州山人续稿》卷五十二《二酉园集序》）

夫赋特其一班耳，而有子建、安仁之遗响焉。五言古则灵运、明远之
隽也，七言歌行则青莲之放也，近体则右丞、嘉州之婉丽也，总之，元嘉
后而大历前，然其所自得，要有出乎其表而不受绳束者。夫定格而后俟感
以御卑，精思而后出辞以御易，积学而后修藻以御陋，触机而后成句以御
凿，四者不备非诗也。（《弇州山人续稿》卷五十四《邹彦吉羼提斋稿
序》）

古之才人墨士，志有所不遂，则必借以发舒其抑郁，才有所不尽，则
复借以骋骛其藻丽，此齐梁之所以辉映一时，而青莲、少陵氏之所不能废
也。（《弇州山人续稿》卷五十四《潘景升东游诗小序》）

事各有诗，诗各有序，序则雅而裁，诗则丽而婉，有赋、有兴、有
颂、有风，读之而芜城邦沟之巨丽，喆士之义，训淫主之侈，心若在胸睫
间矣。（《弇州山人续稿》卷五十四《张孟奇广陵怀古诗序》）

余尝谓书固小技，然纪言、纪事，要必托之以传。若画，最为无所系
者，譬则天地间之佳木丽卉而已……故夫画之用，饶才情者，以为无声之
诗，而爱纪述者，以为无文之史，良有意也。（《弇州山人续稿》卷五十
四《重刻古画苑选小序》）

弇山人曰，余少年时，称诗盖以盛唐为鹄云，已而不能无疑于五言
古，及李于鳞氏之论曰"唐无古诗而有其古诗"。则洒然悟矣，进而求
之。三谢之整丽，渊明之闲雅，以为无加焉。及读何仲默氏之书曰"诗
盛于陶谢，而亦亡于陶谢"，则窃怪其语之过。盖又进之而上为三曹，又
进之而上为苏、李、枚、蔡，然后知何氏之语不为过也。四言则国风而后
绝矣，骚则左徒神，而赋则文园圣，盖并轨于康庄，而分镳于广莫，本不
异也。厥后以铺张驼骋相竞，所谓记繁而志寡者，班张而下咸有之，以故

赋之用日广，而骚遂屈，斯义也。徐昌谷之《谈艺》，胡元瑞之《诗薮》能称之，而献吉与仲默间能为之。今天下之操觚者不少矣，往往乐近体之易入耳，而轻得名洋洋乎。靡所不条贯，至于歌行之类，则艰习之，何论五言古，若骚赋、风雅与之谈，未有不思卧者矣。（《弇州山人续稿》卷五十五《梅季豹居诸集序》）

诗自风雅外，当以古诗十九及建安三曹为准。若整丽，至三谢而极矣。嗣宗元亮，故是画中之有逸品，卉木中之有筼竹，不当以时代论也……长洲陈道易、玉山程孟孺俱能作古隶，因稍择诸篇之尤者，俾书之……二君于隶法，不能极深研几，然不作三崔及开元以后笔，犹之峡中无齐梁月露语也。案头时一展视，欣然独赏。苏长公有云：胜对俗人，诵梅二丈诗远矣。（《弇州山人续稿》卷一百六十五《古选古隶》）

《三百篇》为古今有韵文字之祖，余尝怪吟讽者高，或至西京，而不能复溯而出其上，训故仅组织，而屈为时义，而不能悟，而究于用故，于艺苑一编，亦微及之以示。夫有志者，间一潜咏，觉其篇法、句法、字法，宛然自见，特不落阶级，不露蹊径，所谓羚羊挂角，无迹可寻耳。（《弇州山人续稿》卷一百六十五《古隶风雅》）

撰《会真记》者，元微之，演曲为《西厢记》者，王实夫，续《草桥梦》以后者，关汉卿。此卷八分题按者，文彭，小楷书记，周天球，录曲者，周及彭年、俞允文、王逢年、张凤翼、潘德元、王复亨、顾承忠、管稚圭、张复。吾弟亦得一纸画者，钱谷、尤求，辨张生即微之者，赵德麟，录者，王廷璧。千古风流艺文，吴中一时翰墨，能事尽此矣。《会真记》谓崔氏有所适，而不言归郑恒，《西厢记》则谓许郑恒而卒归张生，后有耕地得崔莺莺墓志者，其夫真郑恒也。或以岁月考之，亦不甚合，合不合，所不暇论，第令老夫偶展阅之，掀髯一笑，如坐春风中，万卉过眼，何预蒲团事耶，为题于后。（《弇州山人续稿》卷一百七十《题画会真记卷》）

余所见《桃花源》，图如赵伯绣、文徵仲、陆叔平，诗如陶元亮、王摩诘，皆令人神爽飞越，如身游其间，独至武陵求所谓真桃源而不可得，岂陵谷沧桑之说果尔耶。（《弇州山人续稿》卷一百七十《题小桃源图》）

又

名世之语故不在多，不朽之计亦不贵速。（《弇州山人续稿》卷一百八十一《华仲达》）

足下又谓吴越间有动为僻棘，好创异谈，自谓追蹑邃古，得非刘子威、吴瑞谷诸君哉，此不过日取三苍五雅，扬雄《方言》之类，字剽而句拟之，以文其陋，足下但读左国、短长、贾谊、史迁数大家言，何尝有此也。若尔更不如昌黎、河东、庐陵、眉山之为快。嗟嗟，文之不易言久矣。若说诗者亡虑十余家，往往可采，而独兰溪胡元瑞氏最为博识宏览，所著《诗薮》上下数百千年，虽不必字字破的，人人当心实艺苑之功臣。（《弇州山人续稿》卷一百八十一《李仲子能茂》）

夫文有格，有调，有骨，有肉，有篇法，有句法，有字法。今睹足下集，并集中诸君子语，非北地、济南、新都弗述。其格古矣，骨树矣，句字修矣，所少不备，幸相与勉之而已。文之所以为文者三，生气也，生机也，生趣也，此三者，诸君子不必十全也，无但诸君子，即所称献吉诸公，亦不必十全也。愿足下多读《战国策》、《史》、《汉》、韩欧诸大家文，意不必过抨王道思、唐应德、归熙甫，旗鼓在手，即败军之将、偾群之马，皆我役也。至于诗，古体用古韵，近体必用沈韵，下字欲妥，使事欲稳，四声欲调，情实欲称，彀率规矩，定而后取，机于性灵，取则于盛唐，取材于献吉、于鳞辈，自不忧落夹矣。（《弇州山人续稿》卷一百八十二《颜廷愉》）

方仆盛壮时，妄自意以为班史，而后纪传之体猥杂，偏胜左氏，而后编年之书繁简失次，亦欲整齐其事与辞，勒成二家，以追迹盲腐。（《弇州山人续稿》卷一百八十二《徐生》）

大抵足下所问，多于外境上著力。今宜但取《三百篇》及汉魏、晋宋、初盛唐名家语，熟玩之，使胸次悠然有融浃处，方始命笔。勿作凡题、僻题，险体、险韵，坌入恶道。俟骨格已定，鉴裁不爽。然后取中晚唐佳者，及献吉、于鳞诸公之作，以资材用，亦不得临时剽拟。至于仆诗，门径尤广，宜采不宜法也。（《弇州山人续稿》卷一百八十二《徐孟孺》）

又

辱笺教烂然盈纸二诗，慷慨可诵，知趣寄之深且笃也。足下既以国士见与，仆安敢以凡格报向。仆所以亟称足下不容口，谓足下年少而才高，所师法古，异日不至，作唊名客要，为有可以垂后者，然谓足下璞也，非敢遽谓足下玉也。玉不琢不成器，夫岂唯琢而已，其磨砻润泽，盖不可岁月计也。今骤读足下诗，其声若铿锵，而调若高朗者，苟铢铢而计之，未易屈指訾也。诗有起，有结，有唤，有应，有过，有接，有虚实，有轻重，偶对欲称，压韵欲稳，使事欲切，使字欲当，此数端者一之未至，未可以言诗也。足下文差健而有古意，然篇法则未讲也，句法奇，然句病乘之，字法奇，然字病乘之，而俱不自觉也。仆以为足下且勿轻操觚，其诗须取李杜、高岑、王孟之典显者，熟之有得，而稍进于建安、潘陆、陶谢。文取韩柳两家平正者，熟之有得，而稍进于班马、先秦，其气常使畅，才常使饶，意先而法，即继之骎然。昆吾之切，而后加以磨砻润泽，未有不瑚簋者也。仆与于鳞撰著，可备足下游艺资耳，不可徇而步趋也，方苦文责填委，又以城居，不能绝杯勺筐箧之役。（《弇州山人续稿》卷一百八十三《于鹥先》）

窃亦以迹窥足下所不释然者，名耳。夫名岂惟不释，然且好之，夫岂惟好之，且好之甚。即仆所自验，其后来而最后去者，亦此物耳。名者，毁之孽也，毁至而名败犹之乎，可也，名成而小不称，则造物所忌也。夫岂惟忌之，且侮而戏之，滔滔者皆是也。（《弇州山人续稿》卷二百《屠长卿》）

　　迨吾夫子之至郢而其人与于游夏之业，北学中国，左徒得风雅之深，别创为骚，欲以发其讥刺怨诽之间而不敢显著其事，故为泛滥，隐约谬悠其辞，使识者知戒，而不识者不为忮楚之骚至光日月而名万古。其徒宋玉、唐勒、景差之类，又能相与绍明之。然吾窃尚有恨以左徒之才何所不有，其辞命与议论国事，史犹略之不载。而骚之后，遂无以文辞称者，仅襄阳杜拾遗差能得骚之深，而发之诗歌，五七言古近体，于赋比之遗，仅能见云仍耳。盖楚至今，未有文云明兴而齐安、武昌可屈指数也。楚固未暇论，若中兴之代，北地前茅，济南、中权、信阳之徒左右翼之，遂至上薄建安，下仿大历，彬彬一时之盛，而独于文不能大有当。盖左马精于纪述，唐宋四家稍畅为议论，济南之与新安，非西京以前无述，建标、天中，世所景从，而字句太工精理，小逊毗陵、晋江，于议论差畅而毋能自振于格，去西京若胡越，然则亦四家之觞滥而至溢也。孚如生而神颖，日诵数千言，未冠取隽科三上登甲第参纶绋佐，铨衡于宦，不可谓不达矣，而意殊，弁髦之第，日谈究理，道综经济，而又用其精力降心于古之作者，若汉魏、六季、开元、大历之诗，于法无所不窥，而于语无所私袭。又时时决发精神之所独诣，以与其境会，即亡论北地诸君子何何，但伯武昌而仲齐安哉。乃其于文章则蓄之厚，而发之专，语必征事，事必根理，理必取畅，畅不废法，奇正相禅，能变叵测，盖一览之而西京粲然，即其微意之所指于四家，所谓议论者固跃如也。北地、平徐、迪功曰："大而未化孚如诗，綦隆而亡所不遂，岂有拂郁侘傺娆于中而托之骚。"虽然第勉之，毋令屈氏而后千载竟寥寥也。孚如之乡有郢李本宁者，工古文辞，奇士也，余将并进之于骚，骚成当更以寄我，余敢忘丁氏之笔。（《弇州山人续稿附》卷二《邹孚如临云楼藏稿序》）

　　《山海经》最为古文奇书，至曼倩之名，毕方子政之识，贰负皆于是取衷，而国师公后序，直以为大禹伯益著。惟司马子长亦云《禹本纪》《山海经》所有怪物，余不敢言，盖亦疑之，而未能决也。（明钞本《弇州山人续稿》卷之二十一《书曹世良手录山海经后》）

结　语

基于对王世贞诗文的全面研究，概而言之，王世贞诗文论就共时性而言，其以真情为体，气、才、性灵充实之，以法度、剂等方法为翼，自然导向之。真情乃文生之源，法度、剂等方法乃使情发更美而有韵致之具。王世贞倡情而兼法识、格调，走向自然，在明朝文论中不偏不倚，可谓兼美之论。就历时性观之，王世贞诗文论大体经历了三个发展阶段。第一阶段，王世贞注重模拟秦汉盛唐，不过同时倡导情诗性文，并讲法、识，其所模拟不求形似，而求人似、神似，实乃黄庭坚"点铁成金"的别一说法。也正因此身有"情才""法识"等多把利剑，故鞭挞古今，横扫千古，见解独到。第二阶段，王世贞不以代论是非，而以人讲高下，虽有苏、黄、欧之赞，人多以为其更平和，但有所转变，实更通达。第三阶段，王世贞将情、法、才等要素合于自然，力求展现真我，追求创作的非功利性，从而通往自然境地。而所谓王世贞文学思想的前后变化说，则是不解王世贞文学思想之内涵也。王世贞诗文批评思想前承严羽，后启三袁，其诗文批评影响着中晚明文坛的发展，甚至还对清朝的格调诗派及乾嘉学派产生了影响，这是其历史价值所在。

一　诗文体系的构建

在对王世贞诗文论思想进行梳理和认知时，我们不可能绕开前后七子所倡导的文学复古运动。不过复古不是单纯地习古、复旧，在中国古代文学发展的历程中，所谓复古，往往是借助古人的旗帜与当时占据主流地位的文学创作倾向相抗衡。诸如陈子昂、韩愈、柳宗元、欧阳修等人，无不如此。而明朝前后七子的复古主张主要在于批判当时以台阁体、八股文、唐宋派为代表的文学创作。台阁体注重行文华丽之风，粉饰太平，脱离社会生活；八股文过于强调形式，忽视内容；唐宋派则将文学创作和"道"结合在一起，文学成为宣扬"道"的工具。这些都是不可取法的。前后七子倡导复古，让人们知道文有秦汉之作、诗有盛唐之风可以取法，使文坛为之一新。胡应麟曾如此描述道："李献吉诗文，山斗一代。其手辟秦汉盛唐之派，可谓达摩西来，独辟禅教，又如曹溪卓锡，万众归依。"① 就连对前后七子提出过猛烈批评的公安派，对其历史功绩也是赞不绝口，袁中道说道："夫岂惟古人，即本朝诸君子，各有所长，成一家之言。"② 所以，一定程度上而言，前后七子的复古不是复旧，而是革新、变革。台阁体多伪，唐宋派主理，弱化了作者的主体性和自身情感，而前后七子对作者真性情的注重，则有利于让文学融入生活，使作者情感得到更好的抒发，个性得到更好的体现，这也为文坛的发展注入了新鲜的血液。如李梦阳认为文学创作要"以我之情，述今之事"③，并主张"真诗在民间"④；何景明反对"刻意古范，铸形宿镆而独守尺寸"⑤，认为诗歌创作是"性情之发"⑥；李攀龙指出诗在于言志抒情，沟通心灵⑦。王世贞则更进一步，认为"有真我而后有真诗"，诗是作者内在情性的外在体现，他还说道：

> 自昔人谓言为心之声，而诗又其精者，予窃以诗而得其人。若靖节之言，澹雅而超诣；青莲之言，豪逸而自喜；少陵之言，宏奇而饶境；左司之言，幽冲而偏造；香山之言，浅率而尚达。是无论其张门

① 胡应麟：《诗薮》续编卷一，中华书局，1958，第291页。
② 袁中道：《珂雪斋集》，钱伯城点校，上海古籍出版社，2011，第20页。
③ 李梦阳：《空同集》卷六十二《驳何氏论文书》，文渊阁《四库全书》第1262册，上海古籍出版社，1987，第566页。
④ 李梦阳：《空同集》卷六十六《论学上篇》，文渊阁《四库全书》第1262册，上海古籍出版社，1987，第602页。
⑤ 何景明：《大复集》卷三十二《与李空同论诗书》，文渊阁《四库全书》第1267册，上海古籍出版社，1987，第290页。
⑥ 何景明：《大复集》卷十四《明月篇序》，文渊阁《四库全书》第1267册，上海古籍出版社，1987，第123页。
⑦ 李攀龙：《沧溟先生集》卷十五《比玉集序》，包敬第标校，上海古籍出版社，2014，第474页。

户，树颐颔，以高下为境，然要自心而声之，即其人亦不必征之史，而十已得其八九矣。后之人好剿写余似，以苟猎一时之好，思蹉而格杂，无取于性情之真，得其言而不得其人，与得其集而不得其时者，相比比也。①

言即文章创作源于心声，并与人的品性有密切关系，关乎真情的抒发，也正因为王世贞坚持"真情说"，才能做到复古和反对模拟的统一，才能做到学习古法和反对"好剿写余似"的统一，直取自我真性情，抒发真情实感。王世贞还意识到虽然每个人的创作缘由和目的不尽一样，但情却是一样的，即情之真。如他说道："所谓意者，虽人人殊，要之，其触于境而基于七情一也。"② 纵观王世贞一生的文学思想，其中晚年的"真情说"是在早年基础之上的演变和发展，如前面已经论述过王世贞少年时就喜爱王阳明和三苏之作，与当时文坛之风有所不同。再如王世贞的《艺苑卮言》一书，虽然以法度、格调为核心理念，强调文章创作所必须遵循的具体规则，贯彻复古主张，不过他注重的是如何学习和掌握古法，为内心真性情的表达服务，如他认为："诗有常体，工自体中，文无定规，巧运规外。"③ 这种"巧运规外"超然于具体的法度之外，为的是妙合自然，"一师心匠，气从意畅，神与境合"④，突出主体的真情。对于他人创作的要求如此，而对于自己呢？王世贞也是一以贯之，如他在分析自我的创作时，认为自己"于文章鲜所规象，师心自好，良多谬盭"⑤，"于诗质本不近，而意甚笃好之，然聊以自愉快而已"⑥，并认为"自不佞之为诗，触于兴，述于赋，寄于比，乃充然若有得，而吾之性与情，又若相为用矣"⑦，即注重创作时源于内心真情，"师心"，兴、赋、比是为了更好地展现自身的"性与情"。

---

① 王世贞：《弇州山人四部稿》卷六十九《章给事诗集序》，第5页。
② 王世贞：《弇州山人四部稿》卷六十六《刘诸暨杜律心解序》，第13页。
③ 王世贞：《弇州山人四部稿》卷一百四十四《艺苑卮言一》，第17页。
④ 王世贞：《弇州山人四部稿》卷一百四十四《艺苑卮言一》，第17页。
⑤ 王世贞：《弇州山人四部稿》卷一百二十六《答王新甫》，第8页。
⑥ 王世贞：《弇州山人四部稿》卷一百二十八《答周姐》，第19页。
⑦ 王世贞：《弇州山人续稿》卷四十一《游宗谦诗稿序》，第12页。

由此可知，王世贞少年的为学取向、早年的文学复古以及中晚年诗文理论的成熟，始终与"真情说"相伴随，这是王世贞诗文观的核心，诸如气、才、法度、格调、性灵、自然等观念，也都是在"真情说"基础之上的发展。如前面所论述的，王世贞于气，注重情气合一，做到气高情实；于才，强调才情、才性的展现，文学创作要发其情；于法度，不在于对具体创作之法的把握，而是追求有意无意、不法而法的极致；于格调，要求格调和情感的和谐，突出文学创作的人格个性；于文体，在遵守基本的文体规则之余，表达真性情，甚至为了情感的流露，将文章题材的硬性规定置于其次，由"合而离"走向"离而合"；于剂，它既是文学创作的一种方法，同时也是要达到的一种境地，使真情和格、才、思等要素达到一种彬彬之态；于性灵，强调文学创作时真情、真我的流露，使内心情感得到娱乐和释放；于自然，更是在真我的基础之上，希冀达到内情与外境相触、主客体的水乳交融。可见，王世贞的诗文观归根结底来源于"真情"说，所谓的法度、格调、文体等观念，只不过是多种手段、方法，最终还是为更好地表现作者的真情服务。虽然文学创作是对社会现实的一种反映，具有其客观性，但是文学创作的主体是人，关乎自我情性的抒发，具有其主观性，而主体性的体现往往是文学创作发生的最大动力。

以"真情说"为纽带，气、法度、格调、性灵、自然等诗文观念之间又有着紧密的逻辑联系，有其互操作性。本书所论及的气、才、性灵、文体、法度、格调、剂、自然这些观念，虽不是王世贞文论观念的全部内涵，却是王世贞经常提及的文论概念，并有着鲜明的特色，在很大程度上能够反映王世贞文论体系的全貌。各种观念统一于文学创作之中，是不可分割的组成部分。而根据各种观念在创作中所起的不同作用，我们可以依次分类——气、才、性灵，直接与创作主体相联系，其中，气、才的多寡关乎创作的发生和发展，性灵关乎创作主体的内心情性，这三者是主体禀性的体现。文体、法度、格调、剂，属于方法论的层面，从不同的角度，运用不同的方式，目的在于表达主体情性。其中，文体、法度、格调属于客观创作法则，而"剂"在于使各种要素相互融合，共同作用于文章创作之中，"剂"既属于方法论，又是王世贞行文力求达到的一种整体状态、效果。而"自然"，是文章创作的极致，这种极致建立在作者禀性和方法相互交融的基础之上，最终使作者的真情得以自然而然地抒发和展现，达到内情和外界的浑融、主客体的合一。因此，在王世贞的文论体系中，各个观念不是杂乱无章地存在，而是进行了有机的排列和组合，主体的真情时刻融入其中，从而形成一个完整的文论体系。如下图所示。

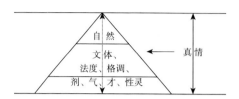

需要说明的是，以上对王世贞诗文观念的研究、对王世贞"真情"说的挖掘，并不是有意地拔高王世贞中晚年文学思想的价值和意义，而是在诗文论资料钩沉的基础之上所做出的客观分析，力求还原历史上真实的王世贞。对王世贞诗文观的研究，我们要抱以客观的态度，也正如王世贞评价李白和杜甫时所言："太白不成语者少，老杜不成语者多，如'无食无儿'、'举家闻若欹'之类。凡看二公诗，不必病其累句，不必曲为之护，正使瑕瑜不掩，亦是大家。"① 王世贞有其瑕，有其瑜，亦是大家。

二 诗文创作的阶段性认知

认识研究对象，要处理好整体与局部之间的辩证关系。王世贞诗文研究，是对王世贞这一人物的个案研究，但是他走过六十多个春秋，在不同时期，其诗文观念不尽一样。对王世贞的文学创作进行分段研究，历来也是学界研究的热点之一。如魏宏远注重王世贞文学思想的早年和晚年之别，他认为："王世贞晚年在诗歌写作方面发生了很大转变。"② 将作品和诗文理论结合起来研究，进而对"弇州晚年定论"进行深入辨析；周颖则认为："嘉靖二十七年冬与李攀龙定交之前，王世贞的创作实践是不自觉的，尚未形成独立的文学思想。与李攀龙定交后，王世贞开始树立明确的文学复古思想，追随李投身于复古运动。在此过程中，二人的思想分歧

---

① 王世贞：《弇州山人四部稿》卷一百四十七《艺苑卮言四》，第 9 页。
② 魏宏远：《论王世贞晚年诗歌写作的转变》，《浙江社会科学》2009 年第 11 期，第 94 页。

逐渐凸显，并在嘉靖三十八年得到公开承认。之后，王世贞在创作上渐趋丰富多元，文学思想也渐趋包容开放，这一过程一直持续到万历四年《弇州山人四部稿》的完成。从万历四年十月到万历十八年逝世，他的创作愈加灵活、臻于纯熟，文学思想也最终定型，形成一个严密完整的理论体系。"① 该文通过对王世贞生平事迹的详细梳理，并对其诗文观念进行思考，细致地将王世贞创作生涯分成了四个不同时期。这些研究促进了学界对王世贞研究的深入，让我们更好地深入理解王世贞不同时期的创作特点。

不过立足整体的视野，通过前文的全面性研究，经过对比分析后，我们发现王世贞在中晚年时并没有全盘否定其早年的文学主张，各个阶段之间有其内在的逻辑联系，在一些原则性的问题上没有发生过根本性的改变。

如王世贞对待宋朝诗文的整体态度，他曾在《宋诗选序》中对宋朝诗文的发展做了一个大致梳理，并认为"余所以抑宋者，为惜格也。然而代不能废人，人不能废篇，篇不能废句。盖不止前数公而已，此语于格之外者也"②。此处王世贞将自己的态度说得十分圆通，即在整体上对宋朝诗文进行否定，但是就个别大家而言，如欧阳修、杨万里等人，也是在"格"之外这一特定条件之下，才有可取之处，从中亦可见王世贞对"格"的注重。还有研究者认为王世贞晚年手握苏轼文集，表明其对苏轼及宋朝诗文态度的转变。实则不然。前面已有所论及，王世贞少年时就喜爱三苏的文章，后来对苏轼也是推崇备至，他自述道："余于宋，独喜此公才情，以为似不曾食宋粟，人而亦有不可晓者。"③ 所以王世贞并不是中晚年之后才开始倾心苏轼，况且在《宋诗选序》中，王世贞所论根本没有提及苏轼，这似乎是有意的回避，不过王世贞对待宋朝诗文的整体态度始终没有变化。

再如王世贞虽然由具体的篇法、句法、字法，进而追求不法而法的创作极致，但是这并不意味着王世贞中晚年就完全抛弃了法度，对于文章的创作之法，王世贞还是很在意的。如王世贞在与华仲达的书信中说道：

---

① 周颖：《王世贞创作实践与文学思想的演进历程及分期问题新议》，《上海交通大学学报》2016 年第 2 期，第 87 页。

② 王世贞：《弇州山人续稿》卷四十一《宋诗选序》，第 20 页。

③ 王世贞：《弇州山人四部稿》卷一百二十九《书苏长公司马长卿三跋后》，第 19 页。

"夫雕虫者，文也，其谁能不叶玉，谓叶玉而不失叶木之意也。篇有眼曰句，句有眼曰字，字有字法，句有句法，篇有篇法，此三者不可一失也。"① 此处论法之于文章创作，要求篇法、句法、字法缺一不可，比早年有过之无不及也。他赞赏邹观光"古法森森，至于云梦志，格新而调古，语劲而意高，是诸志之冠，仆所不能也"②，称赞李舜臣"为文章号称名家数十年，而终不敢以其才而溢先民之法"③，并认为朱察卿的创作"于文，法东西京，诗，法开元以前诸大家"④，在进行自我分析时，王世贞更是直言自己"固不敢创见而为字，创法而为句也"⑤。

可见，王世贞中晚年的文学思想与早年有所不同，不过这种不同并不是其中晚年的"自悔"，或是基本立场的改变，而是随着年岁的增长和创作的深入，不断走向成熟的表现。但正是因为王世贞文学思想的基本立场没有改变，其早年倡导的法度、格调，中晚年也没有完全抛弃，所以王世贞在强调真性情的抒发时，不可能像李贽、袁宏道和袁枚等人一样，尽情地展现自我才情，独抒性灵，张扬人格个性，追求自由的心灵，而是注重法度、格调等要素对才情、性灵的约束，以免情性过于奔放。王世贞所追求的也不过是才情、法度、格调、意等要素达到的一种彬彬之态，一种琢磨之极，妙亦自然。诚然，戴着脚镣跳舞，可以跳出美丽的舞姿，但常常会缺少那份潇洒自如。因此，王世贞的文学思想有其可取之处，值得师法，然而也有其不足之处，我们要辩证地看待，如纪昀曾言："然世贞才学富赡，规模终大。譬诸五都列肆，百货具陈，真伪骈罗，良楛淆杂，而名材瑰宝，亦未尝不错出其中。知末流之失可矣。以末流之失而尽废世贞之集，则非通论也。"⑥ 此为确论。站在历史发展的角度论之，"世贞与李攀龙齐名，而才实过之。当时娄东历下狎主文盟，奉之者为玉律金科，诋之者为尘羹土饭，盛衰递易，毁誉迭兴，艺苑纷呶，终无定说。要之，世

① 王世贞：《弇州山人续稿》卷一百八十一《华仲达》，第 8 页。
② 王世贞：《弇州山人续稿》卷一百九十八《答邹孚如》，第 8 页。
③ 王世贞：《弇州山人四部稿》卷六十五《李愚谷先生集序》，第 1 页。
④ 王世贞：《弇州山人四部稿》卷八十四《朱邦宪传》，第 6 页。
⑤ 王世贞：《弇州山人四部稿》卷一百二十八《答周姐》，第 19 页。
⑥ 永瑢等：《四库全书总目》第一百七十二卷《弇州山人四部稿》，中华书局，2008，第 1508 页。

贞初时议论太高，声名太早，盛气坌涌，不暇深自检点，致重贻海内口实。逮时移论定向之力，矫其弊以变为纤，仄破碎之，习者久已为众所唾弃，而学者论读书种子究不能不心折弇州。是其才虽足以自累，而其所以不可磨灭者，亦即在于此。今其书具在，虽未免瑕瑜杂陈，然第举一时之巨擘而言，亦终不能舍世贞而别有所属也"①，王世贞是属于那个时代的执牛耳者，不会因他人的非议而降低其自身价值，亦不会被历史的尘土所埋没。

三 诗文的历史地位

时节如流，岁月不居，在历史的长河中，诞生了许许多多的经典人物及其经典著作，如屈原的《离骚》、李白的《将进酒》、罗贯中的《三国演义》等，他们对后世产生了深远的影响，然而经典人物及其经典著作也是在经历了岁月的洗涤后才被认可的，如李敬泽认为权威性的著作"必须经受时间的考验，必须能够经受一代又一代读者的阅读和领悟"②，詹福瑞更是认为："经典在一个时期被埋没，而在另一个时期被发现，足以证明经典的永恒性是相对而非绝对的。"③ 按此思考，王世贞诚然比不上屈原、李白、罗贯中等经典人物，虽然其著述繁多，但不如《离骚》《将进酒》《三国演义》等经典著作，因此对王世贞的历史评述亦有其特定的意义和价值，特别是历来对王世贞的评议较多。

从与王世贞同时代及后人的评论来看，整体而言是毁誉参半，前面部分已经论及，赞美者，如李维桢有言："先生能以周汉诸君子之才精其学，而穷其变，文章家所应有者，无一不有。搴华咀腴，臻极妙境，上下三千年，纵横一万里，宁有二乎？呜呼，盛矣！"④ 胡应麟说道："弇州于古人诗，靡所不有，亦靡所不合，词与代变，意逐题新，譬之龙宫海藏，万怪惶惑。"王国维论道："弇州自谓意在笔先，笔随意往，法不累气，才不累法，有境必穷，有证必切。匪独诗文为然，填词末艺，敢于数子云

---

① 永瑢等：《弇州四部稿提要》，文渊阁《四库全书》第 1279 册，上海古籍出版社，1987，第 1 页。
② 李敬泽编选《中国当代短篇小说经典》，春风文艺出版社，2003，第 2 页。
③ 詹福瑞：《论经典》，人民文学出版社，2016，第 31 页。
④ 李维桢：《弇州山人续稿序》，《弇州山人续稿》，第 4 页。

有微长。"① 批评者，如朱彝尊认为："（弇州）虽锻炼未纯，不免华赡之余，时露浅率，亦未遽出攀龙下也。"宋辕文则言："一时诗流，皆望其品题，推崇过实，谀言日至，箴规不闻，究之千篇一律，安在其靡所不有也！"这些论述往往是放大了王世贞诗文创作的某一特点而进行的定论，以致走向两极化，赞誉过高或者是贬抑甚低，即使纪昀站在较为中肯的立场，认为王世贞诗文创作优劣皆有，但是他依旧没有深入揭示王世贞诗文观的本质。所以我们更应该立足王世贞诗文观的内涵，客观地审视后人对其诗文观的具体接受。

由于王世贞诗文观的包容性，以真情文本，并与格调、法度、气、才等多种范畴融为一体，最终走向自然，因此不仅仅后七子的诸多成员深受王世贞的影响，其所列的"广五子""末五子""续五子""末五子"等人，更是以王世贞之论为圭臬，如作为"末五子"之一的胡应麟依王世贞《艺苑卮言》而演绎《诗薮》，便得到了王世贞的高度肯定，王世贞认为《诗薮》一出，"古今谈艺家尽废矣"②。即使是以反对后七子复古理论主张而自居的公安派，其所倡导的"不拘格套、独抒性灵"之论，亦或多或少地与王世贞诗文观有关。后七子及其之后晚明文坛的发展与演变，实在是不能脱离王世贞而单论之。

王世贞诗文的影响超越其所经历的时代和朝代，至清，沈德潜"格调派"、王士禛"神韵说"、袁枚"性灵派"等都与王世贞有着内在联系，这在沈德潜身上就体现得非常明显。

沈德潜论诗主"格调"，其"格"往往指诗歌高古的体制规格，其"调"则指诗歌的音律声调，因此沈德潜首先非常注重诗歌之字法、调法和章法，如他认为"诗篇结局为难，七言古尤难。前路层波叠浪而来，略无收应，成何章法？支离其词，亦嫌烦碎。作手于两言或四言中，层层照管，而又能作神龙掉尾之势，神乎技矣"③，以及"歌行转韵者，可以杂入律句，借转韵以运动之，纯绵裹针，软中自有力也。一韵到底者，必

---

① 唐圭璋：《词话丛编》，中华书局，1986，第804页。
② 王世贞：《弇州山人续稿》卷二百六《答胡元瑞》，第10页。
③ 沈德潜：《说诗晬语》，凤凰出版社，2010，第101页。

须铿金镪石，一片宫商；稍混律句，便成弱调也"①。在此基础之上，沈德潜进而寻求古雅高壮之诗，以盛唐为宗，并以李白和杜甫为中心，如他认为："唐人选唐诗，多不及李、杜，蜀韦縠《才调集》收李不收杜。宋姚铉《唐文粹》，只收老杜《莫相疑行》《花卿歌》等十篇，真不可解也。元杨伯谦《唐音》，群推善本，亦不收李、杜。明高廷礼《正声》，收李、杜浸广，而未极其盛。是集以李、杜为宗，玄圃夜光，五湖原泉，汇集卷内，别于诸家选本。"② 即在沈德潜看来，前人选本所选唐人不及李、杜，或者选李、杜之诗而未尽其精，而《唐诗别裁》以李、杜为宗，还兼顾了各个时期唐朝优秀作家之作，沈德潜将自己的主张和唐人的创作实际相结合，这既体现了其高明之处，又符合唐诗发展的主流趋势。

沈德潜的这些主张，让我们能够清晰地看到明朝前后七子的影子，如前后七子讲"复古"，沈德潜也讲"复古"，诗歌溯源直至古诗；前后七子讲"格调"，沈德潜也讲"格调"，《唐诗别裁》《清诗别裁》等选集就是对其"格调"理论的实践；前后七子诗法取唐，沈德潜也推崇唐诗，认为自己束发后，"即喜钞唐人诗集"③。另外，沈德潜的诗歌理论专著《说诗晬语》，更是对这些理论进行汇总和阐释。

沈德潜固然对明前后七子有所继承，但是他不是完全因袭，而是有一定的发展和修正。如沈德潜强调"格调"，注重法度、声调，同时主张"以意运法""以意从法"，认为"所谓法者，行所不得不行，止所不得不止，而起伏照应，承接转换，自神明变化于其中。若泥定此处应如何，彼处应如何（如碛沙僧解《三体唐诗》之类），不以意运法，转以意从法，则死法矣。试看天地间水流云在，月到风来，何处著得死法"④，可见，沈德潜更加强调对法度的活用，意和法的相融无间，反对拘泥于格调法式的"死法"，他也意识到过于守法容易在古人面前寸步不前，创作时往往没有自得之意，所以他对明前后七子也有所批判。沈德潜认为："有明之初，承宋、元之遗习，自李献吉以唐诗振天下，靡然从风，前后七子互相

---

① 沈德潜：《说诗晬语》，凤凰出版社，2010，第 103 页。
② 沈德潜：《唐诗别裁》，上海古籍出版社，2013，第 1 页。
③ 沈德潜：《沈德潜诗文集》，潘务正点校，人民文学出版社，2011，第 1302 页。
④ 沈德潜：《说诗晬语》，凤凰出版社，2010，第 83 页。

羽翼，彬彬称盛。然其敝也，株守太过，冠裳土偶，学者咎之，由守乎唐而不能上穷其源，故分门立户者得从而为之辞。"① 沈德潜对明前后七子的批判是对的，明前后七子倡导复古，注重法度，以与古人合，但是后学者拘泥于法度而没有自创，其弊端也逐渐暴露，为人所诟病。唐顺之、归有光、袁宏道等人则对前后七子有所发难，却往往过于偏激。沈德潜对此阐述道："王、李既兴，辅翼之者病在沿袭雷同，攻击之者又病在翻新吊诡，一变为袁中郎兄弟之诙谐，再变为钟伯敬、谭友夏之僻涩，三变为陈仲醇、程孟阳之纤佻。回视嘉靖诸子，又古民之三疾矣。论者独推孟阳归咎王李而并刻，论李何为作俑之始，其然岂其然乎。"② 沈德潜的评论颇为中肯，符合当时诗坛的发展实际。

沈德潜在继承前后七子之时，明确地指出其弊端，并肯定宋、元诗歌的价值，认为宋元诗歌直追古诗，将整个诗歌的发展看成是有源有变有发展的循环过程，而不是唐诗鹤立鸡群，这无疑比前后七子过于强调唐诗高明了许多。再者，沈德潜还肯定诗歌创作中真性情的抒发，如他主张"诗必原本性情""诗贵性情"③，这是对过于强调法度而忽视情感因素的修正。

由此可知，沈德潜对明前后七子的文学理论有所继承和修正，而之前的王世贞早已付诸实践，王世贞认为剽窃模拟为诗之大病，在指导他人进行创作时，也希望晚辈能够有所自得，而不是步趋前人。后人囿于王世贞的复古实践运动，对王世贞有所贬斥，沈德潜则为其鸣不平，如他认为"山人古文与侯朝宗、魏叔子称鼎足，诗淋漓顿挫，力追唐人，尝选有明何信阳、李北地、王弇州、李沧溟四家之诗矫，钱牧斋持论偏驳，而以程孟阳诗为纤佻，识者鄙之"④，并吟诵"披沙大有良金在，正格终难黜两家"⑤，其中"两家"则指李攀龙和王世贞。钱谦益表面上赞赏王世贞，实际上却是贬斥王世贞，窜改王世贞《吴中往哲像赞》的《归有光赞》，

① 沈德潜：《沈德潜诗文集》，潘务正点校，人民文学出版社，2011，第 1300 页。
② 沈德潜：《说诗晬语》，凤凰出版社，2010，第 119 页。
③ 沈德潜：《说诗晬语》，凤凰出版社，2010，第 83 页。
④ 沈德潜：《清诗别裁集》，上海古籍出版社，2013，第 587 页。
⑤ 沈德潜：《沈德潜诗文集》，潘务正点校，人民文学出版社，2011，第 521 页。

并认为王世贞的文学理论后期有所变化，提出晚年自悔论，进而对后七子的文学复古运动进行否定。钱谦益的出发点和结论不尽符合王世贞的客观实际，故而沈德潜对钱谦益提出批评，认为钱谦益持论有偏驳之处。沈德潜对钱谦益的微词建立在对王世贞深入了解的基础之上。对于王世贞，沈德潜曾说道：

> 世贞字元美，太仓州人，嘉靖丁未进士，官山东副使，以父难解官，后补大名兵备，历仕至刑部尚书。弇州天分既高，学殖亦富，自珊瑚木难以及牛溲马勃，无所不有。乐府古体，高出历下何啻数倍，七言近体亦规大家，而锻炼未纯，故华赡之余，时露浅率。①

沈德潜对王世贞的认识颇为全面，既赞赏王世贞的学识，认识到其乐府古体、七言近体等诗歌创作的独到之处，又能精准地指出王世贞创作时"锻炼未纯"，有"时露浅率"等弊端，实乃王世贞的知音。

沈德潜还对王世贞诗歌进行了编选，他认为："于鳞、元美，益以茂秦，接踵囊哲。虽期间规格有余，未能变化，识者咎其鲜自得之趣焉；然取其菁英，彬彬乎大雅之章也。"② 意即李攀龙和王世贞继承前人复古时在格调上有过之无不及，他人也以他们的创作没有自得之趣而非议之，然而不可否认的是，李攀龙和王世贞的部分作品极佳，甚至达到了彬彬之态。沈德潜在《明诗别裁集》中选编明人诗作，其中王世贞的诗歌多达40首，而在编选王世贞的诗作时，沈德潜的态度是"选中严加汰存，不使胡元瑞诸人得借口也"③，亦可见沈德潜对待王世贞诗作的慎重。如沈德潜对王世贞的《将军行》赞赏有加，认为此诗不仅关乎现实，还体现了王世贞的真性情，甚至给此诗以"丰腴中带古劲，最近汉人"④ 的高度评价。与之相反的是，沈德潜对王世贞的《袁江流》等诗，汰而不取，如他评点道："又有《袁江流》一章，纪严氏父子事，仿《焦仲卿妻》

---

① 沈德潜：《明诗别裁集》，上海古籍出版社，2013，第203页。
② 沈德潜：《沈德潜诗文集》，潘务正点校，人民文学出版社，2011，第1304页。
③ 沈德潜：《明诗别裁集》，上海古籍出版社，2013，第203页。
④ 沈德潜：《明诗别裁集》，上海古籍出版社，2013，第206页。

诗，缘摹仿有痕，故不录。"① 《袁江流》也是关乎现实的佳作，但是其"摹仿有痕"，不是"菁英"之作。

着眼于晚明文学及清代文学发展的整体趋势，许建平认为："不只是公安派，清代的性灵派与王世贞有源渊。而且王士禛的'神韵说'，沈德潜的'格调说'，散文中强调义理、考据、辞章的'桐城派'，若溯其源流，当也与王世贞的文学主张与创作不无源渊关系。明清文学史，若不读懂王世贞，就是残缺的文学史。"② 是故明清文学史，如果不全面地了解王世贞，则难免不全。

① 沈德潜：《明诗别裁集》，上海古籍出版社，2013，第 206 页。
② 许建平：《王世贞书目类纂》，凤凰出版社，2012，第 11 页。

参考文献

一 古代典籍

（汉）司马迁：《史记》，中华书局，2013。

（汉）许慎：《说文解字》，中华书局，2013。

（南朝梁）刘勰：《文心雕龙义证》，詹锳义证，上海古籍出版社，1989。

（南朝梁）萧统：《文选》，李善注，上海古籍出版社，2011。

（南朝梁）锺嵘：《诗品注》，陈延杰注，人民文学出版社，1961。

（后晋）刘昫等：《旧唐书》，中华书局，1975。

（宋）郭茂倩：《乐府诗集》，中华书局，2009。

（宋）严羽：《沧浪诗话》，中华书局，2004。

（金）元好问：《元好问诗编年校注》，狄宝心校注，中华书局，2011。

（明）高棅：《唐诗品汇》，上海古籍出版社，2012。

（明）高启：《高青丘集》，上海古籍出版社，2013。

（明）胡应麟：《诗薮》，中华书局，1958。

（明）黄宗羲：《明儒学案》，中华书局，2008。

（明）李东阳：《李东阳集》，周寅宾点校，岳麓书社，1984。

（明）李东阳：《李东阳续集》，钱振明辑校，岳麓书社，1997。

（明）李攀龙：《沧溟先生集》，包敬第标校，上海古籍出版社，2014。

（明）李维桢：《大泌山房集》，明刻本，上海图书馆藏。

（明）李维桢：《凤洲文抄注释》，明刻本，美国哈佛大学燕京图书馆藏。

（明）沈德符：《万历野获编》，中华书局，1959。

（明）汪道昆：《太函集》，明刻本，南京图书馆藏。

（明）王世贞：《弇州山人四部稿》180 卷，明刻本，美国哈佛大学燕京图书馆藏。

（明）王世贞：《弇州山人续稿》207 卷，明刻本，美国普林斯顿大学东亚图书馆藏。

（明）王世贞：《弇州山人续稿》32 卷，明钞本，上海图书馆藏。

（明）王世贞：《弇州山人续稿附》11 卷，明刻本，浙江图书馆藏。

（明）王世贞：《读书后》8 卷，明刻本，美国哈佛大学燕京图书馆藏。

（明）王世贞：《古今法书苑》72 卷，明刻本，美国哈佛大学燕京图书馆藏。

（明）王世贞：《艺苑卮言》6 卷，明刻本，陕西省图书馆古籍善本藏。

（明）王世贞：《凤洲笔记》32 卷，明刻本，美国普林斯顿大学东亚图书馆藏。

（明）王世贞：《明诗评》4 卷，明刻本，美国哈佛大学燕京图书馆藏。

（明）王世贞：《弇州史料》110 卷，明刻本，美国哈佛大学燕京图书馆藏。

（明）王世贞撰，李维桢注《凤洲文抄注释》8 卷，明刻本，美国哈佛大学燕京图书馆藏。

（明）王锡爵：《王文肃公文集》，明刻本，南京图书馆藏。

（明）吴讷：《文章辨体序说》，人民文学出版社，1998。

（明）袁宏道：《袁宏道集笺校》，钱伯城笺校，上海古籍出版社，2008。

（明）袁宗道：《白苏斋类集》，上海古籍出版社，2007。

（清）陈田辑：《明诗纪事》，上海古籍出版社，1993。

（清）丁福保：《历代诗话续编》，中华书局，2006。

（清）何文焕：《历代诗话》，中华书局，2004。

（清）李慈铭：《越缦堂读书记》，上海书店出版社，2000。

（清）刘熙载：《艺概》，袁津琥校注，中华书局，2009。

（清）钱谦益：《列朝诗集》，中华书局，2007。

（清）阮元校刻《十三经注疏》，中华书局，2011。

（清）沈德潜：《说诗晬语》，凤凰出版社，2010。

（清）沈德潜：《明诗别裁集》，上海古籍出版社，2013。

（清）沈德潜：《唐诗别裁》，上海古籍出版社，2013。

（清）沈德潜：《沈德潜诗文集》，潘务正点校，人民文学出版社，2011。

（清）王夫之：《明诗评选》，上海古籍出版社，2011。

（清）严可均：《全上古三代秦汉三国六朝文》，中华书局，2009。

（清）袁枚：《随园诗话》，人民文学出版社，2006。

（清）袁枚：《小仓山房诗文集》，上海古籍出版社，2009。

（清）永瑢等：《四库全书总目》，中华书局，2008。

（清）张廷玉等：《明史》，中华书局，1974。

（清）朱彝尊：《静居志诗话》，人民文学出版社，2006。

二 近人著述

陈书录：《明代前后七子研究》，江西人民出版社，1994。

陈国球：《明代复古派唐诗论研究》，北京大学出版社，2007。

褚斌杰：《中国古代文体概论》，北京大学出版社，1990。

郭绍虞主编，于北山、罗根泽校点《文章辨体序说》，人民文学出版社，1982。

黄卓越：《明中后期文学思想研究》，北京大学出版社，2005。

何宗美、刘敬：《明代文学还原研究：以〈四库全书〉明人别集提要为中心》，人民出版社，2014。

郦波：《王世贞文学研究》，中华书局，2011。

李春祥：《乐府诗鉴赏辞典》，中州古籍出版社，1990。

李壮鹰主编《中华古文论释林》，北京大学出版社，2011。

廖可斌：《明代文学复古运动研究》，上海古籍出版社，1994。

蒋寅：《中国诗学的思路与实践》，广西师范大学出版社，2001。

罗宗强：《明代后期士人心态研究》，南开大学出版社，2006。

蒋寅：《中国诗学的思路与实践》，广西师范大学出版社，2001。

牟宗三：《才性与玄理》，吉林出版集团有限责任公司，2010。

孙学堂：《崇古理念的淡退——王世贞与十六世纪文学思想》，天津古籍出版社，2004。

孙卫国：《王世贞史学研究》，人民文学出版社，2006。

王英志：《袁枚评传》，南京大学出版社，2002。

王运熙：《中国文学批评史新编》，复旦大学出版社，2007。

王运熙主编《中国文学批评通史》，上海古籍出版社，1996。

汪涌豪：《范畴论》，复旦大学出版社，1999。

魏宏远：《王世贞文学与文献研究》，上海古籍出版社，2017。

吴兆路：《性灵派研究》，甘肃教育出版社，2001。

许建昆：《李攀龙文学研究》，台湾文史哲出版社，1987。

许建平：《李贽思想演变史》，人民出版社，2005。

许建平：《王世贞书目类纂》，凤凰出版社，2012。

许建平、郑利华主编《弇山堂别集》，上海古籍出版社，2017。

徐朔方：《晚明曲家年谱·苏州卷》，浙江古籍出版社，1993。

袁震宇、刘明今：《明代文学批评史》，上海古籍出版社，1991。

叶晔：《明代中央文官制度与文学》，浙江大学出版社，2011。

章培恒、骆玉明：《中国文学史》，复旦大学出版社，1997。

詹福瑞：《中古文学理论范畴》，中华书局，2005。

詹福瑞：《论经典》，人民文学出版社，2016。

张伯伟：《全唐五代诗格汇考》，江苏古籍出版社，2002。

张建业主编《李贽文集》，社会科学文献出版社，2000。

郑利华：《王世贞年谱》，复旦大学出版社，1993。

郑利华：《王世贞研究》，学林出版社，2002。

郑利华：《前后七子研究》，上海古籍出版社，2015。

朱东润：《中国文学批评史大纲》，武汉大学出版社，2009。

周颖:《王世贞年谱长编》,上海三联书店,2016。

左东岭:《王学与中晚明士人心态》,人民文学出版社,2000。

〔德〕H. R. 姚斯、〔美〕R. C. 霍拉勃著《接受美学与接受理论》,周宁、金元浦译,辽宁人民出版社,1987。

〔美〕刘若愚著《中国文学理论》,杜国清译,江苏教育出版社,2006。

〔美〕Kenneth James Hammond, History and Literati Culture:Towards an Intellectual Biography of Wang Shizhen(1526-90), Harvard University, May, 1994.

〔英〕崔瑞德、〔美〕牟复礼编《剑桥中国明代史》,张书生等译,中国社会科学出版社,1992。

〔美〕叶维廉:《中国诗学》,生活·读书·新知三联书店,1992。

〔美〕宇文所安著《初唐诗》,贾晋华译,生活·读书·新知三联书店,2004。

〔日〕吉川幸次郎著《宋元明诗概说》,李庆译,中州古籍出版社,1987。

〔日〕小野泽精一等编著《气的思想——中国自然观和人的观念的发展》,李庆译,上海人民出版社,2007。

三 期刊论文

陈俊堂、张晖:《王世贞文学理论与其书法理论的联系》,《山西大同大学学报》2011年第1期。

陈书录:《俚俗与性灵:王世贞的文学创作在士商契合中的转向》,《江海学刊》2003年第6期。

陈书录:《王世贞散文简评》,《苏州大学学报》2001年第3期。

陈永标、刘伟林:《王世贞美学思想平议》,《苏州大学学报》1985年第3期。

邓新跃:《王世贞对前七子诗学辨体理论的发展》,《船山学刊》2006年第3期。

何诗海:《王世贞与吴中文坛之离合》,《文学评论》2018年第4期。

金霞：《论"后王世贞"时代的复古派领袖之争》，《南昌大学学报》2017 年第 2 期。

李树军：《王世贞"才、思、调、格"的文体意义》，《江汉论坛》2008 年第 3 期。

郦波：《"鲜华"与"腐套"——论王世贞的应用文创作》，《南京师范大学文学院学报》2006 年第 4 期。

郦波、丁晓昌：《从"文必秦汉"到"文盛于吴"——论王世贞的文章学观念实践》，《苏州大学学报》2007 年第 4 期。

鲁茜：《王世贞晚年"格调"的深化与坚守》，《河南师范大学学报》2016 年第 2 期。

罗仲鼎：《从〈艺苑卮言〉看王世贞的诗论》，《文史哲》1989 年第 2 期。

欧阳珍：《王世贞词学思想论略》，《文学界》2011 年第 6 期。

〔韩〕朴均雨：《诗文之"法"论——王世贞的诗文复古理论研究之一》，《文学前沿》2003 年第 1 期。

〔韩〕朴均雨：《王世贞南北文学异同论与文学批评调和论》，《文学前沿》2008 年第 2 期。

李桂奎：《明代士人的雅文化立场与文坛尚雅共谋》，《天津社会科学》2018 年第 6 期。

罗仲鼎：《从〈沧浪诗话〉到〈艺苑卮言〉——严羽与王世贞诗论之比较》，《浙江学刊》1990 年第 3 期。

孙卫国：《论王世贞〈弇山堂别集〉对〈史记〉的模拟》，《南开大学学报》1998 年第 2 期。

孙学堂：《王世贞才思格调说辨析》，《聊城师范学院学报》2000 年第 1 期。

孙学堂：《王世贞与性灵文学思想》，《苏州大学学报》2002 年第 4 期。

涂育珍：《论王世贞诗乐相合的文体观》，《中南大学学报》2018 年第 5 期。

汪正章：《王世贞文学思想论析》，《广西大学学报》1995 年第 4 期。

王润英：《论王世贞书序文的书写策略》，《文学遗产》2016 年第

6 期。

吴晟：《王世贞对江西诗的批评》，《学术研究》2016 年第 5 期。

魏宏远：《论明代中后期"吴风""楚调"之嬗替》，《学术界》2012
年第 2 期。

魏宏远：《论王世贞晚年诗歌写作的转变》，《浙江社会科学》2009
年第 11 期。

魏宏远：《王世贞〈弇州山人续稿附〉发覆》，《文献》2008 年第
2 期。

魏宏远：《王世贞〈艺苑卮言〉的文本生成及文学观之演进》，《陕西
师范大学学报》2016 年第 6 期。

魏宏远：《王世贞晚年文学思想转变"三说"平议》，《浙江社会科
学》2008 年第 4 期。

魏宏远：《王世贞为文的唐宋笔法及恬淡旨趣——以持论之文为例》，
《文艺新论》2010 年第 1 期。

魏宏远：《王世贞诗文集的文献学考察》，《文学遗产》2020 年第
1 期。

熊沛军：《论王世贞文论与书论的相似性联系》，《广西师范大学学
报》2011 年第 3 期。

徐朔方：《论王世贞》，《浙江学刊》1988 年第 1 期。

许建平：《〈弇州山人四部稿〉的最早版本与编纂过程》，《文学遗
产》2018 年第 2 期。

薛欣欣、朱丽霞：《王世贞与唐宋派关系新辨》，《苏州大学学报》
2017 年第 6 期。

姚蓉：《太仓两王氏诗人与晚明清初的诗坛流风》，《上海大学学报》
2006 年第 5 期。

叶晔：《"五子"诗人群列与王世贞的文学排名观》，《文学遗产》
2016 年第 6 期。

叶晔：《"诗史"传统与晚明清初的乐府变运动》，《文史哲》2019 年
第 1 期。

岳淑珍：《王世贞的词学观及其对明代词学的影响》，《南京师大学

报》2011 年第 5 期。

张世宏：《王世贞述评〈西厢记〉之价值》，《文献》1999 年第 1 期。

张仲谋：《论〈艺苑卮言〉的词学史意义》，《中山大学学报》2018 年第 6 期。

赵永纪：《王世贞的文学批评》，《苏州大学学报》1984 年第 4 期。

郑静芳：《论王世贞折衷调剂的审美观念》，《北京化工大学学报》2010 年第 2 期。

郑利华：《论王世贞的文学批评》，《复旦学报》1989 年第 1 期。

郑利华：《后七子诗法理论探析——以王世贞、谢榛相关论说考察为中心》，《中国韵文学刊》2009 年第 3 期。

郑利华：《王世贞与明代七子派诗学的调协与变向》，《文学遗产》2016 年第 6 期。

周锡山：《杰出的晚明文坛领袖王世贞及其文艺观述论》，《江苏大学学报》2017 年第 4 期。

周颖：《王世贞创作实践与文学思想的演进历程及分期问题新议》，《上海交通大学学报》2016 年第 2 期。

后　记

　　此书是笔者在博士论文的基础之上修改而成，也是自己人生中的第一部专著，博士论文的题目是《王世贞诗文批评文献补辑与研究》，其以气、才、性灵、法度、自然等文学范畴为框架，深入探究王世贞对这些文学范畴的认知，进而把握王世贞的诗文论体系。博士毕业至今，经过多次修改，本书与博士论文相比已经发生了较大的变化，行文更加具备问题意识，不仅深化了之前的文学范畴探究，也对王世贞研究提出了新论，如王世贞的"乐府变"创作、王世贞对白居易的接受等。可以说，本书汇集了读博到现在的研究成果，也算是对我当下研究的一个小结。

　　岁月不居，时节如流，从读博到现在，往事历历在目，现在回想起来，感触颇多，也庆幸自己在人生的转折点选择了这条道路。

　　2012 年 9 月，从政府部门辞职的我，选择了再次进入校园，继续攻读博士学位。这一选择不仅伴随着别人的不解，也存在着自我困惑。刚入学的那一段时间，自己很难适应，毕竟坐冷板凳的清贫生活和之前的工作环境有着很大不同，故而非常羡慕那些能够经常泡图书馆的同学，他们有努力的目标，沉醉在知识的海洋中；课堂上的讨论，他们的发言更是被老师称赞。

　　非常感谢我的博士生导师詹福瑞先生，他告诫我要先沉下心来，基础差点没事，只要慢慢地看书，一本一本地啃，积淀自然就来了。当时，他给我指定的必读书只有《文选》和《四库全书总目》两种，或许是书单太短，或许是想向导师证明自己可以好好看书，我当天就买了这两种书。后来回想，才明白詹先生的良苦用心，一来书单太长的话，怕给我的压力太大；二来这两种书在古代文学研究中的地位不同寻常，是学术研究中不可回避的。在阅读的过程中，我那颗焦躁的心逐渐平静，也许我的学术研究就是在此时起步的吧，虽然跑得有点慢。在之后的工作和生活中，詹先生时刻关心我的情况，指导我的研究方向，并始终让我把生活摆在第一位，他说这样做学术才能更加安心和长久。

也非常感谢许建平老师的引领。读博期间，许建平老师让我加入"《王世贞全集》整理与研究"国家社科基金重大项目课题组，并指导我的博士论文选题及资料收集与整理。以此为基础，再加上之前的点滴积累，我算是开启了王世贞研究之路。

还要感谢我的硕士生导师李桂奎老师，虽然我早已完成硕士学业，但是我读博以及工作后，一直在给他添麻烦，烦请他指导。他不厌其烦，并且毫无保留地赐教，还与我分享和讨论学界前沿话题，这让我受益颇多。

在学术研究的道路上，我是幸运的，不仅有詹师、许师、李师的指导，还在博士毕业后，进入南通大学文学院工作时，即感受到家庭般的温暖，学校"青蓝工程"的结对对象是周建忠教授，在他的帮助下，我快速地完成了从学生到教师的身份转换，更加明确自己的工作方向，后来我还加入了周师的"名师工作室"，与校内的优秀青年学者交流，不断提升自我。

当然，一路走来，我要感恩父母，他们哺育了我，包容了我的任性和无知，我却始终没有交出一份满意的答卷。他们的无私奉献、谆谆教诲，传授了我人生哲理，让我前行备感踏实。

在外省读大学后，住老家的时间就越来越短，感谢我的爱人吴李曦女士，当年鼓励我辞去工作脱产读博，并与我情定终身，新建家庭，结束了我的漂泊旅程。现在身为两个孩子的母亲，她练习书法的时间少了，外出游玩的时间少了，呵护孩子们健康成长的时间多了。她对家庭的用心，让我前行备感温暖。

除此之外，在学术之路上，我还要感谢杨庆存、叶舒宪、虞万里、郑利华、钱荣贵、杨彬、罗剑波、张学城等诸位老师的指点，感谢马昕、叶晔、程苏东、魏宏远、黄飞立、南江涛、葛恒刚、汤志波、徐美洁、肖志涛、张扬等诸位好友的帮助。还感谢江苏省紫金文化优青、江苏高校

"青蓝工程"特别资助。

王世贞实为明代文学大家，其知识之博，涉猎之广，文集之富，让后人难以望其项背，对其研究也让后人深感压力之巨。王世贞研究是一把解读明代文学的金钥匙，尚有很多领域值得进一步深入挖掘。在这条漫漫的长路上，我的愚智若能够裨益于学界之万一，则与有荣焉。

贾飞

2021 年 5 月记于南通"勉斋"

图书在版编目（CIP）数据

王世贞诗文论资料补辑与新论 / 贾飞著 . -- 北京：
社会科学文献出版社，2021.6
国家社科基金后期资助项目
ISBN 978-7-5201-8661-2

Ⅰ.①王…　Ⅱ.①贾…　Ⅲ.①王世贞（1526-1590）
-古典诗歌-诗歌研究 ②王世贞（1526-1590）-古典散文
-文学研究　Ⅳ.①I206.48

中国版本图书馆 CIP 数据核字（2021）第 133924 号

·国家社科基金后期资助项目·

王世贞诗文论资料补辑与新论

著　　者／贾　飞

出 版 人／王利民
责任编辑／杜文婕

出　　版／社会科学文献出版社
　　　　　　地址：北京市北三环中路甲 29 号院华龙大厦　邮编：100029
　　　　　　网址：www.ssap.com.cn
发　　行／市场营销中心（010）59367081　59367083
印　　装／三河市龙林印务有限公司

规　　格／开　本：787mm×1092mm　1/16
　　　　　　印　张：26　字　数：412 千字
版　　次／2021 年 6 月第 1 版　2021 年 6 月第 1 次印刷
书　　号／ISBN 978-7-5201-8661-2
定　　价／98.00 元

本书如有印装质量问题，请与读者服务中心（010-59367028）联系